ullstein

Nach einer gescheiterten Beziehung zieht Annabel nach Rügen. Im Hafen von Sassnitz entdeckt sie den alten Kutter »Sturmrose«. Für sie bedeutet er die Hoffnung auf eine neue Zukunft. Sie will das Schiff restaurieren und ein Café daraus machen. Bei den Renovierungsarbeiten findet sie einen Brief: Vor über dreißig Jahren hat die »Sturmrose« einer jungen Frau zur Flucht aus der DDR verholfen. Annabel geht dem bewegenden Schicksal nach und begegnet dabei Christian, dessen Geschichte eng mit dem Kutter verbunden ist. Gemeinsam suchen sie nach der Frau von damals. Annabel ahnt nicht, welche besondere Bedeutung die »Sturmrose« für ihr eigenes Leben hat. Ein großer deutsch-deutscher Schicksalsroman, lebensnah und herzenswarm erzählt.

CORINA BOMANN ist in einem kleinen Dorf in Mecklenburg-Vorpommern aufgewachsen und hat schon immer geschrieben. Mittlerweile ist sie eine der erfolgreichsten deutschen Autorinnen. Immer wieder begeistert sie ihre Leserinnen mit großen dramatischen Romanen und Heldinnen, die etwas Besonderes erreichen. Ihre Romane werden in zahlreiche Sprachen übersetzt und sind internationale Bestseller. Sie wohnt in Berlin.
www.corinabomann.de

Von Corina Bomann sind in unserem Hause bereits erschienen:

*Die Schmetterlingsinsel · Der Mondscheingarten ·*
*Die Jasminschwestern · Das Zimmer über dem Meer ·*
*Die Sturmrose · Das Mohnblütenjahr · Sturmherz ·*
*Agnetas Erbe. Die Frauen vom Löwenhof 1 ·*
*Mathildas Geheimnis. Die Frauen vom Löwenhof 2 ·*
*Solveigs Versprechen. Die Frauen vom Löwenhof 3 ·*
*Sophias Hoffnung. Die Farben der Schönheit 1 ·*
*Sophias Träume. Die Farben der Schönheit 2 ·*
*Sophias Triumph. Die Farben der Schönheit 3 ·*
*Ein zauberhafter Sommer ·*
*Eine wundersame Weihnachtsreise · Winterblüte · Winterengel*

Corina Bomann

# Die Sturmrose

Roman

Ullstein

Besuchen Sie uns im Internet:
www.ullstein.de



Neuausgabe im Ullstein Taschenbuch
1. Auflage Mai 2022

Umschlaggestaltung: bürosüd° GmbH, München
Titelabbildung: Getty Images / © Jeera (Frau); Getty Images / © Eric Schallow / EyeEm (Landschaft)
Satz: LVD GmbH, Berlin
Gesetzt aus der Adobe Caslon
Druck und Bindearbeiten: CPI books GmbH, Leck
ISBN 978-3-548-06636-3

*Es handelt sich hierbei um ein Werk der Fiktion. Eventuelle Namensgleichheit mit lebenden oder verstorbenen Personen, Schiffen und Orten ist nicht beabsichtigt und reiner Zufall. Die Wahrheit ist allerdings, dass viele Bürger der DDR und viele Fluchthelfer der BRD ihr Leben und das ihrer Angehörigen aufs Spiel gesetzt haben, um in die Freiheit zu fliehen oder anderen dabei zu helfen.*

# Prolog

Die Frau hatte es sich in einem schon etwas ramponierten Sessel am Fenster gemütlich gemacht. Das kurzgeschorene Haar verbarg sie unter einem grünen Tuch, ihr magerer Körper verschwand beinahe unter einem beigefarbenen Leinenkleid. Neben ihr, auf einem kleinen Tisch, stand ein Kassettenrekorder.

Da sie schon seit einer Weile nichts mehr gesagt hatte, streckte sie eine Hand aus und schaltete das leise summende Gerät ab.

Kaum zu glauben, dass ein Kassettenrekorder mittlerweile ein Relikt aus alten Zeiten ist, dachte sie. Damals hatten junge Leute alles dafür getan, um einen zu bekommen. Stundenlang angestanden, Westverwandtschaft bekniet, Verkäuferinnen bestochen. Gegen einen Mangel gekämpft, den man sich mittlerweile gar nicht mehr vorstellen konnte.

Heutzutage hatte jedermann einen MP3-Player oder ein Handy, das ihm Musik vorspielte. Die Läden waren voll davon.

Die Frau konnte der sich immer schneller entwickelnden Technik allerdings nicht mehr viel abgewinnen. Sie mochte es lieber altmodisch. Besonders, wenn es um so etwas Wichtiges ging wie ihr Anliegen, das ihr bereits seit Jahren auf der Seele brannte.

Sprache konnten diese modernen Geräte auch aufnehmen, ja, aber wie gab man sie weiter? Mailte man sie einfach? Das erschien ihr schrecklich unpersönlich. Früher hatte man seinem Freund oder seiner Freundin als Zeichen der Zuneigung noch ein sorgsam aus dem Radio aufgenommenes Mixtape geschenkt. Jetzt mailte man einfach eine Playlist. So veränderte sich eben alles.

Umso mehr hatte es sie gewundert, dass man ihr noch einen Rekorder hatte besorgen können. Ein Freund hatte ihn bei einem seiner Besuche auf den Tisch gestellt.

»Was willst du eigentlich damit?«, hatte er gefragt.

»Ein Denkmal hinterlassen«, hatte sie lächelnd geantwortet, denn dem Freund war nicht klar gewesen, in welcher Lage sie sich befand.

Ihre Welt war in den vergangenen Jahren klein geworden, sie wartete eigentlich nur noch. Auf den richtigen Moment, den richtigen Tag, auf Briefe, auf Besuche. Es hatte unglaublich lange gedauert, bis sie den alles entscheidenden Brief erhalten hatte.

Doch er war gekommen und hatte eine Kette von Ereignissen ausgelöst. Diese Ereignisse waren nun an ihrem Höhepunkt angelangt.

Sie öffnete das Kassettendeck und nahm die Kassette heraus. Im Grunde war das, was sie da geschaffen hatte, auch ein Mixtape. Das Mixtape eines Lebens. Sie hatte nicht alles erzählt, nur den Teil, der wichtig war. Manches Geheimnis musste ein Mensch auch mit ins Grab nehmen.

Sie ließ ihren Blick über den Tisch schweifen, zu dem Papierstapel, der auf der kleinen Kommode lag. Die Kopien hatten ihr geholfen, ihre Erinnerungen zu ordnen.

Und sie hatte einen Brief verfasst. Dieser lag auf dem Stapel, adressiert und frankiert. Sie brauchte ihn nur noch in die Post zu geben.

Dann begann das Warten von vorne. Etwas Zeit hatte sie noch. Nicht viel, aber mit ein wenig Glück würde es reichen, längst Vergangenes endlich zu erklären. Die Wahrheit ans Licht zu holen. Und das, was sie schon viel zu lange hinausgezögert hatte, endlich zu Ende zu bringen.

# I. TEIL

## *Annabel*

# 1

Der Anblick des Hauses hatte mich schon bei der ersten Besichtigung gefangen genommen. Holundersträucher und Brombeerhecken säumten den vorderen Hof, Rosenranken schlängelten sich an der Veranda hinauf zum kunstvoll verzierten Holzgiebel.

In den vergangenen drei Monaten hatte ich mir ausgemalt, wie es wäre, hier einzuziehen, mit meiner Tochter am Strand spazieren zu gehen und Muscheln zu sammeln, frei vom Ballast der letzten katastrophalen Jahre und einer Vergangenheit, die ich aus Angst verdrängt hatte.

Nun war es so weit. Der Mietvertrag war unterschrieben, die Besitzer erwarteten mich. Ich war aufgeregt wie vor meinem ersten Date.

»Mama, sind wir da?«, fragte es vom Rücksitz her. Leonie, mein kleiner Engel, hatte den Großteil der Fahrt schlafend verbracht, immerhin waren wir bereits in aller Herrgottsfrühe aufgebrochen. Jetzt gähnte sie und streckte sich.

»Ja, mein Schatz, wir sind da«, antwortete ich und zog den Zündschlüssel. Unter der Motorhaube des Volvos tickte es leise. Obwohl der Wagen schon mehr als fünfzehn Jahre auf dem Buckel hatte, war die Fahrt von Bremen nach Binz reibungslos verlaufen.

Nachdem meine Ehe gescheitert war, hatte ich ihn gekauft, vorrangig, weil er zuverlässig war und viel transportieren konnte. Jan hätte den Kopf geschüttelt. Doch seine Meinung war nicht mehr wichtig. Ich versuchte, sie hinter mir zu lassen, wie ich auch alle materiellen Dingen in Bremen zurückgelassen hatte.

Ich stieg aus und befreite Leonie aus ihrem Kindersitz.

»Schau mal, das ist unser neues Haus. Ist das nicht ein schöner großer Garten zum Spielen?«

Leonies Augen weiteten sich erstaunt, und sie nickte.

Der Garten, den ein weißer Lattenzaun vom Hof trennte, war ein kleines Paradies, um das uns jedes Gartenmagazin beneiden würde. Es gab Lauben aus verschiedenen einheimischen Hölzern und Rabatten, deren Bepflanzung beinahe zufällig wirkte. Die Wege führten an dichten Rosenbüschen und einem kleinen Kräutergarten vorbei.

Ich konnte noch immer nicht begreifen, warum das Ehepaar Balder dieses Haus verlassen und in den Süden ziehen wollte.

»Wird Papa uns denn hier auch besuchen?«

Leonies Frage holte mich jäh aus meinen Gartenträumen zurück. Manchen Dingen konnte man nicht entgehen.

Meine Tochter vermisste ihren Vater sehr. Immer wieder hoffte sie darauf, dass er sie besuchen würde – und immer wieder tat es mir in der Seele weh, sie belügen zu müssen, wenn ich ihr versprach, dass er kommen würde. Doch was sollte ich machen? Ihr sagen, dass ihr Vater zwar Unterhalt zahlte, aber nicht daran interessiert war, mit ihr zu sprechen und sie zu sehen?

Die monatlich eingehende Summe auf meinem Konto war das einzige Lebenszeichen von ihm, seit wir uns im Gericht voneinander verabschiedet hatten. Das war ein Jahr her. Er hatte seitdem nicht mal angerufen, um sich nach Leonie zu erkundigen. Auch an ihrem Geburtstag nicht. Er hatte die

Zahlung des Unterhalts in die Wege geleitet, und damit war für ihn die Sache erledigt gewesen.

»Vielleicht besucht er uns«, antwortete ich, meine bitteren Gefühle verdrängend, und hoffte, dass Leonie mir mein Lächeln abnahm. Meine Tochter drückte mich und sprang dann aus dem Auto.

Als ich mich umwandte, kam uns der Vermieter entgegen.

August Balder, früher einmal Kapitän eines Handelsschiffes, doch mittlerweile seit zehn Jahren im Ruhestand. Mit dem Karohemd, das er zur Cordhose trug, wirkte er eher wie ein Gärtner, nicht wie ein Seemann.

Glücklicherweise war die Inneneinrichtung des Hauses auch nicht besonders maritim. Ich mochte den schlichten Stil und war deshalb gar nicht unglücklich darüber, dass sie die Möbel zurückließen. In Bremen hatte ich nach dem Auszug aus Jans Haus ebenfalls möbliert gewohnt, es war für mich also kein Problem. Die Sachen, die ich behalten hatte, passten in ein paar Umzugskartons, die schon vor einigen Tagen als Beiladung mit einem Transport vorausgeschickt worden waren und die die Balders freundlicherweise für mich angenommen hatten.

»Ah, da sind ja die beiden Deerns!«, rief er, während er die Gartenpforte öffnete.

»Guten Tag, Herr Balder!«, rief ich und winkte, dann nahm ich Leonie bei der Hand und ging zu ihm.

»Hatten Sie eine gute Reise?« Balder reichte mir die Hand.

»Ja, eine sehr gute sogar!«, antwortete ich. »Sogar der Rügendamm war heute mal leer.«

»Sie haben eine gute Zeit abgepasst.« Der Mann blickte auf seine Armbanduhr. »Der Berufsverkehr ist seit zwei Stunden durch. Sie sind sicher mitten in der Nacht losgefahren, oder?«

»Nicht ganz, aber es war schon ziemlich früh am Morgen.« Ich musste mir eingestehen, dass ich mich ein wenig schwammig fühlte. Nach beinahe sechs Stunden Fahrt dank eines Staus in Hamburg war das auch kein Wunder. Nun war es elf Uhr, und ich hätte mich schon wieder schlafen legen können.

Herr Balder schien diesen Gedanken zu erraten.

»Nun, bald können Sie sich ausruhen. Meine Frau und ich werden gleich nach Hamburg aufbrechen. Von dort aus geht's nach Fuerteventura!«

»Wie schön! Aber wird Ihnen die Heimat denn nicht fehlen?«, fragte ich, denn so gern ich Urlaub machte, ein Leben auf den Kanaren oder einer anderen Inselgruppe in südlichen Gefilden konnte ich mir nicht so recht vorstellen.

»Das werden wir sehen. Angesichts meines Rheumas werde ich die Kälte hier jedenfalls nicht vermissen. Sie brauchen also keine Angst zu haben, dass wir Sie aus Ihrem Domizil vertreiben. Und wer weiß, vielleicht entschließen Sie sich ja irgendwann, es zu kaufen.«

»Vielleicht«, antwortete ich diplomatisch, denn so schön es hier auch war, Besitz bedeutete immer Verantwortung. Und mein Leben erschien mir im Moment noch ein wenig instabil. Was, wenn ich nach einer Weile feststellte, dass es mir hier doch nicht gefiel? Außerdem war ein großer Kredit für mich nicht drin.

»Na ja, lassen Sie sich ruhig Zeit, Frau Hansen. Es ist ja nicht so, als ob wir saures Bier loswerden wollten. Aber wenn wir es verkaufen würden, dann gern an Sie!«

»Danke, das weiß ich zu schätzen.«

Balder beugte sich zu Leonie hinunter. »Und du, kleines Fräulein? Wir beide kennen uns ja noch gar nicht.«

Meine Tochter, die gerade auf einer ihrer roten, lockigen Haarsträhnen herumkaute, drückte sich näher an mein

Bein, erwiderte den Blick des Mannes jedoch unverwandt. Ein verhaltenes Lächeln stahl sich auf ihr Gesicht. Offenbar mochte sie den alten Seebären, sie traute sich allerdings noch nicht, ihm das zu zeigen.

»Wie ist denn dein Name?«, fragte Balder weiter.

»Leonie«, antwortete sie.

Balder lachte auf. »Leonie also! Wusstest du, dass dein Name von Löwen kommt?«

Meine Tochter riss die Augen auf und schüttelte den Kopf. Sie hatte bisher noch nie nach der Bedeutung ihres Namens gefragt, da waren andere Dinge wesentlich interessanter.

Damit, dass er ihren Namen kannte, hatte er sie für sich gewonnen.

»Ich kann dir was von Löwen erzählen«, fuhr er fort. »Ich war sogar mal in Afrika und habe welche gesehen.«

»August, willst du die Mädchen denn nicht reinbitten?«, ertönte die vorwurfsvolle Stimme von Lucia Balder. Sie stand im Türrahmen. Noch immer steckte ihr Bein in einer Schiene. Sie war auf der kleinen Holztreppe gestürzt, die vom Grundstück hinunter zum Strand führte. Nicht, weil das Holz morsch wäre, sondern weil sie unachtsam gewesen war.

Ich hatte die Treppe selbst gesehen und fand, dass sie tatsächlich ziemlich steil war. Das war vielleicht der einzige Fehler, den dieses Haus hatte. Ich würde Leonie irgendwie davon abhalten müssen, allein dort hinunterzuklettern.

»Wir kommen doch schon!«, entgegnete Herr Balder und ging vor.

Im Haus empfing uns der Duft von Kaffee, Brötchen und Streuselkuchen. Damit hatte ich nicht gerechnet. Ich hatte geglaubt, dass sie mir lediglich die Schlüssel aushändigen würden.

»Guten Tag, Frau Balder«, begrüßte ich die Noch-Hausherrin und gab ihr die Hand. Obwohl sie gehandicapt war, hatte sie es sich nicht nehmen lassen, selbst zu backen, wie ich deutlich an der Wärme in der Küche merkte. »Wie geht es Ihnen?«

»Immer besser«, antwortete sie und deutete auf ihr Bein. »Mittlerweile habe ich einen Gehgips und kann damit glücklicherweise reisen. Es ist immer so eine Sache mit Plänen, nicht wahr? Man schmiedet sie so sorgfältig, und dann kommt etwas dazwischen.«

Da hatte sie recht, und meist war das, was dazwischenkam, so gravierend, dass der ganze Plan hinfällig wurde. Ich konnte ein Lied davon singen.

»Na, du hast ja mich«, sagte August, während er Kaffee einschenkte. »Notfalls hätte ich dich auch aus dem Flieger getragen.«

»Es ist mir trotzdem lieber, wenn ich auf meinen beiden Beinen stehen kann. Glücklicherweise hat mein Arzt einen Bekannten auf Fuerteventura, der sich um mich kümmern wird, bis ich wieder richtig laufen kann. Und glücklicherweise dauert der Flug auch nicht allzu lange. Aber Sie haben mir noch gar nicht die junge Dame hier vorgestellt. Dass sie Ihre Tochter ist, sieht man sehr deutlich.«

Tatsächlich hatte Leonie einiges von ihrem Vater, aber im Großen und Ganzen sahen die Leute meist nur Leonies grüne Augen und das rote Haar – beides hatte sie von mir. Mit gutem Willen konnte man auch die Nase dazuzählen, aber da war ich mir nicht ganz sicher.

»Das ist Leonie«, stellte ich sie vor. Leonie Löwenherz nannte ich sie manchmal, nach einer längst in der Versenkung verschwundenen Kindersendung.

»Ein schöner Name«, entgegnete Frau Balder, während sie

meiner Tochter die Hand reichte. »Und ein hübsches Mädchen. Wenn sie mal groß ist, werden Sie sich den Schwiegersohn aussuchen können.«

»Das überlasse ich lieber ihr, denn sie muss mit ihm leben. Mein Anspruch ist nur, dass er sie glücklich macht.«

Leonie schmiegte ihre Wange wie ein Kätzchen an meine Hand. Glücklicherweise wusste sie noch nicht, dass die Sache mit den Schwiegersöhnen alles andere als leicht war. Jan hatte meinen Eltern gefallen – und wozu hatte es geführt? Gut, sie hatten ihn nicht für mich ausgesucht, aber manchmal fragte ich mich, ob sie nicht vielleicht doch ein bisschen Kritik an ihm hätten üben sollen.

»Dann wird Ihr Schwiegersohn Sie dafür lieben«, schaltete sich Herr Balder ein. »Aber setzen Sie sich doch. So früh, wie Sie losgefahren sind, können Sie sicher eine kleine Stärkung gebrauchen.«

Eine halbe Stunde später waren wir satt und zufrieden und die Balders bereit zum Aufbruch.

»Ich hoffe, es stört Sie nicht, dass wir Ihnen ein paar unserer Bücher dalassen«, sagte Herr Balder, als er mir die Schlüssel in die Hand drückte. Das Wichtigste war mittlerweile besprochen, ich wusste, wie die Heizung funktionierte, wo der Hauptwasserhahn war und der Sicherungskasten.

»Nein, es stört mich absolut nicht«, entgegnete ich.

»Was Sie davon nicht haben wollen, können Sie ruhig weggeben«, setzte Frau Balder hinzu. »Alles, was wir brauchen, wartet schon in unserem neuen Haus.« Ein Lächeln huschte bei diesen Worten über ihr Gesicht. Ich konnte gut verstehen, dass sie sich auf ihren persönlichen Neuanfang freute.

Wir reichten uns die Hand. Es war also so weit. Plötzlich klopfte mir das Herz bis zum Hals. Diese Art von freudiger Aufregung hatte ich zuletzt verspürt, als die Balders mich als Mieterin angenommen hatten.

»Und denken Sie dran: Das, was Sie in der ersten Nacht in einem neuen Haus träumen, geht in Erfüllung«, sagte Frau Balder scherzhaft, während sie nach ihren Krücken griff.

»Ich dachte, das gilt nur für neue Betten«, entgegnete ich.

»Nein, das gilt auch für neue Häuser«, sagte sie mit einem Augenzwinkern und ließ sich von ihrem Mann in den Wagen helfen.

Vom Türrahmen aus beobachtete ich, wie Herr Balder anschließend den letzten Koffer in seinen Wagen lud und einstieg. Der Motor sprang an, und wenig später rollte der Mercedes vom Gehöft. Der Platz unter dem Carport gehörte nun meinem Volvo.

Als die Balders fort waren, senkte sich Stille auf das Haus. In den Bäumen rauschte der Wind, und Spatzen hüpften auf dem sonnenbeschienenen Hof umher.

Leonie blätterte noch immer konzentriert in dem Löwenbuch, das Herr Balder ihr geschenkt hatte. Ich betrachtete sie lächelnd, dann ging ich in jedes der vier Zimmer.

Vom Schlafzimmer aus hatte man den besten Blick auf den Naturgarten. Eine riesige Hundsrose zeigte ihre aufbrechenden Blüten, die schon bald alles mit ihrem Duft erfüllen würden. Etwas weiter hinten befand sich eine Hecke aus weißen Dünenrosen, neben einem schmalen Weg, der in ein grünes Labyrinth führte, in dessen Zentrum auf einer kleinen Terrasse hübsche weiße Gartenmöbel standen.

Wie ich feststellte, waren die Matratzen und das Bettgestell nagelneu. Ein Doppelbett, viel zu groß für mich. Schon in Bremen hatte ich mich in meinem Ehebett verloren gefühlt, seit Jan es vorgezogen hatte, »Überstunden« zu machen. Überstunden bei seinen Kolleginnen, Überstunden mit Frauen, die er auf irgendwelchen Messen kennengelernt hatte. Zuletzt hatte ich gar nicht mehr gewusst, wie es sich anfühlte, mit einem Menschen zusammen im Bett zu schlafen.

Vom Wohnzimmer aus sah man auf den Wald, der das Grundstück schützend umarmte, gleichzeitig aber den Blick auf das Wasser versperrte. Nur vom Dachboden aus konnte man das Meer sehen.

Ich ließ die beiden anderen Zimmer links liegen – eines davon würde ich für Leonie noch etwas verändern müssen – und erklomm die Treppe zum Dachboden.

Der Raum hier oben war ausgebaut worden, hatte aber nie einen richtigen Zweck erfüllt. Vielleicht hatten ihn die Balders frei gehalten, damit ihr Sohn notfalls einziehen konnte.

Ich stellte mich mitten in den Raum, der von naturbelassenen Stützpfeilern in gleichmäßige Quadrate eingeteilt wurde, und vor meinem geistigen Auge erschien das Büro, das ich mir hier einrichten würde. In einer Ecke würde es auch ein kleines »Büro« für Leonie geben, wenn sie mal nicht in die Kita ging. Sie mochte es, wenn ich sie vor einen Tisch setzte und behauptete, das sei ihr Büro. Dann blieb sie stundenlang auf ihrem Platz, genauso wie ich, wenn ich an einem Auftrag arbeitete, und malte Pferde und Prinzessinnen.

Besonders freute es mich, dass es Platz für einen richtigen Zeichentisch gab. Den hatte ich in meinem kleinen Büro in Bremen nicht gehabt.

So verteilte ich im Geiste Möbel über die riesige Fläche und stellte mir auch vor, wie ich hier oben eine kleine Eröffnungsparty für meine Kundschaft geben würde. Sicher, für einige würde die Reise nach Rügen etwas weit sein – aber vielleicht konnte ich sie mit dem Meer locken. Den idealen Platz für ein Buffet hatte ich immerhin schon.

Und dort unter dem Fenster, von dem aus man jenseits der Bäume das gischtgekrönte Meer sah, würde mein Schreibtisch stehen …

Das Paradies, ging es mir erneut durch den Sinn. Das hier ist wirklich das Paradies. Und ich war sicher, dass sich von nun an alles ändern würde. Dass alles besser werden würde.

# 2

»Was meinst du, wo soll ich das Poster aufhängen?«

Leonie kaute auf ihrem Zeigefinger herum, wie immer, wenn sie angestrengt überlegte. Mit ihren fünf Jahren hatte sie bereits ausgeprägte Vorstellungen davon, wie ihr Zimmer aussehen sollte. Deshalb überließ ich es ihr, zu entscheiden, welcher Wandschmuck wohin sollte. Auch wenn das eine Weile dauern würde.

Leonie musterte eine Wand nach der anderen. Die Möbel, die hier standen, waren nicht gerade farbenfroh, die Balders hatten den Raum als Gästezimmer genutzt. Etwas Abhilfe würde ich mit ihrem Prinzessinnen-Bettzeug, ihrer Kuscheldecke und ihren Plüschtieren schaffen können – und natürlich mit ihren Postern, auf denen sich vorwiegend pink gekleidete Prinzessinnen, Elfen und Einhörner tummelten. Alles andere mussten wir aus der Innenstadt von Binz holen, über der unser Haus auf einer Anhöhe thronte.

»Da!«, entschied meine kleine Prinzessin schließlich und deutete auf die Wand über dem Bett.

»Sehr wohl!«, entgegnete ich und hängte es auf.

Ich hatte gerade den letzten Klebestreifen befestigt, als mein Handy klingelte. Ich fischte es vom Tisch und sah die Nummer eines neuen Kunden, bei dem ich mich noch während des Packens um einen Auftrag beworben hatte. Besonders gut standen meine Chancen nicht, denn unter den

Mitbewerbern hatten sich drei große, renommierte Werbeagenturen befunden. Sein Anruf ließ meinen Puls in die Höhe schnellen. Wegen einer Absage machte er sich doch sicher nicht solche Mühe!

»Annabel Hansen«, meldete ich mich.

»Hartmann vom ›Meerblick‹«, meldete sich mein Gesprächspartner, und mir fiel auf, dass dies ein ziemlich guter Adelsname wäre. Doch adlig war Joachim Hartmann natürlich nicht.

»Hallo, Herr Hartmann, schön, von Ihnen zu hören!«, entgegnete ich und verfiel in erwartungsvolles Schweigen. Nun komm schon, schrie es in mir, lass die Katze aus dem Sack!

»Hallo, Frau Hansen, sind Sie gut in Binz angekommen?«

»Ja, danke. Wir sind seit heute Morgen am Auspacken.« Ich warf einen Blick zu Leonie, die gerade damit beschäftigt war, ihre kleinen Spielfigürchen auf dem Fensterbrett zu verteilen.

»Das freut mich. Hätten Sie denn morgen vielleicht Zeit, einmal kurz vorbeizuschauen? Wir würden gern mit Ihnen über das neue Projekt reden.«

»Heißt das, Sie geben mir den Zuschlag?« Ich war von den Socken. Nur schwerlich konnte ich mich davon abhalten, nicht in Jubel auszubrechen. Mein erster Auftrag im neuen Haus! Ich war sicher, dass es mir Glück bringen würde.

»Ja, wir geben Ihnen den Zuschlag. Von allen Angeboten hat uns das Ihre am meisten überzeugt. Morgen würde ich gern ein paar Details mit Ihnen besprechen, bevor ich auf Reisen gehe. Sie hätten dann auch genug Zeit für die Kampagne.«

»Morgen passt prima«, entgegnete ich schnell, obwohl ich noch keine Ahnung hatte, wo ich Leonie lassen sollte. Der

Kita-Platz war erst ab Montag frei, der nächste Tag war ein Freitag. Aber vielleicht hatte sie nichts gegen einen kleinen Stadtbummel.

»Hätten Sie etwas dagegen, wenn ich meine Tochter mitbringe? In die Kita kann sie erst ab Montag.«

»Kein Problem«, entgegnete Hartmann. »Wäre Ihnen elf Uhr recht?«

»Ja, sehr!« Ich lächelte in mich hinein. Das neue Haus brachte mir anscheinend wirklich Glück.

Als ich aufgelegt hatte, war mir, als würde ich auf Wolken schweben. Ich hatte mir innig gewünscht, die Werbekampagne mit dem »Meerblick«-Hotel in Sassnitz machen zu dürfen. Nicht nur, dass Joachim Hartmann gut bezahlte, auch die Lage des Hotels war einzigartig. Es thronte förmlich über dem Hafen von Sassnitz, in dem man das Ein- und Auslaufen der Schiffe beobachten konnte. Sogar ein U-Boot sollte es dort geben. Ich war nicht sicher, ob Leonie das spannend finden würde, aber sie war sehr begeisterungsfähig.

Außerdem war das »Meerblick« so was wie das Lieblingsprojekt von Joachim Hartmann, der in den vergangenen Jahren eine eigene Hotelkette aufgebaut hatte. Er hatte einen berühmten Innenarchitekten engagiert, um das Haus aufzumöbeln. Alles, was er nun noch brauchte, war eine passende Werbekampagne, die den Besuchern klarmachte, dass sie bei ihm eine Unterkunft wie in keinem anderen Hotel der Gegend bekommen würden.

»Mami, Mami!«, rief es plötzlich aufgeregt aus der Küche. Leonie hatte sich während des Telefonats unbemerkt aus dem Zimmer geschlichen.

Alarmiert zuckte ich zusammen, wie immer, wenn sie nicht da war, wo ich sie zuletzt gesehen hatte, und dann nach mir rief. Es war zwar Quatsch, aber jedes Mal hatte ich Angst, dass ihr irgendwas passiert sein könnte.

Mit klopfendem Herzen stürmte ich in die Küche.

Leonie hatte den geblümten Überrock ihres Kleides hochgerafft und zeigte auf eine Katze, die sich durch die offene Haustür gewagt hatte. Das graugestromte Tier erschrak bei meinem Anblick und machte sich klein, während es mich mit seinen gelbgrünen Augen musterte.

Hatten die Balders ihre Katze hier vergessen?

»Guck mal, die Mieze!«, rief Leonie begeistert aus. »Können wir die behalten?«

Kaum hatte sie das gesagt, nutzte die Katze die Gelegenheit zur Flucht. Ihr schlanker Körper verschwand blitzschnell durch die Tür ins Freie.

»Miezi!«, rief Leonie und rannte ihr, ohne lange zu überlegen, hinterher.

»Leonie!«, rief ich und lief meiner Tochter nach.

Als wir auf dem Hof ankamen, war die Katze natürlich nicht mehr zu sehen.

»Wo ist sie nur?«, fragte Leonie, während sie mit ihren Blicken die Büsche absuchte.

»Sie taucht bestimmt irgendwann wieder auf«, sagte ich, denn auch wenn ich nicht auf dem Land aufgewachsen war, wusste ich doch, dass Katzen zu bestimmten Orten immer zurückfanden – besonders dann, wenn sie dort nichts zu suchen hatten. »Komm, gehen wir rein und machen mit dem Zimmer weiter. Vielleicht besucht sie uns dann wieder.«

Obwohl an diesem Tag alles perfekt gelaufen war, konnte ich nicht einschlafen. Während ich dem Wind lauschte, der gegen Abend aufgefrischt war und nun die Bäume zauste, musste ich immer wieder daran denken, was Frau Balder bei ihrer Abreise gesagt hatte: dass sich erfüllen würde, was man in der ersten Nacht träumte.

Ich war nicht abergläubisch, denn wenn es danach gehen würde, hätte ich jetzt Straßenbahnfahrerin sein müssen – genau das hatte ich geträumt, als ich mit Jan in unsere gemeinsame Wohnung gezogen war.

Aber irgendwie fürchtete ich mich davor, dass sich etwas Negatives in meine Träume schleichen könnte. Etwas, was ich nicht haben wollte. Nichts sollte mir meine guten Gedanken an einen Neuanfang nehmen.

Als meine Lider schwer wie Blei wurden und keinem noch so ängstlichen Gedanken mehr standhielten, fand ich mich in einer Küche wieder. Einer sehr alten, unmodernen Küche, die zudem auch noch ziemlich klein war. Eine Neubauwohnung in den Achtzigern, das wusste ich nach einem Blick auf den Abreißkalender an der Wand, der den 17. September 1985 zeigte. Über einer Wäschespinne hingen Geschirrtücher, die hintersten, die bereits trocken waren, wirkten merkwürdig steif. Etwas klapperte in der Küche, während im Wohnzimmer der Fernseher lief. Ich vernahm eine näselnde Männerstimme, die offenbar Nachrichten vorlas.

Ich selbst saß an einem Tisch. Die blaugepunktete Wachstuchtischdecke war an den Ecken schon ein wenig gebrochen, kleine Schnitte verunzierten das Muster. Meine Mutter rutschte hin und wieder mit dem Brotmesser vom Schneidebrett ab, was dazu führte, dass wir alle zwei Monate ins Kaufhaus gingen und versuchten, neues Wachstuch zu bekommen. Das war manchmal sehr schwierig, besonders dann, wenn es schon länger keine Ware mehr gegeben hatte und nicht mal mehr Tischdecken mit hässlichen Mustern übrig waren.

Es war seltsam, dass mir das gerade jetzt einfiel, wo ich doch eigentlich ein Bild malen wollte. Vor mir stand ein

Tuschkasten, dessen Farben schon fast aufgebraucht waren. Das Wasser, mit dem ich den etwas ramponierten Plastikpinsel mit den schwarzen Borsten auswusch, hatte einen seltsamen Schlammton angenommen – kein Wunder, denn ich hatte mich an fast allen Farben bedient. So machte ich das immer, wenn ich etwas malte, ich achtete darauf, dass auch alle Farben auftauchten, die ich hatte.

Ich – das war mein Ich vor etwa neunundzwanzig Jahren. Ein Mädchen mit rotem Haar und Sommersprossen, kaum älter als meine Tochter jetzt.

Ich war so vertieft in meine Malerei, dass ich nicht merkte, wie meine Mutter zur Küchentür hereinkam.

»Bella, jetzt ist aber Schluss mit Malen, gleich kommt das ›Sandmännchen‹.«

»Nur noch ein bisschen«, bat ich sie, ohne von meinem Bild aufzublicken.

»Du kannst morgen weitermalen«, sagte meine Mutter und begann dann, das Malzeug einzuräumen.

Ich sah sehnsüchtig dem Tuschkasten und dem Wasserglas nach, nahm dann das Bild an mich.

»Lass es lieber liegen, die Farben sind noch nicht trocken«, sagte meine Mutter, doch ich wollte es nicht hergeben. Es war mein Meisterwerk, das beste Bild, das ich je gemalt hatte, davon war ich überzeugt. Mama lenkte schließlich ein und ließ es mich ins Wohnzimmer mitnehmen, wo sie mich auf einen mit grobem rotem Stoff bezogenen Sessel bugsierte.

Manchmal, wenn wir spielten, war er mein Thron, auch wenn eine der Lehnen an der Seite schon etwas abgeschabt war.

Ich kuschelte mich mit dem Bild in den Sessel und spürte, wie mein Körper plötzlich schwer wurde. Meine Augen fielen zu, dabei war heute der Tag, an dem eine Geschichte von

Fuchs und Elster beim »Sandmännchen« gezeigt wurde. Aber ich konnte mich nicht dagegen wehren. Das »Sandmännchen«-Lied, das in diesem Augenblick anhob, entfernte und verzerrte sich, und dann wurde alles dunkel.

Als ich wieder wach wurde, blitzte mir Blaulicht in die Augen. Sonst war alles dunkel, nur dieses Licht war da. Im Sekundentakt riss es Personen und Fahrzeuge aus der Finsternis. Ich hörte Stimmen, doch die waren weit entfernt. Was vor sich ging, begriff ich nicht, also schloss ich die Augen und hoffte, dass ich bald wieder einschlafen würde, um etwas anderes zu träumen. Etwas Schönes … Denn ich war überzeugt, dass die Fahrzeuge und das blaue Licht nur Teil eines Traumes waren – oder vom »Polizeiruf 110«, den Mama sich manchmal anschaute …

Augenblicklich fuhr ich hoch. Schweißnass hing das Nachthemd an meinem Körper, und mein Herz raste. Ich hörte das Raunen des Windes und das Rauschen der Bäume. In der Ferne brandete das Meer ans Ufer. Obwohl ich wusste, wo ich war und dass das, was ich gesehen hatte, weit zurücklag, brauchte ich eine Weile, um die Bilder abzuschütteln.

Der Traum war ein alter Bekannter von mir. Mittlerweile waren Jahre vergangen, seit ich ihn zuletzt geträumt hatte, doch nun war er zurück und bescherte mir die gleiche Panik, die ich immer fühlte, wenn er mich heimsuchte.

Als ich noch ein Kind gewesen war, hatte ich beinahe ständig von dem Abend geträumt – dem letzten Abend mit meiner Mutter. Ich konnte mich nicht mehr an viel erinnern, was sie anging, doch das letzte Zusammensein mit ihr hatte sich ebenso wie das Datum in mein Gedächtnis eingebrannt. Alle Versuche von außerhalb, das damals Geschehene zu tilgen, waren erfolglos gewesen. Ja, nicht mal ich selbst hatte es geschafft, es zu verdrängen. Von Zeit zu Zeit kam es wieder hoch und erinnerte mich daran, dass es unter der Fassade der erwachsenen Annabel, die alles im Griff hatte, eine kleine Annabel gab, die nicht wusste, warum sie von ihrer Mutter verlassen worden war. Die kleine Annabel, der man ständig eingetrichtert hatte, dass sie von ihrer Mutter verlassen worden war, bis sie es geglaubt hatte.

Und was sagte die erwachsene Annabel dazu? Ich hatte mir schon lange keine Gedanken mehr darüber gemacht, ob meine Mutter mich wirklich zurückgelassen hatte oder ob das alles eine Lüge der Parteifunktionäre war.

Aber warum hatte ich nach der Wende nicht darüber nachgedacht?

Und warum tat ich es gerade jetzt?

Ich starrte an die Decke. Mein Herz tobte. Auch das letzte Herzrasen lag eine Weile zurück. Eine Freundin hatte mir geraten, in so einem Fall die Fenster zu öffnen und die Bettdecke wegzuschieben. Doch ich brauchte etwas anderes.

Mit pochendem Herzen schlich ich auf Zehenspitzen durch den Flur. Es war dumm, aber in diesem Augenblick wusste ich, dass ich erst einschlafen konnte, wenn ich es fand. Das Bild.

Über die Jahre war es stets mit mir gereist, verborgen in einer Mappe. Niemand außer mir wusste davon. Egal, wo ich hingezogen war, stets hatte ich es versteckt. Und nie den Mut gefunden, es wegzuwerfen. Es war das einzige Zeugnis meines alten Lebens.

Ich ging ins Wohnzimmer und fand mit traumwandlerischer Sicherheit die Kiste, in der ich es verstaut hatte. Ich hätte nicht sagen können, in welchem Karton sich mein rotes Kleid oder der Wecker mit den Katzenohren befand – doch ich wusste genau, wo ich das Bild versteckt hatte. Mit weichen Knien und zitternden Händen zog ich die Kiste hervor und öffnete sie.

Zunächst musste ich mich durch viele andere Dinge wühlen, Schals, Beutelchen mit Haarklammern, ein Schächtelchen mit alten Stempeln, die ich zum Verzieren von Grußkarten benutzte. Zuunterst lagen einige alte Arbeitsproben. Und dann fand ich es.

Die Mappe, in der ich das Bild aufbewahrte, war genauso alt wie ich. Das wusste ich, weil jemand die Jahreszahl meiner Geburt auf die mittlerweile verblichene Pappe geschrieben hatte. Der ursprüngliche Sinn dieser Mappe war mir unbekannt, aber auf dem Namensfeld stand der Name Silvia Thalheim. Er war wegradiert worden, oder zumindest hatte man es versucht. Das Schwarz des Bleistifts war verschwunden, doch der Eindruck des Stiftes war geblieben. Wahrscheinlich würde er bleiben, bis die Mappe eines Tages weggeworfen wurde.

Ein Schauer lief über meinen Rücken, als ich die Gummis der Mappe zurückschob und sie öffnete. Sie enthielt nur dieses eine Bild. Eine verblassende Darstellung eines Mädchens vor einer Windmühle. Das Mädchen stand in einem Feld voller Blumen und hielt einen Luftballon in der Hand. Ihr Körper war ein simples, rot angemaltes Dreieck, die Haare waren gelb wie die überdimensionale Sonne über den Windmühlenflügeln. Dieses Bild hatte ich an dem Abend gemalt, bevor alles anders geworden war. Zögernd strich ich über die Mühle, zog die Hand aber schnell zurück, als etwas Farbe vom Papier bröckelte.

Es war das letzte Bild, das ich in unserer Küche gemalt hatte, das letzte Bild, das meine Mutter gesehen hatte, bevor sie aus meinem Leben verschwand und einen tiefen Riss in mir hinterließ.

»Mami«, hörte ich es da aus dem Gang rufen. »Mami, wo bist du?«

Augenblicklich kehrte ich ins Hier und Jetzt zurück. Leonie war wach. Rasch ließ ich die Zeichnung wieder in der Kiste verschwinden und erhob mich.

»Hier bin ich, mein Schatz«, rief ich, als ich das Zimmer verließ. Meine Tochter sah mich mit großen Augen an.

»Was hast du da gemacht?«, fragte sie, während sie ihr rosa Kuschelhäschen an sich drückte.

»Ich konnte nicht schlafen und hab mal in den Kisten nachgesehen.«

»Was hast du gesucht?«, fragte sie. Auch wenn sie erst fünf war, konnte ich ihr nichts vormachen, sie durchschaute mich immer wieder.

»Nichts Bestimmtes«, antwortete ich und hob sie auf meine Arme. »Ich wollte nur nachgucken, ob ich auch nichts vergessen habe.«

Ich hasste es, meine Tochter anzulügen, aber von dem Bild konnte ich ihr nicht erzählen. Jedenfalls jetzt noch nicht. Irgendwann würde ich es tun – allerdings … Was sollte ich ihr erzählen? Das, was damals geschehen war, verschwand im Nebel. Ich verdrängte es und war damit so erfolgreich, dass ich selbst nicht mehr wusste, was passiert war. Und ich hütete mich, daran zu rühren.

»Willst du mit in mein Bett?«, fragte ich Leonie, in der Hoffnung, sie von ihren Fragen abzubringen.

»Au ja!«, rief sie begeistert aus. Mein Plan ging auf. Ich trug sie in das viel zu große Bett, das ich frisch bezogen hatte, und sang ihr ein Schlaflied vor. Und ich hielt sie im Arm, als ihre Augen zufielen und ihr Atem gleichmäßig und schwer wurde.

# 3

Leonie bei mir zu haben beruhigte mich ein wenig. Ihre Wärme gab mir Sicherheit und Zukunft und ein Gegengewicht zu dem, was mich manchmal im Schlaf einholte und verunsicherte.

Wieder einschlafen konnte ich trotzdem nicht. Die Traumbilder hielten sich hartnäckig in meinem Verstand. Für gewöhnlich schaffte ich es, sie schnell zu verdrängen und zur Tagesordnung überzugehen. Doch diesmal war es etwas anderes. Ich lauschte dem Wind, dem Atem meines Kindes und meinem Herzschlag. Die Stimmen der Vergangenheit wisperten mir unablässig zu. Offenbar hatte ich doch nicht alles in Bremen zurückgelassen. Aber konnte man das denn überhaupt, die eigene Geschichte zurücklassen? Zumal sie nichts mit Bremen und Jan zu tun hatte, sondern mit meiner eigenen Familie ... Fragen drängten sich in den Vordergrund.

Wenn damals alles anders gekommen wäre, wäre ich dann hier? Wenn meine Mutter geblieben wäre, würde ich dann noch immer in Leipzig leben? Hätte ich vielleicht einen vollkommen anderen Weg eingeschlagen als den, der hinter mir lag?

Und was, wenn sie plötzlich zurückgekehrt wäre, um mich abzuholen. Hätte ich dann die Hansens verlassen können – oder wollen?

Meine Erfahrungen und nicht zuletzt meine Adoptiveltern hatten mich zu dem Menschen gemacht, der ich jetzt war. Ich war zufrieden – aber dennoch nagte der Zweifel manchmal an mir und ich spürte die alte Zerrissenheit. Vielleicht hätte alles noch viel besser kommen können, wenn es damals diesen Riss in meinem Leben nicht gegeben hätte? Ich atmete tief durch und versuchte, das Wirrwarr zu ordnen. Mich auf das Hier und Jetzt zu konzentrieren.

Ich mochte den Gedanken an den Neuanfang, ich mochte dieses Haus. Und ich liebte meine Tochter über alles. Gegen nichts in der Welt wollte ich sie eintauschen. Das, was damals mit meiner Mutter passiert war, lag weit zurück, redete ich mir ein und wollte mich lieber auf den Berg von Wünschen konzentrieren, die ich besonders im vergangenen Jahr oftmals zurückgestellt hatte.

Ich wünschte mir wieder Nähe zu einem Mann, nicht nur, aber auch in sexueller Hinsicht. Ich wünschte mir einen Partner, der mich in den Arm nahm, mich tröstete, wenn etwas schieflief, sich mit mir freute, wenn etwas klappte, und der mir half, wenn mir die Dinge über den Kopf wuchsen.

Doch die Gewissheit, dass ich nicht alles einfach so abschütteln konnte, nagte in diesem Augenblick kräftiger denn je an mir. Ich musste zugeben, dass mir der Mut fehlte, mich mit dem zu befassen, was am 17. September 1985 passiert war. Es hatte viele Erklärungsversuche gegeben, man hatte versucht, mich zu beeinflussen, bis ich selbst nicht mehr wusste, was richtig und was falsch war. Lange schon hätte ich einen Schlussstrich unter all das ziehen können, ich hätte herausfinden können, was damals wirklich geschehen war. Aber die Angst und die Enttäuschung steckten mir tief in den Knochen. Viel zu tief, auch in diesem Augenblick.

Lange grübelte ich nach, bis sich ein Geräusch in mein Bewusstsein drängte. Das Meer am Morgen. Ich hörte sein Rauschen wie die Rufe eines sehnsüchtigen Geliebten. Wie gern sah ich die Sonne über dem Wasser aufgehen – allerdings hatte ich nur selten die Gelegenheit dazu gehabt.

Wenn wir im Urlaub waren, hatte mich das Zusammensein mit Jan oft daran gehindert, oder wir hatten so lange geschlafen, bis der Strand bereits übervoll mit Menschen war. Und in Hamburg, wenn ich früh zur Schule gefahren war, hatte mich der Sonnenaufgang über der Alster nicht interessiert.

Doch nun überkam mich das unbändige Verlangen, das Meer am Morgen zu sehen.

Ich blickte zu Leonie, die sich an mich gekuschelt hatte wie ein müdes Kätzchen. Ihre Finger zuckten ein wenig, als würde sie im Traum nach etwas greifen. Vorsichtig löste ich mich von ihr und deckte sie sorgfältig zu. Bis sie erwachte, würde ich zurück sein.

Als ich aus dem Bett heraus war, band ich meine Haare zusammen und schlüpfte in meinen Trainingsanzug. Es war schon eine Weile her, dass ich wirklich gejoggt war. Genau genommen hatte ich meine letzten Runden gedreht, bevor ich mit Leonie schwanger geworden war. Vielleicht konnte ich diese alte Gewohnheit hier wieder aufnehmen. Es musste herrlich sein, am Strand entlangzulaufen und den Wind in Haaren und Lunge zu spüren.

Bevor ich aus dem Schlafzimmer schlüpfte, warf ich einen Blick zurück auf Leonie. Sie regte sich ein wenig, kuschelte sich tiefer in die Bettdecke ein und schien meine Abwesenheit nicht zu bemerken. Anfangs hatte ich immer Bedenken gehabt, sie im Schlafzimmer allein zu lassen, aber wenn Leonie wach wurde und ich nicht da war, wusste sie, dass ich irgendwo im Haus war. Es war nicht so, dass ich sie verlassen würde. Allein der Gedanke daran brach mir das Herz. Und ich hoffte, das wusste sie.

Als ich vor die Tür trat, wurde ich von den ersten Morgengesängen der Vögel begrüßt. Im Hintergrund rauschte leise die See. Ein kleines Stück dunkelblaue Nacht war noch da, doch der Morgen drängte von Osten über das Meer und brachte den neuen Tag.

Die Luft war noch etwas kühl und durchsetzt mit Algengeruch, aber das gefiel mir sehr. Es war etwas ganz anderes, als mit dem Rauschen von Straßenverkehr zu erwachen oder mit dem Krach der Müllabfuhr, die keine Rücksicht darauf nahm, dass man vielleicht noch bis spät in die Nacht gearbeitet hatte und keinen Grund sah, schon um sechs Uhr morgens aus dem Bett zu springen.

Minutenlang stand ich auf dem Hof und schaute mich um, fast ein wenig ungläubig darüber, dass wir jetzt hier waren. Mein Paradies. Genau das würde es werden. Auch wenn mich die Schatten der Vergangenheit noch immer nicht losließen. Das hatte mir der Traum deutlich gezeigt.

Endlich löste ich mich von dem Anblick der Bäume und ging in den Garten. Tau nässte meine Knöchel und vertrieb die Schwere aus meinen Knochen, die ich immer dann spürte, wenn ich in der Nacht zu wenig Schlaf bekommen hatte.

Ich ging an den Rosen vorbei, deren Blüten halb geschlossen waren und auf denen ebenfalls Tau glitzerte.

Unwillkürlich musste ich an früher denken, an den Garten meiner Eltern – ich nannte sie so, weil es nach jener schicksalhaften Nacht nur noch sie gegeben hatte.

Ich hatte damals gerade irgendein Märchen gelesen, in dem es um eine Prinzessin ging, die ein Diadem aus Tautropfen besitzen wollte. Ich wusste, dass das nicht ging, aber ich war für eine Weile besessen davon, einen Garten zu haben, in dem es wie von Diamanten glitzerte. Immer, wenn wir in der Datsche am Stadtrand waren, besprengte ich einen Teil des Gartens mit Wasser und wartete, dass die Abendsonne den richtigen Stand hatte. Dann setzte ich mich ins nasse Gras und sah zu, wie die Wassertropfen zu glitzern begannen.

Das würden sie hier auch tun, und so bald wie möglich würde ich Leonie meinen Palast aus Tautropfen zeigen.

Aber nun ließ ich die üppigen, duftenden Rosen hinter mir und strebte der kleinen Pforte zwischen den Büschen zu, die zu der Strandtreppe führte.

Treppen hatten mir schon immer Respekt eingejagt, also betrat ich die Stufen langsam und vorsichtig. Das dichte Gestrüpp schloss sich schließlich über mir und ließ die Nacht für einen Moment zurückkehren. Doch dann breitete sich vor mir der felsige Strand aus und empfing mich mit rotem Morgenlicht, das hinter dem Kreidefelsen aufstieg.

Überwältigt von dem Anblick blieb ich einen Moment lang stehen und schaute aufs Wasser, das mit gleichförmigem Gesang an den Strand brandete.

Bis auf ein paar Möwen, die träge auf dem Wasser schwammen, war ich ganz allein. Zu meiner Rechten erstreckte sich der Steinstrand, zu meiner Linken entdeckte ich die Stadt mit ihren Strandbars und den Hotels und Pensionen an der Promenade. Die Beleuchtung der Seebrücke, an der die Ausflugsschiffe anlegten, verglomm allmählich. Nicht mehr lange, und der Tag würde sie in die verdiente Ruhepause schicken.

Obwohl die Strandpromenade sehr reizvoll aussah, entschied ich mich für den Steinstrand. Ich begann langsam mit dem Joggen, denn ich war ziemlich aus der Form, wie mir meine Lunge schon nach wenigen Metern deutlich zeigte.

Aber nach einiger Zeit wurde es besser und ich fand meinen Rhythmus.

Zunächst hatte ich noch Sand unter den Füßen, doch je weiter ich lief, desto felsiger wurde der Untergrund. Schließlich ragten große Steinblöcke vor mir auf. Einige lagen halb im Wasser und waren dicht mit Algen bewachsen, viele von ihnen hatten am unteren Teil dicke Salz- und Sandkrusten.

Ich verharrte kurz, ging dann eine Weile zwischen ihnen entlang, stellte mich schließlich auf einen der Steine und blickte hinaus aufs Meer. Der Wind trocknete die Schweißperlen auf meiner Stirn. In der Ferne, umgeben von Dunst, fuhr ein Frachtschiff in Richtung Sassnitz. Die Sonne ließ seine weißen Aufbauten strahlen.

Es hatte Zeiten gegeben, in denen ich mir sehnlichst gewünscht hatte, mit einem Boot weit rauszufahren, all meinen Sorgen davon. Doch diese Sehnsucht spürte ich jetzt nicht. Auch wenn einige meiner Sorgen nach wie vor existierten.

Als ich mich zur Seite wandte, entdeckte ich etwas auf den Steinen. Zunächst hielt ich es für eine vergessene rosa Badehose – zuweilen verloren Schwimmer Kleidungsstücke unter Wasser, und erst viel später wurden sie wieder angeschwemmt. Dann waren sie meist voller Algen und kaum noch als das erkennbar, was sie eigentlich waren.

Doch als ich vom Stein herunterstieg und näher trat, sah ich, dass es sich um einen Strauß rosafarbener Wildrosen handelte. Die Blüten waren noch ziemlich frisch, lange konnten sie noch nicht hier liegen.

Wer hatte sie abgelegt? Und warum?

Bereitete hier jemand einen romantischen Heiratsantrag vor?

Dieser Gedanke versetzte mir einen kleinen Stich. Aber immerhin nur das.

Noch vor einigen Monaten wären mir bei der Vorstellung die Tränen gekommen.

Nachdem ich herausgefunden hatte, dass mein Mann schon lange nicht mehr *mein* Mann war, war für mich eine Welt zusammengebrochen. Ich hatte das Glück anderer nicht ertragen können. Wohin ich mit Leonie auch floh, überall schien es von verliebten Paaren nur so zu wimmeln. Ich neidete den anderen ihr Glück und hasste mich selbst dafür.

Ich betrachtete die Rosen eine Weile und berührte sie vorsichtig. Die Blätter waren kühl und zart wie Seide und verströmten einen berauschend süßen Duft. Es war dieselbe Sorte Wildrosen, die ich in meinem Garten hatte. Wahrscheinlich wucherten sie hier überall.

Und wenn ich nun wartete, ob jemand herkam?

Nein, das Glück eines anderen Paares wollte ich mir nicht anschauen. Es war ihr Leben, und ich sollte mich auf meines konzentrieren.

# 4

In Sassnitz herrschte reger Betrieb. Eine Invasion von Wohnwagen schob sich durch die Altstadt. Auf der Suche nach der richtigen Abbiegung, die mich zum »Hotel Meerblick« führen würde, begegneten mir mindestens fünfzehn von ihnen. Die Campingsaison hatte ganz eindeutig begonnen.

Nachdem ich mich gründlich verfahren hatte, suchte ich, im Halteverbot stehend, auf meinem Handy nach einer Wegbeschreibung. Das war nicht besonders professionell – aber ich hätte auch nicht gedacht, dass es in Sassnitz Schleichwege gab, die nicht mal ein Navi fand.

»Sind wir schon da?«, fragte Leonie. Sie war unruhig. Ehrlich gesagt, war ich es auch, denn mittlerweile war es zehn vor elf – viel Zeit, das Hotel zu finden, hatte ich nicht mehr.

»Noch nicht, Schatz, aber bald«, antwortete ich abwesend.

Nach einer erneuten Ehrenrunde sah ich schließlich die kleine Gasse und konnte rechtzeitig abbiegen. Der Rest war ein Kinderspiel. Nachdem ich die etwas steile und ziemlich schmale Straße hinter mir gelassen hatte, sah ich es.

Schon im Internet hatte es grandios ausgesehen, doch in der Realität war es einfach nur imposant. Ich parkte meinen Wagen auf dem einzigen freien Besucherparkplatz und stieg aus. Mit Leonie an der Hand marschierte ich über den gepflasterten Weg zum Eingang, vor dem ein Mann in roter

Livree stand. Er grüßte uns freundlich und hielt uns die große Glastür auf, auf der in goldenen Lettern »Hotel Meerblick« stand.

Und nicht nur der Portier vermittelte mir das Gefühl, eine Reise ins 19. Jahrhundert angetreten zu haben. Das Foyer des Hotels war im Jugendstil eingerichtet worden. Schwere, gemütliche Ledersessel luden die Gäste zum Verweilen ein, die Rezeption schien aus den ersten Tagen des Hotels zu stammen. Das Holz mit seinen schönen Intarsien war sorgfältig restauriert worden. Sogar das alte Schlüsselbrett gab es noch.

»Was kann ich für Sie tun?«, fragte die Dame am Empfang, deren Kostüm ebenfalls rot war, aber keineswegs antiquiert wirkte.

»Ich habe einen Termin mit Herrn Hartmann, um elf.« Ich blickte auf die alte Standuhr hinter der Rezeption. Drei Minuten nach elf. Mist!

»Einen Moment, ich rufe ihn an«, erklärte die Frau lächelnd und griff nach ihrem Telefon.

Während sie versuchte, den Chef zu erreichen, schaute ich auf Leonie. Sie war vollkommen gefesselt vom Anblick der alten Möbel und des Kronleuchters, der wie eine überdimensionale glitzernde Traube über unseren Köpfen hing.

»Können wir so einen auch haben?«, fragte sie, ohne den Blick abzuwenden.

»Nein, mein Schatz, dazu ist unser Haus leider zu klein.«

»Und gibt's die denn nicht in kleiner?«, fragte sie weiter. Bevor ich antworten konnte, wandte sich die Empfangsdame wieder an mich.

»Herr Hartmann erwartet Sie in seinem Büro im zweiten Stockwerk. Einfach mit dem Fahrstuhl nach oben und dann dem Gang bis zum Ende folgen.«

Ich bedankte mich und ging mit Leonie zum Fahrstuhl.

Diesem entstieg gerade ein älteres Paar. Die Frau hatte zartrosa gefärbtes Haar und strahlte beim Anblick von Leonie.

»Was für ein reizendes Mädchen!«, rief sie begeistert aus, doch bevor ich durch höflichen Small Talk noch mehr Zeit verlor, bedankte ich mich freundlich und verschwand im Fahrstuhl.

Nervös blickte ich in den Spiegel, der von einem verschnörkelten goldenen Rahmen umgeben war. Wenn ich in meinem blauen Kostüm unterwegs zu meinen Kunden war, kam ich mir immer seltsam fremd vor. Das war allerdings kein schlechtes Gefühl. Ich zeigte der Welt, dass hier nicht eine gescheiterte Ehefrau stand, die manchmal nicht wusste, was sie zuerst anpacken sollte. Hier stand eine Geschäftsfrau, die wusste, was sie tat. Und die es gut überspielen konnte, wenn das mal nicht der Fall war.

Die Tür öffnete sich mit einem leisen »Pling«. Kühle Luft strömte mir entgegen. Entweder war die Klimaanlage ein wenig zu hoch aufgedreht, oder hier zog es. Doch bis zum Ende des Ganges schafften wir es hoffentlich, ohne uns eine Erkältung einzufangen.

Ich klopfte und wurde von einer Frauenstimme hereingebeten.

Die Dame hinter dem Schreibtisch trug eine rosafarbene Bluse zum schwarzen Rock und das dunkle Haar zu einem Knoten aufgesteckt. Sie warf uns beiden einen fragenden Blick zu.

»Guten Morgen, mein Name ist Annabel Hansen.«

»Die Werbefachfrau«, kam sie mir zuvor und setzte ein geschäftsmäßiges Lächeln auf. »Wenn Sie bitte einen Moment warten würden?«

Die Sekretärin verschwand hinter einer altertümlichen Flügeltür, die sie ein wenig offen stehen ließ. Ich streichelte

Leonie über die Locken und warf dann einen Blick nach draußen. Was für eine herrliche Aussicht auf den Hafen!

»Mami, wann gehen wir in die Stadt?«, fragte Leonie, die mit der Aussicht nur wenig anfangen konnte.

»Nachher«, versprach ich. »Ich muss jetzt nur noch mit dem Besitzer des Hotels sprechen, dann gehen wir und kaufen ein Eis.«

Leonies Augen leuchteten auf. Eis liebte sie über alles. Und es war das beste Mittel, sie zur Geduld anzuhalten.

»Hier.« Ich zog ein Bilderbuch hervor, auf dem eine Nixe abgebildet war, deren Schuppen grün und blau glitzerten. »Schau mal, was die kleine Meerjungfrau gerade so anstellt.«

Leonie lächelte mich verschmitzt an. »Aber die Geschichte ist immer dieselbe.«

Sie war fünf Jahre alt, man konnte ihr nicht mehr weismachen, dass sich die Geschichte in einem Buch verändern würde.

»Das stimmt, aber vielleicht fällt dir zu den Bildern noch eine andere Geschichte ein«, gab ich zurück. »Wenn ein Buch zu Ende ist, heißt das ja noch lange nicht, dass die Geschichte zu Ende sein muss.«

»Ein kluger Gedanke«, sagte eine Männerstimme hinter mir.

Erschrocken zuckte ich zusammen. Ich hatte nicht gehört, dass er hereingekommen war. Als ich mich umwandte, sah ich einen hochgewachsenen blonden Mann Anfang fünfzig. Sein Gesicht war schmal und markant, sein schlanker Körper steckte in einem dunkelblauen Nadelstreifenanzug. Die Farben der Krawatte und des Einstecktuchs waren identisch und unterstrichen seine blauen Augen, mit denen er mich anstrahlte.

»Joachim Hartmann«, stellte er sich vor und streckte mir

die Hand entgegen. Natürlich waren seine Fingernägel perfekt manikürt. Es war mir beinahe peinlich, ihm die Hand zu geben, denn in letzter Zeit trug ich meine Nägel kurz und unlackiert, ein Nagelstudio hatte ich schon seit einem Jahr nicht mehr von innen gesehen und in meinen Nagellackfläschchen trockneten die Reste mittlerweile an.

»Annabel Hansen«, stellte ich mich vor, straffte mich und erwiderte seinen Händedruck fest und selbstbewusst. Wahrscheinlich störten ihn meine kurzen Nägel gar nicht. Außerdem war ich hier, um mit ihm zu arbeiten, nicht, um ihn mit meinem Aussehen zu beeindrucken. »Es freut mich sehr, Sie kennenzulernen, Herr Hartmann.«

»Die Freude ist ganz auf meiner Seite.« Seine Stimme hörte sich noch wesentlich voller an als am Telefon. »Ich nehme an, das ist Ihre Tochter?«

»Ja, Leonie.« Als ich ihren Namen nannte, flammte kurz ein Lächeln auf.

Schon die ganze Zeit über hatte sie den Mann vor uns fixiert. Vielleicht wurde aus ihr ja mal eine tolle Kriminalbeamtin, Leute beobachten konnte sie jedenfalls. Und sie wusste in Windeseile, wen sie mochte und wen nicht. Bei Hartmann wirkte sie ein wenig skeptisch, das erkannte ich daran, wie sie auf dem Zeigefinger herumkaute.

»Guten Tag, Leonie«, sagte er und reichte ihr die Hand. Es schien ihn nicht zu stören, dass ihre Rechte durch das Fingerkauen vollgesabbert war. Leonie zögerte noch eine Weile, doch da ich ihr beigebracht hatte, Leuten die Hand zu geben, wenn sie das auch taten, legte sie ihre in seine.

»Guten Tag«, sagte sie schüchtern.

»Ein sehr höfliches Fräulein«, stellte Hartmann fest und strahlte mich an. »Und nach dem Aussehen ganz die Frau Mama.«

Es wäre zwecklos gewesen, ihm zu erklären, wie viel sie von ihrem Vater hatte. Außerdem gehörte es nicht hierher. Für gewöhnlich trennte ich Beruf und Privatleben strikt, nur wenn ich Leonie zu einem Termin mitnehmen musste, weil die Kita geschlossen war oder der Babysitter keine Zeit hatte, berührten sich diese beiden Bereiche kurz.

»Na, dann kommen Sie doch in mein Büro. Ihre Tochter können Sie gern mitnehmen, an der Seite gibt es einen kleinen Tisch für sie.«

Der Tisch war nicht für ein Kind gedacht, aber glücklicherweise war Leonie groß genug, um daran zu sitzen.

»Hier hast du deine Malstifte«, erklärte ich, während ich in meine Tasche griff. Diese war der Überlebenskoffer für jede Situation. Für mich enthielt sie ein Buch, falls ich irgendwo warten musste, und für Leonie hatte ich Buntstifte, ein Malbuch und einen kleinen Zeichenblock dabei, falls sie keine Lust hatte, die Kleider der Prinzessinnen zu gestalten. »Bleib schön hier sitzen, es dauert nicht lange.«

Leonie nickte gehorsam, dann machte sie sich an die Arbeit.

Nun hatte ich Gelegenheit, die Einrichtung von Hartmanns Büro zu bewundern. Es war überraschend modern und kontrastierte mit den alten Stuckdecken, die liebevoll restauriert worden waren.

Der Standort des schweren Schreibtisches war gut gewählt. Von hier aus konnte Joachim Hartmann nicht nur den gesamten Raum und bei geöffneter Tür auch das Vorzimmer überblicken. Wann immer ihn die Arbeit anstrengte oder anödete, konnte er auch einen Blick aus dem Fenster werfen.

»Nehmen Sie doch Platz«, sagte er und deutete überraschenderweise nicht auf den Stuhl vor dem Schreibtisch, sondern auf die lederne Sitzecke unterhalb der Fenster. »Stefanie bringt uns gleich einen Kaffee.«

Das tat die Sekretärin tatsächlich, kurz nachdem wir uns in den bequemen Sesseln niedergelassen hatten. Und es war nicht irgendein Kaffee, sondern ein Latte macchiato, wie ihn ein professioneller Barista nicht besser hinbekommen hätte.

Halt, stopp, sagte ich mir. In diesem Hotel gibt es bestimmt einen Barista, die Sekretärin ist sicher nicht zum Kaffeekochen da.

Diskret schloss sie die Tür hinter sich und überließ uns unseren Verhandlungen.

»Nun, wie ich am Telefon schon sagte«, begann Hartmann, während er mit einem langen Löffel das Kakaoblatt auf seinem Milchschaum zerstörte. »Von allen Kampagnen, die eingereicht wurden, hat mir Ihre am besten gefallen. Ich kann nur hoffen, dass Sie niemals ins Hotelgewerbe einsteigen, schon gar nicht hier, das würde meinen Ruin bedeuten.«

Er lachte auf. Ein wenig gekünstelt, denn wahrscheinlich wusste er, dass ich niemals ein Hotel eröffnen würde. An ein Café hatte ich tatsächlich schon einmal gedacht, aber bisher hatte mich die Arbeit in der Werbeagentur immer davon abgehalten.

»Keine Sorge, mein Metier ist die Werbung, und das beherrsche ich hoffentlich recht gut.«

»Sie beherrschen es perfekt.«

Hartmann sah mich an. Nicht wie jemand, der gerade einen Auftrag vergab, sondern wie jemand, der sein Gegenüber näher kennenlernen wollte. Das verwirrte mich ziemlich, denn seit Jan hatte mich nur selten ein Mann so angesehen. Und nie hatte ich diesen Blick auf die erwartete Art und Weise erwidert. Auch jetzt tat ich es nicht, obwohl Hartmann durchaus attraktiv war. Aber wahrscheinlich suchte er nur Bestätigung, an einer geschiedenen Frau mit Tochter hatte jemand wie er sicher kein Interesse.

Ich schaltete also in den Profimodus und begann, ihm meine Ideen noch einmal darzulegen und ihm dann konkrete Beispiele für Werbemaßnahmen zu nennen. Der Hotelchef hörte mir aufmerksam zu, und allmählich verschwand auch der verbindliche Blick.

Während ich sprach, sah ich aus dem Augenwinkel heraus immer wieder kurz nach Leonie, doch sie war darin vertieft, irgendetwas mit einem grellrosa Stift auszumalen.

Als ich mit meinen Ausführungen am Ende war, lächelte Hartmann mich an.

»Die beste Wahl, die ich treffen konnte«, sagte er noch einmal und gab mir dann mit seinem Händedruck grünes Licht.

»Was machen Sie eigentlich kommendes Wochenende?«, fragte er mich dann. Beinahe verschluckte ich mich an dem Rest meines Kaffees.

In der Selbstbeschreibung hatte ich angegeben, geschieden zu sein. Doch warum ging er davon aus, dass ich Interesse an ihm hatte?

Allerdings musste ich aufpassen, denn solange der Vertrag zwischen uns nicht unterschrieben war, konnte er seine Zusage jederzeit zurückziehen. War er so ein Typ? Hatte er mich vielleicht doch nur ausgesucht, weil er glaubte, ein Techtelmechtel eingehen zu können?

Ich lächelte, um meine Unsicherheit zu überspielen, dann antwortete ich: »Am Wochenende kommen meine Eltern zu Besuch, sie wollen unser neues Haus in Augenschein nehmen.«

Das war eine faustdicke Lüge, aber besser das als Verwicklungen, auf die ich keine Lust hatte.

»Oh«, entgegnete er, offenbar hatte er sich ausgerechnet, dass ich nichts vorhatte. Ich betrachtete ihn prüfend. Würde das Auswirkungen auf meine Arbeit haben? Wenn ja, dann war es vielleicht besser, wenn er es sich überlegte. Ich mochte geschieden und jung sein, aber das hieß nicht, dass ich mich mit Kunden einließ. Genau das schien ihm mein Blick zu sagen, denn nun wirkte er ein wenig verlegen.

»Nun, dann vielleicht ein anderes Mal«, sagte er wie zu sich selbst.

»Vielen Dank für den Kaffee und den Auftrag. Sie werden es nicht bereuen, mir den Zuschlag gegeben zu haben«, sagte ich schnell und überging seine Bemerkung. Ein anderes Mal kam nicht in Frage. Wenn mich die vergangenen Jahre mit Jan eines gelehrt hatten, dann die Weisheit, dass man sich nicht mit erfolgreichen, schnell gelangweilten Geschäftsmännern einlassen sollte.

Als ich mich zum Gehen wandte, streifte mein Blick noch einmal die Fenster und die grandiose Aussicht auf den Hafen. Ein Segelschiff zog träge vorbei, die Fischkutter schaukelten auf dem Wasser. Das U-Boot lag wie eine große schwarze Zigarre am Kai.

Und da sah ich es. Für einen Moment war ich wie erstarrt. Auf einmal war eine Stimme in meinem Hinterkopf, die mir sagte, dass ich näher heranmusste. Dass ich es sehen musste.

»Alles in Ordnung mit Ihnen?«, fragte Joachim Hartmann, der meinen Blick und mein Erstarren mitbekommen hatte.

»Ja, natürlich«, antwortete ich schnell und machte mich daran, Leonies Malzeug wieder einzusammeln. »Ich hatte nur eben einen Gedanken.«

Ich lächelte und verabschiedete mich dann.

»Mami, wo wollen wir denn hin?«, fragte Leonie. Sie war beinahe schon ein bisschen zu schwer, um getragen zu werden, doch um schneller voranzukommen, hatte ich sie kurzerhand hochgehoben und lief nun die steil abfallende Straße zum Hafen hinunter. Ein paar Autos fuhren an uns vorbei, bei einigen jaulte der Motor protestierend. Doch einen Gehweg gab es nicht, auf den wir uns hätten flüchten können, also hielt ich mich so gut es ging auf der rechten Seite.

Am Hafen angekommen, setzte ich Leonie wieder ab. Erst jetzt bemerkte ich, dass ich die Frage meiner Tochter nicht beantwortet hatte.

»Ich möchte nur mal kurz zum Hafen gehen«, sagte ich, während ich ihre Hand in meiner barg.

»Zum U-Boot?«, fragte sie und blickte in die Richtung, in der der schwarze Stahlkoloss aus dem Wasser ragte. Während der Fahrt hatten wir darüber gesprochen.

»Nein, zu einem anderen Schiff. Du wirst schon sehen!«

Im Hafen wimmelte es um diese Zeit von Fischerbooten. Einige Besatzungen luden Fischkisten aus, andere überprüften die Takelage. Auf einem Ausflugsdampfer fegte ein Mann den Schmutz vom oberen Deck, während das nebenan liegende Schwesterschiff sich bereitmachte, die noch etwas magere Touristenschar anzusteuern, die am Steg wartete.

Dazwischen lag das Schiff, dessen Anblick mich in Hartmanns Büro sofort gefesselt hatte. Während ich lief, konnte ich nur daran denken, wie perfekt es ausgesehen hatte. Auch wenn alle anderen mich für verrückt halten würden. So wie die Seeleute, die mir nachschauten, als ich meine Tochter über den hölzernen Steg geradewegs zur Anlegestelle zog.

Mein »Traumschiff« war ein uralter Fischkutter, der allerdings wohl schon lange keine Fische oder Krabben mehr gefangen hatte. Jemand hatte den größten Teil der Fangvorrichtung abmontiert und eine geräumige Fahrgastkabine vor das Führerhaus gesetzt.

Die blaue Farbe des für einen Kutter doch recht schlanken Rumpfes blätterte bereits ein wenig ab, dasselbe galt für die weißen Aufbauten. Hier und da waren Roststellen zu sehen, doch das tat dem imposanten Anblick keinen Abbruch. Soweit ich erkennen konnte, war die Takelage noch intakt, auch der Fußboden sah noch sehr gut aus.

Am Bug prangte die schon etwas verwitterte Aufschrift »Sturmrose«.

Ich war wie hypnotisiert.

Das Schiff hatte seine besten Zeiten eindeutig hinter sich, doch ich war trotz der Roststellen und anderer offensichtlicher Schäden fasziniert.

Wer um alles in der Welt baute einen Fischkutter zu einem Fahrgastschiff um? Da am Bug kein Heimathafen stand, versuchte ich es am Heck. Dort entdeckte ich, dass der ursprüngliche Hafen übermalt worden war. An seiner Stelle stand »Timmendorfer Strand«. Ich kniff die Augen zusammen und meinte, darunter die Spuren einer anderen Aufschrift zu sehen.

»Mami, warum guckst du so komisch?«, fragte Leonie.

»Ich möchte erkennen, woher das Schiff kommt«, antwortete ich und hielt ihre Hand fester. Sie sollte mir auf keinen Fall entschlüpfen.

»Steht das nicht da?«, wunderte sich meine Tochter. Lesen konnte sie natürlich noch nicht, aber ich hatte ihr einige Buchstaben und ihren eigenen Namen beigebracht, den sie in Großbuchstaben auf ihre Zeichnungen malte.

»Doch, das steht da, aber ich glaube, da ist ein anderes Wort übermalt worden.«

Ich erkannte ein H und ein A. Der vorherige Schriftzug

war kurz, also konnte es nur bedeuten, dass der frühere Heimathafen der »Sturmrose« Hamburg war.

Sogleich setzte sich in meinem Kopf ein Räderwerk in Gang. Gab es in Hamburg irgendwelche Unterlagen über das Schiff? Konnte ich herausfinden, warum es verkauft worden war? Warum man es umgebaut hatte?

Warum wollte ich das? Ich konnte es nicht erklären, aber der Wunsch war eindeutig da. Wahrscheinlich lag es daran, dass ich in einer Schiffbauerfamilie aufgewachsen war.

»Kann ich was für Sie tun?«, fragte eine Männerstimme hinter mir. Die Stimme ähnelte der von Joachim Hartmann, und für einen Moment glaubte ich, dass er mich vom Fenster aus beobachtet hatte und mir nachgelaufen war.

Doch als ich mich umdrehte, blickte ich in das Gesicht eines bärtigen Mannes mit Strickmütze und Blaumann. Seine hellen Augen sahen mich abwartend an.

»Ähm ... ich wollte mir eigentlich nur das Schiff ansehen. Es ... es ist ziemlich alt.«

Der Mann nickte. »Ja, ist es. Aber rauf können Sie nicht.«

Hatte ich so ausgesehen, als wollte ich auf das Schiff? Sicher, denn ich hatte ja mit meinen Blicken beinahe die Farben von den Bordwänden gezogen.

»Nein, ich wollte eigentlich auch nur schauen ...« Ich biss mir auf die Lippe. Warum nicht fragen? Immerhin arbeitete der Mann hier, also wusste er vielleicht ...

»Haben Sie eine Ahnung, wem das Schiff gehört? Es sieht ziemlich lädiert aus ...«

Der Hafenarbeiter zuckte mit den Schultern. »Keine Ahnung. Aber es soll verkauft werden, habe ich gehört. Wahrscheinlich gehört es irgendeinem Typen aus dem Westen.«

»Aus dem Westen« klang nach mehr als zwanzig Jahren

deutscher Einheit etwas merkwürdig, jedenfalls in meinen Ohren. Aber für manche schien die Grenze immer noch in irgendeiner Weise zu existieren.

Ich nickte nur dazu. Wenn das Schiff verkauft werden sollte, würde man es sicher vorher renovieren müssen, sonst wurde man es wohl kaum los.

»Passen Sie auf, dass Ihre Kleine nicht zu dicht an den Kai geht«, sagte der Mann, der offenbar tatsächlich keine Ahnung hatte.

»Keine Sorge«, entgegnete ich, zog Leonie aber unbewusst ein Stück weiter an mich. »Wir sind auch gleich wieder verschwunden.«

Da mich der Hafenarbeiter immer noch prüfend ansah, stellte ich ihm eine letzte Frage, bevor wir wirklich gehen würden.

»Wissen Sie, wo man in Erfahrung bringen kann, wer den Kutter verkauft?«

»Im Internet steht sicher was, gehen Sie doch einfach auf die Seite vom Hafen, da gibt's die Rubrik Kleinanzeigen.«

Ich bedankte mich und schritt dann mit Leonie über den Kai. Dabei entdeckte ich, dass wir beobachtet wurden.

Ein Mann in brauner Cabanjacke saß auf einem der künstlich aufgeschütteten Felswälle, die das Hafenbecken einrahmten. Seine Gesichtszüge konnte ich von weitem nicht genau erkennen, doch er trug einen Dreitagebart, und sein dunkelbraunes, gelocktes Haar stand zu allen Seiten ab, als wäre er gerade aus dem Bett gefallen.

Als er bemerkte, dass ich ihn ansah, wandte er sich ab und tat so, als würde ihn das U-Boot am anderen Ende des Hafens brennend interessieren. Ertappt, Freundchen, dachte ich mir und lächelte. War er vielleicht der Besitzer, der ein Auge auf sein Schiff hatte? Aus der Entfernung konnte ich das nicht einschätzen. Lust, zu ihm zu gehen und ihn zu fragen, was an uns so interessant war, hatte ich allerdings nicht. Also zog ich Leonie weiter.

*Im Internet steht sicher was*, hallten die Worte des Hafenarbeiters in mir nach.

Da würde ich nachschauen, sobald wir zu Hause waren.

Während ich mit Leonie durch die Stadt bummelte und wir dann das versprochene Eis in einem Café namens »Zum Leuchtturm« aßen, ging mir das Schiff nicht aus dem Sinn.

Der Kutter stand zum Verkauf. Das brachte mich zum Träumen. Was würde man aus solch einem Schiff machen können? Ein schwimmendes Café vielleicht?

Und dann die Geschichte, die sich in jedem Detail des Schiffes verbarg! So alt, wie es war, hatte es sicher viele raue Seemänner erlebt – und noch rauere See.

Wenn ich sein Alter richtig einschätzte, hatte es den Zweiten Weltkrieg mitgemacht.

So eine Geschichte wäre ungemein werbeträchtig!

»Mama, du isst ja gar nicht!« Leonie deutete auf meinen Eisbecher, in dem das Eis größtenteils zerlaufen war. Leonie war schneller gewesen. Ihres war bereits in ihrem Bauch verschwunden, und was sie nicht gegessen hatte, klebte an ihrem Kinn, ihren Wangen und auf ihrer Nase.

Ich musste unwillkürlich lachen. »Du siehst aus wie ein Clown«, sagte ich zu ihr, zog ein Taschentuch hervor und wischte ihr das Gesicht ab. »Ein kleiner Erdbeereisclown.«

»Iiih«, beschwerte sich Leonie. »Keine Spucke!«

»Na gut, dann ab zum Waschbecken.« Ich nahm sie bei der Hand und führte sie zur Toilette.

Als wir zurückkehrten, war mein Vanilleeis vollkommen

dahin, der Sahneklecks schwamm traurig auf einem gelbweißen See. Aber das war egal, denn ich brauchte im Moment kein Eis, um glücklich zu sein, ich war es auch so.

# 5

Am Abend kippte Leonies Stimmung. Seit einem Jahr geschah das in unregelmäßigen Abständen. Ich fürchtete mich jedes Mal davor.

Normalerweise war mein kleiner Engel fröhlich und unbeschwert, doch plötzlich zog eine Wolke über sein Gemüt und brachte ihn dazu, teilnahmslos in der Ecke zu sitzen und vor sich hin zu starren.

Wir hatten jetzt zwei Monate Ruhe gehabt, denn Leonie war ebenso wie ich gespannt gewesen auf das neue Haus. Vielleicht hatte sie sogar gehofft, dass ihr Vater wegen des Umzuges zu uns zurückkehren würde.

Leonies Stimmungsumschwünge traten seit dem Tag auf, an dem ich ihr eröffnen musste, dass ihr Papa nicht mehr bei uns wohnen wollte. Sie hatte nicht geweint, sondern sich in ihre eigene Welt zurückgezogen. Manchmal hatten diese Phasen so lange gedauert, dass ich schon gefürchtet hatte, sie würde eine Depression ausbilden. Irgendwo hatte ich gelesen, dass das auch ganz jungen Kindern passieren konnte, wenngleich sehr selten.

Der Kinderarzt hatte gemeint, dass die Trennung von meinem Mann das Kind traumatisiert hätte. Das hatte nicht gerade dazu beigetragen, dass sich meine Wut auf Jan legte. Seine Selbstsucht traumatisierte unser Kind. Das war das Letzte. Es empörte mich umso mehr, als ich wusste, wie es sich anfühlte, wenn ein Elternteil plötzlich verschwand. Zwar hatte Leonie im Gegensatz zu mir damals noch ihre Mutter, doch da sie beide Elternteile gewohnt war, musste sie es ebenso schmerzen wie mich der Verlust meiner leiblichen Mutter. Meinen leiblichen Vater hatte ich nie gekannt, Mutter hatte mir nur erzählt, dass er gestorben war, bevor ich geboren wurde. Was man nie gehabt hatte, vermisste man nicht wirklich, wenngleich ich mich als Kind manchmal gefragt hatte, ob alles hätte anders kommen können, wenn er da gewesen wäre.

Leonie jedoch kannte ihren Vater und vermisste ihn. Manchmal wünschte ich mir, dass sie merken würde, wie schäbig sich ihr Vater verhielt und dass er die Liebe, die sie für ihn empfand, nicht verdient hatte. Doch sie liebte ihn und träumte von dem Tag, an dem wir wieder zusammenkamen und alles so war wie früher. Sie wusste ja nicht, dass Jans Liebe zu mir bereits an dem Tag schon nicht mehr existiert hatte, an dem sie geboren wurde.

»Leonie Löwenherz, was ist denn los?«, fragte ich sie, doch sie starrte nur auf die Puppe in ihrer Hand, auf deren verstrubbeltem Haar ein schiefes Diadem saß.

»Bist du traurig?«, fragte ich, obwohl ich genau wusste, was die Ursache war. Natürlich war sie traurig. Weil ihr der Vater fehlte.

»Soll ich nach der Miezi suchen? Vielleicht können wir sie ja mit etwas Milch anlocken?« Nichts widerstrebte mir mehr, als mich mit der fremden Katze abzugeben, aber ich war sicher, dass sie sich nicht zeigen würde.

Leonie schüttelte den Kopf.

Ich seufzte tief. Es brachte nichts, das Offensichtliche zu ignorieren.

Ich hatte keine Ahnung, was Elternratgeber in diesem

Augenblick empfehlen würden, doch es war wohl das Beste, wenn ich mit ihr sprach. Nur so würde ich sie vielleicht aus ihrem Bau locken können.

»Du vermisst Papa, nicht wahr?«

Leonie nickte. Ich zog sie in meine Arme, und glücklicherweise ließ sie es zu. Sie schmiegte sich an mich, und ich vergrub mein Gesicht in ihren Locken.

»Ich weiß, er fehlt dir sehr«, hörte ich mich sagen, und meine Stimme klang wie die meiner Adoptivmutter, kurz nachdem ich zu den Hansens gebracht worden war. *Ich weiß, sie fehlt dir sehr*, hatte sie gesagt, *aber es ist, wie es ist, und bei uns wirst du es gut haben.*

Leonie wusste, dass sie es gut hatte bei mir, immerhin war ich ihre Mutter. Für ihre Trauer gab es nur ein Heilmittel – die Aufmerksamkeit ihres Vaters. Doch woher sollte ich sie nehmen?

Für eine Weile balancierte ich die Worte im Mund, unfähig, sie auszusprechen. Es brach mir das Herz, Leonie so traurig zu sehen, doch in mir sträubte sich alles, ein Versprechen zu geben, das ich nicht halten konnte. Nicht halten wollte.

Dann atmete ich tief durch.

»Möchtest du, dass ich ihn anrufe und mal frage, ob er vorbeikommen würde?«

Ich konnte mir schon vorstellen, dass sie noch niedergeschlagener sein würde als vorher, wenn Jan mir in seinem arroganten Ton mitteilte, dass er viel zu tun habe und keine Zeit für eine Reise an die Ostsee hätte. Genauso gut konnte ich mir vorstellen, dass ich so stinksauer sein würde, wenn ich ihn hörte, dass ich wohl die Treppe zum Strand runtersteigen und mir meine Wut aus dem Leib schreien würde.

Doch kaum hatte ich den Satz, den ich eigentlich gar nicht

sagen wollte, ausgesprochen, kehrte mein kleiner Sonnenschein zurück.

»O ja!«, rief Leonie aus, in den Augen ein hoffnungsvolles Leuchten. Offenbar hatte sie wirklich geglaubt, dass ein neues Haus alles ändern würde. Dass es sogar die Kraft hätte, das, was geschehen war, ungeschehen zu machen.

»Okay«, sagte ich und küsste ihren Scheitel. »Ich werde ihn anrufen.«

»Jetzt gleich?«

Damit hätte ich eigentlich rechnen müssen. Leonie wollte die wichtigen Sachen immer sofort.

Ich war nicht bereit, Jans Stimme zu hören, und noch weniger war ich bereit, mit ihm zu sprechen, ein richtiges Gespräch zu führen, das erste, seit wir uns im Gericht zuletzt gesehen hatten.

Aber was sollte ich tun? Leonie war meine Tochter, und um sie wieder lächeln zu sehen, würde ich alles tun. Fragte sich nur, ob Jan da mitspielte. Immerhin war es nicht das erste Mal, dass ich versuchte, ihn zu erreichen.

Während es klingelte, klopfte mir das Herz bis zum Hals. Was sollte ich sagen, wenn er sich wirklich meldete? Nur, dass wir umgezogen waren? Oder auch, dass Leonie ihn vermisste und sich freuen würde, ihn mal wieder zu sehen?

Darauf würde er sicher nur antworten, dass er keine Zeit habe und zurückrufen würde. Und dieser Rückruf würde dann ausbleiben.

Nach dreimaligem Klingeln sprang die Mailbox an. Als ich Jans Stimme hörte, die den Anrufer aufforderte, eine Nachricht zu hinterlassen, legte ich auf. Mein Herz raste noch immer. Jetzt vor Wut. Ich hatte schon so lange seine Stimme nicht mehr vernommen, dass mir gar nicht mehr bewusst war, wie aalglatt sie eigentlich klang. Früher hatte ich sie sexy gefunden, doch nun ertrug ich die Art, wie er die Vokale schmeichelnd dehnte, nicht mehr.

Aber hier ging es nicht um mich. Es ging um Leonie, die die Stimme ihres Vaters liebte und sich danach sehnte. Und die wahrscheinlich klug genug war, sich zu fragen, warum ihr Papa sie denn nicht mehr sehen wollte.

Ich versuchte es noch einmal, doch mit demselben Ergebnis. Jan ging nicht ran. Seufzend legte ich auf und kehrte zu Leonie zurück. Sie hatte sich inzwischen wieder ein wenig beruhigt und saß mit ihren Puppen auf dem Bett.

Als sie mich ins Zimmer treten hörte, schnellte ihr Lockenkopf nach oben. »Und? Wird er kommen?«

»Er konnte nicht ans Telefon gehen, wahrscheinlich muss er arbeiten«, antwortete ich. Und wie früher entschuldigte ich ihn bei unserer Tochter. »Ich versuche es nachher noch mal.«

Ich hätte ihm auch eine Nachricht hinterlassen können.

Leonie nickte, bemüht tapfer. Aber lange hielt sie nicht durch. Nur einen Atemzug später perlte eine Träne auf das Gesicht ihrer Puppe.

Ich flog zu ihr.

»He, Schatz, das kannst du doch nicht machen«, sagte ich. »Die Puppe denkt sonst noch, draußen regnet es. Oder was würdest du sagen, wenn dich ein großer, dicker Regentropfen treffen würde?«

Leonie beantwortete meine Frage nicht, sie schmiegte sich an mich, so dass der Tränenbach jetzt mein Shirt durchnässte. Ich schlang meine Arme um sie und nahm mir vor, Jan auf den Anrufbeantworter zu sprechen. Dann, wenn ich mich wieder abgeregt hatte und so sachlich wie mit einem Kunden mit ihm reden konnte.

Nachdem ich mich vergewissert hatte, dass Leonie friedlich eingeschlafen war, lag ich noch lange wach und dachte über meine Kindheit nach. Ich dachte an das, was ich wusste und was ich nicht wusste.

Auch ich hatte verloren. Auch ich hatte getrauert. Ich erinnerte mich noch gut an den Dachboden des Heimes in Leipzig, in das ich gekommen war, bevor mich die Hansens adoptiert hatten. Er hatte eine Luke gehabt. Diese hatte ich geöffnet, so weit es die Sicherungskette zuließ. Von meinem Platz dahinter hatte ich auf die Straße geschaut, in der Hoffnung, dass jemand erschien und mir sagte, dass alles nur ein Irrtum war. Ich hatte gehofft, dass meine Mutter kommen würde. Doch alle, die an dem Haus vorbeiliefen, wollten nicht zu mir. Die vertraute Gestalt meiner Mutter verblasste immer mehr, bis ich mich nicht mehr an ihr Aussehen erinnern konnte. Selbst wenn sie an dem Heim vorbeigegangen wäre, hätte ich sie nicht erkannt.

Als die Gedanken von mir wegrückten, merkte ich, dass meine Wangen nass waren. Ich weinte! Das hatte ich schon so lange nicht mehr getan. Und es war das Letzte, was ich tun wollte.

Ich wälzte mich im Bett herum, dem Fenster zu, hinter dem die Dunkelheit rauschte. Ich konzentrierte mich darauf, das Meer zu hören, und da sah ich endlich etwas anderes vor mir: den weißen Kutter.

»Sturmrose« war ein herrlicher Name für ein Schiff. Schönheit und Robustheit in einem Begriff. Es war ein Jammer, dass es im Hafen vor sich hin rottete und der Verschrottung entgegendämmerte. Konnte man nicht etwas dagegen tun?

Die Liebe zu Schiffen hatte ich von meinem Vater übernommen, besser gesagt, von meinem Adoptivvater. Zu DDR-

Zeiten hatte er auf der Volkswerft in Stralsund gearbeitet, später dann bei Nikolai & Jensen in Hamburg. Immer, wenn ich ihn von der Arbeit abgeholt hatte, war ich fasziniert gewesen von den großen Pötten, die auf Kiel gelegt worden waren. Eine Zeitlang hatte ich selbst Schiffbauerin werden wollen, aber mein Vater hatte mir abgeraten. Das hätte mich zwar nicht abgehalten, doch irgendwann hatte ich selbst eingesehen, dass dies kein Beruf für mich war. Ich hatte mich entschieden, Firmen mit guter Werbung zu helfen, und dennoch war dieser Traum geblieben, der Traum von dem weißen Schiff, auf dem ich vor meinen Problemen davonfuhr.

Und dieses Schiff lag nun im Sassnitzer Hafen, als hätte es die ganze Zeit über auf mich gewartet. Und der Hafenarbeiter hatte gemeint, dass es zu verkaufen sei. Wollte mir das Schicksal damit einen Wink geben?

Dieser Gedanke packte mich so sehr, dass ich mich im Bett aufsetzte.

Was, wenn ich dieses Schiff kaufen würde? Wenn ich daraus wieder etwas Sinnvolles machte, wie zum Beispiel einen Ausflugskutter – oder ein Café! Ja, ein Café erschien mir sinnvoll. Und zwar nicht nur eines, in dem man während einer Fahrt vor der Küste Erdbeertorte aß, mein Café-Kutter sollte etwas Besonderes sein. Mit Ausstellungen, Konzerten, Lesungen und kleinen Theateraufführungen. Eigentlich war das ein wenig irre, besonders in heutigen Zeiten. Doch waren das nicht die Zeiten, denen wir vor mehr als zwanzig Jahren entgegengefiebert hatten? Zeiten, in denen man Träume verwirklichen konnte – egal, wie es letztlich ausging?

Ich angelte nach meinem Handy, rief den Browser auf und machte mich auf die Suche nach der »Sturmrose«. Wie teuer konnte so ein rostiges Schiff schon sein? Sicher kostete es nicht allzu viel. Klar, die Restaurierung würde Unsummen verschlingen, aber es war ja nicht so, dass ich keine Idee hatte, wie ich es vermarkten konnte. Immerhin war ich Werbefachfrau!

Auf der Homepage des Hafens wurden verschiedene Schiffe aus der Umgebung angeboten. Ein Verkäufername stand nicht dabei, aber eine Telefonnummer. Das Bild des Kutters musste retuschiert worden sein, so gut hatte er im Hafen nicht mehr ausgesehen. Das hielt mich aber nicht davon ab, die Nummer abzuspeichern.

Dann warf ich einen Blick auf den Wecker neben meinem Bett. Viertel nach drei. Ich war so aufgewühlt, dass ich am liebsten gleich angerufen hätte, doch ich hielt mich zurück. Wenn die Nummer Privatleuten gehörte, würden sie sich bestimmt erschrecken und mich für verrückt halten, und wenn es sich um die Nummer einer Firma oder eines Maklers handelte, war das Büro leer.

Aber irgendwo musste ich hin mit meiner überschüssigen Energie!

Ich erhob mich leise aus dem Bett und ging ins Wohnzimmer, wo die unausgepackten Kisten herumstanden. Leonie schlief tief und fest, das Weinen hatte sie ermüdet. Kurz flammte der Ärger über Jan wieder auf, doch das schob ich beiseite. Er würde uns das Leben hier nicht verderben!

Leise begann ich mit dem Ausräumen. Meine Hände sortierten mechanisch alles Mögliche in Schubladen und Schrankfächer. Erst als ich bei der Mappe ankam, die ich am Vortag kurz aufgeschlagen hatte, erlosch mein Elan plötzlich. Ich starrte den Pappdeckel einen Moment lang an, hatte aber nicht den Mut, das Windmühlenbild hervorzuziehen. Etwas legte sich schwer auf meine Brust, und wieder meinte ich die Stimme meiner Mutter zu hören. Komisch, dass diese Gefühle, die ich eigentlich schon glaubte abgeschüttelt zu haben, auf einmal wieder so intensiv waren.

Schließlich ließ ich die Mappe in einer der unteren Schubladen des Wohnzimmerschranks verschwinden und setzte mich aufs Sofa. Licht machte ich keins, das war auch nicht nötig. Minutenlang starrte ich in die Dunkelheit, hörte das Haus knacken und atmen. Ob es seine alten Bewohner vermisste?

Während ich im Finstern saß, spürte ich, wie ich wieder ruhiger wurde. Natürlich konnte nicht alles von heute auf morgen wieder gut sein. Besonders nicht, wenn es um Jan ging. Kann Leonie das Geschehene irgendwann vergessen?, fragte ich mich und glaubte, in meinem Hinterkopf eine kleine Stimme die Gegenfrage stellen zu hören: Hast du denn alles, was in deiner Kindheit geschehen ist, wirklich vergessen?

Ich kannte die Antwort nur zu gut.

Und auf einmal waren sie wieder da, die Bilder der Vergangenheit. Aber diesmal floh ich nicht wie sonst vor ihnen, indem ich mich beschäftigte oder ablenkte.

Ich ließ sie kommen.

# 6

## *Annabel*

»Annabel!«, tönte die Stimme der Erzieherin von unten, doch ich hatte keine Lust zu antworten.

Seit drei Monaten war ich hier in dem Heim, in das man mich nach dem Verschwinden meiner Mutter gebracht hatte.

Es war ein altes Haus mit drei Stockwerken und weißgelben Wabentapeten an den Wänden. Überall gab es dieselbe Tapete, im Flur, in den Schlafräumen und in der Küche. Selbst die Abstellkammer war damit tapeziert.

Aber das war mir egal. Mein Lieblingsplatz war ohnehin der Dachboden, auf den man eigentlich gar nicht gehen sollte – doch seit ich herausgefunden hatte, dass die Tür nach oben nie verschlossen wurde, zog ich mich immer wieder dorthin zurück.

Auch heute saß ich hier, in der Hand das Bild mit der Windmühle, das letzte Bild, das ich zu Hause gemalt hatte. Als könnte es mir helfen, meine Mama herzuwehen.

Ich mochte meine Spielkameraden ebenso wenig wie sie mich. Ich wollte nicht hier sein. Einmal hatte ich versucht, durch die Tür nach draußen zu schlüpfen, um nach Hause zu laufen. Dafür hatte ich mir von einer der Erzieherinnen eine schallende Ohrfeige eingefangen.

Der Dachboden war der einzige Ort, an dem ich allein

sein konnte. An dem ich hoffen konnte, dass meine Mama kommen würde. Hier oben war es finster, denn ich wagte nicht, das Licht einzuschalten. Eigentlich hätte ich mich vor den Gegenständen und Kisten, die hier herumstanden, fürchten müssen. Aber mittlerweile kannte ich andere Ängste. Monster im Schatten waren nichts dagegen.

Vom Fenster aus hatte ich einen guten Blick auf die Straße. Autos knatterten am Heim vorbei, Fußgänger trugen ihre Einkaufsbeutel nach Hause, ein paar Kinder spielten am Nachmittag. Manchmal sah ich auch die Heimleiterin oder andere Kinder, die Besorgungen für sie erledigten oder von der Schule heimkamen.

Jetzt im Winter wirkte die Stadt besonders grau und trostlos. Es wurde schnell dunkel. Doch über Nacht waren die Dächer mit Schnee überzuckert worden. Der Himmel, der tief über der Stadt zu hängen schien, war bleiweiß.

»Annabel, wo steckst du?«

Ich antwortete noch immer nicht. Mir war klar, dass es Ärger geben würde, wenn sie mich hier oben fanden. Aber ich wollte nicht vom Dachfenster weg. Ich war davon überzeugt, dass Mama mich abholen würde. Immerhin war ich noch immer in Leipzig. Sie kannte sich hier aus.

In den ersten Wochen hatte ich noch geglaubt, dass die Erzieherinnen mich riefen, weil meine Mama erschienen war, um mich abzuholen. Doch ich war ein ums andere Mal enttäuscht worden.

Also blieb ich sitzen, solange es ging, schaute hinaus und wartete. In meiner Phantasie irrte meine Mutter jetzt auf der Suche nach mir durch die Stadt, fragte die Leute nach mir, zeigte ihnen mein Foto. Mama hatte viele hübsche Fotos von mir und sich, die letzten hatte sie geschossen, als wir für ein paar Tage an der Ostsee waren. Oft konnten wir nicht in den

Urlaub fahren, aber im vergangenen Sommer hatten wir es einfach getan.

Warum war ich eigentlich hierhergebracht worden? Ich verstand es immer noch nicht so ganz. Aber deutlich sah ich vor mir, was nach meinem Erwachen im Polizeiwagen geschehen war.

Eine Frau war zu mir in das Auto gestiegen. Vorn saß ein Polizist. Noch immer hielt ich mein Bild im Arm, das Windmühlenbild, das ich am Abend zuvor gemalt hatte.

»Wo ist Mama?«, fragte ich und klammerte mich an das Papier wie an einen Rettungsring.

»Deine Mama ist nicht mehr da«, erklärte sie mir freundlich. »Wir bringen dich jetzt ins Heim.«

»Aber wo ist Mama?« Mir schossen die Tränen in die Augen. War ihr irgendwas passiert? Der Tod war für mich noch abstrakt, ich hatte keine Ahnung, wie das genau funktionierte, doch ich wusste, dass Menschen starben und dann nicht mehr da waren.

Die Frau neben mir, die irgendwie komisch roch und deren Gesicht merkwürdig aussah, erzählte mir nun, dass meine Mama weg war.

»Sie ist doch nicht tot, oder?«, fragte ich panisch und suchte nach einer Möglichkeit, die Autotür zu öffnen.

Ich hatte schreckliche Angst, zumal die Frau zögerte, wie es alle Erwachsenen taten, wenn man ihnen eine Frage stellte, auf die sie nicht antworten wollten.

Sie brachten mich in ein komisches Haus, in dessen Räumen es nach Kohl und Bratensoße roch. Das sollte das Kinderheim sein?

Ich war bisher noch nie in solch einem Haus gewesen, und meine Angst wurde noch größer.

Ich begann wieder zu weinen, auch die fremde Frau konnte mich nicht trösten. Meine Arme schmerzten schon vom Festhalten des Bildes, weil ich es so sehr an meine Brust presste.

Erst als zwei Männer in braunen Anzügen den Raum betraten, verstummte ich. Nicht, weil sie mich trösteten, sondern weil meine Angst vor ihnen so groß war, dass ich nicht mal mehr weinen konnte.

Einer von ihnen setzte sich hinter den Schreibtisch, auf dem eine senfgelbe Mappe lag. In meiner Angst bekam ich nur beiläufig mit, dass noch zwei weitere Frauen den Raum betraten.

»Du bist also Annabel Thalheim«, sagte der Mann, nachdem er die Mappe aufgeschlagen hatte.

Ich nickte eingeschüchtert.

»Es gefällt dir sicher nicht, dass wir dich einfach so aus deinem Bett geholt haben. Aber uns blieb nichts anderes übrig.«

Ich schaute an mir herab und merkte erst jetzt, dass ich immer noch in meinem Schlafanzug steckte. Dafür schämte ich mich sehr.

»Deine Mutter hat unsere Deutsche Demokratische Republik verraten! Deshalb werden wir dich bei Leuten unterbringen, die dich zu einem besseren Menschen erziehen können.«

Ich starrte ihn erschrocken an. Ich hatte keine Ahnung, was meine Mutter verraten haben sollte. Sie hatte vielleicht Geheimnisse, doch die hätte sie nie verraten.

»Ich will zu meiner Mama«, schluchzte ich, denn ich hatte keine Ahnung, was er da sagte.

»Hast du nicht gehört? Sie ist nicht mehr hier! Ist rübergegangen in den Westen. Du wirst ab sofort hier wohnen!«

Seine grimmige Miene trug nicht gerade dazu bei, dass ich mich beruhigte. Im Gegenteil, ich heulte lauthals los.

»Genosse Werner, nun lassen Sie die Kleine doch«, sagte eine Frauenstimme begütigend. Wenig später legten sich Arme auf meine Schultern. »Es ist doch alles noch neu für sie. Sie soll sich erst einmal ein wenig eingewöhnen, und dann können Sie mit ihr reden.«

Ich mochte die Frau nicht, die mich trösten wollte, sie roch so fremd und fühlte sich so kalt an, aber da ich keinen anderen Halt fand, krallte ich mich an ihrem Rock fest. Immerhin hatte sie diesen schlimmen Mann zum Schweigen gebracht.

»Also gut, bringen Sie sie nach oben, wir reden später mit ihr.«

»Komm«, sagte die Frau freundlich. »Wir gehen jetzt zu den anderen. Du wirst hier viele neue Spielkameraden haben, und wir werden auf dich aufpassen.«

»Wird Mama wiederkommen?«, fragte ich klagend, denn neue Spielkameraden interessierten mich nicht. Ich hatte meine Freunde in meinem Kindergarten, das reichte.

»Vielleicht«, antwortete sie. »Aber jetzt musst du erst einmal schlafen. Morgen reden wir dann weiter.«

Mir war in diesem Augenblick nicht klar, wie viel Glück ich gehabt hatte. Genauso gut hätte man mich auch in einen Jugendwerkhof stecken können. Auch Sechsjährige landeten zuweilen dort. Aber das erfuhr ich erst wesentlich später.

Die Frau, die Tante Margot genannt werden wollte, brachte mich in den Schlafsaal, den ich mit zwölf anderen Kindern teilte. Ich hatte furchtbare Angst. Die anderen wurden natürlich wach und schauten sich um, ihr Tuscheln hing wie das Summen von Insekten in der Luft. Die Erzieherin hatte alles vorbereitet. Als hätte sie gewusst, dass meine Mutter in dieser Nacht weglaufen würde, stand bereits eine freie Liege mit Bettzeug bereit.

»Möchtest du nicht das Bild weglegen?«

Die Frau streckte mir die Hand entgegen. Ich schüttelte den Kopf.

»Aber es wird ganz zerdrückt, wenn du es mit ins Bett nimmst! Ich bewahre es für dich auf.«

Welchen Grund hätte ich gehabt, ihr zu vertrauen? Vielleicht war das Bild morgen früh weg, genauso schnell, wie meine Mama verschwunden war.

Aber schließlich gab ich es ihr.

»Ich passe gut darauf auf«, versprach sie. Dennoch legte ich mich beunruhigt auf die Liege.

Diese hatte allerdings nichts mit dem weichen Bett zu Hause gemein. Sie war hart und unbequem, ich fühlte mich wie in einer Hängematte.

Die Erzieherin erklärte den anderen nicht, wer ich war. Das würde wahrscheinlich morgen kommen. Stattdessen befahl sie ihnen, ruhig zu sein, und löschte dann das Licht.

Während ich in die Dunkelheit starrte, fühlte ich mich alleingelassen und bedroht. Die anderen Kinder tuschelten noch eine Weile heimlich, dann wurde ringsherum alles still. Keines der Kinder kam zu mir, nicht mal meine unmittelbaren Bettnachbarn fragten, wer ich war.

Aber in diesem Augenblick war es mir auch ganz recht so. Obwohl meine Angst groß war, siegte schließlich doch die Erschöpfung und ließ mich in einen tiefen, traumlosen Schlaf sinken.

Vielleicht ist morgen alles wieder gut, war der letzte Gedanke, den ich fassen konnte.

Aber natürlich war beim Aufwachen nicht alles wieder gut. Nur mein Bild, das war tatsächlich noch da.

Am nächsten Morgen lernte ich die anderen Erzieherinnen kennen. Auf ihre freundlichen Fragen und Worte hörte ich nicht. Stattdessen löcherte ich sie immer wieder, wann meine Mama denn endlich wiederkäme.

Wahrscheinlich um Ruhe vor mir zu haben, meinten sie, dass sie irgendwann schon wiederkommen würde, aber nicht sofort. Also würde ich solange hierbleiben und mit anderen Kindern spielen können.

Ich hatte keine Lust, mit den anderen zu spielen. In mir brannten die Angst und die Fragen. Angst, dass meine Mutter mich einfach so abgegeben hatte oder dass ihr etwas passiert war. Und die Frage nach dem Warum. Was hatte Mama verraten? Und warum war der Mann in dem braunen Anzug so böse gewesen? Ich hatte ihm doch nichts getan!

Immerhin hatten sie mir in der Zwischenzeit ein paar Sachen von zu Hause geholt, Kleider und meine Mappe mit den Bildern. Die Sachen rochen so sehr nach zu Hause, dass ich einerseits froh darüber war, sie zu haben – doch andererseits zerriss es mich fast vor Sehnsucht nach meiner Mama und meinem früheren Leben.

Ein paar Tage später kamen die Männer wieder ins Heim. Sie sprachen nicht freundlicher als vorher zu mir, aber mittlerweile war mir klargeworden, dass ich sie noch böser machte, wenn ich weinte. Also ließ ich sie reden, nickte oder schüttelte den Kopf, erzählte ihnen das, worauf ich auch eine Antwort wusste. Viel war das nicht, denn die meisten Fragen verstand ich gar nicht.

Worte wie »Republikflucht«, »asozial«, »nichtsozialistisches Ausland« oder »Staatsfeindin« wirbelten um mich herum, doch ich wusste nichts damit anzufangen.

Irgendwann gaben die Männer auf, und Tante Margot brachte mich wieder zu den anderen Kindern.

Diese spielten gerade im Garten des Heims, doch ich saß teilnahmslos auf einer Bank und versuchte zu begreifen, was geschehen war.

»Annabel?«

Die Bilder verschwanden schlagartig, als Schritte die Treppe hinaufpolterten. Ich zuckte zusammen. Der Erzieherin, die mich gesucht hatte, war wohl klargeworden, wo sie mich finden konnte.

Kurz überlegte ich noch, ob ich mich verstecken sollte. Doch bevor ich losrennen konnte, war sie auch schon da. Zuerst sah ich ihre toupierte rotbraune Frisur, dann ihr zorniges Gesicht.

»Hier bist du!«, schnarrte sie mich an. Wenige Sekunden später schlossen sich ihre Finger wie eine Eisenkralle um mein Handgelenk. Sie zerrte mich die Treppe hinunter, ohne darauf zu achten, ob meine Füße die Stufen trafen oder nicht.

Unten zog sie mich in die Küche.

»Was hattest du da oben zu suchen!«, schnarrte mich die Frau, die wir Tante Elke nannten, an und schüttelte mich. »Wir haben gedacht, dir wäre etwas zugestoßen. Dafür gehst du heute ohne Abendbrot ins Bett!«

Immerhin verpasste sie mir keine Ohrfeige. Doch in den folgenden Stunden wünschte ich mir beinahe schon, dass sie das getan hätte. Mit der Schelte und dem Abendbrot, das ich nicht bekam, war es zweifellos nicht getan. Ich musste auch früher als alle anderen ins Bett gehen – natürlich nicht, ohne den anderen zu erzählen, warum ich diese Strafe erhielt.

Die Erzieherin hielt die anderen an, mich für mein Verhalten auszulachen. Das schmerzte schlimmer, als ein Schlag es getan hätte.

Während die anderen noch im Gemeinschaftsraum das »Sandmännchen« schauen durften, lag ich auf meiner Liege und sollte über das, was ich getan hatte, nachdenken. Nur, was hatte ich getan? Auf meine Mama gewartet, nichts weiter!

Ja, natürlich wusste ich, dass sie in den Westen gegangen sein sollte und dass das nicht in Ordnung war. Aber vielleicht überlegte sie es sich noch. Immerhin hatte meine Mama mich doch lieb!

Am nächsten Tag hielt ich mich von dem Dachboden fern, aber dennoch versuchte ich bei jeder Gelegenheit, aus dem Fenster zu schauen. Die Erzieherinnen behielten mich genau im Auge, ich hatte das Gefühl, ständig wäre irgendeine von ihnen in der Nähe und passte auf, dass ich nicht nach oben entwischte. Offenbar hatten sie Angst, dass ich wieder weglaufen würde.

Nach einer Weile gab sich das zum Glück, aber der Drang, immer wieder nach oben zu gehen und allein zu sein, war ständig da.

So igelte ich mich in meine Phantasiewelt ein und dachte mir Hunderte Geschichten aus, wie meine Mutter herkam und mich hier rausholte. Vielleicht würde sie mich mitnehmen in den Westen. Auch wenn ich immer noch nicht so recht wusste, wo das war.

Wenn dann manchmal die Hoffnungslosigkeit die Oberhand gewann, weinte ich stundenlang, ohne dass mich jemand trösten konnte. Die anderen Kinder zogen sich dann von mir zurück, wahrscheinlich war ich ihnen unheimlich. Die Erzieherinnen versuchten zunächst noch, mich mit Kakao aufzumuntern, aber wie sollte mir das die Mama ersetzen?

Über Weihnachten wurde es besonders schlimm. Alle anderen in meiner Gruppe freuten sich darauf, doch ich konnte nur an meine Mama denken. Wo war sie jetzt? Warum hatte sie mich noch immer nicht von hier abgeholt?

Mutlos starrte ich an die Wand, während meine Altersgenossen munter plapperten. Warum waren sie eigentlich nicht traurig? Hatten sie erst gar keine Eltern gehabt? Ich hatte bisher nicht den Mut gehabt, sie danach zu fragen.

Überhaupt sprach ich wenig mit den anderen Kindern. Die meisten von ihnen ignorierten mich, andere waren feindselig. Eine Freundin hatte ich nicht. Wohl auch deswegen, weil ich den Kontakt mit anderen nicht suchte. Ich wartete auf den einzigen Menschen, der mir je etwas bedeutet hatte – meine Mutter.

Ich ging sogar so weit, den Weihnachtsmann heimlich zu bitten, mir meine Mama zu schicken. Etwas anderes wollte ich in diesem Jahr nicht.

Auf den Wunschzettel hätte ich es auch gern geschrieben, aber das traute ich mich nicht. Die Erzieherinnen im Heim nahmen die Zettel an sich, und da ich immer wieder mit meinem Wunsch, von meiner Mutter abgeholt zu werden, auffiel, würden sie mich wahrscheinlich wieder von den anderen auslachen lassen.

Das hatten sie inzwischen etliche Male getan. Am liebsten hätte ich in jedes dieser lachenden Gesichter geschlagen, aber ich traute mich nicht. Wahrscheinlich würde ich dann noch schlimmere Strafen bekommen. Also versuchte ich, wann immer Tante Elke oder Tante Sabine die anderen aufriefen, mich auszulachen, meine Ohren von innen zuzuhalten. Das klappte nach einer Weile so gut, dass ich es schaffte, mich in diesen Momenten zu uns nach Hause zurückzuversetzen. Das Gelächter, das ich freilich immer noch hörte, wurde dann zum Lachen meiner Mutter, während sie mit mir fröhlich durch die Wohnung tanzte.

Da ich ohnehin keine anderen Geschenke haben wollte, war ich nicht mal enttäuscht, als ich kaum welche bekam. Es gab ein Schächtelchen Plastikperlen und eine kleine Puppe mit zotteligen Haaren, den älteren Kindern wurden Lineale, Bleistifte und Zeichenblöcke geschenkt.

Während wir gemeinsam Weihnachtslieder sangen, wanderte mein Blick immer wieder zum Fenster und durch die Gardinen in die Dunkelheit hinaus.

Mein größter Wunsch erfüllte sich nicht. Meine Mama erschien nicht. Der Weihnachtsmann hatte mich zutiefst enttäuscht, und so wollte ich auch meine anderen Geschenke nicht. Noch in derselben Nacht riss ich der Puppe die Haare aus und versteckte sie dann zwischen meinen Sachen.

Die folgenden Monate verliefen ohne größere Zwischenfälle. Das Einzige, weshalb ich Ärger bekam, war die Puppe, die eine der Erzieherinnen zwischen meinen Sachen gefunden hatte.

Ich wurde für meinen Umgang mit einem so wertvollen Geschenk scharf gerügt, aber das ließ ich einfach über mich ergehen.

Ohnehin war es mir gelungen, mir einen Panzer zuzulegen. Über das Lachen der anderen Kinder ärgerte ich mich nicht mehr. Wenn die Erzieherinnen etwas von mir verlangten, tat ich es.

Ich wurde ein großer Fan der Märchenstunde am Abend, wenn eine der Erzieherinnen aus den Märchenbüchern vorlas, die sonst in einem Schrank eingeschlossen waren.

Das Märchen, das mich am meisten faszinierte, war das von Aschenputtel. Auch ihre Mutter war fort, ebenso der

Vater, sie war der Stiefmutter und den Stiefschwestern ausgeliefert. Es ging ihr nicht gut, sie musste viel arbeiten, aber eines Tages schenkten ihr ein paar Tauben hübsche Kleider und ermöglichten es ihr, einen schönen Ball zu besuchen und den Prinzen kennenzulernen.

Noch Wochen, nachdem ich das Märchen gehört hatte, ging ich im Garten immer wieder zu einem der Bäume, in dem ein paar wilde Tauben nisteten, und flüsterte ihnen meine Wünsche zu. Sie sollten aber nicht, »Gold und Silber« über mich zu werfen, sondern mir meine Mama wiederzubringen.

Dass sie mir diesen Wunsch nicht gleich erfüllten, war nicht schlimm. Ich war mir bewusst, dass mein Wunsch viel größer war als der von Aschenputtel. Also brauchten sie sicher ein wenig länger dafür.

Immerhin konnte ich in meinem Kindergarten bleiben und meine Spielkameraden behalten. Das, was mit meiner Mama geschehen war, vertraute ich allerdings keinem von ihnen an. Keine Ahnung, ob ihre Eltern davon wussten und ob sie ihre Kinder anhielten, mich nicht zu fragen.

Ohnehin schien es zwischen den Erzieherinnen im Heim und im Kindergarten eine stille Übereinkunft zu geben, dass nicht über den Verbleib meiner Mutter geredet werden durfte. Wenn während der Beschäftigungsstunden die Eltern zur Sprache kamen, schwieg ich, und die Kindergärtnerinnen sprachen mich auch nicht an. Nur ihre mitleidigen Blicke spürte ich allzu deutlich, aber die vergingen, wenn ich den Kindergarten verlassen durfte.

Als der Sommer kam und ich bald eingeschult werden sollte, erschien eines Tages Tante Margot im Kindergarten.

Dass die Heimleiterin an einem normalen Vormittag hier

auftauchte, konnte vieles bedeuten. Doch es ging eindeutig um mich, denn ich war das einzige Heimkind hier.

Auf einmal kribbelten tausend Ameisen in meinem Bauch. Was, wenn Mama ins Heim gekommen war? Wenn sie mich gefunden hatte und nun die Erzieherinnen zwang, ihr ihre Tochter wiederzugeben?

Auf einmal war ich so aufgeregt, dass ich vergaß, den Pinsel, an dem noch rote Tusche klebte, auszuwaschen.

»He, was machst du da!«, beschwerte sich mein Tischnachbar, als mein Pinsel eine rote Spur im Blau des Tuschkastens hinterließ. Wir sollten Bauern bei der Arbeit malen, und ich hatte gerade einen großen roten Traktor zu Papier gebracht. Und jetzt das!

Erschrocken blickte ich auf die Farbe. Da der Junge neben mir eine kleine Petze war, sprang er sofort auf und rannte zur Kindergärtnerin.

»Frau Meier, Frau Meier, die Annabel hat mit ihrem Pinsel die Farbe schmutzig gemacht.«

Ich sah ihm wütend hinterher. So ein Aufstand wegen der Farbe! Aber es war klar, dass ich dafür bestraft werden würde, mindestens in die Ecke würde sie mich stellen. Oder, wie im Heim, mich für mein Fehlverhalten auslachen lassen. Ich zog also mein Taschentuch aus der Tasche und versuchte, die ruinierte Farbe wieder zu retten.

Da erschien auch schon die Erzieherin. Ich war sicher, dass ich jetzt für die Farbe gerügt werden würde. Gleichzeitig sah ich das schmutzige Taschentuch in meinen Händen, für das mich Tante Margot ausschimpfen würde. Doch die Schelte blieb im ersten Moment aus.

»Annabel, komm doch bitte einmal mit.«

Ängstlich trottete ich zu der Heimleiterin. Tante Margot sagte mir, dass ich meine Tasche holen sollte, dann nahm sie mich bei der Hand und verließ mit mir den Kindergarten. Wir gingen zurück ins Heim, wo sie mich in ihr Büro führte.

Ich war sicher, dass jetzt die Schimpfe für die Farbe folgen würde. Innerlich wappnete ich mich bereits, versuchte, mich wieder in die Wohnung von Mama zu träumen.

Andererseits hoffte ich auch ein kleines bisschen, dass sie hinter der Tür stehen würde. Den ganzen Weg über hatte ich mich nicht getraut, nach ihr zu fragen, aber vielleicht ging mein Wunsch jetzt doch in Erfüllung.

Als sich die Tür öffnete, wartete allerdings nicht meine Mama dort.

Im Büro saßen ein Mann und eine Frau. Der Mann hatte dunkles Haar und trug, wie es damals Mode war, Koteletten an den Wangen. Die Frau hatte ihr braunes Haar mit einem Zopfgummi zusammengebunden, was sie jugendlich wirken ließ.

»Das ist Annabel«, stellte mich die Heimleiterin vor. Seit ich hier angekommen war, hatte ich meinen Nachnamen verloren, ich war nur noch Annabel. Auch gegenüber Fremden, die vielleicht genau wussten, dass ich mal eine Mutter gehabt hatte.

»Annabel, das sind Elfie und Martin Hansen. Sie kommen aus Stralsund, um dich mitzunehmen.«

Mich mitnehmen? Darüber war ich zu schockiert, um zu bemerken, dass die beiden mich freundlich anlächelten.

»Aber warum?«, fragte ich. »Warum wollen sie mich mitnehmen?«

Unwillkürlich klammerte ich mich fester an die Hand der Heimleiterin. Wenn sie mich mitnahmen, konnte Mama doch nicht wissen, wo ich war!

»Du sollst bei ihnen wohnen. Sie werden deine neue Mama und dein neuer Papa sein.«

»Aber ich habe doch eine Mama!«, platzte es aus mir heraus. Einen Papa hatte ich natürlich nicht, denn der war ja gestorben. Aber ich hatte ihn bisher auch nicht vermisst, meine Mama war alles, was ich brauchte.

Und jetzt kamen diese fremden Leute hierher und wollten meine neuen Eltern sein?

»Ich brauche keine neue Mama und keinen Papa!« Trotzig riss ich mich los, um zur Tür zu rennen. Natürlich erwischte mich Tante Margot.

»Bitte entschuldigen Sie, das Kind … es ist noch nicht ganz über die Sache hinweg«, sagte sie zu den Fremden, dann zerrte sie mich vor die Tür.

»Hör mir gut zu«, zischte sie mich an. »Deine Mutter wird nicht wiederkommen! Sie ist in den Westen gegangen und hat dich einfach hier zurückgelassen. Du bist ihr völlig egal.«

Ich starrte sie entsetzt an. Tränen schossen mir in die Augen. Das war nicht wahr. Sie hatte mich nicht zurückgelassen! So etwas würde sie niemals tun!

»Die Leute dort drinnen wollen dich zu ihrer Tochter machen, dafür solltest du ihnen dankbar sein. Sie werden sich um dich kümmern, ganz im Gegensatz zu deiner Mutter. Die wird niemals wiederkommen, du brauchst da gar nicht zu warten! Also wirst du dich benehmen, wenn wir gleich wieder reingehen, ist das klar?«

Der Schreck und mein Zorn würgten mich. Meine Mutter sollte mich hier alleingelassen haben? Das konnte ich nicht glauben. Aber andererseits war jetzt fast ein Jahr vergangen, und ich war immer noch hier. Stimmte vielleicht, dass ich ihr egal war?

Ich nickte wie betäubt und ließ mich dann wieder ins Büro führen.

An das, was gesprochen wurde, erinnerte ich mich nicht

mehr, doch am Ende des Gesprächs zwischen Tante Margot und den Hansens stand fest, dass ich mit ihnen gehen würde. Nach Stralsund.

Die ganze Nacht vor meiner Abreise starrte ich an die Decke des Schlafsaals. Ringsherum schliefen alle, ein Mädchen namens Kati stöhnte manchmal im Schlaf. Ohne hinzusehen wusste ich, dass sie es war, denn die anderen waren nachts ruhig.

Vielleicht gab sie diese Geräusche ja von sich, weil sie auch traurig war? Das Stöhnen klang jedenfalls ziemlich traurig.

Ich konnte nicht einschlafen, denn immer wieder musste ich daran denken, dass ich morgen das Heim verlassen würde. Dass ich nach Stralsund gehen würde. Stralsund! Wo war das bloß?

Die Ostsee bedeutete in diesem Augenblick nur eines: Meine Mutter würde nie erfahren, dass ich von hier fortgebracht worden war. Wenn sie herkam, um mich zu suchen, würde sie mich nicht finden!

Doch was, wenn Tante Margot recht hatte und ich ihr völlig egal war? So ganz wollte ich das nicht glauben, aber es stimmte, sie war die ganze Zeit über nicht erschienen.

Auf einmal begann ich »den Westen«, in den sie gegangen war und mich nicht mitgenommen hatte, inbrünstig zu hassen.

Als mich die Hansens am nächsten Morgen zur »Probezeit«, wie Tante Margot es nannte, abholten, nahm ich tapfer meinen kleinen Kinderkoffer, in den ich auch mein Bild mit der Windmühle gepackt hatte, und verließ den Schlafsaal.

Wenn meine Mama mich wirklich liebhatte, sagte ich mir, würde sie mich auch in Stralsund finden.

Vorsichtshalber flüsterte ich den Tauben auf dem Baum

zu, dass sie meiner Mama sagen sollten, wo ich war, denn ich glaubte immer noch an Märchenfeen.

Die Frau war sehr freundlich und sah auch sehr hübsch aus, der Mann, der mein neuer, nein, mein erster Papa werden wollte, lächelte mir zu.

»Na, Annabel, freust du dich schon auf die See?«, fragte er. »Wenn wir zu Hause sind, werde ich dir ganz große Schiffe zeigen, du wirst staunen!«

Die großen Schiffe interessierten mich tatsächlich. Vielleicht kam ja meine Mama mit einem von ihnen zu mir!

Wir stiegen in den gelben Wartburg ein, der vor dem Heim stand. Dann ging die Fahrt los.

Noch einmal drehte ich mich zum Heim um, aber nicht, um den Kindern, die am Zaun standen, zu winken – sondern um die Tauben still zu bitten, an meinen Wunsch zu denken …

# 7

Obwohl es noch ein bisschen früh für einen Anruf an einem Samstag war, wählte ich mit pochendem Herzen die Nummer des Schiffsverkäufers.

Ich rechnete mit einem Anrufbeantworter, doch nach dreimaligem Klingeln meldete sich eine Frauenstimme. Sie teilte mir mit, dass ihr Mann nicht da sei, und bat mich, es etwas später noch einmal zu versuchen.

Ich legte wieder auf und begann unruhig auf meinem Daumennagel herumzukauen. Hinter mir blubberte die Kaffeemaschine. Der Duft, der ihr entströmte, füllte die Küche und regte meinen Verstand an.

Da summte mein Handy plötzlich. War der Mann schon wieder zurück? Hastig zerrte ich das Gerät aus der Tasche.

Nein, es war die Nummer meines Vaters. Ich ging ran und meldete mich.

»He, gut, dich zu hören!«, tönte es mir entgegen. »Dachte schon, du wärst zwischen Bremen und Rügen verschüttgegangen.«

»Nein, Papa, keine Sorge. Wir sind gut angekommen und dabei, uns ein wenig einzurichten.«

Er brauchte mir keine Vorwürfe zu machen, die kleine Pause, die jetzt entstand, zeigte mir, dass ich mich gleich hätte melden sollen.

Seit meinem achtzehnten Lebensjahr hatte ich allein gewohnt, mein eigenes Leben gelebt, meine eigenen Entscheidungen getroffen. Meine Eltern mischten sich nur dann ein, wenn ich sie darum bat. Doch eine Sache erwarteten sie von mir: dass ich mich meldete und ihnen versicherte, dass es mir und Leonie gutging.

»Gefällt es dir denn?«

»O ja, sehr!«, entgegnete ich. Als ich das erste Mal hier gewesen war, hatte ich bereits von diesem Haus geschwärmt. Es war Zufall gewesen, dass ich die Anzeige eines Maklers in der Tageszeitung gesehen hatte. Der Gedanke, wieder in meine alte Heimat zu ziehen, hatte mir sofort gefallen.

Als der Skeptiker, der er war, behielt sich mein Vater vor, mir meine Begeisterung erst abzukaufen, nachdem ich eine Weile an diesem Ort gelebt und ihn richtig kennengelernt hatte.

»Leonies Zimmer hat einen schönen Blick auf einen wunderbaren Wildrosenbusch. Und von meinem Bürofenster aus kann ich aufs Meer schauen.«

»Und auf die Schiffe«, setzte mein Vater hinzu. »Es kommen doch welche bei dir vorbei, oder?«

»Papa, du kennst doch Binz«, entgegnete ich vorwurfsvoll. Wir waren zwar nicht häufig hier gewesen, genau genommen ein einziges Mal, kurz bevor wir nach Hamburg umzogen. Aber er hatte einen Großteil seines Lebens in Mecklenburg verbracht. »Sassnitz ist ganz in der Nähe, also sieht man hier alle möglichen Schiffe, vom Segelschiff bis hin zum Trawler.«

Mein Vater lachte. »Ich wollte dich doch nur ein bisschen necken.«

Ich überlegte, ob es jetzt ein guter Zeitpunkt wäre, ihm von dem Schiff zu erzählen. Mein Vater kam mir allerdings zuvor.

»Ist denn der kleine Engel schon wach?«, fragte er.

»Nein, sie schläft noch friedlich.« Ich blickte zum Kinderzimmer, dessen Tür einen Spalt weit offen stand. Morgenlicht strömte auf den Gang, und aus dem Zimmer drang kein einziger Laut.

»Wie verkraftet sie die Umstellung?«

»Ganz gut, schätze ich. Es sind andere Dinge, die ihr zu schaffen machen.« Beinahe bereute ich, das gesagt zu haben, denn es war unausweichlich, dass mein Vater nachhakte.

»Sie ist noch immer nicht über Jan hinweg, nicht wahr?«

»Das wird sie wahrscheinlich nie sein«, entgegnete ich und fühlte fast schon ein bisschen Ärger. Wie sollte man auch über ein Elternteil hinwegkommen, das plötzlich verschwand? Das sich nicht mehr um einen kümmern wollte ...

Mein Magen krampfte sich zusammen. Auf einmal erschien mir der Geruch des frisch gebrühten Kaffees unerträglich.

Einen Augenblick schwiegen wir uns am Telefon an. Mein Vater schwieg, weil er erwartete, dass ich noch etwas dazu sagte, eine Lösung aufzeigte. Und ich schwieg, weil ich keine Lust hatte, das zu tun. Ich konnte nichts daran ändern, dass Jan sich nicht für seine Tochter interessierte und dass es ihn nicht kümmerte, dass sie sich nach ihm sehnte.

»Vielleicht solltest du ihn anrufen«, begann er schließlich vorsichtig.

Meine Eltern waren todtraurig gewesen, als das mit mir und Jan in die Brüche gegangen war. Aber sie hatten weder versucht, mich von meinem Entschluss abzubringen, noch hatten sie sich bemüht, auf Jan einzuwirken.

»Ich habe es gestern tatsächlich probiert. Aber er war nicht da. Du weißt ja, wie schwer er zu erreichen ist.« Auch damals, als wir noch so was wie eine Ehe geführt hatten, hatte ich ihn nur mit Mühe ans Telefon bekommen, weil er immer in irgendeinem Meeting oder bei einem Geschäftstermin war. Es hatte nicht mal was gebracht, ihm eine SMS zu schicken. Was ihm nicht wichtig war, ignorierte er einfach so lange wie möglich.

»Hmm«, machte Vater, wie immer, wenn ihm nichts dazu einfiel. Oder besser gesagt, wenn er das, was er dachte, aus Rücksicht auf mich nicht aussprechen wollte. Er war nämlich der Ansicht, dass man sich diesen Jan vorknöpfen und ihm in den Schädel prügeln sollte, dass er für das Kind, das er gezeugt hatte, gefälligst auch da sein sollte. Wenn er so etwas sagte, regte ich mich immer furchtbar auf, auch wenn ich wusste, dass mein Vater niemals handgreiflich werden würde.

»Na ja, aber es gibt auch eine gute Nachricht«, fuhr ich fort, denn ich wollte jetzt nicht mehr darüber reden.

»Und die wäre?« Ich hörte meinem Vater deutlich die unterdrückte Wut auf Jan an.

»Ich habe ein Schiff gefunden, im Hafen von Sassnitz. Sein Name ist ›Sturmrose‹. Es ist ein alter Fischkutter, den jemand zu einem Ausflugsschiff umgebaut hat. Ist das zu fassen?«

»Du hast ein Schiff gefunden?« Genauso gut hätte er mich fragen können, ob ich tatsächlich Marsmännchen im Vorgarten hatte. »Was soll das heißen, du hast ein Schiff gefunden? Hast du nach einem gesucht?«

»Nein, nicht wirklich, ich habe es gesehen, als ich einen Kunden besucht habe. Ich schaute aus seinem Bürofenster, und da war es.«

Stille. Mein Vater war überrascht.

»Hallo, Papa, bist du noch da?«

»Natürlich, allerdings frage ich mich, wie du dazu kommst, dich für ein Schiff zu interessieren.«

Nun, so wirklich erklären konnte ich das auch nicht. Da

war nur mein Traum davon, auf einem Schiff in die Freiheit zu fahren.

»Liebe auf den ersten Blick, denke ich«, antwortete ich. »Stell dir vor, was man mit so einem Schiff alles machen könnte.«

»Oh, ich weiß gut, was man mit so einem Schiff machen kann. Aber heißt das … dass du es kaufen willst?« Das war wahrscheinlich das Letzte, womit mein Vater gerechnet hätte.

»Ich weiß nicht«, antwortete ich. »Vielleicht. Ich könnte mir ein zweites Standbein schaffen, indem ich ein schwimmendes Café eröffne. Oder ein Kulturschiff. Irgendwas, was es in dieser Gegend noch nicht gibt.«

»Du weißt sicher, dass sich die Leute mit Kultur manchmal ein bisschen schwertun«, gab mein Vater zu bedenken.

»Aber nicht, wenn sie im Urlaub sind. Und auch die Einheimischen sind nicht alles Kulturbanausen. Wir waren ja auch keine, als wir noch in Stralsund gewohnt haben.«

»Das waren andere Zeiten damals. Ohne Handy und Dauerbeschallung vom Fernsehen.«

»Trotzdem gibt es immer noch Leute, die sich dem entziehen können.« Ich atmete tief durch. »Also, was denkst du? Wäre das was für mich?«

»Hm«, machte mein Vater. »So ein Schiff bedeutet Verantwortung, das weißt du. Und es wird teuer sein. Du brauchst Geld, um dein neues Leben aufzubauen. Aber andererseits bin ich immer dafür, dass der Mensch die Gelegenheit erhält, seine Träume zu verwirklichen. Besonders meine Tochter. Du solltest dir im Klaren darüber sein, warum du es willst und was du damit vorhast. Du weißt, hier gibt es jemanden, der sich mit Schiffen auskennt und scharf drauf ist, dir zu helfen, wenn du das möchtest.«

»Wer ist das?«, erwiderte ich scherzhaft, denn mir war klar, dass mein Vater zur Stelle sein würde, egal, welche Schandtat ich beging.

Mein Vater schnaubte, sagte dann aber mit einem unüberhörbaren Lächeln in der Stimme: »Mach's gut, Deern, und halt die Ohren steif.«

»Darauf kannst du dich verlassen«, entgegnete ich und legte auf.

Dann wählte ich erneut die Nummer des Schiffseigners und hoffte, dass er jetzt da war.

Tatsächlich wurde nach dem dritten Klingeln abgenommen. Diesmal meldete sich eine Männerstimme.

»Ruhnau.«

Ich zuckte zusammen. Die Stimme klang dunkel und ein wenig schroff. Der Mann hörte sich nach einem alten Seebären an, den es vielleicht wunderte, dass eine Frau sein Schiff haben wollte.

»Guten Tag, mein Name ist Annabel Hansen, und ich habe aus dem Internet erfahren, dass Sie die ›Sturmrose‹ verkaufen, die in Sassnitz liegt.«

»Das ist richtig. Montagvormittag ist die Besichtigung, wenn Sie hinkommen wollen.«

Besichtigung? Wie bei einer Wohnung?

Das bedeutete auch, dass ich nicht die Einzige war, die sich für das Schiff interessierte.

Am liebsten hätte ich gefragt, wie viele Leute noch kommen würden, aber das verkniff ich mir.

»Um welche Uhrzeit?«, fragte ich stattdessen.

»Um zehn«, entgegnete der Mann, der offenbar nicht viel Lust auf Konversation hatte.

Ich notierte mir die Zeit und bedankte mich. Als ich aufgelegt hatte, betrachtete ich meinen Zettel.

Montag. Ich hatte also noch das ganze Wochenende Zeit, mir zu überlegen, was ich wollte – und ob das Schiff mir vielleicht den erwünschten Seelenfrieden bringen würde.

# 8

Mit einem Becher Kaffee in der Hand saß ich am Montagmorgen auf einer kleinen Bank und sah dem Sassnitzer Hafen beim Erwachen zu. Nach und nach trudelten Fahrzeuge auf dem großen Parkplatz ein. Ihnen entstiegen Männer in blauen Arbeitsanzügen und groben Schuhen. An einer der Lagerhallen warteten Fischkisten darauf, auf die Schiffe gebracht zu werden. Eines der Hafengebäude wurde durch einen Bautrupp instand gesetzt. In der Ferne brummten die Kräne, die die Ladung eines Frachters löschten.

Das kleine Einkaufszentrum unweit vom Kai hatte noch geschlossen. Die Läden boten Souvenirs und Bekleidung an, meist Badesachen für warme und regenfeste Kleidung für kältere Tage. Vielleicht würde ich mit Leonie dort mal reingehen.

Ihr erster Tag in der Kita war problemloser verlaufen, als ich gedacht hatte. Meine Tochter war von Natur aus eher zurückhaltend, besonders gegenüber fremden Menschen. Doch als wir vor der Tür der Kita Seestern in Binz gestanden hatten, hatten ihr ein paar Kinder bereits durch das Fenster zugewunken, und während ich noch mit der Erzieherin gesprochen hatte, war ein Mädchen aufgetaucht und hatte Leonie bei der Hand genommen. Die beiden waren im Spielzimmer verschwunden, und auch wenn es mir einen kleinen Stich versetzte, war ich doch froh darüber, dass sie so empfangen wurde. Wer weiß, vielleicht bahnte sich sogar eine Freundschaft an? Ich hoffte inständig, dass Leonie Freunde fand, die sie ein wenig von ihrem Vater-Kummer ablenkten.

Ich hob den Blick, als ein Mann an mir vorbeiging. Er trug eine Cordjacke und eine blaue Schiffermütze. Seine Schritte waren schwer, die Hände tief in den Jackentaschen vergraben. Unter dem Arm hatte er eine schwarze Mappe. Ich war sicher, dass dies der Eigentümer des Schiffes war. Er lief wie jemand, der eine Last loswerden wollte. Vielleicht war das meine Chance?

Ich hätte ihm hinterhereilen können, doch ich entschied mich, abzuwarten und meinen Kaffee weiterzutrinken. Wenn jemand zu großes Interesse an einer Sache zeigte, trieb das nur den Preis hoch. Außerdem war noch eine gute Stunde Zeit.

Übers Wochenende hatte ich, wie es mir mein Vater geraten hatte, gründlich über den möglichen Kauf des Schiffes nachgedacht. Es war natürlich ein großes Stück Arbeit, das auf mich zukommen würde, außerdem wäre der finanzielle Aufwand sicher nicht gering.

Aber während ich alle Eventualitäten durchging, wurde mir klar, wie sehr ich mich danach sehnte, etwas Neues in Angriff zu nehmen. Etwas, das nichts mit meinem alten Leben in Bremen zu tun hatte.

Als ich heute Morgen aufwachte, wusste ich, dass ich mir die »Sturmrose« ansehen würde. Dass die Beschäftigung mit ihr mich vielleicht davon abbringen würde, wieder über meine leibliche Mutter nachzugrübeln.

Und nun war ich hier.

Eine halbe Stunde später lag mein Kaffeebecher im Abfalleimer, und die ersten Interessenten trudelten ein. Ein Mann in Cordhose und Gummistiefeln, schätzungsweise etwa fünfzig und offenbar bewandert, was Schiffe anging. Ein etwas jüngerer in Jeansjacke und blauen Arbeitshosen. Ein weiterer in Gummistiefeln und Friesennerz und ein Surferboy, der etwas gelangweilt aussah. Noch zwei weitere Herren in Karohemden und Jacketts. Die beiden sahen fast wie Zwillinge aus. Keine Frauen.

Und es schien auch niemand zu erwarten, dass ich mich zu ihnen gesellen würde.

Obwohl mir das Herz bis zum Hals pochte, erhob ich mich und schritt den Steg entlang.

Wie würde die Bewerbung um ein Schiff aussehen? Ich hatte Bekannte davon reden hören, dass bei Wohnungsbesichtigungen manche Leute versuchten, den Anbieter mit schönen Worten einzuwickeln. Ich selbst hatte es nie nötig gehabt, mich als vorbildliche Mieterin darzustellen. Meine Wohnungen hatte ich mehr oder weniger durch Glück und Zufall bekommen. Und jetzt stand ich hier – ohne Erfahrung im Schleimen. Vielleicht war das aber auch gut?

Zwei der Mitbewerber waren in ein Gespräch vertieft, das sie unterbrachen, als ich zu ihnen trat. Auch die anderen sahen mich an. Lediglich der Surferboy checkte sein Handy und bekam meine Ankunft nicht mit.

Ich grüßte in die Runde und vergrub die Hände in den Jackentaschen. Ich fühlte mich unwohl. Die Mienen der Männer fragten deutlich, was ich hier zu suchen hatte. Ich versuchte, es zu ignorieren, indem ich auf den Namenszug des Schiffes schaute und mich auf die Spuren von Algen auf dem abblätternden Anstrich konzentrierte.

Schließlich nahmen die beiden Männer ihr Gespräch

wieder auf, und die anderen beachteten mich nicht. Ich hob den Blick, doch der Besitzer oder Verkäufer war nirgendwo zu sehen. Wartete er auf weitere Leute?

Ich sah zur Seite. Tatsächlich eilte jemand mit langen Schritten auf das Schiff zu. Er trug einen Anzug, als wäre er Banker oder wollte zu einem Geschäftsessen. Auf die Krawatte hatte er immerhin verzichtet, aber seine Kleidung wirkte wie eine Rüstung.

Als er näher kam, erkannte ich über dem etwas steifen Outfit ein sympathisches, etwas kantiges Gesicht mit Dreitagebart, das von braunen Locken umrahmt wurde. Blaue Augen strahlten schon von weitem. Mit Sicherheit war das hier der attraktivste Mann an der Anlegestelle. Und irgendwie kam er mir bekannt vor. Ja, das war der Mann, den ich gesehen hatte, als ich mit Leonie bei der »Sturmrose« war! Damals war er wie ein Hafenarbeiter gekleidet gewesen, woher kam jetzt der Anzug?

Er taxierte mich kurz und ohne ein Anzeichen des Wiedererkennens. Wahrscheinlich fragte er sich nur, warum ich, eine Frau, hier war, und ging dann zu den anderen.

Ich musterte ihn noch einen Moment lang, doch er nahm keine Notiz von mir. Eine Schiffsbesichtigung war keine Dating-Lounge, und bei seinem Aussehen war er sicher verheiratet und oder in einer festen Beziehung. Es war ja nicht mehr so, dass Ehemänner ihre Ringe trugen.

Ich schaute wieder nach vorn, wo sich ein Mann in blauer Cordjacke aufbaute und einen Blick auf seine Armbanduhr warf. Ich war so sehr mit dem Betrachten des Anzugmannes beschäftigt gewesen, dass ich ihn gar nicht hatte kommen sehen. Er räusperte sich und sagte: »Ich nehme mal an, dass wir jetzt vollzählig sind.«

Da ihm weder jemand zustimmte noch widersprach, begann er: »Mein Name ist Heinz Ruhnau, mir gehört das Schiff. Noch jedenfalls.« Er streckte die Arme aus, in seiner linken Hand hielt er die Mappe, die er zuvor noch unter dem Arm getragen hatte. »Ich freue mich, dass Sie hier sind, um sich diesen wunderschönen Pott anzusehen. Die ›Sturmrose‹ wurde im Jahr 1940 in Hamburg gebaut, zunächst als Fischkutter, dann wurde das Fanggeschirr entfernt und das Schiff als Kriegsfischkutter zum Minenräumen benutzt. Nach dem Krieg wurde es zu einem Ausflugsschiff umgebaut und nach Timmendorfer Strand gebracht.«

Der Mann trug die Fakten vollkommen leidenschaftslos vor, doch vor meinem geistigen Auge sah ich, wie das Schiff mit besten Hoffnungen zu Wasser gelassen wurde und das erste Mal in See stach. Wie es, statt Netze voller Fisch einzuholen, nach Minen gesucht hatte, vielleicht beschädigt worden war und die Bombardierung von Hamburg miterlebt hatte. Und wie das Kriegsende gekommen war und es einen ganz friedlichen Zweck erhalten hatte …

»Ich wollte das Schiff eigentlich selbst wieder herrichten, aber leider ist meine Frau krank geworden, und wir müssen das Geld dafür aufwenden, das Haus umzubauen.« Er seufzte schwer, und ich spürte, dass es ihm nicht leichtfiel, sich von dem Schiff zu trennen. Das Schicksal konnte wirklich ein Arschloch sein …

»Aber ich hoffe, dass es in einem von Ihnen einen guten neuen Besitzer findet, der ihm zu altem Glanz zurückverhilft.«

Damit begann die Führung über das Vorder- und Achterdeck, durchs Kapitänshaus, den Maschinenraum und die Passagierkabine.

»Das Schiff ist vierundzwanzig Meter lang und sechs Meter breit, hat einen Zweihundertzwanzig-PS-Dieselmotor und schafft, wenn der Motor repariert ist, neun Knoten. Weitere technische Details können Sie auf dem Merkblatt finden, das Sie draußen von mir bekommen«, referierte Ruhnau. Ich hätte mit Fragen gerechnet, aber die Leute wirkten ein wenig geschockt. Und das zu Recht, denn der Zahn der Zeit hatte heftig zugebissen. Ich konnte förmlich das Seufzen meines Vaters hören, wäre er hier gewesen. Viele der Taue waren beschädigt, der Boden des Maschinenraums strotzte nur so vor Ölflecken, und der Motor gab ein trauriges Bild ab. Im Passagierraum war der Lack gänzlich ab. Überall blätterte und splitterte etwas.

»Sie können sich ruhig alles in Ruhe ansehen«, sagte der Eigentümer, als der Rundgang beendet war. »Wir treffen uns nachher draußen, falls Sie noch Fragen haben oder den Kaufpreis wissen wollen.«

Damit zog er sich zurück. Ich blickte zu den anderen. Was sollte man tun, wenn man ein Schiff kaufen wollte? Auch wenn mein Vater auf einer Werft arbeitete und ich mit Schiffen aufgewachsen war, wusste ich nicht viel darüber, worauf man achten musste.

Ich folgte also jenen, die sich offenbar besser auskannten, und machte Fotos mit dem Handy, denn wenn ich einem Fachmann ein Urteil zutraute, dann meinem Vater.

Mit meinem Laienauge sah ich nur zwei Dinge: Zum Ersten würde es sehr teuer werden, alles wieder herzurichten. Sitzbänke, Anstrich, Fenster, Fußboden, alles musste von Grund auf erneuert werden, außerdem hörte ich unwilliges Murren seitens der Experten über den Motor und die Takelage.

Zweitens erkannte ich, dass das Schiff, wenn es denn erst einmal hergerichtet wäre, wunderschön sein würde – und dass es noch lange nicht auf einen Schiffsfriedhof gehörte, wie ein Mitbewerber gebrummt hatte, als wir aus dem Maschinenraum gekommen waren. Glücklicherweise verschwand dieser Mann schon bald wieder. Die meisten anderen taten es ihm gleich. Einige winkten resigniert ab, andere wirkten unschlüssig.

Ich ließ ihnen allen den Vortritt, denn ich wollte das Schiff noch mal ganz allein auf mich wirken lassen. Glücklicherweise war auch der gutaussehende Anzugträger schon wieder draußen, also stellte ich mich in die Mitte der Passagierkabine, ignorierte die vielen merkwürdigen Gerüche, die mit der Zeit ins Holz eingezogen waren, und sah mich um. Die Reste eines alten Posters, auf dem für eine Limonade geworben wurde, klebten noch an der Wand. Die Sitzbezüge waren aus grobem, orangegestreiftem Stoff. In einige der Tische war etwas eingeritzt worden. Ich entdeckte ein Herz mit Pfeil und der Unterschrift »Susi + Peter« sowie einen Anker und nicht mehr zu entzifferndes Gekrakel.

Was mochte das Schiff alles gesehen haben? Was hatte es im Krieg erlebt? Gab es irgendwelche menschlichen Schicksale, die sich hier ereignet hatten? Sicher gab es die. Und zusammengefasst würde alles einen wunderbaren Hintergrund ergeben, den man prima vermarkten konnte.

Als ich das Schiff ebenfalls wieder verließ, entdeckte ich den Mann im Anzug. Er und ich waren neben dem Schiffseigner die Einzigen, die noch da waren. Wollten sie das Schiff etwa nicht?

Als mich der Anzugträger sah, kam er auf mich zu.

»Und, was meinen Sie?«

Ich blickte ihn überrascht an. »Es ist ein sehr schönes Schiff.«

»Sie wollen es also kaufen?« Er legte seinen Kopf etwas schief, als wollte er versuchen, meine Gedanken zu erraten.

»Kommt auf den Preis an. Aber wenn der stimmt, warum nicht?« Ich straffte mich. So gut dieser Typ auch aussah, durch seine Fragerei wurde er mir ein wenig unsympathisch.

»Und warum wollen Sie das Schiff?«, fragte der Fremde, während er die Hände in den Hosentaschen vergrub. Offenbar hatte auch er nicht vor, sich das Schiff wegschnappen zu lassen.

Ich hätte ihm an den Kopf schleudern können, dass ihn das nichts anging, aber mein Instinkt sagte mir, dass es besser war, ruhig und sachlich mit ihm zu reden.

»Ich möchte ein Café daraus machen«, antwortete ich geradeheraus, doch das ließ mich der Mann nur einen Moment später bereuen.

»Warum eröffnen Sie keines auf dem Festland?«, fragte er spöttisch.

Seine Worte ließen Zorn in mir aufsteigen. Was dachte er denn, wer er war? Mein Unternehmensberater?

»Auf dem Festland gibt es viele Cafés, es wäre geschäftlicher Irrsinn, noch eines hier zu eröffnen.« Ich blickte ihn herausfordernd an.

»Auf dem Wasser schwimmen haufenweise Ausflugsschiffe herum. Mit gastronomischem Service.«

Das klang bei ihm so, als wären diese Schiffe Kähne, die nach ranzigem Fett und Sauerkraut stanken und auf denen manche Gäste ihre Mahlzeit wieder Neptun opferten, weil die Nussschale alles andere als ruhig auf den Wellen lag.

Vor vielen Jahren hatten meine Eltern mal solch eine Tour mit mir gemacht, und es war nur meinem starken Magen zu verdanken gewesen, dass ich nicht mit den anderen Ausflüglern an der Reling gestanden hatte.

»Glauben Sie mir, das ist nicht dasselbe«, entgegnete ich. »Außerdem möchte ich die Leute nicht bei Bratkartoffeln mit Spiegelei um die Kreidefelsen schippern lassen. Ich möchte, dass es auf diesem Schiff auch Kultur gibt. Richtige Kultur und keine Sagen von Störtebeker und irgendwelchen weißen Hirschen.«

Genau diese Sage war mir im Gedächtnis geblieben, weil gerade zu dem Zeitpunkt die Leute panisch nach draußen gerannt waren.

»Nun, diese Sagen sind hier sehr beliebt.«

»Aber manchmal ist es Zeit für eine Veränderung.« Ich verschränkte die Arme vor der Brust. Es ärgerte mich ziemlich, dass ich mich auf das Gespräch eingelassen und mehr preisgegeben hatte, als ich mit mir selbst bereits ausgemacht hatte.

»Und was wollen Sie mit dem Schiff?«, schoss ich zurück.

»Das ist meine Sache, die niemanden etwas angeht«, entgegnete er mit einem süffisanten Lächeln.

In diesem Augenblick wäre ich ihm am liebsten ins Gesicht gesprungen und hätte ihm seinen Dreitagebart ausgerissen, doch da tauchte der Eigentümer auf.

»Wie ich sehe, sind Sie immerhin noch da«, stellte er fest.

»Ja, und wie es aussieht, haben wir auch nicht vor zu gehen, bevor Sie uns nicht den Kaufpreis genannt haben«, entgegnete mein Konkurrent und blickte zu mir.

Ich versuchte, mir meinen Ärger darüber nicht ansehen zu lassen, dass er mich dermaßen ausgehorcht hatte.

»Der Grundpreis des Schiffes beträgt zwanzigtausend«, erklärte der Besitzer beinahe beiläufig, während er uns die Zettel in die Hand drückte. »Wenn Sie mehr bieten wollen, bleibt das natürlich Ihnen überlassen.«

In diesem Augenblick kam ich mir vor, als hätte mir jemand die Bohlen unter den Füßen weggezogen. Zwanzigtausend! Gut, das Schiff war etwas Besonderes, aber der Zustand war schlimm, und wenn ich ehrlich war, hatte ich mit höchstens zehntausend gerechnet. Auch noch immer eine happige Summe, aber wozu gab es die Briefe, die einem Kredite in der Höhe regelrecht aufdrängten?

Ich rang einen Moment um Fassung, kriegte mich dann aber wieder ein. Auf keinen Fall sollte der Typ neben mir sehen, dass ich nicht die Mittel hatte. Er nahm den Kaufpreis jedenfalls mit einem lässigen Nicken hin. Gleiches hätte wohl auch gegolten, wenn die Summe noch höher gewesen wäre.

»Wenn sich einer von Ihnen zum Kauf des Schiffes entschließen sollte, möge er mich bis Ende der Woche anrufen. Die höchste Summe, die mir am Freitag geboten wird, gewinnt.«

Das höchste Gebot? Hatte er noch andere Leute an der Hand? Gab es noch weitere Führungen?

Mir wurde heiß vor Panik.

»Okay«, sagte der Mann im Anzug und reichte dem Besitzer jovial die Hand. »Ich melde mich garantiert bei Ihnen.« Kurz warf er einen Blick auf mich, dann zog er von dannen.

Ich stand noch immer da, als hätte mir jemand einen Eimer Wasser über den Kopf gekippt.

»Gibt es noch etwas?«, fragte der Besitzer, der wohl im Stillen hoffte, dass ich jetzt die Segel strich und aufgab. Der Anzugträger hatte ihm offenbar weitaus besser gefallen.

»Nein, ich …«, begann ich stockend. »Ich … würde nur gern wissen, bis wann ich angerufen haben muss, damit ich … vielleicht den Zuschlag bekomme.« Hitzewallungen liefen über meinen Rücken. So locker, wie mein Konkurrent gewirkt hatte, konnte er an dem Kutter nicht mal halb so sehr interessiert sein wie ich.

»Bis 18 Uhr wird es reichen. Dann muss ich weg. Wenn

Sie bis dahin anrufen und Ihr Gebot höher ist als das des Herrn, können Sie das Schiff ab nächsten Montag abholen.«

Damit verabschiedete er sich mit einem Nicken und stapfte über den Steg.

Ich sah ihm kurz nach und wandte mich dann der »Sturmrose« zu.

Gern hätte ich so was gedacht wie: Altes Mädchen, keine Sorge, ich kriege dich schon. Aber dieses Versprechen konnte ich nicht geben.

Da mein Büro noch keines war, machte ich mich bei meiner Rückkehr im Wohnzimmer breit, wo noch einige volle Kartons darauf warteten, ausgepackt zu werden. Mein Laptop stand auf dem Couchtisch, und ich sank nicht gerade rückenfreundlich im Sofa ein. Aber gleich morgen würde ich die Büroeinrichtung bestellen. Zu gern hätte ich die Möbel aus Bremen mitgenommen, doch die hatten nicht mir, sondern dem Vermieter des Büros gehört. Es war schon komisch, dass ich in Bremen irgendwie keinen Ballast hatte anhäufen wollen, nachdem Jan mich verlassen hatte. Ganz so, als hätte ich gewusst, dass ich dort nicht bleiben würde …

In den folgenden Stunden brütete ich über der Kampagne für das Hotel. Die Eckpfeiler standen bereits, nun ging es an den Feinschliff. Das war eigentlich kein Problem für mich. Doch die »Sturmrose« schlich sich immer wieder in meine Gedanken.

Zwanzigtausend Euro waren auf den ersten Blick für ein Schiff dieser Größe verhältnismäßig wenig, doch auf den zweiten Blick viel zu viel für eine alleinerziehende Mutter, die noch einmal gut dieselbe Summe für Restaurierung und Umbau investieren musste.

Ich war durch Jans Unterhalt gut versorgt, und Hartmann

würde mir auch einen schönen Batzen Geld für die Kampagne geben – aber das war das Geld, von dem ich leben musste, bis ich den nächsten größeren Auftrag an Land zog. Da mussten Miete, Strom und Wasser bezahlt werden und Steuern und die Kita, außerdem Lebensmittel und alles andere, was so anfiel. Genau genommen, konnte ich auf einen Schlag nicht mal die Kaufsumme aufbringen, ohne ein Risiko einzugehen.

Und dann war da auch noch mein Konkurrent. Er hatte diesmal nicht wie ein abgerissener Seemann ausgesehen, sondern wie jemand, der das Geld wirklich lockermachen konnte. Was war er, ein Schrottverkäufer, der den Kutter gewinnbringend ausschlachten würde? Er hatte jedenfalls nicht so gewirkt, als wollte er mit dem Schiff etwas Sinnvolles anstellen. Eher wie jemand, der dafür sorgte, dass Schmuckstücke wie die »Sturmrose« auf einem anonymen Schiffsfriedhof landeten – oder zumindest jene Teile, die nicht verkauft werden konnten –, gehäckselt von kräftigen hydraulischen Metallscheren.

Als das Handy summte, kam ich wieder zu mir. Hartmanns Nummer leuchtete auf dem Display auf.

»Hansen«, meldete ich mich.

»Wie schön, Sie zu hören, Hartmann hier!«, flötete mein Auftraggeber. Offenbar war er bester Laune.

»Die Freude ist ganz auf meiner Seite«, entgegnete ich nicht ganz aufrichtig, aber dennoch lächelnd, wodurch ich mich wohl ebenfalls gut gelaunt anhörte. »Was kann ich für Sie tun?«

Ich hätte mit allem Möglichen gerechnet, doch Hartmann sagte: »Es wird Sie umhauen! Wir haben ein Album mit historischen Aufnahmen gefunden!« Er klang wie ein Archäologieprofessor, dem die entscheidende Tonscherbe in die Hände gefallen war. »Warum kommen Sie nicht vorbei, und wir sehen es uns gemeinsam an?« Der Zusatz »Heute Abend?« hing spürbar in der Luft.

Ich hörte mich schon sagen, dass er mir das Album doch vorbeischicken könnte, gleichzeitig war ich mir dessen bewusst, dass er mein einziger Kunde war. Die Bitte um das Zusenden war kein Grund, einen Auftrag abzusagen, aber es würde verdammt unhöflich klingen.

»Gern«, antwortete ich also. »Ich bringe Leonie gegen neun in den Kindergarten, wie sieht es bei Ihnen morgen um zehn Uhr aus?«

Hartmann blätterte hörbar durch seinen Terminkalender. »Wäre Ihnen auch gegen 14 Uhr recht?«

»Natürlich!«, entgegnete ich, denn so konnte ich mich spätestens gegen 16 Uhr verabschieden, weil ich Leonie da wieder aus der Kita holen musste.

»Einverstanden«, entgegnete er. »Dann bis morgen um 14 Uhr!«

Als er aufgelegt hatte, atmete ich tief durch. Ich brauchte dringend weitere Kunden, als Sicherheit für uns und mein Unternehmen. Und ich brauchte Geld für mein Schiff. Ich musste mich auf die Suche nach einem neuen Auftrag begeben.

»Wie hat es dir in der Kita gefallen, mein Schatz?«, fragte ich, als ich meiner Tochter die Jacke entgegenstreckte. Ein paar andere Kinder waren noch da und spielten mit Bauklötzen. Leonie sah ganz so aus, als hätte sie noch ein bisschen bleiben wollen.

»Prima!«, antwortete sie. »Ich habe mit Janine gespielt und mit Lukas und Claudia.«

Drei neue Spielkameraden! Wer hätte das gedacht.

Ich lächelte der Erzieherin zu, die gerade durch die Tür kam. Nicole war ein Musterbild von einer Kindergärtnerin, groß, etwas mollig, mit Lockenhaar und Sommersprossen. Die Art Frau, die jede Fünfjährige gern als Tante hätte.

»Frau Hansen, hallo!«, begrüßte sie mich und strahlte Leonie an. »Da haben wir den ersten Tag ja schon mal geschafft!«

»Und wie es aussieht, sehr gut!« Ich war stolz auf meine Tochter. In Bremen hatte es manchmal Probleme gegeben, als die Eltern der anderen Kinder unsere Eheprobleme spitzgekriegt hatten. Zuletzt, als der Streit zwischen Jan und mir in der Scheidung gipfelte, hatte ich sie nicht mehr dort hingebracht, weil ich sie nicht den Fragen der anderen Kinder aussetzen wollte. Die Kinder hier wussten zum Glück nichts von dem, was bei uns los gewesen war.

»Ähm, könnte ich Sie vielleicht einen Moment allein sprechen?«, fragte Nicole plötzlich. Ich konnte mir keinen Reim darauf machen und starrte sie überrascht an. Was konnte sie mit mir zu besprechen haben?

»Ja, natürlich.«

Ich blickte zu Leonie. »Bin gleich wieder da.« Sie nickte fleißig und spielte an ihren Schnürsenkeln herum, zog die Schleife auf und schloss sie wieder.

Ich ging mit der Kindergärtnerin in den Gruppenraum, in dem zwei Jungs gerade Autocrash spielten und das mit schrillen Tönen untermalten. Aber das war vielleicht gut so, denn so bekam niemand mit, dass ich fragte: »Ist etwas nicht in Ordnung?«

Die Erzieherin biss sich auf die Unterlippe. Offenbar wusste sie nicht, wie sie anfangen sollte.

Ein faustgroßer Stein lag mir plötzlich im Magen. Ich verdrängte das Déjà-vu, das in mir hochstieg, denn solche Unterhaltungen hatte ich mit der Erzieherin in Bremen ziemlich häufig führen müssen.

»Doch, es ist alles in Ordnung«, presste Nicole endlich hervor. »Allerdings hat Leonie … In der Fragerunde hat sie … ein wenig empfindlich reagiert.«

Ich zog die Augenbrauen hoch. »Worauf?«

»Nun ja …« Nicoles Wangen bekamen kräftig Farbe. Ihr war das Gespräch sichtlich peinlich. Ich wappnete mich also vorsichtshalber schon mal gegen das, was sie sagen wollte. »Es ging um ihren Vater … Im Morgenkreis reden wir immer über das, was sie am Wochenende so erlebt haben. Da Leonie neu ist, haben wir natürlich erst einmal etwas über sie wissen wollen. Und als die Sprache auf ihren Vater kam …«

Etwas Kaltes kroch über meinen Rücken. »Ich habe Ihnen doch gesagt, dass mein Mann und ich geschieden sind«, sagte ich und zwang mich zur Ruhe. Leonie war doch bestimmt nicht gehänselt worden, weil ihr Vater nicht mehr mit uns zusammenlebte – oder etwa doch?

»Ja, das haben Sie, und ich habe auch versucht, so behutsam wie möglich zu sein … aber dann hat eines der Kinder nach ihm gefragt und warum er nicht mehr da ist.« Sie senkte beschämt den Kopf. »Und dann ist sie in Tränen ausgebrochen.«

Ich blickte mich zu meiner Tochter um, die brav auf der Bank saß und an dem Verschluss ihrer Umhängetasche zupfte.

»War das einer von ihren Spielkameraden?«

Nicole schüttelte den Kopf. »Nein, ein anderes Mädchen. Leonie hat sich den ganzen Tag geweigert, mit ihm zu spielen.«

Aber es ging Nicole nicht darum, dass Leonie das Spielen mit einem anderen Kind verweigert hatte.

»Nun ja, ich wollte wissen … wie wir damit umgehen sollen«, sagte sie.

Ich starrte sie an, als hätte sie Chinesisch mit mir gesprochen.

»Wie bitte?«

»Was sollen wir tun, wenn es wieder so weit kommt?«, fragte sie, jetzt wieder etwas selbstsicherer. »Sie hat so furchtbar geweint, wir konnten sie gar nicht wieder beruhigen.«

»Na ja, die Trennung ist erst einige Monate her. Sie vermisst ihren Vater eben.«

»Sie sagte uns, dass ihr Papa sie nicht liebhat und sie nicht sehen will.«

Jetzt musste ich erst einmal tief Luft holen. Nicht, dass unsere Familienverhältnisse die Erzieherin etwas angingen. Aber ich verstand, dass sie sich Sorgen machte, wenn meine Tochter herzzerreißend weinte und dann als Erklärung mit der Wahrheit rausrückte.

»Ihr Vater hat sich schon seit einiger Zeit nicht mehr bei uns gemeldet«, erklärte ich, während mir das Herz bis zum Hals pochte. Ich erklärte Fremden nur sehr ungern, was bei uns los war. Die Scheidung war schon schlimm genug, aber Jans Verhalten … Das traf immer auf Unverständnis, nur leider war ich diejenige, die das abbekam und sich dann lang und breit erklären musste, obwohl es doch das Versagen meines Exmannes war.

»Ist denn alles in Ordnung mit ihm?«

»Ja, ich denke schon. So ganz genau weiß ich es nicht, aber er zahlt den Unterhalt immerhin regelmäßig.«

»Und das Sorgerecht nimmt er nicht wahr?«

Ich blickte mich wieder zu Leonie um. Zum Glück war sie weit genug entfernt, so dass sie uns nicht belauschen konnte. Dennoch senkte ich vorsichtshalber die Stimme.

»Nein, das tut er nicht. Das ist auch keine Überraschung. Er hat schon vor dem Scheidungsrichter klargemacht, dass er sich nur finanziell um uns kümmern will. Und das tut er recht gut, der Unterhalt kommt pünktlich und wird auch problemlos angepasst.« Ich machte eine Pause und hörte mich etwas sagen, was ich zuvor noch keiner Erzieherin oder Babysitterin gesagt hatte: »Nur leider kann das Geld die Sehnsucht seiner Tochter nach ihm nicht lindern. Ich versuche immer wieder, ihn zu erreichen, aber was soll ich tun, wenn er nicht an sein Handy geht? Wenn er meine Nachrichten nicht beantwortet? Na ja, wenn es etwas Dringendes oder Schlimmes wäre, würde er sicher anrufen, aber dass seine Tochter ihn sehen will, ist für ihn nicht dringend genug.«

Die Miene der Erzieherin veränderte sich plötzlich. Für gewöhnlich zeigten die Menschen Mitgefühl, in ihrem Blick sah ich Unverständnis – allerdings nicht mir gegenüber.

»Männer«, zischte sie, so leise, als sollte ich es nicht hören. Dann fügte sie hinzu: »In Ordnung, dann weiß ich Bescheid und bemühe mich, dass das Thema nicht angeschnitten wird.«

Das klang fast so, als würde Leonie von nun an eine Sonderbehandlung bekommen. Dabei war sie hier doch sicher nicht das einzige Scheidungskind, oder?

»Das ist lieb von Ihnen, wird Ihnen aber kaum gelingen, denn die Kinder, die es heute gehört haben, werden es zu Hause erzählen, dann irgendwas von ihren Eltern hören und hierher mitbringen. Und die Kinder unterhalten sich ja auch außerhalb des Gesprächskreises. Seien Sie nur behutsam, wenn irgendwer was sagt, und versuchen Sie, sie zu trösten. Ich weiß, Sie haben viel zu tun, aber diese eine Bitte habe ich.«

Die Erzieherin nickte. »In Ordnung.«

»Und sollte es große Probleme geben, rufen Sie mich bitte an. Notfalls hole ich Leonie ab. Aber ich glaube, sie wird sich gut machen. Sie hat mir von ihren Spielkameraden erzählt.«

Jetzt lächelte die Erzieherin wieder, sichtlich erleichtert, wie mir schien.

Ich verabschiedete mich von ihr und ging zu Leonie.

»Hast du Lust auf Pizza?«, fragte ich, worauf sie strahlte. Hätte die Erzieherin nichts von ihrem Weinen berichtet, ich hätte ich keine Spur davon gesehen.

»Au ja!«, rief sie und schlang die Arme um meinen Hals.

»Und dann erzähle ich dir von dem Schiff, das ich mir heute angeschaut habe.«

Leonies Augen weiteten sich. »Was für ein Schiff? Das, was wir neulich gesehen haben?«

»Ja, genau. Und vielleicht wirst du bald damit fahren! Komm, ich zeig dir mal ein paar Fotos.«

Draußen setzte ich sie in ihren Kindersitz, fuhr aber nicht gleich los, sondern schob mich neben sie und holte das Handy hervor. Vielleicht konnte die »Sturmrose« sie ein wenig aufmuntern. Vielleicht war es auch das Schiff, mit dem wir es schafften, endlich unsere Probleme hinter uns zu lassen.

# 9

Ich stand auf einem blau beleuchteten Bahnsteig, mit einem altmodischen Koffer wartete ich auf den Zug. Dieser hatte Verspätung, doch ich wollte mir nicht wie die anderen einen Kaffee holen, sondern blieb.

Da tauchte plötzlich eine Gestalt am gegenüberliegenden Bahnsteig auf. Ich konnte nur erkennen, dass es sich um eine Frau handelte. Und plötzlich wusste ich, dass es meine Mutter war, die zu mir herüberschaute. Ich versuchte ihr zu winken, aber ich konnte meinen Arm nicht heben, weil der schwere, sperrige Koffer an mein Handgelenk gekettet war. Ich wollte zu ihr, doch da fuhr ein Zug vorbei und versperrte mir den Weg. Als er fort war, war meine Mutter verschwunden, sie hatte mich offenbar nicht wiedererkannt …

Ich kam zu mir, als sich eine Melodie in meinen diffusen Traum schlich. Für ein paar Sekunden hatte ich keine Ahnung, wo ich war. Erst das Licht, das durchs dunkle Wohnzimmer flimmerte, machte mir klar, dass ich mich in unserem neuen Heim befand – und dass der Spätfilm offenbar doch nicht so spannend gewesen war, wie ich erhofft hatte. Die letzten Zeilen des Abspanns liefen über den Bildschirm.

Benommen erhob ich mich aus dem Sessel, tastete nach der Fernbedienung und schaltete ab. Dann löschte ich das Licht und schleppte mich ins Schlafzimmer. Unterwegs schaute ich noch einmal bei Leonie rein. Meine kleine Prinzessin schlief tief und fest, der rosa Plüschhase lag quer über ihrem Bauch.

Sie hatte mir nicht erzählt, was im Kindergarten vorgefallen war. Stattdessen hatte sie begeistert Pläne geschmiedet, was wir mit dem Schiff alles anfangen könnten. Und da sie ein Kind war, das nicht im Traum daran dachte, einen Wunsch zurückzuhalten, hatte sie auch davon gesprochen, mit dem Schiff zu ihrem Vater zu fahren und ihn abzuholen.

Sie war so glücklich gewesen, dass ich es ihr versprochen hatte – auch wenn ich weder wusste, ob ich das Schiff bekam, noch Lust hatte, Jan hinterherzuschippern.

Einige Minuten später, als sich der kühle Pyjamastoff langsam auf meiner Haut erwärmte, wurde mir klar, dass mein Körper wohl genug Schlaf bekommen hatte. Die Traumbilder drängten sich mir wieder auf. Meine Mutter am anderen Bahngleis und mein verzweifelter Versuch, zu ihr zu gelangen. Der Ballast an meinem Handgelenk, der das verhindert hatte. Das alles verschaffte mir ein saures Gefühl in meinem Innern.

Ich kannte den inneren Ballast nur zu gut, doch würde es reichen, ihn abzuschütteln, um zu meiner Mutter zurückzufinden? Würde sie mich dann erkennen?

Es war Unsinn, sagte ich mir. Nur ein Hirngespinst. Wie auch die Träume von damals. Das hier war einfach eine Variation.

Obwohl ich die Augen geschlossen hielt, den blöden Traum zu verdrängen versuchte und dem Raunen des Windes lauschte, wurde ich jetzt erst so richtig wach.

Wenige Minuten später stand ich wieder auf. 03:28 Uhr stand rotleuchtend auf dem Display meines Weckers.

Etwas zog an mir, eine unerklärliche Macht. Wie der

Mond, der die Gezeiten hervorrief. Ich schlüpfte in meinen Jogginganzug und verließ das Haus.

Am Strand angekommen, leuchtete mir der erste Silberstreif des neuen Tages am Horizont entgegen. Der Wind war kühl, aber weich, das Rauschen der Wellen klang gedämpft. Ich war offenbar die einzige lebende Seele, die sich jetzt schon am Strand herumtrieb. Die Lichter der Hotels waren fast alle verloschen, hier und da blinkte eines verloren durch die Nacht. Die Lampen der Seebrücke wirkten wie ein Wegweiser in die Dunkelheit.

Ich setzte mich auf einen der Steine und zog die Knie an die Brust. Lust auf ein eisiges Fußbad hatte ich nicht.

In mir brannte es, als hätte ich zehn Tassen Kaffee getrunken.

Ich versuchte, mir vorzustellen, wie mein Schiff vor der Seebrücke ankerte, um Passagiere aufzunehmen. Der Innenraum war erfüllt vom Duft von warmem Streuselkuchen, Schokoladentorte und Kaffee, und ein Gitarrist spielte herzzerreißende Lieder, während sich im Hintergrund ein nervöser Schriftsteller auf seinen Text vorbereitete.

Doch würde etwas daraus werden? Ich wollte dieses Schiff unbedingt.

Aber woher sollte ich das Geld nehmen? Für einen größeren Kredit hatte ich keine Sicherheiten. Mittlerweile war ich mir auch nicht mehr sicher, ob ich überhaupt einen Zehntausend-Euro-Kredit bekäme.

Meine Eltern konnte ich nicht fragen, sie brauchten ihr Geld für sich selbst, besonders jetzt, da mein Vater in Altersteilzeit arbeitete – die Werften bauten leider ab. Meine Mutter verdiente mit ihrem Sekretärinnenjob auch nicht viel.

Jan wäre eine Möglichkeit, doch die schob ich beiseite, bevor ich sie weiter durchdenken konnte. Es war schon peinlich genug, dass meine Nummer auf seinem Handydisplay aufgetaucht war. Wahrscheinlich hatte er meine Nachricht sofort wieder gelöscht.

Darüber hinaus blieben mir nur die Banken, und damit kam ich wieder am Beginn des Kreislaufs an.

Ich zerbrach mir so heftig den Kopf darüber, dass ich im ersten Moment nicht bemerkte, dass ich doch nicht ganz allein am Strand war. Erst als die Schritte ganz nahe waren, verschwand das Schiff, und ich kehrte in die Wirklichkeit zurück. Erschrocken wirbelte ich herum. Eine dunkle Gestalt ging an mir vorbei. Es war ein Mann, so viel konnte ich immerhin erkennen, aber das Licht reichte nicht aus, um seine Gesichtszüge der Dunkelheit zu entreißen. Steine knirschten unter seinen Schuhen. Der Duft eines Aftershaves streifte mich kurz.

Was suchte er so früh am Morgen hier?

Für einen Moment packte mich die Angst. Geschichten von überfallenen und vergewaltigten Frauen schossen mir durch den Kopf. Doch der Mann schien mich gar nicht wahrzunehmen, denn er ging grußlos und ohne einen Moment innezuhalten an mir vorbei.

Ich sah ihn in der Dunkelheit verschwinden, und gleichzeitig packte mich die Neugier. Weshalb war er wohl hier? War er auf dem Weg zu irgendeiner Frühschicht? Kam er erst jetzt von der Arbeit? Hatte er irgendeine krumme Sache vor?

Kurz war ich versucht, ihm zu folgen, doch dann entschied ich mich dagegen. Ich würde auch nicht wollen, dass mir jemand nachschlich, besonders dann nicht, wenn ich hierherkam, um nachzudenken. Ich wandte mich also wieder dem Meer zu und ignorierte den Fremden. Ich hing meinen Gedanken nach, er seinen.

Als die Sonne hinter den Kreidefelsen hervorlugte, machte

ich mich auf den Rückweg. Allerdings nicht direkt, ich suchte noch einmal den Felsen auf, auf dem ich den Rosenstrauß entdeckt hatte. Ich erwartete, verwelkende Blätter zu sehen, aber der Strauß wirkte, als sei er frisch gepflückt worden, auf den zartrosa Blütenblättern glitzerte sogar noch Morgentau. Ich betrachtete sie wie ein Wunder, dann blickte ich mich um. Der schemenhafte Fremde war verschwunden, doch ich war sicher, dass er die Blumen hier abgelegt hatte. Aber warum? War das eine romantische Geste für jemanden, der hier morgens vorbeikam?

Oder war es eine Geste der Trauer und des Gedenkens?

Als eine Möwe über mir schrie, fiel mir wieder eine Legende ein. Die Seelen ertrunkener Seeleute kehrten als Möwen zurück. Brachte jemand einem von ihnen Blumen?

Ich verweilte einen Moment bei dem Gedanken, schüttelte ihn dann ab und blickte auf die Armbanduhr. Zehn vor fünf. Ich hatte mehr als genug Zeit, das Frühstück vorzubereiten und dann Leonie zu wecken.

»Und, bist du bereit für ein neues Abenteuer im Kindergarten?«, fragte ich Leonie, während ich ihr den rosafarbenen Cordlatzrock aus dem Schrank holte.

»Ja!«, rief sie begeistert – und zu meiner großen Erleichterung.

Im Kindergarten wurde sie bereits von ihren neuen Freunden erwartet und gleich mitgeschleppt, kaum dass sie ihre Jacke ausgezogen hatte.

Ich fuhr von der Kita aus direkt nach Sassnitz. Viel zu früh kam ich an, parkte deswegen nicht vor dem Hotel, sondern unten am Hafen.

Es zog mich zur »Sturmrose«.

Sie lag noch immer unverändert da und konnte mir leider

auch nicht sagen, ob bereits ein Angebot eingegangen war und ob noch weitere Interessenten aufgetaucht waren.

Ich zog mein Handy hervor und rief meinen Vater an. Um diese Zeit machte er meist Frühstückspause, ein paar Minuten hatte er also bestimmt.

Tatsächlich ging er nach nur einem Klingeln ran.

»Alles in Ordnung bei dir?«, fragte er, denn für gewöhnlich telefonierten wir nicht mitten am Tag.

»Ja, alles bestens«, antwortete ich und hörte förmlich sein Aufatmen. »Ich wollte dir von den neuesten Entwicklungen mit dem Schiff erzählen. Und davon, dass Leonie im Kindergarten schon drei Freunde gefunden hat.«

»Das ist ja wunderbar!«, entgegnete er. »Jedenfalls das mit Leonie. Ich wusste doch, dass sie ein patentes Mädel ist.« Er machte eine kurze Pause, dann fügte er ernster hinzu: »Und was ist mit dem Schiff? Hoffentlich ist es noch nicht im Hafenbecken gesunken.«

»Nein, es ist immer noch da. Leider ist der Kaufpreis ziemlich happig. Der Besitzer will zwanzigtausend Euro.«

Mein Vater pfiff durch die Zähne. »Dafür könntest du dir beinahe schon eine kleine Segelyacht kaufen.« Und dann fragte er, was ich schon befürchtet hatte. »Wie ist denn ihr Zustand?«

Ich wusste, dass es nichts brachte, zu lügen. Mein Vater würde heraushören, dass etwas nicht stimmte.

»Innen ist sie ziemlich marode. Sie wurde mal als Ausflugsschiff genutzt, aber das war vor langer Zeit. Der Besitzer meint, sie sei seit der Wende nicht mehr verwendet worden und habe in der Marina von Timmendorfer Strand gelegen. Er hatte sie gekauft, um sie zu renovieren, doch seine Frau ist krank geworden, und jetzt braucht er das Geld, um das Haus für sie umzubauen.«

Stille am anderen Ende der Leitung. Ich wusste, was meinem Vater durch den Kopf ging. Keine alleinerziehende Mutter sollte sich so ein Schiff aufhalsen.

Aber ich hatte mich in das Schiff verliebt. Ja, das hatte ich, wenn das bei einem Gegenstand möglich war.

Vater hatte immer behauptet, dass jedes Schiff eine Seele hätte. Ich wusste nicht, ob das stimmte, aber die »Sturmrose« hatte die schönste Ausstrahlung aller Schiffe, die ich je gesehen hatte.

»Du willst sie haben, nicht wahr?«, riss mein Vater mich aus meinen Gedanken.

»Ja«, antwortete ich. »Ich will sie. Ich habe keine Ahnung, wie ich den Kaufpreis aufbringen soll, und ich weiß auch nicht, woher ich das Geld für die Restaurierung nehmen soll, aber ich weiß, dass ich dieses Schiff haben muss.«

Vater seufzte.

»Ich würde dir ja gern was dazugeben, aber wie du weißt …«

»Kommt nicht in Frage«, fiel ich ihm ins Wort. »Ihr braucht euer Geld für euch, das hier ist allein meine Sache.«

»Nun ja, Geld wollte ich dir auch eigentlich nicht anbieten«, entgegnete Vater, und ich konnte förmlich sehen, wie sich sein Mund zu einem Lächeln verzog und die Falten um seine Augen tiefer wurden. »Aber dein Vater ist zufällig Schiffbauer und hat Freunde, die dir helfen könnten, das Schiff wieder herzurichten. Das wird meinerseits viel Überredung kosten und dich viele Kästen Bier, aber wenn du mit meinem Können zufrieden bist …«

»Das bin ich«, entgegnete ich schnell, denn solche Angebote machte Martin Hansen nicht zweimal. »Aber … wirst du denn Zeit haben?«

»Sicher. Allerdings müsste das Schiff nach Hamburg geschleppt werden, denn ich kann nicht immer nach Sassnitz fahren. Aber ich könnte Uwe fragen, der hat ja diesen Freund mit dem Schlepper im Hafen.«

Ich konnte mir nicht vorstellen, dass das alles kostenlos über die Bühne gehen würde, aber die Worte meines Vaters waren wie Schokolade nach einem stressigen Tag – mein Gemüt hellte sich schlagartig auf. Ich kann es schaffen, sagte ich mir. Ich werde es schaffen.

»Danke. Das wäre sehr lieb«, entgegnete ich, und mir fiel auf, wie gerührt ich klang. So hatte ich nicht mal geklungen, wenn ich als Kind das Spielzeug bekommen hatte, das ich haben wollte.

»Für dich alles, mein Schatz«, entgegnete er. »Aber jetzt muss ich wieder zur Arbeit. Wir reden später drüber – wenn du für den Kaufpreis eine Bank überfallen hast.«

Als ich auflegte, spürte ich ein breites Grinsen auf dem Gesicht. Mein Vater hatte nicht versucht, mir die Sache auszureden, das war immerhin schon etwas.

Als die Zeit heran war, fand ich mich bei Hartmann ein. Dieser erwartete mich mit frisch gebrühtem Kaffee und einem dicken ledergebundenen Album.

»Setzen Sie sich doch, Frau Hansen«, sagte er und deutete auf die Sitzgruppe.

Da mein Kostüm doch ein wenig enger saß als noch vor einem halben Jahr, als ich es gekauft hatte, öffnete ich einen Knopf des Blazers, unter dem ich eine hochgeschlossene weiße Bluse trug, und nahm Platz.

»Ich freue mich sehr, dass Sie Zeit haben. Dieser Fund hier hat mich förmlich umgehauen.«

Er schenkte den Kaffee ein und reichte mir dann das Album. Als ich es aufschlug, wurde mir klar, dass es sich tatsächlich um einen tollen Fund handelte. Nichts war so werbeträchtig wie eine interessante Geschichte.

Von Herrn Hartmann beobachtet, blätterte ich mich durch das Leben des Hotels. Ich sah die erste Belegschaft mit ihrem Chef, einem Mann mit Kaiser-Wilhelm-Bart, Vatermörderkragen und Uhrkette an seinem Jackett. Die Zimmermädchen trugen lange weiße Kleider und gestärkte Hauben, die Burschen hatten Knickerbocker an, und die Pagen wirkten in ihren Livreen furchtbar steif.

Während ich das Bild betrachtete, musste ich wieder an die »Sturmrose« denken. Ob es irgendwo Bilder von der ersten Besatzung gab? Zu gern hätte ich mir die Matrosen und ihren Kapitän mal angeschaut. Irgendwann, vielleicht …

»Es ist wirklich faszinierend, nicht wahr?«, fragte Hartmann, doch ich hörte ihn kaum, denn mittlerweile war ich bei den Bildern aus Kriegszeiten angekommen. Auf einigen Fotos hatte man die Hakenkreuze aus den Fahnen gekratzt, die das Gebäude zu irgendeinem Anlass geschmückt hatten. Die Belegschaft bestand beinahe nur aus Frauen, und der Besitzer des Hotels trug eine Uniform. Wenig später sah ich schwere Schäden am Mauerwerk, Flüchtlinge, die in dem Hotel untergebracht waren.

»Die Bilder würden eine gute Imagebroschüre ergeben«, sagte ich. »Vor allem die Aufnahmen von der Frontseite des Hotels.«

Neben den altmodischen Bildern von den Bediensteten zog mich ein Foto aus den Achtzigern besonders in seinen Bann. Eigentlich waren darauf nur Bauarbeiter zu sehen – aber ich hätte schwören können, dass einer von ihnen dem Anzugmann vom Schiffstermin wie aus dem Gesicht geschnitten war.

Natürlich war er es nicht – wenn doch, musste er einen

Jungbrunnen in seinem Keller haben. Aber möglicherweise war es sein Vater …

»Ah, dieses Bild finde ich besonders interessant«, mischte sich Hartmanns Stimme in meine Gedanken. »Es zeigt die Umbauten zu DDR-Zeiten. Im Zuge der Renovierung hatten wir uns entschlossen, den Kachelsockel wieder abzureißen und das Haus in den Zustand vor dem Zweiten Weltkrieg zurückzuführen.«

Erst jetzt fielen mir die hässlichen Kacheln auf, mit denen man das Hotel wohl moderner hatte wirken lassen wollen. Ich war vor der Wende zwar noch ziemlich jung gewesen, konnte mich aber erinnern, dass es solche Kacheln auch an anderen Gebäuden, manchmal auch an Hochhäusern gegeben hatte.

Ich war froh, dass man den alten Zustand wiederhergestellt hatte – und dass Hartmann nicht bemerkt hatte, dass es mir auf diesem Bild nicht um das Gebäude gegangen war.

»Könnte ich vielleicht Abzüge einiger Bilder bekommen?«, fragte ich, nachdem ich noch einen Blick auf den Bauarbeiter geworfen hatte.

Es war unwahrscheinlich, dass ich dem Fremden noch einmal begegnete, und wenn, dann würden wir uns wohl heftig um das Schiff streiten. Oder ich würde ihn an Bord gehen sehen, während ich, die das Geld nicht gehabt hatte, am Kai stand und meinen Traum davonfahren sah.

»Aber natürlich!«, erwiderte Hartmann da schon. »Sagen Sie mir einfach nur, welche Sie brauchen, ich schicke Ihnen die Abzüge zu. Wollen Sie eine Imagebroschüre erstellen?«

»Eine Broschüre mit historischen Informationen für Ihre Gäste«, bestätigte ich. »Ich habe so etwas mal in einem Schlosshotel in Österreich gesehen und fand es sehr interessant. Leider hatten sie dort nur ein Leihexemplar, das man wieder abgeben musste. Für Ihr Haus wäre ein Exemplar auf jedem Zimmer empfehlenswert, und ich wüsste sogar, wo man sie kostengünstig drucken lassen könnte.«

»Geld spielt keine Rolle«, winkte Hartmann ab.

In diesem Augenblick wünschte ich mir, dass ich das auch von mir sagen könnte.

Ich wählte fünfzehn Bilder aus dem Album aus und bat Hartmann darum, eine neue Aufnahme vom jetzigen Personal und sich machen zu lassen – wenn möglich an gleicher Stelle wie beim ersten Bild aus dem vorigen Jahrhundert. Dann verabschiedete ich mich vom Hotelier.

Draußen blickte ich auf die Uhr. Kurz nach drei. Wir hatten nur eine Stunde gebraucht. Das gab mir die Gelegenheit, noch einmal nach der »Sturmrose« zu schauen.

Diesmal setzte ich mich allerdings nicht in die Nähe der Anlegestelle, sondern ging zu dem großen Steinwall, der rings um den Hafen aufgeschüttet worden war, so hoch, dass sein Schatten weit um den Weg davor reichte. Ich nahm auf einem der breiten Steine Platz und betrachtete die Häuser, die sich vor dem Hafen erhoben. Die »Sturmrose« konnte ich natürlich auch ausmachen, ebenso wie das »Meerblick«-Hotel. Ob ich Hartmann vorschlagen sollte, das Schiff zu kaufen? Als mobile Verlängerung seines Hotels? Geld genug hatte er, und dass man darin ein Café einrichten konnte, würde ihm sicher gefallen.

Nur war es nicht das, was ich wollte. Ich wollte das Schiff niemandem überlassen, wollte es selbst wieder herrichten und vielleicht auch das Café führen. Und Leonie war von dem Gedanken, mit einem Schiff zu fahren, begeistert gewesen.

»Sie schon wieder?«, fragte eine Männerstimme hinter mir. Als ich mich umdrehte, erkannte ich den Mann im Anzug. Nur dass er jetzt keinen Anzug mehr trug, sondern Jeans und ein hellblaues Hemd, das seine Augen sehr vorteilhaft in Szene setzte.

»Sie auch!«, entgegnete ich, und gleich fuhren bei mir die Schutzschilde hoch. Dass er hier war, war sicher Zufall, versuchte ich mir einzureden. Bestimmt ging er nicht pausenlos dem Schiffsbesitzer auf den Geist.

Gleichzeitig hatte ich das Foto wieder vor Augen. Ja, der Mann aus den Achtzigern ähnelte ihm auf verblüffende Weise. Schade, dass ich das Foto nicht dahatte …

»Tja, die Welt ist klein, nicht wahr?« Er lächelte breit und setzte sich auf einen Stein neben meinem. »Hatte ich mich Ihnen eigentlich schon vorgestellt?« Er wandte sich mir zu und reichte mir die Hand. »Christian Merten.«

Für einen Moment musterte ich ihn, als vermutete ich einen Stromschocker in seiner Handfläche. Dann nahm ich seine Hand und drückte sie so selbstbewusst ich konnte.

»Annabel Hansen.«

»Du meine Güte!«, rief er aus. »Sie haben ja einen Händedruck wie jemand, der täglich tausend Kisten Fisch schleppt.«

»Wer weiß, vielleicht tue ich das sogar.«

Sein Blick fiel auf meine Hände. »Tun Sie nicht. Was in mir die Frage aufwirft, was Sie zum Hafen führt.«

Ich legte meinen Kopf schräg. Zu gut hatte ich noch im Gedächtnis, wie er mich gestern an der Nase herumgeführt hatte.

»Ich habe Ihnen beim letzten Mal schon viel zu viel von mir erzählt. Ich weigere mich, das erneut zu tun, es sei denn, Sie sagen mir zuerst, was Sie hier zu suchen haben.«

Mir kam es vor, als belauerten wir uns wie zwei Katzen, die nicht sicher waren, wer als die jeweils erste zuschlagen sollte.

Merten lächelte und richtete dann seinen Blick auf das Schiff.

Aha, erwischt!

»Sie ist wunderschön, nicht wahr?« Ich folgte seinem Blick. Die »Sturmrose« schaukelte gemütlich vor sich hin, während hinter ihr ein Ausflugsschiff vorbeituckerte.

»Ja, das ist sie. Und sollten Sie wieder damit anfangen wollen, Sie mir auszureden, gehe ich gleich wieder.«

»Nein, bleiben Sie«, sagte er schnell. »Es tut mir leid, dass ich Sie gestern so ausgehorcht habe. Es ist nur … ich möchte nicht, dass dieses Schiff in falsche Hände gerät.«

Ich zog die Augenbrauen hoch. »Aha, und warum? Haben Sie irgendeine persönliche Beziehung zu dem Schiff?«

Seine Miene verschloss sich augenblicklich. »Die habe ich tatsächlich, aber ich möchte Sie bitten, mich nicht weiter danach zu fragen.«

Also war es keine gute Beziehung? Das machte mich neugierig. Aber ich beschloss, nicht nachzuhaken. Vorerst.

»Sind Sie öfter hier?«, fragte ich stattdessen.

Er betrachtete etwas entrückt das Schiff und schien mich im ersten Moment nicht gehört zu haben, doch dann sah er mich an.

»Wenn ich Pause habe, ja. Ich bin gerne hier, ein Hafen ist ein Ort der Möglichkeiten, finden Sie nicht?«

»Darüber habe ich ehrlich gesagt noch nicht nachgedacht. Ich schaue mir nur gern Schiffe an. Da draußen auf dem Meer …« Ich brach ab, denn ich spürte, dass ich dabei war, mich zu öffnen. Das wollte ich nicht. Der Mann war ein Fremder und ein Konkurrent. Vielleicht wandte er jetzt eine andere Methode an, um mich aus dem Rennen zu kicken, nachdem er gesehen hatte, dass Ausreden nichts brachten.

»Wie wäre es, wenn wir uns morgen zum Essen treffen?«, fragte er plötzlich.

»Warum?«, platzte es aus mir heraus. Eine Einladung war das Letzte, was ich von ihm erwartet hätte. Und worauf ich Lust hatte.

»Nun, das werden Sie sehen«, entgegnete er geheimnisvoll.

»Sie wollen die Konkurrenz abchecken, nicht wahr?«, sagte ich nun. »Haben Sie sich mit den anderen auch verabredet?«

Unwillkürlich stieg ein Lächeln in mir auf, denn ich stellte mir vor, wie es wäre, wenn er sich mit dem Surferboy traf oder mit dem älteren Mann, der den Dieselmotor des Schiffes bemängelt hatte.

»Nein, nur mit Ihnen«, entgegnete er ehrlich. »Aber von allen, die da waren, sind Sie neben mir die Einzige, die das Schiff wirklich will. Die anderen werden sich garantiert nicht bis Freitag melden, darauf wette ich mit Ihnen.«

»Und woher wollen Sie das wissen?«

»Sie sind hier, nicht wahr? Und die anderen sind es nicht. Die haben den Kahn gesehen und festgestellt, dass er nichts wert ist. Sie sitzen einen Tag später am Kai, obwohl Sie vermutlich etwas Wichtigeres zu tun hätten, und betrachten das Schiff. Das ist für mich ein deutliches Zeichen.«

Er hatte recht. Und ich schämte mich fast ein bisschen dafür, dass ich so leicht zu durchschauen war.

Er vergrub die Hand in seiner Hosentasche und zog eine Karte hervor. »Dieses Lokal hier ist sehr gut, habe ich mir sagen lassen. Und ich würde wirklich gern mit Ihnen über das Schiff reden.«

Die Bestimmtheit, mit der er mir die Karte gab, verwirrte mich.

»Ich habe eine kleine Tochter«, fuhr ich in ernstem Ton fort. Selbst wenn ich zusagen würde, brauchte ich für den Abend einen Babysitter.

»Dann waren Sie also die Frau mit dem Kind, die ich neulich bei der ›Sturmrose‹ gesehen habe?«, fragte er, doch in seinem Blick las ich, dass er sich ebenfalls an mich erinnerte.

»Ja, wahrscheinlich«, gab ich zurück. »Aber was ich eigentlich sagen wollte – ich kann nicht so ohne weiteres abends irgendwohin gehen.«

»Wieso nicht? Dann passt Ihr Mann einfach auf sie auf, und Sie geben ihr einen Gutenachtkuss, bevor Sie aufbrechen.«

»Es gibt keinen Mann«, hörte ich mich antworten, bevor mir klarwurde, wie raffiniert er so meinen Familienstand herausgefunden hatte. Aber es war zu spät, um irgendwas ungeschehen zu machen oder zu verheimlichen. Also fuhr ich fort: »Wir sind erst vor kurzem hergezogen, und ich kenne keine Menschenseele, die auf sie aufpassen würde – und vertrauenswürdig wäre.«

»Wo wohnen Sie?«

Noch so eine persönliche Frage, registrierte ich, und mein Instinkt warnte mich davor, es preiszugeben. Aber dann tat ich es doch.

»Binz. Und ich bezweifle, dass …«

»Eine Freundin von mir arbeitet in Binz, in einem der Strandhotels«, fiel er mir ins Wort. »Sie hat eine sechzehnjährige Tochter, die öfter mal auf die Kinder fremder Leute aufpasst.«

Der Gedanke, Leonie mit einem wildfremden pubertierenden Mädchen allein zu lassen, behagte mir ganz und gar nicht. Die ganze Situation behagte mir nicht.

»Wenn Sie möchten, schicke ich Lisa morgen mal zu Ihnen. Dann können Sie sich kennenlernen und schauen, ob Ihre Tochter mit ihr warm wird. Und eventuell die Bezahlung ausmachen.«

So bestimmt, wie er das sagte, schien es für ihn die einfachste Sache der Welt zu sein. Doch in mir regte sich Widerstand. Nicht dass ich nicht auch in Bremen Babysitter angeheuert hatte. Meistens waren es Töchter von Nachbarn gewesen, die nach Leonie geschaut hatten, wenn ich zu einem Termin musste und sie nicht mitnehmen konnte. Doch diese Mädchen kannte ich – und sie waren mir nicht von einem wildfremden Mann empfohlen worden, der mit mir um ein Schiff konkurrierte. Und von dem ich mir nicht erklären konnte, warum er mir so ein Angebot machte.

Ich zögerte also mit einer Antwort.

»Haben Sie keine Angst, Lisa ist ein liebes und verantwortungsbewusstes Mädchen. Und ich werde Sie auch nicht über Gebühr aufhalten. Ich möchte nur, dass wir eine Lösung wegen des Schiffes finden. Und die besteht in meinen Augen nicht darin, Sie aus dem Rennen zu werfen, sollten Sie das vermuten. Ich habe etwas anderes im Sinn.«

Die Art, wie er mich dabei ansah, ließ meinen Widerstand bröckeln. Es war nicht der Blick eines Mannes, der etwas von mir wollte – es war der Blick eines Mannes, der Hilfe brauchte. War dem wirklich so? Hatte auch er das Geld für das Schiff nicht und glaubte, ich hätte einen Goldesel im Garten stehen?

»Wann kann Lisa vorbeikommen?«, hörte ich mich fragen, bevor mein Verstand dazwischengehen und mir die Sache ausreden konnte.

»Ich frage sie nachher gleich mal, wenn ich wieder zu Hause bin.«

»Sie wohnen in Binz?«

Er nickte. »Ja, aber alles andere erzähle ich Ihnen erst, wenn Sie zusagen. Also?«

»Vorausgesetzt, meine Tochter hat nichts gegen die Tochter Ihrer Freundin …«

Er nickte, und ein Lächeln stahl sich auf sein Gesicht. »Okay. Dann müssen Sie nur noch sagen, wie ich Sie erreichen kann – und mir vor allem Ihre Adresse geben, damit Lisa Sie auch findet.«

Im Auto kehrten die Zweifel zurück. Was war nur in mich gefahren? Ich hatte einem wildfremden Mann meine Handynummer und meine Adresse gegeben! So was tat ich normalerweise nicht. Aber vorher war ich auch noch nie in solch einer Situation gewesen.

Ich wollte dieses Projekt durchziehen. Unbedingt. Weil ich spürte, dass es mir guttat, und weil ich damit die Auseinandersetzung mit der Vergangenheit vielleicht noch ein wenig aufschieben konnte.

Deshalb würde es gut sein, sich mit Merten zu treffen und sich zumindest anzuhören, was er zu sagen hatte.

Auf dem Weg von der Kita erzählte Leonie ganz aufgeregt von ihren Spielkameradinnen und dass eine von ihnen ein eigenes Pferd besaß.

»Kann ich auch ein Pferd haben?«, fragte Leonie.

»Nein, mein Schatz, das geht leider nicht«, antwortete ich und fügte in Gedanken hinzu: Vielleicht bekommst du dafür bald ein Schiff. »Unser Garten ist groß, aber ein Pferd würde sich da nicht wohl fühlen.«

»Wir könnten mit ihm am Strand entlangreiten«, entgegnete Leonie, die sich offenbar schon so ihre Gedanken gemacht hatte.

»Aber dann müsste es die Treppenstufen hinunter und würde sich vielleicht ein Bein brechen.«

Leonie überlegte daraufhin eine Weile, und ich fürchtete fast schon, dass sie wieder traurig werden würde. Doch dann fragte sie plötzlich: »Hast du unser Schiff schon gekauft?«

»Nein, bis jetzt noch nicht. Aber ich treffe mich bald mit jemandem deswegen, und vielleicht kann ich es dann kaufen.«

»Pferde dürfen nicht auf ein Schiff, oder?«

Ich musste lächeln. »Sie dürfen schon, aber das mögen sie nicht. Sie werden seekrank davon.«

»Seekrank?«, fragte Leonie. »Was ist das für eine Krankheit?«

»Wenn einem auf einem Schiff schlecht wird.«

»Schade«, meinte sie daraufhin. »Aber na gut, dann kaufen wir kein Pferd. Ein Schiff ist auch viel besser.«

Damit wandte sie sich dem Malbuch zu, das ich für sie im Auto liegen hatte.

Meine Tochter hatte recht, ein Schiff war viel besser. Jetzt musste ich es nur noch bekommen.

Zu Hause stürmte Leonie laut jubelnd in ihr Zimmer, während ich die Post aus dem Briefkasten nahm. Viel war es noch nicht. Ein Brief meines Steuerberaters und ein Fragebogen der Versicherung, der mir den heutigen Abend versüßen würde. Außerdem noch ein Werbeflyer eines Modehauses in Binz. Offenbar war Frau Balder dort Kundin gewesen, denn es stand ihr Name darauf.

Als mein Handy klingelte, ging ich ohne nachzuschauen ran, denn ich vermutete, dass es Christian Merten war, der mir sagen wollte, ob die Babysitterin kommen konnte.

Die Stimme, die sich meldete, ließ mich erstarren.

Jan.

»Du hast zweimal angerufen, was gibt es denn?«, fragte er geschäftsmäßig, als hätte er nicht seine Exfrau am Apparat, sondern irgendeinen Untergebenen, der es gewagt hatte, ihn aus einer Besprechung zu reißen.

Ich wusste zunächst nicht, was ich sagen sollte. Ich hätte nie damit gerechnet, dass er zurückrufen würde.

»Hallo?«, fragte er in den Äther, als meine Antwort ausblieb. Vielleicht wäre es das Beste gewesen, wenn ich aufgelegt hätte. Doch ich entsann mich der Tränen, die Leonie seinetwegen vergossen hatte. Ich hatte ihr versprochen, ihm Bescheid zu sagen.

»Ich wollte dir nur mitteilen, dass ich umgezogen bin«, sagte ich schließlich. »Und dass Leonie dich vermisst.«

»Aha. Dann gib doch am besten meiner Sekretärin die Adresse, dann finde ich sie im Fall der Fälle.«

Und Leonie? Den Zusatz hatte er offenbar überhört. Ich versuchte es noch einmal und schluckte die Galle runter, die in mir aufstieg, denn ich hasste es, ihn um etwas zu bitten.

»Leonie vermisst dich. Und sie fragt, ob du sie mal besuchen wirst.«

Stille. Offenbar glaubte Jan, sich verhört zu haben.

Jetzt hätte ich beinahe gefragt, ob er noch dran war. Doch dann sagte er: »Das ist ein Witz, oder? Du rufst mehrfach bei mir an, ohne dass etwas Wichtiges passiert wäre, und dann fragst du mich, ob ich meine Tochter besuchen möchte?«

»Sie ist fünf und kann leider noch nicht selbst anrufen«, entgegnete ich bockig, denn ich hasste es, wenn er in diesem Tonfall sprach. Ich hatte ihn oft genug gehört.

»Und weil sie fünf ist, hat sie auch keine Ahnung, dass ich keine Zeit für irgendwelche Besuche habe.« Er schnaufte gereizt. Gleich würde er wie ein wütender Stier zum Schlag ausholen. »Es ist deine Aufgabe«, sagte er dann. »Wir haben das besprochen, dass du dich um das Kind kümmerst und ich finanziell für euch sorge. Wir waren uns darüber einig, dass wir kein gemeinsames Sorgerecht wollen.«

Er schleuderte mir die Ergebnisse des Scheidungsprozesses förmlich um die Ohren.

»Das weiß ich«, entgegnete ich. »Und ich habe auch kein Bedürfnis, das zu ändern. Doch Leonie vermisst dich. Dagegen kann ich nichts tun.«

Wieder dieses Schnaufen. Ich rechnete schon damit, dass er einfach auflegen würde. Aber so ein Mensch war Jan nicht. Er stellte sich allen Schwierigkeiten, bis er sich als Sieger erwiesen hatte.

»Dann geh mit ihr in den Zoo, unternehmt irgendwas. Macht eine Reise. Wenn du kein Geld dafür hast, sag meiner Sekretärin Bescheid, ich werde euch die Summe anweisen. Nur verschone mich mit irgendwelchen Anrufen, wenn es nichts Wichtiges gibt.«

Die letzten Worte schrie er ins Telefon. Ich schwieg und versuchte, sie an mir abperlen zu lassen. Es gelang mir nicht. Jedes Wort traf, und vor lauter Wut und Enttäuschung brachte ich keinen Ton heraus.

»Tut mir leid, ich habe einen Termin«, setzte er nun etwas ruhiger hinzu. »Melde dich, wenn es etwas Wichtiges gibt. Und denk dran, die Adresse zu hinterlassen.«

Damit legte er auf. Ich hörte ein kurzes Tuten, dann brach die Verbindung ab. Das Blut rauschte in meinen Ohren, und in meiner Körpermitte knüllte sich etwas zusammen, wie ein Foto in einer unbarmherzigen Hand.

Warum konnten wir nicht vernünftig miteinander umgehen? Es hatte doch mal eine Zeit gegeben, in der wir uns sehr gut verstanden hatten. Zu Beginn unserer Beziehung war er aufmerksam und lieb gewesen, er hatte mir das Gefühl vermittelt, die schönste und wichtigste Frau der Welt zu sein. Aber dann hatte er Karriere gemacht, die Arbeit war wichtiger geworden als ich und irgendwann auch die anderen Frauen, die einem so erfolgreichen Mann natürlich hinterherliefen.

Jan hatte alles vergessen, was wir uns als Frischverliebte versprochen hatten. Dass er mich aufgrund der Karriere vernachlässigte, hätte ich ihm vielleicht noch nachgesehen, aber nicht die Seitensprünge ... Und auch nicht, dass er sich nicht für unsere Tochter interessierte.

Plötzlich rannen Tränen über meine Wangen. Ich wusste, dass er ein Idiot war, und ich hätte mir an zehn Fingern abzählen können, wie seine Reaktion auf Leonies Bitte aussehen würde. Und doch weinte ich wie damals, als ich herausgefunden hatte, dass der Grund für seine Abwesenheit in unserem gemeinsamen Leben eine Geliebte war.

»Mama, warum weinst du denn?«, fragte Leonie, die in die Küche getapst kam. Offenbar hatte sie mein Schluchzen gehört. Sie schmiegte sich an mich und schlang ihre Arme um mein Bein.

Sollte ich ihr sagen, dass ich von ihrem Vater gerade zur Schnecke gemacht worden war, weil ich ihm gesagt hatte, dass er sich doch mal wieder bei ihr melden sollte? Wenigstens bei ihr? Ich legte das Handy auf den Tisch und schloss sie in meine Arme.

»Ich bin nur ein wenig traurig«, entgegnete ich, während ich mein Gesicht in ihren Locken vergrub. Tapfer sein konnte ich in diesem Augenblick nicht, denn ich hielt meine Tochter, deren größten Wunsch ich nicht erfüllen konnte.

Da meldete sich das Handy erneut. Ich wollte es zuerst klingeln lassen, doch dann fielen mir wieder Christian Merten und die Babysitterin ein.

»Ist das Papa?«, wollte Leonie wissen. Ihre Augen leuchteten dabei wie an Weihnachten. Ich schluckte meinen Groll gegen Jan herunter und nahm ab.

»Merten hier, ich hoffe, ich störe nicht.«

Ich zog die Nase hoch. Verdammt, jetzt redete ich vollkommen verheult mit ihm!

»Nein, nein, es ist schön, Sie zu hören.« Ein Schluchzer sprang aus meiner Kehle. Wie peinlich!

»Oh, womit habe ich denn diese Ehre verdient?«, entgegnete er, doch dann wurde seine Stimme ernst. »Alles in Ordnung?«

»Ja, ich … ich habe nur Zwiebeln geschnitten«, schwindelte ich. Es ging ihn nichts an, warum ich heulte. Ich zog die Nase noch einmal hoch und fragte dann: »Haben Sie mit der Tochter Ihrer Freundin gesprochen?«

»Ja, und sie hätte nachher Zeit, sich bei Ihnen vorzustellen. Gegen achtzehn Uhr, ist Ihnen das recht?«

»Ja, ja, ich denke schon«, entgegnete ich, und in meinem Hinterkopf flammte der Gedanke auf, dass wir sie zum Essen einladen müssten, wenn sie sich schon die Mühe machte, zu uns zu kommen.

»Gut, sie freut sich, dass sie ihr Taschengeld wieder etwas aufbessern kann. Also bleibt es bei unserer Verabredung?«

»Wenn ich die Babysitterin für geeignet halte, ja.« Ich wischte mir übers Gesicht. »Vielen Dank, dass Sie sie gefragt haben.«

»Gern geschehen. Und ich bin sicher, dass Lisa geeignet ist. Also bis dann, ich freue mich auf unser Gespräch.«

»Ich auch, bis dann.«

Ich legte auf und rieb mir die Augen. Jans abweisende Worte zu verdauen fiel mir schwer, dennoch versuchte ich, sie zu verdrängen. Das Mädchen würde in zwei Stunden hier aufkreuzen, bis dahin wollte ich etwas zu essen auf dem Tisch haben – auch auf die Gefahr hin, dass Lisa nichts anrühren mochte.

»Ba-by-sit-ter.« Leonie zerteilte das Wort in seine Silben und machte nach jeder eine Pause, als wollte sie dem Klang jeder einzelnen nachspüren.

»Warum heißt das so?«, fragte sie dann.

Ich öffnete den Ofen und holte den Flammkuchen heraus, den ich auf die Schnelle gezaubert hatte. Leonie liebte ihn, und ich hoffte, dass Lisa nichts dagegen hatte.

»Weil man einen Aufpasser für ein Kind so nennt.«

Ich hatte Leonie erzählt, dass sie für den nächsten Abend einen Babysitter bekommen würde. Das war früher auch schon ab und zu der Fall gewesen, doch da hatte sie es noch nicht interessiert, warum das so hieß. Jetzt, wo sie schon fünf war, wollte sie auf alles eine Antwort haben. Das brachte mich so manches Mal an den Rand meines Wissens. Denn wer außer einer Fünfjährigen machte sich Gedanken über den Hintergrund eines Wortes?

»Aber ich bin doch gar kein Baby mehr!«, protestierte sie.

»Ich weiß, aber trotzdem heißt das Wort so. Da kann man nichts machen. – Autsch!« Schnell zog ich die Hand von der Backform weg und pustete meinen Zeigefinger, der das heiße Metall berührt hatte.

Seit Jans Anruf fühlte ich mich völlig durch den Wind. Leonie konnte ich davon nicht erzählen, das hätte sie nur wieder traurig gemacht. Und für einen ausführlichen Anruf bei meiner Mutter hatte ich keine Zeit.

»Hast du dir weh getan?«, fragte Leonie besorgt, als ich den verbrannten Finger unter den Wasserhahn hielt.

»Nur ein bisschen«, entgegnete ich.

»Da ist jemand in unserem Garten«, rief Leonie plötzlich aufgeregt. Ich stürmte zu ihr. Da war tatsächlich jemand, eine helle Gestalt in Jeans und T-Shirt. Sie hatte die Treppe vom Strand genommen. Das war also Lisa.

»Das ist unser Besuch«, sagte ich und ging nach draußen. Warum war sie über die Treppe gekommen? Weil es kürzer war? Kannten die Leute hier die Treppe?

Natürlich kannten sie sie, und wenn nicht, fanden sie sie. Wenn der Strand voller Menschen war, würde ich aufpassen müssen, dass sie nicht über unser Grundstück liefen.

»Warte hier, ich gehe ihr entgegen.«

Als ich die Gartenpforte erreichte, trat Lisa bereits zwischen den Rosenbüschen hervor.

»Ziemlich steil, die Treppe«, erklärte sie lächelnd und reichte mir dann die Hand. »Hi, ich bin Lisa.«

Ich musterte sie. Eine typische Sechzehnjährige mit langem blonden Haar und Sommersprossen. Sicher der Schwarm einiger Jungen der Insel.

Ich konnte mir nicht helfen, aber irgendwie sah ich plötzlich mich selbst in ihr. Eine junge Frau voller Hoffnungen, Erwartungen und vielleicht einem Ziel. Die darauf wartete, die große Liebe zu finden, und vielleicht an den Falschen geriet. Vielleicht aber auch nicht. Nicht jede war so wie ich.

»Hallo, Lisa, ich bin Annabel Hansen«, sagte ich und streckte ihr ebenfalls die Hand entgegen. »Ich hoffe, du magst Flammkuchen.«

Sie nickte und folgte mir ins Haus.

Leonie erwartete uns in der Küche. Das war der Moment der Wahrheit. Meine Tochter wusste ziemlich schnell, ob sie jemanden mochte oder nicht. Als wir eintraten, musterte sie ihre potentielle Babysitterin mit großen Augen.

»Hi, ich bin Lisa«, stellte diese sich vor, so routiniert, als würde sie jeden Tag die Kinder anderer Leute hüten. »Und wie heißt du?«

Meine Tochter starrte sie noch einen Moment an, dann antwortete sie. »Ich bin Leonie. Bist du mein Babysitter?«

Lisa blickte ein wenig unsicher zu mir.

»Ja, wenn deine Mama das möchte.«

»Weißt du denn, warum der Babysitter so heißt?«

»Nun, vielleicht, weil der Babysitter früher am Kinderbett gesessen und aufgepasst hat?«

»Aber ich bin kein Baby mehr!«, entgegnete Leonie.

Lisa nickte und lächelte. »Na gut, dann bin ich so was wie ein Spielkamerad für dich. Oder ein Kumpel, wenn du willst.«

»Gut«, sagte Leonie sichtlich erleichtert. »Du bist mein Kumpel.«

Lächelnd ging ich zum Tisch, um den Flammkuchen zu zerteilen.

Wenn sich das Gespräch mit Merten genauso gut anließ wie das Zusammentreffen von Lisa und meiner Tochter, konnte ich zufrieden sein.

# 10

Ich hatte damit gerechnet, dass das Lokal, das Merten mir genannt hatte, eines von diesen hippen Strandlokalen war, mit Loungemusik, Kugelfischen an der Decke und blauer Beleuchtung, in der jeder irgendwie krank aussah.

Das Restaurant, vor dem ich jedoch stand, erinnerte mich an eine uralte Sendung, die ich immer mit meinen Eltern geschaut hatte. »Klock acht, achtern Strom« oder so ähnlich, genau konnte ich mich nicht mehr erinnern. Diese Sendung fand in einem Hafenlokal statt, das geschmückt war mit Fischernetzen, alten Laternen, getrockneten Seesternen und Fischaquarien.

Genau diesen Eindruck machte auch der »Klabautermann« auf mich.

Bevor ich eintrat, zog ich mein Handy hervor und wählte Lisas Nummer. Merten hatte recht gehabt, das Mädchen, das mir erklärt hatte, dass es Krankenschwester werden wollte, wirkte wirklich zuverlässig und war sehr angenehm.

»Ja, hallo?«, meldete sich Lisa nach zweimaligem Klingeln. Das war schon mal gut, sie war bei der Sache.

»Hallo, hier ist Annabel Hansen, ich wollte nur fragen, ob alles okay ist.«

Es wäre ihr nicht zu verdenken gewesen, wenn sie jetzt genervt die Augen verdreht hätte.

»Ja, alles bestens, Frau Hansen«, entgegnete sie. »Ich versuche, Leonie ›Mensch ärgere dich nicht‹ beizubringen. Ich glaube, sie wird mich bald einseifen.«

Ich war überrascht, dass Jugendliche heute noch die alten Brettspiele kannten. Das fand ich sehr sympathisch.

»Gut, dann spielt weiter, ich melde mich noch mal, wenn ich wieder losfahre.«

»Okay«, erwiderte Lisa fröhlich, während ich hinter ihr Leonies begeistertes Quietschen hörte.

Unglaublich. Ich verabschiedete mich und schob das Handy wieder in die Tasche. Dann warf ich einen Blick in die große, abgedunkelte Scheibe der Eingangstür.

Ich hatte mich für ein einfaches beigefarbenes Kleid mit Wasserfallausschnitt entschieden, das nicht zu festlich aussah, aber elegant genug war, um auch in einem feinen Restaurant nicht aufzufallen. Möglicherweise war ich ein wenig overdressed, aber diese Gefahr ging ich ein.

Im Restaurant wurde ich von einem Kellner in gestreifter Weste empfangen. Ich nannte ihm meinen Namen und sagte, dass ich mich mit einem Herrn Merten treffen wollte. Daraufhin führte er mich zu einem Tisch, an dem mein Konkurrent bereits wartete. Er trug ein legeres blaues Sakko und hatte seinen Dreitagebart ein wenig gestutzt.

»Da sind Sie ja!«, rief er und reichte mir die Hand, während sich der Kellner entfernte. »Ich hoffe, ich verschrecke Sie nicht mit dem maritimen Ambiente hier.«

Der Eindruck, den das Lokal bereits von außen gemacht hatte, bestätigte sich in seiner Inneneinrichtung. Natürlich sah es wesentlich gediegener aus als irgendeine Hafenkneipe, aber es wirkte dennoch, als würden sich hier gestandene Kapitäne nach erfolgreicher Fahrt einen Schnaps hinter die Binde gießen.

»Ich habe nichts gegen maritimes Ambiente«, entgegnete

ich, während ich meine Handtasche auf den freien Sitz neben mir stellte. »Sonst würde ich doch wohl kein Schiff kaufen wollen.«

Ich bemerkte, dass er mich von Kopf bis Fuß musterte.

Früher hatten mir die Blicke der Männer nichts ausgemacht. Besonders, als Jans Interesse an mir abgeebbt war, hatte ich sie regelrecht gesucht, um Bestätigung zu finden.

Mertens Blicke verwirrten mich, und ich beeilte mich mit dem Hinsetzen.

Irgendwie erwartete ich, dass er so was sagen würde wie »Schönes Kleid« oder »Sie sehen toll aus«, aber das verkniff er sich zum Glück.

Stattdessen fragte er: »Stammen Sie von der Küste? Sie haben einen ziemlich deutlichen norddeutschen Akzent.«

Hatte ich das? Dessen war ich mir nicht bewusst. Aber tat das irgendwas zur Sache?

»Ich komme aus Bremen«, entgegnete ich. »Zuvor habe ich in Hamburg gewohnt. Und ganz früher in Stralsund.« Keine Ahnung, warum ich das hinzufügte. Als wir aus Stralsund wegzogen, stand ich kurz vor der Pubertät und war sehr aufgeregt, im Westen wohnen zu dürfen.

»Sie sind also ein geborener Ossi?« Er lächelte mich breit an.

»Ja, für elf Jahre. Ist das ein Problem?« Den letzten Satz brachte ich harscher hervor, als ich wollte. Vielleicht lag das daran, dass ich in Hamburg schnell lernen musste, dass »Ossi« am Ende der Wende-Euphorie von manchen Leuten mit »asozial« gleichgesetzt wurde.

»Nein, keineswegs. Mich interessieren nur die Wurzeln eines Menschen, das ist alles. Ich bin ja selbst gebürtiger Ossi, und nach Zwischenstationen an anderen Orten bin ich nun wieder hier.«

»Tja, dann geht es Ihnen wie mir.« Während ich sprach, glomm in mir ein Funken Sympathie für ihn auf. Vielleicht war er ja doch sehr nett und hatte bei diesem Treffen die besten Absichten.

»Weshalb sind Sie hierher zurückgekehrt?«, fragte Merten weiter, doch glücklicherweise erschien der Kellner mit den Karten. Sie steckten in riesigen Etuis, waren aber übersichtlich bedruckt, und die Zahlen hinter den Beschreibungen ziemlich feudal. Doch vor dem Konkurrenten um ein Schiff durfte man nicht geizig sein.

»Nun?«, fragte er.

Ich atmete tief durch. »Also wenn Sie mich fragen, sehen die Scampi in Salbeibutter gut aus. Es sei denn, Sie wissen einen Grund, warum man sie nicht nehmen sollte.«

Er grinste mich an. Da wurde mir klar, dass er nicht wissen wollte, was ich nehmen würde – ich hatte seine Frage noch immer nicht beantwortet.

»Oh«, sagte ich und spürte, wie ich rot wurde. Dann legte ich die Karte weg.

»Ich … wir brauchten eine Veränderung. Ich bin seit einem Jahr geschieden, und da hielt ich es für angebracht, einen Neuanfang zu wagen.«

»Und dann gerade hier?« Merten zog zweifelnd die Augenbrauen hoch.

»Das Haus hat mir gefallen. Und die Konditionen sind sehr gut. Außerdem kann ich mit meinem Job überall leben, die Arbeit ist nicht an einen Ort gebunden.«

»Sind Sie Künstlerin?«

»Nein, Werbekauffrau. Ich baue gerade eine Werbeagentur auf. Und habe hier auch schon die ersten Kunden gefunden.« Dass es genau genommen nur ein Kunde war, wollte ich ihm nicht auf die Nase binden.

Er nickte dazu, sagte aber nichts.

»Und Sie?«, fragte ich, denn ich hatte das Gefühl, ohne Gegenleistung schon wieder zu viel preisgegeben zu haben.

»Ich berate Unternehmen.«

Jetzt legte auch er seine Karte beiseite. Ich warf einen Blick auf seine Hände. Sie waren sehr gepflegt, und er trug auch keine Ringe. Nicht mal die verblasste Spur eines Eherings war zu sehen. Das konnten in der Tat die Hände eines Unternehmensberaters sein. Der Anzug passte dazu.

Mir sank der Mut. Unternehmensberater verdienten gut, er hatte sicher Geld. Vorausgesetzt, er flunkerte mir nichts vor.

Irgendwie schien er mir anzusehen, was in mir vorging.

»Sie haben nicht genug Geld«, sagte er mir geradeheraus ins Gesicht und brachte mich damit vollkommen aus der Fassung. Für einen Moment fühlte ich mich wieder, als säße ich Jan gegenüber, während dieser meine Unzulänglichkeiten aufzählte und sich so selbst klarmachte, dass es bessere Frauen gab als mich. Ich suchte krampfhaft nach einer Erwiderung, und als dieser Versuch fehlschlug, hätte ich am liebsten meine Handtasche gegriffen und wäre aus dem Lokal gerannt. Aber ich blieb sitzen, regelrecht gefesselt von dem Blick seiner Augen.

»Nicht wahr?«, fragte er.

Ich hätte ihm liebend gern entgegengeschleudert, dass das nicht stimmte.

»Und Sie?«, konterte ich. Ich brauchte nichts zuzugeben, er wusste es ohnehin. »Haben Sie genug Geld?«

»Sicher«, entgegnete er und lehnte sich zurück. In dem Augenblick erschien der Kellner und brachte uns den Wein. Ich beobachtete, wie er mein Glas füllte, und mein Verstand war plötzlich wie leer. Wenn Merten die passende Summe für das Schiff hatte und wusste, dass ich keine Konkurrenz für ihn war, warum traf er sich dann mit mir? Um eine Bestätigung zu kriegen?

Dann hätte er genauso gut ein Angebot abgeben und mich aus dem Rennen werfen können.

Vor lauter Enttäuschung brachte ich es nicht über mich, meine Bestellung aufzugeben. Es war nicht der richtige Moment, um wie ein kleines Kind zu bocken, aber ich schwieg dennoch, als der Kellner nach unseren Wünschen fragte.

»Sie wollten die Scampi, nicht wahr?«, fragte Merten, worauf ich nickte. Und es bereute, denn so würde ich sitzen bleiben müssen, obwohl mir der Sinn nach Flucht stand.

Der Kellner notierte alles und verschwand, ohne dass ich Mertens Wunsch mitbekommen hatte.

»Weshalb bin ich dann hier?«, fragte ich nun und versuchte, die Tränen zurückzuhalten, die in mir aufstiegen. Warum nur fiel ich immer wieder auf mich selbst herein, auf meine Hoffnung, das Gute in einem Menschen zu finden? Ich hatte doch gewusst, dass der Mann vor mir ein Konkurrent war, jemand, den es einen Dreck scherte, was ich für das Schiff empfand. Er wollte nur Gewissheit, dass er am Freitag nicht als der Verlierer dastand.

»Weil Sie eine Idee haben«, antwortete er. »Sie wissen, was Sie mit dem Schiff anfangen wollen.«

Ich sah ihn überrascht an. Wollte er mich verarschen?

»Wissen Sie das etwa nicht?« Ich schnaubte verächtlich und schielte zu meiner Tasche. Es war sicher besser, wenn ich verschwand, bevor ich mich hier endgültig lächerlich machte.

Und was war schon dabei, wenn ich das Schiff nicht bekam? Ich hatte meine Tochter, ich hatte einen Auftrag in meinem Job, ich wohnte in einem netten Haus, das mir zwar nicht gehörte, aber was machte das schon? Warum zum Teufel wollte ich immer mehr, als mir zustand?

Die Antwort hallte durch meinen Hinterkopf. Weil du ständig auf der Suche bist. Auf der Suche nach dem Glück, einem Leben, das so ist, wie du es dir vorstellst.

»Wenn ich ehrlich bin, habe ich keinen Plan, was ich mit dem Schiff anfangen soll. Ich will es nur haben, aus persönlichen Gründen. Aber dann standen Sie vor mir und haben mir mit leuchtenden Augen erzählt, dass Sie ein Café daraus machen wollen, und die Idee hat mir gefallen. Gerade bei diesem Schiff.«

Ich hätte nur zu gern gewusst, was er getan hätte, wenn ich nicht aufgetaucht wäre.

»Sie könnten sie übernehmen«, entgegnete ich kühl, denn ich wusste immer noch nicht, warum er mit mir sprechen wollte. »Machen Sie doch einfach ein Café auf.«

»Ich bin kein Mensch, der anderen die Ideen klaut«, gab er zurück und musterte mich eindringlich. »Ich bin nur ein Mann, der weiß, wann es gut ist, sich einen Geschäftspartner zu suchen. Sie haben erzählt, dass Sie etwas von Werbung verstehen. Davon habe ich nun keine Ahnung.«

»Und wie halten Sie Ihr Unternehmen am Laufen?«, fragte ich verwundert.

»Durch meine Menschenkenntnis. Und durch mein Wissen über Betriebswirtschaft.« Er sagte das ganz trocken und ohne jede Spur von Humor.

Der Kellner erschien und brachte unsere Teller. Die Scampi dufteten köstlich. Hunger hatte ich dennoch keinen. Mertens Angebot hätte mich freuen können – wäre da nicht der schwere Stein in meinem Magen.

Merten verschränkte die Arme auf dem Tisch und lehnte

sich ein Stück vor. Der Dampf der Kartoffeln, die neben seiner Scholle lagen, streifte sein Kinn.

»Hören Sie, ich weiß, dass Sie keinen Grund haben, mir zu trauen. Aber glauben Sie mir, ich bin sehr daran interessiert, mit Ihnen zusammenzuarbeiten.« Er nahm einen Schluck Wein, es wirkte, als sei sein Mund trocken. »Ich versichere Ihnen, dass ich es Ihnen niemals vorhalten werde, wenn Ihre Beteiligung nicht so hoch ausfällt wie meine. Wo wir bei den nackten Zahlen sind: Wie viel können Sie zum Kaufpreis beisteuern, ohne dass es Sie ruiniert?«

Ich überlegte. Ich hatte dreißigtausend Euro auf der hohen Kante, dafür aber nur einen Auftraggeber, der erst dann zahlte, wenn die Kampagne stand. Sofern sich kein neuer Auftraggeber einstellte, würde ich wohl wieder eine Weile von dem Ersparten leben müssen. Miete, Kita, Lebensmittel, und wenn Leonie weiter so wuchs, mussten auch ein paar neue Klamotten davon bezahlt werden. Natürlich waren da auch das Kindergeld und der monatliche Unterhalt für Leonie, der sehr gut ausfiel und uns notfalls beide aushalten konnte. Ich hatte irgendwann mal ausgerechnet, dass ich mit vierundzwanzigtausend Euro in einem Jahr auskommen konnte. Also antwortete ich: »Mit acht- bis zehntausend könnte ich dabei sein.«

»Was allerdings nur die Hälfte der Anschaffungskosten wäre«, gab Merten, ganz Unternehmensberater, zu bedenken. »Die Reparatur kommt noch hinzu.«

»Ich arbeite ja«, gab ich zurück, in der Hoffnung, dass ich in der nächsten Zeit mehr Kundschaft an Land ziehen würde. »Und vielleicht könnte man einiges arrangieren.«

Ich dachte an meinen Vater und sein Angebot, das Schiff zu reparieren. Sicher, das würde auch etwas kosten, aber ich würde sicher Freundschaftsrabatt erhalten.

»Okay, das klingt so, als würde ich mir eine gute Partnerin ins Boot holen. Aber jetzt sollten Sie essen, kalt verliert das Gericht einiges an Geschmack.«

Die Nachtluft umfing uns warm und war erfüllt von den Gerüchen der umliegenden Lokale. Ich spürte deutlich, dass sich das Wetter ändern würde. Dass die Zeit der Eisheiligen vorbei war. Vielleicht würde es einen warmen Juni geben.

In meinem Bauch lagen die Scampi, die hervorragend geschmeckt hatten. Ein wenig schwer fühlten sie sich dennoch an, wahrscheinlich, weil ich immer noch den Haken an Mertens Angebot suchte. Ich hatte ihn mehrfach darauf hingewiesen, doch er hatte stets betont, dass es keinen Haken gab. Sollte ich ablehnen, würde er sich das Schiff eben allein schnappen.

Merten begleitete mich zum Wagen. Seiner stand ebenfalls auf dem Parkplatz.

»Welcher ist Ihrer?«, fragte er und machte damit meine Hoffnung, mal etwas anderes von ihm zu sehen als ihn selbst, zunichte. Nicht mal sein Auto gab er preis. Stattdessen schlenderten wir zu meinem Volvo.

Ich konnte Merten ansehen, dass er ihn für die letzte Schrottkarre hielt. Wahrscheinlich fragte er sich, wie ich je auf die Idee kommen konnte, ein Schiff zu kaufen, wenn es nicht mal für einen jüngeren Gebrauchten reichte.

»Tja, mehr ist da nicht«, sagte ich entschuldigend und schloss auf. Eine Zentralverriegelung hatte der Wagen nicht. »Aber er fährt zuverlässig und kommt immer noch durch den TÜV. Solange das der Fall ist, werde ich mir keinen anderen Wagen holen.«

»Hängen Sie an dem Teil?«, fragte er, beinahe ein bisschen spöttisch.

»Ich habe mich an ihn gewöhnt. Und vielleicht ist es auch so, dass ich alte Dinge mag. Mehr noch als neue. Die alten Dinge erzählen bereits jetzt eine Geschichte, die neuen Dinge müssen sich erst einmal eine Geschichte erwerben.« Er sah mich an, und ich hielt es für besser, wieder aufs Geschäft zu kommen. Das war das beste Thema, wenn man mit einem fremden Mann auf einem Parkplatz stand, der einem ein geschäftliches Angebot gemacht hatte. »Ich danke Ihnen für das Angebot mit der ›Sturmrose‹, ich …«

Merten hob die Hand, dann sagte er: »Bitte, entscheiden Sie sich nicht gleich. Fahren Sie nach Hause, denken Sie eine Weile nach und geben Sie mir dann Bescheid. Dieses Unternehmen wird groß werden, und wenn Sie einmal zugestimmt haben, gibt es kein Zurück, darüber sollten Sie sich im Klaren sein. Ich bin kein Mann, der einen Rückzieher macht, und ich hoffe sehr, dass Sie eine Frau sind, die das ebenso sieht.«

Ich war keine Frau, die vor irgendwas zurückschreckte. Aber in diesem Augenblick war ich viel zu verwirrt und durcheinander von dem Angebot, dass ich nicht einfach loslegen und ihm versichern konnte, dass ich ebenfalls dranbleiben würde. Ein Schiff, ich hatte mir schon immer ein Schiff gewünscht. Doch eigentlich hatte ich es für mich allein haben wollen. Was, wenn ich keine gleichberechtigte Partnerin sein könnte? Vielleicht überlegte es sich Merten, wenn er merkte, dass ich finanziell nicht mithalten konnte?

»Hier, das werden Sie brauchen«, sagte er und reichte mir eine Visitenkarte.

Sie war recht schmucklos, hatte aber ein sehr gutes Schriftbild. Es machte mich wahnsinnig, wenn auf manchen Visitenkarten kitschige Bilder und vier verschiedene Schriftarten zu finden waren. Selbst seriöse Unternehmen fielen auf die Verlockung des Überladens herein und waren schockiert, wenn ich ihnen erklärte, dass das unseriös wirkte. Merten verströmte Seriosität auch auf seiner Visitenkarte.

»Ich melde mich morgen früh«, versprach ich ihm und wusste einen Moment lang nicht, wie ich mich von ihm verabschieden sollte. Eine Umarmung hielt ich für übertrieben, obwohl ich ihm eigentlich um den Hals hätte fallen müssen. Ich reichte ihm also die Hand, das war zwar steif, aber nicht unangemessen.

»Ich freue mich drauf«, entgegnete er, und sein Blick verriet, dass er bereits wusste, wie ich antworten würde.

# 11

Erhitzt und gleichzeitig zitternd, kam ich zu Hause an. Mein Verstand weigerte sich noch immer zu realisieren, was passiert war. Sollte ich das Schiff tatsächlich bekommen?

Ich stieg aus dem Wagen und blickte auf das einzige Fenster, das noch beleuchtet war. Das Licht flackerte, offenbar sah Lisa fern. Bei meinem Anruf, bevor ich losgefahren war, hatte Leonie schon geschlafen. Ich hatte gestaunt, dass meine Tochter sich wirklich auf Lisas Geheiß bettfertig gemacht hatte. Die Babysitterin in Bremen hatte oftmals resignieren müssen. Leonie hatte dann in der Ecke gesessen und gespielt, vollkommen übermüdet und froh, dass ihre Mutter sie endlich ins Bett brachte.

Als ich eintrat, tönten mir leise Stimmen entgegen. Irgendein Film, der gerade von einer Werbepause unterbrochen wurde.

Ich legte den Schlüssel auf das Telefontischchen. Nur einen Moment später erschien Lisa in der Tür.

»Ach, da sind Sie schon«, stellte sie fest. »Bei Leonie ist alles in Ordnung, ich hab vorhin noch mal nachgesehen.«

»Hat sie irgendwelchen Ärger gemacht?«, fragte ich.

»Nein, wir haben gespielt, und sie hat was gezeichnet. Eine Katze.«

Sie hatte unseren Besucher also noch nicht vergessen.

»Ich habe mir eine Cola aus dem Kühlschrank geholt«, berichtete Lisa weiter, obwohl ich ihr gesagt hatte, dass sie sich nehmen könne, was sie wolle. »Und danke für die Pizza, die war gut.«

»Ich danke dir«, entgegnete ich und zog das vereinbarte Honorar aus meiner Geldbörse. »Wäre schön, wenn du mal wieder einspringen könntest, wenn es nötig ist.«

Jetzt lächelte sie. »Wäre schön, wenn ich mal wieder herkommen dürfte. Leonie ist ein tolles Mädchen, und das Haus – ist der Wahnsinn.«

Ich war sicher, dass sie, kaum dass Leonie im Bett gewesen war, die Gelegenheit genutzt hatte, sich umzusehen. Aber das war kein Problem. Die Möbel standen schon lange, nur der Dachboden war leer. Hatte sie sich vielleicht oben vor das Fenster gesetzt und aufs Meer geschaut?

Egal. Ich verabschiedete mich von ihr, wünschte ihr eine gute Nacht und mahnte sie, auf der Treppe vorsichtig zu sein.

Als sie fort war, schlich ich in Leonies Zimmer. Meine kleine Prinzessin hatte darauf verzichtet, ihre Spielsachen wegzuräumen, so dass ich aufpassen musste, auf keinen Bauklotz zu treten. Aber sie schlief tief und fest, mit ihrem rosa Hasen im Arm. So vorsichtig wie möglich räumte ich die Bausteine vor ihrem Bett weg. Wenn sie in der Nacht wieder auf Wanderschaft ging, sollte sie sich nicht verletzen. Dann beugte ich mich über das Bett und hauchte ihr einen Kuss auf die Stirn. Ich war sicher, dass sie sich über die Nachricht, die ich mitgebracht hatte, freuen würde.

Anschließend setzte ich mich an den Küchentisch. Lisa war ein sehr ordentliches Mädchen, sie hatte Gläser und Teller in den Geschirrspüler geräumt und den Tisch abgewischt.

Ich schämte mich fast ein wenig, dass ich Mertens redliche Absichten in Frage gestellt hatte. Er mochte ein wenig komisch sein, doch seine Angebote waren gut. Lisa war jeden Euro wert gewesen, und die Partnerschaft klang großartig. Auch wenn ich immer noch nicht wusste, womit ich das verdient hatte.

Mein eigenes Schiff. Nicht allein mein Schiff, aber immerhin. Und ich würde dafür nicht mein gesamtes Erspartes opfern müssen.

Ich zog mein Handy aus der Tasche. Überlegen Sie es sich, hatte er gesagt. Aber was gab es da zu überlegen? Ich war sicher, dass ich auch in ein paar Monaten noch immer der Meinung sein würde, dass eine Zusammenarbeit mit ihm besser war, als zuzusehen, wie er mir die »Sturmrose« vor der Nase wegschnappte.

Ich schaute nach, ob irgendeine Nachricht eingegangen war, und fand eine E-Mail von Hartmann, in der er mir mitteilte, dass die Fotos unterwegs waren, und mir ein schönes Wochenende wünschte.

Dann zog ich die Visitenkarte von Merten hervor. Sein Büro lag in der Goethestraße hier in Binz. Neben seiner Bürotelefonnummer war dort auch seine Handynummer abgedruckt. War er inzwischen auch wieder zu Hause, oder hatte er sich in einer Bar noch einen Absacker gegönnt? Verhandelte er heute noch mit einem anderen Interessenten, von dem ich nichts wusste? Nein, ganz bestimmt nicht. Jedenfalls schätzte ich ihn nicht so ein.

Da ich ihn nicht privat stören wollte – auch wenn ich keinen Ring an seiner Hand gesehen hatte, war es möglich, dass er in die Arme einer Frau heimkehrte –, tippte ich einfach eine SMS, in der ich ihm mitteilte, dass ich den Deal unbedingt wollte und mich darauf freute, die »Sturmrose« wieder auf die Wellen zu bringen.

Allerdings hatte ich vergessen, das Handy stumm zu schalten. Als ich mich im Traum gerade als Chirurgin betätigte, die sich an einem auf Papier gemalten Tier versuchte, schreckte mich der Nachrichtenton aus dem Schlaf. Ich blickte zur Decke, die von der Morgendämmerung beleuchtet wurde, und hörte das Singen der ersten Vögel. Im Hintergrund rauschte das Meer.

Stöhnend wandte ich mich zur Seite und griff nach dem Störenfried. Eine Nachricht war eingegangen.

Die Nummer kam mir vage bekannt vor. Als ich die Nachricht öffnete, sah ich, dass Merten zurückgeschrieben hatte. Um 4.15 Uhr! War er jetzt erst nach Hause gekommen? Oder hatte er bereits geschlafen, als ich ihm die SMS geschickt hatte, und er war Frühaufsteher?

*Freue mich sehr, dass Sie zustimmen. Alles Weitere besprechen wir am Freitag. Ich rufe Ruhnau an. Viele Grüße, Christian*

Christian. Er unterschrieb mit seinem Vornamen.

Mit dem Schlaf war es bei mir auch vorbei, aber angesichts des lauter werdenden Meeresrauschens und des bleiernen Graus, zu dem sich das Morgenlicht wandelte, verzichtete ich auf einen Morgenspaziergang und blieb stattdessen im Bett. Ich starrte auf die Fensterscheiben, sah die ersten Regentropfen dagegensprühen und dachte wieder an den Mann, der vor einigen Tagen in der Dunkelheit an mir vorbeigegangen war. Und plötzlich erwachte in mir der Drang, nach den Rosen auf dem Stein zu sehen. Doch das würde ich später tun.

Erst einmal musste etwas Zeit vergehen, und dann würde ich das machen, was am wichtigsten war. Meine Eltern anrufen.

»Du meine Güte, es ist fünf Uhr früh!«, murrte mein Vater am Telefon.

Ich wusste, dass ich ihn aus dem Schlaf gerissen hatte, aber gleichzeitig war mir auch klar, dass er es mir nicht übelnahm. Besonders nicht bei der Nachricht.

»Ich bekomme das Schiff!«, sagte ich schnell, bevor er fragen konnte, ob irgendwas passiert sei.

»Hast du im Lotto gewonnen?«, erkundigte sich mein Vater, und ich hörte, wie er gähnte. Im Hintergrund fragte meine Mutter: »Was ist denn los?«

»Das ist Annabel«, antwortete ihr mein Vater. »Sie hat jetzt ein Schiff.«

»Was?«, fragte meine Mutter leicht entsetzt. Wahrscheinlich richtete sie sich gerade im Bett auf und versuchte, den Schlaf abzuschütteln und herauszufinden, ob ihr Mann Scherze machte.

»Das ist kein Witz, oder?«, fragte mein Vater wieder.

»Natürlich nicht«, entgegnete ich. »Ich habe mich mit dem anderen Interessenten geeinigt. Wir werden das Schiff gemeinsam kaufen.«

»Na, das ist mal eine Nachricht!« Jetzt war mein Vater hellwach. Wie immer, wenn es um Schiffe ging. »Gratuliere!«

»Danke schön! Natürlich müssen wir erst noch besprechen, wie das laufen soll. Ehrlich gesagt, habe ich keine Ahnung. Aber wir werden das hinkriegen, und dann …«

Mein Vater lauschte gespannt. Ich wusste, worauf er wartete.

»… dann würde es mich sehr freuen, wenn dein Angebot noch stünde.«

»Welches Angebot?«, stellte er sich dumm, doch ich wusste, dass das nur eines seiner Spielchen war.

»Papa, du weißt doch, was ich meine«, entgegnete ich gespielt vorwurfsvoll, worauf er kicherte.

»Klar weiß ich das«, entgegnete er. »Aber es ist immer

wieder toll, wenn du mich so entrüstet Papa nennst. Das machst du mittlerweile leider nur dann.«

Ich hätte anführen können, dass ich jetzt erwachsen war, selbst Mutter und geschieden. Die Zeiten, in denen ich ein süßes Mädchen war, waren endgültig vorbei. Doch ich wusste, dass mein Vater das nicht gelten lassen würde. Seinen Vater konnte man immer Papa nennen, egal, wie alt man war.

»Aber Spaß beiseite«, lenkte er ein, als er spürte, dass ich nichts zu entgegnen wusste. »Natürlich bleibt mein Angebot bestehen. Wann kann ich mir den Pott denn mal anschauen?«

»Oh, ich muss ihn erst noch kaufen.«

Mein Vater überlegte kurz, dann sagte er: »Und, sieht er gut aus?«

»Wer? Der Pott?« Ich ging davon aus, dass er das Schiff meinte, doch mein Vater überraschte mich.

»Ich meine deinen neuen Partner.«

»Das ist doch nicht *so* eine Partnerschaft«, entgegnete ich perplex. »Wir bezahlen beide das Schiff und lassen uns etwas einfallen, wie man es vermarkten könnte.«

Mein Vater schnaufte. »Vermarkten?«

»Ja, so ein Schiff hält man sich nicht aus Vergnügen«, entgegnete ich. »Ich will ein schwimmendes Café daraus machen. Eines, in dem Lesungen oder kleine Konzerte stattfinden. Nicht solche Seniorenkaffeekränzchen, sondern Veranstaltungen auch für junge Leute, während das Schiff ein Stück weit auf die Ostsee rausfährt.«

Das klang in meinen Ohren wunderbar, und auf einmal sah ich es vor mir, wie das Schiff an einem schönen Tag auf den Wellen lag. Den Gedanken, dass bei stürmischem Wetter alles anders aussehen könnte, verkniff ich mir.

»Und was meint dein Partner dazu?« Wahrscheinlich konnte er sich nicht vorstellen, dass ein Mann etwas an Kaffee, Kuchen und Kunst fand – es sei denn, er war schwul.

»Ihm gefällt die Idee. Deshalb hat er mir ja die Partnerschaft angeboten.« Ich konnte förmlich sehen, wie mein Vater diesen potentiellen neuen Mann in meinem Leben unter dem Aktenzeichen »Keine Beziehung« einsortierte.

Mein Vater überlegte eine Weile, dann sagte er: »In Ordnung, dann lass mich wissen, wenn ihr anfangen wollt und wann ich mal vorbeikommen kann.«

»Vorbeikommen kannst du immer«, entgegnete ich. »Ihr beide wollt uns doch sicher besuchen, oder?«

»Wollen wir das?« Sein Sinn fürs Scherzen war zurückgekehrt. Ich lächelte. Ein wenig spürte ich noch den Widerwillen bei ihm, eine fremde Person war für ihn bei einem Projekt ein Risikofaktor. Aber bis er auf Merten traf, würde ich die beiden aufeinander vorbereitet haben.

»Ja, wollt ihr. Denn ihr wollt mein Haus sehen und Leonie. Und mich.«

»Klar wollen wir das«, gab mein Vater schnell zu, denn er wollte keinen Zweifel daran entstehen lassen, dass wir ihm wichtig waren. »Also, sag Bescheid, wenn wir kommen dürfen, dann setze ich Mutti in den Wagen, und los geht's.«

»Grüß die beiden Süßen von mir!«, rief meine Mutter aus dem Hintergrund, bevor sie wahrscheinlich im Bad verschwand.

»Hast du gehört? Mutti lässt dich grüßen«, sagte er.

»Grüß sie lieb von uns zurück und küss sie von uns.«

»Mach ich. Bis bald, Anni!«

Ich legte auf. Anni. Sein Spitzname für mich. Er benutzte ihn selten, meist nur dann, wenn er irgendwie stolz auf mich war. Und plötzlich schoss mir einer seiner Sätze wieder in den Sinn: *Aber es ist immer wieder toll, wenn du mich so entrüstet Papa nennst.*

Ich wusste genau, warum es ihn so freute, wenn ich ihn Papa nannte. Es hatte nämlich eine Weile gedauert, bis ich ihn als meinen Vater, als meinen Papa akzeptiert hatte. Anfangs war unser Verhältnis schwierig gewesen, aber irgendwann hatte bei mir der Verstand die Oberhand gewonnen. Es brachte nichts, sich gegen Menschen zu wehren, die felsenfest beschlossen hatten, einen zu retten und zu einem guten Menschen zu machen.

Ich gab nach, genoss die Aufmerksamkeiten und nahm mir den Tadel zu Herzen. Und irgendwann war meine Mutter meine Mutter und mein Vater mein Vater. Ich verdrängte, was davor gewesen war, und schaute nach vorn.

So wie jetzt. Ich würde mich von der Vergangenheit nicht runterziehen lassen. Ich hatte das Schiff. Und mit Merten würde ich irgendwie auskommen, auch wenn er so verdammt geheimnistuerisch war, dass man ihn ohrfeigen wollte.

# 12

Endlich war es Freitag, und damit stand der zumindest halbe Besitz der »Sturmrose« kurz bevor. Da es recht schnell klargeworden war, dass es keine anderen Bewerber um das Schiff gegeben hatte, die mit unserem Angebot mithalten konnten oder wollten, hatten wir mit Herrn Ruhnau gleich einen Termin zum Unterschreiben des Vertrages ausgemacht.

»Können wir heute mit dem Schiff fahren?«, fragte Leonie aufgeregt, als ich sie aus ihrem Kindersitz hob. Am liebsten wäre sie mitgekommen, aber ich hatte sie davon überzeugt, dass es zu lange dauern und zu langweilig sein würde, bis alle Papiere ausgestellt waren.

»Nein, das Schiff kann noch nicht fahren. Es ist alt und muss erst mal saubergemacht werden. Und dann müssen wir schauen, ob der Motor noch funktioniert.«

»Wenn er nicht funkto… funkzoniert, kommt dann Opa und macht ihn heil?«

Mein Vater hatte keine Gelegenheit ausgelassen, Leonie mit seinem Beruf vertraut zu machen. Als sie drei Jahre alt war, hatte er sie in die Werft mitgenommen, wo sie der Star der Kollegen gewesen war. Die Männer hatten sie mit Bonbons und Schokoriegeln beschenkt, teilweise hatten sie ihre Tagesvorräte geplündert, nur um der kleinen Prinzessin eine Freude zu machen.

Als wir glücklich und schokoladentrunken nach Hause gekommen waren, hatte Jan mir vorgehalten, dass die Ernährung unserer Tochter nicht gesund sei, ein haltloser Vorwurf, denn solche Schokoladenorgien gab es normalerweise nicht. Aber heute weiß ich, dass er nach einem Grund gesucht hatte, mich als schlechte Ehefrau zu sehen, damit er seine Kollegin vögeln konnte.

»Ja, Opa wird den Motor heilmachen«, antwortete ich und schob die Gedanken an Jan beiseite.

»Kriege ich dann auch wieder Schokolade?« Die Episode auf der Werft hatte sie tatsächlich noch nicht vergessen.

»So viel du willst!«, entgegnete ich und ging mit ihr zur Kindergartentür, hinter der es bereits heftig lärmte.

Eine halbe Stunde später war ich auf dem Weg zum Sassnitzer Hafen. Leonie würde heute wohl der Star der Kindergartengruppe sein, wenn sie im Morgenkreis erzählte, dass ihre Mutter ein Schiff kaufen wollte. Ich hatte sie noch nicht eingeweiht, dass es mit dem Schiff auch einen Geschäftspartner gab, das würde später kommen. Jetzt wollte ich erst mal bei der »Sturmrose« sein.

Als ich auf den Parkplatz des Sassnitzer Hafens fuhr, riss der Himmel auf und goss einen Schwall Sonnenlicht auf das Pflaster. Das schwarze U-Boot lag wie ein Fels in den glitzernden Wellen. Ein paar Touristen strömten zu den Ausflugsbooten oder verschwanden in dem kleinen Einkaufszentrum. Ich marschierte zum Anlegesteg.

Merten war bereits da. Er trug wieder seine Cabanjacke. Es fehlte nur eine Schiffermütze, um aus ihm einen richtigen Kapitän zu machen.

Da fiel mir ein, dass wir auch jemanden brauchten, der das Schiff steuern würde, von Hilfskräften auf dem Schiff ganz zu schweigen. Hatte Merten vielleicht eine Lizenz? Zutrauen würde ich es ihm.

Er begrüßte mich mit einem Lächeln, einem fröhlichen »Guten Morgen!« und einem Händedruck, der jedem Wrestler Respekt abgenötigt hätte.

»Sind Sie gut durchgekommen?«

»Ja, es ging, der Verkehr war nicht besonders stark.«

»Gut, dass Sie das sagen. Wenn Herr Ruhnau Verkehrsprobleme vorschützt, wissen wir, dass er flunkert.«

»Wieso, ist er denn schon zu spät?« Ich schaute auf die Uhr. Zehn vor zehn. Wir wollten uns um zehn treffen.

»Nein, es war nur ein Scherz«, entgegnete Merten. Christian. Christian Merten. Ich dachte wieder an seine SMS, aber solange er mir seinen Vornamen nicht offiziell anbot, würde ich ihn auch nicht benutzen. »Sie kennen das doch, jemand kommt zu spät und schiebt es auf den Verkehr. Da man das nicht nachprüfen kann, nimmt man das als Grund hin, aber in Wirklichkeit verspäten sich die Leute, weil sie sich nicht von ihrer Zeitung loseisen konnten, weil sie verschlafen haben oder Appetit auf ein weiteres Marmeladenbrötchen hatten.«

»Das wirft ja ein tolles Licht auf Ihre Kundschaft«, entgegnete ich. »Solche Beispiele haben Sie offenbar schon erlebt.«

»Ja, und oft genug war ich derjenige, der diese Ausrede benutzt hat. Mit einigem Erfolg, es hat jedenfalls niemand das Gegenteil behauptet.« Er hielt einen Moment inne, tat so, als überlege er und fügte dann hinzu: »Bei Ihnen brauche ich es damit jetzt aber wohl nicht mehr zu versuchen, oder?«

Ich winkte ab. »Ich bevorzuge ohnehin immer die Wahrheit. Sie können mir ruhig sagen, wenn Sie ein Artikel, ein Marmeladenbrötchen oder zehn Minuten mehr Schlaf davon abgehalten haben, pünktlich zu sein.« Oder eine Frau, setzte ich in Gedanken hinzu.

»Ich habe noch nicht gefragt, was Ihre Frau dazu sagt,

dass Sie mit mir das Schiff kaufen«, hörte ich mich plötzlich sagen und ärgerte mich im nächsten Augenblick ganz furchtbar über diese plumpe Bemerkung. Gott, was war denn in mich gefahren? Es gehörte nicht hierhin. Und hatte mich eigentlich auch nicht zu interessieren. So bedeckt, wie er sich bisher gehalten hatte, erwartete ich eigentlich auch keine Antwort. Doch er gab sie mir.

»Ich bin in der glücklichen Lage, meine Geschäfte so abschließen zu können, wie ich möchte. Genau wie Sie.«

Hörte ich da einen Anflug von Ärger?

Gut, seine Antwort konnte alles bedeuten. Dass er eine Frau hatte, die sich nicht um seine Geschäfte kümmerte, oder eine Freundin, die noch nicht seine Frau war, oder vielleicht war er auch solo. Für unsere Vereinbarung war das unerheblich. Jetzt schämte ich mich noch mehr für meine Worte, meine Wangen glühten regelrecht. Verlegen blickte ich auf meine Uhr. Es war genau zehn. Und ich hatte es geschafft, dass sich eine unangenehme Stille zwischen uns schob.

Ich überlegte krampfhaft, wie ich die Situation retten könnte. Immerhin sollte das hier ein guter Tag werden – der erste Tag im neuen Leben der »Sturmrose«.

Gerade, als ich erwog, über das Wetter zu reden, preschte ein dunkelblauer VW Polo vorüber.

»Da ist er«, sagte Merten und deutete auf den Wagen. Er war so schnell an uns vorbei, dass ich nicht mal den Fahrer sehen konnte. Herr Ruhnau stellte den Wagen ab und kam dann zügig auf uns zu.

»Guten Morgen!«, rief er schon von weitem. Die obligatorische Aktenmappe trug er unter dem Arm. Mein Herz begann zu pochen. Gleich war es so weit. Wenn es sich Merten aufgrund meiner blöden Frage nicht anders überlegte.

»Entschuldigen Sie bitte die Verspätung, der Verkehr«, erklärte der Schiffsbesitzer und reichte uns die Hand. »Dann wollen wir mal!«

Merten warf mir einen verschwörerischen Blick zu – und zeigte mir ein Grinsen, das mir sagte, dass er mir die verschleierte Frage nach der Ehefrau nicht übelnahm.

Ich erwiderte es und hatte dann Mühe, mir wegen Ruhnaus Entschuldigung das Lachen zu verkneifen.

Eine Stunde später war der Papierkram erledigt. Wir waren somit offiziell Besitzer der »Sturmrose«. Die Anzahlung von zehntausend Euro leistete Merten in bar, meinen Anteil des Geldes durfte ich binnen zwei Wochen überweisen.

»Dann wünsche ich Ihnen viel Freude damit und allzeit gute Fahrt!«, sagte der Verkäufer, als er sich verabschiedete.

Ich verkniff mir die Bemerkung, dass es wohl eine ganze Weile dauern würde, bis bei der »Sturmrose« eine »gute Fahrt« denkbar war, aber wir bedankten uns höflich und übernahmen dann mit der Mappe auch die Verantwortung.

Herr Ruhnau suchte das Weite, die Erleichterung war ihm anzumerken. Keine Spur von Wehmut. Er war den Klotz am Bein los, und Frau Ruhnau konnte demnächst mit ihrem Rollstuhl durch das barrierefreie Haus fahren. So hatten wir alle gewonnen.

Wir blieben noch eine Weile auf dem Schiff, so, wie man noch einen Moment in einer Wohnung blieb, deren Schlüssel man gerade erhalten hatte.

Merten durchmaß den Passagierraum, als würde er etwas suchen. An Backbord blieb er stehen und schaute auf die Fahnenhalterung.

»Und?«, fragte ich ihn. »Was meinen Sie?«

Er reagierte nicht. Stattdessen starrte er weiterhin auf das hintere Ende des Schiffes. Seine Miene wirkte abwesend, ja geradezu verdunkelt. Als hätte sich eine Wolke vor die Sonne geschoben. Das fand ich sehr merkwürdig, also verzichtete ich darauf, ihn ein weiteres Mal anzusprechen. Ich wartete einige Augenblicke, und als er nach diesen noch immer nicht gesprächiger wirkte, wandte ich mich um und ging an einem ziemlich zerschlissenen Rettungsring vorbei zum Führerhaus des Schiffes.

Der Geruch im Innern ähnelte dem einer Tankstelle: Diesel und altes Öl. Das Steuerrad war aus Holz und wirkte abgegriffen. Die Instrumente verbargen sich hinter staubigen Scheiben. Herr Ruhnau hatte offenbar recht schnell eingesehen, dass er dieses Schiff niemals in See stechen lassen würde.

Ich legte meine Hände auf das Steuerrad, und obwohl ich keine Ahnung davon hatte, wie man ein Schiff führte, stellte ich mir vor, es aus dem Hafenbecken zu manövrieren. Leonie wäre begeistert davon, wenn ihre Mutter eine Kapitänin werden würde.

»Hier sind Sie«, klang Mertens Stimme durch meinen Tagtraum. »Sieht so aus, als würden Sie das Schiff gleich starten wollen.«

Wie startete man so ein Schiff? Das war eine Frage, die mir Leonie stellen konnte – und es wahrscheinlich auch tun würde, wenn es so weit war.

»Dazu fehlt mir das Kapitänspatent«, entgegnete ich und ließ von dem Steuerrad ab. Jetzt sah ich, dass der dunkle Schatten von seinem Gesicht verschwunden war. Und dass er so dicht neben mir stand, dass ich sein Aftershave riechen konnte.

Da es keinen anderen Ausweg gab, trat ich die Flucht zur Seite an und wandte mich wieder dem Steuerrad zu. »Was ist mit Ihnen? Können Sie ein Boot steuern?«

»Ich habe jedenfalls die Erlaubnis für Motorboote«, antwortete er. Mit Ruder- und Segelbooten klappt es auch. Aber mit so einem großen Pott habe ich noch keine Erfahrung.«

Er würde sich wundern, was mein Vater für einen »großen Pott« hielt.

»Sie haben recht, dazu muss man wohl erst einmal ein Patent machen«, fuhr er fort. »Aber keine Sorge, wenn das Schiff erst mal so weit ist, dass es fahren kann, werde ich vielleicht auch ein Patent haben. Oder jemanden, der es besitzt.«

Eine Weile standen wir noch im Führerhaus, dann traten wir wieder nach draußen. Merten vermied den Blick auf das hintere Ende des Schiffes.

»So, dann sollten wir uns wohl an die Arbeit machen«, sagte er unternehmungslustig. »Wir brauchen einen Schlachtplan für Reparatur, Aufbau und Marketing.«

Es gefiel mir, dass er offenbar keine Zeit verschwenden wollte. Und auf einmal war mein Mund schneller als mein Verstand.

»Kommen Sie doch einfach morgen zu mir, dann besprechen wir unseren Schlachtplan bei einer Tasse Kaffee.«

Merten lächelte mich breit an. »In Ordnung, wie wäre es denn gegen drei?«

»Perfekt«, entgegnete ich und reichte ihm die Hand.

# 13

»Mama, wann kommt denn der Mann?«, fragte Leonie, während sie mir das Backbuch brachte, das ich am Tag zuvor im Bücherregal gefunden hatte. Die Rezepte klangen rustikal genug, damit es jemandem, der am Meer aufgewachsen war, schmecken würde. Eigentlich hätte es nicht sein müssen, aber irgendwie wollte ich Merten davon überzeugen, dass mein Kuchengeschmack der richtige für das Schiff war.

»In zwei Stunden«, antwortete ich und nahm ihr das Buch ab. Normalerweise hätte sie jetzt einen Mittagsschlaf gemacht, doch sie war so aufgekratzt, dass es zwecklos gewesen wäre, sie ins Bett zu stecken.

»Und über was willst du mit ihm reden?«

»Das Schiff. Wir müssen es reparieren lassen, damit es wieder fahren kann.«

»Ach so!«, rief Leonie und stellte sich mit erwartungsvollem Blick neben den Tisch. Sie liebte es, beim Backen zu helfen, und mir fiel auf, dass wir das schon lange nicht mehr getan hatten.

»Braucht das Schiff neue Segel?«, fragte Leonie, während sie sich mit den Händen an die Tischkante klammerte und dann kurz in die Tischdecke biss. Noch war sie klein genug, das tun zu können, irgendwann würde der Tisch dann zu niedrig dafür sein, und ihr würde das Wachstuch nicht mehr schmecken.

Ich nahm ihr den Tischdeckenzipfel aus dem Mund. »Das Schiff wird wohl einen neuen Motor bekommen, aber Segel hat es nicht.«

»Aber es hatte doch so ein Dings für ein Segel«, entgegnete Leonie.

»Du meinst einen Mast?« Ich war erstaunt, dass sie das wahrgenommen hatte. Es hatte sich allerdings nicht um einen Mast gehandelt, sondern um den Rest der Fangeinrichtung, der aus irgendeinem Grund auf dem Schiff geblieben war.

Leonie nickte wild und biss wieder ins Tischtuch. Vielleicht sollte ich eine neue Stoffdecke auflegen, die schmeckte ihr nicht. Doch beim Backen war Wachstuch besser, man konnte es leicht säubern, und es hatte einen leichten Touch von Kindheit. Auch zu Hause hatte immer Wachstuch auf dem Tisch gelegen.

»Das war kein Mast«, erklärte ich meiner Tochter. »Daran wurden früher die Netze befestigt. Unser Schiff bekommt einen Motor.«

»Und braucht der Motor auch Benzin?«

»Diesel.«

Leonie wiederholte das Wort immer wieder, als würde sie ein Bonbon lutschen, von dem sie noch nicht wusste, ob es ihr schmeckte.

»Und wie weit kann man damit fahren?«, fragte sie dann weiter. Ich stellte mich schon mal auf eine umfangreiche Fragerunde zum Thema Schiffe ein, während ich die Zutaten für den Kuchen abmaß und in die Rührschüssel gab.

»Eine ganze Weile«, antwortete ich, und gleich folgte die nächste Frage.

»Bis nach Amerika?«

»Nein, aber vielleicht bis nach Hamburg.«

»Zu Opa?«

»Ja, zu Opa.« Zu spät bemerkte ich, dass ich mich auf gefährliches Terrain begab. Wenn wir mit dem Schiff zu Opa reisen konnten, warum dann nicht auch zu Papa?

»Und wenn der Diesel alle ist, musst du dann zu einer Tankstelle?«, fragte Leonie nach kurzem Überlegen.

Ich atmete dankbar auf. Noch war es zu früh, um erleichtert zu sein, aber wenn ich jetzt eine gute Antwort fand, würde sie damit beschäftigt sein.

»Ich muss dann in einen Hafen, ja«, antwortete ich. »Da wird das Schiff betankt. Wie ein Auto an der Tankstelle, aber doch ganz anders.«

Ich erkannte, wie in meiner Tochter die Phantasie aufflammte. Sie stellte sich vor, wie so eine Tankstelle aussah, wie sie funktionierte.

»Warum malst du nicht einfach eine Schiffstankstelle?«, kam ich ihr entgegen, denn ich spürte ihre kreative Unruhe, den Drang, ihren Gedanken eine Form zu geben.

»Und der Kuchen?«

»Den schaffe ich auch allein. Und wenn du magst, kannst du auch in der Küche malen.«

Leonie jubelte auf und stürmte hinaus. Wenig später erschien sie mit Malstiften und ihrem Zeichenblock. Daran, dass sie die wirklich guten Malstifte ausgewählt hatte, erkannte ich, dass ihr das Projekt sehr wichtig war.

»Ich werde das Schiff malen«, verkündete sie. »Und die Tankstelle am Hafen.«

Ich lächelte. »Mach das, mein Schatz. Und wenn der Kuchen fertig ist, darfst du probieren.«

Ich wandte mich wieder den Backzutaten zu, doch als ich zwischendurch aufblickte, sah ich in dem kleinen Mädchen, das den Zeichenblock und die Stifte am Ende des Küchentisches verteilte und sich dann auf dem Stuhl zurechtsetzte, mich selbst. Damals, noch vor dem Erwachen mit Blaulicht und der Stimme, die mir sagte, dass ich meine Mutter, meine echte Mutter, auf ewig verloren hätte.

Ein Schauer rann mir über den Rücken, und ich zwang mich, das Bild abzuschütteln. Es gehörte nicht hierher. Und vielleicht gelang es mir, es ebenso in eine Schublade zu verbannen wie das Windmühlenbild von unserem letzten Abend.

Als die Zeit heran war, saß ich mit Leonie vor dem Küchenfenster und war beinahe genauso aufgeregt wie vor meiner ersten Verabredung mit Jan. Ich hoffte, dass Merten ein wenig früher auftauchen würde, damit ich die Spannung in meinem Inneren endlich loswerden konnte. Doch er ließ auf sich warten.

Ich musste an seine Erklärung für die Zuspätkomm-Ausreden denken. Würde er behaupten, dass es der Verkehr war? Oder dass er noch einen Kunden gehabt hatte?

Der Zeiger auf der Küchenuhr ruckte auf drei Uhr, als es vor dem Tor brummte. Das war er!

Wer sonst? Der Postmann war durch, am Samstag beeilte er sich, und auch heute hatte er mir nicht die Fotosammlung von Hartmann gebracht. So würde ich Merten auch nicht das Bild von dem Bauarbeiter zeigen können, der ihm so verdammt ähnlich sah.

»Na, dann wollen wir unseren Gast mal begrüßen!«

Leonie folgte mir nach draußen, wo Merten auf einem Motorrad in die Einfahrt rollte. Das hatte ich nicht erwartet. War er auch zu unserem Treffen mit diesem Motorrad gekommen? Eine Indian. Baujahr 1950. Schwer, glänzend, laut. Obendrein noch selten und teuer. So ein Motorrad hatte ich mal auf einer Messe gesehen, die ich besucht hatte, um die Kampagne eines Motorradherstellers zu begleiten. Da hatte ich die Indian gesehen. Oder besser gesagt, mehrere. Ganz alte und die Revival-Modelle. Einfach faszinierend. Insgeheim hatte ich mir gewünscht, die Werbung für die Firma zu machen, aber die hatten ihre eigenen Spezialisten gehabt.

Mein Eindruck von diesem Motorrad war allerdings geblieben. Aus Tausenden Modellen würde ich sie wiedererkennen. Und nie und nimmer hätte ich damit gerechnet, eine dieser Maschinen hier zu sehen. Und jetzt stand sie vor mir, während der Staubschleier, den ihre Räder aufgewirbelt hatten, sich langsam wieder senkte.

Das Donnern des Motors verebbte. Merten drehte den Kopf zur Seite, nestelte an seinem Helm und zog ihn ab. Dann wandte er seinen Blick zu uns, seinem getreuen Publikum.

»Ich hoffe, ich bin nicht zu spät«, sagte er und stieg ab. »Der Verkehr war nämlich diesmal wirklich furchtbar. Ich habe noch nie in meinem Leben so viele Campingwagen gesehen.«

»Die zweite Welle«, antwortete ich. »Die erste habe ich letzte Woche erlebt. Die Saison ist wohl offiziell eröffnet.«

»Das glaube ich auch.« Er stieg von seiner Maschine, mit der Eleganz eines Models für Herrenparfüm, legte seinen Helm ab und zog seine Handschuhe aus. Er wirkte nicht so, als wäre er aus seinem Haus in Binz gekommen, sondern von weiter weg. Wo war er gewesen?

Ich reichte ihm die Hand, und er fragte: »Wer ist denn diese junge Dame da?«

Leonie machte keine Anstalten, näher zu kommen. Aber sie drückte sich auch nicht ängstlich an mich, das war so schon mal gut. Stattdessen betrachtete sie Merten, als wäre er der Ritter in einer ihrer Märchengeschichten. Ein Ritter auf einer Indian. Nicht schlecht.

»Das ist meine Tochter, Leonie.«

»Leonie Löwenherz?«, fragte er, was sie dazu brachte, zu mir zu laufen und sich an mich zu schmiegen. Aber sie schaute nicht mich an, sondern lächelte Merten auf kindliche Weise kokett zu. Also doch, ein Ritter. Oder sogar ein Prinz.

»Hab ich was falsch gemacht?«, fragte Merten verwundert. »Ich dachte nur, wegen dieser Handpuppe …«

»Nein, Sie haben ins Schwarze getroffen«, antwortete ich. »Das ist ihr Spitzname. Leonie Löwenherz sage ich auch immer zu dir, nicht wahr, mein Schatz?«

Leonie nickte, kaute auf einem Finger herum, als wäre sie erst drei, und lächelte Merten dann wieder an. Offenbar fand sie ihn wirklich sympathisch.

»Ich bin Christian«, sagte er daraufhin und reichte ihr die Hand.

Leonie ergriff sie, und ich stellte überrascht fest, dass es ihm egal war, ob ihre Hand vollgesabbert war. Er schüttelte sie ganz vorsichtig und wischte sich die Hand auch nicht ab, als ich meinen Kopf zur Seite neigte und ihn aus dem Augenwinkel beobachtete.

»Kommen Sie doch rein. Wir haben Kuchen gebacken.«

Ich führte unseren Gast in unser Haus und ließ ihn an der Garderobe seine Jacke ablegen. Warmer Lederduft strömte durch den Flur. War eine kleine Besichtigung angebracht? Ich hatte schon so lange keinen Besuch in meiner Behausung mehr gehabt, dass ich es gar nicht mehr wusste. Mit Jans zunehmender Abwesenheit in meinem Leben waren auch die Gäste weniger geworden. Höchstens meine Eltern waren nach Bremen gekommen, und die hatten die Wohnung schon hundertmal gesehen.

Ich entschied mich, ihn nicht zu verschrecken, und geleitete ihn erst einmal in die Küche, wo wir den Tisch gedeckt hatten. Manche Leute führten ihren Besuch ins Wohnzimmer, bei uns wurde immer in der Küche gegessen. Jede Mahlzeit.

Merten schob sich auf die Küchenbank und legte einen Umschlag neben seinen Teller. Ich stellte die Kaffeemaschine an. Leonie setzte sich auf ihren Stammplatz, schaukelte mit ihren Beinen und betrachtete unseren Gast noch immer, als wäre er aus einem ihrer Märchen gehopst.

»Also, das sind die Unterlagen der ersten Begutachtung. Fotos und so weiter. Ich war so frei, das am Freitag noch zu erledigen, ein Bekannter hatte gerade Zeit, und ich gestehe, dass ich ihn schon vorher auf das Schiff neugierig gemacht hatte.«

Davon hatte ich nichts gewusst, aber okay. Und offenbar hatte Merten wirklich fest damit gerechnet, das Schiff zu bekommen. Ich verkniff mir eine Bemerkung dazu.

»Und? Haben wir ein Fass ohne Boden gekauft?«

Jetzt, da wir das Schiff besaßen, schlugen Hoffnung und Zweifel Wellen in meinem Inneren. Was, wenn wir es nicht schafften? Was, wenn es ein Erfolg wurde?

»Wir werden natürlich investieren müssen, aber mein Freund war überrascht, dass es doch nicht ganz so marode ist, wie ich befürchtet hatte. Genau sieht man es natürlich erst, wenn es im Dock liegt.«

Das war mein Stichwort.

»Und ich habe mit meinem Vater gesprochen, der bereit wäre, einen Teil der Restaurierungsarbeiten zu übernehmen. Natürlich nur, wenn es Ihnen recht ist.«

Merten sah mich lange an, forschte regelrecht in meinem Gesicht.

»Ihr Vater versteht etwas von Schiffen?«

»Er ist Schiffbauer in Hamburg. Habe ich das noch nicht erwähnt?«

»Nein.«

Etwas huschte durch seinen Blick, das aber schneller verschwand, als ich es greifen konnte.

»Ich habe ihn angerufen, noch bevor klar war, dass ich das Schiff überhaupt bekommen würde. Und er hat sofort angeboten, daran zu arbeiten. Dazu müsste die ›Sturmrose‹ allerdings nach Hamburg geschleppt werden.«

»Und die Kosten?«

»Werden sicher geringer ausfallen, als wenn wir selbst eine Werft beauftragen. Mein Vater und seine Freunde wollen sich außerdem auch an den Wochenenden damit beschäftigen, das dürfte alles kein Thema sein.«

Merten lächelte in sich hinein.

»Was?«, fragte ich ihn.

»Nichts«, entgegnete er. »Ich stelle nur wieder einmal fest, dass ich ein Glückskind bin. Sie anzusprechen war genau die richtige Entscheidung.«

Jetzt lächelte auch ich und schenkte ihm dann den Kaffee ein.

Da die Sache mit der Reparatur so gut wie geklärt war, nutzten wir die Zeit, um uns auszumalen, was aus der »Sturmrose« werden sollte.

»Wir könnten auf dem Oberdeck weitere Bänke und Tische anbringen, für alle Freiluft-Freunde«, schlug ich vor. »Und eine Lichterkette, wenn wir Abendveranstaltungen haben.«

»Die dürfen wir allerdings nicht bei schwerem Wetter machen, sonst gibt's eine Katastrophe«, entgegnete Merten scherzhaft.

»Ich glaube, wir sollten die Veranstaltungen ohnehin im Hafen durchführen«, entgegnete ich. »Erst die kleine Rundfahrt, dann die Kultur. Sonst wird den Gästen und den Künstlern womöglich noch schlecht.«

»Ja, und das wäre schade um den schönen Kuchen.«

»Du, weißt du, wie ein Schiff getankt wird?«, platzte Leonie mitten hinein und zog ihn am Ärmel. Das war mir ein wenig peinlich, aber sein Gesichtsausdruck war Gold wert.

»Ähm … Man schüttet Diesel in den Tank?«

Mit dieser Antwort war Leonie nicht zufrieden. Sie sprang von ihrem Platz auf und lief in ihr Zimmer, wo sie ihr Bild in Sicherheit gebracht hatte. »Hier«, erklärte sie und hielt es ihm entgegen. »Ich habe eine Tankstelle für Schiffe gemalt.«

Ich hätte erwartet, dass Merten entweder verwirrt oder abgeschreckt geschaut hätte, doch sein Gesicht wurde plötzlich weich, und sein Blick schien in die Vergangenheit zu schweifen. Hatte er früher auch Schiffe gemalt? Oder sein Kind? Wieder wurde mir klar, dass ich nahezu nichts über ihn wusste. Kein Ehering am Finger musste nicht heißen, dass es nicht auch einen Sohn oder eine Tochter gab. Vielleicht aus einer früheren Beziehung?

Für meinen Geschmack reagierte er auf Leonies Bild zu emotional für einen Mann ohne jeglichen Anhang.

»Das hast du sehr schön gemacht«, lobte er sie und strich ihr ganz vorsichtig, beinahe ohne sie wirklich zu berühren, übers Haar.

»Warst du denn schon mal unten bei den Steinen?«, fragte Merten, worauf Leonie den Kopf schüttelte.

»Nein, noch nie!«

»Oh, das musst du aber nachholen!«, entgegnete er. »Manchmal, wenn man ganz früh ans Meer kommt, sieht man dort Meerjungfrauen sitzen. Sie schauen aufs Wasser und warten auf die Schiffe. Und wenn die Sonne aufgeht, kehren sie ins Wasser zurück, denn sonst lösen sie sich in Meerschaum auf.«

Leonie sah ihn mit großen Augen und offenem Mund an. Natürlich wusste sie, was Meerjungfrauen waren, Arielle war eine ihrer bevorzugten Prinzessinnen.

»Stimmt das wirklich?«, fragte sie.

»Natürlich«, entgegnete Merten. »Allerdings sind sie sehr scheu und haben sehr gute Ohren. Wenn sie hören, dass ein Mensch näher kommt, springen sie schnell ins Wasser und schwimmen davon.«

Diese Information ließ Leonie eine Weile sacken.

»Mama, können wir zu den Steinen gehen?«, fragte sie dann, und ich erkannte deutlich den Tonfall, der bettelte: Sofort!

»Ja, Frau Hansen, wie wäre es mit einem kleinen Verdauungsspaziergang?«

»In Ordnung, gehen wir ein Stück«, entgegnete ich, denn ich konnte Leonie so gut wie nie etwas abschlagen. Und vielleicht war es auch ganz gut, wenn sie sah, wie steil die Treppe war. Dann konnte ich sie leichter vor irgendwelchen Gefahren warnen.

Ein paar Minuten später spazierten wir an den Rosenbüschen vorbei zur Gartenpforte. Dort nahm ich Leonie vorsichtshalber auf den Arm, denn die Stufen waren noch zu hoch für sie.

Am Strand waren zahlreiche Leute mit ihren Hunden unterwegs. Der Himmel hatte sich bezogen und hing schwer und grau über dem Wasser, das die Farbe der Wolken imitierte.

An den Hundebesitzern vorbei erreichten wir das Ufer.

Gischtgekröntes Seewasser umspülte große wie auch kleinere Steine. Der Wind hatte aufgefrischt und zerrte an meinem Haar. Ich wünschte auf einmal, eine Strickjacke mitgenommen zu haben.

»Ist Ihnen kalt?«, fragte Merten, und bevor ich antworten konnte, hatte ich schon seine Lederjacke über den Schultern. Die Leute, die an uns vorbeigingen, hielten uns wahrscheinlich für ein Paar, aber das war mir nicht unangenehm. So erfuhren sie wenigstens nicht, dass ich eine vermurkste Beziehung gehabt hatte, die immer noch ihre Schatten in mein Leben warf.

Leonie betrachtete angestrengt die Steine, kniff die Augen zusammen und schaute in die Ferne. Wahrscheinlich fragte sie sich, wie groß Nixen waren und ob sie vielleicht auch mal erschienen, obwohl der Steinstrand voller Menschen und Hunde war.

»Können wir bis nach dahinten gehen?«, fragte Leonie plötzlich, als hätte sie etwas Interessantes ausgemacht.

»Klar«, entgegnete ich und bemerkte, dass Merten uns beide lächelnd beobachtete.

Auf einmal fragte ich mich, wie ich auf ihn wirkte. War ich vielleicht zu sehr auf Leonie fixiert? Zu besorgt? Oder erinnerte ich ihn schlimmstenfalls an seine eigene Mutter?

Wahrscheinlich würde ich es nie erfahren.

Auf dem Weg sprachen wir über eine Gesellschaft, die wir gründen müssten, um mit dem Schiff nach dessen Restaurierung Geld zu verdienen. Wir redeten von Marketingplänen und Finanzierung. Von einer Bank und anderen Stellen, die uns helfen könnten, denn wir waren ja Gründer, und als solche bekämen wir vielleicht eine Förderung.

Dann erreichten wir die Steine. Die Nixensteine, wie Merten sie nannte.

»Hier sollen die Nixen sitzen?«, fragte Leonie und legte die Hand auf einen der großen, von Algen grün gefärbten Brocken. Es schien, als wollte sie den Nixen nachspüren, ihrer Wärme – oder vielleicht Kälte? Nixen waren eigentlich Hybriden aus Mensch und Fisch. Waren sie kühl oder doch warm?

Während ich darüber nachdachte, entdeckte ich einen anderen Stein. Einen, an dem ich schon ein paarmal vorbeigegangen war. Die Rosen darauf waren ein wenig verwelkt, doch ich erkannte deutlich, dass sie ausgetauscht worden waren. Ich wollte Merten darauf ansprechen, aber sein Blick hatte sich in der Weite des Meeres verloren, wo irgendwo ein Fährschiff Richtung Schweden fuhr. Was ging ihm jetzt durch den Kopf? Träumte er von Freiheit? Oder von etwas anderem? Genauso wie ich …

»Ihr Vater möchte uns also helfen?«, fragte er dann, als ob es keinen anderen Gedanken als den an die »Sturmrose« gegeben hätte. Aber ich wurde das Gefühl nicht los, dass er eigentlich ganz woanders gewesen war.

»Seine Meinung hat sich nicht geändert.«

Er lächelte mich zuversichtlich an. »Wir werden es hinkriegen. Spätestens im nächsten Jahr wird die ›Sturmrose‹ dort anlegen.« Er deutete auf die Seebrücke, ein schmales weißes Band in der graugrünen Fläche des Meeres.

Merten blieb bis zum Abend und versorgte Leonie mit zahlreichen Geschichten von Nixen und Piraten und Prinzen auf hoher See. Er war der geborene Märchenerzähler, und ich wunderte mich, wie schnell Leonie mit ihm warm geworden war. Sie durfte ihn Onkel Christian nennen und drückte ihm dann sogar die Stifte in die Hand.

»Sie wären ein guter Kindergärtner geworden«, bemerkte

ich, als er sich zum Aufbruch rüstete und seine Lederjacke wieder überzog.

»Vielleicht«, entgegnete er und zuckte mit den Schultern. »Vielleicht auch nicht. Es kommt bei mir immer ganz darauf an. So, wie ich nicht alle Erwachsenen mag, mag ich auch nicht alle Kinder. Die meisten nehme ich gleichgültig zur Kenntnis, andere wiederum finde ich einfach nur charmant.«

»Wie schön, dass Leonie zu Letzteren gehört.«

»Sie ist ein wirklich aufgewecktes Kind. Es muss schwer für sie sein, dass sie von ihrem Vater getrennt ist.«

Seine Worte schossen wie ein Pfeil durch mich durch. Augenblicklich versteifte ich mich. Leonie war den ganzen Tag über fröhlich gewesen, man hatte ihr keine Trauer um ihren Vater angesehen.

»Glauben Sie mir, ich weiß, wie das ist«, sagte er, nachdem er mich kurz betrachtet hatte. »Meine Mutter ist früh gestorben, ich hatte nur meinen Vater.« Er machte eine kurze Pause. Dahinter vermutete ich einen Satz, den er nicht aussprechen wollte. Aber dieser kurze Moment des Sich-öffnens seinerseits überrumpelte mich dermaßen, dass ich nicht nachhakte.

Merten reichte mir die Hand. »Vielen Dank, es war ein sehr netter Tag, und ich hoffe, dass wir das bald wiederholen können.«

»Ich werde meinen Vater morgen anrufen und fragen, wann er sich das Schiff anschauen kann. Ich würde mich sehr freuen, wenn Sie sich kennenlernen würden.«

»Das lasse ich mir auf keinen Fall entgehen. Nach all dem, was Sie und Ihre Tochter von ihm erzählt haben, muss er ein großartiger Mann sein. Ich möchte ihm unbedingt so schnell wie möglich begegnen.«

»Das möchte er auch. Kommen Sie gut nach Hause!«

Er nickte, setzte seinen Helm auf und trat dann das Motorrad an. Der Sound der Indian verschluckte alle anderen Geräusche und tönte selbst dann noch in mir nach, als Merten bereits verschwunden war.

# 2. TEIL

# *Das Schiff*

# 14

Nachdem ich den ganzen Sonntag über versucht hatte, meinen Vater zu erreichen – wahrscheinlich war er mit meiner Mutter im Grünen –, schaffte ich es am Abend endlich, mit ihm zu sprechen. Wir machten einen Termin für kommendes Wochenende aus, während Leonie aufgekratzt durch das Zimmer tanzte und behauptete, eine Meerjungfrau zu sein.

Ihr Interesse an Schiffstankstellen hatte sich gelegt, dafür fragte sie jetzt ständig, ob wir nicht mal ganz früh rausgehen könnten, um die Meerjungfrauen zu beobachten.

»Aber du hast doch gehört, was Herr Merten gesagt hat«, erklärte ich ihr. »Dass sie sehr gut hören und verschwinden, ehe wir bei ihnen sind.«

»Wir können doch über die Treppe schleichen«, gab Leonie zurück.

So froh ich war, sie wieder fröhlich, unbeschwert und ohne Gedanken an ihren Vater zu sehen, so besorgt war ich über ihre Freude an der steilen Treppe.

Oder war ich einfach überbesorgt? Gluckenhaft?

»Irgendwann machen wir das vielleicht«, gab ich nach, denn ich wusste, dass für ein Kind eine verbotene Sache umso reizvoller wurde, je mehr man sich dagegen sträubte. »Aber dazu müsstest du ganz früh aufstehen.«

Ich wusste, dass Leonie, wenn sie erst mal schlief, nur ungern früher als sonst aufstand. Auch die Fahrt nach Binz hatte sie verschlafen.

Kommenden Samstag also, sagte ich mir, als ich am Abend noch eine Weile vor dem Fenster saß und den Fleck betrachtete, an dem die Indian gestanden hatte. Die Reifenspuren waren immer noch zu sehen, und irgendwie fühlte ich mich warm und wohlig bei dem Gedanken, Christian Merten jetzt häufiger zu sehen.

Am Mittwoch fand ich mich bei der »Sturmrose« ein. Bevor mein Vater und meine Mutter anrückten, um sich meine Neuerwerbung anzuschauen, wollte ich noch ein bisschen saubermachen. Es war eigentlich egal, ob dort Dreck in den Ecken lag, denn das Schiff wurde ohnehin generalüberholt. Aber es gab mir ein besseres Gefühl, zu wissen, dass ich ein wenig Ordnung geschaffen hatte.

Das Schiff schaukelte ruhig auf den Wellen. Über dem Hafen war der Himmel jetzt trübe. Dennoch hatten sich ein paar Gäste für die Ausflugsschiffe eingefunden, aber an den Gesichtern der Besatzungsmitglieder, die vor dem Schiff standen, erkannte ich, dass sie auf mehr Kundschaft gehofft hatten.

Einer der Seeleute blickte böse zu mir herüber. Glaubte er, dass wir seinem Schiff Konkurrenz machen wollten? Danach sah die »Sturmrose« überhaupt noch nicht aus.

Ich ignorierte ihn und trug meine Putzausrüstung auf das Schiff. Das Plankenschrubben wollte ich mir für zuletzt aufheben, wenn die Innenräume einigermaßen manierlich aussahen.

Ich begann mit dem Führerhaus, das größtenteils stark verstaubt war. An der Decke hatten es sich Spinnen gemütlich gemacht.

Bei meinem ersten Aufenthalt hier hatte ich sie gar nicht bemerkt, auch beim zweiten nicht, aber jetzt sah ich ihr Lebenswerk, dick und grau und voller ausgeschlüpfter Eier. Ich war sicher, dass sie sich über das ganze Schiff ausgebreitet hatten. Glücklicherweise hatte ich keine Angst vor Spinnen. Die Nester waren schnell entfernt, aber da ich die dazugehörigen Tiere nicht fand, würden irgendwann neue Nester hier hängen. Doch für die Reise nach Hamburg reichte das.

Als ich mit der Decke fertig war, wandte ich mich dem Fußboden zu, was aufgrund des tief eingezogenen Drecks schon eine Herausforderung war. Aber irgendwie schaffte ich es, das Gröbste zu entfernen. Nachdem ich noch die Fenster geputzt hatte, war die Passagierkabine dran. Nach dem Boden wandte ich mich den vertäfelten Wänden zu. An einer Stelle blieb ich mit dem Lappen hängen und hatte plötzlich die Verkleidung in der Hand.

»Mist«, schimpfte ich und versuchte, die Platte wieder anzudrücken. Dabei fiel mir auf, dass etwas daruntersteckte. So klein wie möglich zusammengefaltet, war das Papierstück wohl der Grund dafür, dass die Verkleidung sich nicht wieder andrücken ließ. Seufzend zog ich es hervor. Als ich das Papier auseinanderfaltete, erkannte ich, dass es sich um einen Briefumschlag handelte. Adressiert war er nicht, möglicherweise hatte man ihn nur hinter die Verkleidung geschoben, um etwas abzudichten.

Aber ich spürte deutlich, dass er etwas enthielt.

Ich öffnete den Umschlag vorsichtig und zog ein mit fahriger Handschrift beschriebenes Blatt hervor. Die Tinte war zu einem Hellbraun verblasst, Wasserflecken hatten einige Buchstaben und Wörter verwischt.

*13. Mai 1976*

*Lieber Bob,*

*ich habe keine Ahnung, wie ich beginnen soll. Wahrscheinlich gibt es für das, was ich tue, keine Erklärung. All die Monate haben wir darauf verwendet, zusammenzukommen, wir haben von Flucht geträumt, von der Route 66. Du hast mir klargemacht, dass es jenseits der Mauern, die mich umgeben, ein anderes Leben gibt, Freiheit und unendliche Möglichkeiten. Du hast mein Herz gefangen genommen, hast mich geliebt und alles dafür getan, dass ich jetzt hier bin, mitten auf dem Meer, genau zwischen Ost und West.*

*Doch nun überkommen mich die Zweifel. Soll ich wirklich gehen? Ich könnte auch über Bord springen, doch jetzt ist Nacht und der Versuch, an Land zu schwimmen, würde hundertprozentig mit meinem Tod enden. Du weißt, dass ich das Leben liebe. Und ich liebe auch Dich und könnte Dir nicht den Schmerz des Verlustes zufügen. Ich werde also zum Kapitän gehen.*

*Palatin ist ein sehr freundlicher, wortkarger Mann, wie es die Leute an der Küste oft sind, aber das weißt Du sicher, wenn Du mit ihm gesprochen hast. Irgendwie kommt es mir so vor, als könnte man ihm alles erzählen, und ich frage mich, was er sagen würde, wenn ich ihm mein Dilemma schildern würde.*

*Aber ich werde das nicht tun, keine Sorge, denn unsere Geschichte gehört allein uns.*

*Ich werde immer daran denken, wie ich Dich damals in Ungarn kennengelernt habe, wie ich Dich nicht vergessen konnte, wie ich alles dafür getan habe, in Kontakt mit Dir zu bleiben.*

*Nun sitze ich hier auf diesem Schiff, nach allem, was wir durchgemacht haben, und weiß auf einmal, dass es nicht richtig ist. Ich kann einfach nicht zu Dir kommen. Verrückt, nicht wahr?*

*Fest steht, dass ich nicht vom Schiff steigen werde, wie Du es erwartet und gehofft hast.*

*Ich habe keine Ahnung, wie Du auf das, was ich vorhabe, reagieren wirst. Vielleicht wirst Du vor meinem Haus auftauchen und mich wild beschimpfen. Vielleicht wirst Du auch schweigen und still leiden. Dir stehen alle Möglichkeiten offen. Möglichkeiten, um die ich Dich beneide. Aber es sind Möglichkeiten, die ich aufgeben muss, um meinem Herzen dorthin zu folgen, wo es wirklich hinwill. Ich hoffe, Du verstehst das.*

*In Liebe, Lea*

Ich ließ den Brief sinken. Ein bisschen berührte es mich peinlich, ihn gelesen zu haben, gleichzeitig fragte ich mich, wer diese Lea wohl war. Und was sie auf dem Schiff gesucht hatte. Ich überflog die Zeilen erneut, und eigentlich ließen sie angesichts des Datums nur einen Schluss zu. Das Mädchen oder die junge Frau hatte versucht, aus der DDR zu fliehen!

Die Erkenntnis traf mich wie eine Ohrfeige.

Genau so, wie meine Mutter aus diesem Land geflohen war, hallte es durch meinen Verstand. So viel dazu, dass das Schiff mich ablenken würde …

Ein bitteres Gefühl stieg in meinem Innern auf, doch ich bekam mich glücklicherweise schnell wieder in den Griff. Meine Mutter mochte geflohen sein, ja, aber das war meine eigene Geschichte. Die Geschichte von Lea war eine andere und hatte nichts mit meiner persönlichen Enttäuschung zu tun. Auf einmal war die Abdeckplatte vergessen. Ich ließ mich auf einer der Sitzbänke nieder und betrachtete den Briefumschlag. Eine Adresse stand nicht darauf. Sollte der

Brief jemals abgeschickt werden? Oder war er hier versteckt worden?

Eine unglaubliche Möglichkeit tat sich vor mir auf. Der Traum jedes Werbemenschen.

Natürlich konnte es voreilig sein, aber was, wenn dieses Schiff nicht nur Fischkutter, Minenräumer und Ausflugsschiff gewesen war – sondern auch noch ein Fluchtschiff?

Ich atmete tief durch und betrachtete den Brief erneut. Eine Frau schrieb von Flucht. Oder Nicht-Flucht. In den Unterlagen des Schiffes stand, dass es bis zur Wende in Timmendorfer Strand gelegen hatte. Im Hafen von West-Timmendorfer Strand, nicht auf der Halbinsel Poel.

Ein Westschiff, das vielleicht Flüchtlinge rübergebracht hatte.

Etwas Besseres konnte uns nicht passieren.

Sofort griff ich nach dem Handy und wählte die Mobilnummer von Merten. Doch es ging nur die Mailbox ran. Wahrscheinlich war er unterwegs oder hatte einen Kunden. Im Büro wollte ich es nicht versuchen, möglicherweise besprach er gerade etwas Wichtiges, wenn ich hineinplatzte und schrie: Unser Schiff war womöglich mal Fluchthelfer zu Zeiten des Kalten Krieges!

Das war zwar keine unwichtige Information, aber ich würde es ebenfalls nicht gut finden, wenn mir jemand so etwas bei einer trockenen Geschäftsbesprechung ins Ohr tönte.

Ich hinterließ ihm also eine kurze SMS.

*Habe etwas Interessantes auf der Sturmrose gefunden, melden Sie sich doch bitte, wenn Sie Zeit haben. A. H.*

Dann schob ich das Handy wieder in die Tasche. Ein Fluchtschiff. Kaum zu glauben.

Ich konnte sie schon vor mir sehen, die Schlagzeilen in der Regionalpresse, wenn unser Schiff wieder in See stach.

*Dieses Schiff führte Hunderte in die Freiheit!*

Ein Klopfen an der Fensterscheibe riss mich aus meinen Gedanken. Ich blickte zur Seite und erschrak, als ich in das Gesicht eines fremden Mannes sah. Er trug einen blauen Overall, wahrscheinlich arbeitete er im Hafen.

Ich erhob mich und trat nach draußen.

»Junge Frau, was machen Sie denn hier?«, fragte er entrüstet. »Sie können doch nicht einfach auf das Schiff gehen!«

Jetzt wusste ich, warum der Blick des Mannes vom Ausflugsschiff so böse gewirkt hatte.

»Doch, ich denke schon«, entgegnete ich mit einem freundlichen Lächeln. »Ich bin Miteigentümerin des Schiffes. Annabel Hansen.« Ich reichte ihm die Hand, worauf er mich ansah, als wäre ich eine Erscheinung. »Wir haben das Boot erst seit dem Wochenende, deshalb kann es sein, dass es sich noch nicht herumgesprochen hat. Mein Partner ist Christian Merten, er stammt aus Binz.«

Noch immer keine Antwort. Glaubte er mir nicht? Wenn ich jemand wäre, der sich unberechtigt in einem Schiff einnisten wollte, würde ich ihm wohl kaum unsere Namen nennen, oder?

Nachdem die Informationen seine Synapsen durchdrungen hatten, kam er wieder zu sich.

»Albrecht Pohl«, sagte er und ergriff meine Hand endlich. Etwas zögerlich zwar, aber er tat es.

»Freut mich, Sie kennenzulernen. Arbeiten Sie am Hafen oder gehören Sie zu einem der Schiffe?«

Der Mann blickte mich ein wenig verwirrt an. Offenbar hatte er eher damit gerechnet, dass ich die Flucht ergreifen würde.

»Ich fahre auf der ›Nansen‹«, erklärte er mir, und als ihm klarwurde, dass ich nicht wusste, welches Schiff die »Nansen« war, deutete er irgendwo aufs Hafenbecken. »Also, ich hab wirklich gedacht, dass Sie nicht hier raufgehören.«

»Ja, die alte Sache mit den Frauen auf Schiffen, nicht wahr?«, entgegnete ich augenzwinkernd. »Aber glauben Sie mir, ich bin schon auf ein paar Schiffen gefahren, und die sind wegen mir nicht untergegangen.«

Ich erntete einen verständnislosen Blick. Entweder hatte er den Witz nicht verstanden, oder Seemänner glaubten nicht mehr, dass eine Frau an Bord Unglück brachte.

»Na ja.« Pohl kratzte sich am Hinterkopf. »Dann will ich mal wieder. Wenn Sie wollen, werfe ich ab und zu mal einen Blick auf das Schiff. Beim alten Besitzer habe ich das auch so gemacht. Wir sind die meiste Zeit im Hafen, viel zu fangen haben wir nicht mehr, also kriegt man das eine oder andere mit.«

»Vielen Dank, das wäre sehr freundlich von Ihnen«, entgegnete ich und wusste genau, dass er jetzt erst mal im Hafen herumfragen würde, ob ich wirklich hier sein durfte.

Nachdem ich meinen Putzeinsatz beendet hatte, verstaute ich die Utensilien wieder im Wagen. Da klingelte plötzlich mein Handy. Ich zerrte es aus meiner Hosentasche, erhaschte einen Blick auf den Namen Merten und meldete mich.

»Was gibt es Aufregendes?«, fragte mein Geschäftspartner. Hinter ihm rauschte laut der Verkehr.

»Ich habe etwas gefunden«, entgegnete ich und wollte schon hinzusetzen, dass wir später darüber reden könnten, wenn es jetzt nicht richtig passte. Aber da er mich anrief, musste er wohl Zeit haben, also erklärte ich: »Ich wollte das Schiff ein wenig landfein machen, Sie haben meine Mail doch sicher bekommen, oder?«

»Ja, habe ich. Und ich freue mich wirklich sehr, am Samstag Ihren Vater kennenzulernen. Ich hätte Ihnen nachher auch geschrieben, bin gerade auf dem Weg zum Bahnhof.«

»Hamburg?«, riet ich.

»Hannover«, entgegnete er. »Ich habe hier einen Kunden getroffen und fahre nun weiter nach Berlin. Wenn ich denn je am Bahnhof ankomme.«

»Was hält Sie ab?«

»Die Fußgängerampelverschwörung. Offenbar haben sich alle möglichen Ampeln gegen mich verbündet und werden unendlich lange rot, wenn sie mich sehen.«

Ich grinste so breit, dass meine Mundwinkel schmerzten.

»Was haben Sie denn nun gefunden?«, fragte er.

»Einen Brief«, entgegnete ich.

»Einen Brief«, wiederholte er. »Und?«

»Er lag zusammengefaltet hinter einer Abdeckung an der Wand, die runtergekommen ist, als ich saubermachen wollte. Noch eine Sache, die wohl repariert werden müsste.«

»Darauf soll es nicht ankommen. Erzählen Sie weiter.«

»Ich dachte zunächst, dieser Brief sei nur zufällig dort, ein Stück Papier, das man zum Abdichten benötigt hat.« Sprich schneller, komm zum Punkt, ermahnte ich mich, er ist auf dem Weg zum Bahnhof. »Auf jeden Fall ist dieser Brief von einer Frau, die offenbar mit dem Schiff in den Westen geflohen ist oder es zumindest wollte.«

Ich wartete auf eine Reaktion. Schweigen. Nur das Rauschen des Verkehrs zeigte an, dass Merten noch dran war. Musste er sich gerade durch einen Pulk von Fußgängern schlängeln?

»Hallo?«, fragte ich, nachdem einige Momente vergangen waren. Vielleicht war ihm das Handy entglitten oder …

»Ja, ich bin noch dran. Entschuldigung, ich bin nur kurz über die Straße.«

Das klang wie eine Ausrede. Aber egal.

»Haben Sie das mit dem Brief mitbekommen?«

»Ja, habe ich. Sehr interessant.«

War da nicht mehr? Ich sah in dem Brief bereits einen Haufen Möglichkeiten zur Vermarktung. Er hingegen nahm die Info hin, als hätte ich ihm gesagt, dass ich unter dem weißen Anstrich Spuren der Farbe Blau gefunden hätte. Aber vielleicht musste er jetzt wirklich auf den Verkehr achten.

»Also, ich finde das großartig! Das gibt unserem Schiff eine Geschichte. Und ehrlich gesagt, hätte ich nie damit gerechnet, dass dieses Schiff Flüchtlinge transportiert haben könnte. Natürlich werde ich da noch einige Nachforschungen anstellen, aber wenn sich herausstellt, dass der Brief nicht nur irgendein altes Stück Papier ist …«

Noch immer spürte ich keine Begeisterung bei ihm. Was war los? Mein Enthusiasmus bekam durch sein Schweigen einen ziemlichen Dämpfer.

»Ähm … natürlich müssen wir niemandem erzählen, was mit dem Schiff war, aber ich dachte mir, dass es gut wäre, um Aufmerksamkeit zu erzeugen. Ich wette, dass kein Ausflugsschiff in Sassnitz so eine Geschichte hat, wie ich hinter der ›Sturmrose‹ vermute. Wenn Sie allerdings etwas dagegen haben …«

»Ich habe nichts dagegen«, entgegnete er. Seine Stimme klang verändert. Weicher, und etwas hallte in ihr mit, was ich durch das Rauschen nicht fassen konnte. »Und Sie haben recht, es ist wirklich toll.«

»Möchten Sie, dass ich Ihnen den Brief einscanne und maile, oder wollen Sie ihn am Samstag selbst anschauen?«

»Ich schaue ihn mir gern selbst an«, entgegnete er und setzte hinzu: »In Berlin bin ich dermaßen eingespannt, dass ich nicht dazu käme. Außerdem liest sich so ein Scan auf einem Handy nicht besonders gut.«

»Oh …«, machte ich und fügte schnell hinzu: »Okay, richtig, die Sachen sind auf dem Handy wirklich schwer zu lesen.« Als ob er eine Geschäftsreise machen würde ohne seinen Laptop, ging es mir durch den Sinn, aber ich schob den Gedanken schnell beiseite. Niemand war verpflichtet, sich etwas sofort anzusehen, nur weil ich es aufregend fand. Ich würde den Brief in eine Klarsichthülle stecken und dann bis Samstag versuchen, herauszufinden, wer diese Lea gewesen sein könnte.

»Hören Sie, ich bin jetzt im Bahnhof«, zerrte mich Merten wieder in die Gegenwart. Passend dazu ertönte ein Gong, und eine undeutliche Stimme verkündete die Einfahrt eines Zuges.

»Ist gut, dann bis Samstag«, entgegnete ich, wobei ich versuchte, nicht allzu enttäuscht zu klingen. Es war ja auch albern von mir. Merten hatte zu tun, in seinem Kopf schwirrte jetzt vielleicht ein Plan, wie er eine Firma sanieren könnte. Und da kam ich ihm mit einem profanen Brief. Was hätte ich wohl dazu gesagt, wenn er mich mitten im Kundengespräch wegen so etwas angerufen hätte? Dass er überhaupt zurückgerufen hatte, war schon sehr freundlich von ihm.

»Gute Reise«, schickte ich ihm also noch hinterher und legte dann auf.

# 15

Am Abend saß ich stundenlang am Küchentisch, den Brief vor mir und neben mir Schreibblock und Stifte. Leas Worte rumorten in mir und versuchten unterschwellig immer wieder, eine Verbindung zu meiner eigenen Geschichte zu knüpfen. Ich wehrte mich heftig dagegen, alles erneut in mir hochkommen zu lassen, und fasste schließlich den Entschluss, mir die Gedanken über Lea von der Seele zu schreiben, damit ich beides trennen konnte.

»Willst du was malen?«, fragte Leonie, die am anderen Ende des Tisches saß und ein neues Nixenbild begann. Inspiration hatte sie sich aus ihren Märchenbüchern geholt, außerdem war sie ganz euphorisch gewesen, als ich sie vom Kindergarten abgeholt hatte. Wie vermutet, war sie wegen des Schiffes der Star der Gruppe gewesen. Viele Kinder, darunter auch Charlotte, wollten jetzt ihre besten Freunde sein, weil sie sich ausrechneten, mit dem Schiff mitfahren zu dürfen. Meine Tochter hatte das natürlich gleich genutzt und sie in dem Glauben gelassen. Das hätte ich ihr gar nicht zugetraut. Offenbar hatte sie von ihrem Vater den Geschäftssinn geerbt, der unbestritten hervorragend war.

»Nein, ich will nur ein paar Gedanken aufschreiben«, entgegnete ich und blickte auf die wenigen Zeilen, die ich selbst zu Papier gebracht hatte. Es waren Stichpunkte. Dinge, die ich aus dem Brief herausgelesen hatte. Ein Mann namens

Bob. Ein Kapitän namens Palatin. Flucht über die Ostsee. Lea, der Name der Frau. Timmendorfer Strand als Heimathafen des Schiffs.

Das alles klang nach einer spannenden Geschichte, sagte aber gleichzeitig wenig über die Schreiberin aus.

Ich sah wieder auf den Brief. Eine sehr schöne, ordentliche Handschrift. Reste der in der DDR üblichen Schulausgangsschrift waren noch deutlich zu erkennen. Die Frau war sicher noch sehr jung gewesen. Ich versuchte, sie mir vorzustellen. Lea, das klang nach einem elfenhaften Wesen, vielleicht mit rötlichem Haar, eine zarte Person, die die Liebe ihres Lebens gefunden hatte. Einen gutaussehenden, muskulösen Mann, vielleicht sogar einen Amerikaner. Einen Surferboy, der Urlaub hinter dem Eisernen Vorhang gemacht hatte. Für ihn hatte sie die DDR verlassen wollen … Und es sich dann anders überlegt, aus welchem Grund auch immer.

Mitten in meine Gedanken platzte das Telefon. Nicht mein Handy, sondern das Haustelefon. Die Einzigen, die die Nummer hatten, waren meine Eltern.

Ich sprang auf, lief in den Flur und ging ran.

»Hallo?«

»Hallo, Schatz, deine Mutti hier.« Das Telefonieren überließ meine Mutter meist meinem Vater, weil sie tausend Dinge zu erledigen hatte. Dass sie jetzt anrief, dazu noch unerwartet, ließ für einen Moment Sorge in mir aufsteigen. War etwas passiert?

»Bei euch ist doch hoffentlich alles in Ordnung?«, platzte ich heraus.

»Natürlich, warum denn nicht? Hin und wieder möchte ich auch mal telefonieren. Oder störe ich gerade?«

»Nein, natürlich störst du nicht«, entgegnete ich. »Was

gibt es denn? Bist du bereit für unsere Bruchbude an der Ostsee?«

»Bruchbude?«, fragte meine Mutter zurück. »Dann muss auf den Fotos ein anderes Haus gewesen sein, ich kann dort keine Bruchbude erkennen. Oder habt ihr Schimmel im Innern?«

»Nein, alles bestens. Und ich gebe zu, eine Bruchbude ist es wirklich nicht.«

»Ganz im Gegensatz zu dem Schiff, oder?«

»Auch das wird noch zu retten sein. Hoffe ich zumindest. Papa wird begeistert sein, es ist genau die Art von Schiff, die er am liebsten mag. Kein überzüchteter Frachter, aber auch kein Paddelboot.« Bei meinem Vater war alles unterhalb von zehn Metern Länge ein Paddelboot.

»Von deinem Vater soll ich dich auch grüßen und dir ausrichten, dass es mit dem Abholen des Schiffes klappt. Er hat den Geschäftsführer überzeugt, euch die leerstehende Werkhalle zu vermieten. Natürlich kostet das was, aber wenn dein Geschäftspartner so solvent ist, wie es klingt, wird das in Ordnung sein.«

»Keine Sorge, er sagt immer, die Kosten sind kein Problem. Ich wünschte, ich könnte das von mir behaupten.«

An Stelle meiner Mutter wären mir viele Entgegnungen eingefallen. Von »Eigentlich kauft man sich auch kein Schiff, wenn man nicht richtig flüssig ist« bis »Vielleicht solltest du Jan androhen, ihn besuchen zu kommen – um euch von sich fernzuhalten, würde er sicher jeden Preis zahlen«. Aber das tat sie nicht, denn sie wusste, dass Jan nichts mit meinem neuen Leben zu tun haben sollte. Und es war nicht ihre Art, mir Vorwürfe zu machen. Ihr Credo war, dass die Familie zusammenhielt – egal, wie verrückt eines ihrer Mitglieder war.

»Das wird schon werden, und dein Vater hat seine Freunde schon richtig heißgemacht auf deinen Kutter. War das tatsächlich ein Minenräumer?«

»Ja, so steht es in den Unterlagen.« Sollte ich die Bombe jetzt schon platzen lassen? Meine geschichtsinteressierte Mutter würde sicher Augen machen. »Und ich habe gerade heute etwas herausgefunden, was euch umhauen wird.«

»Erzähl mal!«, forderte mich meine Mutter auf, und ich berichtete von meinem Fund.

»Stell dir vor, unser Schiff hat vermutlich mal DDR-Flüchtlinge transportiert, ist das nicht der Wahnsinn?«

Am anderen Ende der Leitung war es still.

»Hallo, Mutti? Bist du noch da, oder habe ich dich mit meiner Geschichte eingeschläfert?«

»Nein, nein, ich bin noch da.«

»Und was sagst du dazu?«

»Na ja, das ist ein alter Brief, also ein wertvolles Dokument.«

»Und?«

»Und dein Schiff hat Flüchtlinge transportiert.« Bei ihr klang das, als wäre es nichts Besonderes.

»Aber das ist doch toll, oder? Ich habe einen Aufhänger für eine mögliche Werbekampagne gefunden. Außerdem habe ich momentan einen Kunden mit einem wunderschönen Hotel, der auch etwas Geschichtliches in die Werbung einfließen lassen möchte …« Warum nur hatte ich das Gefühl, gegen eine Wand anzureden?

»Du wirst da sicher was Großartiges draus machen«, entgegnete meine Mutter. Keine Nachfrage wegen des Briefes oder ob man herausfinden könnte, wer die Frau war.

»Kannst du mir vielleicht mal Leonie geben?«, fragte sie

nach einer Weile. Ich hatte vor mich hin gegrübelt und vergessen, etwas auf ihre Worte zu erwidern.

In mir wurde etwas plötzlich schwer wie Stein. Es war das zweite Mal, dass ich von dem Fluchtbrief berichtete. Weder mein Geschäftspartner noch meine Mutter schienen ihn spannend zu finden. Beide hatten nahezu identisch reagiert.

Klar, das Wort »Flucht« rief in meiner Mutter Erinnerungen hervor, vielleicht hoffte sie auch, dass ich die Sache damals vergessen hatte. Sie war zu DDR-Zeiten eine empörte Gegnerin der Republikflucht gewesen, denn sie hatte geglaubt, dass man das Leben dort nur besser machen konnte, indem man blieb. Aber das hier hatte nichts mit meiner leiblichen Mutter zu tun. Das war einfach nur der Brief einer jungen Frau – und mittlerweile waren mehr als zwanzig Jahre vergangen, seit die Mauer gefallen war. Da konnte man doch vielleicht mal ein Auge zudrücken. Zumal diese Geschichte wirklich sehr werbeträchtig für unser Schiff war.

»Okay«, sagte ich daraufhin, denn ich hatte keine Lust, das alles zu diskutieren. Ich hatte meine Mutter jetzt schon eine Weile nicht mehr gesehen, da wollte ich keinen Streit um Vergangenes vom Zaun brechen.

»Leonie, Oma möchte mit dir sprechen!«

Der Stuhl schabte über den Boden, und wenig später war sie da. Ich reichte ihr den Hörer, den sie mit beiden Händen festhielt, dann rief sie ganz laut: »Oooooomaaaaa!«

Wahrscheinlich hatte sich meine Mutter jetzt bis ins Mark erschrocken, aber ihrem kleinen Sonnenschein nahm sie nie etwas übel.

Während sie meiner Mutter von der Kita erzählte, kehrte ich in die Küche zurück. Mein Blick fiel auf den Brief. Außer mir hatte ihn noch niemand gesehen. Lag es vielleicht daran? War ich den anderen nur einen Schritt voraus und verstand deshalb nicht, dass sie vor Freude nicht gleich ausrasteten? Ich strich mit dem Finger über das zerknitterte Blatt und nahm mir vor, gleich morgen einen Rahmen dafür zu besorgen.

Als ich in die Diele zurückkehrte, war Leonie immer noch mitten in ihrer Erzählung.

»Bei uns war ein Mann, der hat mir von den Nixen erzählt«, berichtete sie mit strahlenden Augen. »Die sitzen vor unserem Haus am Wasser, aber wenn Leute kommen, hauen sie schnell ab.«

Was meine Mutter darauf antwortete, verstand ich nicht, doch ich war sicher, dass es gleich Fragen hageln würde.

»Ich würde gern eine sehen, aber Mama sagt, dass ich nicht zu der Treppe gehen soll. Sie ist steil, und ich könnte hinunterfallen.«

Schön, dass meine Tochter mein Verbot verinnerlicht hatte – auch wenn sie die Treppe gerade deswegen noch immer reizvoll fand.

Ich beobachtete sie noch eine Weile, bis meine Mutter wohl verlangte, mich wieder zu sprechen. Leonie verabschiedete sich mit einem dicken Trockenküsschen und reichte mir den Hörer.

»Ein Mann, soso«, sagte meine Mutter gespielt vorwurfsvoll, als ich mich wieder meldete. Jetzt war ihre Stimme wieder normal. Nicht, dass sie es vorher nicht gewesen wäre, aber bei der Erwähnung des Briefes hatte sie geklungen, als wäre ein Schatten auf ihre Seele gefallen. »Und warum erzählst du mir nichts von dem neuen Mann in deinem Leben?«

»Mutti«, entgegnete ich langgezogen. »Dieser Mann ist nur mein Geschäftspartner. Er war letzte Woche hier, um mit mir ein paar Dinge zu besprechen. Reparatur, Marketingplan und so weiter.«

»Aha.« Meine Mutter klang nicht überzeugt. »Du hast mir noch gar nichts über ihn erzählt. Und deinem Vater auch nicht. Abgesehen von der Tatsache, dass er Geld hat und mit dir das Schiff gekauft hat.«

»Was hätte ich euch denn erzählen sollen?« Immerhin erzählte ich ihnen ja auch nicht, wie Herr Hartmann vom »Meerblick« aussah. Aber der war ja auch nicht der »Mann«, der uns besucht hatte. Wenn es um die Männer in meinem Leben ging, war meine Mutter immer interessiert. Obwohl »Männer« eigentlich übertrieben war, denn vor Jan hatte ich nur eine Beziehung gehabt, die nicht lange gedauert hatte und auch nicht in die Tiefe gegangen war. Und nach Jan hatte ich nicht mal mehr ein Date.

»Na, wie er aussieht vielleicht«, entgegnete meine Mutter, hörbar sensationslüstern. »Ist er attraktiv? In deinem Alter?«

»Nein, Mama«, entgegnete ich, weil ich wusste, was meine Mutter vorhatte. Mittlerweile war seit meiner Scheidung ein Jahr vergangen, und ich hatte mich seitdem mit keinem Mann getroffen. Nicht privat. Ich fand, dass das in Ordnung war, ich hatte Leonie und meine kleine Werbeagentur und jetzt das Haus hier und ein halbes Schiff, das es einzurichten galt. Das Letzte, was mir momentan in den Sinn kam, war die Suche nach einem neuen Partner. »Er ist dreimal so alt wie ich und hat einen Buckel wie der Glöckner von Notre Dame.«

»Aha«, machte sie. »Dann muss er ja wirklich sehr gut aussehen. Du würdest sonst nicht solche Märchen erfinden, um mich davon abzubringen, dich mit ihm zu verkuppeln.«

Meine Mutter kannte mich einfach zu gut.

»Du brauchst mich nicht mit ihm zu verkuppeln, ich komme schon zurecht. Und ja, er sieht gut aus, und ich glaube, er ist ein paar Jahre älter als ich, dazu fährt er Motorrad und hat Leonie regelrecht begeistert.« Ich machte eine Pause und hörte, wie meine Mutter gespannt den Atem anhielt. »Aber aufgrund all dieser Eigenschaften ist es gut möglich, dass er bereits vergeben ist. Verheiratet ist er offenbar nicht, aber das heißt noch nichts. Und außerdem wäre es auch möglich, dass ich nicht sein Typ bin.«

»Das sind eine Menge Informationen über diesen Mann, für den du dich angeblich nicht interessierst.«

»Das habe ich nicht behauptet.«

»Dann interessierst du dich für ihn?«

Ich rollte mit den Augen. »Mama ...«

»Na, man kann doch mal fragen. Du bist noch jung und hübsch obendrein, da wäre es eine Verschwendung, wenn du keinen Mann finden würdest.«

»Wenn sich die Gelegenheit ergibt, werde ich ganz sicher nicht nein sagen«, entgegnete ich ein wenig gereizt, ohne zu wissen, warum. Immerhin meinte meine Mutter es nur gut. Niemand wollte, dass sein Kind auf ewig allein blieb. »Aber ich bin gerade erst hier angekommen, und es passiert so viel, dass ich vorerst nicht daran denken kann.« Ich machte eine Pause und fügte dann versöhnlicher hinzu: »Du wirst ihn am Wochenende kennenlernen, dann kannst du ja mal schauen, ob er was für uns wäre. Aber mach um Himmels willen keine Andeutungen oder Versuche, ihn dazu zu bringen, mit mir auszugehen.«

Meine Mutter zögerte mit ihrer Antwort. Ich kannte sie gut genug, um zu wissen, dass sie es probieren würde. Glücklicherweise würde mein Vater auch dabei sein, und die Männer würden sich wahrscheinlich eher um das Schiff kümmern.

»In Ordnung, versprochen«, sagte sie schließlich. »Dann bis zum Wochenende. Küss Leonie noch mal von mir, ja?«

»Mach ich. Bis Samstag!«

Als ich aufgelegt hatte, blickte ich in die Küche, wo Leonie wieder am Tisch saß und zeichnete. Ich war nicht allein. Und ich war auch nicht einsam. Aber die Worte meiner Mutter hatten einen Nachhall hinterlassen. Vielleicht wäre es gut, wenn Leonie einen neuen Vater bekäme. Einen, der sich um sie kümmerte, obwohl sie nicht von seinem Blut war. Einen, der sie nie im Stich lassen würde. Und für mich wäre es auch gut, endlich wieder einen Mann zu haben, dessen Nähe ich spüren, den ich lieben könnte mit all der aufgestauten Sehnsucht in meinem Herzen. Der für mich da wäre und mich halten würde.

# 16

Bis zum Samstag ging es mit der Arbeit schleppend voran. Ich hatte Hartmann den ersten Entwurf der Werbebroschüre zugesandt und wartete auf Antwort. Wie die automatische Antwort seiner Mailadresse erklärt hatte, war er bis zur kommenden Woche geschäftlich unterwegs.

Damit war genug Zeit geblieben, an die elfengleiche Lea und ihren amerikanischen Surferboy zu denken. Die meisten meiner Gedanken glitten in die Bereiche der Soaps ab, doch diese Fernsehserien bildeten ja bekanntermaßen die Realität überspitzt ab und waren deshalb nicht wirklich unrealistisch.

Aber Fakten waren das natürlich nicht.

»Leonie, hast du dein Zimmer schon aufgeräumt?«, fragte ich, während ich die letzten Umzugskartons zusammenfaltete. Mittlerweile hatte ich alles in den Schränken verstaut und wunderte mich darüber, wie gut das Wohnzimmer aussah.

»Mach ich grad!«, rief Leonie aus ihrem Zimmer.

Bereits gestern war Leonie wegen des Besuchs ihrer Großeltern wie durch den Wind gewesen. Sie hatte meinen Vater und meine Mutter schon seit einigen Monaten nicht mehr gesehen und sehnte sich nach ihnen genauso wie nach ihrem Vater. Nur dass ihre Großeltern sie nicht enttäuschen würden. Wir hatten gekocht und gebacken, damit nur ja genug

Essen da war. Wie ich meine Mutter kannte, würde sie mit dem größten Matjes-Kartoffelsalat des Landes anrücken und dazu noch einen Kuchen mitbringen, mit dem wir halb Binz verköstigen könnten. Ich hoffte sehr, dass Merten dadurch nicht verschreckt wurde.

Nachdem ich einen Kontrollblick in Leonies Zimmer geworfen hatte, wo es tatsächlich schon viel ordentlicher aussah, fischte ich die Post aus dem Briefkasten. Die Möbelfirma, bei der ich einen Schreibtisch und Regale für mein Büro bestellt hatte, teilte mir mit, dass sie kommende Woche liefern würde. Ich drückte die Karte an mich. Ich freute mich auf die neuen Möbel und darauf, dass das Büro endlich ein Büro wurde.

Als ich ins Haus zurückkehren wollte, brummte hinter mir etwas. Ich wandte mich um und erkannte den Wagen sofort.

»Leonie, Oma und Opa sind da!«, rief ich durch das Fenster des Kinderzimmers.

»Jaaaa!«, ertönte es aus dem Innern, und wenig später kam meine Tochter durch die Tür gestürmt. Mein Vater lenkte seinen Golf gekonnt durch das Tor und stellte dann den Motor ab. Leonie rannte auf den Wagen zu, noch bevor sich eine Tür öffnete. Ich folgte ihr lächelnd. Es war schön, meine Eltern wiederzusehen.

»Was für ein Verkehr!«, brummte mein Vater, als er die Tür öffnete und ausstieg. Sofort war Leonie bei ihm, und ihm blieb nichts anderes übrig, als den kleinen Wirbelwind auf den Arm zu heben und sich von ihm abküssen zu lassen.

»Hallo, Mutti«, sagte ich und schloss meine Mutter in die Arme. Sie sah gesund und erholt aus, trug ihr graumeliertes Haar zu einem Knoten gebunden und steckte in einem weiten blauen Kleid mit weißen Blumen. Sie roch nach Vanilleplätzchen, einerseits, weil sie wohl heute schon in aller Frühe gebacken hatte, andererseits, weil sie Parfüm mit Vanillenote liebte. Zu DDR-Zeiten war es schwierig gewesen, ein Parfüm zu finden, das sie mochte, mittlerweile fiel es schwer, unter den vielen Angeboten jenes auszuwählen, das ihr besonders gut gefiel.

»Hallo, mein Schatz«, entgegnete sie und drückte mir einen Kuss auf die Wange. Dann befühlte sie meine Rippen – oder besser gesagt, kitzelte mich. Ich wich kichernd zurück.

»Du bist dünner geworden«, sagte sie vorwurfsvoll. »Du darfst nicht wieder vergessen zu essen.«

»Keine Sorge, ich esse. Wir essen.« Ich deutete auf Leonie, die gar nicht mehr von ihrem Opa ablassen wollte. »Leonie kann dir das bestätigen. Hin und wieder gibt es sogar Kuchen.«

Meine Mutter wirkte nicht überzeugt. Warum glaubten nur alle Eltern, ihre Kinder würden vom Fleisch fallen, wenn es nicht die gute Hausmannskost gab?

»Ich weiß, wie das ist, wenn man allein ist. Dann glaubt man, dass es sich nicht lohnt, zu essen. Aber das ist ein Irrtum.«

»Ich weiß«, entgegnete ich gehorsam. »Und es ist ja auch nicht so, dass ich magersüchtig bin.« Es war nur so, dass ich, wenn ich mich an einem Auftrag festgebissen hatte, gelegentlich die Zeit vergaß – und damit auch meinen Magen. Und als ich mitten in der Scheidung gewesen war, hatte ich manchmal keinen Hunger gehabt, weil ich das Gefühl hatte, ich wäre voller Steine.

»Ich verspreche, ich werde heute alles essen, was du mir vorsetzt. Aus eurem Wagen duftet es ja schon mal herrlich.« Auf der Rückbank sah ich einige Tupperdosen und ein mysteriöses Etwas, das in ein großes Geschirrtuch gewickelt war. Ein Kuchenblech wahrscheinlich.

»Dann sollten wir noch einen Magenbitter für dich besorgen, deine Mutter hat wieder gekocht, als bekämen wir eine Armee zu Besuch«, setzte mein Vater hinzu, überreichte Leonie ihrer Großmutter und gab mir einen Kuss auf die Wange.

»Na, vor dem Mitinvestor des Schiffes willst du dich doch wohl nicht blamieren, oder?«

»Herr Merten ist nur ein Mann und nicht zehn!«, hielt mein Vater dagegen. Er wusste, dass man sich vor Männern kaum blamierte, wenn zu wenig Essen da war. »Aber bevor wir uns über den Appetit unseres Gastes streiten, zeig uns doch mal dein Haus und den Garten. Die Fahrt hierher war ja schon recht abenteuerlich.«

»Okay, bringen wir doch erst mal alles rein, und dann gibt's den großen Rundgang.«

»Schön hast du es hier«, sagte mein Vater, während er sich auf der Küchenbank niederließ. Innerhalb der vergangenen halben Stunde hatte er alles gesehen, die Räume, das Haus von außen, den Garten und die gefährliche Treppe. Leonie hatte ihm sofort mitgeteilt, dass er sich dort vorsehen müsse, damit er nicht hinunterfiel. Ich war stolz auf mein Mädchen. »Schade, dass du dieses Haus nicht kaufen kannst. Es wäre was fürs Leben.«

»Wer weiß, wohin ihr Leben sie noch führt«, entgegnete meine Mutter. »Irgendwann wird sie bestimmt wieder heiraten, und der Mann hat dann vielleicht ein schönes Haus.«

»Mama«, protestierte ich schwach. »Ich hätte das Haus nicht kaufen können. Ein halbes Schiff ja, aber kein Haus. Die Preise an der See sind vergleichbar mit Hamburg, und die Schnäppchen haben alle einen Haken.«

»So, wie du das sagst, hältst du es für ausgeschlossen, jemals wieder einen Mann kennenzulernen.«

»Ich schließe nichts aus«, entgegnete ich. »Aber erst einmal müssen wir uns hier einleben, Leonie und ich. Und dann kommt alles Weitere.«

Das Donnern der Indian, die auf den Hof rollte, rettete mich.

»Ist er das?«, fragte meine Mutter, eilte zum Küchenfenster und machte einen langen Hals.

»Ich glaube schon«, entgegnete ich und spürte, wie sich mein Pulsschlag beschleunigte. Gleich würde sie ihn sehen. Und er würde uns sehen, meine Familie und mich. Was würde er zu dem Kuchen sagen? Den vielen Tupperdosen? War er ein Typ, der darauf stand?

Und warum machte ich mir darüber bloß Gedanken?

Merten stellte seine Indian neben dem Auto meines Vaters ab, und nachdem er seinen Helm an das Lenkrad gehängt hatte, kam er zur Tür.

Meine Mutter war dermaßen gespannt, dass ich glaubte, sie würde gleich losrennen, um aufzumachen. Der Blick meines Vaters, begleitet von einem leichten Kopfschütteln, hielt sie davon ab.

Als es klingelte, ging ich zur Tür.

»Ich muss Sie warnen«, sagte ich, als ich öffnete. »Meine Mutter glaubt, Sie sind mein potentieller neuer Ehemann. Dementsprechend werden Sie ausgefragt und gemästet werden.«

»Was?« Merten wurde zunächst bleich, dann rot.

»Keine Sorge«, sagte ich. »Das war nur ein Scherz. Aber das mit dem Ausfragen und Mästen stimmt.«

»Na, dann bin ich ja beruhigt.«

Ich führte ihn ins Wohnzimmer und stellte ihn vor. Sein

Anblick ließ die Augen meiner Mutter aufleuchten. Wahrscheinlich malte sie sich schon aus, wie unsere Kinder aussehen würden.

»Onkel Christian!«, rief Leonie und stürmte auf ihn zu, fast genauso enthusiastisch wie bei meinem Vater.

Ich sah, dass meine Mutter die Augenbrauen hob und ein Lächeln auf ihr Gesicht trat, als sie sah, dass Merten Leonie die Locken zerstrubbelte und ihr dann versprach, eine neue Nixengeschichte zu erzählen.

»Das sind meine Eltern«, stellte ich sie vor. »Elfie und Martin Hansen. – Und das ist Christian Merten, der andere Teilhaber der ›Sturmrose‹.«

»Freut mich, Sie kennenzulernen«, sagte Merten und reichte ihnen die Hand. »Ich habe schon viel von Ihnen gehört.«

Das war doch ein wenig übertrieben, aber meine Eltern waren geschmeichelt.

»Die Freude ist ganz unsererseits«, versicherte meine Mutter, und mein Vater setzte hinzu: »Es ist schön, mal jemandem zu begegnen, der unsere Leidenschaft für Schiffe teilt. Davon gibt es nicht mehr viele.«

Auch das war übertrieben, schmeichelte aber wiederum Christian. Ich spürte sofort, dass mein Vater und er sich mögen würden.

»Ich hoffe, Sie haben Hunger«, riss meine Mutter unseren Gast wieder an sich. »Ich habe ein paar Sachen mitgebracht. Mögen Sie Kartoffelsalat?«

Merten grinste. »Für mein Leben gern.«

Während wir den Kartoffelsalat meiner Mutter niedermachten, versuchte sie, so viel wie möglich aus Merten herauszubekommen, aber er redete sich sehr gut heraus, ohne auch nur einen Funken unsympathisch zu wirken. Mein Vater dagegen überschüttete ihn geradezu mit Informationen aus seinem Leben und zu seiner Arbeit. Und mit Lob für seine Maschine. Jetzt wurde mir klar, von wem ich mir meine Mitteilsamkeit abgeguckt hatte.

Zwischendurch, als wir aufgegessen hatten, präsentierte Leonie ihre neuesten Bilder und erntete viel Lob, bevor sie mit meinen Eltern in ihrem Zimmer verschwand, um ihnen ihre Poster zu zeigen.

Obwohl er sich wirklich prima geschlagen hatte, wirkte Merten jetzt doch ein wenig erleichtert.

»Anstrengend, nicht wahr?«, fragte ich, während ich begann, die Teller abzuräumen. »Entschuldigen Sie bitte, meine Eltern sind immer so, wenn sie einen neuen Menschen kennenlernen.«

»Ihre Eltern sind sehr nette Leute. Sie haben viel von ihnen geerbt.«

»Nun ja, wohl eher abgeschaut«, entgegnete ich, vielleicht ein bisschen unüberlegt. »Eigentlich sind sie …« Mist, jetzt wurde mir klar, dass ich wieder zu viel gesagt hatte. »Sie haben mich adoptiert.«

Mertens Augenbrauen schnellten erstaunt nach oben.

»Adoptiert? Also, ich hätte schwören können, dass Sie nach Ihrem Vater kommen.«

Dann war ihm das also auch aufgefallen.

»Viele Leute denken das. Und darüber bin ich auch froh.«

Ich hätte ihm erzählen können, dass ich meinen leiblichen Vater nie gekannt hatte und dass ich mich auch kaum noch an meine Mutter erinnerte, aber diesmal konnte ich mich zusammenreißen.

Einen Moment lang schwiegen wir, dann wirbelte ein Luftzug plötzlich die Karte des Möbelhauses auf, die ich nach der kleinen Hausführung auf das Fensterbrett gelegt hatte.

Bevor ich reagieren konnte, hatte er sie bereits aufgefangen und drehte sie herum.

»Sie bekommen Möbel?«, fragte Merten, worauf ich ein wenig verlegen die Karte an mich nahm.

»Ja, fürs Büro, oben.«

»Brauchen Sie Hilfe beim Aufbauen?«

Ich dachte an das letzte Mal, als ich versucht hatte, einen Schreibtisch zusammenzuschrauben. Der Bausatz war die Hölle gewesen, Schrauben hatten gefehlt und Bohrlöcher nicht richtig übereinandergepasst.

Es war mir zwar gelungen, ein Möbelstück daraus zu machen, aber danach hatte ich mich gefühlt, als wäre ich von einer Dampfwalze überrollt worden. Etwas Hilfe wäre nicht schlecht, aber da hatte ich sofort meine Mutter vor Augen, wie sie jubeln würde, wenn ich ihr erzählte, dass er mir geholfen hatte.

»Wollen Sie mir Hilfe anbieten?«, fragte ich überrascht.

»Nun, wenn ich darf?«

»Sie dürfen«, entgegnete ich, und wieder war dieses freudige Wärmegefühl da, das mich schon überkommen hatte, als er uns zum ersten Mal besucht hatte. »Wenn es Ihnen keine Umstände macht.«

»Keine Sorge, ich arbeite zwischendurch sehr gern mit der Hand. Genau genommen, liegt mir das im Blut, mein Vater hat auf dem Bau gearbeitet.«

Diese Bemerkung ging mir durch Mark und Bein. Ich hatte wieder den Mann auf dem Foto vor Augen, der diese unheimliche Ähnlichkeit mit Merten hatte. Vielleicht war alles nur ein Zufall, aber möglicherweise … Wenn Merten aus dieser Gegend stammte, warum sollte sein Vater nicht am Bau oder Umbau hiesiger Gebäude beteiligt gewesen sein?

Ich biss mir auf die Lippen, und plötzlich kam mir eine Idee.

»Warten Sie einen Moment«, sagte ich.

»Wieso? Wollen Sie gleich den Werkzeugkasten holen?«

»Nein, etwas anderes.« Ich huschte ins Wohnzimmer. Meine Eltern hatten noch mit Leonie zu tun, wir hatten also ein paar Augenblicke.

Aus dem Stapel meiner Materialien für das »Meerblick«-Hotel zog ich den Umschlag mit den Fotos hervor und nahm ihn mit.

»Hier, schauen Sie«, sagte ich zu Merten, der mich verwundert ansah. »Wenn Ihr Vater auf dem Bau gearbeitet hat, dann sollten Sie sich das hier mal anschauen.«

Ich kramte das Foto unter den Abbildungen des Hauses und des Personals hervor. Erst jetzt fiel mir auf, dass es nicht in die Sammlung passte. Wahrscheinlich hatte sich Hartmann gefragt, was ich damit wollte.

»Hier, das habe ich gefunden, als ich Bilder des Hotels gesichtet habe, für das ich momentan eine Werbekampagne erstelle. Unter den Fotos war eines, auf dem mir ein Mann aufgefallen ist, der Ihnen wie aus dem Gesicht geschnitten ist.«

Freudig reichte ich ihm meinen Fund. »Könnte es sein, dass Sie diesen Mann hier kennen?«

Merten betrachtete das Bild und erstarrte. Ich konnte seine Miene nicht deuten. War es sein Vater oder nicht?

»Das … das ist mein Vater.« Die Worte kamen ihm unendlich langsam über die Lippen. Dann wandte er sich ab, allerdings nicht schnell genug. Ich sah deutlich, wie Tränen aus seinen Augenwinkeln liefen.

»Bitte entschuldigen Sie, ich …« Mir blieben die Worte im Hals stecken. Offenbar hatte ich genau das Falsche getan. Was wusste ich schon über Merten?

Er zog die Nase hoch und fing sich wieder. »Sie haben keine Schuld«, sagte er mit belegter Stimme. »Es ist nur so, ich habe so lange schon kein Bild mehr von ihm gesehen. Er ist schon lange tot. Das Leben … das Leben hat ihn fertiggemacht.«

Betreten zog ich das Foto wieder zurück und schob es in den Umschlag. Ich hätte es ihm nicht zeigen sollen. Aber woher hätte ich denn wissen sollen, dass es ihn dermaßen mitnnahm?

»Das tut mir sehr leid.« Mir lagen lauter Fragen auf der Zunge, aber ich stellte sie nicht. Wenn Merten etwas erzählen wollte, würde er es tun.

»Oh, hier seid ihr!«, sagte meine Mutter und schaute drein, als hätte sie uns beim Knutschen erwischt. Aber dann erkannte sie, dass wir beide nicht mehr allerbester Laune waren.

»Ich … ich habe Herrn Merten nur etwas gezeigt«, fühlte ich mich bemüßigt, zu erklären, hob dann den Umschlag hoch und schlängelte mich an meinen Eltern vorbei ins Wohnzimmer.

Mit klopfendem Herzen und zutiefst beunruhigt schob ich den Umschlag unter die anderen Unterlagen und gönnte mir einen Moment, bevor ich wieder zurückkehrte.

Das war nun schon die zweite merkwürdige Reaktion von ihm. Einmal auf den Brief, was ich nicht verstehen konnte, und nun auf das Foto, was ich durchaus verstand, denn nichts war schlimmer, als einen geliebten Menschen zu verlieren. Die Zeit linderte den Schmerz, konnte ihn aber nicht endgültig tilgen. Ich erinnerte mich daran, dass er erzählt hatte, seine Mutter früh verloren zu haben. Und dann war der Vater gestorben, kaum, dass er erwachsen geworden war.

Wenn man noch sehr jung war, glaubte man, keinen Rat mehr zu benötigen. Aber man brauchte ihn oft. Immer wieder gab es eine Situation, in der man vielleicht auf die Hilfe und Erfahrung eines Älteren angewiesen war. Wenn man keine Eltern mehr hatte, konnte man niemanden fragen.

Ich erinnerte mich an meine Hilflosigkeit in dem Moment, als ich feststellte, dass meine Mutter weg war. Doch glücklicherweise waren andere vertrauenswürdige Menschen an ihre Stelle getreten. Menschen, die ich immer noch hatte und die gerade ein Gespräch mit meinem Gast anfingen, das ihn wahrscheinlich für einen Moment vergessen ließ, was geschehen war.

»Mama, wo bleibst du denn?«, rief Leonie durch die Gänge meines Gedankengebäudes.

Erst jetzt bemerkte ich, dass ich die ganze Zeit auf das Fenster zum Hof gestarrt hatte, zu den hohen Bäumen, die unser Haus wie Wächter umstanden.

»Opa will zum Schiff fahren!«, setzte sie hinzu.

»Ich komme sofort!«, entgegnete ich und löste mich vom Fenster.

Der Hafen war an diesem Nachmittag sehr gut besucht. Man bekam kaum einen Parkplatz auf dem Gelände. Erst sehr weit hinten konnten wir den Volvo und die Indian abstellen.

Merten hatte selbst fahren wollen, was ich gut verstanden hatte. Nach dem unerwarteten Wiedersehen mit seinem Vater wollte er allein sein und nachdenken. Nichts half besser dabei, als allein eine Straße entlangzufahren, das wusste ich von mir selbst.

In Sassnitz schien er wieder ganz der Alte zu sein. Er verschleierte seine Gefühle dermaßen gut, dass ich nicht mal die kleinste Spur von Zorn oder Trauer auf seinem Gesicht entdecken konnte.

»Komm schon!« Leonie zerrte mich ungeduldig am Ärmel. Die anderen waren schon ein Stück weit voraus. Offenbar hatten meine Mutter und mein Vater Merten bereits ins Herz geschlossen. Jedenfalls bemutterten sie ihn wie einen verlorenen Sohn.

Wir schlängelten uns durch die Touristengrüppchen, die den Ausflugsschiffen entgegenstrebten, und ernteten neugierige Blicke von den Umstehenden, als wir die Landebrücke auslegten und einfach auf den Kutter marschierten. Dabei fiel mir wieder der übereifrige Seemann von der »Nansen« ein, und ich grinste.

»Ein schönes Schiff habt ihr da!«, sagte mein Vater mit leuchtenden Augen. Er schien die Roststellen, die abgeblätterte Farbe, die Muscheln am Rumpf und die Schäden an den Aufbauten gar nicht bemerkt zu haben. »Kaum zu glauben, dass es nach so langer Zeit noch so gut erhalten ist. Ich habe jüngere Kutter in der Verschrottung gesehen und mir gedacht, was für ein Jammer. Aber der hier übersteht noch locker hundert Jahre, wenn er gut gewartet wird.«

Ich versuchte, mir vorzustellen, was in hundert Jahren sein würde. Würden dann Leonies Enkel mit diesem Schiff fahren? Oder würden es schon ihre Kinder verkauft haben, nachdem ich gestorben war und sie es nicht halten konnte?

Ich fand keine Antwort darauf und wusste nur zu gut, dass ich von meinen Enkeln, wenn ich sie denn je hätte, nicht erwarten konnte, dass sie meinen Traum teilten. Aber ich wünschte mir, dass sie es tun würden.

»Warte erst mal ab, bis du das Innere und vor allem die Maschine gesehen hast«, entgegnete ich, denn ich wusste, dass mein Vater besonders kritisch war, was Schiffsmotoren anging.

Die beiden Männer verschwanden in den Maschinenraum. Vorsichtshalber hatte ich ein paar Lappen bereitgelegt, denn ich war sicher, dass mein Vater ölverschmiert wieder nach oben kommen würde.

Meine Mutter und ich gingen mit Leonie derweil in den Passagierraum.

Ich fühlte mich ein wenig unsicher. Seit ihrer seltsamen Reaktion auf den Brief hatte ich ihn nicht wieder angesprochen. Doch mein Blick fiel sofort auf die Abdeckung, die ich nicht mehr befestigt bekommen hatte.

Den Brief hatte ich in einer Klarsichthülle verwahrt und eine Kopie für Merten gezogen. Eigentlich hätte ich sie ihm schon am Vormittag geben sollen, aber etwas hatte mich davon abgehalten. Und danach hatte ich den Fehler mit dem Foto begangen. Stattdessen hätte ich ihm lieber dieses wertvolle Zeitdokument zeigen sollen.

»Das Boot erinnert mich irgendwie an die Sechziger«, sagte meine Mutter, die sich unerschrocken auf einer der fleckigen Bänke niedergelassen hatte. Kein Reiniger der Welt würde diese Flecken wieder herausbekommen. Eine neue Polsterung musste her! Das war auch so ein Posten, um den ich mich kümmern musste.

»Komisch, dass sich manche Dinge gar nicht so sehr voneinander unterscheiden.«

»Du meinst zwischen West und Ost?«

Meine Mutter nickte. »Irgendwann wird alles alt und sieht dann nicht besser aus als das, womit wir jahrelang ausgekommen sind.«

Das stimmte. Irgendwann wurde alles schäbig, das Problem in der DDR war nur, dass einige schäbige Dinge nicht ausgetauscht worden waren.

»Du hast hier also diesen Brief gefunden?«, fragte meine Mutter unvermittelt, während sie den Arm um Leonie legte, die sich müde an sie kuschelte. Eigentlich wäre es Zeit für den Mittagsschlaf gewesen.

Diese Frage überraschte mich. Ich hätte nicht erwartet, dass sie mich darauf ansprechen würde.

Ich deutete auf die fehlende Abdeckplatte. »Dort. Er steckte dahinter.«

»Und was stand drin?«

»Dass die Schreiberin dabei ist, es sich mit der Flucht noch einmal zu überlegen. Ich kenne natürlich nicht die Hintergründe, aber sie entschuldigt sich bei einem Mann dafür, dass sie die Flucht nicht durchziehen kann.«

Meine Mutter blickte durch die Fenster auf die benachbarten Schiffe. »Sie muss es dann doch getan haben, wenn sie den Brief hiergelassen hat.«

»Meinst du?« Jetzt tat es mir ein bisschen leid, dass ich ihn nicht dabeihatte. Meine Mutter hatte ein Talent dafür, zwischen den Zeilen zu lesen. »Es könnte doch auch sein, dass sie ihn dem Kapitän gegeben hat. Nur hat der ihn, um den Empfänger nicht zu enttäuschen, nicht weitergeleitet. Oder der Mann hat ihn nicht abgeholt.«

»Aber warum sollte er dann in so einem Versteck landen?«

»Vielleicht hat die Platte gewackelt, und der Kapitän hat sie damit befestigt.«

Meine Mutter sah mich einen Moment lang schweigend an. Auf einmal kam mir ein Gedanke.

»Sag mal, Mama, wärst du irgendwann fortgegangen? Wenn die Mauer nicht gefallen wäre und alles schlimmer gekommen wäre? Wenn es nicht mehr auszuhalten gewesen wäre?«

Meine Mutter schüttelte den Kopf. »Nein, wahrscheinlich nicht. Es gehört viel Mut dazu, alles hinter sich zu lassen, was man liebt. Oder viel Gleichgültigkeit.«

Es dauerte einen Moment, bis ich begriff, was sie damit meinte.

Mein Mund wurde schlagartig trocken. Auch meine leibliche Mutter hatte mich zurückgelassen. Bei ihr war ich sicher, dass ich ihr gleichgültig gewesen war. Elfie Hansen hätte das wahrscheinlich nie getan.

Bevor eine von uns noch etwas sagen konnte, kamen die Männer herein.

»Und?«, fragte ich, und mir schwante nichts Gutes, als ich ihre betretenen Gesichter sah.

»Der Motor ist hinüber. Ich habe versucht, ihn anzulassen, aber das wird nichts. Wir werden das Schiff nach Hamburg schleppen müssen.«

Ich blickte zu Merten. Seine Miene wirkte finster und bestätigte mein ungutes Gefühl.

»Und, kriegen wir das hin?«, fragte ich, und tief in meinem Inneren begann ich schon, die Geldsummen zusammenzuzählen, die das verschlingen würde.

»Sicher«, entgegnete mein Vater, nachdem er einen verschwörerischen Blick mit Merten gewechselt hatte. »Ich werde Uwe fragen, ob er die ›Sturmrose‹ ins Schlepptau nehmen kann. Sein Kutter ist wesentlich größer.«

Uwe Norden war Fischer und besaß zwei riesige Schiffe und einen Schleppkahn. Kurz nachdem wir nach Hamburg gezogen waren, hatten er und mein Vater sich angefreundet. Zunächst waren sie sich spinnefeind gewesen, weil beide angefüllt waren mit Vorurteilen über die jeweils andere Seite des Eisernen Vorhangs. Doch dann hatten sie sich zusammengefunden, und jetzt waren sie beinahe wie Brüder.

Der Transport würde also nicht das Problem sein. Aber wir hatten noch ein weitaus größeres.

»Und wie viel kostet so ein neuer Motor?«, fragte ich.

Mein Vater kratzte sich am Kopf. »Tja, das ist die Sache. Wir brauchen einen, der in den Maschinenraum passt, und der ist, wenn ich ehrlich bin, ziemlich klein für so ein Schiff. Außerdem ist ein neuer Motor wahnsinnig teuer. Aber wenn wir Glück haben, bekommen wir etwas Gebrauchtes.«

»Und das alles für den günstigen Preis von …?«

Ich sah den beiden an, dass sie sich über die Summe schon unterhalten hatten, denn sie wirkten beide ziemlich betreten. »Zwischen zwanzig- und fünfzigtausend ist alles drin. Ihr solltet schon einen Überholten nehmen, wenn ihr nicht alle naselang irgendwelchen Ärger haben wollt.«

»Das zu allen anderen Kosten …«, murmelte ich, mehr zu mir selbst als zu den anderen. »Kann man mit dem bestehenden Motor nicht irgendwas machen?«

Mein Vater schüttelte den Kopf. »Ich fürchte nicht. An dem ist so viel kaputt, dass euch die Überholung das Doppelte kosten würde.«

Ich atmete tief durch. Das klang alles andere als toll. Und es schien auch Christians Finanzen zu übersteigen, so wie er dreinschaute.

»Und woher kriegen wir so einen Motor? Internet? Kleinanzeigen?« Da gab es doch diesen Online-Marktplatz, auf dem alles zu haben war. Aber auch Schiffsmotoren?

»Ihr solltet alles versuchen. Und auch ich werde mich ein wenig umhören. Vielleicht bekommt einer der Schrotthändler in nächster Zeit was rein. Wenn da noch ein guter Motor dabei ist, der passt, werden wir ihn einbauen.«

Und wenn nicht? Diese Frage stellte ich nicht laut, denn ich wollte mich nicht entmutigen lassen, bevor wir überhaupt gesucht hatten.

»Lass nicht den Kopf hängen, wir schaffen das schon, nicht wahr?« Er blickte zu Merten. Der versteckte seine Sorgen hinter einem Lächeln.

»Sicher doch. Aufgegeben wird nicht.«

»Nein, auf keinen Fall«, entgegnete ich kämpferisch und hoffte, dass niemand die Sorge auf meinem Gesicht sah.

Schließlich verabschiedete sich mein Geschäftspartner wieder und schlug sogar das Angebot aus, mit uns zu Abend zu essen.

Meine Mutter war traurig darüber und ich ehrlich gesagt auch, denn ich befürchtete, dass sein schneller Aufbruch etwas mit mir und dem Foto von seinem Vater zu tun hatte. Ich kehrte also mit meinen Eltern und Leonie zum Haus zurück, wo wir noch eine ganze Weile in der Küche saßen und uns unterhielten. Es wurde ein gemütlicher Abend, der mich an früher erinnerte.

Ich hatte eigentlich vorgehabt, ihnen den Brief zu zeigen, aber da ich wusste, dass auch mein Vater nichts für Republikflüchtlinge übriggehabt hatte, ließ ich es bleiben. Immerhin hatte ich es geschafft, Merten den Brief mitzugeben, damit er ihn sich ansehen konnte.

Als meine Eltern im Wohnzimmer verschwunden waren, dessen Sofa sich in ein Doppelbett verwandeln ließ, setzte ich mich vors Schlafzimmerfenster und schaute in die Nacht hinaus.

Ich hatte damit gerechnet, dass Kosten entstehen würden, große Kosten, aber einen Motor zu besorgen war schon gewaltig. Und Mertens Gesichtsausdruck bei der Nachricht verunsicherte mich. Er würde sicher nicht alle Kosten tragen können und ich … ich hatte nicht genug Geld.

Plötzlich summte das Handy neben mir. Das konnte nur einer sein, denn die Menschen, die sonst in Frage kämen, schliefen friedlich nebenan.

*Bitte entschuldigen Sie, dass ich so komisch war,* schrieb Merten. *Irgendwann werde ich Ihnen alles erzählen. Aber jetzt zählt erst einmal die »Sturmrose«, okay? Ich danke Ihnen für den Brief, er ist grandios.*

Ich betrachtete die Nachricht eine Weile, nickte dann mir selbst zu und tippte mit zitternden Fingern: *Okay.*

Kurz darauf schrieb er erneut: *Und mein Angebot, die Möbel aufzubauen, steht nach wie vor. Sagen Sie einfach Bescheid. Gute Nacht!*

# 17

Das Schiff wurde am folgenden Mittwoch bereits gegen sechs Uhr morgens abgeholt. Wie vereinbart war Merten zugegen. Als die »Sturmrose« ins Schlepptau genommen wurde, schickte er mir ein kleines Video mit der Bemerkung: *Es geht los!*

Es war ein toller Moment, als unser Schiff aus dem Hafen gezogen wurde. Wenn alles gutging, würde sie aus eigener Kraft zurückkehren.

Am späten Nachmittag, während ich auf meine Büromöbel wartete und mich dabei mit der Image-Broschüre des »Meerblick« herumschlug, rief mein Vater an.

»Hallo, Papa, was gibt's?«, fragte ich.

Hinter ihm brummte und piepte etwas, es klang wie ein Wagen der Müllabfuhr, aber da er jetzt auf der Werft war, handelte es sich wohl um das Warnsignal eines Krans.

»Wie geht's denn meiner Lütten?«, fragte er zurück, als wäre ich gerade mal zehn Jahre alt.

»Wie man's nimmt«, entgegnete ich. »Ist das Schiff schon angekommen?«

»Gerade eben. Wenn man dem Kapitän des Schleppers glaubt, hat sich die alte Dame gut benommen.«

»Kein Wunder, mit stehendem Motor war wohl kein Widerstand zu erwarten.«

»Da hast du recht. Ich wollte fragen, wann ihr euch das

Schiff ansehen wollt. Ich habe den Werkmeister überredet, es noch heute Abend ins Dock zu legen. Der Gutachter ist zufällig morgen hier, also kann er sich das Teil auch gleich mal anschauen. Danach können wir den Kostenvoranschlag machen.«

Kostenvoranschlag? Irgendwie klang das beunruhigend. Vor meinen Augen türmte sich plötzlich ein unüberschaubarer Haufen Nullen hinter einer Ziffer auf.

»Wie wäre es mit Freitag? Vielleicht gegen 15 Uhr?«, fragte ich nach einem Blick auf den Terminkalender. Am Freitag würde ich Leonie dann halt nicht in die Kita schicken, sondern früher losfahren und somit den Wochenend-Verkehr vermeiden. Und meine Mutter würde sich freuen, wenn wir bis Sonntag blieben.

»Freitag passt bestens«, entgegnete mein Vater. »Aber du weißt, dass ihr dann bei uns übernachten müsst.«

Ich lächelte breit. »Damit haben wir kein Problem. Leonie war ohnehin traurig, dass ihr schon wieder weggefahren seid.«

»Na, das freut mich zu hören. Ich werde deiner Mutter gleich Bescheid geben, damit sie das Gästezimmer flottmacht.«

»Tu das und grüß sie von mir!« Ich schmatzte einen Kuss in den Hörer und legte auf.

Kostenvoranschlag. Der Moment der Wahrheit war gekommen. Würden wir die »Sturmrose« reparieren können, oder würde mein, nein, unser schöner Traum zerplatzen wie eine Seifenblase? »Mami, da steht ein großes Auto auf dem Hof!«, verscheuchte Leonies Stimme meine Gedanken. Wenig später klingelte es.

Endlich!

»Wir haben ein paar Möbel für Sie, junge Frau!«, erklärte

einer der Möbelpacker. In ihren grauen T-Shirts und blauen Latzhosen sahen er und sein Kollege eher wie Klempner aus. »Wo sollen wir sie Ihnen hintragen?«

»Die Treppe rauf«, entgegnete ich und deutete hinter mich.

Die beiden sahen sich an, nickten, und wenig später erschien der Erste von ihnen mit einem riesigen Paket, das er erstaunlicherweise auf seinem schmalen Rücken trug.

»Stellen Sie es einfach ab, wie es passt, da oben ist eh noch nichts«, rief ich ihm hinterher. Kurz darauf folgte sein Kollege mit einer ebenfalls beachtlichen Ladung auf seinen Schultern. Ich sah ihm kurz nach und holte dann meine Geldbörse. Wenn die beiden weg waren, würde ich Merten anrufen.

»Am Freitag schon?«, fragte Merten ein wenig erstaunt. Wieder einmal war er unterwegs, aber diesmal hatte ich ihn auf Anhieb auf seinem Handy erwischt. Vielleicht hatte er ja bereits Pläne fürs Wochenende. Er sollte rechtzeitig wissen, dass ich diese gerade torpedierte.

»Ja, am Freitag. Wenn Sie da nicht schon etwas vorhaben.«

»Habe ich nicht«, entgegnete er leichthin.

»Wenn Sie wollen, könnten Sie mit uns fahren«, schlug ich deshalb vor, etwas voreilig, denn ich war nicht sicher, ob er das wollte.

»Danke, das ist nett von Ihnen, aber ich habe Freitagmorgen noch einen Termin.«

»Wir müssen erst um 15 Uhr dort sein«, entgegnete ich. »Wenn Ihnen das zu früh ist, kann ich ihn aber anrufen, und dann schieben wir es ein wenig nach hinten.«

»Nein, das ist nicht nötig, das schaffe ich locker. Also, bis Freitag?«

»Bis Freitag«, entgegnete ich und fühlte mich irgendwie ein wenig verlassen, nachdem ich aufgelegt hatte.

In der Nacht von Donnerstag auf Freitag war ich furchtbar aufgeregt. Ich versuchte, mich zum Schlafen zu zwingen, doch immer wieder tauchte der ominöse Kostenvoranschlag vor mir auf und bescherte mir Horrorvisionen von Zehntausenden Euros, die ich nicht besaß und die ich wohl auch nie auf meinem Konto haben würde.

Als der Wecker endlich auf 7.30 Uhr sprang und mir mit einem leisen Piepen das Ende der Nacht signalisierte, fühlte ich mich, als hätte ich ein Aufputschmittel genommen. Ich weckte meine Tochter, oder vielmehr brachte ich sie in einen Zustand, in dem ich sie anziehen und aus dem Zimmer tragen konnte.

Eigentlich hätten wir nicht so früh losfahren müssen, aber die Fahrt nach Hamburg gab mir die Möglichkeit für einen kurzen Abstecher nach Timmendorfer Strand. Diese Idee war mir gekommen, als der Kostenvoranschlag ein wenig von mir abgelassen hatte und mir der Brief wieder eingefallen war. Vielleicht fand ich dort eine erste Spur von Lea.

Ich verstaute Leonie in ihrem Kindersitz, packte die Tüte mit Proviant und unsere Reisetasche in den Kofferraum, dann ging es los. Binz war menschenleer. Auf meiner Tour in Richtung Autobahn kam ich an einem alten amerikanischen Schulbus vorbei, der gegenüber einem Hotel parkte und wahrscheinlich für Ausflüge über die Insel genutzt wurde.

Als ich die Autobahn erreichte, erinnerte ich mich an meinen letzten Aufenthalt in Timmendorfer Strand.

Seitdem waren mittlerweile mehr als fünf Jahre vergangen. Jan und ich hatten uns nach einigen Schwierigkeiten wieder zusammengerauft, und er hatte sich entschlossen, mal wieder ein bisschen Zeit mit mir zu verbringen.

Ohne es zu wissen, war ich da bereits mit Leonie schwanger gewesen. Wir hatten schon seit einiger Zeit vergeblich versucht, ein Kind zu bekommen. Nachdem mir allein schon beim Geruch eines Muschelgerichtes übel geworden war und sich diese Anfälle nach unserer Rückkehr auch ohne Muscheln gehäuft hatten, war mir klargeworden, dass der Versöhnungssex mehr hinterlassen hatte als einen kurzzeitig etwas aufmerksameren Ehemann.

Jan war überglücklich gewesen, als ich ihm gesagt hatte, dass ich ein Kind erwartete. Endlich waren wir eine richtige Familie, und ich bildete mir ein, dass es nur wegen der Kinderlosigkeit so schlecht zwischen uns gelaufen war.

Doch ich irrte mich.

Nach Leonies Geburt verschlechterte sich unser Verhältnis wieder rapide. Ich musste einsehen, dass ein Kind keineswegs dazu geeignet war, eine marode Beziehung zu kitten. Leonie war in der ersten Zeit sehr unruhig und weinte oft. Da Jan morgens früh in seine Firma ging, war ich diejenige, die nachts aufstand und ihr das Fläschchen gab und sie beruhigte. Es dauerte nicht lange, bis sich Jan vernachlässigt fühlte und mir gegenüber gleichgültig wurde. Er stürzte sich in seine Arbeit, fing etwas mit einer neuen Mitarbeiterin an und ließ sich von ihr die Aufmerksamkeit geben, die ich ihm, total erschöpft vom Tag, nicht geben konnte.

Das machte mich zunächst traurig, doch ich hatte nun Leonie. Sie wurde mein Anker, wenn mich das Meer der Lieblosigkeit zu ertränken versuchte. Ich begann meinerseits, Jan zu ignorieren, und das ging eine Weile gut – bis er mir eröffnete, dass er mit mir nicht mehr zusammenleben könne. Das war vor gut zwei Jahren gewesen.

Aber die Erinnerung an die Zeit in Timmendorfer Strand war schön. Damals hätte ich es mir nie träumen lassen, hierher zurückzukehren, um nach der Geschichte eines Schiffes zu forschen, das immerhin zur Hälfte mir gehörte.

Der Morgen erhob sich strahlend über der Ostsee, als ich meinen Volvo schließlich von der Autobahn herunterlenkte. Nach einer kurzen Tour über Land tauchte das Ortsschild vor uns auf. Leonie erwachte gerade in ihrem Kindersitz. Wenn sie den Strand sah, glaubte sie vielleicht, dass wir noch nicht mal losgefahren waren.

Die Strandpromenade interessierte mich diesmal weniger, ich fuhr in den Ortsteil Niendorf, wo es früher einmal einen Hafen und eine kleine Werft gegeben hatte. Wenn mich die Unterlagen nicht täuschten, musste die »Sturmrose« nach dem Krieg hier umgebaut worden sein. Vielleicht gab es jemanden, der dabei mitgemacht hatte – und Kapitän Palatin gekannt hatte. Der mir bestätigen konnte, dass das Schiff Flüchtlinge aus der DDR transportiert hatte. Vielleicht lebte Palatin selbst ja sogar noch?

Der Fall der Mauer und die Wiedervereinigung lagen mittlerweile fünfundzwanzig Jahre zurück. Wenn der Kapitän in den siebziger und achtziger Jahren aktiv war und in den Neunzigern in Rente gegangen war, war das durchaus möglich.

Da ich weder von »Lea« noch von »Bob« einen Nachnamen hatte, war Palatin meine größte Hoffnung, etwas herauszufinden. Er selbst hatte nicht im Telefonbuch gestanden, aber das musste nichts heißen. Womöglich war er weggezogen oder hatte seine Nummer nicht eintragen lassen.

Hier in Niendorf würde man vielleicht etwas über den Kapitän und das Schiff wissen. Möglicherweise war die »Sturmrose« auf der Evers-Werft umgebaut worden, die heute zwar eine Marina war, aber sicher noch über einige Unterlagen verfügte. Und wenn das nicht der Fall war, würde es vielleicht tatsächlich Menschen geben, die mir das eine oder andere sagen konnten.

Träge schaukelten die Segelboote an den Anlegestellen des Hafens. Ein paar Leute machten ihre Boote gerade seefertig, streiften sich Windbreaker über und verluden Kisten.

Ich versuchte, mir die »Sturmrose« hier vorzustellen. Im Gegensatz zu den Booten und Yachten war sie riesig, wie ein Elefant inmitten einer Gazellenherde. Aber damals waren es ja auch noch andere Zeiten gewesen.

Ich ließ Leonie mit ihren Malstiften und heruntergekurbelter Scheibe im Auto und strebte dann den Booten zu. Nachdem ich eine Weile im Hafen herumgeirrt war, traf ich endlich einen Mann, der aussah, als würde er hier arbeiten. Er stand mit einem Wassereimer vor einer Anzeigetafel und wollte diese offenbar gerade putzen.

»Entschuldigen Sie bitte?«, fragte ich und erntete einen genervten Blick. »Ich möchte Sie gar nicht lange von der Arbeit abhalten, sondern nur fragen, ob Sie einen Kapitän Palatin kennen. Und ob hier noch jemand von der Evers-Werft arbeitet.«

Der Mann schaute mich an, als hätte ich nach einer Abkürzung zum Mars gefragt.

»Sind Sie von der Zeitung?«

Machte das einen Unterschied?

»Nein, ich habe ein Schiff gekauft, das früher mal in Timmendorfer Strand gelegen hat.«

Die Augenbrauen des Mannes hoben sich. Offenbar glaubte er, ich gehörte zu jenen, die hier ihre Yachten liegen hatten. Diesen Eindruck wollte ich sofort zerstreuen.

»Es ist ein alter Fischkutter. Die ›Sturmrose‹.«

Der Mann vor mir war durchaus in einem Alter, dass er das Schiff vielleicht noch gekannt haben könnte.

»Den hat doch jemand aus dem Osten gekauft«, sagte er. »Ist schon eine Weile her, paar Jahre nach der Wende.«

»Ja, und nun gehört das Schiff mir«, erklärte ich und überhörte, dass bei ihm »aus dem Osten« immer noch ein wenig abschätzig klang. »Es hat eine ziemlich bewegte Geschichte, und nun bin ich auf der Suche nach Menschen, die vielleicht etwas darüber wissen könnten.«

»Von den früheren Werftleuten sind alle weg«, entgegnete er. »Und Georg Palatin wohnt schon seit einer Weile nicht mehr hier.«

»Und wohin ist er verzogen?«, fragte ich weiter. Ich wusste genau, wem die Leute nicht trauten, von dem ließen sie sich die Informationen aus der Nase ziehen.

»Nach Timmendorfer Strand«, antwortete der Mann. Bevor ich an seinem Verstand zweifeln konnte, wurde mir klar, dass wir uns hier in Niendorf befanden, das zwar ein Ortsteil von Timmendorfer Strand war, aber wohl eine eigene Identität bewahrt hatte. Jedenfalls in den Köpfen und Herzen einiger Bewohner.

»Haben Sie vielleicht eine genaue Adresse?«, fragte ich und rechnete damit, dass er mich jetzt zu einem der Gebäude schicken würde. Er musterte mich eine Weile, dann nannte er mir die Anschrift.

»Oh, haben Sie vielen Dank!«, entgegnete ich überrascht.

»Keine Ahnung, ob er da ist, aber er weiß wohl noch am meisten über den Kahn.«

Damit wandte er sich seiner Arbeit zu. Ich ließ den Blick noch einmal über die Segelboote und Motoryachten schweifen, dann kehrte ich zum Wagen zurück.

Georg Palatin wohnte am Rand von Timmendorfer Strand, in einer hübschen Ecke, die auch gut als Postkartenmotiv getaugt hätte. Ich beschloss, Leonie für ein paar Minuten im Wagen zu lassen und sie dann zu holen, sollte Palatin da sein.

Mit klopfendem Herzen näherte ich mich dem Häuschen. Unfassbar, darin wohnte der Kapitän, der offenbar einer Frau zur Flucht in den Westen hatte verhelfen wollen – oder es sogar getan hatte. Die Antwort kannte ich nicht genau, aber dass der Brief hinter der Verkleidung des Passagierraumes gesteckt hatte, war vielleicht ein Beweis dafür, dass sie es doch durchgezogen hatte.

Ich schaute auf die Blumenbeete, auf das Gras, das mal wieder gemäht werden musste. Ich betrachtete den Kranz aus getrockneten Kornähren und künstlichen Mohnblumen, der an der Tür hing. Ein ganz normales Zuhause, in dem möglicherweise ein Held wohnte. Ein Held, der es vorgezogen hatte, im Schatten zu bleiben.

»Hallo?«, krächzte da eine Frauenstimme. Ich hielt inne. Da außer mir sonst niemand hier war, drehte ich mich um. Am benachbarten Gartenzaun stand eine Frau in Kittelschürze, mit Gummihandschuhen und einem Bund Möhren, die sie wohl gerade aus der Erde geholt hatte.

»Da ist keiner«, informierte sie mich und setzte hinzu: »Sind Sie von der GEZ?«

Ich zog fragend die Augenbrauen hoch. Hatte Kapitän Palatin Ärger mit den Fernsehgebühren?

»Nein, ich wollte ihn nur mal besuchen«, antwortete ich. »Ich habe sein altes Schiff gekauft, die ›Sturmrose‹.«

Die Frau sah mich ausdruckslos an. Sie wusste offenbar nicht, worum es ging. War Palatin erst nach seiner aktiven Zeit auf See hierhergezogen? Möglich war es, wenn ich an die Worte des Mannes auf der Marina dachte.

»Wann kommt Herr Palatin denn wieder?«, fragte ich und spürte das Misstrauen der Nachbarin. »Ich schwöre Ihnen, ich bin wirklich nicht von der GEZ«, versicherte ich ihr. »Und ich will auch nichts verkaufen, keine Abos oder so. Ich möchte einfach nur mit Herrn Palatin über das Schiff sprechen.«

Keine Reaktion. War sie vielleicht schwerhörig?

»Ein schönes Schiff«, setzte ich hinzu.

»Die Palatins sind in Urlaub«, antwortete mir eine jüngere Frau, die hinzukam. Offenbar war es die Tochter der älteren Dame mit den Möhren. »Sie sind gestern erst gefahren, da haben Sie wirklich Pech.«

Das hatte ich tatsächlich. Ich hatte so gehofft, dass der Kapitän mir sagen könnte, wer die Briefschreiberin war. Natürlich bestand die Möglichkeit, dass er es gar nicht wusste. Vielleicht hatte er nur eine namenlose Gruppe von Flüchtlingen aufgenommen und sie abgeliefert – nicht, weil er sich nicht für ihre Namen interessierte, sondern um sich vor neugierigen Fragen der Stasi zu schützen.

»Ich wollte Herrn Palatin nur mal wegen seines Schiffes sprechen«, wiederholte ich gegenüber der jüngeren Frau. »Ich habe es gekauft und würde gern etwas über dessen Vergangenheit wissen.«

Wenn das Ehepaar aus dem Urlaub kam, sollte es auf keinen Fall glauben, dass Leute von der GEZ da gewesen waren.

»Oh, da wird er Ihnen einiges erzählen können«, antwortete die Frau. »Er ist wohl gut sechzig Jahre zur See gefahren. Wenn wir zusammensitzen, hat er immer irgendwelche Geschichten auf Lager.«

Das war gut. Das war sehr gut. Selbst wenn ich diese Lea nicht fand, würde ich vielleicht etwas über das Schiff erfahren. Und darüber, wie sich ein Kapitän dafür entscheiden konnte, Flüchtlinge aus der DDR zu holen.

»Haben Sie zufällig eine Telefonnummer, unter der ich ihn erreichen kann?«, fragte ich, ohne wirklich zu glauben, dass sie sie mir geben würde. Immerhin war ich eine Fremde, und wie ich aus eigener Erfahrung wusste, reagierte man im Norden nicht immer vertrauensvoll auf solche Anfragen. »Oder darf ich Ihnen meine Nummer hinterlassen?« Ich zückte meine Visitenkarte. Diese hatte ich vor ein paar Tagen schnell auf dem Computer ausgedruckt.

Die Frau nickte und nahm die Karte an sich. »Sie haben also ein Schiff gekauft, ja?«

Ich nickte. Wahrscheinlich würde das das nächste große Gesprächsthema der gesamten Straße sein.

»Dann allzeit gute Fahrt!«, wünschte die Nachbarin und winkte.

Ich bedankte mich und winkte zurück.

Als ich wiederkam, hatte Leonie viele Schiffe gemalt, einen ganzen Hafen. Entfernt hatte er Ähnlichkeit mit dem in Niendorf.

»Hast du den Kapitän getroffen?«, fragte sie.

»Nein, er ist im Urlaub«, antwortete ich und schwang mich wieder hinters Lenkrad.

»Bestimmt fährt er mit einem Schiff umher«, sagte Leonie und begann dann, eine dicke grüngelbe Sonne an den Himmel zu zeichnen.

# 18

Werften hatten mich immer schon fasziniert – die riesigen Kräne, die weitläufigen Docks, große und kleine Schiffsrümpfe, die auf Kiel lagen. Als Kind, nachdem ich in die Adoptivfamilie aufgenommen worden war, hatte ich die Volkswerft oft besucht, in Ferienzeiten wurde ich manchmal hingeschickt, um meinem Vater das vergessene Frühstücksbrot zu bringen. Auf dem Weg nach Binz, als ich über den Rügendamm gefahren war, hatte ich einen Blick auf den großen blauen Klotz geworfen. Sofort waren die Gefühle meiner Kindheit wieder da gewesen.

Auch die Werft in Hamburg löste in mir schöne Erinnerungen aus. Manchmal hatte ich meinen Vater hier besucht und zugesehen, wie ein Schiff entstand. Hier hatten sie die richtig großen Pötte gebaut, damals jedenfalls, denn mittlerweile waren solche Aufträge seltener geworden.

Mein Vater erwartete mich am Werkeingang, der durch einen Pförtner gesichert wurde. Es war Kalle Blom, einer der wenigen Angestellten, die sich gehalten hatten.

»Morgen, Herr Blom!«, rief ich ihm zu und winkte. Auch wenn ich ihn schon viele Jahre kannte, hatte ich es nie gewagt, ihn wie andere Leute Kalle zu nennen. Selbst wenn er darauf bestand, dass ich es tat.

»Das gib's nich, die lütte Hansen!«, rief er mir zu. »Und die noch lüttere Hansen!« Er erhob sich von seinem Pförtnerstuhl, um einen Blick auf Leonie zu werfen. Offenbar hatte er sie wiedererkannt.

»Mann, bist du aber groß geworden, Deern!«

Leonie blickte den Mann verwundert an. Dann schloss sich ihre Hand fester um meine. Als sie das letzte Mal hier gewesen war, war sie noch zu klein gewesen, um sich jetzt an ihn zu erinnern.

»Ja, das wächst alles ran«, entgegnete mein Vater und nahm uns mit Küsschen in Empfang. Dann hob er Leonie auf den Arm. Juchzend ließ sie es geschehen.

»Na, meine Süßen, habt ihr gut hergefunden?«

»Der Volvo macht es noch immer«, entgegnete ich und lächelte ihn an.

»Wer weiß, wie lange noch. Vielleicht solltest du dir als zukünftige Schiffsbesitzerin mal einen neuen Wagen zulegen.«

»Eben weil ich seit neuestem Schiffsbesitzerin bin, kann ich mir keinen neuen Wagen leisten«, entgegnete ich. »Habt ihr die ›Sturmrose‹ schon im Dock?«

Mein Vater nickte. »Ja, das haben wir. Im Moment gibt's nicht besonders viel zu tun, einige Yachten und Sportboote, ein neuer Fischkutter. Die Zeit der großen Pötte ist wohl vorbei.«

»Sag das nicht. Für alles gibt es ein Revival.«

Ich wusste genau, dass mein Vater recht hatte, aber genauso gut kannte ich seine Hoffnung, dass sich die Zeiten wieder bessern würden. Und vielleicht erfüllte sich sein Wunsch ja, und irgendwann liefen hier wieder die richtig großen Tanker vom Stapel.

»Wo ist denn dein Geschäftspartner?«, fragte er und sah sich suchend um. »Ich dachte, er kommt mit euch mit.«

»Er hatte heute noch einen Termin«, entgegnete ich. »Und

wahrscheinlich möchte er deine Kollegen mit seiner Indian beeindrucken.«

»Mit dem Motorrad klappt das sicher.« Mein Vater blickte zu den Werfthallen. Ich konnte ihm seine Ungeduld ansehen. »Weiß er, dass er sich vorn beim Pförtner melden muss?«

»Das wird er schon sehen. Und da ich wirklich keine Ahnung habe, wann er ankommt, können wir ruhig schon mal vorgehen.«

Mein Vater führte uns zu Halle 5, deren Tore weit offen standen. Diese Halle wurde für kleinere Schiffe genutzt – wenn man bei einem Fischkutter wie der »Sturmrose« von klein sprechen konnte.

Da lag sie nun auf Dock und wirkte noch größer als im Hafen. Dafür waren aber auch die Schäden weitaus besser zu erkennen.

»Ein prächtiges Mädchen, nicht wahr?«, fragte mein Vater und deutete auf den Kutter. »Und sie wird noch prächtiger sein, wenn wir erst mal mit ihr fertig sind.«

»Dann ist sie also noch zu retten.«

»Auf jeden Fall! Und um den Motor mach dir mal keine Sorgen, ich habe heute schon mal meine Fühler ausgestreckt. Bis wir die Außenhülle instand gesetzt haben, haben wir bestimmt schon etwas Passendes gefunden.«

»Da sind Sie ja!«, rief jemand hinter uns. Als ich mich umwandte, kam Merten zur Tür herein. Er trug seine Lederjacke offen, auf dem grauen Shirt darunter war ein großer schwarzer Anker aufgedruckt. Wahrscheinlich war er mit seiner Indian die Sensation am Werfttor gewesen.

»Der Pförtner meinte, Sie seien hier.« Nacheinander reichte er uns die Hand, auch Leonie, die begeistert war, ihren »Onkel Christian« zu treffen.

»Freut mich, Sie zu sehen. Und ich bin gespannt, was Sie zu unserem Mädchen sagen.«

»Die Freude ist ganz meinerseits«, entgegnete er und lächelte mich strahlend an. Sein Blick blieb auch dann auf mich gerichtet, als mein Vater aufzuzählen begann, welche Arbeiten an dem Schiff vorgesehen waren. Für mich klang das so überwältigend, als würde man einen Totalschaden wiederbeleben wollen.

Merten nickte zu den Posten, ohne das Gesicht zu verziehen. Hatte er bei der Ankündigung, dass der Motor ausgetauscht werden musste, noch ein wenig verwirrt gewirkt, hatte er sich heute gut unter Kontrolle.

»Das alles hört sich schrecklicher an, als es ist«, schloss mein Vater und schob sein Klemmbrett unter den Arm.

»Wie lange werden Sie brauchen?«, fragte Merten, immer noch cool, als hätte er einen Goldesel im Keller gefunden.

»Bis Oktober, schätze ich. Natürlich ist dann die Touristensaison schon vorbei, aber für Veranstaltungen im Hafen ist es sicher nicht zu spät.«

Merten blickte mich an.

»Das stimmt, solange das Wetter warm genug ist, können wir Veranstaltungen anbieten«, pflichtete ich meinem Vater bei. »Und das Schiff hat ja auch eine Heizung, also wäre auch etwas Weihnachtliches drin. Nur rausfahren können wir dann nicht.«

»Sie sind die Fachfrau«, entgegnete Merten lächelnd.

»Wenn ihr damit einverstanden seid, schicke ich euch den Kostenvoranschlag. Für die Arbeiten, die meine Freunde und ich am Wochenende an dem Schiff vornehmen, berechnen wir euch keine Arbeitsstunden, da müsst ihr lediglich das Material bezahlen. Aber einiges muss von Profis gemacht werden.«

»Ihr seid Profis«, erinnerte ich ihn, aber ich wusste, wie er es meinte. Mit ein paar Stunden Wochenendarbeit war es hier nicht getan.

»Richtig, aber ihr wollt das Schiff ja schon bald haben und nicht erst in zwei Jahren. So lange würde es auch nicht im Dock liegen können, die Kosten für die Halle wären enorm.«

»Hier bist du!«, rief Papas alter Kollege Helmut Siewert, der gerade mit langen Schritten durch das Hallentor kam. »Martin, dein Typ wird verlangt.«

»Entschuldigt mich«, sagte mein Vater und verschwand.

Wir blieben mit der »Sturmrose« zurück.

»Das klingt alles gewaltig, nicht wahr?«, fragte Merten, ohne den Blick von dem Schiff zu nehmen.

»Allerdings. Aber wahrscheinlich haben Sie bereits damit gerechnet, stimmt's?«

»Wenn ich ehrlich bin, nein. Das Schiff sah im Wasser etwas besser aus, und ich werde das Gefühl nicht los, dass uns dieser Ruhnau übers Ohr gehauen hat. Aber jetzt haben wir sie und werden nicht aufgeben.«

»Nein, das werden wir nicht.« Ich betrachtete sein Profil, und mir fiel auf, dass sein Bart etwas länger war als beim letzten Mal. Wollte er ihn wachsen lassen?

Bei der Wärme und dem Duft, die von ihm ausgingen, wäre ich ihm gern ein wenig näher gekommen, aber ich blieb da, wo ich war, und richtete meinen Blick auf Leonie, die etwas gelangweilt wirkte.

»Nun, ich schätze mal, dass wir jetzt richtige Geschäftspartner sind«, sagte Merten plötzlich und wandte den Blick endlich vom Schiffsrumpf ab.

Ich fand die Bemerkung ein wenig seltsam. Partner waren wir doch schon, seit ich das Angebot angenommen hatte und wir beide den Kaufvertrag unterzeichnet hatten.

»Und als Geschäftspartner wäre es doch vielleicht angebracht, wenn wir uns beim Vornamen nennen. Oder haben Sie etwas dagegen?«

Ich starrte ihn überrascht an. Wieder so etwas, was völlig aus dem Nichts kam. Eigentlich bekam man das Du bei einem Glas Wein angeboten.

»Nein, ich … ich habe da gar nichts gegen«, entgegnete ich und reichte ihm die Hand. »Annabel.«

Merten ergriff sie. »Christian. Was halten Sie … ähm, hältst du davon, wenn wir das heute Abend in einem netten Lokal begießen?«

»Ich fürchte, meine Mutter wird mich in Beschlag nehmen.« Ich sah, wie sich Enttäuschung auf seinem Gesicht breitmachte. Ich dachte an den Brief, den ich in der Tasche hatte, und daran, dass ich es irgendwie nett finden würde, wieder mit ihm auszugehen. »Aber … ich könnte meine Mutter auch bitten, auf Leonie aufzupassen, und dann könnten wir ein Gläschen trinken.«

»Wirklich?«, fragte er, als rechnete er damit, dass ich es mir noch einmal überlegen würde.

»Wirklich. Genau genommen, würde sich meine Mutter freuen, ihren kleinen Engel mal ein Weilchen für sich zu haben.«

»Also gut, dann um zwanzig Uhr? Ich hole dich ab.«

»Mit dem Motorrad? Hast du denn einen zweiten Helm dabei?«

»Ich habe auch einen Wagen. Und wie es der Zufall will, bin ich mit diesem gerade hier.«

Ich lächelte ihn an. »Okay, dann bis um acht.«

Bevor ich ihn fragen konnte, wo er heute die Nacht verbringen würde, erschien mein Vater wieder. »Diese Kinder«, murrte er. »Nichts können sie allein.«

»Meinst du uns?«, erwiderte ich scherzhaft.

»Nein, die Jungs von Dock eins. Man könnte meinen, dass sie bereits ausgelernt haben, und dann müssen sie wegen jedem Kram den Meister konsultieren.« Das, was er dann hinzusetzte, verstand ich nicht, doch er regte sich schnell wieder ab. »Aber egal, ich habe da noch etwas, was euch an dem Schiff interessieren könnte.«

Damit stiefelte er los. Ich warf Christian einen fragenden Blick zu und eilte dann meinem Vater hinterher. »Was denn?«, fragte ich, als ich ihn eingeholt hatte.

»Da, seht ihr die stümperhaft gekitteten Stellen?«

Jetzt, wo er darauf deutete, sah ich sie. Von weitem wirkten sie wie unregelmäßig angeordnete Roststellen. Eigentlich nichts, was bemerkenswert gewesen wäre.

Mein Vater zog sein Handy hervor, wischte darauf herum und hielt es mir dann unter die Nase.

»So sehen die von innen aus.«

Ich konnte mit dem Bild nichts anfangen, doch Christian, der hinter mir den Hals reckte, sagte: »Einschusslöcher.«

Ich blickte ihn erstaunt an. »Bist du sicher?«

Er nickte. »Ja, ganz sicher. Ich habe so was bei der Armee gesehen.«

»Der Junge hat recht«, pflichtete ihm mein Vater bei. »Das sind tatsächlich Einschusslöcher. Irgendwer hat mal auf das Schiff gefeuert.«

»Na ja, es war ein Minenräumschiff, da ist es vielleicht unter Beschuss geraten.« Ich fragte mich zwar, warum die Löcher dann beim Umbau nicht beseitigt worden waren, aber für mich klang diese Erklärung plausibel.

Christian und mein Vater sahen sich an. Plötzlich hatte ich das Gefühl, dass sie sich telepathisch verständigen konnten.

»Nein, diese Einschüsse sind nicht aus dem Krieg. Ich wette, dass sie von NVA-Gewehren stammen.«

»Du meinst, die NVA hat auf das Schiff gefeuert?«

Den Gedanken, der durch meinen Kopf peitschte, sprach mein Vater im nächsten Moment aus.

»Deine Mutter hat mir von dem Brief erzählt. Möglicherweise ist das Schiff beschossen worden, weil es in die Hoheitsgewässer der DDR eingedrungen ist. Und irgendwer wollte die Nachwelt wissen lassen, dass das passiert ist.«

Palatin vielleicht? Hatte er gewollt, dass man die Geschichte des Schiffes erfährt?

»Bist du sicher?«, fragte ich und sah mich nach Christian um. Der wirkte auf einmal wie versteinert. Seine Augen klebten an dem Schiffsrumpf. Wie damals, als wir das erste Mal allein auf dem Schiff gewesen waren.

»Eine andere Erklärung habe ich nicht. Der frühere Eigentümer des Schiffes war Westdeutscher, er hätte die Einschüsse problemlos reparieren lassen können. Doch er hat sie nur so notdürftig geflickt, wie er es selbst hinbekommen hat. Von außen fiel das nicht weiter auf, doch er wusste, wenn jemand das Schiff eines Tages generalüberholen ließe, würde er es sehen.«

»Und möglicherweise Fragen stellen«, setzte Christian ein wenig abwesend hinzu.

Mein Herz klopfte mir bis zum Hals. Ich malte mir aus, wie der Kapitän verzweifelt versuchte, die Briefschreiberin in westdeutsches Gewässer zu bringen. War die junge Frau möglicherweise erschossen worden? Hatte er deshalb den Brief hinter der Abdeckung versteckt? Damit er eines Tages gefunden wurde?

Auf einmal wurden meine Hände kalt. So kalt, dass es Leonie bemerkte.

»Was ist mit dir, Mama?«, fragte sie besorgt.

»Nichts«, entgegnete ich. »Ich finde die Geschichte nur so aufregend.«

»Denkt mal darüber nach, ob ihr die Einschusslöcher drinlassen oder repariert haben wollt«, sagte mein Vater ganz pragmatisch. »Wenn es dir wirklich gelingt, herauszufinden, was damals passiert ist, wäre es doch sicher gut, wenn du einen Beweis hättest, oder?«

»Ja, das wäre gut. Was meinst du?«

Christian reagierte zunächst nicht, doch dann erwachte er aus seiner Starre.

»Ja, das wäre gut. Überlegen wir es uns. Heute Abend.«

Er lächelte, aber seine Augen blieben davon unberührt. Was war nur los mit ihm?

Als wir das Dock wieder verlassen hatten, verabschiedete sich mein Vater fürs Erste von uns.

»Ein bisschen muss ich noch, aber wenn du willst, fahr doch einfach schon mal nach Hause. Sie können auch gern mitfahren, meine Frau würde sich freuen.«

»Vielen Dank, aber ich habe mir ein Hotelzimmer genommen. Morgen treffe ich mich mit einem Geschäftspartner, der Ausflug hierher passte deshalb gut.«

»Wie Sie wollen. Also dann.« Er reichte ihm die Hand, gab mir und Leonie einen Kuss auf die Wange und verschwand dann auf dem Werftgelände.

Ich kam mir Christian gegenüber ein wenig befangen vor. Erst bot er mir das Du an, dann hatte ich wieder das Gefühl, sehr vorsichtig sein zu müssen, um ihn nicht zu verschrecken.

»Also, bis heute Abend«, sagte er, als wir am Werfttor angekommen waren. Christian reichte mir die Hand und eilte durch das Tor. Ich blieb noch eine Weile zurück und bemerkte dann das breite Lächeln des Pförtners.

»Scheint ein netter Bursche zu sein«, bemerkte Herr Blom. Natürlich wusste er durch meinen Vater, dass ich mich von meinem Mann getrennt hatte. Und anscheinend unterschieden sich Männer gar nicht so sehr von Frauen, wenn es darum ging, ein Scheidungsopfer wieder an den Mann oder die Frau zu bringen.

»Ja, das ist er«, entgegnete ich, hatte aber keine Lust, mit Herrn Blom meinen Beziehungsstatus zu diskutieren. »Schönes Wochenende, Herr Blom, wir sehen uns sicher bald wieder.«

»Das hoffe ich doch!«, entgegnete er, und seine Stimme ließ nicht erkennen, ob er von meinem Ausweichen enttäuscht war.

Als wir auf dem Parkplatz angekommen waren, war Christian schon verschwunden.

O verdammt, ich hab ihm die Adresse nicht gegeben!, fiel es mir siedend heiß ein.

Hastig zog ich mein Handy hervor, da sah ich die Nachricht auch schon.

*Wenn ich mein Versprechen halten soll, brauche ich auch die Adresse, von der ich dich abholen soll. C.*

Grinsend tippte ich die Antwort, dann setzte ich Leonie in ihren Kindersitz und fuhr in Richtung Altona.

Das dreistöckige Haus in der Abbestraße war vor kurzem modernisiert worden. Meine Eltern waren hierhergezogen, nachdem die Volkswerft meinen Vater entlassen hatte. Stralsund mochte meine Heimatstadt sein, aber in Hamburg-Altona fühlte ich mich gleichermaßen zu Hause.

Damals waren wir bereits eine Familie gewesen, ich hatte die Hansens als meine Eltern akzeptiert, und das Abenteuer des Westens lag vor mir. Ich war vierzehn Jahre alt, hatte den

Kopf voller Musik und Mode, und Hamburg war für mich die tollste Stadt der Welt.

Während meiner restlichen Schulzeit und des Studiums hatte ich hier gewohnt. Erst, als ich Jan kennengelernt hatte, war ich ausgezogen.

An diesen Ort zurückzukehren bescherte mir immer das Gefühl, als hätte mein Leben mit Jan gar nicht stattgefunden. Als wäre ich nie weg gewesen.

Allerdings hielt ich den Beweis für meine Ehe an meiner Hand, und ich fragte mich, ob Leonie sich irgendwann einmal genauso an unser Haus in Binz erinnern würde, wenn sie mit ihrem eigenen Kind zu Besuch kam.

Dumpf hallten unsere Schritte die Treppe hinauf, die Sisalmatten auf den Stufen schluckten den Klang. Auch im Innern des Hauses hatte sich durch die Renovierung einiges getan. Was geblieben war, waren die Katzen der Nachbarin, die ungehindert durch das Haus stromerten und jeden Neuankömmling neugierig beobachteten.

Leonie war natürlich davon begeistert. »Die Katze da sieht aus wie unsere Miezi«, behauptete sie, und ich konnte ihr nur zustimmen. Der braungestreifte Stubentiger sah tatsächlich wie unser zeitweiliger pelziger Besucher aus. Glücklicherweise überwog die Vorfreude auf ihre Großmutter aber Leonies Liebe zu allem, was ein kuscheliges Fell hatte.

Meine Mutter öffnete uns mit einem breiten Lächeln die Tür. Ich schloss sie in meine Arme, Leonie kuschelte sich an sie.

»Schön, dass ihr da seid, habt ihr euch das Schiff schon angesehen?«

»Haben wir«, entgegnete ich, während ich mich aus meiner Strickjacke schälte. Die gesamte Wohnung roch nach frisch gebackenem Kuchen.

»Und? Dein Vater spricht seit Mittwoch von nichts anderem mehr. Dieses Schiff hat ihn vollkommen in seinen Bann gezogen.«

Ich fragte mich, ob er meiner Mutter auch von den Einschusslöchern erzählt hatte.

»Diese Wirkung scheint die ›Sturmrose‹ auf jeden zu haben, der sich ein wenig näher mit ihr befasst«, entgegnete ich, während Leonie laut quietschend ins Wohnzimmer stürmte.

»Was ist mit Herrn Merten, kommt er auch?«

»Nein, er checkt gerade in seinem Hotel ein.«

»Hotel? Aber er hätte doch hier wohnen können.«

»Das wäre doch ein bisschen viel, findest du nicht? Nicht für dich, ich weiß, wie gern du Besuch hast, aber er ist eher ein wenig …«

»Zurückhaltend, ich weiß. Trotzdem hättest du ihm das Angebot ruhig machen können.«

»Beim nächsten Mal«, entgegnete ich und folgte meiner Mutter ins Wohnzimmer.

# 19

Zwei Stunden später stand ich nervös vor dem Spiegel über dem Küchenwaschbecken. Meine Eltern hatten eigentlich auch ein gutbeleuchtetes Badezimmer, aber schon damals, als ich die ersten Male in die Disko ging, war dies der Ort gewesen, an dem ich mich zurechtmachte. Besonders deshalb, weil ich nicht lange bis zum Kühlschrank brauchte, um mir eine Cola zu holen.

Wie ich richtig vermutet hatte, war meine Mutter aus dem Häuschen, als ich ihr von der Einladung erzählte. Zum einen wegen Leonie, zum anderen wegen Christian.

»Er hat dir also das Du angeboten«, sagte sie und zwinkerte mir zu, als hätte ich ihr gestanden, vor ihm einen Striptease hingelegt zu haben.

»Ja, das hat er. Das machen Geschäftspartner manchmal.«

»Und nicht nur Geschäftspartner.«

»Mama, mir ist schon klar, worauf du hinauswillst. Aber ich weiß noch nicht mal genau, ob er nicht schon vergeben ist.«

»Dann solltest du ihn fragen.«

»Das habe ich schon, und das wurde dann richtig peinlich.«

»Wollte er dir nicht antworten?«

Ich seufzte. »Nein, ich bin es falsch angegangen und habe die Frage missverständlich gestellt.«

Meine Mutter, die mit einem Gläschen Rotwein am Küchentisch saß, kicherte. »Du bist Werbefachfrau und kannst nicht mit Worten umgehen. So was höre ich zum ersten Mal.«

»Es ist ein Unterschied, ob man beruflich mit Worten umgeht oder versucht, sich vor jemand anderem nicht peinlich zu verhalten.«

»Vor jemandem, den du magst.«

»Ja, ich gebe es zu. Ich mag ihn. Und es wird sicher ein schöner Abend, und ich bin dankbar, dass du dich um Leonie kümmerst.«

»Jederzeit und mit größtem Vergnügen! Aber das weißt du ja.«

Ich zog einen Lidstrich und betrachtete mein Werk noch einmal gründlich.

»Dennoch solltest du dich fragen, ob dieser Christian nicht ein netter Mann für dich wäre. An deiner Stelle würde ich heute mal versuchen, herauszufinden, ob er schon vergeben ist.«

Glücklicherweise rettete mich die Türklingel.

»Ich muss«, wich ich aus, gab Leonie einen dicken Kuss und schnappte dann meine Tasche. Das geblümte Kleid, das ich trug, war zwar nicht besonders fein, aber ich war sicher, dass Christian ebenfalls keinen Anzug angezogen hatte.

»Viel Vergnügen!«, rief mir meine Mutter hinterher. Der erwartungsvolle Unterton war nicht zu überhören.

Ich rechnete ein wenig damit, einen Ferrari vor der Tür zu erblicken. Mindestens. Doch mein Geschäftspartner fuhr ganz profan einen VW, und zwar nicht mal einen von der großen Sorte.

Das machte ihn mir noch sympathischer.

Als ich zu Christian ins Auto stieg, wusste ich genau, dass meine Mutter oben am Fenster stand und mich beobachtete, wie damals, als ich sechzehn war. Obwohl ich mir insgeheim wünschte, dass er mich zumindest auf die Wange küssen würde, war ich froh, dass er mir nur die Tür aufhielt und dann einstieg.

Ich schnallte mich an und legte meine Hand auf die Tasche, in der auch Leas Brief steckte. Während des Kaffeetrinkens war ich nicht dazu gekommen, mir viele Gedanken um die Einschusslöcher zu machen. Ich war bereits gespannt, was Christian dazu meinte.

Wir fuhren in Hamburgs Zentrum, wo Christian seinen Wagen in einem Parkhaus abstellte.

Das Lokal, in das er mich führte, war gediegen und glücklicherweise keiner von den Tempeln fürs Szenevolk.

»Bist du öfter hier?«, fragte ich, nachdem uns der Kellner an einen Tisch geleitet hatte. Der Abend war warm genug, um die Türen zur Terrasse zu öffnen. Eine milde Brise umwehte uns.

»Ab und zu, wenn ich in Hamburg bin.«

»Geschäftlich oder privat?«, fragte ich, während ich zu ergründen versuchte, ob sich dieses Restaurant als romantischer Treffpunkt eignete. Es versetzte mir einen kleinen eifersüchtigen Stich, als ich daran dachte, dass er hier hin und wieder mit einer gutaussehenden Frau saß, einer Freundin oder einer Geschäftspartnerin.

»In beiderlei Hinsicht«, entgegnete er, während uns der Kellner die Weinkarten brachte. »Vertraust du mir oder hast du deinen eigenen Kopf?«

»Wobei?«, fragte ich verdattert, doch dann wurde mir klar, dass er den Wein meinte. »Also, wenn du öfter hier bist, überlasse ich dir die Auswahl des Weins.«

Um meine Verlegenheit zu überspielen, zog ich die Klarsichthülle mit dem Brief hervor. Das alte Papier gab mir ein wenig Sicherheit. Es war blöd, dass ich mich in Christians Gegenwart so unsicher fühlte. Wahrscheinlich waren die Worte meiner Mutter schuld, die mich offenbar schon mit Christian vor dem Traualtar sah, während er für mich ein Geschäftspartner und Freund war.

»Ich frage mich, was wir damit machen sollen«, sagte ich und schob ihn über den Tisch. Als Christian danach griff, streiften seine Finger ganz kurz meine Hand. Die Berührung durchzuckte mich wie ein kleiner Stromschlag. War ich sicher, dass er nur mein Geschäftspartner war? Vielleicht wollte ich doch mehr, und meine Mutter hatte nur ausgesprochen, was sie mir angesehen hatte und ich nicht zugeben wollte.

Christian nahm den Brief in der Hülle an sich und las ihn. Mehrfach anscheinend, obwohl er ihn bereits kannte. Versuchte er, etwas zwischen den Zeilen zu entdecken?

»Ein schöner Brief«, entgegnete er schließlich. »Schön geschrieben. Allerdings wird sich der Empfänger geärgert haben.«

»Hätte er wahrscheinlich, wenn er ihn denn bekommen hätte«, hielt ich dagegen. »Da er unter der Abdeckplatte gesteckt hat, gehe ich mal davon aus, dass er ihn nicht erhalten hat.«

»Oder diese Lea hat noch mal angefangen und einen anderen geschrieben. Der Brief sieht ziemlich zerknüllt aus.«

»Er steckte unter der Platte. Vielleicht hat sie ihn fix verstecken müssen.«

»Fragt sich nur, warum«, gab Christian zurück und legte den Brief wieder auf den Tisch.

»Genau, fragt sich, warum«, pflichtete ich ihm bei. »Möglicherweise sind sie unter Beschuss geraten. Nach den heutigen Erkenntnissen halte ich das für denkbar.«

»Meinst du, das Schiff ist von den Grenzern aufgebracht worden?«

»Ich weiß nicht. Wieso nicht?«

Er schüttelte den Kopf. »Das glaube ich nicht. Sie mögen das Schiff beschossen haben, aber gekriegt haben sie es nicht. Sonst wäre es unmöglich erst im Jahr 1997 in den Osten gekommen.«

Stimmt, so stand es in den Unterlagen, auf denen wir keine Vermerke der Stasi gefunden hatten. Die DDR-Behörden hätten das Schiff sicher beschlagnahmt, die Unterlagen mit allen möglichen Vermerken beschrieben und erst nach der Wende wieder rausgerückt. Wenn überhaupt.

»Es kann auch sein, dass der Beschuss und der Brief nicht in direktem Zusammenhang stehen«, sinnierte Christian weiter. »Wenn der Kapitän öfter Flüchtlinge transportiert hat, kann es auch bei einem anderen Mal passiert sein.«

»Nun, dann ist es wohl am besten, wenn wir den Kapitän fragen.« Ich bedauerte es, Palatin nicht angetroffen zu haben.

»Wenn er denn noch lebt«, entgegnete Christian.

»Tut er«, sagte ich und schnappte mir eine Scheibe Brot aus dem Korb. Nun brachte der Kellner auch den Wein und unterbrach damit kurz unser Gespräch.

»Der Kapitän lebt noch? Woher weißt du das?«

»Ich war heute bei seinem Haus. Am Hafen von Timmendorfer Strand hat mir jemand seine Adresse gegeben. Leider ist er momentan im Urlaub. Aber ich habe der Nachbarin meine Telefonnummer gegeben und sie gebeten, ihm Bescheid zu sagen.«

Christian lächelte mich breit an. »Ich wusste, dass du eine Frau der Tat bist.«

»Es interessiert mich eben sehr, was damals geschehen ist. Und angesichts der Einschusslöcher möchte ich umso mehr wissen, was mit Lea passiert ist. Und natürlich mit unserem Schiff.« Ich machte eine kurze Pause, dann fügte ich hinzu: »Und genau aus dem Grund bin ich froh, dass du mein Geschäftspartner bist.«

Christian griff nach seinem Weinglas und prostete mir zu. »Also, auf das Du und die ›Sturmrose‹!«

»Auf das Du und die ›Sturmrose‹«, erwiderte ich und nahm einen Schluck, der mir bestätigte, dass es wirklich gut gewesen war, ihn den Wein aussuchen zu lassen.

Plötzlich begann mein Handy in der Tasche zu summen. Ich versuchte, dem Verlangen zu widerstehen, nachzusehen, wer das war. Aber vielleicht rief meine Mutter wegen Leonie an. Also entschuldigte ich mich und zog es aus der Tasche.

»Was Wichtiges?«

Ich schüttelte den Kopf. »Nein. Unterdrückte Nummer.« Ich schob es wieder in die Tasche. Wer konnte das gewesen sein? Hartmann vielleicht? »Komisch.«

»Vielleicht war es eine Telefonumfrage. Diese Leute haben allen Grund, ihre Nummer nicht mitsenden zu lassen.«

»Stimmt. Aber trotzdem merkwürdig.« Ich schüttelte den Kopf und versuchte, den Anruf zu verdrängen. Ganz gelang es mir nicht.

Christian schien zu bemerken, dass mir etwas durch den Kopf ging. »Wenn es etwas Wichtiges ist, wird derjenige noch mal anrufen, da bin ich sicher«, sagte er. »Und wenn es sich tatsächlich um eine Umfrage handelt, werde ich mir vom Kellner eine Trillerpfeife bringen lassen. Du gibst mir dann das Zeichen, und wir werden sehen, ob er in der nächsten Zeit einen Hörer in die Hand nehmen mag.«

Er grinste mich an, und ich konnte nicht anders, als laut aufzulachen.

Nach dem Essen schlenderten wir noch eine Weile an der Alster entlang. Mir war gar nicht mehr bewusst gewesen, wie viele Lichter es am Abend in Hamburg gab. Sie spiegelten sich im breiten Band des Flusses, der an diesem milden Abend viele Spaziergänger anzog.

»Irgendwie beneide ich dich, dass du hier einen Teil deiner Jugend verbringen durftest«, sagte Christian, beinahe schon etwas nachdenklich. »In Hamburg hätte ich als Teenager gern gelebt.«

»Wegen der Reeperbahn oder der Clubs?«

»Nein, wegen der Stadt selbst. Ich mag Hamburg. Und bin leider viel zu selten hier.«

Mir fiel ein, dass ich gar nicht wusste, wo er eigentlich aufgewachsen war. Mitteilsam, wie ich war, hatte ich ihm erzählt, dass meine Eltern nach der Wende hierher umgezogen waren.

»Woher stammst du eigentlich? Von Rügen?«

Christian starrte einen Moment lang auf den Weg vor uns, dann sah er mich an.

»Ursprünglich schon. Später sind wir nach Oldenburg gegangen.«

Ich nahm an, dass das nach der Wende geschehen war. »Also sind wir ja fast so was wie Landsmänner.«

»Mal davon abgesehen, dass du eine Frau bist, schon.«

Er lächelte, während sein Blick weiterhin auf meinem Gesicht verharrte.

»Es tut mir leid, wenn ich mit dem Bild von deinem Vater irgendwelche unangenehmen Erinnerungen aufgewühlt habe«, sagte ich.

»Das muss dir nicht leidtun«, entgegnete er. »Und meine seltsame Reaktion hat auch nichts mit dir oder dem Foto zu tun. Es ist nur … mein Vater hat sehr viel Mist durchmachen müssen. Mist, den ich leider auch mitbekommen habe. Ich wünschte manchmal, das Leben wäre etwas freundlicher zu ihm gewesen.«

Und was hatte das Ganze mit Hartmann zu tun? Irgendwie hatte ich das Gefühl, dass es da einen Zusammenhang gab. Aber ich wollte den schönen Abend nicht durch Fragen verderben.

»Also, was gedenkst du wegen der Briefschreiberin zu unternehmen?«, fragte er schließlich. »Außer den armen Kapitän Palatin auszuquetschen.«

»Nun, vorausgesetzt, sie ist noch am Leben, werde ich versuchen, Lea ausfindig zu machen. Palatin kann uns vielleicht erzählen, was er über die Flucht weiß, aber ihre inneren Beweggründe kennt nur sie.«

»Und wenn sie einen Allerwelts-Nachnamen wie Müller hat?«, gab er zu bedenken. »Du brauchst Hilfe. Wende dich ans Fernsehen.«

»Du machst Witze!« Das Fernsehen informieren wäre das Letzte, was ich wollte. »Wäre es dir recht, wenn jemand Wildfremdes in einer dieser merkwürdigen Shows auftritt und da deine Geschichte breittritt? Vielleicht sollte der Brief aus gutem Grund nicht gefunden werden.«

»Dann solltest du es besser seinlassen und nicht nach ihr suchen. Lass die Geschichte auf sich beruhen.« Christian sah mich prüfend an.

»Das kann ich nicht. Ich will wissen, was geschehen ist. Wenn ich die Frau finde, und sie sagt mir, dass es ihre Sache ist und ich mich da raushalten soll, ist es okay, aber schon vorher aufzugeben ist nicht mein Stil.«

Als wir einen geschlossenen Zeitungsstand passierten, kam mir eine Idee.

»Und wenn ich eine Annonce aufgebe und nach all jenen suche, die damals mit der ›Sturmrose‹ geflohen sind? Vielleicht ist sie darunter!«

»Das wäre möglicherweise keine schlechte Idee. So würdest du vielleicht auch herausfinden, ob der Kapitän noch mehr Leute auf dem Schiff befördert hat. Für den Fall, dass er sich nicht mehr daran erinnert oder ohnehin keine Namen erfahren hat. Aus Sicherheitsgründen wäre das denkbar.«

Seine Worte ließen vor meinem geistigen Auge eine ganze Liste von Personen erscheinen. Das würde die Sensation werden! Natürlich musste man vorsichtig sein, das als Werbung zu verwenden, denn wäre ich in so einer Lage, würde ich nicht wollen, dass jemand mein Schicksal ausschlachtet. Aber auch so wäre es interessant zu wissen, welche Geschichten sich auf der »Sturmrose« ereignet hatten.

»Okay, dann werde ich mich gleich nach meiner Rückkehr an einen Aufruf setzen.« Ich strahlte Christian an, bemerkte dann aber, dass er nachdenklich aufs Wasser blickte.

»Alles in Ordnung?«, fragte ich ihn.

Er nickte abwesend.

»Ja … ja, alles in Ordnung. Ich habe nur kurz nachgedacht.«

»Worüber?«

Er schüttelte den Kopf. »Es ist nicht so wichtig. Ich glaube, wir sollten zurückgehen, ich muss morgen schon ziemlich früh hoch, und du …«

»Wir bleiben morgen noch bei meinen Eltern«, entgegnete ich und versuchte, mir meine Enttäuschung nicht anmerken zu lassen. Immer, wenn wir beide dabei waren, uns ein wenig näherzukommen, versank er in Gedanken und blockte ab. Warum?

Schweigend kehrten wir zum Parkhaus zurück und stiegen in seinen Wagen. In mir stauten sich all die Worte, die ich ihm gern gesagt hätte, all die Fragen, die ich ihm gern gestellt hätte. Ich wagte nicht, sie auszusprechen, weil ich Angst hatte, entweder gegen eine Mauer des Schweigens zu laufen oder ihn traurig zu machen.

Während wir in Richtung Altona fuhren, betrachtete ich das Leben auf der Straße.

So viele Menschen und Lichter. So viele unbekannte Schicksale. Wer konnte schon sagen, welche Geschichten sich hier verbargen? Vielleicht fuhren wir in diesem Augenblick gerade an Menschen vorbei, die vor fünfundzwanzig Jahren alles gewagt hatten, um in die Freiheit zu kommen. Oder an Menschen, denen die Veränderung immer noch leidtat.

Schließlich kamen wir an meinem Elternhaus an.

Das Schweigen lastete schwer auf mir. Dennoch zwang ich mich zu einem Lächeln und sagte: »Es war ein sehr schöner Abend, vielen Dank.«

»Ich danke dir«, entgegnete er und sah mich an. Ich erwiderte seinen Blick und fühlte mich irgendwie seltsam. Verwirrt. Ein Moment wie dieser wäre der richtige gewesen, um sich zu küssen, doch ich war unsicher, was ich tun sollte. Nachdem unser Gespräch an der Alster eine so merkwürdige Wendung genommen hatte, wagte ich jedenfalls nicht, mich ihm zu nähern.

Die richtige Entscheidung, denn er schien ohnehin nicht interessiert zu sein.

»Dann … sehen wir uns in Binz, oder?«, fragte ich, als er sich wieder zurücklehnte.

Ein kurzes Lächeln huschte über sein Gesicht. »Wir sehen uns in Binz.«

Ich lächelte zurück und schlug die Autotür zu. Als ich an der Haustür war, blickte ich ihm nach, wie er die Straße hinunterfuhr, und tief in mir drin spürte ich das schale Echo einer verpassten Gelegenheit.

# 20

Während der Fahrt zurück nach Binz schlief Leonie selig in ihrem Kindersitz. Es war Sonntagabend, und auf den Autobahnen herrschte dichter Verkehr. Mehrere Male gerieten wir in einen Stau, doch als die Sonne hinter dem Wald verschwand, fuhr ich die schmale Straße in Richtung Haus hinauf.

Ein paar Wanderer kamen mir entgegen, doch ich nahm kaum Notiz von ihnen.

Ich war geschafft vom Wochenende und hatte kaum geschlafen.

Zum einen war mir das Treffen mit Christian durch den Verstand gespukt, zum anderen die Kosten der Schiffsreparatur. Wie viel würde ich davon übernehmen können? Ich wollte Christian nicht die ganze finanzielle Last aufbürden. Wer konnte schon wissen, ob er es nicht eines Tages bereute, mich an Bord geholt zu haben? Je mehr ich darüber nachdachte, desto seltsamer erschien mir sein Verhalten.

Einerseits war er freundlich und bot mir das Du an, er machte Vorschläge, wie ich die Flüchtlinge finden konnte, und wirkte verbindlich. Doch dann kippte seine Stimmung, er schwieg, blockte ab, und ich wusste nicht, wie ich mich verhalten sollte.

Er war ein großes Rätsel für mich.

Ich schob die Gedanken an Christian beiseite. Der nächste

Tag würde anstrengend werden. Ich würde Hartmann das Gesamtpaket seiner Kampagne präsentieren und musste hoffen, dass er es so annahm. Außerdem hatte ich mich in den letzten Tagen auch immer wieder nach Ausschreibungen umgesehen. Was ich entdeckt hatte, war vielversprechend. Ich fuhr den Volvo unter den Carport und weckte dann Leonie.

»Sind wir zu Hause?«, fragte sie verschlafen und reckte sich.

»Ja, sind wir, und wenn du magst, mache ich dir was zu essen, und dann kannst du ins Bett.«

»Ist gut.«

Offenbar war auch sie ziemlich müde. Ich trug sie zum Haus und brachte sie in ihr Zimmer, dann holte ich die Reisetasche. In ihr steckte der Umschlag mit dem Kostenvoranschlag. Mein Vater hatte ihn mir am Samstag gegeben, doch ich hatte noch nicht den Mut gefunden, ihn zu öffnen. Christian hatte denselben Brief bekommen, wir hatten aber noch bis Montag oder Dienstag Zeit, uns vor den Zahlen zu gruseln.

Nachdem ich alles aus dem Wagen geholt hatte, ging ich in die Küche. Im Kühlschrank fand ich noch ein paar Dinge, aus denen man ein brauchbares Abendbrot zaubern konnte. Da ich noch einiges für die Kampagne vorbereiten musste, stellte ich die Kaffeemaschine an. Etwas extrastarker Kaffee sollte meine Lebensgeister wieder wecken.

Während ich dem Blubbern der Maschine lauschte, deckte ich den Tisch, und eher zufällig streifte mein Blick das Küchenfenster.

Ich stutzte. Hatte ich da wirklich jemanden gesehen, oder bildete ich mir das nur ein?

Langsam wandte ich mich um und fragte mich schon, ob ich von der langen Autofahrt Halluzinationen hatte.

Doch was ich sah, war keine Einbildung.

Ich konnte es nicht glauben. Da draußen, vor dem Tor, stand Jan, mein Exmann.

»Das kann doch nicht wahr sein«, murmelte ich, ohne mich rühren zu können.

Jan stand am Zaun, unschlüssig, was er tun sollte. Er trug ein legeres Sakko, ein weißes Hemd und Jeans, seine Haare hatte der Seewind zerzaust. Der Traum vieler Bremer Frauen. Überhaupt ein Frauentraum für alle, die ihn nicht kannten und in ihm eine gute Möglichkeit sahen, ein angenehmes Leben zu führen.

Mir imponierte dieser Aufzug nicht mehr. Ich sah in ihm nur den Vater von Leonie, die ausflippen würde, wenn sie ihren größten Wunsch erfüllt sah.

»Leonie!«, rief ich sie, ohne Anstalten zu machen, zur Tür zu gehen. Jan behielt ich dennoch im Auge. Er war immer noch unschlüssig, ob er eintreten sollte.

»Was denn?«, fragte meine Tochter, als sie in der Küchentür erschien.

»Komm mal her und schau mal, wer das da hinten ist.«

Vollkommen arglos trat sie ans Küchenfenster. Natürlich erkannte sie ihren Vater sofort.

»Papa!«

Wie ein Blitz schoss sie an mir vorbei und stürmte ihrem Vater entgegen.

In meinem Inneren krampfte sich etwas zusammen. All diese Liebe für einen Mann, der mir vor einigen Tagen noch an den Kopf geworfen hatte, dass wir ihn in Ruhe lassen sollten. Jetzt stand er auf dem Hof, meine kleine Prinzessin flog auf ihn zu. Aber warum auch nicht? Da vorn stand ihr Vater, und sie wusste nichts von den Querelen, die ich mit ihm hatte. Mochte er das größte Arschloch sein, er war immer noch ihr Vater. Und ich hatte ihn ja gerufen!

Schließlich schaffte ich es, mich aus meiner Starre zu lösen. Ich stieß mich vom Türrahmen ab und ging auf ihn zu. Er hatte Leonie auf den Arm gehoben, wie damals, als sich unsere Beziehung nach ihrer Geburt ein wenig normalisiert hatte und er auch mal den stolzen Vater mimen wollte.

»Hallo, Jan«, sagte ich, und eigentlich hätte das freundlicher klingen sollen, doch meine Stimme gehorchte mir nicht. Was fiel ihm ein, ohne Anmeldung hier aufzukreuzen? Aber angesichts des Glücks, das in Leonies Augen strahlte, wagte ich nicht, ihn anzufahren.

»Annabel«, entgegnete er, und nun sah ich etwas Neues an ihm: Unsicherheit. Jan war nie unsicher, er kam, sah und siegte. Er war ein Gewinner. Und alles, was ihn am Gewinnen hinderte, stieß er ab.

Und jetzt war er hier, ein paar Tage nach dem gehässigen Gespräch.

»Bitte entschuldige, wenn ich hier einfach so aufkreuze«, sagte er und ließ Leonie von seinem Arm herunter. Sie blieb neben ihm stehen und schaute zu ihm auf wie zu einem rettenden Leuchtfeuer. Ich wünschte in diesem Augenblick, er hätte seine Meinung nicht geändert. »Ich war schon heute Morgen hier, aber da warst du nicht da. Und vorgestern habe ich versucht, dich auf deinem Handy zu erreichen …«

Der Anruf mit der unterdrückten Nummer, ich erinnerte mich. Seit wann machte Jan so etwas? War er in Schwierigkeiten?

»Wir waren in Hamburg«, entgegnete ich steif, denn wo ich gewesen war, ging ihn eigentlich nichts mehr an. »Was suchst du hier? Wolltest du Leonie jetzt doch besuchen?«

Ich konnte noch immer nicht glauben, dass er wirklich hier war. Vielleicht erwachte ich auch gleich und war immer noch in Hamburg.

Nein, das hier war echt.

»Ich muss mit dir reden«, sagte er ernst. Das war ja mal was Neues. Vor ein paar Tagen hatte er das noch nicht gewollt. Was gab es Wichtiges, dass er persönlich aufkreuzte?

In mir sträubte sich alles, ihn ins Haus zu lassen. Aber wegen meiner Tochter musste ich es wohl tun. Außerdem hatte ich ihn angerufen und gebeten, zu kommen. Jetzt war er hier. Welcher Sinneswandel ihn auch immer dazu veranlasst hatte.

»Lass uns reingehen«, sagte ich und wandte mich um.

Leonie folgte mir mit ihrem Vater an der Hand. Ich sah mich nicht nach ihm um, konnte mir aber denken, was in seinem Kopf vorging. Wahrscheinlich betrachtete er jetzt das Haus, rechnete sich aus, was es kostete und wie ich es finanzierte. Ich würde den Teufel tun, ihm zu erzählen, dass ich es nur gemietet hatte.

Leonie bugsierte ihn in die Küche. Das Abendbrot war noch nicht fertig, ich konnte ihm auf die Schnelle nur einen Kaffee anbieten.

Jan musterte mich. In seinen Augen flackerte etwas, was ich zuvor noch nie gesehen hatte.

»Ich habe die Adresse von der Sekretärin bekommen, und na ja, wenn ich dich schon nicht erreiche, wollte ich mir euer Haus mal ansehen.«

Wer bist du und was hast du mit dem echten Jan gemacht?, hätte ich beinahe gefragt. Der Mann, den ich zuletzt im Gericht beim Scheidungstermin gesehen hatte, war niemand gewesen, der mal vorbeikommen wollte, um sich anzuschauen, wie seine Exfrau und seine Tochter, die er nur als Posten in den monatlichen Ausgaben ansah, so wohnten.

Dieser Mann hatte einen vollen Terminkalender, lebte

nach dem Grundsatz der Zeitoptimierung und brauchte eine gutaussehende, attraktive Frau an seiner Seite, um die ihn seine Geschäftspartner beneideten.

Sein Doppelgänger saß nun vor mir, neben sich meine Tochter, deren Müdigkeit wie weggeblasen war und die mich glücklich anstrahlte, als sei ich für das Wiedersehen verantwortlich.

»Hübsch hier«, begann er. »Ruhig. Da du nicht da warst, habe ich mir mal die Gegend angesehen. Viel Nachbarschaft hast du nicht.«

»Eine Katze kommt hin und wieder vorbei, das reicht. Und die Stadt ist nicht weit entfernt.«

Er nahm es mit einem Nicken hin. Wieder fragte ich mich, was los war. Hatte er irgendwas vor?

»Und wie machst du das mit Leonie? Du arbeitest doch sicher, oder?«

Meine Alarmglocken schrillten plötzlich auf. Ging es darum, mir nachzuweisen, dass ich eine schlechte Mutter war? Das würde dem Fass den Boden ausschlagen. Hatte er beschlossen, sich in mein Leben einzumischen? Steckte seine Mutter dahinter?

»Sag mir, was du willst«, versuchte ich, das Herumreden zu beenden. Vor zwei Jahren noch wäre ich froh gewesen, so viel Aufmerksamkeit von ihm zu bekommen. Doch jetzt war er wie ein Fremdkörper, der nicht hierhergehörte.

»Ich muss mit dir reden«, entgegnete er und blickte auf Leonie. »Allein.«

Ich nickte ihm zu.

»Leonie, lässt du uns eine Weile allein?«, fragte er daraufhin und strich ihr über die Locken.

»Ja klar«, sagte sie und blickte zu mir, ob das auch okay war. Ich nickte ihr zu, ging ihr bis zur Küchentür nach. Als sie in ihrem Zimmer verschwunden war, zog ich die Tür zu und kehrte zum Tisch zurück. Ich setzte mich Jan gegenüber. In meinem Magen rumorte es. Worauf würde es hinauslaufen?

Jan zupfte nervös an seinen Jackenärmeln. Auch das war untypisch für ihn. Er war nie unsicher, nicht mal dann, wenn er einen Heiratsantrag machte.

»Ich weiß, unser letztes Telefonat ist nicht gut gelaufen«, begann er schließlich.

»Findest du?« Ich verschränkte die Arme vor der Brust. »Du hast immerhin zurückgerufen. Das ist mehr, als ich eigentlich erwarten konnte. Und wie du siehst, habe ich mich an deine Anweisung gehalten und der Sekretärin die Adresse gegeben. Und viel mehr noch, ich habe meiner Tochter vorgemacht, dass ihr Vater sie nur deshalb nicht sehen oder sprechen will, weil er viel zu tun hat. Insofern bin ich doch eine sehr angenehme Ex, oder?«

Die Worte fühlten sich ätzend an, aber ich konnte nicht anders.

Er hob den Kopf und sah mich an. Ich wartete auf eine Erwiderung, vielleicht auch auf einen Grund, ihn aus meinem Haus zu werfen, doch den gab er mir nicht.

»Ich war vor zwei Tagen beim Arzt«, sagte er leise und stockte.

»Und?«, hakte ich nach.

»Ich habe Hodenkrebs.«

Die Worte trafen mich wie ein eiskalter Wasserschwall. In den vergangenen Monaten hatte ich mich manchmal dabei ertappt, dass ich ihm irgendwas an den Hals gewünscht hatte. Einen Buckel. Ein Horn auf der Stirn. Einen Penisbruch beim Sex. Hodenkrebs und ähnlich Schlimmes war allerdings nicht darunter gewesen.

»Das ist nicht dein Ernst«, platzte ich heraus. Ich wusste nicht, was ich sonst dazu sagen sollte.

»Der Arzt meint, dass eine Therapie möglich ist und gute Aussichten hat«, fuhr er fort. »Allerdings werde ich durch den Eingriff höchstwahrscheinlich unfruchtbar werden.«

Du lieber Himmel, das war genau das Thema, über das ich mich heute, nach vielen Stunden Autobahn und Stau, unterhalten wollte.

Sicher, mich erschreckte die Diagnose, aber wenn es heilbar war, hätte er doch nicht herkommen und mit mir sprechen müssen! Er hätte anrufen können oder eine Mail schreiben …

Krieg dich wieder ein, sagte ich mir. Komm runter. Der Kerl vor dir hat Krebs, das ist schlimm genug, und mag er auch ein Arsch sein, so etwas hat er nicht verdient.

»Das tut mir leid«, sagte ich steif. »Aber gibt es nicht Möglichkeiten … Man könnte doch dein Sperma einfrieren …« Sein Blick traf mich und brachte mich zum Schweigen. Ich hatte absolut keine Ahnung, was ich dazu sagen sollte. Oder was ich überhaupt fühlen sollte. Jan war fast acht Jahre mein Ehemann gewesen. Drei Jahre lang sogar ein guter Ehemann. Außerdem gehörte er irgendwie noch immer in mein Leben, durch Leonie würde ich mit ihm verbunden bleiben, ob ich wollte oder nicht.

»Ich wollte dich bitten, das Sorgerecht für Leonie mit mir zu teilen«, fuhr er fort. »Immerhin wird sie mein einziges Kind bleiben und …«

Er stockte, als er sah, dass ich tief Luft holte. Wieder hatte ich die Szene vor dem Scheidungsrichter vor Augen. Seine Abgebrühtheit, als der Richter verlas, dass er auf das aktive Sorgerecht verzichtete und sich mit Unterhaltszahlungen zufriedengab. Es hatte den Anschein gehabt, als würde Leonie ihn einen Dreck interessieren.

Und jetzt wollte er das Sorgerecht mit mir teilen.

Das bedeutete, er würde Leonie an den Wochenenden oder in den Ferien bekommen. Das bedeutete, dass sie, wenn er wirklich schwer krank wurde, aktiv mitverfolgen würde, wie er litt. Das bedeutete, dass sie, wenn er sich wieder erholte, seine wechselnden Partnerinnen sah und sich fragen würde, was für ein Mensch er überhaupt war.

»Ich weiß, nach der ganzen Geschichte ist das viel verlangt«, fuhr er fort. »Und du könntest jetzt auch sagen, dass ich diese Chance verspielt habe. Aber ich bitte dich, überleg es dir.«

Noch immer konnte ich nichts sagen. Die Gedanken wirbelten wild in meinem Kopf herum.

Wenn ich ja sagte, würde ich das bereuen?

Wenn ich nein sagte, würde er die ganze Sache wieder vor Gericht bringen?

Jan war eigentlich kein Mann, der ein Nein akzeptierte. Vielleicht würde er mich verklagen und all das, was ich versucht hatte, hinter mir zu lassen, wieder ans Tageslicht bringen.

Und mir würde dann nichts anderes übrigbleiben, als die Schmutzwäsche ebenfalls wieder hervorzuholen. All die Frauengeschichten, die Vernachlässigung und der geringe Anteil an Leonies Erziehung.

Und da waren auch Leonies Wünsche. Sie wollte so sehr, dass ihr Papa wieder Teil ihres Lebens war. Konnte ich ihr diesen Wunsch abschlagen, nur weil unsere Ehe zerbrochen war?

Auf einmal hatte ich einen riesigen Klumpen im Bauch. Mein Mund wurde trocken, und ein Zittern schlich sich in meine Hände. Fast fühlte es sich wie eine Panikattacke an.

Alles war bisher so gut gelaufen, und meine größte Sorge war das Schiff gewesen. Und nun erschien Jan auf der Bildfläche. Ich wünschte mir auf einmal, dass ich ihn nicht angerufen hätte.

Ich musste aufstehen und herumgehen, sonst hätte mich das alles zerfetzt.

Jans Blick folgte mir, als ich durch die Küche marschierte. Ich griff mir mit meinen eiskalten Händen an die Wangen und hoffte auf Besserung, doch die kam nicht.

»Du bist wütend, nicht wahr?«, sagte er. Seine Worte brachten mich zum Innehalten. Der Klumpen in meinem Magen drückte immer schlimmer.

Ich schüttelte den Kopf. »Verwirrt bin ich. Ein ganzes Jahr haben wir uns nicht gesehen. Ein ganzes Jahr hast du jeglichen Kontakt mit Leonie vermieden. Und jetzt stehst du hier und erzählst mir, dass du krank bist und deshalb das Sorgerecht geteilt haben willst.« Ich sah ihn direkt an. Meine Augen brannten, während in meinen Ohren der Puls hämmerte. »Sag mir, hättest du je daran gedacht, dich wieder um Leonie zu kümmern, wenn du nicht diese furchtbare Diagnose erhalten hättest?«

Er presste die Lippen zusammen. Also nein.

Und so hätte ich ihn auch eingeschätzt.

»Annabel, versteh doch, das mit uns …«

»Ich verstehe, wie das mit uns war«, fiel ich ihm ins Wort. »Du hast recht, es wäre nicht so weitergegangen. Und ich trauere dem auch nicht nach. Doch was soll ich von solch einer Bitte halten, wenn du mich nur ein paar Tage zuvor am Telefon damit abgefertigt hast, dass ich die Adresse der Sekretärin geben und dich nicht weiter behelligen soll? Es tut mir ehrlich leid für dich, diese Diagnose ist schlimm, und ich hoffe, dass du es überstehst. Doch wenn es dann so weit ist, wenn du wieder Oberwasser hast, willst du das dann immer noch? Wirst du dich um Leonie kümmern, weil du deine Tochter liebst, oder lässt du sie dann wieder fallen?«

Meine Stimme überschlug sich und mir blieb die Luft weg. Mein Herz raste. Da war sie wieder, die alte Wut. Und ich war erstaunt über mich selbst, dass ich in der Lage war, sie zu äußern.

Jan sagte nichts. Er starrte mich nur mit großen Augen an. Ich griff nach meinem Wasserglas und schüttete den Inhalt hinunter. Und mit jedem Schluck wünschte ich mir, dass er verschwinden würde, einfach verschwinden.

Erst nach ein paar Augenblicken, in denen Jan glücklicherweise schwieg, kam ich wieder runter von meinem Wuttrip.

»Entschuldige, dass ich so deutlich geworden bin. Aber das hier hatte sich die ganze Zeit über angestaut. Und wenn du nur einen Funken Verständnis für mich hast, wirst du einsehen, dass ich nicht einfach freudestrahlend auf dich zugelaufen komme und dir jeden Wunsch erfülle.«

»Darüber war ich mir im Klaren, als ich beschlossen habe, zu dir zu kommen«, sagte er nun und blickte aufs Tischtuch. »Aber hab auch Verständnis für meine Situation.«

»Das habe ich«, entgegnete ich und fragte mich, ob er wirklich länger als eine Minute darüber nachgedacht hatte oder ob das alles nur eine Kurzschlussreaktion war. »Doch ich muss auch mein Kind schützen. Ich habe selbst erlebt, wie es ist, wie man sich fühlt, wenn man von einem Elternteil hängengelassen, nein, vergessen wird. Leonie leidet bereits jetzt darunter, dass du dich niemals meldest. Ich will nicht riskieren, dass du sie, sobald du wieder genesen bist, ein zweites Mal fallenlässt.«

»Und was kann ich tun?«, fragte er.

Natürlich. Er, der Macher, glaubte, dass es für alles eine Lösung gab, und zwar mit einem Fingerschnippen.

»Ich weiß es nicht. Erst einmal muss ich all die Nachrichten verdauen, die ich gerade bekommen habe. Und dann denke ich nach. Es ist ja nicht so, dass ich dich aus Leonies Leben verbannt habe. Immerhin war ich diejenige, die angerufen hat. Und ich habe vor Gericht auch nicht gefordert, dass du nur Unterhalt zahlst. Erinnere dich, ich war dafür, das Sorgerecht zu teilen. Doch das wolltest du nicht, weil dich deine Geliebten wohl dumm angeschaut oder die Flucht ergriffen hätten, wenn ein Kind in deinem Wohnzimmer gespielt hätte.«

»Annabel!« Jetzt klang er fast schon ein wenig drohend. Mir war das egal, denn ich sagte nur die Wahrheit.

»Entschuldige«, lenkte ich ein und hob abwehrend die Hände. »Was du mit anderen Frauen treibst, geht mich nichts mehr an. Ich wollte nur sagen, dass du dich freiwillig von Leonie verabschiedet hast und ich eigentlich etwas anderes gewollt hatte.«

»Heißt das, du ziehst es in Erwägung?«

»Es heißt, dass ich darüber nachdenken werde, ja. Deine Diagnose sollte da keine Rolle spielen. Ob krank oder gesund, du wirst immer ihr Vater bleiben. Wir haben uns mit dem jetzigen Zustand arrangiert, man kann dir nicht vorwerfen, dass du nicht zahlst. Doch ich muss sicher sein, dass du die aktive Vaterrolle auch übernehmen willst, komme, was wolle. Und dass du sie übernehmen kannst, denn glaub mir, das ist manchmal kein Spaß. Es verändert dein ganzes Leben. Außerdem müssen wir sehen, was das für Leonie bedeutet, denn immerhin leben wir jetzt Hunderte Kilometer voneinander entfernt, und es wäre für sie sicher nicht gut, ständig durch die Gegend zu fahren.«

Er hätte nun leicht das Blaue vom Himmel versprechen können, aber er war klug genug, das nicht zu tun.

Stattdessen erhob er sich schwer von seinem Stuhl. Eigentlich wirkte er noch ziemlich gesund, doch ich wusste sehr gut, dass der äußere Eindruck eines Menschen täuschen konnte.

»Dann werde ich dich wohl besser allein lassen.«

»Ja«, entgegnete ich. »Aber verabschiede dich noch von Leonie.«

Er nickte und wirkte dabei ziemlich enttäuscht. Hatte er etwa geglaubt, dass ich sofort zustimmen würde? Noch vor einem halben Jahr hätte ich das vielleicht getan, doch jetzt hatte sich etwas in mir verändert. Wenn Jan sich aktiv um Leonie kümmern wollte, musste er beweisen, dass er es wollte.

Ich folgte ihm aus der Küche in Leonies Zimmer.

Meine kleine Prinzessin war natürlich traurig, aber Jan war immerhin klug genug, ihr zu versprechen, bald mal anzurufen. Ob er das wirklich tun würde, stand in den Sternen, doch fürs Erste war Leonie zufrieden.

»Fährst du jetzt gleich zurück?«, fragte ich, als ich Jan zur Tür begleitete.

»Nein, ich habe ein Hotelzimmer gebucht, als ich gesehen habe, dass ihr weg seid. Ich reise morgen wieder ab.«

Er sah mich an. Seine Miene war vollkommen verschlossen. Diesen Gesichtsausdruck kannte ich nur zu gut, und er verhieß nichts Positives.

»Mach's gut, Annabel.«

»Du auch«, entgegnete ich. Daraufhin wandte er sich um und ging zum Hoftor. Ich schaute ihm einen Moment lang nach, dann schloss ich die Tür und lehnte mich von innen dagegen.

Meine Wangen glühten. Und so tief ich auch ein- und ausatmete, der Druck in meinem Innern wurde nicht geringer.

»Mami, ich hab Hunger«, rief Leonie nun, die mir in den Flur gefolgt war.

Stimmt, eigentlich hatten wir nach unserer Ankunft etwas essen wollen. Jetzt wurde es bereits dunkel.

Ich seufzte noch einmal, dann schaltete ich wieder auf den Mutter-Modus um. Zum Nachdenken würde ich nachher noch Zeit haben.

»Alles klar, worauf hast du Lust?«, fragte ich und hob sie auf den Arm.

»Käsebrot aus dem Ofen!«, rief sie begeistert, als ich sie in die Küche trug. Und ich war froh, dass sie nicht fragte, warum ihr Vater nicht zum Essen geblieben war.

# 21

Kaum war Leonie selig lächelnd eingeschlafen, verließ ich das Haus und ging runter zum Strand. Der Wind war milder geworden, die Wellen rauschten träge. Am Horizont glomm ein letzter Rest Tageslicht.

Aus der Ferne tönte helles Lachen zu mir herüber. Ein Feuer flackerte irgendwo zwischen den Dünen, wahrscheinlich hatten es sich ein paar Jugendliche hier gemütlich gemacht. In der Ferne sah ich zwei Lichter. Offenbar hatte man dort Strandbars aufgestellt.

Mir fiel auf, dass ich seit meinem Einzug hier nicht mehr an mein Vergnügen gedacht hatte. Dass ich, seit ich von Jan geschieden war, nicht mehr daran gedacht hatte. Und auch schon davor. Ich war immer für Leonie da gewesen, sehr gern sogar. Und jetzt hatte ich genügend Ziele vor Augen, auf die ich meine Zukunft bauen konnte. Aber Vergnügen, pures, reines Vergnügen, wie sich an einer Strandbar zu betrinken oder einfach mal tanzen zu gehen, hatte ich mir nicht gegönnt.

Im Gegensatz zu Jan. Er hatte immer auf der Überholspur gelebt, hart gearbeitet, hart gefeiert. Leonie und ich waren zuletzt nur noch am Rand seines Lebens vorgekommen. Jetzt wollte er, bedroht von Krankheit und Therapie, jene Rolle mit mir teilen, die ich bisher allein innehatte.

Ich war mir nicht sicher, ob er sich das gut überlegt hatte.

Vielleicht war es ein impulsiver Entschluss gewesen. Vielleicht hatte ihm die Diagnose einen ordentlichen Schock versetzt. Vielleicht hatte ihm auch seine Mutter in den Ohren gelegen. Seine Mutter, die mit mir nie richtig warm geworden war und ebenfalls durch Abwesenheit in Leonies Leben glänzte.

Kurz spielte ich mit dem Gedanken, an den campenden Jugendlichen vorbei zu einer der Bars zu gehen und mich anständig zu betrinken.

Doch letztlich entschied ich mich, am Strand entlangzuschlendern, einfach so. Ich brauchte Ruhe, nicht Ablenkung. In meinem Kopf herrschte schon genug Durcheinander.

Im letzten Abendlicht erreichte ich die Steine. Die Nixensteine. Der Gedanke an Christian und die Geschichten, die er Leonie erzählt hatte, brachte mich wieder zum Lächeln.

Nixen sah ich hier nicht, aber ich wusste nach einer Weile genau, wo ich war.

Die weißen Rosen auf dem Stein waren vertrocknet, es sah so aus, als seien sie schon seit einer Weile nicht mehr ausgetauscht worden. Was war los?

Hatte der Blumenbringer das Interesse verloren, oder war er krank geworden?

Ich streckte die Hand nach den Blüten aus, die unter meiner Berührung zerfielen.

Ich spürte den Wind in meinem Haar und die Feuchtigkeit in der Luft. Allmählich kam ich zur Ruhe, die Gedanken über Jan zogen sich ein wenig zurück. Ich setzte mich auf den benachbarten Felsen. Einen Moment später hörte ich Schritte. Ich war sicher, dass es sich um einen der Jugendlichen handelte. Vielleicht brauchte er oder sie ein wenig Abstand von den anderen, einen Ort zum Alleinsein.

Ich drehte mich nicht um, spürte aber wenig später eine körperliche Präsenz hinter mir. Die Schritte stockten.

Wer auch immer da stand, hatte wohl nicht damit gerechnet, dass ich hier war.

Ich wartete einen Moment, dass er wieder gehen würde, doch er blieb. Jetzt drehte ich mich um, um zu sehen, wer da war, und erstarrte.

Im letzten Abendlicht erkannte ich Christian Merten. In seiner Hand hielt er einen frischen Rosenstrauß.

Der Wind trug den Duft der Blüten zu mir. Zwischen der algengeschwängerten Seeluft war es nur ein zarter Hauch, aber ich roch sie deutlich.

Christian wirkte überrascht. Das konnte ich ihm nicht verdenken. Ich war es auch.

Ich dachte an die Begegnung mit der geheimnisvollen Gestalt, die hier die Rosen abgelegt hatte. Nie im Leben wäre mir in den Sinn gekommen, dass sich Christian dahinter verbergen würde.

»Hi«, sagte er.

Einen Moment lang trafen sich unsere Blicke, dann schaute er verlegen auf den Rosenstrauß. Offenbar hatte ich sein Geheimnis gelüftet.

Ich wusste nicht so recht, was ich sagen sollte.

»Hi«, erwiderte ich.

Er zögerte eine Weile, dann schien er sich einen Ruck zu geben und trat an den Stein heran. Er nahm den alten Rosenstrauß herunter und legte den neuen an seine Stelle.

Dann setzte er sich neben mich.

Ich war verwirrt und fragte mich, worum er mit den Rosen trauerte. Um eine verflossene Liebe? War das der Grund, warum er so verschlossen wirkte?

»Du bist öfter hier, nicht wahr?«, machte er schließlich

den Anfang, ohne mich anzusehen. Ärgerte es ihn, dass ich es mitbekommen hatte? Oder fürchtete er meine Fragen?

»Ja, immer dann, wenn ich nachdenken muss«, gab ich zu. »Eigentlich bin ich immer sehr früh morgens oder abends hier, aber heute …«

Konnte ich ihm von Jan erzählen? Von seiner Diagnose und seiner Bitte? Ich zögerte.

Aber war es nicht so, dass ich ihm immer schon zu viel erzählt hatte?

»Mein Exmann ist heute bei uns aufgetaucht, kurz nachdem wir wieder zu Hause waren«, begann ich schließlich. »Ich hätte nicht damit gerechnet.«

»Und was wollte er?«

Ich atmete tief durch. »Der Arzt hat ihm gesagt, dass er … Krebs hat. Und jetzt möchte er sich wieder um Leonie kümmern.«

Christian schwieg darauf. Das konnte ich verstehen, für mich war es ja auch ein ziemlicher Hammer gewesen.

»Und was willst du nun tun?«

»Das weiß ich nicht«, entgegnete ich und blickte auf meine Schuhspitzen, die ich nur noch schemenhaft sehen konnte. Etwas weiter hinten juchzten die Jugendlichen. »Einerseits sehnt sich Leonie nach ihrem Vater, sie will ihn wieder bei sich haben oder zumindest von ihm besucht, beachtet werden. Nach der Scheidung war ich enttäuscht, weil er sich nicht um Leonie kümmern wollte, und jetzt …«

»Jetzt möchtest du das nicht mehr.«

»Doch, schon, aber … wenn er das täte, würde ich wieder mehr mit ihm zu tun haben. Und ich fürchte, dass dann alles wieder hochkommen könnte, all der Mist, den ich mit ihm erlebt habe.« Dass ich nach dem blöden Telefonat mit ihm geheult hatte, war der beste Beweis dafür.

Christian überlegte eine Weile, dann sagte er: »Dann musst du dich fragen, ob du für das Wohl deiner Tochter in Kauf nehmen möchtest, dich mit ihm abzugeben.«

»Na ja, ganz so einfach ist das wohl nicht. Jan könnte durchaus darauf klagen, das Sorgerecht mit mir teilen zu dürfen. Und außerdem wünscht sich Leonie so sehr, ihren Papa wiederzuhaben. Für sie würde ich alles tun. Und trotzdem weiß ich nicht, was ich machen soll. Immerhin wäre es möglich, dass er sie wieder enttäuscht, und das werde ich nicht zulassen …«

Ich presste die Lippen zusammen. Meine Wut brachte mich zum Zittern. Ich blickte auf das Meer, konnte es aber kaum noch sehen. Nur sein Rauschen war da, doch das konnte meine Beunruhigung nicht fortwischen.

Christian strich mir etwas unbeholfen über den Arm. Dann blickte er wieder auf den Stein.

»Ich habe dich gesehen, vor ein paar Wochen, damals hast du weiter vorn gesessen«, wechselte er plötzlich das Thema. »Ich wusste zunächst nicht, wer du warst, aber dann hast du mir deine Adresse genannt, und ich habe dich wenig später wiedergesehen, und weil wir uns da schon kennengelernt hatten, wusste ich, dass du das warst. Dummerweise habe ich nie den Mut gefunden, dich anzusprechen.«

Ich erinnerte mich an die Begegnung mit dem vermummten Fremden. Ich dachte auch wieder daran, dass ich die Blumen als Zeichen einer Liebe angesehen hatte, auf die ich neidisch gewesen war.

»Vielleicht hätte ich dir nachgehen sollen«, sagte ich.

Christian schüttelte den Kopf. »Es war gut, dass du es damals nicht getan hast. Die Geschichte, die an diesem Stein hängt, hätte ich dir damals sicher nicht erzählen wollen.«

»Und jetzt?«, fragte ich. »Magst du sie jetzt erzählen?«

Er antwortete nicht. Das war mir Antwort genug.

»Okay«, sagte ich. »Du musst nicht.«

»Doch, ich muss. Ich möchte. Du hast mich enttarnt. Und außerdem hat die Geschichte mit der ›Sturmrose‹ zu tun.«

Ich blickte ihn verwundert an. »Mit dem Schiff?«

Christian nickte. »Ja, mit dem Schiff. Ich wollte die ›Sturmrose‹ eigentlich nur haben, weil sie mit einem Ereignis aus meiner Kindheit verbunden ist.«

Ich dachte wieder an den Mann auf dem Foto, der Christian so ähnlich war.

»Ich war vollkommen von der Rolle, als ich sie nach so langer Zeit wieder im Hafen gesehen habe. Ich konnte nichts anderes tun, als jeden Tag dort hinzugehen und sie zu betrachten. Als könnte sie mir sagen …«

Er stockte.

»Nein, ich sollte von vorn anfangen. Ich … ich kann das nicht gut.«

»Von vorn anfangen?«

»Nein, von mir erzählen. Das hast du doch sicher schon gemerkt.«

O ja, das hatte ich! Aber ich hatte geglaubt, dass er eine rein geschäftsmäßige Beziehung zu mir haben wollte. Jetzt fühlte ich etwas anderes.

»Ich öffne mich nicht gern anderen Menschen. Erst wenn ich sie gut kenne oder mag, gebe ich ein wenig mehr von mir preis.«

»Und meinst du, dieser Moment ist jetzt gekommen?«

»Der Moment war eigentlich schon damals in Hamburg gekommen, als dein Vater die Einschusslöcher entdeckt hatte und wir am Abend aus waren. Doch dann nahm das Gespräch irgendwie eine seltsame Wendung, und ich habe wieder meine Schutzschilde hochgefahren. Das passiert mir manchmal, ohne dass ich das will.« Jetzt sah er mich an. »Aber nun bin ich mir sicher.«

Ich hätte jetzt flapsig entgegnen können: »Dann schieß mal los!«, aber das tat ich nicht. Ich nickte nur und ließ ihn erzählen.

# 22

## *Christian*

Mein Vater hieß Jonas, er war Bauarbeiter, ein ehrlicher, einfacher Mann. Er ging mit sechzehn in die Lehre, wurde Maurer, arbeitete dann tagein, tagaus in demselben Betrieb.

Eines Tages lernte er meine Mutter kennen, Rosi Winterberg. In der Disco. Die klassische Geschichte. Er trug Schlaghosen und Koteletten, sie einen Faltenrock und eine von diesen Folkloreblusen, die damals so angesagt waren. Sie tanzten schüchtern miteinander, redeten und verabredeten sich fürs nächste Mal. So ging es einige Wochen lang, bis er endlich den Mut hatte, sie zu küssen, und sie ihn bat, sie zu ihren Eltern zu begleiten.

Irgendwann im Sommer wurde sie dann schwanger. Als sie es meinem Vater sagte, war er vollkommen aus dem Häuschen, und er machte ihr einen Heiratsantrag. Damals war es auch in der DDR nicht gern gesehen, wenn eine unverheiratete Frau schwanger wurde.

Sie heirateten drei Monate später im Garten ihrer Eltern, gerade noch rechtzeitig, bevor ihr Babybauch richtig sichtbar wurde. Die Eheschließung und das erwartete Kind brachten ihnen eine kleine Neubauwohnung in Bergen ein. Die Zukunft schien gesichert.

Ich wurde geboren, einige Jahre später mein Bruder Lukas. Nach und nach sollten wir von unseren Eltern und von den Erziehungseinrichtungen des Landes zu sozialistischen Persönlichkeiten geformt werden, was bei mir nur bedingt klappte, denn der Empfang des Westfernsehens war gut, ich stand auf die Rolling Stones, Alice Cooper und David Bowie und verachtete wie viele meiner Schulkameraden die Popper, die mit breiten Schulterpolstern herumliefen und versuchten, auszusehen wie ihre schillernden Gesinnungsgenossen im Westen. Heimlich träumte ich sogar davon, mal zu einem Konzert eines Westmusikers zu fahren, aber das blieb im Jahr 1983 noch blanke Illusion, besonders hier an der Küste. Wir konnten bestenfalls in Rostock zu den Puhdys oder Karat gehen, aber so richtig mochte die keiner.

Meine Eltern ermahnten mich immer, in der Schule stillzuschweigen – darüber, was zu Hause gesprochen wurde, über die Sender, die wir schauten, und die Musik, die ich hörte. Ich versuchte, mich so gut wie möglich daran zu halten, obwohl mir klar war, dass jeder Westfernsehen sah.

Mein Leben verlief also so wie das fast jedes anderen Jungen – bis zu dem Tag, an dem mein Vater vergaß, mich von der Schule abzuholen.

Ich war ein paar Tage zuvor zwölf geworden und saß nun auf den brüchigen Stufen der Schultreppe. Meine alte lederne Schultasche stand neben mir, und ich beschäftigte mich damit, Papierkügelchen zu drehen, die ich mit der Fletsche abschießen konnte. Nicht dass noch ein Gegner da gewesen wäre. Meine Schulkameraden waren längst weg, hatten den Bus genommen oder, wenn sie schon vierzehn waren, ihre Mopeds.

Ich jedoch war der festen Überzeugung, dass mein Vater kommen würde, also wartete ich.

Das rote Pioniertuch hatte ich achtlos neben mich geworfen. An diesem Montag hatte ich es tragen müssen, weil wie jede Woche der Fahnenappell anstand, bei dem viel über Sozialismus und die Schule geredet wurde. Beides interessierte mich nicht sonderlich, aber es wurde erwartet, dass man sich mit in den Kreis stellte und zuhörte.

Allerdings hörte ich meistens nicht zu, sondern trat das Wasser aus dem durchgeweichten Schulhofboden oder zeichnete mit der Schuhspitze irgendwas in den Sand. Hinterher hätte ich nicht wiedergeben können, was gesagt worden war. Ich trottete mit den anderen zurück in den Klassenraum und kritzelte irgendwas auf die Seitenränder meiner Hefte.

»He, Junge, willst du hier festwachsen?«, schnarrte plötzlich eine Stimme über mir. Ich blickte auf. Der Hausmeister war ein hochgewachsener, breitschultriger Mann mit Schnurrbart und blauem Arbeitsanzug. In der Brusttasche hatte er immer eine Packung Juwel-Zigaretten, von denen er Schülern aus der Zehnten öfter mal eine zusteckte, wenn diese sich in die Raucherecke verdrücken wollten. Uns Jüngeren gab er nie was, er verscheuchte uns eher, wenn wir seinen Blumenrabatten zu nahe kamen oder uns im Werkkeller herumdrückten.

»Ich warte auf meinen Vater«, antwortete ich. »Er will mich abholen.«

Erst jetzt fiel mir auf, wie leer der Schulhof geworden war. Die Hortkinder waren ebenfalls schon lange weg, auf dem Parkplatz standen nur noch wenige Autos. Ein Blick auf meine Armbanduhr mit dem gesprungenen Glas sagte mir, dass ich bereits drei Stunden wartete. Mein Magen krampfte sich zusammen, als mir klarwurde, dass mein Vater mich vergessen haben musste.

»Vielleicht macht dein alter Herr 'ne Sonderschicht. Ich an

deiner Stelle würde nach Hause fahren, sonst sitzt du heute Nacht noch hier.«

Ich hätte ihm gern widersprochen, aber irgendetwas sagte mir, dass er recht hatte. Es würde besser sein, wenn ich ging. Außerdem würde der Hausmeister das Schultor bald abschließen. Ich hatte keine Lust, über den Zaun zu klettern.

Ich schnappte also meine Sachen und lief zur Bushaltestelle. Dabei hielt ich immer wieder Ausschau nach unserem weißen Trabbi. Doch er erschien nicht. Nach einer weiteren halben Stunde kam endlich der Bus, der ins Neubaugebiet von Bergen fuhr. Während der ganzen Fahrt war ich den Tränen nahe. Wie hatte mich mein Vater so einfach vergessen können? Er hatte doch versprochen, zu kommen.

Aber vielleicht war auch irgendwas passiert?

Als der Bus wenige Meter vor unserem Wohnblock hielt, brannte die Angst in mir. Ich rannte so schnell ich konnte zum Haus. Da ich einen Schlüssel für die Wohnung hatte, brauchte ich nicht zu warten, hereingelassen zu werden. Im Flur scheuchte ich die Katze von Frau Hebbel beiseite und rannte dann die Treppen hinauf. Völlig atemlos kam ich oben an und öffnete die Tür.

Schon beim Hereinkommen merkte ich, dass mein Vater da war. In der Wohnung durfte er eigentlich nicht rauchen, aber er tat es manchmal doch, wenn Mama unterwegs war. Jetzt roch es eindeutig nach F6-Zigaretten.

Wütend stapfte ich durch den Flur und schmiss meine Schultasche neben die Garderobe. Wenn er zu Hause war, warum hatte er dann sein Versprechen gebrochen?

Ich fand ihn am Küchentisch, wo er scheinbar teilnahmslos auf die Tischdecke starrte. Erst jetzt fiel mir auf, wie kalt es in der Wohnung war, oder wirkte. Ich wusste nicht genau, ob das Aprilwetter daran schuld war oder etwas anderes. Eine seltsame Stimmung hing in den Räumen.

Meinen Vater schien das alles nicht zu kümmern.

Ich wollte ihn anschreien, ihm Vorwürfe machen, dass er mich vergessen hatte, doch die Worte blieben mir im Hals stecken. Nie zuvor hatte ich meinen alten Herrn so gesehen.

Er schien mich gar nicht zu bemerken, seine Gedanken waren weit weg. Sein Blick fixierte einen Fleck auf der Wachstuchdecke. Der Aschenbecher neben ihm war voll. Zwischen seinen Fingern verglomm eine weitere Zigarette, Asche war aufs Tischtuch gefallen. Wenn meine Mutter das sah, würde sie wütend werden, denn es hatte sich ein kleines Brandloch gebildet, und Wachstuch war ziemlich schlecht zu bekommen.

»Papa?«, fragte ich, denn ihn so zu sehen, machte mir Angst. Etwas krampfte sich in meinem Bauch zusammen, und ich hatte keine Ahnung, warum das so war.

Noch immer rührte sich mein Vater nicht. Ich blickte auf die Uhr. Die Zeiger bewegten sich träge auf 18 Uhr zu. Da kam für gewöhnlich meine Mutter von der Arbeit. Wenn sie hier war, würde sich sicher klären, warum er so komisch war.

Plötzlich klingelte es an der Tür. Ich zuckte zusammen und wirbelte herum. Hatte meine Mutter ihren Schlüssel vergessen?

Da mein Vater sich immer noch nicht rührte, ging ich zur Tür. Frau Hebbel, unsere Nachbarin, stand dort. Mein Herz überschlug sich kurz. Hatte sie mitbekommen, dass ich ihre Katze vertrieben hatte?

»Hallo, Christian«, sagte sie freundlich. »Der Kindergarten hat eben bei mir angerufen. Die Frau fragte, wann Lukas endlich abgeholt wird. Sind deine Eltern schon wieder da?«

Der Kindergarten hatte bei den Nachbarn angerufen. Daran war eigentlich nichts Seltsames, denn wir hatten selbst kein Telefon. Alle Anrufe gingen immer über die Nachbarn, und die richteten es uns aus. Seltsam war nur, dass mein kleiner Bruder heute auch vergessen worden war.

»Ich sag Bescheid«, entgegnete ich und wich dem besorgten Blick der Nachbarin aus. Sie sollte nicht mitkriegen, dass hier was nicht stimmte.

Ich schloss die Tür und wartete eine Weile, dann ging ich wieder in die Küche. Es hatte sich nichts verändert. Mein Vater saß noch immer am Tisch und schien nichts mitzukriegen. Er verströmte so eine unheimliche Aura, dass ich zunächst nicht wagte, mich ihm zu nähern. Dann tat ich es doch. Vorsichtig zupfte ich an seinem Jackenärmel.

»Papa, was ist los?« Ein Schluchzen stieg in mir auf. Etwas Schlimmes ging da vor sich, da war ich sicher. Vielleicht war mein Vater krank? Erst gestern hatte Tim, ein Junge aus meiner Klasse, von seinem Großvater erzählt, der einen Schlaganfall erlitten hatte. Hatte auch mein Vater einen Schlaganfall? Erstarrte man, wenn man einen Schlaganfall hatte?

»Papa, das war der Kindergarten«, berichtete ich ängstlich. »Sie fragen, wann Lukas abgeholt wird.«

Jetzt kam Leben in meinen Vater. Er atmete tief und schwer durch und sah mich dann an.

In seinem Blick lag so viel Trauer und Verzweiflung, wie ich sie nie wieder bei einem Menschen gesehen habe.

»Mama hatte einen Unfall«, sagte er, so schleppend, als hätte er zu viel Alkohol getrunken. »Sie ist … gestorben.«

Ich starrte ihn an. Konnte mich nicht rühren und fühlte mich gleichzeitig, als würde ich fallen. Meine Mutter sollte tot sein? Das konnte doch nicht wahr sein! Und was sollte das für ein Unfall gewesen sein? Meine Mutter war doch heute Morgen wie immer mit dem Bus zur Arbeit gefahren!

Mein Vater erhob sich schwerfällig, augenscheinlich um zwanzig Jahre gealtert.

»Komm, wir müssen Lukas abholen«, sagte er und drückte meine Schulter. Er hatte es nicht so mit Umarmungen, und trösten konnte er auch nicht besonders gut. Aber in diesem Augenblick vermisste ich das nicht.

Mit war ganz schlecht, in meinem Inneren tobte es, aber weinen konnte ich nicht. Alles war so unwirklich. Es konnte doch nicht sein, dass Mama etwas passiert war. Es durfte einfach nicht sein.

Als wir in unserem gebraucht gekauften Trabant losfuhren, starrte ich auf die Gehsteige, beinahe so, als würde ich nach meiner Mutter suchen, als würde ich hoffen, sie zu sehen. Vielleicht war das alles ja ein großer Irrtum. Vielleicht hatte man meinem Vater einen dicken Bären aufgebunden. Das Sprichwort hatte ich von ihm selbst. Immer, wenn die »Aktuelle Kamera« lief, behauptete er, dass der Nachrichtensprecher den Leuten einen dicken Bären aufbinden würde, wenn von den Erfolgen in der Volkswirtschaft die Rede war. Von Erfolgen, die es in Wirklichkeit nicht gab, denn die Menschen standen vor den Läden lange an, wenn es mal Kuba-Apfelsinen oder Bananen gab. Selbst mit zwölf verstand ich schon, dass die vermeintlichen Erfolge geschönt waren und dass Nachrichten nicht immer die Wahrheit sagten.

Vielleicht galt das ja auch, wenn es um Unfälle ging?

»Sie sind heute Mittag zu mir gekommen«, begann mein Vater zu berichten, als wir unseren Wohnblock ein Stück hinter uns gelassen hatten.

Noch immer klang seine Stimme schleppend. Wahrscheinlich hatte er wirklich getrunken. In dem Fall hätte er nicht Auto fahren sollen. Aber das war mir egal. »Zwei Vopos, die der Brigadier im Schlepptau hatte. Die beiden wussten gar nicht, wie sie es mir sagen sollen. Und ich habe ihnen im ersten Moment auch nicht geglaubt. Sie berichteten von dem Unfall und dass der Fahrer geflohen sei. Allerdings hätten Passanten das Kennzeichen erkannt. Als ob das ein Trost wäre! Sie haben mich dann mitgenommen, ins Krankenhaus. Offenbar hatte man noch versucht, sie zu retten, aber da war sie schon zu weit weg. Die Stelle, an der sie ...«

Tränen erstickten seine Stimme. Jetzt heulte er los und übersah dabei fast eine rote Ampel. Gerade noch rechtzeitig sah er das rote Licht und trat auf die Bremse, so dass wir regelrecht nach vorn geschleudert wurden.

Mir war es egal. Alles in mir fühlte sich taub an. Als würde es nicht zu mir gehören. Ich schrie nicht mal, als die Bremsen quietschten und der Trabbi ein wenig zur Seite ausbrach. Wenn meine Mutter tot war und wenn stimmte, was die alten Leute immer von einem Himmel erzählten, dann wäre sie sicher da, und ich wollte dann auch nicht mehr auf der Erde sein.

Aber mein Vater bekam den Trabbi unter Kontrolle. Irgendwann erreichten wir den Kindergarten, in dessen Fenstern ein einsames Licht brannte.

»Willst du mitkommen oder hierbleiben?«, fragte mein Vater. Seine Augen blickten mich stumpf an, als würden sie durch mich hindurchsehen. Ich entschied mich fürs Mitkommen, denn ich wollte nicht mit meinen Gedanken allein im Auto sein.

Die Kindergärtnerin wirkte ziemlich geschafft und müde. Ich konnte ihr ansehen, dass sie meinen Vater am liebsten mit Vorwürfen überschüttet hätte, aber seine Miene hatte die gleiche Wirkung wie bei mir. Ihr Mund blieb offen stehen, und von einem Moment zum anderen schien sie nicht mehr zu wissen, was sie eigentlich sagen wollte.

Lukas sah verheult aus. Offenbar hatte er wie ich geglaubt, dass man ihn vergessen hatte. Oder schlimmer noch, dass man ihn einfach im Kindergarten lassen würde. Als er uns sah, stürzte er sofort auf uns zu, klammerte sich aber nicht an meinen Vater, sondern an mich.

»Bitte entschuldigen Sie, dass wir erst jetzt kommen«, sagte mein Vater zu der Kindergärtnerin, die noch immer kein Wort gesagt hatte. »Es ... es gab einen Zwischenfall in der Familie. Es wird nicht wieder vorkommen.«

Die Kindergärtnerin nickte. Wahrscheinlich fragte sie sich, was dieser Zwischenfall gewesen war.

Mein Vater war allerdings nicht bereit, es ihr zu erklären. Sie würde es schon noch mitkriegen.

»Dann schönen Abend noch, Frau Bauer«, verabschiedete er sich und ging mit uns den langen, mit beige gemustertem Linoleum ausgelegten Flur entlang.

Während der ganzen Fahrt schwiegen wir. Lukas kuschelte sich an mich. Ahnte er vielleicht, was passiert war? Nein, sicher nicht. Er war nur sauer auf meinen Vater, weil dieser ihn so lange hängengelassen hatte. Weil er stundenlang das Gefühl gehabt hatte, dass ihn keiner wollte. Ich war einfach heimgefahren, aber ich war auch sieben Jahre älter und wusste mir schon zu helfen.

Ich fragte mich, wie er auf die Nachricht reagieren würde, dass unsere Mutter nicht mehr nach Hause kommen würde. Würde er es verstehen? Würde etwas in ihm kaputtgehen? Auf einmal sorgte ich mich schrecklich um meinen kleinen Bruder. Am liebsten wäre ich jetzt mit ihm weggelaufen. Doch das hätte nichts an der Sache geändert.

An unserem Haus angekommen, stellte mein Vater den Trabbi auf dem Gemeinschaftsparkplatz ab. Das Licht der Straßenlampen fiel auf die Dächer der anderen Fahrzeuge, von denen einige schon sehr alt waren, aber die Leute machten sie immer wieder flott. Hinter dem Lampenschein schien die Dunkelheit alles zu verschlucken, auch unseren Wohnblock, dessen hell erleuchtete Fenster wie Glühwürmchen frei in der Luft zu schweben schienen.

Ich suchte unser Fenster, in der irrigen Hoffnung, dass dort ein Licht brennen würde. Wenn dem so war, hieße das nichts anderes, als dass Mama wieder zu Hause war.

Doch ich suchte vergebens. Das Fenster war dunkel. Wie hätte meine Mutter denn auch da sein sollen, wenn sie in der Leichenhalle eines Bestattungsunternehmens lag?

Vor unserer Wohnungstür wurden wir von der Nachbarin erwartet. Hatte etwa schon wieder jemand angerufen?

»Guten Abend, Herr Merten«, grüßte sie meinen Vater. »Sagen Sie, ist Ihre Frau noch gar nicht da? Ich wollte sie fragen, ob sie mir ihre Küchenreibe leihen könnte. Aber es macht niemand auf.«

Wie sollte sie denn auch? Ich blickte Frau Hebbel wütend an. Hatte sie vielleicht geschnüffelt und wusste schon, was passiert war? Rätselte man im gesamten Haus, was mit meiner Mutter passiert war?

Mein Vater warf einen Blick auf Lukas, dann auf mich. Ich verstand nun, warum er der Kindergärtnerin nicht alles haarklein erklärt hatte. Er hatte nicht gewollt, dass Lukas es auf diese Weise erfuhr.

»Ich bringe Ihnen die Reibe, Frau Hebbel, einen Moment.«

Mit zitternden Händen schloss mein Vater auf, dann sagte er zu mir: »Hilf Lukas doch schon mal beim Ausziehen, Christian.«

Ich nickte und zog meinen kleinen Bruder in den dunklen Flur.

Mein Vater eilte in die Küche, kam wenig später mit der Reibe wieder und verschwand hinter der Tür.

»Wo ist Mama?«, fragte Lukas, als ich ihm aus seinem Anorak half.

Ich presste die Lippen zusammen, denn ich wollte nicht der Überbringer dieser furchtbaren Nachricht sein.

»Ist Mama gar nicht da? Muss sie noch arbeiten?«, bohrte Lukas weiter nach.

»Papa wird dir alles erzählen«, entgegnete ich und hängte seine Jacke an die Flurgarderobe. Draußen vor der Wohnungstür redete mein Vater immer noch mit Frau Hebbel. Er sprach sehr leise, so dass ich nichts verstehen konnte. Aber das war gut so, denn so hörte auch Lukas nichts.

»Geh dir die Hände waschen«, sagte ich zu meinem kleinen Bruder. »Papa kommt gleich, und dann gibt's Abendbrot.«

Das Gespräch mit der Nachbarin zog sich endlos hin. Lukas war inzwischen mit seiner Katzenwäsche fertig und bombardierte mich in der Küche mit Fragen, während ich den Tisch deckte. Als er merkte, dass aus mir nichts herauszubekommen war, holte er seine Kindergartentasche und zog ein gefaltetes Kästchen heraus, auf das eine Blume geklebt war. »Das werde ich Mama schenken«, verkündete er stolz.

Mir stiegen die Tränen in die Augen. Damit er es nicht sah, wandte ich mich schnell ab und leerte den Aschenbecher in den Mülleimer. Aber ich war nicht schnell genug.

»Was ist?«, fragte Lukas verdattert. »Gefällt es dir nicht?«

Glücklicherweise kam mein Vater nun wieder rein. Jetzt war der Augenblick der Wahrheit gekommen. Er musste es Lukas endlich sagen!

Jonas Merten wirkte um Jahre gealtert, als er sich schwer auf einen Küchenstuhl fallen ließ.

»Lukas, ich muss dir was sagen …«, begann er. Ich hätte gern den Raum verlassen, doch ich blieb wie angewurzelt stehen. Vielleicht brauchte mich mein kleiner Bruder jetzt. Ich konnte nicht einfach abhauen.

In der Nacht weinte mein Vater. Es war das furchtbarste Geräusch, das ich je gehört hatte. Ich dachte darüber nach, zu ihm zu gehen und ihn zu trösten. Doch womit hätte ich das tun sollen? Mama war tot, und mir war selbst zum Heulen zumute. Ich vergrub mich also in meine Kissen und hoffte trotz allem doch ein wenig, dass die Welt morgen wieder in Ordnung sein würde.

Die Zeitung am nächsten Tag brachte über den Unfall nur eine kleine Meldung am Rande. Frau auf dem Weg zur Arbeit von PKW erfasst. Es wurde berichtet, dass sie hinter dem Bus hervorgekommen sei und der Fahrer gegen Paragraph 1 der StVO verstoßen habe: Vorsicht und gegenseitige Rücksichtnahme. Und dass er Fahrerflucht begangen habe. Hinweise aus der Bevölkerung seien eingegangen und hätten dazu geführt, dass der Täter ermittelt werden konnte.

Mehr schrieben sie nicht. Sie schrieben nicht darüber, dass mein Vater in einem Loch aus schwarzen Gedanken versank. Sie schrieben nicht darüber, dass es mich fast zerriss, zu begreifen, dass meine Mutter nie wieder durch die Tür kommen und mir irgendwas, was sie auf dem Weg gekauft hatte, zustecken würde. Und die Leute erfuhren auch nicht von Lukas, der sich seit dem Tod seiner Mutter in seine eigene Welt zurückgezogen hatte, in der er stundenlang auf seine Bausteine starrte, ohne auch nur einen von ihnen anzufassen.

Die Welt drehte sich weiter, doch unsere Welt war vollkommen aus den Fugen geraten. Papa ließ sich krankschreiben. Er konnte einfach nicht aus dem Haus gehen, und es schien, als würde er jeden Tag auf seinem Küchenstuhl auf die Rückkehr meiner Mutter warten.

Am Tag der Beerdigung war die Wohnung voller Leute, von denen ich viele kaum kannte. Natürlich kamen unsere Verwandten, aber von denen hatten wir nicht viele. Dann noch Arbeitskollegen meiner Mutter und die meines Vaters. Die Wohnung war blau vom Qualm, was meine Mutter gehasst hätte – doch sie war nicht mehr da.

Ich saß auf dem Sofa, ließ über mich ergehen, dass sie mir durchs Haar strubbelten und versuchten, tröstend auf mich einzureden. Vor meinem geistigen Auge sah ich noch einmal, wie der Sarg meiner Mutter in die Grube gesenkt wurde, und das Geräusch des Sandes, der auf den Deckel geworfen wurde, hallte in mir nach.

Irgendwann kuschelte sich Lukas an mich. Wenn es mir schon so dreckig ging, wie mochte es in ihm aussehen? Wie ein Baby schob er seinen Daumen in den Mund. Das hatte er schon lange nicht mehr getan. Ich legte meinen Arm um ihn, wusste aber nicht, wie ich ihn trösten sollte. Alles, was früher in mir gewesen war, schien verschwunden zu sein.

Doch irgendwann leerte sich die Wohnung wieder, und der Zigarettendunst floss durch die geöffneten Fenster hinaus.

Den Tag danach durfte ich noch zu Hause bleiben, doch dann ging ich wieder in die Schule.

Auch dort war einiges anders. Mein Klassenlehrer nahm mich beiseite und sagte mir, wie leid es ihm tue, dass meine Mutter gestorben sei. Während meiner Abwesenheit musste er mit meinen Schulkameraden gesprochen haben, denn einige kamen zu mir und reichten mir unbeholfen die Hand. Keiner wusste, wie es in mir aussah, aber ich freute mich irgendwie über diese Zuwendung. Nach einer Woche dann normalisierten sich die Schultage wieder, und auch darüber war ich froh. Ich wollte einfach nicht im Mittelpunkt stehen und ständig darüber reden, wie es bei uns nun weiterging.

Von nun an vergaß mein Vater nicht mehr, uns abzuholen, wenn er es versprochen hatte. Aber mich holte er nur noch sehr selten ab.

Es störte mich allerdings nicht, mit dem Bus zu fahren, denn so musste ich nicht seine herunterhängenden Mundwinkel sehen und seine traurigen Augen.

Wenn ich in der Wohnung war, machte ich mich praktisch unsichtbar, vergrub mich in den Schularbeiten oder kümmerte mich um Lukas. Mein Bruder sah so aus, als wäre bei ihm wieder alles in Ordnung, aber das stimmte nicht, denn eines Tages fragte er mich: »Ob Mama wohl vom Himmel aus sehen kann, was wir hier machen?«

Seine Frage schlug mir wie eine Faust in den Magen. Erst kurz zuvor hatte jemand aus der Parallelklasse gemeint, dass es keinen Himmel gebe und dass man zu Wurmfutter werde, wenn man starb. Er hatte das gesagt, um mich zu ärgern, doch seine Worte hatten tiefe Zweifel in mir hinterlassen. Was, wenn es wirklich keinen Himmel gab?

Aber darüber konnte ich mit Lukas nicht reden. Er war noch klein, und ich musste ihn beschützen.

»Klar sieht Mama, was wir hier machen«, antwortete ich also. »Und das wird sie immer tun, auch wenn wir alt sind.«

Damit war mein Bruder zufrieden und lehnte sich mit dem Daumen im Mund an mich.

Mein Vater brütete eine Zeitlang vor sich hin, wartete auf meine Mutter, obwohl er wusste, dass sie nicht kommen würde, und redete kaum. Dann zog er irgendwann wieder seine Arbeitsklamotten an und ging aus dem Haus. Noch immer war er traurig, noch immer weinte er nachts, aber er schien sich wieder zu fangen.

Ich bemerkte zunächst nicht, dass sich seine Trauer in etwas anderes verwandelte.

»Sie werden das Schwein bestrafen«, sagte er dann eines Abends zu mir, nachdem wir stundenlang stumm am Küchentisch gesessen hatten. Überrascht blickte ich von meinen Hausaufgaben auf. Der Blick meines Vaters ging an mir vorbei, seine Augen wirkten glasig. Ich hatte so konzentriert an meinen Matheaufgaben gesessen, dass ich gar nicht bemerkt hatte, wie die Flasche Korn auf den Tisch gekommen war. Und ich hatte auch nicht gesehen, wie viele Gläser mein Vater davon getrunken hatte. Es mussten aber ziemlich viele gewesen sein, denn er schwankte auf seinem Stuhl und lallte dann erneut: »Sie werden das Schwein bestrafen.«

Ich wusste, dass er den Unfallfahrer meinte. Insgeheim wünschte ich mir auch, dass er bestraft werden würde. Meinetwegen brauchte er sein ganzes Leben lang nicht mehr aus dem Knast zu kommen. Mein Schulfreund Ulli meinte, dass er mindestens lebenslänglich erhalten würde, und fügte mit einem Grinsen hinzu, dass man ihn in Amerika auf den elektrischen Stuhl setzen würde.

Das bezweifelte ich, und es war auch gefährlich, dass Ulli so was sagte, also schwieg ich dazu und fragte meinen Vater auch nicht, was dieser ominöse elektrische Stuhl war, der sich nach schlimmen Schmerzen und vielleicht auch Tod anhörte.

An dem Abend war ich wie mein Vater davon überzeugt, dass der Mann vor Gericht kommen würde. Wegen meiner Mutter und weil er sich so feige aus dem Staub gemacht hatte. Ein wenig wünschte ich mir auch, dass dieser Kerl sterben würde. Doch da ahnten wir noch nicht, dass die Mühlen der Gerechtigkeit manchmal anders mahlten.

Die Wochen vergingen, und die Sommerferien kamen. Langsam zog sich das Leben wieder zurecht. Lukas fehlte unsere Mutter immer noch sehr, und er weinte viel, besonders im Schlaf. Ich versuchte, ihn so gut wie möglich zu trösten, obwohl auch mir ständig zum Heulen zumute war. Aber wenn ich in der Schule war, konnte ich für einen Moment vergessen. Da waren Ulli und die anderen Jungs, mit denen ich mich gut verstand und auf das Ferienlager freute, in das wir fahren würden. Mama hatte das noch organisiert, und ich war fest entschlossen, an der Müritz eine schöne Zeit zu verbringen.

Meinem Vater schien egal zu sein, was er machte. Neben der Arbeit schien ihn nur noch eins wirklich zu interessieren. Täglich fuhr er zum Grab meiner Mutter, sortierte die alten Kränze aus und sorgte schließlich dafür, dass das Grab abgehügelt wurde. Jedes Wochenende nahm er uns mit und brütete dann stundenlang auf der Bank in der Nähe des Grabes, während Lukas und ich uns schrecklich langweilten.

Der Friedhof mit seinen dunklen Bäumen verschluckte selbst die größte Sommerhitze, so dass man sich nach wenigen Minuten schon wie in einem Kühlschrank vorkam. Lukas verstand nicht, warum wir dort waren, und quengelte, dass er nach Hause wollte. Da ich wusste, dass mein Vater mindestens eine Stunde lang stumme Zwiesprache mit meiner Mutter halten würde, versuchte ich ihn abzulenken, indem ich mir Geschichten ausdachte und mit ihm im Gebüsch verschwand. Dort erzählte ich ihm dann von Cowboys und Indianern, denn kurz zuvor war ich mit Ulli im Kino gewesen, wo wir uns »Die Söhne der großen Bärin« angesehen hatten. Ich fand Gojko Mitić richtig toll, viel besser noch als Pierre Brice als Winnetou. Eines Tages wollte ich so groß und muskulös wie er sein. Und für Gerechtigkeit sorgen. In den Indianerfilmen bekamen die Bösen immer die Strafe, und die Guten wurden belohnt.

»Kann der Mann, der Mama überfahren hat, auch von dem Häuptling bestraft werden?«, fragte Lukas mich eines Tages, was mir ziemlich die Sprache verschlug. Ich wusste, dass mein Vater darauf wartete, dass der Unfallfahrer angeklagt wurde, aber dass diese Frage Lukas auch beschäftigte, hätte ich nicht erwartet.

»Klar könnte er das«, antwortete ich, nachdem ich eine Weile überlegt hatte. »Aber er lebt nicht in Amerika. Hier werden ihn die Polizei und das Gericht bestrafen.«

Damit schien Lukas zufrieden zu sein.

Aber als ich an dem Abend im Bett lag, fragte ich mich, ob es wirklich dazu kommen würde, dass man den Unfallfahrer anklagte. Man wusste inzwischen, wer er war, auch mein Vater wusste das, denn irgendein Bekannter hatte es ihm verraten. Woher dieser Bekannte die Information hatte, wusste ich nicht, aber mein Vater glaubte ihm.

Nur schien dieser Mann nicht vor Gericht gestellt zu werden. Tag für Tag wartete mein Vater, vom Gericht vorgeladen zu werden oder zumindest etwas zu hören. Doch nichts tat sich.

Dann fuhr ich ins Ferienlager, und für die folgenden drei Wochen verschwanden alle trüben Gedanken aus meinem Kopf. Zwischendurch, bei der Neptun-Taufe, der Nachtwanderung und am Lagerfeuer, geschah es sogar, dass ich hin und wieder vergaß, dass meine Mutter gestorben war. Euphorisch nahm ich mir vor, ihr von meinen Erlebnissen zu schreiben, und einmal hatte ich eine Postkarte sogar schon mit »Liebe Mama, lieber Papa« begonnen.

Dann fiel es mir aber wieder ein, und da ich die Postkarte wegen der auf die Karte aufgedruckten 10 Pfennig Porto nicht wegwerfen wollte, kritzelte ich einfach irgendwas über das »Liebe Mama« drüber.

Dennoch waren diese drei Wochen sehr unbeschwert, weil ich den düsteren Blick meines Vaters nicht sehen musste und auch sonst nur selten an das, was geschehen war, erinnert wurde.

Als ich aus dem Ferienlager zurückkehrte, war mein Vater völlig verändert. Die Trauer war verschwunden und einem seltsamen Zorn gewichen, der wie eine Gewitterwolke über ihm hing. Auch wenn er nicht mit uns schimpfte, so hatte man doch das Gefühl, vorsichtig sein zu müssen bei dem, was man sagte und tat.

Ich konnte mir das nur so erklären, dass in der Zwischenzeit irgendwas mit dem Unfallfahrer los gewesen war. Hatte mein Vater vor Gericht aussagen müssen? Hatte ihn das alles so sehr aufgeregt?

Ich traute mich nicht zu fragen. Stattdessen nahm ich meinen kleinen Bruder, wenn der nicht gerade in den Kindergarten musste, mit zu meinen Freunden. Auch wenn die nicht begeistert waren und ihn immer mal wieder hänselten, war es doch besser für ihn, als in einer Wohnung zu hocken, in der unser Vater wütend vor sich hin murmelte, oder dort allein zu sein, weil er gar nicht da war.

Ein paar Wochen später dann wurde ich eines Abends wach, als ich fremde Stimmen im Wohnzimmer hörte. So spät bekamen wir eigentlich nie Besuch. Und die Männerstimmen, die durch die Wand drangen, waren mir auch gänzlich unbekannt. Obwohl es besser gewesen wäre, im Bett zu bleiben – besonders, weil ich meinen Vater nicht gegen mich aufbringen wollte –, erhob ich mich leise und kletterte die Leiter unseres Etagenbettes hinunter. Lukas, der unten schlief, weil er noch zu klein für die Leiter war, bemerkte nicht, dass ich auf Zehenspitzen zur Zimmertür schlich und diese dann vorsichtig öffnete.

»Bist du dir sicher, dass du das durchziehen willst?«, fragte eine Männerstimme. »Das ist ein gewaltiger Schritt, und es gibt kein Zurück mehr.«

»Sicher?«, erhob sich die Stimme meines Vaters. »Ob ich sicher bin?« Er stieß ein freudloses Lachen aus. »Seit vier Monaten warte ich darauf, dass der Mann, der Rosi auf dem Gewissen hat, vor Gericht gestellt und endlich bestraft wird. Aber nichts! Und ich weiß jetzt auch, warum das nie passieren wird. Weil das Schwein bei der Stasi ist. Die können doch nicht einen der Ihren wegsperren.«

»Jonas, sag das besser nicht zu laut, die Wände haben vielleicht Ohren«, ermahnte ihn ein weiterer mir unbekannter Mann.

»Meinetwegen können das alle hören, denn das ist die Wahrheit«, entgegnete mein Vater trotzig. »Die kriegen diesen Mistkerl nicht dran, weil der bei Horch und Guck ist. Und was ist mit uns? Meine Söhne haben ihre Mutter verloren, nur weil der Kerl Tomaten auf den Augen und seine Fahrerlaubnis erst drei Tage lang hatte!«

Er atmete tief durch und fuhr fort: »Der Kerl ist einundzwanzig! Mit einundzwanzig hat er ein Leben auf dem Gewissen. Und kriegt nichts! Keine Strafe! Ich würde ihm liebend gern den Hals umdrehen!«

Der Zorn in den Worten meines Vaters erschreckte mich so sehr, dass ich die Tür wieder zudrückte und dann ins Bett zurückhuschte. Die Leiter knarrte unter meinen Füßen, doch Lukas wachte zum Glück nicht auf.

Für mich war die Nacht aber gelaufen. Mit klopfendem Herzen starrte ich an die Zimmerdecke und versuchte zu verarbeiten, was ich gehört hatte.

Der Fahrer war also einundzwanzig Jahre alt, und mein Vater wusste genau, wer er war. Und wie es sich so anhörte, wollte er ihn umbringen. Ja, genau das hatte ich gedacht, dass mein Vater demnächst losgehen und diesen Mann umbringen würde.

Die Konsequenzen waren mir durchaus bewusst. Wenn mein Vater verhaftet wurde, würden wir ins Heim kommen. Und dann war alles aus.

Am liebsten wäre ich rausgegangen und hätte ihn gebeten, es nicht zu tun. Doch ich traute mich nicht. Mein Vater wäre sicher böse geworden – und zugegeben hätte er es mir gegenüber ganz sicher nicht.

Also blieb ich liegen, lauschte noch eine Weile den dumpfen, unverständlichen Stimmen, bis irgendwann eine Tür zuschlug und Ruhe einkehrte.

Nach dieser Nacht veränderte sich für uns erneut etwas. Mein Vater schärfte mir stärker denn je ein, dass ich in der Schule und den Nachbarn nichts vom Westfernsehen erzählen sollte, überhaupt sollte ich nichts von zu Hause erzählen. Manchmal, wenn wir in der Stadt unterwegs waren, zerrte er mich in irgendwelche Hauseingänge und sah sich gehetzt um. Manchmal stand er minutenlang auf der Straße und beobachtete den Gehweg. Wenn ich fragte, warum er das täte, antwortete er mir entweder gar nicht oder wich mir aus.

Ich bekam es mit der Angst zu tun. Das, was ich in jener Nacht belauscht hatte, hatte ich noch nicht vergessen. War mein Vater wirklich so weit gegangen, den Mann, der Mama totgefahren hatte, umzubringen?

Wenn ich allein war, durchsuchte ich fieberhaft die Zeitung, fand jedoch keine Meldung darüber, dass man eine Leiche gefunden hätte. Aber hatte Papa nicht selbst mal gesagt, dass nicht alles in die Zeitung kam?

Ich platzte beinahe vor Fragen, die ich gern gestellt hätte, doch ich traute mich nicht. In der Schule passte ich höllisch auf, dass ich auch niemandem zu viel erzählte. Meine Freunde fragten mich häufig, was mit mir los sei, aber ich redete mich mit der Trauer über Mama heraus.

Ich wollte nur noch allein sein, wollte endlich erfahren, was geschehen war. Ich lauschte manchmal bis tief in die Nacht, ob die Männer wiederkamen, doch das passierte nicht.

Dann, eines Tages, weckte mich Papa, kurz nachdem ich eingeschlafen war.

»Was ist los?«, fragte ich verschlafen.

»Steh auf und zieh dich an. Und dann pack ein paar Sachen, die du gernhast, in deinen Koffer. Aber schalte um Himmels willen das Licht nicht ein!«

Augenblicklich begann ich zu zittern. Was meinte mein Vater damit? Kofferpacken, nicht das Licht anschalten, das alles klang nach Flucht! Wollte er vor der Polizei davonlaufen?

Ich rührte mich nicht, starrte meinen Vater nur an.

»Na mach schon«, sagte dieser und beugte sich über Lukas, um ihn ebenfalls zu wecken.

Was würde er dazu sagen, wenn wir vor der Polizei wegliefen? Würde er verstehen, was Papa getan hatte?

Aber – hatte er denn wirklich etwas getan?

»Papa«, presste ich hervor, noch immer am ganzen Leibe zitternd.

»Was gibt es?«, fragte er ungehalten, während Lukas murrte, dass er nicht aufstehen wollte.

»Hast du den Mann, der Mama getötet hat, umgebracht?«, fragte ich.

Mein Vater erstarrte, schnellte dann in die Höhe. »Nein!«, platzte er erschrocken heraus. »Ich habe niemanden umgebracht. Wie kommst du nur auf so was?«

»Ich … ich habe … du hast doch gesagt, du würdest den Mann, der Mama totgefahren hat, gern umbringen.«

Obwohl nur das Mondlicht in das Zimmer fiel, konnte ich sehen, dass mein Vater blass wurde.

»Wann hast du das gehört?«

»An dem einen Abend, als die Männer hier waren.« Meine Angst wurde noch stärker, doch nun fürchtete ich mich vor meinem Vater. Was, wenn er mich für mein Lauschen bestrafte?

Mein Vater jedoch atmete tief durch. Seine Schultern senkten sich, und auf einmal schien sein Körper jegliche Spannung zu verlieren. Er sah offenbar ein, dass sein ältester Sohn bereits zu alt für irgendwelche Märchen war. Und mir wurde klar, dass dies eine Situation war, die unser gesamtes Leben grundlegend verändern würde.

»Diese Männer sind Freunde«, sagte er. »Ich habe sie kennengelernt, als du im Ferienlager warst. Sie wollen uns helfen, rüberzugehen.«

»Rüberzugehen? Wo rüber?«, fragte ich, denn für gewöhnlich redete ich mit meinen Freunden nicht über diese Art von Flucht.

»In den Westen«, präzisierte mein Vater. »Wir werden in den Westen gehen, weit weg von allem hier.«

»Aber das ist doch gefährlich!«, gab ich erschrocken zurück, denn ich hatte wieder vor Augen, was uns in Staatsbürgerkunde über die BRD erzählt wurde. Geschichten von Soldaten, die von Westspionen erschossen wurden, von den schlimmen Zuständen dort mit Arbeitslosen und Drogentoten. Und auch wenn das nicht in Staatsbürgerkunde erzählt wurde, wusste ich, dass Leute, die in den Westen flüchten wollten, manchmal erschossen oder festgenommen wurden und dann nie wieder aus dem Gefängnis rauskamen. Insofern war das, was mein Vater vorhatte, auch nicht viel besser als Mord.

»Ja, das ist gefährlich, aber wir haben an alles gedacht, meine Freunde und ich. Wir werden über die Ostsee flüchten, da brauchen wir keine Angst vor der Mauer zu haben. Auf dem Meer wird ein Schiff auf uns warten. Und das bringt uns dann an das westliche Ufer der Ostsee. Du weißt doch, dass die Ostsee auch an die BRD grenzt.«

Ja, das wusste ich, von den alten, zerfledderten Karten, die unser Geographie-Lehrer immer zu Beginn der Stunde aufhängte. Die BRD war noch kein Thema gewesen, aber ich kannte die gesamte Küstenlinie der Ostsee auswendig.

Mein Vater fasste mich sanft bei den Armen. Jetzt sah er mich so klar an wie schon lange nicht mehr. »Vertrau mir, Christian«, sagte er. »Und versteh mich. Ich will hier weg. Ich muss hier weg. Ich ertrage das alles nicht mehr. Ich ertrage nicht, dass die Gerechtigkeit nicht für Menschen gilt, die andere ausspionieren. Irgendwann werde ich dir alles erzählen, und dann werde ich dir auch sagen, wer der Mann war, der deine Mutter auf dem Gewissen hat. Aber jetzt müssen wir los, wir müssen es wagen. Ich will, dass ihr in einem Land aufwachst, in dem die Gesetze für alle gelten und nicht nur für einige.«

Ich wusste nicht genau, was er damit meinte, aber ich vertraute meinem Vater. Und ich schämte mich dafür, dass ich ihn für einen Mörder gehalten hatte. Wenn ich ihn richtig verstanden hatte, wollte er von hier weg, weil das Gesetz ihn enttäuscht hatte.

»Ist gut«, sagte ich und begann, meinen Schrank zu durchwühlen. Inzwischen war auch Lukas wach, und auch wenn er sicher nicht richtig verstand, was diese nächtliche Reise zu bedeuten hatte, war doch alles ein großes Abenteuer für ihn, das er gern mitmachte.

Es fiel mir schwer, mich zu entscheiden, was ich mitnehmen sollte, aber ich wusste, dass ich nicht mehr viel Zeit hatte. So packte ich die Pullover, die meine Mutter für mich gestrickt hatte, in meinen Rucksack. Außerdem zwei Boxer-Jeans, meinen Trainingsanzug, etwas Unterwäsche und ein paar besonders gute Kassetten. Von meinen Büchern mussten die meisten in der Wohnung bleiben, aber ich war sicher, dass es die auch im Westen zu kaufen gab. Die Schulsachen durfte ich zu Hause lassen, mein Vater meinte, dass ich im Westen andere Bücher und Hefte bekäme. Kaum zu glauben, dass ich am Nachmittag noch Hausaufgaben gemacht hatte. Hätte ich gewusst …

Aber ich hatte keine Zeit, um mich über die verschwendete Zeit zu ärgern. Schnell schlüpfte ich in meine Stoffturnschuhe. Über meine Klamotten zog ich meinen grünen Armeeparka. Wenn wir auf dem Schiff waren, würde es bestimmt lausig kalt werden.

Lukas wollte unbedingt seine Gummi-Cowboys und -Indianer mitnehmen, außerdem ein paar Bausteine, die DDR-Version der Lego-Steine. Ich packte auch noch einige Bilderbücher ein, denn ich wusste, dass sich mein kleiner Bruder schnell langweilte. Von seinen Klamotten passten mehr in seine Tasche, aber er war ja auch noch kleiner. Als wir aus dem Zimmer kamen, stolperten wir fast über Papas Tasche im Flur.

Da in der gesamten Wohnung kein Licht brannte, fiel es mir schwer, mir einzuprägen, wie sie aussah. Ich konnte mit geschlossenen Augen durch sie hindurchlaufen, ohne irgendwo anzustoßen, aber es fiel mir schwer, ihr Bild im Gedächtnis zu behalten.

»Kommt«, sagte Papa schließlich, schulterte seine Tasche und die von Lukas, während ich meinen eigenen Rucksack auf den Schultern trug. »Und seid so leise, wie ihr könnt. Niemand darf mitkriegen, dass wir das Haus verlassen.«

Dann öffnete er die Tür.

Im Haus war alles dunkel und still. Etwas Mondlicht fiel in den Flur. Man konnte gerade noch so die Treppenstufen erkennen.

Ich nahm Lukas' Hand und folgte meinem Vater nach unten. Ebenso, wie ich damals erst später realisiert hatte, dass meine Mutter für immer fort war, wollte ich auch jetzt noch nicht so recht daran glauben, nie wieder diese Treppe hinunter- und hinaufzugehen. Ich wollte nicht daran glauben, dass ich nie wieder Frau Hebbels Katze wegscheuchen und Post aus dem verbeulten Briefkasten holen würde.

Doch Zeit, um sich alles genauer anzuschauen, hatten wir nicht. Mein Vater vergewisserte sich, ob auch niemand auf der Straße war, dann verließen wir das Haus.

Ich dachte, wir würden mit unserem Trabbi fahren, aber mein Vater nahm uns beide bei der Hand und zerrte uns den Gehweg entlang, dann in eine Seitenstraße, wo die Straßenlampen ausgefallen waren. Dort wartete ein Auto auf uns, ein alter dunkelroter Dacia, dessen Motor klappernd erwachte, als wir in der Nähe waren. Zwei Türen wurden aufgestoßen, doch es kam niemand heraus.

»Steigt hinten ein«, wies uns mein Vater an, während er auf dem Beifahrersitz Platz nahm.

Im Fond des Wagens saß bereits ein Mann. Er war ebenso wie der Fahrer ein dunkler Schatten.

»Los!«, sagte er, und ich erkannte die Stimme eines der Männer, die uns nachts besucht hatten.

Wir ließen Bergen hinter uns und fuhren in Richtung Küste.

Weit war es nicht bis dahin, doch der Fahrer lenkte den Dacia auf verschlungenen und manchmal auch sehr unbequemen Wegen durch Wald und an einsamen Gehöften vorbei. Ich hätte beim besten Willen nicht sagen können, wo wir genau hinfuhren.

Mein Bruder drängte sich an mich. Er empfand diese Fahrt nicht als Abenteuer, sie machte ihm Angst. Das konnte ich ihm nicht verdenken, denn mir war auch mulmig zumute.

Wenn uns die Polizei erwischte, würde Papa ins Gefängnis wandern und wir ins Heim. So viel wusste ich.

Ich ertappte mich dabei, wie ich mich immer wieder umdrehte und durch die Heckscheibe spähte, ob uns jemand folgte.

Plötzlich tauchten tatsächlich Scheinwerfer auf.

»Wer sind die?«, fragte ich, davon überzeugt, dass gleich Blaulicht aufleuchten und eine Sirene loskreischen würde. Mein Vater warf ebenso wie der Fahrer einen Blick in den Rückspiegel.

»Niemand«, sagte der Mann am Steuer, doch ich konnte ihm anhören, dass er beunruhigt war. An der nächsten Kreuzung setzte er den Blinker, verlangsamte und bog ab. Jetzt würden wir erfahren, ob der Fahrer hinter uns tatsächlich etwas von uns wollte. Der Körper des Mannes neben mir spannte sich.

Wir fuhren eine Weile den Weg entlang, als sei das genau die richtige Richtung. Ich drehte mich wieder um.

»Mach das lieber nicht, Junge«, mahnte mich mein Nebenmann. »Tu einfach so, als sei alles in Ordnung.«

Das beunruhigte mich noch mehr. Aber ich richtete den Blick wieder nach vorn und beobachtete nun den Fahrer. Der ließ den Blick kaum vom Rückspiegel. Schließlich atmete er auf.

»Ist vorbeigefahren«, bemerkte er kurz und lenkte dann den Wagen an eine Stelle, an der er wenden konnte.

Zurück auf der Straße, fuhr er nun etwas schneller, denn der kurze Schlenker hatte uns ein wenig Zeit gekostet.

Ich fragte mich, ob das Schiff, mit dem wir fahren würden, direkt am Strand ankerte oder ob wir noch ein Stück weit rausrudern mussten. Oder vielleicht schwimmen? Ich war noch nie mit Klamotten geschwommen, und eine Badehose hatte ich nicht dabei. Und Lukas? Der konnte überhaupt nicht schwimmen!

Schließlich hielten wir in einem Waldgebiet an. Der Wind pfiff stark, und über den Bäumen tauchte hin und wieder der Mond hinter dicken Wolken auf. Die Ostsee, die jetzt ganz nahe zu sein schien, rauschte laut.

»Kommt mit!«, wies uns der Fahrer an, nachdem wir unsere Taschen aus dem Auto genommen hatten. Wir ließen den Wagen hinter uns und marschierten durch den Wald. Noch konnte ich das Meer nicht sehen, aber es hörte sich furchtbar wild an. Zu all meinen anderen Ängsten gesellte sich nun auch die, dass unser Schiff sinken könnte. Wer weiß, wie groß es überhaupt war?

Ich umfasste Lukas' Hand fester und wünschte mir, dass mein Vater mich als seinen älteren Sohn wenigstens vorher eingeweiht hätte.

Doch Zeit, um auf ihn wütend zu sein, hatte ich nicht. Als wir den Wald hinter uns gelassen hatten, wartete der Strand auf uns. Mondlicht fiel nun durch eine größere Wolkenlücke. Treibholz türmte sich bleich und gespenstisch vor uns auf. Lange Buhnenreihen und ein kleiner, windschiefer Bootssteg ragten ins Wasser und wurden von den tosenden Wellen teilweise überspült. Bei solch einem Wetter wollte man uns doch wohl nicht auf See schicken? Und wo war das Schiff?

Alles, was ich entdeckte, war ein kleines Motorboot, das an einer Stelle vertäut war, an der das Wasser noch nicht über den Steg schwappte. Die Männer hielten genau darauf zu.

»Also noch mal, wir fahren jetzt raus zum Treffpunkt, und dort steigt ihr um auf das Schiff. Das ist ein bisschen kniffflig, aber ihr seid ja nicht lahm, also solltet ihr es schaffen.«

»Ist die See nicht ein bisschen rau dafür?«, wandte mein Vater ein. Offenbar hatte er die gleichen Befürchtungen wie ich.

»Das ist noch gar nichts!«, winkte der Mann ab. »Da hatten wir schon ganz andere Touren. Und diesmal sind ja keine Frauen dabei, die Theater machen könnten.«

Er glaubte also, dass Lukas und ich keine Angst hätten. Da täuschte er sich aber gewaltig.

»Außerdem ist heute die beste Zeit. Wir haben die Pläne der Küstenwache genau studiert, jetzt, wo Erich in Rostock ist, sind sie hier ein wenig nachlässiger. Also kommt, so eine Chance kriegt ihr nicht wieder. Der Kapitän wird euch nach Timmendorfer Strand bringen. Dort meldet ihr euch bei der Polizei. Alles verstanden?«

Mein Vater nickte, und ich tat es ihm gleich. Und mir wurde klar, dass diese beiden Männer nicht irgendwelche Freunde meines Vaters waren. Sie waren Fluchthelfer, die wohl schon mehr Leute als uns über die Grenze geschickt hatten.

Als wir über den wackligen Steg schritten, war ich mir

nicht sicher, ob ich tatsächlich wegwollte. Natürlich war ich enttäuscht, dass Mamas Mörder nicht vor Gericht gestellt werden würde. Aber ich hatte Ulli und die anderen Jungs. Und Lukas hatte auch Freunde im Kindergarten. Hatte sich unser Vater wirklich gut überlegt, was er hier tat?

Sagen konnte ich allerdings nichts, denn die Angst schnürte mir die Kehle zu, als ich in das Boot stieg. Es schwankte bedrohlich, und so klammerte ich mich an der Jacke meines Vaters fest.

Die Fluchthelfer warteten, bis wir alle saßen, dann warf einer von ihnen den Motor an. Das Knattern übertönte für einen Moment sogar den Wind und das Rauschen der See. Ich hielt mir die Ohren zu und fragte mich, ob das nicht auch die Grenzposten hören würden. Überall gab es Wachtürme, und auf See warteten die Fregatten der Marine. Was, wenn sie uns erwischten?

Doch die Männer schienen daran nicht zu denken. Routiniert lenkten sie das Boot über die Wellen. Meine Angst wurde noch größer, als mir Wasser ins Gesicht und ins Boot spritzte. Wir wurden wild umhergeschaukelt, und je weiter wir uns von der Küste entfernten, desto schlimmer wurde es.

Schließlich zog sich der Himmel über uns zu. Ich drängte mich näher an meinen Vater und umklammerte Lukas' Hand ganz fest.

»Wer kümmert sich eigentlich um Mamas Grab?« Komischerweise war das das Einzige, woran ich jetzt denken konnte, während wir über das Wasser schaukelten.

Mein Vater schlang den Arm um mich. »Deine Großeltern«, sagte er. »Die kümmern sich darum.«

Es klang seltsam fremd, wenn mein Vater von den »Großeltern« sprach. Seine Eltern waren gestorben, als ich noch klein war, und zu den Eltern meiner Mutter hatten wir kaum

Kontakt. Nicht mal zu ihrer Beerdigung waren sie gekommen. Ich hatte nie erfahren, warum unser Verhältnis so schlecht war.

Deshalb hoffte ich, dass sie sich auch wirklich um Mamas Grab kümmern würden. Hin und wieder hatte ich bei unseren Besuchen am Grab gesehen, dass dort Blumen standen, die wir nicht hingestellt hatten. Ich versuchte mir nun einzureden, dass sie von ihnen waren und dass schon alles gut werden würde.

Die Fahrt schien kein Ende zu nehmen. Noch immer war es stockdunkel auf See. Lampen hatte das Boot nicht eingeschaltet.

Der Mann, der das Boot nicht steuerte, klemmte sich hinter ein kleines Funkgerät, das er unter einer Bodenplanke hervorgezogen hatte, als wir die Küste schon weit hinter uns gelassen hatten.

Er setzte sich Kopfhörer auf und begann dann, eine Frequenz zu suchen. Offenbar wollte er den Kapitän des anderen Schiffes erreichen. Wir waren wohl nicht mehr weit vom Treffpunkt entfernt.

Doch wir fuhren immer weiter. Der Mann am Funkgerät horchte nur, der Kapitän des Schiffes schien sich nicht zu melden.

Ich blickte auf meine Uhr. Mittlerweile war es schon fast zwei. Wie lange würden wir noch fahren? Ich blickte zu Lukas, der es hinbekam, trotz des heftigen Schaukelns zu schlafen. Das Gesicht meines Vaters lag in tiefen Schatten. Zu gern hätte ich gewusst, was ihm gerade durch den Kopf ging. Dachte er an Mama?

Ich war sicher, dass wir nicht in dieser schaukelnden Nussschale sitzen würden, wenn sie damals nicht überfahren worden wäre. Sie hätte ganz gewiss nicht weggewollt, erst recht nicht in einem Motorboot, das den Eindruck machte, jeden Augenblick zu kentern.

Schließlich wurden meine Augen so bleischwer, dass ich sie trotz meiner Angst und des Schaukelns nicht offen halten konnte. Doch kurz bevor ich in den Schlaf abdriftete, regte sich das Funkgerät. Ich schreckte hoch und war auf einmal wieder hellwach. Eine beinahe unverständliche Stimme rief uns. Unser Funker antwortete sofort. »Ja, Gärtner, wir hören dich!« Offenbar hatte er den anderen problemlos verstanden.

Die Funkstimme gab jetzt eine Position durch, an der das Schiff warten würde. Unser Fluchthelfer bestätigte und rief seinem Kameraden etwas zu. Der verlangsamte das Boot ein wenig.

Ich fragte mich, wie sie in dieser Finsternis etwas sehen wollten, doch da bemerkte ich ein Licht. Es flammte nur kurz auf, war aber deutlich zu sehen gewesen.

»Da!«, rief ich. Die Männer drehten sich um.

Nach einer Weile flammte das Signal erneut auf.

»Da lang!«, rief der Funker dem Steuermann zu, der einen kleinen Bogen fuhr.

Mittlerweile wurde der Wind schärfer, der Himmel aber wieder etwas klarer. Meine Augen hatten sich inzwischen so sehr an die Dunkelheit gewöhnt, dass ich das Schiff nur wenig später ausmachen konnte. Den Männern ging es genauso, denn sie hielten nun direkt darauf zu und gingen dann längsseits.

Unser Fluchtschiff war ein kleiner Fischkutter mit Fahrgastabteil. Sein blauer Bug schaukelte auf dem Wasser, während sich die Aufbauten weiß gegen den pechschwarzen Himmel absetzten. Der Schriftzug »Sturmrose« war kaum zu lesen, doch der Name brannte sich mir ins Gedächtnis ein. »Sturmrose«, das klang nach einem Schiff, das sich gut gegen schlechtes Wetter durchsetzen konnte. Gleichzeitig klang es aber auch sehr weiblich. In einem Buch hatte ich mal gelesen, dass die Seemänner den Schiffen vorwiegend weibliche Namen gaben, weil es Frauen früher nicht erlaubt gewesen war, an Bord zu gehen.

Die Fluchthelfer hatten nicht zu viel versprochen, aufgrund des ziemlich starken Seegangs war es fast unmöglich, das Boot in einer Position zu halten, in der wir gefahrlos aussteigen konnten.

»Ich bringe zuerst Lukas rauf«, entschied mein Vater. »Und dann hole ich dich und gehe hinter dir nach oben.«

Mein Vater hieß meinen Bruder, sich im Huckepack an ihn zu klammern. Inzwischen wurde vom Schiff eine kleine Strickleiter heruntergelassen.

Gespannt und voller Sorge beobachtete ich, wie mein Vater daran hochkletterte.

Auch der Kutter schwankte trotz seines höheren Gewichts mächtig. Ich fragte mich, ob es nicht besser gewesen wäre, uns in einem Netz hochzuziehen, wie den König im Märchen von der klugen Bauerntochter. Doch dann sah ich, dass dieses Schiff gar kein Netz bei sich führte.

Nachdem mein Vater meinen kleinen Bruder sicher an Deck abgesetzt hatte, kletterte er wieder nach unten. Ich hätte ihm am liebsten gesagt, dass er oben bleiben sollte, aber gleichzeitig hatte ich höllische Angst, mich allein an dieser Leiter nach oben zu hangeln. Mein Vater stieg wieder in das schwankende Boot, dann war ich an der Reihe.

»Halt dich gut fest«, sagte er zu mir, während er mir half, meinen Rucksack zu schultern. »Und hab keine Angst, ich bin hinter dir und fang dich auf, solltest du abrutschen.«

Ich fragte mich, wie er mich fangen wollte, wo das Boot unter ihm noch viel schlimmer schwankte als der Kutter.

Aber ich setzte meinen Fuß auf die erste Sprosse und zog mich dann hinauf. Ein wenig kam ich mir wie im Sportunterricht vor, wo ich im Seilklettern eigentlich ganz gut war. Okay, mit dem Tempo haperte es, aber andere schafften es nicht einmal bis ganz nach oben.

Allerdings war es kein trockenes, ruhiges Seil, an dem ich hochkletterte. Meine Finger konnten sich nur schlecht an den durchgeweichten Tauen festhalten, und wegen des Schwankens kam ich nur langsam voran. Einmal rutschte ich tatsächlich ab, aber wie versprochen war mein Vater hinter mir und hielt mich.

»Alles gut«, schrie er gegen das Tosen der Wellen an. »Kletter weiter, du hast es gleich geschafft!«

Danach sah mir das nicht aus. Wenn ich nach oben blickte, erschien mir die Reling meterweit entfernt. Aber ich kletterte weiter, und auf einmal musste ich an meinen Freund Ulli denken. Der würde Augen machen, wenn er mich so sehen könnte! Sobald wir wieder auf dem Festland waren, würde ich ihm eine Karte schreiben!

Nach weiteren Anfeuerungsrufen meines Vaters kam ich schließlich oben an. Meine Arme und Beine zitterten, ich fühlte mich völlig entkräftet und wusste beim besten Willen nicht, wie ich an Bord gelangen sollte.

Da streckte mir ein Mann seine Hand entgegen. Er hatte einen graumelierten Bart, war untersetzt, trug eine Strickmütze und einen dicken Wollpullover. Seine Hand fühlte sich grob und schwielig an. Doch er hatte wahnsinnig viel Kraft. Als er mich zu fassen bekam, zog er mich mit einem Ruck über die Reling.

»Na, Junge? Willkommen an Bord«, sagte er zu mir.

Ich starrte ihn an, als hätte ich den Weihnachtsmann vor mir.

»Scheiße, die haben uns entdeckt!«, rief es plötzlich von unten. »Sie schicken eine Patrouille, um nachzusehen, was hier los ist. Sehen Sie zu, dass Sie verschwinden.«

Ich zuckte zusammen und blickte zu meinem Vater. Der beeilte sich, dass er die Leiter hinaufkam. Die Fluchthelfer machten das Boot schnell los, und wenig später brausten die beiden davon. Der Kapitän, von dem ich nur kurz das Gesicht gesehen hatte, eilte an sein Steuerrad und fuhr los.

Ein harter Ruck ging durch das Schiff. Beinahe wären wir alle drei zu Boden gegangen. Doch unser Vater fing uns auf und brachte uns in die Fahrgastkabine, aus der uns ein merkwürdiger Geruch entgegenströmte. Es roch wie in der Schulküche, wenn alle Schüler schon wieder draußen waren und die Küchenfrauen anfingen, die Töpfe zu scheuern, der Geruch der vorherigen Mahlzeit aber immer noch wahrnehmbar war.

Wir hockten uns neben eine der bequem gepolsterten Bänke auf den Boden.

»Ist besser so«, erklärte mein Vater, als fürchtete er Protest von uns. »Wer weiß, ob die auf uns schießen, wenn sie das Schiff sehen.«

Das erschreckte mich ziemlich, und mir wurde klar, welch hohes Risiko der Kapitän des Kutters einging, indem er in die Hoheitsgewässer der DDR fuhr.

Viele Momente schwiegen wir ängstlich, dann ertönte über uns eine Stimme.

»Willkommen an Bord der ›Sturmrose‹! Wir haben soeben das Hoheitsgebiet der Bundesrepublik Deutschland erreicht. Sie sind somit freie Bürger!«

Das wäre der Moment gewesen, aufzujubeln. Und wahrscheinlich hatten das die Flüchtlinge vor uns auch getan. Doch unser Vater zog uns nur fest an sich. »Wir haben es geschafft«, sagte er unter Tränen. »Wir haben es geschafft!«

Nun erhob sich mein Vater, und wir durften auf den Sitzbänken Platz nehmen. Lukas rollte sich auf einer der Bänke zusammen, ich versuchte, noch ein bisschen wach zu bleiben. Das Schiff schaukelte weiterhin bedrohlich. Ich fragte mich, wo die Matrosen waren. Auf einem Schiff gab es doch immer Matrosen.

Als ich meinen Vater danach fragte, meinte er, sie seien vorn, beim Kapitän. Da dieses Schiff kein Fischkutter mehr war, brauchte man auch nicht viel Besatzung.

»Der Maschinist ist im Maschinenraum, und sicher gibt es jemanden, der den Kapitän am Steuer ablösen wird, wenn die Fahrt länger dauert.«

»Und wie lange wird sie noch dauern?«

»Ein wenig.« Mein Vater zauste mir durchs Haar. Jetzt war er wieder der Vater, der er früher gewesen war, bevor meine Mutter starb. »Leg dich am besten auch hin. Ich wecke euch beide, wenn wir da sind.«

Ich nickte und legte mich quer auf die Sitzfläche der Bank. Meine Beine baumelten herunter, aber das störte mich nicht. Mein gesamter Körper fühlte sich schwer an, und ich war zu erschöpft, darüber nachzudenken, wie es weitergehen sollte. Die Hauptsache war, dass mein Vater und Lukas bei mir waren.

Wie lange ich schlief, wusste ich nicht, doch irgendwann erwachte ich vom Aufschrei meines Vaters.

»Lukas?«, rief er panisch. »Lukas, wo bist du?«

Inzwischen wurde es hell, und wir waren sicher nicht mehr weit von Timmendorfer Strand entfernt. Ich realisierte nicht gleich, warum mein Vater so aufgeregt war. Doch dann wurde mir klar, dass mein kleiner Bruder fehlte.

Erschrocken rappelte ich mich auf.

»Papa?«, rief ich, doch er hörte mich nicht. Er stürmte aus der Kabine.

Als ich ihm folgen wollte, wurde ich zur Seite gerissen und prallte gegen eine der Bänke. Mir blieb kurz die Luft weg, als sich die Kante eines Tisches in meine Rippen bohrte. Dann sah ich, dass die See stahlgrau war und sich kaum von dem dicht bewölkten Himmel unterschied. Hohe Wellen türmten sich neben dem Schiff auf und schaukelten es wild durch.

Ich schrie auf und krallte mich an der Sitzbank fest, als das Schiff erneut herumgerissen wurde. Der Sturm, vor dem ich mich in der Nacht gefürchtet hatte, war da. Und da draußen stand mein Vater. Wo war Lukas?

Auf einmal wurde mir schlecht vor Angst. Wenn ihm nun etwas passiert war?

Es war sicher nicht klug, nach draußen zu gehen, aber ich musste wissen, was los war. Wo mein Bruder war.

Sobald sich das Schiff wieder ein wenig beruhigt hatte, kämpfte ich mich zur Tür. Draußen war niemand zu sehen. War mein Vater von Bord gerissen worden?

Mir schlug das Herz bis zum Hals, als ich meinen Blick über die bedrohlichen Wellenberge schweifen ließ. Meinen Vater konnte ich dort nicht entdecken, auch Lukas nicht. Also mussten sie noch auf dem Schiff sein.

Ich hangelte mich so gut es ging an der Wand der Fahrgastkabine entlang, bis ich endlich den Führerstand erreicht hatte.

»Sie müssen die Maschinen stoppen!«, schrie in dem Augenblick mein Vater den Kapitän an. »Bitte, stoppen Sie die Maschinen! Mein Sohn ist über Bord gegangen.«

»O Gott«, sagte der Kapitän und fuhr die Maschinen herunter. »Sind Sie sicher? Vielleicht versteckt er sich ja unter einer der Bänke.«

»Nein, nein«, rief mein Vater verzweifelt. »Ich habe überall nachgesehen. Er ist nicht mehr da!«

Ich wirbelte herum. Das konnte nicht sein. Lukas konnte doch nicht verschwunden sein. Er war nicht so, dass er allein herumlief, schon gar nicht nachts!

»Christian!«, hörte ich meinen Vater rufen, als ich herumwirbelte und nach draußen stürmte. In dem Augenblick wurde das Schiff wieder von einer Welle herumgeworfen. Ich verlor den Halt, schrie auf und prallte mit dem Kopf an etwas Hartes. Sterne explodierten vor meinen Augen, und ich war sicher, dass ich jetzt ebenfalls im Wasser landen würde. Doch das war egal, denn nach einer Weile spürte ich nichts mehr.

Als ich wieder zu mir kam, lag ich in einem Zimmer mit weißer Decke. Eine Kugellampe baumelte über meinem Kopf. Die Luft war warm. Im ersten Moment glaubte ich, zu Hause zu sein, aber die Geräusche waren anders. Und die Bettdecke, unter der ich lag, fühlte sich auch anders an.

Ich versuchte mich aufzurichten. Wo zum Teufel war ich? Dann spürte ich einen stechenden Schmerz in meiner Schläfe. Ich tastete meinen Kopf ab und spürte Verbandszeug. Und da erinnerte ich mich wieder.

»Papa?«, fragte ich. Meine Stimme kratzte in meinem Hals. Panik überfiel mich. Wo hatte man mich hingebracht? War das das Kinderheim? Und wo war Lukas?

Nach einer Weile gelang es mir, mich aufzusetzen. In meinem Kopf hämmerte es ganz furchtbar, doch ich schaffte es aus dem Bett und ging ans Fenster. Mein Blick fiel auf einen etwas wild wirkenden Garten.

Sah so ein Kinderheim aus? Wo war bloß mein Vater?

Plötzlich hörte ich Stimmen. Schritte näherten sich. Ich

taumelte zum Bett zurück und zog mir die Decke bis zum Kinn. Hoffentlich waren es keine Polizisten!

Wenig später öffnete sich die Tür, und mein Vater erschien in Begleitung eines fremden Mannes. Der trug eine Tasche bei sich, die er auf einem Stuhl neben dem Bett abstellte.

»Na, junger Mann, bist du wach?«, fragte mich der Fremde und holte ein Stethoskop aus der Tasche.

Ein Arzt, schoss es mir durch den schmerzenden Schädel. Der Mann ist nur ein Arzt. Du bist auf dem Schiff hingefallen, erinnerte ich mich. Deshalb ist er hier.

Ich ließ über mich ergehen, dass er mich abhorchte und dann den Verband an meinem Kopf wechselte.

Mein Vater stand am Fenster, den Blick auf den Garten gerichtet. Ich konnte sein Gesicht nicht erkennen. Aber etwas fehlte. Lukas. Hatte er ihn denn nicht wiedergefunden?

»Papa, wo ist Lukas?«, fragte ich. Mein Vater rührte sich nicht. Es war wie damals, bevor er mir gesagt hatte, dass Mama gestorben war. Auf einmal überfiel mich heftiges Bauchkneifen.

»Papa?«, fragte ich panisch, worauf sich der Arzt umwandte.

»Herr Merten? Sie müssen es ihm sagen. Wenn Sie wollen, gehe ich auch gern raus.«

Mein Vater regte sich immer noch nicht. Er schien vor dem Fenster festgewachsen zu sein. Der Arzt wirkte ein wenig ratlos. Ich hatte Angst. Angst davor, dass mein Vater die furchtbare Ahnung bestätigte, die in mir tobte.

Nach endlosen Sekunden drehte sich mein Vater um und kam zu mir. Er hockte sich neben das Bett, richtete den Blick aber nicht auf mein Gesicht, sondern auf die Decke.

»Christian, dein Bruder … Wir haben ihn nicht wiedergefunden.«

»Ist er tot?« Meine Worte dröhnten in meinen Ohren. Erst meine Mutter. Dann Lukas. Das konnte nicht sein. Das durfte einfach nicht sein.

Mein Vater senkte den Kopf. Der Arzt legte mir die Hand auf die Schulter. Ich fiel ins Bodenlose.

# 23

»Mein Vater ist nie über den Tod meines kleinen Bruders hinweggekommen«, schloss Christian seine Erzählung. »In den folgenden Monaten wurde versucht, zu rekonstruieren, was geschehen war. Noch im Auffanglager erschienen Polizisten, die meinen Vater zu jener Nacht unserer Flucht befragten. Und auch zu mir kamen sie. Doch ich konnte ihnen nur sagen, dass ich tief und fest geschlafen hatte. Und dass ich Lukas zuletzt gesehen hatte, als er sich auf der gegenüberliegenden Sitzbank zusammengerollt hatte.

Als wir schließlich entlassen wurden, waren die Experten zu dem Schluss gekommen, dass mein Bruder nachts aufgewacht und auf dem Schiff umhergelaufen sein musste. Vielleicht war er geschlafwandelt. Das war uns zu Hause nicht aufgefallen, aber ein Kinderarzt meinte, dass das bei Kindern unter starkem psychischem Druck vorkommen könnte.

Mein Vater machte sich schwere Vorwürfe und versank wieder in diese Schweigsamkeit, die er auch schon nach Mamas Tod an den Tag gelegt hatte. Nur gab es jetzt niemanden, dem er die Schuld geben konnte. So gab er sie sich selbst und begann, sich dafür zu bestrafen.

Er verfiel dem Alkohol, so schwer, dass er schließlich eine Entziehungskur machen musste, um das Sorgerecht für mich nicht zu verlieren.

Er wurde arbeitslos, fing sich dann aber wieder und bekam einen neuen Job. Vom Alkohol ließ er die Finger, und ich hoffte, dass alles gut werden würde. Ich ging aufs Gymnasium, denn ich wollte mein Abitur machen und studieren. Doch dann, mit sechsundvierzig Jahren, wurde bei meinem Vater Leberkrebs festgestellt. Ich war achtzehn, als ich ihn beerdigen musste und damit ganz auf mich allein gestellt war. Ich versuchte dennoch, meinen Weg zu gehen, schaffte das Abitur und bekam einen Studienplatz. Aber als die Mauer geöffnet wurde, konnte ich mich nicht darüber freuen, denn ich dachte nur daran, wie glücklich mein Vater darüber gewesen wäre, die allmächtige Stasi und damit auch den Mann, der Mama getötet hatte, fallen zu sehen.«

Als der Wind die letzten Worte davongetragen hatte, fühlte ich mich furchtbar flau. In diesem Augenblick hätte ich einen Korn vertragen können. Christian war auf der »Sturmrose« geflohen. Von diesem Schiff, das er gekauft hat, war sein kleiner Bruder gefallen und ertrunken.

Ich blickte auf das Meer, den Kopf voll mit den Bildern, die Christians Worte heraufbeschworen hatten.

Eine Flucht übers Meer: ein Vater, der mit seinem Verlust nicht klarkam und seinen Söhnen ein besseres Leben bieten wollte – und dafür auf furchtbare Weise bezahlen musste. Und unsere »Sturmrose«.

Ich wollte etwas sagen, konnte es aber nicht.

Christian schien das zu spüren, und es gab auch noch ein paar Dinge, die er mir erzählen wollte.

»Als ich die ›Sturmrose‹ im Hafen von Sassnitz sah, traute ich meinen Augen nicht. In meiner Erinnerung war sie viel größer gewesen, beinahe ein Kreuzfahrtschiff. Aber ich wusste genau, dass sie das war. Und ich wusste, dass ich dieses Schiff haben musste. Unbedingt.«

»Dann wusstest du es also? Die ganze Zeit?« Meine Stimme klang fremd in meinen Ohren.

»Ja, ich wusste, dass die ›Sturmrose‹ ein Flüchtlingsschiff war.«

»Und warum hast du mir das nicht gesagt?« Ich konnte nicht glauben, was ich da hörte. All die Zeit kannte er die Geschichte der »Sturmrose« und hatte sie mit keinem Wort erwähnt?

Zu einem anderen Zeitpunkt wäre ich darüber vielleicht enttäuscht gewesen. Jetzt nahm mich seine Erzählung ziemlich mit und ich ärgerte mich nur wenig über sein Schweigen. Natürlich war die Geschichte sehr privat, aber er hätte zumindest erwähnen können, dass das Schiff etwas mit seiner Familiengeschichte zu tun hatte.

»Weil ich dir Zeit geben wollte, es herauszufinden«, erklärte er. »Früher oder später wärst du darauf gekommen – oder ich hätte es dir irgendwann gesagt. Ich wollte nur nicht …«

»Du wolltest die Geschichte deiner Familie nicht einer Wildfremden erzählen, nicht wahr?«

»Ja«, entgegnete er. »Das wollte ich nicht. Und wenn es nach mir geht, bleibt dieser Teil der Schiffsgeschichte auch unter uns. Ich will nicht, dass es publik gemacht wird, all das Leid meiner Familie … Das ist nur für dich, ja?«

»Ja. Versprochen. Danke.«

Ich verstummte wieder. Noch immer konnte ich nicht fassen, was ich erfahren hatte. Mein Kopf hämmerte. Es war alles zu viel, eindeutig zu viel. Ich wusste nicht, was ich denken oder tun sollte, alles schwirrte wild in mir herum. Ich blickte aufs Meer, doch es war mit der Dunkelheit verschmolzen. Nur das Rauschen der Wellen zeigte an, dass es noch da war.

Minutenlang saßen wir schweigend nebeneinander. Das Juchzen der Strandcamper und die Musik aus den Bars waren verstummt. Die Lichter der Seebrücke strahlten einsam in die Nacht.

»Du bringst die Blumen für ihn her, nicht wahr? Für Lukas«, sagte ich schließlich.

»Ja«, antwortete Christian. »Hauptsächlich für Lukas, denn sein Leichnam wurde niemals gefunden, und so hat er auch keinen Grabstein. Deshalb habe ich diesen Stein ausgesucht, einen Stein, der an ihn erinnern soll und mir einen Platz gibt, an dem ich um ihn trauern kann.«

Plötzlich musste ich wieder an meine Mutter denken.

In all den zurückliegenden Jahren hatte ich mir nie Gedanken darum gemacht, wie ihre Flucht abgelaufen war. Und dass auch sie bezahlt haben könnte. Angestachelt durch das Gerede der Funktionäre, hatte ich stets geglaubt, dass sie mich geopfert hatte. Doch nun … Was, wenn ich nun der Preis gewesen war? Und was, wenn sie darüber gestorben war? Lebte sie noch?

Eine unbeschreibliche Trauer stieg plötzlich in mir auf.

»Andererseits bringe ich die Blumen auch für meine Mutter und meinen Vater her. Hin und wieder fahre ich zwar zu ihren Gräbern, aber das finde ich eher bedrückend. Wenn ich hier bin, kann ich mich an sie erinnern, wie sie im Leben waren.«

Das klang sehr schön, einen Ort zu haben, an dem man sich an einen Menschen ohne die Last des Todes erinnern konnte.

»Woran denkst du?«, fragte Christian und legte mir die Hand auf den Rücken. Seine Augen waren gerötet, aber sonst wirkte er gefasster als ich. Obwohl es doch sein Bruder war, den das Meer verschlungen hatte.

»Ich denke an meine Mutter«, entgegnete ich. »An den Preis, den sie bezahlen musste für die Freiheit.«

»Hat sie auch rübergemacht?«

Ich nickte. Rübergemacht. So hieß das damals. Ein so harmlos klingendes Wort, das alles beinhaltete: Vorbereitungen, Angst, Hoffnung, Herzklopfen, Freude, Ernüchterung. Es hieß bei uns im Volksmund nicht: »Sie sind geflohen«, so wurde es erst später genannt. Man sagte: »Sie haben rübergemacht.« Und je nach ideologischer Einstellung bewunderte man die Leute dafür oder empörte sich darüber.

»Eines Tages ist sie verschwunden, einfach so. Hat mich vorher noch ins Bett gebracht. Als ich wach wurde, lag ich in einem Polizeiauto. Meine Mutter war weg. Ich dachte erst, ihr sei etwas passiert, aber die Polizisten sagten mir, dass sie verschwunden sei. So eine Angst hatte ich noch nie in meinem Leben. Sie brachten mich in ein Heim, wo ich auf einer Schlafliege geparkt wurde, inmitten von anderen Kindern. Erklärungen gab man mir nicht. Ich lag völlig verängstigt da und hoffte, dass das alles nur ein Traum, ein Missverständnis sei.

Als ich gegen Morgen doch einschlief und mich dann jemand an der Schulter rüttelte, dachte ich im ersten Moment, dass ich wieder zu Hause sei und meine Mutter mich weckte. Dass alles nur ein Alptraum sei. Aber es war keiner. Ein Parteifunktionär erschien und erklärte mir, dass meine Mutter Republikflucht begangen hätte. Für so ein Vergehen steckte man die Kinder meist in den Jugendwerkhof, weil man davon ausging, dass sie ihren verbrecherischen Eltern geholfen hatten. Doch ich war mit meinen sechs Jahren noch viel zu jung, um mich der Beihilfe zu bezichtigen. Natürlich wurde ich gefragt, was meine Mutter in den vergangenen Tagen so angestellt hatte, aber ich hatte nichts mitbekommen. Wenn meine Mutter überhaupt Fluchtvorbereitungen getroffen hatte, hatte sie sie gut vor mir verborgen.

Als man sich sicher war, dass ich tatsächlich nichts wusste, wurde ich zunächst im Heim untergebracht, dann adoptiert von meinen jetzigen Eltern. Mein Vater war tadelloser Genosse, und da er und seine Frau keine eigenen Kinder bekommen konnten, hatte er schon lange auf einer Warteliste für Adoptivkinder gestanden. Die Hansens nahmen mich auf und damit auch in Kauf, dass sie von nun an von der Stasi überwacht werden würden. Denn es war ja möglich, dass meine Mutter reuig wieder auftauchte und mich abholen würde. Zumindest habe ich jahrelang felsenfest daran geglaubt. Doch sie kam nicht. Und ich erfuhr nie, ob sie überhaupt nach mir gesucht hat. Mittlerweile frage ich mich manchmal, ob es ihr überhaupt möglich gewesen wäre, mich zu finden. Ich selbst fühlte mich von so vielen Aussagen umstellt, dass es mir schwerfiel, die Wahrheit zu erkennen.

Nach einigen Jahren gelangte ich zu der Überzeugung, dass sie mich einfach nicht gewollt hatte. Dass sie mich aufgegeben hatte für Strumpfhosen, Kaffee und schicke Sommerkleider. Das war die beste, einfachste Erklärung. Ich hatte nicht den Mut, eine andere zu suchen. Außerdem wollte ich nicht zurück ins Kinderheim, wollte keine ›Übriggebliebene‹ sein. Also nahm ich meine Adoptiveltern als meine Eltern an. Und bis heute kann ich nicht sagen, dass sie schlechte Eltern waren. Ich liebe die beiden, und das wird immer so bleiben.«

Schweigen folgte meiner Geschichte. Sie war kürzer als die von Christian, aber was sollte ich weiter erzählen? Das war alles, was ich wusste, ich hatte nie nachgefragt.

Doch jetzt schien mich ihr Schicksal zu verfolgen: erst der Traum, dann das Schiff, dann Christians Erzählung. Irgendwie kehrte in meinem Leben alles, was nicht erledigt worden war, wieder zurück.

»Und deine Mutter?«, fragte Christian. »Hat sie nie versucht, dich zu finden? Oder du sie?«

Ich schüttelte den Kopf. »Nein. Sie hat es ganz sicher nicht versucht und ich … auch nicht.«

»Dann hast du ihnen also geglaubt, was sie über sie gesagt haben?«

Ich erhob mich ruckartig und verschränkte die Arme vor der Brust.

»Ja, das habe ich.«

»Und jetzt?«

Ich wusste, was er meinte. Warum hatte ich kritiklos hingenommen, was andere mir gesagt hatten? Aus Bequemlichkeit? Oder weil ich es geglaubt hatte?

»Ich habe vor einiger Zeit von ihr geträumt«, sagte ich, was nicht wirklich eine Antwort war. Aber ehrlich gesagt wusste ich keine. Tief in meinem Herzen saß immer noch der ätzende Verdacht, dass sie mich einfach im Stich gelassen hatte. Die Wende war an mir vorbeigezogen, ohne dass ich mir tiefergehende Gedanken gemacht hätte. Auch die Hoffnung, dass meine Mutter eines Tages vor mir stehen und hallo sagen würde, hatte ich nicht gehabt.

Aber jetzt war ich mir auf einmal nicht mehr sicher.

Wer wusste schon, was die Funktionäre meiner Mutter gesagt hatten, falls sie nach mir gesucht hatte. Vielleicht gab es irgendwo auch einen Stein für mich, auf dem sie Blumen niederlegte.

Tränen schossen mir in die Augen. Ich war nicht sicher, ob das Weinen meiner Mutter galt oder der Geschichte, die ich gehört hatte.

Ich konnte nichts dagegen tun, dass meiner Kehle ein

kurzes Schluchzen entschlüpfte. Sofort war er bei mir. Seine Arme, die mich umfingen, waren warm und sanft, sein Körper, an den ich mich lehnte, war stark genug, um mich zu halten.

Jetzt gab es keinen Grund mehr, stark zu sein, ich ließ mich gehen und weinte hemmungslos.

Christian hielt mich fest, drückte meinen Kopf sanft an seine Schulter und vergrub seine Finger in meinem Haar.

Auf einmal spürte ich den Wind nicht mehr, nur noch ihn, und auf einmal war es, als würde etwas in meinem Inneren aufbrechen. Die Schale um ein lange vermisstes Gefühl platzte auf und entließ es wieder in die Freiheit.

Als ich mich ein wenig beruhigt hatte, schaute ich ihn an. Nicht, dass ich im Dunkeln viel gesehen hatte, aber ich spürte, wie er sich mir näherte. Seine Lippen berührten meinen Mund ganz vorsichtig, als hätte er Angst, sich zu verbrennen. Wenig später küssten wir uns leidenschaftlich, verkrallten uns regelrecht ineinander. Ich schmiegte mich an seinen Körper, der sich so unverschämt gut anfühlte, und spürte, dass auch er sich an mir festhielt. Wir beide waren zwei lose im Wind umherflatternde Bänder, die jetzt, wo sie sich ineinander verschlangen, den Halt fanden, nach dem sie lange gesucht hatten.

Nach einer Weile lösten wir uns voneinander, doch nur kurz. Ich nahm ihn bei der Hand und führte ihn über den Steinstrand zur Treppe zu meinem Haus. Die aufkommenden Zweifel schob ich beiseite. Leonie schlief, sie würde nichts mitbekommen. Und wir würden leise sein.

Christian folgte mir bereitwillig, und ich spürte, dass er es genauso wollte wie ich. Schweigend erklommen wir die Stufen, und oben küssten wir uns erneut leidenschaftlich. Tau benetzte unsere Gesichter und Haare, als wir an den Büschen entlanggingen. Ich dachte wieder an den Tautropfengarten meiner Kindheit, und ein seltsames Glücksgefühl durchströmte mich, denn nun, endlich, hatte ich den Prinzen gefunden. Zumindest für diese Nacht. Was dann kam, würde die Zeit zeigen.

Auf Zehenspitzen schlichen wir durchs Haus zum Schlafzimmer. Auf dem Weg warf ich einen Blick durch die leicht offenstehende Kinderzimmertür. Leonie schlief tief und fest, sie schien sich nicht mal bewegt zu haben.

Für einen Moment fragte ich mich, was ich tun würde, wenn Leonie einfach so verschwände. Verrückt werden, das war die einzige Antwort, die mir darauf einfiel. Verrückt werden vor Angst.

Doch sie war hier, und Christian war bei mir, und als wir das Kinderzimmer passiert hatten, wallten andere Gefühle in mir auf, die nichts mit Angst zu tun hatten. Es war, als hätte Christian mit seiner Geschichte eine Tür in mir aufgestoßen. Er hatte sich geöffnet, und ich musste nun auch keine Angst mehr haben, aus mir herauszugehen. All die Wünsche meines Körpers bündelten sich zu einem Verlangen: Christian zu spüren, an und in mir, und mit ihm zu erleben, was ich so lange entbehrt hatte.

Wir sahen uns an, dann, als würde eine unsichtbare Macht uns zueinander ziehen, fielen wir uns in die Arme. Christians Küsse waren zunächst zurückhaltend, wurden dann ebenso wie meine fordernder.

Wir schälten uns gegenseitig aus den Kleidern, küssten uns zwischendurch, als hätten wir beide Angst, den anderen im Meer des Verlangens zu verlieren.

Als ich meine Brüste an seinen Körper schmiegte und seine Haut auf diese Weise zum ersten Mal spürte, verschwamm alles um mich herum. Es gab nur ihn, der mich hielt, der mich wärmte. Und als wir gemeinsam aufs Bett sanken, nahm ich ihn bereitwillig in mich auf. Er bewegte sich zunächst langsam, forschend, zuweilen hielt er ganz inne, um mich anzusehen, um mich zu küssen. Schließlich drehte ich ihn herum, setzte mich auf ihn und begann, mich auf seinen Hüften zu bewegen.

Zuerst fürchtete ich noch, dass Leonie uns überraschen würde, und versuchte, jedes Seufzen, jedes Stöhnen so leise wie möglich zu halten. Doch dann war es mir egal. Ich stützte mich auf seiner Brust ab, während seine Hände meine Hüften festhielten, und als wir schließlich kamen, sank ich auf ihn und genoss es, von dem Luststrudel mitgerissen zu werden.

Ich erwachte, als das erste Morgenlicht durch das Fenster fiel und die Vögel mit ihren Gesängen begannen. Im ersten Moment hielt ich das, was passiert war, für einen Traum. Doch dann stellte ich zu meiner Erleichterung fest, dass dem nicht so war. Christian schlief neben mir, den Kopf auf seiner Armbeuge, den freien Arm auf meiner Hüfte.

Lächelnd strich ich mit der Hand über seine Brust und verharrte an der Stelle, an der sein Herz pochte. Ruhige Schläge – wenn überhaupt, träumte er etwas Entspannendes. Meine Berührung blieb einen Moment lang ohne Folgen, doch dann weckte sie ihn.

Er schlug die Augen auf, langsam, zunächst ohne zu wissen, wo er war. Jedenfalls nahm ich das an. Doch dann erinnerte er sich wieder. Der Arm, auf dem ich gelegen hatte, zog mich zu ihm.

»Guten Morgen«, sagte ich, während mein Haar über ihn fiel wie eine schützende Decke.

»Guten Morgen, Seejungfrau«, entgegnete er und küsste mich. »Du bist also nicht wieder ins Wasser gesprungen?«

»Nein, warum sollte ich denn? Ich habe ja meinen Prinzen mitgenommen.«

Er zog fragend die Augenbrauen hoch.

»Andersen«, sagte ich.

»Ich weiß«, sagte er. »Nur, bin ich dein Prinz?«

»Ich denke schon, oder hast du deine Krone nicht dabei? Dann reicht es auch, dass du ein Seemann bist.« Wieder fanden sich unsere Lippen, und ich legte mein Kinn auf sein Brustbein, das leicht unter seiner Haut hervorschaute.

»Dann werde ich versuchen, dem Anspruch gerecht zu werden«, sagte er und streichelte mir übers Haar.

# 24

Es war verrückt. Ich wollte eine Suchanzeige nach einer wildfremden Frau aufgeben. Einer Frau, die keine Veranlassung hatte, mir zu schreiben. Von der ich nicht mal wusste, ob sie überhaupt an der Ostseeküste lebte. Und doch hoffte ich, dass Lea mein Gesuch lesen würde.

Stundenlang ging ich die Möglichkeiten durch. Eine Zeitungsanzeige in allen wichtigen Blättern des Landes schalten zu lassen wäre zu teuer gewesen. Eine Suche im Internet zeigte mir zahlreiche Foren auf, in denen Menschen nach vermissten Personen forschten. In einigen Fällen sogar mit Erfolg. Besonders aussichtsreich erschien mir ein Forum, in dem sich ehemalige DDR-Flüchtlinge austauschten.

Da es nichts kostete, dort ein Gesuch aufzugeben, postete ich mein Anliegen in allen besser besuchten Foren, inklusive des Flüchtlingsforums.

Den Inhalt des Briefes verschwieg ich allerdings, das war Leas Privatsache. Aber ich spickte das Posting mit Eckdaten, die nur sie kennen konnte.

An diesem Nachmittag, kurz nach einem weiteren Treffen mit Hartmann, bei dem ich ihm den Rohentwurf zu dem Prospekt vorgestellt hatte, traf ich mich mit Christian, der verschwunden war, bevor Leonie wach wurde. Wir wollten sie nicht gleich mit Onkel Christian in Mamas Bett konfrontieren.

Nun stapfte er mir mit einem Werkzeugkasten auf der Binzer Strandpromenade entgegen.

»Du meine Güte, ich wusste ja nicht, dass du nicht allein kommst«, sagte ich und deutete auf den riesigen Kasten, der aussah, als hätte er ihn noch von seinem Vater.

»Ich habe dir doch versprochen, deine Möbel zusammenzubauen, oder?«, entgegnete er mit Unschuldsmiene. »Dazu brauche ich Werkzeug.«

»Aber heute?«

»Warum denn nicht? Oder erwartest du heute Abend noch irgendwelchen Herrenbesuch?« Er zog mich an sich und küsste mich.

»Nein, aber ich hätte nicht gedacht, dass du gleich zur Tat schreiten willst.«

»Mir ist heute Nachmittag ein Termin ausgefallen, also helfe ich mal fix einer alleinerziehenden Mutter.«

Ich lächelte ihn an. Seit der Nacht, in der er mir seine Familiengeschichte erzählt hatte, war er wie verändert. Jedenfalls mir gegenüber.

»Okay, dann komm mal mit«, sagte ich zu ihm und fasste ihn am Arm.

Eine ältere Frau im langen kupferfarbenen Leinenkleid, der wir auf der Strandpromenade begegneten, grüßte Christian und lächelte mir dann zu.

»Auweia, das war Frau Rosenbohm«, sagte er, als wir an ihr vorbei waren. »Jetzt wird wohl die ganze Stadt erfahren, dass ich mich von einer Frau abschleppen lasse.«

»Und, wäre das denn so schlimm?«, fragte ich zurück.

»Nein, aber du weißt ja, ich möchte für die meisten Menschen ein großes Mysterium bleiben. Wenn sie erfahren, was ich privat so mache, werden sie mich nicht mehr in Ruhe lassen.«

»Ach, campt dein Fanclub vor deinem Haus?«

»So in etwa. Außerdem stürzen sich wegen mir regelmäßig die Frauen von der Klippe.«

»Dann solltest du besser umziehen, denn ich habe vor, mein Leben noch eine Weile zu genießen.«

Zu Hause angekommen, fiel mein Blick auf die Uhr. Viertel nach eins. Bis ich Leonie abholen musste, hätten wir noch genügend Zeit für …

Doch diesen Gedanken verwarf ich schnell wieder. Möglicherweise rief Hartmann an oder einer von Christians Klienten. Bis zum Abend würde ich mein Verlangen noch zügeln können.

»Wo hast du denn die Möbel?«, fragte er, während er sich im Wohnzimmer umsah.

»Sind schon oben, die Herren waren so freundlich, mir das Schleppen abzunehmen«, entgegnete ich, während ich ihn ins Wohnzimmer zu meinem Computer zog. Ich rief den Forumseintrag auf, der immerhin schon fünf Klicks bekommen hatte.

»Lies und sag mir, wie du es findest«, sagte ich und drehte den Laptop zu ihm.

Gleichzeitig kam mir ein Gedanke. Warum suchte ich in diesen Foren nicht auch nach meiner Mutter?

Doch sogleich überkam mich wieder die alte Angst. Was, wenn sie die Anzeige las und sich nicht melden wollte? Wenn sie wirklich nicht nach mir gesucht hatte? Wenn sie mich damals tatsächlich zurückgelassen hatte.

Wenn ich ehrlich war, glomm in mir immer noch ein kleiner Funke Hoffnung, dass sie mich suchen wollte, durch die Behörden aber so viele Steine in den Weg gelegt bekommen hatte, dass sie mich nicht finden konnte.

Was, wenn die Wahrheit diese Hoffnung zerstören würde? Doch andersherum – was würde ich verlieren, wenn ich hier ein Gesuch aufgab? Wenn sie sich nicht melden wollte, würde sich nichts ändern. Und wenn sie sich meldete …

»Ich finde es gut«, sagte Christian. »Vielleicht solltest du das Gesuch noch ein wenig streuen. Es gibt doch sicher noch andere Foren, oder? Ich könnte dir helfen, wenn du magst.«

»Das wäre sehr lieb«, entgegnete ich und küsste ihn. »Aber erst einmal die Möbel.«

Ich führte ihn nach oben, wo die Möbelkartons standen. Einige von ihnen hatte ich bereits geöffnet, um nachzuschauen, ob alles drin war, zwei von ihnen waren aber noch vollkommen unangetastet.

»Okay, ich fürchte, da werde ich bis heute Nacht bei dir bleiben müssen. Das ist Arbeit für gut einen halben Tag.«

»Ich habe absolut nichts dagegen«, entgegnete ich und schlang ihm meine Arme um den Hals.

»Und wenn du wieder unerwarteten Besuch bekommst?«

»Dann werde ich ihm dich als meinen neuen Freund vorstellen – basta.«

Wir küssten uns, dann wurde Christian wieder nachdenklich.

»Hast du denn noch mal von ihm gehört?«

Ich wich ein wenig überrascht zurück. Ich war erstaunt, dass ihn das offenbar beschäftigte.

»Er hat mir am Montagabend auf den AB gesprochen. Gestern ist er ins Krankenhaus gefahren.«

»Und, wirst du ihn anrufen?«

»Ich bin nicht mehr für ihn zuständig!« Meine Worte fielen heftiger aus, als ich es beabsichtigt hatte. »Entschuldige. Ich wollte damit sagen, dass ich nicht weiß, ob er das überhaupt will. Er will sich um Leonie kümmern, ja, aber das gilt nicht für mich. Und ich will auch gar nicht, dass er sich um mich kümmert.«

»Das heißt, er bedeutet dir wirklich nichts mehr?«

Christian hockte sich neben mich und legte mir die Hand auf den Rücken.

»Nein, das ist vorbei. Aber es ist so … Ich weiß auch nicht, irgendwie schafft er es immer wieder, mich zu verletzen. Ich möchte einen normalen Umgang mit ihm. Das ist alles. Und das hat er mir bisher nicht leichtgemacht.«

»Jetzt hat er dich um etwas gebeten.«

»Ja, und ehrlich gesagt, gefällt mir das überhaupt nicht, denn ich habe eigentlich keine Lust, ihm seine Bitte zu erfüllen. Und das nicht, weil ich egoistisch bin, sondern weil ich nicht will, dass er meine Tochter erneut verletzt, wenn er es sich anders überlegt.«

»Menschen können sich aber auch ändern«, gab Christian zu bedenken.

»Vielleicht. Und wenn er sich ändert, habe ich auch nichts dagegen, dass er sich um Leonie kümmert. Nur fürchte ich, dass die Veränderung nur so lange anhält, wie es ihm nicht gutgeht. Sobald alles in Ordnung ist, schiebt er sie beiseite, und dann muss ich mir wieder Ausreden ausdenken, um meine weinende Tochter zu beschwichtigen.«

Erneut stiegen Tränen in mir auf, doch ich schaffte es, sie zurückzudrängen. Es hatte alles so schön angefangen. Ich wollte nicht, dass der Nachmittag eine blöde Wendung nahm.

Christian streichelte meinen Rücken, schob mir dann eine Haarsträhne aus der Stirn. »Es tut mir leid«, sagte er. »Ich wollte nicht alles kaputtmachen.«

»Hast du nicht«, entgegnete ich. »Es ist gut, dass wir reden. Mit Jan habe ich nur selten geredet, und man sieht, was dabei herausgekommen ist.«

»So ist es.« Er zog mich in seine Arme, sanft und innig. Wir küssten uns, und kurz flammte mein Begehren wieder auf, doch das war nicht der richtige Moment. Er hatte gesagt, dass er bis zur Nacht bleiben wollte. Wir würden noch genug Zeit haben, um uns unserer Leidenschaft zu widmen.

»Dann werden wir uns wohl mal die Schränke vornehmen, oder?«

»Ich werde das tun«, entgegnete Christian. »Du kümmerst dich um deine Arbeit. Bis zur Nacht brauche ich Beschäftigung, nicht wahr?«

»Lass dir wenigstens einen Kaffee bringen.«

»Dazu sage ich nie nein.«

Ich ging nach unten und stellte die Kaffeemaschine an. Auf dem Laptop im Wohnzimmer sah ich, dass ein paar Mails angekommen waren, unter anderem auch zwei neue Anfragen von potentiellen Kunden. Das eine war ein Hotel in Wismar, das andere eine Holzbaufirma. Offenbar hatte Hartmann ein wenig Mundpropaganda für mich gemacht.

Wieder kam mir in den Sinn, dass ich meine Mutter suchen könnte. Tu es, sagte eine kleine Stimme zu mir.

Als der Kaffee fertig war, brachte ich Christian eine Tasse und rief dann im Internet das Forum der DDR-Flüchtlinge auf, in dem ich nach Lea geforscht hatte. Nach einigem Stöbern fand ich einen Unterpunkt, bei dem sich Leute trafen, die Familienangehörige suchten, nachdem sie durch Adoption oder Haft von ihnen getrennt worden waren.

Es fiel mir zunächst ein wenig schwer, meine Geschichte kurz und bündig zu erzählen. Meine Hände wurden auf einmal schweißfeucht und eiskalt. Doch schließlich hatte ich einen brauchbaren Text vor mir. Mit pochendem Herzen schickte ich ihn ab. Danach starrte ich minutenlang auf den

Bildschirm. Eine seltsame Spannung war plötzlich in mir. Was, wenn sie wirklich antwortete?

Beim Klingeln des Telefons zuckte ich zusammen. Erschrocken sprang ich auf, zog dabei beinahe mein Laptop vom Tisch und stolperte über ein Kabel. Ich fing mich zum Glück wieder, war aber heilfroh über die Aussicht, endlich in mein Büro einziehen zu können.

Ich nahm den Hörer in der festen Überzeugung ab, entweder meinen Vater oder meine Mutter in der Leitung zu haben. Vielleicht hatte sich ja sogar ein Motor für die »Sturmrose« gefunden!

Doch die Stimme, die sich meldete, war mir völlig unbekannt.

»Frau Hansen?«, fragte ein Bass, der sogar Elmar Gunsch neidisch gemacht hätte. »Hier ist Palatin. Meine Nachbarin sagte, dass Sie vor ein paar Tagen bei mir waren und etwas wissen wollten.«

Diese Worte trafen mich vollkommen überraschend. Die vergangenen Tage waren so angefüllt gewesen mit Gedanken und Dingen, die ich zu erledigen hatte, dass ich nicht mehr an den Kapitän aus Timmendorfer Strand gedacht hatte.

»Ja … ähm, das habe ich. Vielen Dank, dass Sie sich melden! Hatten Sie einen guten Urlaub?«

»Wie man's nimmt«, entgegnete Palatin. »Wenn man so viel herumgekommen ist wie ich, überrascht einen nichts mehr. Aber es war immerhin erholsam, und das ist das Wichtigste, nicht wahr?«

»Sie sagen es«, entgegnete ich und wusste nicht so recht, ob ich gleich mit der Tür ins Haus fallen sollte.

»Sie haben also die ›Sturmrose‹ gekauft«, begann er glücklicherweise.

»Ja, das habe ich. Oder besser gesagt, wir haben. Ich habe

noch einen Partner, dem quasi das Heck gehört. Oder der Bug, je nachdem …« Ich lachte unsicher und hätte mich im nächsten Augenblick für meine Bemerkung ohrfeigen können. »Sie ist ein ganz wunderbares Schiff«, ergänzte ich. »Momentan wird sie in Hamburg generalüberholt, und dann hoffe ich, dass sie wieder in See stechen kann. Ich … ich plane, sie zu einem Kulturschiff zu machen, mit dem die Leute nicht nur umherschippern, sondern auch ein bisschen was für den Geist bekommen. Und natürlich Kaffee und Kuchen.«

Eine Pause entstand, die mich verwirrte. Ich hätte mit irgendeiner Reaktion gerechnet, doch Palatin schwieg. Gefiel ihm nicht, was wir mit seinem Schiff vorhatten?

»Und was genau wollen Sie über die ›Sturmrose‹ wissen?«, fragte er schließlich. Ich konnte seinen Tonfall nicht richtig deuten. War er genervt oder einfach nur neugierig? Hoffte er, dass ich etwas gefunden hatte, oder fürchtete er sich davor?

»Ich habe beim Aufräumen unter einer Abdeckplatte einen Brief entdeckt. Von einer gewissen Lea. Sie deutet darin an, dass sie auf der ›Sturmrose‹ in den Westen geflohen ist. Ich war von dem Brief so berührt, dass ich gern mehr über die Schreiberin und das Schiff herausfinden möchte. Deshalb kam ich auf die Idee, nach Ihnen zu suchen. Ich würde mich sehr freuen, wenn ich Sie irgendwann mal treffen könnte.«

»Sind Sie Journalistin?«, fragte er mich, genauso wie vor ein paar Tagen der Mann am Hafen.

»Nein, eigentlich bin ich Werbekauffrau.«

»Dann wollen Sie diese Sache also für die Werbung ausschlachten?«

Jetzt konnte ich seinen Ton deuten, denn es lag volle Ablehnung darin.

»Nein, ich möchte die Geschichte des Schiffes sichtbar machen«, entgegnete ich und schämte mich ein wenig dafür, dass ich in dem Brief eine gute Möglichkeit der Werbung gesehen hatte. Mit Christians Erzählung hatte sich das geändert, und im Moment wusste ich wirklich nicht, was ich mit den Informationen anfangen sollte. Dennoch wollte ich wissen, was die Geschichte meines Schiffes war. »Ich möchte, dass die Leute erfahren, dass dieses Schiff Menschen in die Freiheit gebracht hat. Und das nicht in reißerischer Manier. Ich habe mir eher eine Dokumentation vorgestellt, die jeder einsehen kann, der möchte.«

Wieder entstand eine lange Pause.

»Wissen Sie, mir ist es nie darum gegangen, berühmt oder ein Held zu werden. Ich habe getan, was in meinen Augen das Richtige war. Und ehrlich gesagt, habe ich darauf gehofft, dass jemand irgendwann mal erfahren würde, was die ›Sturmrose‹ geleistet hat. Aber ich möchte auf keinen Fall, dass ihre Geschichte ausgeschlachtet wird. Zu viele Schicksale sind damit verbunden.«

»Das weiß ich, und ich verspreche Ihnen, äußerst feinfühlig vorzugehen. Möglicherweise behalte ich auch alles für mich.«

»Und möglicherweise machen Sie einen ganzen Themenpark mit dem Schiff auf.«

Klang ich so wenig überzeugend? Ich ärgerte mich fast schon ein bisschen darüber, die Sache mit der Sichtbarmachung der Geschichte angeschnitten zu haben. Aber genau das wollte ich, und ich wollte den Kapitän nicht belügen.

»So etwas würde ich nie tun.« Ich fühlte mich jetzt doch ein wenig in meinem Stolz gekränkt. Aber ich wollte ihm auch nicht erzählen, dass meine Mutter ebenfalls geflohen war. Das alles ging ihn nichts an.

»In Ordnung«, sagte Palatin schließlich. Ich horchte auf.

Wollte er mir wirklich etwas erzählen? »Wenn es Ihnen passt, dann kommen Sie doch am Samstag zu uns und bringen mir ein paar Informationen über mein altes Schiff mit. Vielleicht auch Bilder. Sie haben doch bestimmt welche geschossen.«

»Mehr als genug«, entgegnete ich, und nun schlich sich ein Grinsen auf mein Gesicht. »Und ich kann Ihnen auch gern das Gutachten mitbringen, das die Werft erstellt hat. Mein Vater ist übrigens Schiffbauer und vollkommen begeistert von der ›Sturmrose‹. Er hat die Einschusslöcher entdeckt, und es interessiert ihn brennend, was damals geschehen ist.«

»Nun, ich werde Ihnen natürlich nicht alle Geschichten an einem Nachmittag erzählen können«, entgegnete Palatin. »Aber vielleicht erinnere ich mich an die Briefschreiberin. Und vielleicht interessiert es Sie, wie ich dazu gekommen bin, Flüchtlinge aus der DDR einzusammeln.«

»Das interessiert mich sehr!«, entgegnete ich und unterdrückte das Bild, das vor mir aufstieg. Hunderte Gesichter, Männer, Frauen, Kinder, durchgefroren auf der Ostsee, in der Hoffnung, dass auf der anderen Seite Freiheit und ein gutes Leben auf sie warteten. Wahrscheinlich konnte Palatin über all seine Passagiere etwas erzählen. Aber es war besser, wenn ich mich mit dem zufriedengab, was er mir von sich aus sagen wollte.

»In Ordnung, dann kommen Sie doch einfach um die Mittagszeit. Meine Frau macht vorzügliche Thüringer Klöße!«

Ich bedankte und verabschiedete mich.

Nachdem ich aufgelegt hatte, starrte ich noch ein paar Momente aufs Telefon. Ich hatte nicht damit gerechnet, so schnell eine Verabredung mit dem Kapitän zu erhalten.

Auf einmal kam mir eine Idee.

Ich stapfte die Treppe zum Büro hinauf, wo Christian

fleißig am Werkeln war. Mittlerweile hatte er den Schreibtisch aufgebaut, jetzt folgte der Schrank für meine Ordner. Wenn er weiterhin so ein Tempo vorlegte, würden wir am Abend viel Zeit für etwas anderes haben.

Überall lag Pappe herum.

»Christian?«, fragte ich, worauf meinem Handwerker ein saftiges »Mist!« entfuhr und er den Hammer wegwarf. Offenbar hatte er einen Volltreffer gelandet, aber nicht auf dem Holz. Mit verzerrtem Gesicht hielt er sich den Finger.

Ich ging zu ihm. »Soll ich pusten?« Ich konnte nicht anders, ich musste grinsen.

»Nein, nein, lass nur, geht schon«, entgegnete er und schüttelte die Hand. Ich nahm sie und pustete kalte Luft darüber. Wenig später entspannte er sich wieder.

»Na, siehst du, bei Leonie hilft das auch immer«, behauptete ich und machte noch ein bisschen weiter. »Tut mir leid, dass ich dich erschreckt habe.«

»Das war nicht deine Schuld«, entgegnete er und gab mir einen Kuss auf die Stirn. »Das liegt eher an dem blöden Schrank. Bist du sicher, dass du den haben möchtest? Nachdem ich mich einmal geschnitten und zweimal auf den Finger geschlagen habe, hätte ich große Lust, ihn aus dem Fenster zu befördern.«

»Er hat vierhundert Euro gekostet, das würde ich mir überlegen.«

»Okay, du hast mich überzeugt«, gab Christian zurück und lächelte mich an. »Was gibt es, dass du einen Handwerker so erschreckst?«

»Du glaubst nicht, wer eben angerufen hat!«

»Die Zauberfee mit einem günstigen und voll funktionsfähigen Dieselmotor für unser Schiff?«

Es gefiel mir, dass wir auf einer Wellenlänge waren.

»Nein, es war Georg Palatin. Der Kapitän.«

»Oh, ist er aus dem Urlaub zurück? Klang er braun gebrannt?«

»Wie klingt man braun gebrannt?«

»Keine Ahnung. Wie du siehst, bin ich ein Käse.« Er hob seine nur leicht gebräunten Arme nach oben.

»Okay, dann hört er sich schon mal nicht so an wie du«, entgegnete ich. »Er hat mich für kommendes Wochenende eingeladen, um mir ein wenig von der Geschichte des Schiffes zu erzählen. Ich frage mich, ob du mich begleiten möchtest.«

Christian nahm seine Arme wieder herunter. Sein Gesicht wurde ernst.

»Meinst du, das ist eine gute Idee?«

»Ich weiß natürlich, dass du nicht gerade scharf darauf bist, den Mann wiederzutreffen, auf dessen Schiff dein Bruder verlorengegangen ist. Aber vielleicht … kann er dir ein paar Dinge erzählen. Außerdem wird es ihn freuen zu sehen, dass das Schiff jetzt dir gehört.«

»Uns«, präzisierte Christian, und seine Miene wurde nun wieder etwas weicher. »Okay, ich bin dabei. Genau genommen trifft Palatin keine Schuld am Tod meines Bruders, denn er hatte in jener Nacht damit zu tun, das Schiff heil durch die Ostsee zu bekommen. Und wenn ich ehrlich bin, würde ich den alten Seebären wirklich gern noch einmal sehen. Kaum zu glauben, dass es ihn noch gibt, als ich vierzehn war, war er schon mindestens dreihundert.«

Ich lachte auf. »Da übertreibst du aber!«

»Nein, im Ernst. Er hatte einen graumelierten Bart wie dieser Typ im Fernsehen, der die Werbung für die Fischstäbchen macht.«

»Käpt'n Iglo? So solltest du ihn aber besser nicht nennen, sonst überlegt er es sich noch, ob er uns etwas erzählen soll.«

»Keine Bange, ich werde mich zurückhalten. Allerdings habe ich eine Bedingung.«

Ich zog die Augenbrauen hoch. »Bedingung?«

»Ja, und zwar die, dass ich fahre. Mit meinem Wagen. In deine Knochenschaukel traue ich mich nicht.«

»Knochenschaukel hast du meinen treuen Begleiter genannt? Er ist ein Volvo!«

»Ja, und wahrscheinlich stammt er aus dem Jahr, in dem ich geboren wurde. Du solltest besser keine so langen Fahrten mehr mit ihm machen.«

»Bisher hat er immer noch alle Touren gemeistert, ohne sich zu beschweren.«

»Okay, aber wenn er sich doch mal beschwert – und glaube mir, lange dauert es nicht mehr –, werde ich dir gern helfen, einen supergünstigen Gebrauchten zu finden, bei dem ich sicher sein kann, dass euch beiden nichts passiert.«

Ich hätte noch stundenlang neben ihm sitzen und ihn von der Arbeit abhalten können, doch dann sagte mir mein innerer Wecker, dass es Zeit war, sich auf den Weg zur Kita zu machen.

»Ich muss los!«, rief ich und sprang auf.

»Pass auf, wenn du in diese Rostlaube von Volvo springst.«

»Mach ich. Und lass du ja keine fremden Männer ins Haus!«, warnte ich Christian scherzhaft, dann eilte ich nach unten.

# 25

In Christians Wagen saß man wesentlich bequemer, und ich genoss es auch, mal nicht so aufmerksam auf die Straße schauen zu müssen. Es war ungewohnt. Solange ich mit Jan verheiratet war, hatte er bei Wochenendausflügen am Steuer gesessen, ich fuhr nur unter der Woche. Nach der Scheidung war ich stets die Fahrerin gewesen. Und jetzt schien es endlich wieder einen Mann in meinem Leben zu geben, der auch mal das Steuer übernehmen konnte. Meine Mutter würde ausflippen vor Glück. Aber ich hielt es für besser, ihr noch nichts davon zu erzählen, denn man wusste nie, wo einen das Schicksal noch hinführte.

Die Wagen auf der anderen Spur schossen an uns vorbei, doch wir hatten Zeit. Christian fuhr so vorsichtig, als hätte er eine Ladung Nitroglycerin an Bord.

Leonie spielte in ihrem Kindersitz, nachdem sie einen Schokomuffin verputzt hatte. Ein paar Krümel klebten noch an ihrem Kinn, was witzig aussah. Also griff ich auch nicht gleich zum Taschentuch und gönnte mir stattdessen den Ausblick auf die grüne Landschaft, über der sich dichte Nebelschwaden langsam auflösten.

Wie ruhig und friedlich alles wirkte!

Da summte plötzlich mein Handy in der Tasche.

Ich fischte es hervor, aber da war das Klingeln bereits vorüber. Ich glaubte zunächst, dass mein Vater versucht hatte, mich zu erreichen. Doch auf dem Display leuchtete Jans Nummer.

Mich überlief es heiß und kalt. Offenbar wollte er eine Antwort. Seit seinem Auftauchen war jetzt eine Woche vergangen. Eine Woche, in der er weder angerufen noch sonst irgendwelche Anstalten gemacht hatte, uns zu erreichen. Wollte er jetzt meine Entscheidung hören?

»Du wirkst besorgt«, sagte Christian, während er an einem Lastwagen vorbeizog und sich dann wieder in die rechte Spur einordnete.

Ich schüttelte den Kopf. Dabei hatte er recht, ich war besorgt.

»Ist es wegen …?«

Ich brachte ihn mit einem Kopfschütteln zum Schweigen.

»Später«, sagte ich zu ihm und kuschelte mich wieder in den Sitz.

Im Ortsteil Niendorf angekommen, stellte Christian den Wagen auf einem kleinen Parkplatz ab. Ich wischte Leonie die Muffinkrümel aus dem Gesicht und hob sie aus dem Auto.

»Na, wie hat dir die Fahrt gefallen?«, fragte ich.

»Gut!«, entgegnete sie begeistert. »Gehen wir jetzt zu dem Kapitän?«

»Ja, das tun wir.«

»Dann kann ich ihn auch gleich mal fragen, wie man ein Schiff auftankt.«

»Nun, ich weiß nicht, ob der Kapitän dir darauf eine Antwort geben kann.«

»Wenn er das nicht weiß, frage ich eben nach den Nixen. Hier gibt es bestimmt auch welche.«

Sie blickte zu Christian. »Stimmt's, Onkel Christian?«

»Auf jeden Fall gibt es hier Nixen«, entgegnete er und zwinkerte mir zu. »Wir können heute Abend ja mal am Strand nachschauen, wenn es deine Mama erlaubt.«

»Bittteeeee …«, flehte Leonie, und mir blieb nichts anderes übrig, als zuzustimmen.

Über einen schmalen, grasbewachsenen Weg gelangten wir zum Haus des Kapitäns. Ich war verwundert darüber, wie gut Christian sich auskannte. Eine leise Ahnung überkam mich.

»Woher wusstest du eigentlich, dass man hier langgehen muss?«, fragte ich.

»Ich habe dir doch erzählt, dass ich in einem fremden Haus aufgewacht bin, nachdem ich auf dem Schiff ausgeknockt worden war.«

»Ja, ich erinnere mich.«

»Es war Palatins Haus. Nach dem ganzen Ärger auf dem Schiff hatte er uns mitgenommen. Bevor wir uns bei der Polizei meldeten, sollte ich erst einmal verarztet werden.«

»Und wie lange bist du hiergeblieben?«

»Einige Tage. Die Untersuchung wegen meines Bruders lief an, und die Polizei befragte meinen Vater ein paarmal. Dann mussten wir weiterziehen zum Notaufnahmelager Uelzen. Palatin hatte meinem Vater etwas Geld geliehen, als Grundstein für unser neues Leben. Es war eine sehr traurige Reise. Besonders deswegen, weil mein Vater die Sachen von Lukas noch bei sich hatte. Da man ihn nicht gefunden hatte, hatte er immer noch die Hoffnung, dass ein anderes Schiff ihn gerettet hätte. Er schwankte zwischen Hoffnung und Verzweiflung …«

Christian blickte auf Leonie, und ich verstand, dass er nicht weiter darauf eingehen wollte.

Ich nickte ihm zu und drückte kurz seine Hand.

Am Zaun angekommen, ließ ich Leonie auf die Klingel drücken. Wenig später ertönte ein wütendes Bellen.

»Rufus, aus!«, rief eine Frauenstimme, doch da sprang der große schwarze Hund schon gegen das Gartentor. Erschrocken wichen wir zurück. Der Hund bellte zweimal, betrachtete uns und hechelte uns dann seinen warmen Atem entgegen.

»Entschuldigen Sie!«, rief die Frau, die den Gehweg entlanggeeilt kam. Sie trug einen kurzärmeligen Pullover und einen Rock, ihre Beine steckten in Stützstrümpfen. Ihr kurzgeschnittenes Haar verlieh ihr ein etwas jugendlicheres Aussehen. »Unser Rufus ist immer sehr eifrig, aber eigentlich tut er keiner Menschenseele etwas.«

In ihren Worten schwang überraschenderweise ein leicht sächsischer Akzent mit. Sie rief den Hund zur Ordnung und tätschelte ihm dann den Kopf.

Rufus, der die Palatins wohl auf ihrer Urlaubsreise begleitet hatte, setzte sich auf die Hinterbeine, hechelte und wedelte mit seiner Rute kleine Staubwolken auf.

Ich traute ihm dennoch nicht über den Weg.

»Ich bin Irma Palatin«, stellte sich die Frau nun vor. »Sie müssen die junge Frau sein, die meinen Mann sprechen möchte.«

»Annabel Hansen«, stellte ich mich vor und reichte ihr die Hand, während ich aus dem Augenwinkel den Hund beobachtete. »Das sind meine Tochter Leonie und Christian Merten, der mit mir die ›Sturmrose‹ gekauft hat.«

»Nun, das wird meinen Mann aber freuen«, entgegnete sie. »Kommen Sie doch rein. Und keine Angst, Rufus tut Ihnen nichts.«

So gespannt, wie der Hund dasaß, hatte ich so meine Zweifel. Christian spürte das, denn er schritt todesmutig voraus.

Erst als ich sah, dass Rufus tatsächlich auf seinem Platz blieb, ging ich ihm nach. Dabei hatte ich das Gefühl, dass mir der Blick des Hundes folgte. Als ich mich an der Tür umdrehte, sah ich ihn neben dem Gartenzaun an der Hecke schnüffeln. Offenbar waren wir für ihn uninteressant geworden.

»Ich war gerade mitten in den Vorbereitungen, entschuldigen Sie die Unordnung in der Küche«, sagte Frau Palatin, als sie uns ins Haus führte. An den kleinen Flur, in dem wir unsere Schuhe zurückließen, schloss sich die Küche an. Es duftete nach Braten und Kartoffeln, auf dem Herd brutzelte es heftig in einer Kasserolle, und die Luft war von Wasserdampf gesättigt. Die von Frau Palatin entschuldigte Unordnung bestand aus einer Schüssel Kartoffelschalen und Zeitungspapier. In meiner Küche hatte es schon viel unordentlicher ausgesehen. Hier war alles ordentlich, nicht mal Staub lag auf dem Fensterbrett.

»Georg, dein Besuch ist da!«, rief die Frau und bedeutete uns dann mitzukommen.

Georg Palatin wartete im Wohnzimmer. Er saß in einem Rollstuhl und wirkte auf den ersten Blick ziemlich zerbrechlich, im Gegensatz zu seiner Frau. Er trug eine blaue Anzughose, ein weißes Hemd mit feinen roten Streifen und einen rotgemusterten Pullover.

Als er uns erblickte, schien die Gebrechlichkeit von ihm abzufallen.

»Ach, da sind Sie ja schon.« Seine Stimme klang im Original noch dunkler als am Telefon. Und sie zeigte keinerlei Alterserscheinungen. Am Telefon hatte er wie ein rüstiger Sechzigjähriger geklungen, in Wahrheit war er wohl ein rüstiger Achtzigjähriger.

»Guten Tag, Herr Palatin, vielen Dank, dass wir Sie besuchen dürfen.«

Der Mann ergriff meine Hand. »Ich danke Ihnen, junge Frau, dass Sie mit so einem alten Knacker wie mir reden wollen. Leute Ihres Alters tun das nur selten.« Ein verschmitztes Lächeln huschte über sein Gesicht, dann wandte er sich meiner Tochter zu. »Und du, junges Fräulein, begleitest deine Mama wohl.«

»Ja, das ist meine Tochter Leonie«, antwortete ich für sie, denn der Mann im Rollstuhl flößte ihr ziemlich viel Respekt ein.

»Ein schöner Name. Leonie klingt nach Löwe. Bist du einer?«

Leonie schüttelte ihre Wuschelmähne, doch sie ergriff seine Hand und fragte glücklicherweise nicht nach, warum der Mann im Rollstuhl saß.

Jetzt wandte er sich Christian zu, der ihm die Hand reichte.

»Ihr Gesicht kenne ich irgendwoher, junger Mann«, sagte er und hielt Christians Hand fest, als könnte die Berührung seinem Gedächtnis auf die Sprünge helfen. »Sie ähneln einem Mann, den ich mal rübergebracht habe.«

Christian nickte. »Meinem Vater, ja. Mein Name ist Christian Merten.«

Es arbeitete sichtlich im Kopf des Kapitäns, dann nickte er, als hätte er die passende Information in seiner persönlichen Lebensbiographie gefunden.

»Sie waren damals noch ein Kind, nicht wahr? Sind mit Ihrem Vater rübergekommen.« Palatin stockte und ließ seine Hand dann wieder los. An das, was mit dieser Flucht zusammenhing, schien er sich ebenfalls noch erinnern zu können. »Es hat mir damals sehr leidgetan, dass …«

»Danke«, entgegnete Christian. »Es ist lange her.«

»Aber Wunden wie diese verheilen nicht einfach, nicht

wahr?«, fuhr Palatin fort, und ich konnte ihm ansehen, dass er sich ebenfalls Schuld an Lukas' Verschwinden gab. »Ich erinnere mich an jeden Menschen, den ich damals rübergebracht habe. Aber Ihr Schicksal ist mir besonders im Gedächtnis geblieben.«

»Das ist sehr freundlich von Ihnen«, gab Christian zurück. Seine Stimme zitterte ein wenig. Hatten er oder sein Vater Palatin doch eine Mitschuld gegeben? Vielleicht hätte der Kapitän sein Schiff besser sichern können.

Doch keiner der beiden Männer schien darauf versessen zu sein, diese Frage zu klären.

»Setzen Sie sich doch«, beendete Palatin die etwas unangenehme Pause und deutete auf das große, gemütliche Sofa. »Irma wird Ihnen gleich etwas zu trinken bringen.«

»Sie haben also mein altes Mädchen gekauft«, begann Palatin, als seine Frau eine große Karaffe mit selbstgemachter Zitronenlimonade vor uns abgestellt hatte. »Ich konnte kaum glauben, dass sie immer noch so heißt.«

»›Sturmrose‹ ist doch ein schöner Name«, entgegnete ich. »Und bringt es nicht Unglück, ein Schiff umzubenennen?«

»Nein, bringt es nicht. Es sind viele Schiffe umbenannt worden, besonders nach dem Krieg. Die Namen irgendwelcher Nazigrößen wollte niemand auf seinem Bug haben, also haben viele Schiffe einen neuen bekommen. Die ›Sturmrose‹ hat vorher auch schon mal anders geheißen. Eine langweilige Buchstaben- und Zahlenreihe, die sich niemand merken konnte. Ich habe ihr den Namen ›Sturmrose‹ gegeben, weil es ein hübscher Kutter war – und weil ich ihr wünschte, dass sie jedem Sturm trotzen konnte. Und das hat sie getan.«

Er dachte einen Moment lang nach, griff dann mit leicht unsicherer Hand nach seinem Glas und trank einen Schluck.

»Aber sagen Sie, Sie haben da einen Brief erwähnt, den Sie gefunden haben. Haben Sie den mit?«

Ich zog das Schreiben aus der Tasche und reichte es ihm.

Ein Ausdruck des Erkennens schlich sich auf sein Gesicht. Er strich mit seiner Hand zittrig über die Schrift, als wollte er sie nachziehen, dann schob er das Blatt ein wenig von sich.

»Ich kenne diesen Brief«, sagte er. »Natürlich kenne ich ihn. Es war ein sehr hübsches Mädchen, das da an Bord gekommen war.« Er hielt inne. Ich bemerkte, dass hinter seinen Augen die gesamte Geschichte entlangzog. Schade, dass ich diesen Gedankenfilm nicht sehen konnte.

»Aber vielleicht sollte ich Ihnen erst einmal erzählen, wie ich überhaupt dazu gekommen bin, Leute aus dem Osten rüberzuholen.« Er blickte zu seiner Frau. »Ein wenig dauert es mit dem Essen noch, was, Irma?«

»Ein bisschen«, entgegnete sie. »Aber fang schon mal an zu erzählen. Ich kann ja inzwischen auftragen, wenn der Braten doch eher fertig ist.«

Palatin schenkte ihr ein liebevolles Lächeln, dann wandte er sich uns zu.

# 26

## *Georg*

Mein Vater hielt mich für verrückt, als ich ihm eröffnete, dass ich ein Schiff gekauft hatte.

»Was willst du mit so einem Schiff?«, fragte er mich, als ich ihm ein Foto des kleinen Kutters zeigte. »Das sieht nach einem Minenräumer aus, der Kahn hat sicher ein paar Treffer eingesteckt und wird dir unter dem Hintern absaufen.«

Ich war mittlerweile schon einige Jahre zur See gefahren und stand kurz davor, mein Kapitänspatent zu machen. Und ein Kapitän, so fand ich, brauchte auch ein eigenes Schiff.

Der kleine Kriegskutter, der an einer Anlegestelle im Hamburger Hafen vor sich hin rostete, kam mir da gerade recht. Sicher, er war nicht mehr der Schönste, aber er war billig gewesen. Und ich hatte auch schon eine Geschäftsidee.

»Der Kutter ist vollkommen in Ordnung, Vater«, entgegnete ich. Nicht, dass ich ihm mit meinen dreißig Jahren noch Rechenschaft schuldig gewesen wäre. Doch wenn man unverheiratet war, bezog man im Jahr 1959 seine Eltern noch mit ein, wenn eine wichtige Entscheidung anstand. Mein Vater war selbst Seemann, er hatte in der Kriegsmarine gedient und bei einem Angriff ein Bein verloren. Das hatte ihn nicht nur vor einem feuchten Grab bewahrt, auch war er deswegen nicht in Gefangenschaft geraten, wie viele Väter meiner Freunde. Man hatte ihn als Kriegsversehrten von der Front abgezogen und in einer Fabrik eingesetzt, bis Hamburg vollkommen zerbombt worden war. »Ich werde ihn ein wenig aufmöbeln lassen, dann ist er wieder wie neu.«

»Und was willst du mit dem Kahn anfangen? Du solltest dir lieber eine Frau suchen und zusehen, dass du eine Familie bekommst, ehe du zu alt bist. Ich will meine Enkel noch kennenlernen.«

»Das wirst du, Vater«, versicherte ich ihm, obwohl es in dem Augenblick keine Frau gab, die ich mir als Ehefrau vorstellen konnte. Ich liebte mal dieses und mal jenes Mädchen, aber nie war es was für immer. »Und ich versichere dir, ich habe alles gut durchdacht. Ich fahre Leute über die Elbe und verdiene damit Geld! Du glaubst ja nicht, wie viele sich den Hafen anschauen wollen, jetzt, wo alles wieder aufgebaut wird.«

»Dazu brauchst du ein Lotsenboot oder ein Ausflugsschiff, aber keinen Kutter! Mit dem kannst du höchstens Fische fangen!«

Die Diskussion mit meinem Vater währte an diesem Abend noch sehr lange. Erst nachdem er ein paar Gläser Klaren intus hatte, schlief er ein.

Ich war nach wie vor von meinem Plan überzeugt, also ging ich an die Arbeit. Freunde bei Nikolai & Jensen halfen mir, das Schiff wieder klarzumachen – und umzubauen, so dass es als Passagierschiff genutzt werden konnte.

Dabei überkam mich oft das Gefühl, dass mein Vater recht gehabt hatte und ich besser auf ihn gehört hätte. Tatsächlich hatte der Kutter vom Krieg einige Schäden davongetragen. Und das war auch der Grund gewesen, warum niemand das Schiff wollte. Aber das Herz des Kutters, sein

Motor, war stark, und seine Haut wurde nach und nach von den Schäden befreit.

Ein Jahr darauf lief es vom Stapel.

Jetzt hatte es nicht nur eine intakte Außenhülle und eine Fahrgastkabine, es stach auch unter den anderen Ausflugsschiffen hervor. Nur der Name gefiel mir nicht. Allerdings verstand ich von Schiffen mehr als vom Aussuchen von Namen. Außerdem war ich sehr wählerisch. Die scherzhaft gemeinten Vorschläge meiner Freunde wie »Makrelendose«, »Bordratte« oder »Klabautermann« schob ich gleich beiseite, denn ich wollte nicht, dass mein Kutter eine Lachnummer wurde. So beließ ich fürs Erste die Zahlen am Bug und verschob die Taufe auf später.

Stolz schipperte ich mit meinen Freunden Uwe und Horst als Besatzung an einem schönen Maitag meine erste Fuhre Passagiere aus dem Hafen heraus, was kleinere Schiffe nicht ohne weiteres wagen konnten.

Doch die Geschäfte liefen nur schleppend an. Bei der Jungfernfahrt wollten noch viele Leute mit mir fahren, aber die Zahl ging stetig zurück. Ich verschwieg das gegenüber meinem Vater, denn ich wollte nicht, dass er über mich lachte oder mir Vorwürfe machte.

An einem Sommertag im Jahr 1960, als besonders große Flaute herrschte, war ich gerade wieder dabei, das Deck zu schrubben, eine Tätigkeit, mit der ich meinen Frust abreagierte. Inzwischen war ich so knapp bei Kasse, dass ich unter der Woche im Hafen arbeitete und versuchte, auf einem Handelsschiff anzuheuern.

Doch an diesem Sonntag, an dem mich das Glück offenbar verlassen hatte, tauchte eine Frau bei meinem Schiff auf.

»Hallo?«, rief sie von unten und winkte.

Ich richtete mich auf. Mittlerweile hatte ich mir vom ganzen Schrubben schon Schwielen an den Händen und auf dem Rücken einen kräftigen Sonnenbrand geholt.

»Ja?«, fragte ich, und da traf es mich wie ein Schlag.

Die Frau war sehr jung, vielleicht gerade zwanzig. Und sie war das hübscheste Mädchen, das ich je gesehen hatte. Sie hatte ihr Haar zu einem Knoten geschlungen, darin ein paar Gänseblümchen. Über dem rosafarbenen Kleid trug sie ein weißes Strickjäckchen und eine weiße Tasche. In meinen Augen hätte kein Mannequin schöner aussehen können.

»Was kann ich für Sie tun?«, fragte ich, denn das Mädchen musterte mich von Kopf bis Fuß, als hätte es etwas anderes erwartet, dann antwortete es mit einem seltsamen Akzent in der Stimme: »Fahren Sie raus in den Hafen? Ich habe meine Reisegruppe verloren, sie war auf einem anderen Schiff. Und jetzt stehe ich allein hier, alle Schiffe sind weg, nur Ihres ist noch da, und da ich heute Abend wieder zurückmuss, würde ich mir gern noch etwas den Hafen ansehen.«

»Ähm, na ja …«, machte ich, denn für nur einen Passagier rauszufahren war blanker Wahnsinn, eine unentschuldbare Vergeudung von Diesel. Doch das Mädchen war so schön, und ich hatte mir wohl einen ziemlichen Sonnenstich eingefangen. Jedenfalls setzte ich hinzu: »Na klar, wir legen gleich ab. Einen Moment!«

So, wie ich war, konnte ich auf keinen Fall losfahren. Obwohl es ziemlich heiß war, warf ich mich in meine Kapitänskluft. Zu spät kam es mir in den Sinn, dass sich das Mädchen vielleicht einen Scherz mit mir erlaubte. Vielleicht war es inzwischen verschwunden und amüsierte sich köstlich darüber, mich drangekriegt zu haben.

Als ich an Deck trat, bereitete ich mich schon mal auf die Enttäuschung meines Lebens vor. Doch da unten stand sie, beschattete sich die Augen mit der Hand und wartete auf mich.

»Na, dann kommen Sie mal, junge Frau«, sagte ich und schob den Steg auf die Kaimauer. Sie ließ sich an Deck helfen, dann blickte sie verwundert in die leere Passagierkabine.

»Sie fahren also nur für mich raus?«, fragte sie ein wenig verwundert, als ich das Schiff bereit zum Ablegen machte.

Mir war es peinlich, dass sie meine Erfolglosigkeit auf diese Weise mitbekam. Aber ich hatte noch nie ein Talent dafür, mir irgendwelche Geschichten auszudenken. Also gab ich es einfach zu.

»Wie Sie sehen, werde ich nicht gerade überrannt. Aber die Maschine freut sich, wenn sie mal wieder laufen kann, also machen Sie es sich gemütlich, ich werf dann schon mal den Motor an.«

Der Dieselmotor freute sich tatsächlich darüber, endlich mal wieder laufen zu dürfen. Als ich nach oben kam und ans Steuer treten wollte, war die junge Frau bereits im Führerstand.

»Verzeihen Sie, ich weiß, ich sollte eigentlich nicht hier sein, aber im Passagierraum ist ja niemand, und vielleicht darf ich bei Ihnen mitfahren?«

Ich sah keinen Grund, ihr das abzuschlagen, außerdem konnte ich es mir dann sparen, in die Sprechanlage zu schreien, also willigte ich ein, und wenig später legten wir ab.

Ein bisschen unwohl war mir dann doch, denn zum Führen eines Schiffes brauchte man seine volle Konzentration, und die junge Frau lenkte mich gehörig ab. Ich hatte wieder im Ohr, wie mein Vater von einer Frau und einer Familie sprach, und auch wenn ich nicht mal ihren Namen kannte, sagte mein Bauch, dass sie die Richtige wäre. Oder zumindest eine wie sie. Und wenn ich so ein Mädchen schon mal auf meinem Schiff hatte, wäre ich ja schön dumm gewesen, wenn ich nicht wenigstens ein Gespräch mit ihr angefangen hätte. Allerdings war ich, der eigentlich kein Problem damit hatte, Frauen anzusprechen, auf einmal so nervös, dass meine Hände schweißnass wurden.

Was sollte ich sagen, ohne dass es plump wirkte? Oder dass ich sie verschreckte?

»Woher kommen Sie eigentlich?«, fragte ich die junge Frau, die sich aus irgendeinem Grund mehr für mein Ohr als für die Hafengebäude zu interessieren schien, denn sie sah mich die ganze Zeit von der Seite her an.

»Aus Rostock«, entgegnete sie.

»Rostock?«, wunderte ich mich. Ihr Akzent klang eindeutig sächsisch.

»Ja, ich bin vor ein paar Jahren dort hingezogen, weil ich da eine Lehrstelle bekommen habe. Und jetzt will ich gar nicht mehr von dort weg.«

Erstaunlich. Ein Mädchen aus der sowjetischen Zone auf meinem Schiff. Und dann noch so ein hübsches. Natürlich kamen immer mal wieder Leute rüber zu uns, meist, um Verwandte zu besuchen. Aber ich hatte noch keinen von ihnen getroffen.

Allgemein hieß es, dass die in der Russenzone nichts zu essen hätten und nur wertloses Geld für ihre Arbeit bekämen – weshalb viele von ihnen im Westen Arbeit suchten.

Das Mädchen neben mir sah allerdings nicht so aus, als würde es Not leiden.

»Und was machen Sie so in Rostock?«, fragte ich weiter.

»Ich bin Krankenschwester«, erklärte sie. »In der Uniklinik.«

»Da haben Sie sicher eine Menge zu tun.«

»Genauso viel wie in anderen Krankenhäusern«, entgegnete sie schulterzuckend. »Die Arbeit macht mir Spaß, ich könnte mir keine andere vorstellen.«

»Und da haben Sie Zeit, nach Hamburg zu fahren?«

Die junge Frau lachte auf. »Auch im Sozialismus gibt es mal einen Tag frei!«

Ihre Worte waren die zweite Überraschung. Ich hatte schon gehört, wie sehr sie es in der Russenzone mit dem Kommunismus und Sozialismus hatten. Der Sozialismus störte mich nicht weiter, denn in Hamburg hatten wir es ja auch irgendwie damit. Meine Familie wählte seit 1946 die Sozialdemokraten. Nur hatte man wüste Dinge von dem Sozialismus drüben gehört.

Umso sympathischer war mir das Mädchen, das offenbar nicht so sehr auf die Parolen seiner Parteiführung stand.

»Und wie ist es da so bei euch?«, fragte ich. Meine Nervosität wurde nicht besser. Noch immer klopfte mir das Herz bis zum Hals. Wie sollte es denn da drüben sein? Das war eine dumme Frage, doch auch die beantwortete sie mir.

»Na ja, wie soll es da sein? Die meiste Zeit macht man seine Arbeit und freut sich an dem, was man hat. Aber manchmal möchte man mehr. Vor ein paar Wochen sind zwei Freundinnen von mir rübergegangen. Ihre Eltern, Bauern auf dem Land, sollten in die LPG eintreten. Das wollten sie nicht, also wurden sie enteignet. Daraufhin sind sie weg.«

Das hörte sich ja furchtbar an! Offenbar hatten die Leute, die Horrorgeschichten von drüben mitbrachten, recht. Außerdem hatten die Parteibonzen ja schon vor sieben Jahren gezeigt, wie sie wirklich tickten, als sie den Aufstand niederschlugen.

»Aber wie gesagt, ich komme zurecht. Und ich habe hier ja auch noch meine Tante. Solange wir rüberfahren dürfen, lässt sich alles aushalten. Meine Tante ist zum Glück sehr spendabel. Das Kleid hier darf ich in Rostock nur an Feiertagen anziehen, sonst platzen meine Kolleginnen vor Neid.«

Gut, das Kleid war wirklich sehr hübsch, aber ein Festtagskleid? Da hatte ich schon ganz andere gesehen.

Irgendwann holten wir das Schiff ein, mit dem ihre Gruppe verschwunden war. Es waren junge Leute, ein paar Mädchen und ein paar junge Männer. Ob sie mit einem von ihnen liiert war? Auf einmal packte mich die Eifersucht.

»Das müssten sie sein«, sagte ich und deutete nach vorn. »Ihr Freund wird sich freuen, Sie nachher wiederzusehen.«

Ich versuchte, unbeteiligt nach vorn zu schauen, doch im Augenwinkel sah ich ihr Lächeln. »Ich habe keinen Freund«, sagte sie dann.

»Das kann ich gar nicht glauben, eine junge Frau wie Sie!«, tat ich erstaunt, freute mich im Innern aber diebisch darüber. Wenn ihr Herz noch nicht verschenkt war, hatte ich vielleicht eine Chance. Auch wenn sie aus dem Osten kam. Das spielte doch keine Rolle, wenn man verknallt war, oder?

»Möchten Sie, dass ich dem Kapitän signalisiere, dass Sie auf das andere Boot wollen?«

Die junge Dame schüttelte den Kopf.

»Nein, ich möchte lieber bei Ihnen bleiben. Aber wenn ich darf, würde ich gern an die Reling gehen und ihnen winken. Immerhin passiert es nicht jeden Tag, dass ich ein Schiff ganz für mich allein habe.«

»Sie dürfen«, entgegnete ich und sah ihr hinterher. Sie wollte bei mir bleiben. Natürlich nur für den Moment auf dem Schiff, aber ich malte mir aus, wie sie das bei einer anderen Gelegenheit sagte. Etwas Schöneres konnte ich mir nicht vorstellen.

Als wir wieder im Hafen waren, wirkte sie beinahe traurig. »Schade, dass die Fahrt schon vorbei ist«, sagte sie und blickte dann verlegen auf die Spitzen ihrer weißen Schuhe. »Was bin ich Ihnen schuldig?« Sie griff in ihre Handtasche.

»Nein, nein, lassen Sie nur«, sagte ich schnell und legte ihr kurz die Hand auf den Arm. »Sie schulden mir gar nichts. Es war mir ein großes Vergnügen, mit Ihnen zu fahren. Ich würde das jederzeit wieder tun.«

Sie sah mich abwartend an. Zunächst glaubte ich, sie würde es sich noch einmal überlegen. Doch dann schob sie ihre Geldbörse wieder in die Tasche zurück.

»Dann danke ich Ihnen, lieber Kapitän. Machen Sie es gut.«

Damit verabschiedete sie sich.

In mir schrillten die Alarmglocken los. Verdammt, du Dösbaddel, merkst du denn nichts? Los, sag ihr, dass sie nicht gehen soll!

»Fräulein, warten Sie!«, rief ich ihr hinterher. Das Mädchen drehte sich um.

»Ich … ich habe gar nicht gefragt, wie Sie heißen.«

»Irma«, sagte sie. »Irma Neubert.«

»Georg. Ich meine, ich … Mein Name ist Georg Palatin.« Ich atmete tief durch. Jetzt oder nie, sagte ich mir. Mehr als nein sagen kann sie nicht. »Und ich würde Sie sehr gern zu einem Kaffee einladen, wenn Ihnen das nichts ausmacht.«

Da flammte auf ihrem Gesicht das schönste Lächeln auf, das ich je an einer Frau gesehen hatte. »Es macht mir nichts aus«, sagte sie. »Ich würde sehr gern mit Ihnen einen Kaffee trinken.«

Von dem Nachmittag an kam Irma ab und zu nach Hamburg, und wenn sie nicht kommen konnte, weil ihr Dienst ihr einen Strich durch die Rechnung machte, schrieb sie mir. So ging das ein Jahr lang.

Und was soll ich sagen, sie brachte mir Glück. Meine Passagierzahlen stiegen, und schon bald konnte ich meine Kumpel Uwe und Horst wieder für ihre Arbeit bezahlen.

Eines Abends, als sie wieder bei mir war, führte ich Irma aus, und später an diesem Abend küsste sie mich. Vor lauter Übermut hätte ich durchs Hafenbecken schwimmen können!

Ich hegte die Hoffnung, dass sie meinen Heiratsantrag annehmen würde, wenn ich ihr einen machte, und so bereitete ich meine Eltern langsam darauf vor, dass ich schon bald ein Mädchen mitbringen würde, mit dem ich mich vielleicht verloben würde. Meine Mutter war überglücklich, und auch mein Vater hatte nichts auszusetzen, als ich ihm Irmas Bild zeigte.

Ich überredete meine Angebetete, am nächsten Montag, dem 14. August, nach Hamburg zu kommen, damit ich sie meinen Eltern vorstellen konnte. Ich wollte die Schicht mit Karl tauschen, und sie hatte am Montag nach dem Sonntags-Nachtdienst frei. Unserem Rendezvous würde nichts im Weg stehen.

Ich war wahrscheinlich aufgeregter als sie, denn ich hoffte, dass mein Vater nichts über die sowjetische Zone, wie er die DDR nannte, sagen würde. Dass Irma aus dem Osten kam, wussten weder er noch meine Mutter. Sie sollten Irma als den liebenswerten Menschen kennenlernen, der sie war.

Da mein Kollege Karl ein Herz für Verliebte hatte, tauschte er den Dienst mit mir, und so erschien ich am Sonntag auf Arbeit. Meine Kollegen saßen im Aufenthaltsraum und hatten das Radio laufen. Bei dem Aufstand, den sie veranstalteten, glaubte ich fast schon, dass ein Fußballspiel übertragen wurde. Aber so früh am Morgen? Auch an einem Sonntag war so was ungewöhnlich.

»He, was ist denn los?«, fragte ich, während ich meine Tasche im Spind verschwinden ließ.

»Schsch!«, zischte mich einer von ihnen an. »Die Russen machen gerade die Grenze zu.«

»Was?« Ich konnte nicht glauben, was ich da hörte. Warum sollten die Russen die Grenze schließen? Im ersten Moment erfasste ich gar nicht, was das zu bedeuten hatte.

»Sie haben in der Nacht Grenztruppen in Berlin postiert und ziehen da n'e Mauer hoch. Gleichzeitig dürfen die aus dem Osten auch nicht mehr ausreisen.«

Mit offenem Mund lauschte ich den Berichten im Radio. Ich versuchte, mir einzureden, dass der Bau einer Mauer nur für Berlin galt. Meine Irma wohnte in Rostock, da konnte sie doch eigentlich nicht eingesperrt werden.

Dabei vergaß ich aber, dass es zwischen dem Osten und dem Westen bereits einen Grenzzaun gab. Irma musste jedes Mal, wenn sie zu mir reisen wollte, eine Ausreisegenehmigung beantragen. Da sie Krankenschwester war, bisher immer zuverlässig zurückgekehrt war und außerdem nach ihrer kranken Tante sah, war das bisher kein Problem gewesen. Doch wie es sich jetzt anhörte, sollte niemand mehr aus der DDR rausgelangen.

Panik erfasste mich. Irma! Sie wollte doch eigentlich am nächsten Tag kommen! Und jetzt machten die Bonzen da drüben die Grenze dicht! Und schossen auf alles, was durchbrechen wollte. Wenn ich Pech hatte, würde ich mein Mädchen nie wiedersehen!

Ich begann, unruhig auf und ab zu gehen, rieb mir übers Gesicht, raufte mir die Haare. Was sollte ich nur tun? Um nach Rostock zu fahren, war es zu spät.

Schließlich löste der Hafenmeister unsere kleine Versammlung auf.

»He, was ist das hier, ein Kaffeekränzchen? An die Arbeit, aber schnell!«

Die Männer murrten, doch sie hatten keine Lust, sich mit dem Hafenmeister anzulegen, Mauerbau hin oder her. Wir alle gingen wieder an die Arbeit.

Ich war allerdings überhaupt nicht bei der Sache. Zum Glück waren es feste Abläufe, die ich zu erledigen hatte. Mit den Gedanken war ich bei Irma und dem, was der Radiosprecher gesagt hatte.

»Na, wie sieht's aus, hast du schon Muffensausen?«, fragte mich mein Kollege Siegfried in der Mittagspause. Wahrscheinlich glaubte er, dass ich mein Essen deshalb nicht anrührte, weil ich aufgeregt war wegen Irma. Aber ich war einfach nur traurig.

»Ach, mach dich doch vom Acker«, raunte ich ärgerlich, denn ich hatte keine Lust, über irgendwas zu reden. Zum Glück war Siegfried ein Kerl, der sich von so was nicht abschrecken ließ.

»Du weißt aber schon, dass, wenn du das Mädel heiratest, die schöne Zeit vorbei ist.«

Ich hatte natürlich vor meinen Kollegen mit meiner Irma geprahlt und war furchtbar stolz gewesen, als die anderen bewundernde oder neidische Kommentare abgegeben hatten.

»Es wird keine Hochzeit geben«, brummte ich finster.

»Ach!« Siegfried war ehrlich schockiert. »Hat sie dich verlassen? Hast du irgendeinen Blödsinn angestellt?«

Ich schüttelte den Kopf und wünschte mir bloß, dass er verschwinden würde. Aber ich wollte ihn auch nicht wegscheuchen. »Nein, ich habe nichts angestellt.«

»Und was ist es dann? Hat sie einen anderen?«

»Nein, auch das nicht.«

»Na, dann versteh ich dich nicht.«

»Ich versteh's ja auch nicht«, entgegnete ich und sah ihn an. »Ich versteh nicht, warum die da drüben die Grenze schließen.«

Siegfried starrte mich ein wenig dümmlich an, doch dann fiel bei ihm der Groschen.

»Sie ist von drüben?«

»Ja, du Schlauberger.« Grenzenlose Wut erwachte in mir. Nicht auf Siegfried, sondern auf den ganzen Mist, der sich DDR nannte. »Und weil sie die Grenze dichtmachen, werde ich sie wohl nicht heiraten können.«

Die ganze Nacht konnte ich nicht schlafen. Eigentlich hätte ich von Irma träumen und mir vorstellen sollen, wie es wäre, sie vom Bahnhof abzuholen. Doch das war vorbei.

Jetzt ging mir die Frage durch den Sinn, wie ich zu Irma gelangen sollte. Durfte man die Grenze noch passieren? Und wenn ja, wurde man, wenn man erst einmal drinnen war, vielleicht nicht mehr rausgelassen? Wurde man zwangseingebürgert? Was mochte mit den Westberlinern passiert sein, die sich zur Zeit des Mauerbaus in dem sowjetischen Sektor befunden hatten?

Nach ein paar Stunden hielt ich es in meinem Zimmer nicht mehr aus. Ich stand auf, zog mich an und verließ das Haus, irrte dann eine Weile durch die nächtliche Stadt und ging schließlich zum Hafen. Dabei wirbelten die Gedanken in meinem Kopf wild durcheinander. Sollte ich sie aufgeben? Nein, das kam nicht in Frage. Und wäre es denn so schlimm, zu ihr zu gehen und dortzubleiben?

Aber ich hatte meine Eltern.

Und wenn ich sie zu mir holte? Aber wie?

Irgendwann stand ich vor meinem Schiff, für das ich immer noch keinen besseren Namen hatte. Sanft schaukelte es auf den Wellen. Auf meine stumme Frage, wie es weitergehen sollte, konnte es mir aber auch nicht antworten.

Trotzdem betrat ich das Schiff, denn ich konnte in meinen vier Wänden nicht sein, die Enge der Wohnung erdrückte mich – und erinnerte mich daran, wie sich Irma jetzt fühlen würde. Sie war gefangen in einem Käfig aus Stacheldraht. Und im Gegensatz zu mir, der ich meine Wohnung einfach verlassen konnte, würde sie nicht mehr aus dem Land kommen.

Das zerriss mir das Herz. Ich rollte mich in meiner Koje zusammen und weinte bitterlich.

Eines Tages im September erhielt ich einen Brief aus Hamburg, dessen Absender mir gänzlich unbekannt war. War das ein Versehen? Ich öffnete ihn trotzdem und fand den Brief einer Frau Hastermann, die, wie sich herausstellte, Irmas Tante war.

Sie schrieb mir im Auftrag ihrer Nichte. Zunächst glaubte ich, dass etwas passiert wäre, doch sie lud mich nach Rostock ein und versprach mir, einen Berechtigungsschein für die Grenze nachzuschicken.

»Dann können Sie Irma endlich wiedersehen und sie kann Ihnen alles erklären«, schrieb sie. Aber die Erklärungen zählten in diesem Augenblick nicht für mich. Ich presste den Brief an die Brust, überglücklich. Meine Irma hatte mich nicht vergessen. Und sie hatte mich auch nicht aufgegeben, wie ich es beinahe getan hätte.

Es dauerte eine Weile, bis ich eine Einreisegenehmigung in die DDR erhielt. Jeden Tag ging ich zum Briefkasten und kehrte enttäuscht zurück, wenn der Brief nicht da war. Doch irgendwann kam er. Diesmal von Irma direkt und nicht über Frau Hastermann.

Der Berechtigungsschein war ein grobes Stück Papier, aber in dem Augenblick das Kostbarste, was ich hatte. Ich bewahrte ihn sorgfältig auf. Dreißig Tage lang war er gültig. So lange freizubekommen, war ein Ding der Unmöglichkeit. Ich nahm mir also erst einmal zwei Wochen Urlaub und wollte dann sehen. Wenn ich rausflog, fand ich bestimmt irgendwo anders eine Arbeit. Und wenn nicht, würde ich mich mit den Ausflugsfahrten über Wasser halten. Außerdem wollte ich ohnehin etwas aus meinem Kapitänspatent machen.

Ich sagte meinen Eltern nichts von dem Besuch. Innerlich war ich schon so weit, dass ich, wenn es eben nicht anders ging, dableiben würde. Weder mein Vater noch meine Mutter würden das verstehen, also war es besser, es ihnen erst mitzuteilen, wenn das Kind in den Brunnen gefallen war. Wie es aussah, kamen Briefe ja über die Grenze.

Mit klopfendem Herzen und geschultertem Seesack ging ich an einem leuchtenden Oktobermorgen zum Bahnhof. Die Tauben gurrten auf den Dächern, Spatzen huschten über den Vorplatz. Noch war das Wetter schön, aber man spürte bereits, dass der Winter nahte. Wenn ich wirklich die vollen dreißig Tage blieb, würde vielleicht schon Schnee liegen, wenn ich zurückkehrte. Wenn ich denn zurückkehrte. Auch wenn Irma mir versichert hatte, dass ich jederzeit wieder rüberreisen konnte, ja, rüberreisen musste, weil es sonst Ärger mit den Behörden gäbe, war ich mir nicht sicher, ob ich zurückkehren würde.

Es gab kaum etwas, um das es mich reute. Meine Eltern würden böse sein, es vielleicht aber doch verstehen. Das Einzige, worum es mir leidtat, war mein Schiff. Mein schönes, immer noch namenloses Schiff. Würde man es mir schicken können, wenn ich im Osten bleiben musste?

Ich war nicht sicher, ob man in der DDR irgendwelches Geld mit Ausflugsfahrten verdienen konnte. Aber notfalls würde ich es wieder umbauen lassen und Fische fangen. Essen mussten die im Osten ja auch.

Am Bahnhof angekommen, blickte ich mich ein letztes Mal um. Ich war sicher, dass ich mein geliebtes Hamburg nicht wiedersehen würde. Doch wenn ich mich zwischen meiner Stadt und Irma entscheiden sollte, wusste ich genau, was mir wichtiger war.

Ich trat durch die Bahnhofstüren und kaufte mir am Schalter eine Fahrkarte nach Lübeck. Eine direkte Verbindung zwischen Hamburg und Rostock gab es nicht, dafür konnte man in Lübeck in den D-Zug Köln–Rostock zusteigen. Es hieß, dass es an der Grenze strenge Kontrollen geben würde, aber ich fühlte mich mit meinem Berechtigungsschein sicher.

Auf dem Gleis warteten noch andere Leute. Keiner von ihnen hatte einen Blick übrig für den jungen Mann mit Schiffermütze, blauer Caban-Jacke und Seesack über der Schulter. Tatsächlich sah ich aus wie ein Seemann, der auf Landurlaub war.

Während der zehn Minuten, die ich noch bis zur Einfahrt des Zuges hatte, versuchte ich mir vorzustellen, was Irma gerade machte. Wahrscheinlich schlief sie noch. Aber es konnte auch sein, dass sie die ganze Nacht nicht geschlafen hatte vor lauter Vorfreude. Ich hoffte sehr, dass sie genauso aufgeregt war wie ich.

Als der Zug schließlich kam, setzte ich mich hinter einen ziemlich massigen Mann ans Fenster und kuschelte mich in die Jacke. Ich wollte versuchen, ein wenig zu schlafen, denn der Morgen saß mir bleiern in den Knochen. Doch obwohl ich die Augen schloss und mein Körper nach Schlaf schrie, fand ich keine Ruhe. Unter meiner Haut kribbelte es. Was würde in den kommenden Stunden geschehen? Was war an der Grenze? Würde es dort irgendwelche Schikanen geben, wie manche berichteten? Würden Russen mit Kalaschnikows an den Gleisen warten?

In Lübeck stieg ich in den D-Zug aus Köln um, der bis zur Grenze fuhr und von dort aus nach Rostock.

Der Zug war überraschenderweise ziemlich voll. Während ich mich mit meinem Seesack durch die Gänge der Waggons drängte, suchte ich nach einem freien Platz. Rheinländisches Stimmengewirr umschwirrte mich. Wollten diese Leute wirklich alle in die Sowjetzone?

Als der Zug bereits anfuhr, hatte ich schließlich in einem der Waggons Glück. In dem Abteil waren lediglich drei junge Männer.

Einer von ihnen hatte sich das Jackett ausgezogen und saß trotz der schlechten Heizung hemdsärmelig da. Sein blondes Haar fiel ihm in einer wilden Tolle ins Gesicht. Die anderen trugen grobe Pullover über ihren Hemden. Ich schätzte sie als Studenten ein.

Dass ich mich zu ihnen gesellen wollte, schien ihnen allerdings nicht sonderlich zu gefallen. Kaum stand ich in der Abteiltür, beendeten sie ihr Gespräch abrupt.

»Ist hier noch frei?«, fragte ich, während die drei mich misstrauisch musterten.

»Hängt ganz davon ab, wo du herkommst«, entgegnete der Hemdsärmelige. Die anderen beiden warfen ihm einen verständnislosen Blick zu. Wahrscheinlich wollten sie, dass ich verschwand. Aber warum? Ich wollte wie sie in den Osten, daran war doch nichts Ehrenrühriges.

»Ich bin aus Hamburg«, entgegnete ich. »Wenn ihr die Stadt nicht mögt, kann ich auch wieder gehen.« Komische

Vögel waren das. Was hatte meine Stadt damit zu tun, ob ich mich hier hinsetzen konnte oder nicht?

Die Männer musterten mich eine Weile, dann nickte mir der Hemdsärmelige zu. »In Ordnung, kannst reinkommen.«

Irgendwas sagte mir, dass es vielleicht besser wäre, mir einen anderen Platz zu suchen. Aber der Zug war sehr voll, und der Weg nach Rostock würde lang sein.

Ich warf also meinen Seesack und meine Mütze auf die Gepäckablage und schälte mich aus meiner Jacke.

»Siehst aus, als wärst du ein Seemann«, sagte der Hemdsärmelige. Seine Stimme klang nun etwas freundlicher, aber seine Augen musterten mich immer noch genau. »Kommst du gerade von großer Fahrt?«

Ich schüttelte den Kopf. »Nein, ich gehöre zu keiner Besatzung, ich habe selbst ein Schiff. Ein kleines Ausflugsschiff zwar, aber immerhin.«

»Ein Schiff könnten wir gut gebrauchen«, sagte sein Nebenmann jetzt und lachte. Auch der dritte Bursche grinste. Ich fragte mich, wozu sie ein Schiff wollten. Mir wurde klar, dass es sich um einen geheimen Witz zwischen ihnen handeln musste, von dem ich keine Ahnung hatte.

Ich beschloss, nicht weiter darauf einzugehen, und ließ mich auf meinem Sitz nieder.

Die anderen schienen das Interesse zu verlieren, und ich hatte keine Lust, sie zu fragen, woher sie kamen und wohin sie reisten. Ich wollte einfach nur zu meiner Irma.

Eine ganze Weile ging das auch gut, ich überhörte ihre Gespräche und gab mich ganz meiner Vorfreude und Aufregung hin. Doch dann beschlossen die anderen, sich wieder mir zu widmen.

»Was willst du eigentlich in der Sowjetzone?«

Was kümmerte sie das? Sie erzählten mir doch auch nichts über sich.

»Ich besuche jemanden.«

»Verwandte?«

»Meine Freundin.«

»Ist sie hübsch?«

»Nein, sie hat ein Horn auf dem Kopf«, entgegnete ich ein wenig genervt. Was ging es sie an, wie meine Irma aussah?«

Die anderen lachten, und auch der Blonde grinste. Dann griff er in die Brusttasche seines Hemdes. Ich dachte schon, dass er jetzt eine Packung Zigaretten herausholen würde, doch es waren zwei Fotografien.

»Was meinst du?«, fragte er und reichte mir die beiden Bilder. Eines zeigte den Mann neben ihm und das andere … sah diesem sehr ähnlich. Kleine Unterschiede gab es, aber vielleicht war es ein Bild aus einem anderen Jahr. »Wenn du diese beiden Männer sehen würdest, würdest du glauben, dass es ein und derselbe ist?«

»Stefan …«, sagte der Abgebildete warnend, doch der Angesprochene schüttelte seinen stummen Vorwurf ab.

»Wir brauchen eine Meinung von außerhalb«, erklärte er und sah mich an. »Sein Blick ist unparteiisch.«

Wieder so etwas Komisches. Aber gut, wenn sie mich dann in Ruhe ließen …

»Wenn man nicht ganz genau hinsieht, könnte man glauben, ja. Vielleicht ist das eine Bild etwas jünger als das andere.«

Der Hemdsärmelige nickte, dann sagte er: »Schau noch genauer hin. Schau so genau hin, als wärst du ein Grenzsoldat.«

Ich wusste nicht, wie genau ein Grenzsoldat schaute, aber ich versuchte, die Unterschiede zu erkennen. Nach einer Weile stachen sie mir ins Auge.

»Der eine hat einen Leberfleck, den du nicht hast.« Ich deutete auf den Mann neben dem Blonden, der mich auf einmal stechend ansah. »Und der Ansatz eurer Haare ist anders.« Auf einmal war ich sicher, dass diese Fotos ganz und gar nicht ein und denselben Mann zeigten. Oberflächlich ja, aber bei genauerem Hinsehen offenbarten sich die Unterschiede.

»Das sind zwei verschiedene Männer«, sagte ich und reichte meinem Gegenüber die Bilder. »Warum fragt ihr mich das eigentlich?«

»Das können wir dir leider nicht sagen«, erwiderte der Blonde ernst. »Aber irgendwann bekommst du es vielleicht mit.«

Das klang nach etwas Illegalem. Wahrscheinlich wäre jetzt ein guter Zeitpunkt gewesen, um aus dem Abteil zu verschwinden. Aber meine Bequemlichkeit siegte. Und so zog ich den Kragen meiner Jacke hoch und gab vor zu schlafen, damit mir die anderen keine weiteren merkwürdigen Fragen stellen konnten.

Als wir die Grenze erreicht hatten, hielt der Zug an, und DDR-Grenzposten stiegen ein, um die Pässe zu kontrollieren.

Das war offenbar ganz normal, ich jedoch kam mir vor, als würde ich jeden Augenblick platzen. Erst die merkwürdigen Fragen meiner Mitreisenden, und jetzt Soldaten.

Ein bisschen fühlte ich mich wie in einer der Geschichten meiner Mutter, die, als sie nach Holland fahren wollte, an der Grenze miterlebt hatte, wie die Gestapo zustieg, um nach flüchtigen Juden zu suchen. Schweiß durchnässte meinen Hemdkragen, und obwohl ich wusste, dass mich das vielleicht verdächtig machte, konnte ich mich nicht beruhigen.

Die anderen drei wirkten ebenfalls angespannt, aber nicht im Geringsten so unruhig wie ich.

Als zwei Grenzer an der Abteiltür auftauchten, schlug mir das Herz bis zum Hals.

»Ihre Pässe und Erlaubnisscheine bitte«, sagte einer in schroffem Ton. Ich blickte zu den anderen, die die Dokumente ganz selbstverständlich zückten. Ich tat es ihnen gleich und sah, wie die Grenzer unsere Gesichter mit den Ausweisfotos verglichen.

»Sie reisen zum ersten Mal in die Deutsche Demokratische Republik ein?«, fragte ein Grenzer, während er meine Unterlagen in der Hand behielt.

»Ja, ich besuche meine …« Beinahe wäre es mir rausgerutscht, dass Irma meine Freundin war. »Cousine«, setzte ich schnell hinzu, denn die Einreisegenehmigung war für einen Familienangehörigen.

»Haben Sie irgendwas zu verzollen?«, fragte der Grenzer weiter und warf nun auch einen Blick auf meine Abteilgefährten.

»Nein, ich habe nur ein paar Sachen mit. Kleidung, Seife, was man so braucht.« Ich deutete auf meinen Seesack auf der Gepäckablage.

»Dürfen wir mal sehen?«

Ich zog den Seesack von der Ablage. Da ich wusste, dass Damenstrümpfe in der Sowjetzone Mangelware waren, hätte ich Irma gern welche mitgenommen, aber dann war ich unsicher geworden, was den Zoll anging, und so hatte ich es glücklicherweise gelassen.

In meinem Rucksack steckten also nur ein paar Kleidungsstücke, Socken, Unterwäsche. Allerdings glaubten die Grenzer wohl, dass ich Waffen versteckt hätte, denn sie begannen, alles zu durchwühlen.

Hilfesuchend blickte ich zu den anderen Jungs, aber die taten so, als interessierten sie sich nicht für mich.

Irgendwann beendeten die Grenzer ihre Untersuchung, ließen mich dann alles wieder einräumen und gaben mir meine Papiere zurück, ohne mir eine gute Fahrt zu wünschen.

Nun waren meine Reisegefährten dran, doch die waren offenbar schon öfter in der DDR gewesen. In ihren Taschen befanden sich nur Socken, Unterwäsche und eine Zahnbürste. Offenbar wollten sie nicht lange bleiben. Wahrscheinlich nur, bis sie das krumme Ding mit dem Foto gedreht hatten.

Irgendwann zogen die Grenzer wieder ab. Dennoch dauerte es eine ganze Weile, bis der Zug sich wieder in Bewegung setzte. Als das der Fall war, ging ein großes Aufatmen durch das Abteil.

»Mach dir nichts draus, das tun sie mit allen, die größeres Gepäck haben«, sagte der Blonde, der jetzt wieder etwas Farbe bekommen hatte. »Du fährst also zu deiner Cousine?« Er grinste. »Ist deine Cousine deine Freundin? Hat sie deshalb ein Horn, weil das in eurer Familie so ist?«

An anderer Stelle hätte ich ihn sicher am Kragen gepackt. Doch ich sah die Erleichterung auf seinem Gesicht. Und ich selbst fühlte mich ebenfalls, als hätte man mich nach langer Seenot aus dem Wasser gefischt. Wir waren über die Grenze hinweg. Niemand war festgenommen worden.

»Nein, natürlich ist sie nicht meine Cousine«, entgegnete ich und versuchte, mich zu beruhigen. »Es war nur …« Ich zögerte. Konnte ich diesen Männern von Irmas kleinem Trick erzählen? »Meine Freundin hat das nur bei der Beantragung des Erlaubnisscheines angegeben, weil es sonst noch länger gedauert hätte, einen zu bekommen.«

Die Miene des Mannes vor mir leuchtete auf, als hätte er eben den Sechser im Lotto gezogen.

»Bist in Ordnung, Mann«, sagte er und nickte den beiden anderen zu.

Auf der restlichen Fahrt kam tatsächlich so was wie ein Gespräch zwischen uns auf. Viel erfuhr ich von meinen Reisegefährten nicht, doch der Blonde gab immerhin zu, dass er auch aus Hamburg stammte. Dann unterhielten wir uns über Fußball, und obwohl ich kein großer Fan von St. Pauli war, sinnierte ich mit, in welcher Liga der Verein in diesem Jahr landen würde. Aus den Fußballvorlieben der anderen schloss ich, dass sie aus dem Rheinland waren, auch wenn man es ihnen nicht anhörte.

Schließlich erreichten wir Rostock. Ein wenig erinnerte es mich an Hamburg, und ich musste wieder daran denken, dass ich mich vielleicht entschließen würde, zu bleiben.

»Na dann, mach's mal gut«, sagte der Hemdsärmelige, als ich meinen Seesack von der Ablage nahm, und drückte mir eine Zigarettenschachtel in die Hand. In der Hülle steckte ein Zettel mit einer Zahlenfolge. »Solltest du mal Hilfe wegen deiner Freundin brauchen, ruf diese Nummer an.«

Er sagte mir nicht, wobei ich Hilfe brauchen sollte, aber ich war sicher, dass ich nicht anrufen würde.

»Alles Gute!«, wünschte ich den dreien und sah zu, dass ich aus dem Waggon kam.

Wieder war ich aufgeregt, doch diesmal aus einem anderen Grund.

Ich suchte die Menge der Wartenden ab, in der Hoffnung, mein Mädchen zu sehen. Als ich sie nicht gleich fand, wurde ich panisch. Hatte sie es vergessen? Unwahrscheinlich, aber vielleicht hatte sie spontan ihre Schicht im Krankenhaus tauschen müssen?

»Georg!«, rief es da hinter mir, und alle Zweifel waren hinweggewischt wie Wolken von einer steifen Brise.

Irma stand da, in einem hellen Mantel, unter dem sie ein geblümtes Kleid trug. Als ich mich umdrehte, kam sie auf mich zugelaufen, fiel mir stürmisch in die Arme und küsste mich.

Bei Irma zu sein war himmlisch, auch wenn ich nur zu deutlich bemerkte, wie karg sie in ihrer Wohnung in einem dreistöckigen Altbau lebte. Die Häuser waren teilweise feucht oder wiesen noch immer Kriegsschäden auf. Durch Irmas Küche zog sich ein langer Riss, und die Fenster waren undicht. Immerhin gab es ein Bad auf dem Gang.

Draußen sah es nicht viel besser aus.

Aber wenn ich in ihren Armen lag, war mir das alles egal. Ich hätte in einem Baumhaus mit ihr leben können – oder auf einem Hausboot auf der Ostsee. Es war alles egal, wenn ich sie nur hatte.

Und ihr schien es ebenso zu gehen. Als ich eines Abends vor ihr niederkniete und ihr den Ring ansteckte, den ich ihr eigentlich schon viele Wochen vorher hatte geben wollen, schlug sie die Hände vors Gesicht.

»Willst du mich heiraten?«, fragte ich, und obwohl ich keinen Zweifel hatte, dass sie meinen Antrag annehmen würde, war ich doch furchtbar nervös.

»Ja«, sagte sie. »Ja, ich will dich heiraten … aber …«

Das Aber schockierte mich ein wenig. Nach den ganzen schönen Tagen gab es ein Ja mit einem Aber?

»Aber?«, fragte ich. »Aber was?«

»Aber wie soll das gehen?«, fragte sie nachdenklich, während sie den Ring an ihrem Finger drehte. »Du gehörst nach Hamburg, und ich kann nicht zu dir kommen.«

»Ich könnte zu dir ziehen«, sagte ich leichthin, obwohl ich wusste, dass es nicht so einfach werden würde.

»Und was wird dann aus deinem Schiff? Was aus deinen Eltern, wenn sie mal alt sind und deine Hilfe brauchen? Sie haben doch nur einen Sohn.«

Da hatte sie recht, aber in diesem Augenblick dachte ich nicht an das, was später einmal sein würde. Ich wollte nur sie.

»Wenn wir heiraten, gehörst du dann nicht zu mir? Müssen sie dich dann nicht ausreisen lassen?«

Irma presste die Lippen zusammen. Eine Träne rann über ihre Wange. Das war der schmerzlichste Moment meines Lebens. Dabei hätte es eigentlich der glücklichste werden sollen. »So einfach ist es leider nicht«, sagte sie. »Ich habe keine Ahnung, ob man einfach so jemanden aus der BRD heiraten darf. Den Klassenfeind.«

»Klassenfeind?«, fragte ich aufgebracht. So konnten die uns doch nicht einfach nennen.

»Das sagen die Parteifunktionäre. Sie behaupten, dass ihr vorhabt, unser Land zu zerstören. Deshalb haben sie auch die Grenze geschlossen. Sie meinten, dass ihr den Faschismus wieder rüberbringt und dass wir dann einen neuen Krieg bekommen würden.«

Jetzt sprang ich auf. Was für ein Unsinn! Sofort schnellte die Wut in mir hoch. Ich konnte das alles nicht glauben und bereute fast, dass ich ihr einen Antrag gemacht hatte. Bisher war alles so schön gewesen, und ich hätte mir im Leben nicht träumen lassen, dass ich nun eine Diskussion über Politik führen musste!

»Glaubst du, was die dir sagen?« Mein Gesicht glühte. Am liebsten hätte ich jetzt irgendwo gegengeschlagen, aber ich wollte Irmas Zimmer nicht demolieren. Und ich wollte sie auch nicht erschrecken.

»Nein, natürlich glaube ich das nicht!«, entgegnete sie, fast schon ein wenig beleidigt und wütend, so dass ich meine Frage sofort bereute. »Wenn ich das täte, hätte ich dir dann eine Einladung geschickt? Du glaubst gar nicht, was für eine Schikane es auf den Ämtern gegeben hat! Der Chef des Krankenhauses und der Parteisekretär haben mich zu sich zitiert, damit ich ihnen erkläre, warum ich einen Bürger aus einem feindlichen Staat einladen wolle. Ich habe dich ihnen gegenüber als Cousin ausgegeben, nicht wissend, ob sie das irgendwie überprüfen können. Und dann fragst du mich, ob ich glaube, was die sagen? Nein, ich glaube das nicht. Ich glaube, dass du ein anständiger Mann bist, Georg Palatin!«

Meine Irma zitterte am ganzen Leib. Und ich Dummkopf hatte ihren gesunden Menschenverstand in Frage gestellt. Ich ging zu ihr und nahm sie in die Arme. »Verzeih mir, Liebste, ich wusste das alles doch nicht. Ich verspreche dir, ich werde nie wieder glauben, dass du das, was sie sagen, gutheißt.«

Sie funkelte mich noch einen Moment lang wütend an, wurde dann aber weich und küsste mich.

In den folgenden Tagen wurde ich beinahe selbst zum DDR-Bürger. Während Irma zu ihrer Schicht ging, stellte ich mich beim HO an, wie die Lebensmittelläden genannt wurden, und versuchte zu bekommen, was sie mir aufgeschrieben hatte. Ich war erstaunt, wie wenig es gab und wie schnell etwas von den begehrteren Sachen weg war. Während bei uns die Läden mittlerweile wieder vor Waren aus den Nähten platzten, wirkten die Regale hier sehr überschaubar. Wo es bei uns in den Gemüseläden Südfrüchte zu kaufen gab, lagen hier Kohlköpfe, Möhren und Sellerie.

Aber das, was man zum Leben brauchte, gab es, und da

ich noch gut wusste, wie knapp alles im Krieg war, war ich froh, wenigstens mit dem Nötigsten wiederzukommen.

Nach solch einem Einkauf grübelte ich allerdings lange nach. Bei uns waren die Läden voll. Manchmal gab es auch etwas nicht, doch die Verkäufer waren bemüht, es schnell zu bestellen.

Und dann der Gleichmut der Leute! Sie murrten nicht, wenn sie etwas nicht erhielten. Stattdessen zogen sie mit dem, was sie hatten, ab und kamen am nächsten Tag wieder, um erneut ihr Glück zu versuchen.

Dann klingelte es eines Tages an Irmas Wohnungstür. Ich wusste zunächst nicht, was ich tun sollte, öffnete dann aber. Vor der Tür stand ein Mann in Postuniform. Einer seiner Jackenärmel war hochgeschlagen und leer. Ich vermutete, dass er seinen Arm im Krieg verloren hatte. Unter dem gesunden Arm trug er ein in grobes Papier gewickeltes Paket. Der Absender darauf kam mir sehr bekannt vor.

»Oh, Sie sind neu hier«, sagte er, als er mich sah. »Ich hoffe, das Fräulein Irma ist nicht ausgezogen.«

»Nein, keine Sorge«, antwortete ich. »Ich bin ihr Verlobter und seit einigen Tagen zu Besuch.«

»Aha, woher kommen Sie denn, wenn ich das fragen darf?«

»Aus Hamburg«, antwortete ich und wunderte mich darüber, wie schnell der Postbote hier vertraulich wurde. Aber ich schob es darauf, dass er Irma schon kannte, seit sie hier eingezogen war.

»Aha«, machte der Postbote nachdenklich, stellte das Paket auf den Boden und zog dann einen Zettel und einen Kugelschreiber hervor, den er auf die Kiste legte.

Ich war so überrascht, dass ich zunächst nicht wusste, was ich tun sollte.

»Wenn Sie so nett wären, zu unterschreiben?«, sagte der Postbote lächelnd.

Verdattert kam ich seiner Aufforderung nach. Der Kugelschreiber schmierte ein wenig, doch damit schien er zufrieden zu sein. Ich reichte ihm beides, worauf er sich zu mir beugte und im Flüsterton sagte: »Nehmen Sie sich gut vor der Stasi in Acht, junger Mann. Und sagen Sie das auch Ihrer Verlobten. Die mögen Leute aus dem Westen nicht, also wäre es besser, wenn Sie das sonst keinem erzählen. Die Stasi hat überall ihre Spitzel, sogar unter Leuten, bei denen Sie es nicht für möglich halten.«

Seine Worte erschreckten mich ziemlich. Im ersten Moment glaubte ich, dass er sie nicht mehr alle hatte, aber dann rückte er noch näher an mich ran, schaute sich gehetzt um und fuhr dann leiser fort: »Schauen Sie mich an! Weil sie mich für einen Saboteur und Landesverräter gehalten haben, haben sie mich nach Bautzen gesteckt und gefoltert. So sehr, dass mir der Arm abgenommen werden musste. Nach drei Jahren bin ich wieder raus, weil sie mir nichts nachweisen konnten – offenbar hatten sie mich mit jemandem verwechselt. Und weil sie ein schlechtes Gewissen hatten, haben sie mir diesen Posten gegeben. Normalerweise erzähle ich niemandem was davon, alle denken, ich hätte den Arm im Krieg verloren. Aber das Fräulein Irma ist fast so etwas wie eine Enkelin für mich. Wenn Sie können, holen Sie sie von hier weg, denn wenn Sie bei ihr bleiben, werden die Sie nicht in Ruhe lassen, weil sie stets glauben, Sie wollen ihren schönen Sozialismus zerstören. Und die finden schon einen Grund, um Sie in den Knast zu bringen, das können Sie mir glauben.«

Kaum hatte er geendet, wurde hinter ihm eine Tür geöffnet, und eine alte Frau in bunter Kittelschürze trat heraus.

»Ah, Herr Meyer, habe ich doch richtig gehört.«

Die Frau, die ich während meines bisherigen Aufenthaltes noch nicht gesehen hatte, musterte mich von Kopf bis Fuß, dann lächelte sie den Postboten an.

Mir wurde mulmig zumute.

»Frau Höfel, wie schön, Sie mal wieder zu sehen!«, sagte der Postbote zu ihr. »Geht es Ihren Beinen besser?«

»Wie man es nimmt und je nach Wetterlage«, antwortete die Frau, während ihr Blick immer wieder neugierig zu mir rüberwanderte. »Haben Sie heute etwas für mich?«

Der Briefträger griff in seine Tasche, zog die Briefmappe heraus und klappte sie gegen seine Brust. Ich war fasziniert, wie geschickt er mit nur einer Hand die Mappe hielt und gleichzeitig die Briefe durchsuchte. Und noch mehr faszinierte es mich, dass er an dem Schrecken, den er erlebt hatte, nicht vollkommen zerbrochen war.

»Oh, tatsächlich habe ich etwas für Sie!«, sagte er und schob mit dem Daumen den Brief hervor, den ihm die Frau abnahm. »Ich hoffe, es ist was Gutes!«

Die Frau betrachtete den Brief und strahlte dann. »Von meiner Enkelin. Danke schön!«

»Bis morgen hoffentlich!«, sagte der Postbote und steckte seine Mappe wieder ein.

»Eine sehr nette Frau«, sagte er dann, während er sich wieder zum Aufbruch rüstete. »Leider komme ich nicht so oft ins Haus, meist lasse ich die Post unten in den Briefkästen. Manche Leute warten aber regelrecht auf ihre Post. Das ist das Schönste an meinem Beruf.«

Ich fragte mich, ob die alte Frau gehört hatte, was er mit mir gesprochen hatte. Sie hatte ja genau zum richtigen Zeitpunkt die Tür geöffnet. Aber vor ihr schien er keine Angst zu haben.

»Na dann, alles Gute!«, rief er mir zu und ging die Treppe

runter. Ich erwiderte seinen Wunsch, und ich beeilte mich, das Päckchen, das von Irmas Tante kam, in die Wohnung zu tragen.

Die unheimliche Geschichte des Postboten beschäftigte mich den ganzen Tag. War so etwas möglich? Oder hatte mir der Mann nur etwas vorgeflunkert?

Nein, das glaubte ich nicht. Niemand erzählte eine Lügengeschichte über einen amputierten Arm. Die Kriegsveteranen in Hamburg berichteten alle ehrlich, wo sie den Finger, die Hand, den Arm oder das Bein verloren hatten.

Jetzt kam mir auch wieder die merkwürdige Begegnung im Zug in den Sinn. Die Gespräche, die irgendwie keinen Sinn ergeben hatten. Der junge Mann, der sich bei mir für die Hilfe bedankt hatte, obwohl ich nur zwei Fotos miteinander verglichen hatte. Was hatten sie in der DDR vorgehabt? Waren diese Männer vielleicht westliche Agenten gewesen? Waren die Fotos für falsche Pässe gedacht?

Ich erinnerte mich an die Erzählung meiner Mutter. In dem Zug, mit dem sie damals gefahren war, war ein Mann mit gefälschtem Pass aufgeflogen. Die Gestapo-Leute hatten erkannt, dass das Bild in dem Pass nicht seines war.

Hatten die jungen Männer etwas Ähnliches vorgehabt?

Zum Glück erschien Irma bald und riss mich aus meinem Gedankenkarussell. Ich war sehr froh, sie zu sehen, und sie freute sich sehr über das Paket.

»O wie schön, ein Westpäckchen«, rief sie aus, klatschte in die Hände und gab mir einen dicken Kuss, der nach ihren Lippen und ein klein wenig nach Desinfektionsmitteln schmeckte. Dann schälte sie sich aus ihrer Jacke.

»Bohnenkaffee hatten sie heute leider nicht«, kommentierte ich entschuldigend meinen Einkauf, den ich auf dem

Tisch aufgereiht hatte, weil ich nicht wusste, wo ich es hinräumen sollte.

»Macht nichts«, entgegnete sie fröhlich und schlitzte das Päckchen auf. »Auf mein Tantchen ist Verlass!« Mit diesen Worten zog sie ein Päckchen Bohnenkaffee hervor, dessen Duft schon bald die ganze Wohnung füllte, als Irma ihn aufbrühte.

Die Tage verflogen sehr schnell. Viel zu schnell für meinen Geschmack. Ich hätte für immer bei meiner Irma bleiben können, aber mein Visum lief ab, und so brachte sie mich Anfang November zum Rostocker Hauptbahnhof.

Ungeachtet der Leute, die ebenfalls auf den D-Zug warteten, zog ich sie in meine Arme und küsste sie. Sie lehnte schluchzend an meiner Schulter, denn weder sie noch ich wussten, wann wir uns das nächste Mal sehen würden. Gern hätte ich jede einzelne Minute festgehalten, doch dann fuhr der Zug ein, und mir blieb nichts anderes übrig, als einzusteigen.

Ich wollte stark bleiben, doch Irma weinend auf dem Bahnsteig stehen zu sehen brach mir das Herz, und nur schwerlich konnte ich meine eigenen Tränen zurückhalten.

Als der Zug losfuhr und Irma langsam aus meinem Blickfeld verschwand, hielt ich es nicht mehr aus und heulte los wie ein Schlosshund.

Eine alte Frau, die mir gegenübersaß, reichte mir ein sorgfältig gebügeltes Taschentuch. »Ach, Sie Armer, das muss schön sein, so frisch verliebt zu sein. Aber glauben Sie mir, Ihr Mädel wird schon auf Sie warten, ganz bestimmt. Männer, die weinen können, haben ein gutes Herz.«

Das war sehr nett von ihr, aber in diesem Augenblick konnte ich ihre Worte nicht so richtig würdigen. Dankend nahm ich ihr Taschentuch an und überließ mich dann ganz meinem Schmerz, auch wenn mein Vater immer versucht hatte, mir einzubläuen, dass ein Mann nicht weinen soll.

Irgendwann kam der Grenzübergang, und ich fasste mich wieder.

Diesmal ging die Passkontrolle reibungslos vonstatten, vielleicht auch, weil ich keine abenteuerlichen Gestalten im Abteil hatte.

Doch kaum hatten wir die Grenze hinter uns gelassen, packte mich die Verzweiflung. Das Überqueren des Grenzbereichs erschien mir so endgültig. Wann würde ich meine Verlobte wiedersehen?

Was sollte ich tun?

Ich konnte meine arme Irma nicht in diesem Land lassen. Nicht nach dem, was ich von dem Postboten gehört und von den Zuständen gesehen hatte.

Die ganze Zeit grübelte ich, wie ich sie aus Rostock fortholen könnte. Da fiel mir die Zigarettenschachtel ein. Sie lag unten in meiner Tasche. Drei Zigaretten waren noch drin. Als ich bei Irma war, hatte ich keine einzige Zigarette angerührt, weil sie gemeint hatte, dass Rauchen schädlich sei. Der Zettel steckte noch in der Hülle.

Ich zog ihn hervor und betrachtete ihn nachdenklich. Was waren das für Jungs gewesen? Ich hatte bei Irma im Radio gehört, dass es hin und wieder Versuche gab, den »antifaschistischen Schutzwall« zu durchbrechen – besonders in Berlin.

Ich beschloss, die Nummer anzurufen, wenn ich wieder zu Hause war.

Als ich in Hamburg ausstieg, war es bereits dunkel, und ich fühlte mich wie ein leerer Schiffscontainer. Ohne Irma war es, als hätte mir jemand etwas Lebenswichtiges aus dem Körper gerissen.

Auf meinem Weg kam ich an einem Münzfernsprecher vorbei. Es war glücklicherweise einer der modernen, bei denen man sich nicht mehr vom Amt verbinden lassen musste.

Der Zettel in meiner Tasche schien zu glühen. Was schadete es, wenn ich die Nummer anrief? Der Mann hatte mir Hilfe angeboten, wenn es um meine Freundin ging. Und jetzt brauchte ich Hilfe.

Ich warf also das Kleingeld, das ich noch hatte, in die passenden Schlitze und wählte die Nummer.

Es dauerte eine Weile, bis ich verbunden wurde, dann ertönte ein Tuten. Mir schlug das Herz bis zum Hals. Wie sollte ich es anfangen? Und wenn diese Männer vielleicht Kriminelle waren? Wie sollten sie mir helfen können?

Da wurde schließlich abgenommen.

»Becker«, brummte eine Männerstimme. Ich erkannte, dass sie dem Mann gehörte, der mir die Nummer gegeben hatte.

»Ich bin der Mann aus dem Zug, dem du deine Nummer gegeben hast.«

Stille am anderen Ende. Der Mann musste wohl überlegen, wen er in welchem Zug getroffen hatte.

»Der Kapitän«, half ich ihm auf die Sprünge.

»Ah, der Mann aus Hamburg mit dem scharfen Blick!«, entgegnete er und lachte. »Was kann ich für dich tun, mein Freund?«

»Du … du sagtest doch, dass ich dich anrufen könnte, wenn ich mal Hilfe brauche.«

»Ja, das sagte ich, und das war mein voller Ernst.«

»Nun, ich glaube, ich brauche Hilfe«, entgegnete ich. »Ich möchte jemanden aus der DDR holen.« Stille folgte. Vielleicht lachte mich der Mann am anderen Ende gleich aus, aber das war es mir wert.

»Und du glaubst, ich könnte das?«, fragte er.

Mein Kopf begann zu glühen. »Na ja, ihr hattet da dieses Bild … Das war doch sicher für einen falschen Pass, nicht wahr?«

Wieder schwieg mein Gesprächspartner.

»Das ist eine gefährliche Sache, die du da vorhast. Komm morgen um fünf Uhr abends zum Michel, dann besprechen wir alles.«

»In Ordnung, ich …«

Doch da hatte der Mann schon aufgelegt.

Ich betrachtete den Hörer noch einen Moment lang, dann hängte ich ihn wieder in die Gabel. Sollte ich morgen wirklich um fünf zum Michel gehen? Was, wenn diese Männer irgendwelchen Dreck am Stecken hatten und vielleicht von den Behörden gesucht wurden?

Verwirrt taumelte ich weiter zu meiner Wohnung. Meine Gedanken waren bei Irma, und während ich der Erinnerung an ihre Arme und ihren Körper nachspürte, fiel ich in einen tiefen Schlaf.

Der Wind blies nasse Kälte durch meine Jacke. Vergeblich suchte ich nach einer Stelle, an der ich etwas geschützt war. Doch die schien es nicht zu geben, die steife Brise erwischte mich immer.

Trotz des grauen Wetters herrschte um diese Uhrzeit reges Treiben rings um den Michel. Leute mit hochgeschlagenen Mantelkragen eilten an mir vorbei. Ich hatte die Hände tief in meinen Jackentaschen vergraben und hielt Ausschau nach diesem Becker. Von welchem Ende würde er kommen? Ich blickte auf meine Uhr. Kurz vor fünf.

Ich lehnte mich gegen die Wand und ließ meinen Blick weiterschweifen. Über mir begannen die Glocken zur vollen Stunde zu läuten. Noch immer war nichts von dem Mann zu sehen. Hatte er sich verspätet? Oder es sich anders überlegt?

Das Läuten war gerade verklungen, als eine Gestalt auf mich zukam. Sie trug eine grobe, halblange Jacke, das Haar fiel über die Ohren.

Als sie das Gesicht hob, erkannte ich den Mann aus dem Zugabteil. Er blickte grimmig.

Hatte das was mit mir zu tun oder war irgendwas passiert?

Er reichte mir die Hand. »Freut mich, dich wiederzusehen. Ich hab dich noch gar nicht nach deinem Namen gefragt.«

»Palatin«, antwortete ich. »Georg Palatin.«

»Stefan Becker.« Er zog ein Zigarettenpäckchen aus der Tasche und bot mir eine an. Ich rauchte selten, aber jetzt wäre es wohl unhöflich gewesen, abzulehnen.

Becker gab mir Feuer und zündete anschließend seine Zigarette an. Er blies den Rauch in die feuchte Novemberluft, dann fragte er: »Du willst also jemanden aus der DDR wegholen?«

Ich nickte. »Meine Verlobte.«

»Weiß sie schon von ihrem Glück?«

»Dass sie meine Verlobte ist oder dass ich sie aus der DDR holen will?«, entgegnete ich, worauf Becker mir auf die Schulter klopfte und lachte.

»Scheinst in Ordnung zu sein, Mann. Natürlich meinte ich ihre Ausreise aus der DDR. Hast du mit ihr schon darüber gesprochen?«

»Nein, die Idee ist mir spontan gekommen.« Der Rauch brannte in meinen Lungen. »Ich habe deine Telefonnummer wiedergefunden und an die Bilder gedacht, die du mir gezeigt hast. Dass ich vergleichen sollte, ob sich die beiden ähnlich sehen.«

»Ich erinnere mich. Meine Freunde hätten mich dafür beinahe gelyncht«, entgegnete der andere. »Die dachten, du hättest vielleicht Kontakte zur Stasi.«

Das Wort jagte mir einen Schauer über den Rücken. »Nein, wo denkst du hin? Sonst hätte ich dich doch nicht angerufen, oder?«

»Doch, gerade wenn du für die Stasi arbeiten würdest, hättest du angerufen«, entgegnete der andere. »Aber ich glaube nicht, dass dem so ist. Einen der ihren hätten sie am Grenzübergang anders behandelt und nicht seine Sachen gefilzt. Außerdem hattest du einen West-Reisepass, das habe ich schon von weitem erkannt.«

»Sag mal«, begann ich und senkte meine Stimme. Die Leute gingen achtlos an uns vorbei, aber man konnte nicht wissen, ob doch vielleicht irgendwer etwas aufschnappte. »Seid ihr Agenten oder so was?«

»Was? Agenten?« Becker schüttelte den Kopf. »Wo denkst du hin? Nein, wir sind Studenten, die hin und wieder ein paar Dinge drüben erledigen.« Er musterte mich einen Moment lang, sah mir dann für einige Sekunden direkt in die Augen.

»Ihr bringt Leute rüber, nicht?«, fragte ich hoffnungsvoll. »Irgendwas hatten die Fotos damit zu tun.«

»Das solltest du besser nicht so laut sagen – schon gar nicht deiner Freundin.«

»Stimmt das denn nicht?«

Becker blickte zur Seite, als glaubte er, dass er beobachtet würde. Dann sagte er: »Wir holen Leute rüber, das stimmt. Wir haben mit Studienkollegen begonnen, jetzt tun wir das auch mit anderen.«

»Und nehmt ihr Geld dafür?« Ich konnte mir nicht vorstellen, dass sie sich einfach so in Gefahr begaben.

»Nee, wo denkst du hin? Wir wollen einfach nicht, dass unsere Landsleute von den Russen eingesperrt werden.«

Mein Kopf glühte vor Aufregung. »Und wie macht ihr das? Das Rüberholen?«

»Wir suchen für gewöhnlich jemanden, der demjenigen, der ausreisen will, ähnlich sieht, und fragen ihn, ob er unser Strohmann sein will. Mit diesem Strohmann reisen wir über die Grenze, gehen zu unserem Mann und reisen mit ihm wieder nach drüben. Deshalb ist es wichtig, dass er seinem Passbild ähnlich sieht. Der Mann, den wir zurückgelassen haben, meldet sich bei der Polizei und gibt an, seine Papiere verloren zu haben. Meist schickt man ihn nach kurzer Befragung wieder rüber.«

»Und das merken die nicht?«

»Kommt ganz darauf an. Nachdem wir unseren letzten Mann beinahe verloren hätten, werden wir diese Masche eine Weile ruhenlassen.«

»Und wie macht ihr es jetzt?«

»Das wissen wir noch nicht so genau.« Er blickte mich eine ganze Weile an. »Aber ich glaube, ich sehe da eine Möglichkeit.«

»Eine Möglichkeit?« Was meinte er?

»Du hast doch erzählt, dass du ein Schiff hast, richtig?«

»Ja, das habe ich.«

»Und bist du damit schon mal richtig auf See gewesen? Das heißt, kannst du damit umgehen?«

»Natürlich kann ich das, warum hätte ich sonst ein Schiff?«

Becker überlegte eine Weile, zwischendurch zog er immer wieder an seiner Zigarette.

»Weißt du, nur so eine Idee. Wie wäre es, wenn du dein Mädchen mit deinem Schiff holst?«

Ich zog die Stirn kraus. Das war eine ziemlich dumme Idee, denn die Hoheitsgewässer der DDR wurden sicher genauso stark bewacht wie die grüne Grenze.

»Mein Schiff liegt hier im Hafen«, gab ich zu bedenken. »Und selbst wenn ich den Nord-Ostsee-Kanal nehme und nach Rostock fahre, werde ich mein Mädchen nicht einfach einsammeln können, denn sie wird sicher nicht auf das Hafengelände dürfen. Die passen auf wie die Schießhunde.«

Becker grübelte weiter. Mittlerweile war die Zigarette zwischen meinen Fingern erloschen, ich hatte keinen weiteren Zug genommen. Innerlich zitterte ich – vor Kälte, aber auch vor Aufregung. Der Gedanke, Irma mit meinem Schiff abzuholen, gefiel mir, aber gleichzeitig war mir klar, dass ich viel zu wenig über die Gepflogenheiten in den Häfen der Sowjetzone wusste. Wenn die Grenzer merkten, dass ich mit ihr abhauen wollte, würden sie uns beide erschießen, so viel war klar.

»Und wenn du dein Mädchen nicht im Hafen aufliest, sondern auf See?«, fragte der Fluchthelfer nun. »Sie könnte dir mit einem Boot entgegenkommen.«

»Das ist zu gefährlich«, platzte ich heraus. »Auf der Ostsee herrscht ziemlicher Seegang. Wenn sie kentert, wird sie ertrinken. Außerdem wird sie sich bestimmt nicht trauen, da rauszurudern.«

»Und wenn andere bei ihr sind? Andere, die vielleicht ein kleines Motorboot besitzen? Oder ein Segelschiff? Wenn noch mehr Leute dabei wären? Du müsstest gar nicht in Küstennähe kommen, die Flüchtigen fahren zu dir raus.« Beckers Gedanken schienen zu rasen. Er warf seine Zigarette auf den Boden und trat sie mit dem Absatz aus, während er weiter sinnierte. »Ich habe schon davon gehört, dass Leute auf die Ostsee rausgeschwommen sind, in der Hoffnung, einen dänischen Fischkutter zu erwischen …«

»Meins ist ein Fischkutter«, sagte ich. Der Gedanke, dass Irma mit irgendeiner Nussschale auf die Ostsee rausfahren müsste, behagte mir noch immer nicht, aber einen besseren Vorschlag hatte ich nicht.

»Na, bestens! Dann wird es den Ostseewellen trotzen.«

Mein Gesprächspartner versank in ein tiefes Nachdenken.

»Ich werde mir den Plan durch den Kopf gehen lassen«, sagte er schließlich. In seinen Augen stand fast schon ein gehetzter Ausdruck. »Treffen wir uns in einer Woche wieder hier. Vielleicht kann ich dir dann Näheres sagen.«

Damit verabschiedeten wir uns. Becker verschwand einfach in der Menge, als ich mal kurz wegschaute, danach konnte ich ihn schon nicht mehr ausmachen.

Die Tage bis zum nächsten Treffen vergingen schleppend. Doch dann trafen Becker und ich uns wieder. Diesmal strahlte er ebenso wie der klare Novemberabend.

»Ich habe alles vorbereitet«, verkündete er. »Jetzt müssen wir nur noch dafür sorgen, dass die Leute zu dir gebracht werden. Wie es aussieht, kannst du neben deinem Mädchen noch drei weiteren Fluchtwilligen helfen. Würdest du das tun?«

Ich zögerte. Außer meiner Irma wollte ich eigentlich niemanden rüberholen – aber mir war klar, dass Stefan Becker eine Gegenleistung haben wollte. Und ich wusste, dass ich ohne seine Hilfe nichts ausrichten konnte.

»Ja klar«, antwortete ich also, worauf Becker mir die Hand reichte.

»Also dann, abgemacht. Ich werde dich in den nächsten

Tagen genauer instruieren. Willst du deinem Mädchen selbst Bescheid geben, oder sollen wir das tun?«

»Wie gefährlich ist es denn, wenn ich bei ihr anrufe?«, fragte ich zweifelnd, denn ich war nicht sicher, wer da so lauschte – zumal sie selbst kein eigenes Telefon hatte und zur Nachbarin laufen müsste.

»Sehr gefährlich«, antwortete Becker. »Möglicherweise ist das Telefon, an das sie geht, verwanzt. Am besten, du gibst uns die Adresse und eine Nachricht für sie, und wir kontaktieren sie. Wir kennen unsere Leute da drüben und wissen, vor wem wir uns in Acht nehmen müssen. Wir werden sie dann eine Antwort schreiben lassen, die wir bei unserer Rückkehr mitbringen.«

»In Ordnung«, antwortete ich, aber wohl war mir immer noch nicht bei der Sache. Was, wenn sie doch abgefangen wurden?

Und was, wenn Irma nicht mitmachen wollte? Als ich bei ihr war, hatten wir nicht von Flucht gesprochen. Was sollte ich tun, wenn sie nicht aus Rostock fortwollte? Und was, wenn ihr die Männer einen Heidenschreck einjagten und sie glaubte, dass sie von der Stasi kämen? Wenn ich sie doch nur erreichen und sie auf das Kommende vorbereiten könnte!

Becker zog jedenfalls von dannen, ohne zu wissen, welche Zweifel mich plagten. Und ich ging schließlich auch, denn ich musste die Nacht nutzen, um ihr einen Brief zu schreiben, der ihr alles erklärte.

Tage der Ungewissheit begannen. Ich hatte es hinbekommen, einen Brief zu schreiben, aber würde Irma wirklich glauben, dass er von mir war? Zur Sicherheit hatte ich ein paar Dinge erwähnt, von denen nur wir beide etwas wussten. Doch würde sie die Männer überhaupt an sich heranlassen?

Während ich darüber nachdachte, mutierte ich zum seelischen Wrack. Ich war schreckhaft, konnte über meinen Gedanken oftmals nicht einschlafen oder wälzte mich im Bett herum. Meinen Eltern konnte ich mich nicht anvertrauen, die waren immer noch verstimmt darüber, dass ich einfach in die DDR gefahren war. Und meine Freunde … Würden die verstehen, was in mir vorging?

Da ich noch keine neue Arbeit gefunden hatte, werkelte ich am Schiff herum. Im Winter wollte niemand mehr eine Ausflugsfahrt machen. Also setzte ich instand, was möglich war.

Dann, eines Tages kurz vor Weihnachten, traf ich mich wieder mit Becker. Er gab mir einen Brief, dem anzusehen war, dass er während seiner Reise viel gelitten hatte. Er oder einer seiner Freunde hatte ihn wohl am Körper getragen, um ihn vor der Öffnung durch die Stasi zu bewahren. Er war ziemlich dick, als hätte Irma sich seitenweise Gedanken vom Herzen schreiben müssen. Ich bekam es mit der Angst zu tun. Was, wenn sie Schluss machte?

Ich tastete den Umschlag ab, konnte aber nichts fühlen, was auf einen zurückgeschickten Verlobungsring hindeutete.

Becker gab mir etwas Zeit, den Brief zu öffnen und zu lesen.

Mit zitternden Fingern zog ich die Blätter hervor. Die meisten von ihnen waren leer oder Zeitungspapier. Doch mittendrin entdeckte ich zwei Blätter mit Irmas Handschrift.

Sie teilte mir mit, dass es kompletter und gefährlicher Blödsinn sei, den ich da verzapfen wollte. Ich wollte schon verzweifeln, doch dann stand da der Satz: »Aber weil ich dich liebe, werde ich diesen Unsinn mitmachen. Und wehe, du holst mich nicht ab!«

Ich presste den Brief an mein Herz. Das war meine Irma! Und wahrscheinlich war ich noch glücklicher darüber, dass sie schrieb, dass sie mich liebte.

»Nächste Woche«, sagte Becker und steckte mir einen Zettel zu, der wohl die versprochenen genaueren Daten enthielt. »Mach dein Schiff am besten schon mal klar.«

Die Einzigen, die ich einweihte, waren meine beiden engsten Freunde. Ich brauchte ein wenig Besatzung auf dem Schiff und konnte natürlich nicht gleichzeitig das Steuer bedienen und den Flüchtigen an der Jakobsleiter helfen.

Uwe war sofort Feuer und Flamme. »Klar komme ich mit. Wird spaßig, von der Küstenwache gejagt zu werden.«

»Spaßig?«

»Na, du weißt schon. Ist mal was anderes. Und genau genommen dürfen die ja auch nicht auf unsere Seite. Wir kriegen das schon hin!«

Horst war ein wenig skeptischer, doch auch auf seine Unterstützung konnte ich zählen.

Ein paar Tage später legten wir ab in Richtung Brunsbüttel, wo wir in den Nord-Ostsee-Kanal einfahren wollten.

Das Wetter war dabei nicht gerade auf unserer Seite. Es war neblig, und mir wurde klar, dass ich am Steuer meines Schiffes noch ziemlich unerfahren war. Es war etwas anderes, durch den Hamburger Hafen zu schippern, als die Elbe runter. Aber mit der Zeit wurde ich sicherer, und es war auch gut, meine Freunde dabeizuhaben. Sie hielten mich vom Grübeln ab, und wenn es nicht anders ging, redeten wir eben über das, was vor uns lag.

Am Abend desselben Tages erreichten wir Brunsbüttel und fuhren in den Kanal ein. Es war furchtbar neblig, aber was wollte man bei so viel Wasser unter uns erwarten?

Während ich nach der Wache in der Koje lag, dachte ich an Irma. Wie ging es ihr, so kurz vor ihrer Flucht? Hatte sie Angst?

Es war so furchtbar schade, dass ich nicht bei ihr sein, dass ich ihr nicht sagen konnte, dass schon alles gutgehen würde.

Obwohl, würde es überhaupt gutgehen? Die alte Sorge stieg wieder in mir auf. Was, wenn etwas mit dem Boot geschah oder die Grenzer den Fluchtwilligen auf die Schliche kamen? Nicht auszudenken, dass Irma für meine Schnapsidee büßen musste!

Aber dann riss ich mich wieder zusammen. Becker hatte versprochen, sich mit seinem Funkgerät zu melden, auf einer Frequenz, die die Grenzer nicht abhören konnten.

Wir würden das Kind schon schaukeln!

Einige Stunden später, bei Anbruch der Morgendämmerung, fuhren wir in die Ostsee. Unterwegs waren uns zahlreiche Transportschiffe entgegengekommen, ein holländischer Frachter hupte zum Gruß, obwohl er uns nicht kannte.

Wir waren zu früh. Viel zu früh, denn die Aktion sollte erst am Abend steigen.

Wir fuhren also in den Hafen von Timmendorfer Strand ein und gönnten uns in einem Café heißen Tee und ein ordentliches Frühstück.

Obwohl beides köstlich war, lag es mir danach wie ein Stein im Magen. Meine Gedanken wanderten unablässig zu Irma. Jetzt war sie wohl im Krankenhaus. Hoffentlich brummte man ihr nicht eine andere Schicht auf! War sie ganz ruhig, oder zitterten ihre Hände? Würden die Kollegen etwas bemerken, wenn sie sie ansahen? Stand sie vielleicht längst unter Beobachtung?

Ich blickte auf die Uhr des Cafés. Die Zeit schleppte sich nur langsam voran. Wenn es doch nur schon Abend wäre, dachte ich mir.

Irgendwann verließen wir das Café wieder und begannen, planlos auf der Strandpromenade auf und ab zu gehen. Der Wind war rau und die See kalt und hart. Möwen flatterten über die Gischtkronen der Wellen hinweg. Ich blickte in das verschwommene Grau des Horizonts. Irgendwo dahinten war sie, meine Irma. Hoffentlich überlegte sie es sich im letzten Moment nicht noch anders.

Als die Zeit endlich heran war, fanden wir uns auf dem Schiff ein. Becker hatte gemeint, dass er uns anfunken würde, sobald er die Fluchtwilligen zusammengetrommelt hatte. Denn ich würde ja nicht nur Irma mitnehmen. Ich trug in dieser Nacht auch die Verantwortung für drei weitere Leute, eine Frau und zwei Männer.

Wir fuhren raus auf die Ostsee und versuchten, den abgemachten Punkt zu umkreisen.

Mit der Höhe der Wellen stieg auch meine Besorgnis. Hoffentlich war Beckers Boot stabil genug. Hoffentlich kenterte es nicht. Jemanden bei diesem Seegang aus dem Wasser zu fischen war nahezu unmöglich.

Das Tosen der Wellen warf in mir noch eine andere Frage auf. Wie sollten wir sie sicher an Bord bekommen? Als wir die Fahrt geplant hatten, konnten wir unmöglich das Wetter vorhersehen.

Wieder zogen sich die Stunden dahin. Es wurde dunkel. Noch nie zuvor hatte ich eine derart schwarze Nacht erlebt. Nicht mal der Mond schaffte es, ein bisschen Licht durch die dichten Wolken zu schicken.

Dann kam endlich der Funkspruch. Wir zuckten zusammen, als das Rauschen durch den Äther tönte, knapp gefolgt von einigen Worten. Uwe schnappte sich sofort die Kopfhörer und legte los.

»Sie sind in der Nähe und warten auf dich.«

Wir waren nur ein kleines Stück von den vereinbarten Koordinaten entfernt. Wie sich herausgestellt hatte, hatten Becker und seine Freunde nicht nur Ahnung, was das Herausschmuggeln von Leuten anging, sie kannten sich auch einigermaßen mit Seekarten aus.

Ich zog den Kutter vorsichtig herum und fuhr dann auf die Stelle zu.

Bei der schwarzen Suppe da draußen musste man ja aufpassen, dass man das Boot nicht rammte!

»Sieh mal, da!«, rief Horst, den ich dazu abgestellt hatte, die Augen weit aufzuhalten. »Ein Licht!«

Ich drosselte die Maschine. Dann erkannte ich es auch – einen kleinen hellen Lichtpunkt Steuerbord von uns. Ich stoppte das Schiff und machte das Licht an Deck an. Keine Ahnung, ob ich da schon in den Hoheitsgewässern der Sowjets war oder nicht.

Mir war das in diesem Augenblick aber auch schnuppe, denn in dem Boot da vorn war meine Irma. Und ich musste nun sehen, dass ich sie und die anderen heil an Bord bekam.

Ich überließ Horst das Steuer und rannte mit Uwe nach draußen. Dort rollte ich die Jakobsleiter aus. Erkennen konnte ich erst etwas, als das Boot in unseren Lichtschein fuhr. Es war ein altes Motorboot, das Platz für fünf Personen und ein Funkgerät hatte.

Unter den vermummten Gestalten konnte ich meine Irma nicht ausmachen, also rief ich ihnen zu, dass sie einer nach dem anderen hochkommen sollten.

Als Erste erklomm eine Frau die Leiter, das sah ich an der Art, wie sie kletterte. Sie trug grobe Hosen und eine dicke Jacke, das Haar war unter einer Schiffermütze versteckt.

Als ich sie an Bord holte, erkannte ich sofort, dass es nicht meine Irma war. Die folgte offenbar als Nächste, auch in dicke Klamotten gehüllt.

Und tatsächlich, schon, als sie meine Hand berührte, wusste ich, dass sie es war. Ich zerrte sie beinahe an Deck, zog sie fest an mich und küsste sie. Sie zitterte am ganzen Leib und weinte.

»Ist gut, ist alles gut, du bist bei mir«, flüsterte ich ihr ins Haar und war selbst den Tränen nahe. Doch dafür war jetzt keine Zeit. Die zwei Männer kamen an Bord. Auch sie waren durchgefroren und mit den Nerven am Ende.

Uwe brachte alle vier in die Passagierkabine, in der sie vor dem Wind geschützt waren. Wir hatten Thermoskannen mit Kaffee dabei, damit sie sich aufwärmen konnten.

»Wollt ihr auch mitfahren?«, rief ich Becker und seinem Freund zu, doch die schüttelten die Köpfe.

»Nein, wir verlassen die DDR so, wie wir gekommen sind, alles andere würde zu viel Verdacht erregen. Bis bald in Hamburg! Ihr solltet jetzt besser verschwinden.«

Damit drehten sie ab. Ich schaute ihnen kurz nach, dann ging ich wieder ins Führerhaus. Wenn wir bereits in feindlichen Hoheitsgewässern waren, mussten wir so schnell wie möglich abhauen.

Erst im Morgengrauen, als ich mir sicher war, dass wir kurz vor Timmendorfer Strand waren, überließ ich Horst wieder das Steuer und ging zu den Passagieren. Mein Willkommen für Irma war viel zu kurz ausgefallen, aber jetzt hatte ich Zeit, alles nachzuholen.

Die Flüchtlinge hatten sich mittlerweile ein paar ihrer Kleider entledigt. Nicht auszudenken, was passiert wäre, wenn sie damit ins Wasser gefallen wären. Aber diesen Gedanken schob ich beiseite, denn es war nicht geschehen.

»Da ist ja unser Retter!«, sagte einer der Männer, der sich mir als Hans Grunau vorstellte. Er und seine Frau Rosemarie waren Ärzte, der andere Mann, Peter Thoms, war Schiffbauer und vom Krieg und der anschließenden Kriegsgefangenschaft gezeichnet.

»Ich wollte auf keinen Fall in einem Land bleiben, das von diesen Mistkerlen besetzt ist«, brummte er finster.

Auch das Ärztepaar hatte einen guten Grund. Bei den Protesten im Jahr 1953 waren sie niedergeknüppelt und verhaftet worden. Man hatte sie eingesperrt und ihnen nach der Freilassung die Berufserlaubnis als Mediziner entzogen. Sie hatten daraufhin in der Landwirtschaft gearbeitet, doch das war nicht die Art Leben, das sie leben wollten.

»Die Aussicht, auf See umzukommen, war nicht so schlimm wie die Aussicht, ein Leben lang nichts mit dem anfangen zu können, was man studiert hat«, sagte Rosemarie mit einem erleichterten Lächeln.

Und meine Irma war einfach nur der Liebe wegen mitgekommen. Obwohl man ihr ansehen konnte, dass es eine furchtbare Nacht für sie gewesen war, strahlten ihre Augen. Und als sie meine Hand ergriff und sanft drückte, wusste ich nicht nur, dass ich das Richtige getan hatte. Ich wusste auch, dass ich es wieder tun würde.

Zwei Tage später kamen wir in Hamburg an. Während die anderen Flüchtlinge in Richtung Notaufnahmelager Uelzen fuhren, nutzte ich die Gelegenheit, Irma meinen Eltern vorzustellen. Ich war ein wenig skeptisch, dachte, mein Vater würde mir jetzt die gleichen Vorhaltungen machen wie schon bei dem Schiff.

Doch als ich ihm erzählte, wie ich meine Irma von der Ostsee geholt hatte, nahm er mich beiseite und flüsterte mir zu: »Hast einen guten Fang gemacht. Mit dem Mädchen und dem Schiff.«

# 27

»Tja, so war das damals«, schloss Palatin seine Geschichte. »Ich habe keine meiner Entscheidungen bereut. Auch dann nicht, als die Stasi wie ein Todesengel über mir schwebte. Wie man sieht, haben sie mich nie gekriegt.«

Stille folgte seinen Worten. Auch Irma Palatin, die im Türrahmen stand, um Bescheid zu sagen, dass das Essen fertig sei, sagte nichts. Als ich zur Seite blickte, sah ich, dass sie sich verstohlen die Tränen aus den Augenwinkeln wischte.

Was für eine Geschichte. Und was für eine Liebe! Hätte ich jemals den Mut gehabt, das alles zu riskieren, um Jan über eine Grenze zu holen?

Nein, das ist nicht der richtige Vergleich, sagte ich mir und blickte zu Christian, der von der Geschichte ebenfalls sehr berührt war.

»Was auch ein Glück ist«, hakte Irma Palatin ein, ging zu ihm und gab ihm einen Kuss. »Sonst könntest du jetzt nicht den Braten essen, den ich gemacht habe.«

Die Geschichte hallte noch eine Weile in uns nach. Als wir mit dem Essen fertig waren, sagte Frau Palatin zu Leonie: »Wenn du magst, kannst du nachher mitkommen und meinen Garten anschauen. Das gilt natürlich für Sie alle.«

»Da schließe ich mich doch gern an«, entgegnete Christian lächelnd, während er die Serviette neben den Teller legte. »Das war wirklich ein Festmahl, Frau Palatin.«

Sie winkte ab. »Ach, das war doch gar nichts.«

»Sie ist eben bescheiden«, erklärte ihr Mann. »Aber sie weiß ganz genau, dass mich ihr Essen schon seit Jahren am Leben erhält. Und sie selbst. Ich wüsste nicht, was ich ohne sie täte.«

Ich nickte, und als Christian mit Leonie und Frau Palatin im Garten verschwunden war, sagte ich: »Mein Vater hat Einschusslöcher im Heck des Schiffes gefunden. Haben Sie es vielleicht mal mit den Grenztruppen zu tun bekommen?«

»Ja, und ob! Bei einer Tour, die beinahe völlig in die Hose gegangen wäre, haben sie auf uns geschossen. Glücklicherweise waren wir aber schon zu weit weg und wieder in bundesdeutschen Hoheitsgewässern. Einer der Jungs, die die Flüchtlinge zum Boot transportiert haben, wurde leider geschnappt. Sie folterten ihn so lange, bis er ausplauderte, wer seine Kameraden waren. Dabei fiel auch mein Name.«

Ich starrte ihn erschrocken an. »Und was ist dann geschehen?«

»Eines Abends, als ich nach Hause kam, nahm mich eine Frau aus dem Nachbarhaus beiseite. Sie sagte mir, dass zwei merkwürdige Männer in der Gegend nach mir und meiner Frau fragten. Jetzt seien sie fort, aber sie hätten den ganzen Vormittag in der Nähe des Hauses herumgelungert. Ich bin sofort zu Irma ins Krankenhaus gefahren. Damals arbeitete sie in Eppendorf. Ich bin auf die Station zum Schwesternzimmer und habe ihr gesagt, dass wir sofort verschwinden müssten, weil die Stasi hinter uns her sei. Irma hat zum Glück keinen einzigen Moment an dem gezweifelt, was ich gesagt habe. Während sie noch ihren Dienst beendete, organisierte ich ein paar Sachen und einen Wagen. Das Schiff wollte ich nicht nehmen, das war zu riskant. Ich habe Irma dann vom Krankenhaus abgeholt, und wir sind nach Timmendorfer Strand gefahren, wo mein ehemaliger Kollege Siegfried mittlerweile lebte. Als er hörte, was los war, hat er uns bei sich wohnen lassen. Irma hat sich krankgemeldet, und ich habe die Nachbarin gebeten, niemanden in unsere Wohnung zu lassen.«

»Und wie ist die Sache ausgegangen?«

»Ich habe die Polizei benachrichtigt, und irgendwann haben die Stasi-Spitzel aufgegeben. Aber es war mir dennoch zu unsicher, in Hamburg zu bleiben. In einer großen Stadt werden häufiger Menschen umgebracht, da wären zwei weitere Morde nicht sonderlich aufgefallen. Also beschloss ich, mein Schiff nach Timmendorfer Strand umzusiedeln und ihm einen neuen Namen zu geben.«

»›Sturmrose‹.«

»Genau, ›Sturmrose‹. Wegen der Stürme, denen sie getrotzt hat, und weil die Rose im alten Rom als Symbol der Verschwiegenheit galt. Das hatte ich von meiner Irma.«

Er lächelte in sich hinein und versank einen Augenblick in Gedanken.

»Es zeigte sich, dass die Entscheidung für Timmendorfer Strand die richtige war. Ich arbeitete hier in der kleinen Werft, und Irma fand eine Anstellung in einem Kurkrankenhaus in der Nähe. Schnell wurde durch die Sache mit den Stasi-Leuten, die hinter uns her waren, mein Trotz geweckt. Warum diesen Schweinehunden nicht noch mehr Menschen abjagen? Inzwischen hatte ich gelesen, dass die Sowjets ihre eigenen Schiffe als Westschiffe tarnten. In dem Glauben, in die Freiheit zu gelangen, liefen die Flüchtlinge direkt in die Falle. Einmal soll der Kapitän eines DDR-Schiffes sogar versucht haben, einen Flüchtenden mit der Schiffsschraube zu töten. Das hat mich alles so wütend gemacht, dass ich mit meinen Fluchthelfern, wann immer sie Fluchtwillige ausgemacht hatten, die Leute rausgeholt habe. Sie fuhren mir mit einem Boot entgegen, ich nahm die Leute auf und verschwand mit ihnen.«

»Erinnern Sie sich denn vielleicht noch an diese Lea, die den Brief geschrieben hat?«, fragte ich, denn das brannte mir noch immer gewaltig unter den Nägeln.

Georg Palatin sah mich prüfend an.

»Wäre es nicht besser, wenn sie ihnen die Geschichte selbst erzählt? Ich habe nur einen kurzen Augenblick ihres Lebens erlebt. Manchmal braucht man, um die Handlung eines Menschen zu verstehen, alle Hintergründe. Ich könnte Ihnen natürlich sagen, wie sie sich entschieden hat, aber um diese Entscheidung zu verstehen, müssen Sie wissen, was dazu geführt hat.«

»Da könnten Sie recht haben, aber ich fürchte, dass ich sie nicht mehr finden werde.«

»Warum nicht? Haben Sie es denn überhaupt schon versucht?«

»Ja, in Foren über die DDR-Vergangenheit. Es gibt da einige Anlaufstellen für ehemalige Flüchtlinge, in denen sie sich austauschen. Allerdings weiß ich nicht, ob diejenige sich wiedererkennen wird. Bisher kam keine Reaktion, und außer dem Brief habe ich nichts in der Hand. Ich weiß ja nicht einmal, wo sie wohnt, und in allen Tageszeitungen in Deutschland zu inserieren würde das Budget schlucken, das ich für den neuen Motor der ›Sturmrose‹ brauche. Deshalb habe ich gehofft, dass Sie mir ein wenig über sie sagen könnten.«

»Na gut, dann will ich mal nicht so sein«, entgegnete Palatin. »Diese Lea habe ich im Jahr 1975 auf meinem Schiff gehabt. Sie war von Ahrenshoop aus gestartet, kam aber, wie sie mir sagte, ursprünglich aus Schwedt. Ihr damaliger Nachname war Paulsen. Eigentlich habe ich die Namen meiner Passagiere nie wissen wollen, aber komischerweise wurden sie alle gesprächig, sobald wir über die Grenze waren. Und ich fuhr dann mit einem mulmigen Gefühl im Magen zu meiner nächsten Tour, denn ich wusste nicht, ob ich der Stasi-Folter standgehalten hätte, wenn sie mich erwischt hätten.«

»Aber sie haben Sie nicht gekriegt.«

»Nein, der liebe Gott hat das verhindert. Und ich bin froh, dass es jetzt nicht mehr nötig ist.«

Er ergriff meine Hand. Seine Finger fühlten sich kühl und weich an. Kaum zu glauben, dass sie jemals die Kraft gehabt hatte, sich fest um ein Steuerrad zu legen.

»Geben Sie dem Schiff einen guten Zweck. Und meinetwegen erzählen Sie auch die Geschichte. Aber denken Sie immer daran: Ich will nicht der Held sein. Ich bin nur ein alter Mann, der getan hat, was nötig war. Ich habe die Leute über die Grenze gefahren, nicht weniger, aber auch nicht mehr. Die wahren Helden waren jene Leute, die versucht haben, dem System zu entfliehen. Die ihr Leben und teilweise auch das ihrer Familien aufs Spiel gesetzt haben, um zu meinem Schiff zu kommen.«

»Und nicht zu vergessen die Helfer an Land.«

»Ja, die dürfen Sie auf keinen Fall vergessen, denn ohne diese Unterstützung hätten es die wenigsten geschafft. Und es gehört schon einiges dazu, anderen zur Freiheit zu verhelfen und selbst zu bleiben, um immer wieder andere rauszubringen.«

Palatin lächelte mich an. »Der Junge da draußen scheint ein guter Kerl geworden zu sein. Trotz allem, was er erlebt hat.«

»Ja, das denke ich auch«, entgegnete ich und blickte aus dem Fenster. Christian erklärte Leonie gerade irgendwas bei der Hecke. Hatten sie dort Schnecken gefunden, Spinnen oder Grashüpfer?

»Nun, vielleicht sollten wir beide auch ein wenig in die Sonne, nicht wahr?«, sagte Palatin nun und löste die Bremse seines Rollstuhls.

Als ich aufsprang, um ihm zu helfen, sagte er: »Nicht nötig, es geht schon. Ich lasse mir auch nicht von Irma helfen, jedenfalls nicht, solange ich noch kann. Nach dem Schlaganfall habe ich mich mit meinem fahrbaren Untersatz anfreunden müssen, und es ist mir, glaube ich, ziemlich gut gelungen.«

Am Abend verabschiedeten wir uns von den Palatins mit dem Versprechen, sie einzuladen, wenn die »Sturmrose« wieder zu Wasser gelassen wurde.

Irma Palatin gab uns so viele Reste des Mittagessens und des Kuchens mit, dass wir übers verbleibende Wochenende sicher kaum etwas anderes zu uns nehmen würden.

Satt, zufrieden und voller Gedanken saß ich neben Christian, der seinen Wagen sicher auf die Autobahn lenkte.

Ich hatte meine Anhaltspunkte bekommen. Lea Paulsen. In die Freiheit gestartet von Ahrenshoop. Ein Mann namens Bob. Das Jahr 1975. Und ein Schiff namens »Sturmrose«.

Es mochte vielleicht ein paar Lea Paulsens geben, aber nur eine, die solch eine Geschichte hatte wie »meine« Lea.

Damit konnte ich etwas anfangen.

Der Verkehr auf der Autobahn war glücklicherweise nicht besonders dicht. Als wir über den Rügendamm fuhren, war nur noch ein glühend roter Streif Sonnenlicht über den Türmen Stralsunds übrig.

Wenig später erreichten wir Binz. Christian lenkte seinen Wagen die Straße zu unserem Haus hinauf.

»Wer ist das denn?«, fragte er verwundert, als er am Zaun hielt.

Auf der Gartenbank neben dem Haus saß Jan. Als er den Wagen sah, erhob er sich und kam zum Tor.

Verdammt, wollte er jetzt jedes Wochenende hier aufkreuzen? Ich dachte an den Anruf, den ich nicht beantwortet hatte. Wahrscheinlich hatte er da seinen Besuch ankündigen wollen.

»Das ist mein Exmann«, entgegnete ich und blickte nach hinten. Leonie war so müde, dass sie nicht mal gemerkt hatte, dass wir zu Hause angekommen waren. »Und ich habe keine Ahnung, was er von mir will.«

»Ich schon«, entgegnete Christian und blickte zum Rücksitz. »Soll ich lieber wieder fahren?«

Ich hatte eigentlich daran gedacht, diesen guten Tag eng an seinen Körper gekuschelt ausklingen zu lassen. Und jetzt grätschte Jan dazwischen.

Aber he, warum sollte ich Jan nicht vor vollendete Tatsachen stellen? Warum sollte ich ihm nicht zeigen, dass es in meinem Leben einen neuen Mann gab? Er hatte ja auch keine Probleme damit gehabt, mich herausfinden zu lassen, wer die Frauen in seinem Leben waren.

»Nein, komm ruhig mit raus. Es gibt keinen Grund, warum ich dich nicht vorstellen sollte.«

Entschlossen ließ ich das Gurtschloss aufschnappen und öffnete die Tür.

»Guten Abend!«, rief er mir zu. »Ich hoffe, ich störe nicht.«

»Was gibt es?«, fragte ich ohne Umschweife und hörte hinter mir, dass Christian die Fahrertür zuschlug.

Irgendwie wirkte Jan merkwürdig, als hätte er zu viel getrunken, und ich war froh, dass Christian geblieben war.

»Wer ist das denn? Dein Neuer?« Jan musterte Christian von Kopf bis Fuß. Von seiner Zerknirschtheit in der vergangenen Woche war nichts mehr zu merken. Hatte ihm der Arzt vielleicht mitgeteilt, dass er doch nicht krank war?

»Ja, das ist er. Christian Merten – Christian, das ist Jan Wegner, mein Exmann.« Es fühlte sich irgendwie komisch an, den Nachnamen zu sagen, der früher mal mein eigener gewesen war und den ich nach der Scheidung abgelegt hatte.

Christian reichte ihm die Hand. Ich sah, wie sich sein Körper versteifte. Ich bedeutete ihm mit den Augen, ruhig zu bleiben. Dann warf ich Jan einen warnenden Blick zu, den er, wie ich feststellte, immer noch verstand.

Die Spannung zwischen ihm und Christian war jetzt fast greifbar. Was sollte das? Es wirkte ja, als wäre er eifersüchtig auf Christian.

Das Letzte, was ich jetzt gebrauchen konnte, war eine Prügelei der beiden – und das noch vor meiner Tochter!

»Jan, weshalb bist du hier?«, fragte ich kühl.

»Ich habe dich angerufen, heute Vormittag«, erklärte er, was eigentlich keine Antwort auf die Frage war. »Ich wollte dir sagen, dass ich vorbeikommen wollte, um Leonie zu sehen. Ich konnte ja nicht wissen, dass du unterwegs bist – und so beschäftigt, dass du nicht mal ans Handy gehen kannst.«

Er warf einen spöttischen Blick auf Christian. Diesem fiel es sichtlich schwer, sich zusammenzureißen. Dabei hatte er ihn damals, als wir auf dem Felsen gesessen hatten, fast noch verteidigt.

»Und was führt dich her?«, fragte ich erneut und schwor mir, ihn einfach zu ignorieren, wenn er noch einmal um den heißen Brei herumredete.

»Das habe ich doch schon gesagt, ich will Leonie sehen. Wo ist sie?«

»Im Wagen. Sie schläft.«

»Dann weck sie doch, damit ich ihr wenigstens hallo sagen kann.«

Jetzt war ich mir sicher, Jan war betrunken. Und da musste man mit allem rechnen. Er hatte zwar weder mich noch Leonie je angerührt, wenn er in solch einer Stimmung war, trotzdem fürchtete ich mich vor dem, was passieren könnte.

»Komm morgen früh wieder«, entgegnete ich. »Dann kannst du ihr gern hallo sagen.«

Jan nickte, doch auf sein Gesicht trat ein merkwürdiges Lächeln. Dieses Lächeln hatte ich schon öfter bei ihm gesehen, und es bestätigte, dass er nicht mehr ganz nüchtern war. »Ja, natürlich … Das kannst du ja auch sagen, immerhin hast du das Sorgerecht … Und ich bin der Idiot, der zahlt …«

»Das hast du selbst so gewollt, vergiss das nicht!«, entgegnete ich, denn diese Bemerkung machte mich wütend. Aber wahrscheinlich war es ihm in diesem Augenblick egal, was für einen Unfug er redete.

»Ja, das habe ich so gewollt. Und jetzt will ich was anderes. Und zwar will ich nicht, dass dieser Kerl da mit Leonie zu tun hat! Sie ist meine Tochter!«

Bleib ruhig, versuchte ich mir einzuhämmern. Er ist betrunken. Er will dich provozieren. Gleichzeitig fragte ich mich, wie schnell die Polizei hier sein könnte, wenn nun etwas passierte, was ich von Jan nie erwartet hätte.

»Ja, sie ist deine Tochter, und ich habe gesagt, dass ich es mir überlegen werde. Aber jetzt wäre es wirklich besser, wenn du wieder in dein Hotel gehst. Wir sprechen morgen darüber.«

Jan stieß ein spöttisches Lachen aus. »Den ganzen Tag hab ich gewartet. Und dann schickst du mich so einfach weg.«

»Bitte, gehen Sie«, mischte sich Christian jetzt ein, der sichtlich genug hatte von der kleinen Show, die Jan hier abzog. Besorgt blickte ich zum Auto. Leonie schlief glücklicherweise noch immer.

»Warum denn? Damit du meine Ex endlich vögeln kannst?«

Christian kämpfte um seine Beherrschung. »Gehen Sie!«, wiederholte er ruhig, doch ich spürte, wie es in ihm brodelte.

Tu bitte jetzt nichts Dummes, flehte ich im Stillen.

»Du hast mir gar nichts zu sagen!« Plötzlich schoss Jan vor und wollte ihn packen, doch Christian wich blitzschnell zur Seite aus. Jan verlor das Gleichgewicht und prallte gegen den Zaun. »Du Mistkerl«, fluchte er und machte Anstalten, sich erneut auf Christian zu stürzen. Da stellte ich mich dazwischen.

»Jan!«, schrie ich ihn an. Meine Stimme echote durch die Baumkronen.

Sollte er mich doch schlagen! Dann würde ich ganz bestimmt nicht mehr das Sorgerecht mit ihm teilen!

Dieser Gedanke schien immerhin den Weg durch die Wolke in seinem Kopf zu finden. Er starrte mich wütend an, wagte aber nicht, die Hand gegen mich zu erheben.

»Geh zurück in dein Hotel, Jan«, sagte ich so unerschrocken, wie ich es in diesem Augenblick sein konnte. In meinem Magen zog es furchtbar, und mein Herz raste. Meine Haut kribbelte in Erwartung einer Ohrfeige. »Wir reden morgen.«

Jan starrte mich wütend an, dann stürmte er an mir vorbei – ohne auch nur einen einzigen Blick auf Leonie zu werfen, aber das war mir in diesem Moment egal.

Ich schloss die Augen und atmete tief durch, als er zwischen den Bäumen verschwand.

Wenig später spürte ich Christians Hände auf meinen Schultern. »Alles in Ordnung?«

Ich zitterte am ganzen Leib. So etwas hatte ich in all der Zeit, die wir verheiratet waren, nie erlebt. Was war in ihn gefahren? Irgendwie schien es ihm nicht um Leonie zu gehen, sondern darum, seinen Willen durchzusetzen.

»Ja, es geht schon«, entgegnete ich, drehte mich um und fiel ihm um den Hals. »Danke, dass du hiergeblieben bist.«

»Na ja, möglicherweise bin ich daran schuld, dass die Sache fast aus dem Ruder gelaufen wäre.«

»Nein, es war gut, dass du da warst. So weiß er wenigstens Bescheid.« Ich legte meinen Arm um seine Hüfte und schaute noch einen Moment lang in die Richtung, in die Jan verschwunden war. Als ich mir sicher war, dass er nicht zurückkehren würde, holte ich Leonie aus dem Wagen.

Glücklicherweise hatte meine kleine Prinzessin nichts von dem Tumult mitbekommen. Im Halbschlaf schälte ich sie aus ihren Kleidern und zog ihr das Nachthemd über. Bevor ich ihr ein Schlaflied singen konnte, war sie bereits wieder im Land der Träume.

In der Küche hatte Christian inzwischen Kaffee gemacht.

Schwer ließ ich mich auf einen Stuhl sinken. Ich hatte gehofft, eine schöne Nacht mit Christian verbringen zu können, doch nach dem Auftritt von Jan hatten weder er noch ich Lust dazu.

Christian stellte mir eine Tasse Kaffee hin und setzte sich mir gegenüber.

»Ein schöner Ausklang, nicht wahr?«, sagte ich und probierte dann vorsichtig einen Schluck. »Es tut mir wirklich leid.«

»Das muss es nicht.« Er lächelte mir zu.

Das stimmte, aber irgendwie hatte ich ein komisches Gefühl.

»Es wird alles gut werden.«

»Meinst du?«

»Hundertprozentig. Dein Exmann wird sich wieder einkriegen, da bin ich sicher.«

Ich sah ihn an. Spürte seine Hand auf meiner. Und auf einmal wollte ich nur bei ihm sein. Trotz aller Erschöpfung, die auch der Kaffee nicht lindern konnte. Ich wollte ihn.

Also erhob ich mich, nahm ihn bei der Hand und sagte: »Komm mit. Es ist schon spät, und ich will nicht, dass du mitten in der Nacht noch unterwegs bist.«

Damit zog ich ihn ins Schlafzimmer.

# 28

Am nächsten Morgen, während Christian noch tief und fest schlief, schlüpfte ich in meinen grauen Jogginganzug und ging runter zum Strand. Ich brauchte ein wenig Bewegung. Ich musste nachdenken. Nicht über Jan, den schob ich beiseite.

In der Nacht hatte ich wieder von meiner Mutter geträumt. Ich sah sie an Bord der »Sturmrose«, eine Frau, die sämtliche Hoffnungen auf ein Leben jenseits des Sozialismus setzte. Danach, als ich von meiner inneren Uhr zum Sonnenaufgang geweckt wurde, konnte ich nur noch an sie denken.

Ich hatte gehofft, alles ablegen zu können, als ich herkam, aber meine Familiengeschichte konnte ich nicht loswerden. Und genau genommen wollte ich es auch nicht. Lange Zeit hatte ich mich davor gedrückt, mich damit zu beschäftigen, aber jetzt war ich sicher, dass ich etwas tun musste. Ich musste den Schatten, der auf meinem Leben lag, hinter mir lassen, diese ungeklärte Sache endlich erledigen.

Ob es mir gelingen würde, wusste ich nicht, aber mit meinem Entschluss hatte ich einen Anfang gemacht.

Ich joggte in Richtung Sandstrand, begleitet vom Rauschen der Wellen und den Rufen der Möwen, die ich mit meinem Getrampel aufschreckte.

Der Gedanke, meine Mutter zu suchen, war mir kurz

nach der Wende öfter gekommen, doch aus Angst, herauszufinden, dass sie mich wirklich bewusst zurückgelassen hatte, hatte ich den Plan immer wieder aufgegeben. Bis heute. Jetzt stand die Suchanzeige im Internet; auch wenn darauf noch niemand reagiert hatte, hatte ich den ersten Schritt getan. Das hatte ich gewissermaßen auch Christian zu verdanken. Und Lea.

Vielleicht war es Zeit, einen weiteren Schritt zu wagen? Palatin ließ mich die Republikflucht mit anderen Augen sehen. Und ich ahnte nun, dass in meinem Fall ein Online-Forum nicht reichen würde.

Was, wenn ich die Stasi-Akte meiner Mutter anforderte? Oder meine eigene?

Bei Republikflüchtlingen war sicher eine Akte angelegt worden. So konnte ich vielleicht erfahren, ob es ihrerseits Versuche gegeben hatte, Kontakt zu mir aufzunehmen.

Ich war nicht sicher, ob man mir die Akte meiner Mutter aushändigen würde – es sei denn, sie lebte nicht mehr, aber das wusste ich nicht. Doch meine eigene Akte würde ich erhalten.

Und möglicherweise gab es noch irgendwelche Unterlagen über mich in dem Heim, in dem ich gewohnt hatte. An die würde ich vielleicht noch leichter kommen, als an die Stasi-Akten. Wenn ich dann herausfand, dass sie mich bewusst zurückgelassen und keinen Kontakt gesucht hatte, hatte ich wenigstens Gewissheit …

Als die Seebrücke ein Stück hinter mir lag, machte ich kehrt. Die Zeiten, in denen ich stundenlang joggen konnte, waren wohl vorüber, ich schnaufte wie ein Walross. Aber meinen Gedanken tat der Lauf gut.

Wieder an den Steinen angekommen, setzte ich mich neben den Rosenstein. Die Blüten dort waren verwelkt. Offenbar hatte Christian es schon seit einer Weile nicht mehr geschafft, sie zu erneuern.

Ich blickte hinaus aufs Meer. Wie lange mochte es dauern, bis einem die Einsicht in die Stasi-Akten gewährt wurde? Sicher herrschte jetzt nicht mehr so ein großer Andrang darauf wie nach der Wende. Oder doch? Gab es noch viele Menschen wie mich, die gewartet hatten und das, was geschehen war, vergessen wollten, bis zu jenem Tag, an dem ein Funke die ganze alte Geschichte noch einmal entzündete?

»Hier bist du also«, sagte eine Stimme hinter mir. Sie klang noch ein wenig verschlafen, legte sich aber wie eine warme Welle um mein Herz. »Ich habe mich schon gewundert, wo du abgeblieben bist.«

»Ich musste nachdenken«, antwortete ich. »Das geht am besten hier.«

»Habe ich schon damals bemerkt.« Er gab mir einen Kuss auf die Schläfe. »Ist es wegen deinem Exmann?«

»Nein, es ist wegen meiner Mutter. Ich habe beschlossen, die Stasi-Akten anzufordern. Ich möchte Gewissheit. Eines Tages, wenn Leonie fragt, möchte ich ihr die Geschichte dazu erzählen. Und ich möchte für mich selbst Frieden finden, denn seit ich hier in Binz bin, spüre ich, dass meine Geschichte mich verfolgt. Dass die alten Fragen nach einer Antwort drängen. Egal, wie diese ausfällt.«

Ich lehnte mich gegen ihn und ließ ein paar Augenblicke verstreichen, dann sagte ich: »Hast du eigentlich jemals erfahren, wer den Unfall mit deiner Mutter verursacht hat?«

Christian nickte. »Ja, das habe ich. Ich habe die Stasi-Akte meines Vaters angefordert und meine eigene. Da mein Vater bereits tot war, durfte ich sie einsehen.«

»Dann hat dein Vater dir nie erzählt, wer der Mann war? Er wusste das doch, oder?«

»Ja, er wusste das. Aber erzählt hat er es mir nie. Als es ihm richtig schlechtging, wollte ich nicht fragen. Ich hatte damals andere Sorgen.«

»Aber losgelassen hat es dich nie.«

»Nein. Und das wird es wahrscheinlich auch nicht, mein Leben lang. Aber es gehört zu mir, wie auch die schönen Dinge, die ich gerade erlebe.«

Er küsste mich und blickte dann aufs Wasser. In seinem Innern schien es zu brodeln, wie Wasser, das gegen einen Damm drängte.

»Du musst es mir nicht sagen, wenn du nicht möchtest«, sagte ich. »Ich möchte nicht, dass du dich gezwungen fühlst, weißt du?«

»Das weiß ich zu schätzen. Aber tief in deinem Inneren möchtest du es doch wissen, oder?«

Ich nickte.

»In den Unterlagen stand, dass der Mann ein informeller Mitarbeiter der Stasi war. Sein Deckname war IM Möwe.« Er blickte aufs Meer, wobei eine Haarsträhne in sein Gesicht fiel. »Versprichst du mir, den Namen für dich zu behalten?«

Ich nickte. Wen interessierte schon, wer dieser IM Möwe war? Wichtiger war doch, dass Christian mir in diesem Augenblick ein riesiges Geschenk machte. Er schenkte mir sein Vertrauen.

»IM Möwe hat, obwohl er aufgedeckt wurde, danach eine erstaunliche Karriere hingelegt – und es mittlerweile zum Hotelbesitzer gebracht.« Christian sah mich an, und in seinen Augen funkelte eine unterdrückte Wut, die wahrscheinlich nie vergehen würde. »Sein Name ist Joachim Hartmann.«

Ich hielt die Luft an. Hatte er wirklich Hartmann gesagt? In diesem Augenblick war ich so geschockt, dass ich nichts erwidern konnte. Hartmann war damals abgehauen, nachdem er Christians Mutter überfahren hatte? Sicher, er war ein wenig schleimig, aber Unfallflucht hätte ich ihm nie zugetraut.

»Hol Luft«, sagte Christian und riss mich mit einem Kuss aus der Starre. »Sonst muss ich noch Mund-zu-Mund-Beatmung machen.«

»Bist du sicher, dass es Hartmann war?«, fragte ich.

Christian nickte. »Ja, ich habe die Aufdeckung des Klarnamens beantragt.« Er starrte auf seine Hände. »Im ersten Moment konnte ich mit dem Namen nichts anfangen. Es gibt viele Männer mit diesem Namen in Deutschland. Nach ein wenig Herumforschen und Herumhorchen fand ich heraus, wo ich diesen Hartmann finden konnte.«

»Und was hast du getan?«

»Nichts«, antwortete er. »Was hätte ich tun sollen? Hingehen und ihn zur Rede stellen? Ihm die Fresse polieren? Darauf hatte ich keine Lust. Außerdem, was würde es nützen? Nichts konnte ungeschehen machen, was passiert war. Also schwieg ich – bis heute. Du bist die Erste, die es erfahren hat.«

Ich war nicht sicher, ob ich froh darüber sein sollte. Der Mann, den ich bei seinem geschäftlichen Erfolg unterstützte, hatte die Familie des Mannes zerstört, den ich liebte …

»Und warum hast du es mir nicht schon damals gesagt?«, fragte ich.

»Weil ich nicht wollte, dass es dein Arbeitsverhältnis zu ihm trübt. Das ›Meerblick‹-Hotel zu bewerben ist ein guter Auftrag. Mein Vater hat damals an dem ersten Renovierungsauftrag mitgearbeitet.«

»War Hartmann da am Hotel beteiligt?«

»Nein, keine Ahnung, was er damals gemacht hat. Wäre der Unfall nicht gewesen und hätte mein Vater nicht erfahren, wer der Schuldige war, wäre der Name Hartmann bei uns wahrscheinlich nie aufgetaucht. Aber das darf dich nicht beeinflussen. Allein schon, weil es ein schönes Hotel ist und viele Arbeitsplätze geschaffen hat, solltest du nicht alles hinschmeißen. Hartmann hat gegenüber meiner Familie große Schuld auf sich geladen, denn wenn er meine Mutter nicht überfahren hätte, nein, wenn er wenigstens den Schneid gehabt hätte, für das, was er getan hatte, geradezustehen, hätte mein Vater nie die Flucht auf sich genommen, und dann wäre Lukas noch am Leben und mein Vater wahrscheinlich auch. Aber du hast mit seiner Vergangenheit nichts zu tun und solltest das Geld von ihm bekommen.«

Ich saß da, als hätte mir jemand ein lähmendes Gift verpasst. Meine Finger kribbelten, und meine Arme fühlten sich schwer an, zu schwer, als dass ich sie hätte heben können. Hartmann war schuld an all dem Leid. Und er war zu feige gewesen, eine Bestrafung zu akzeptieren. Stattdessen hatte er sich von der Stasi raushauen lassen, oder die Stasi hatte ihn rausgehauen, weil sie seine Dienste brauchte.

»Ich hoffe sehr, dass du dich an dein Versprechen hältst«, sagte Christian und strich mir übers Haar. »Sag es niemandem. Zeig auch Hartmann nicht, dass du es weißt. Es ist eine Schuld aus einer anderen Zeit. Eine Schuld, die nur mich und ihn etwas angeht. Ich kann nicht sagen, inwiefern sie noch immer sein Gewissen belastet. Vielleicht träumt er ja noch manchmal von meiner Mutter und dem Unfall. Vielleicht wollte er auch Wiedergutmachung leisten, doch man hat ihn nicht gelassen. Was damals abgelaufen ist, weiß nur er. Und ich werde den Teufel tun, ihm unter die Augen zu treten oder ihn anzuklagen. Denn das würde bedeuten, dass ich ihm vielleicht auch vergeben muss, und das will ich nicht. Ich lasse ihn einfach so weiterleben, damit er seine Schuld mit ins Grab nimmt.«

Seine Worte klangen immer noch in mir nach, als wir wieder die Treppe zu meinem Haus emporstiegen. Ich hatte Christian versprochen, mir nichts anmerken zu lassen. Dennoch wusste ich nicht, wie ich mit Hartmann umgehen sollte.

Der Auftrag war extrem wichtig, und mittlerweile stand die Werbekampagne kurz davor, richtig anzulaufen. Wir brauchten nur noch einen von ihm eingesprochenen Image-Spot, dann konnten wir das Material an interessierte Reiseveranstalter schicken. Der Filmtermin war am kommenden Mittwoch. Sobald der Spot fertig war, war ich erst einmal aus dem Schneider. Natürlich würde ich das Projekt noch weiter betreuen, aber es war an Hartmann, darauf aufzubauen. Treffen würde ich ihn dann nur noch selten.

Vielleicht hatte Christian recht. Ich sollte nicht seinen Fall zu meinem machen. Dennoch würde ich den Hotelchef von nun an mit anderen Augen sehen.

Aber nicht mehr lange, sagte ich mir. Wenn der Auftrag erledigt ist, gehst du weiter und lässt dich dort nie wieder blicken.

Als Christian gefrühstückt hatte und aus dem Haus war, machte ich Leonie für den Kindergarten fertig.

»Mama, warum war denn Onkel Christian heute Morgen hier?«, fragte sie, als ich ihr in ihre Jacke half. »Hat er hier geschlafen?«

Ich sah sie überrascht an. Und dabei fiel mir auf, dass ich noch gar nicht daran gedacht hatte, ihr davon zu erzählen, dass ich mit Christian zusammen war. Aber vielleicht war das der passende Moment. Besser gesagt, ich hatte jetzt wohl keine andere Wahl mehr.

»Na ja, Onkel Christian ... Du magst ihn doch auch, oder?«

»Ja, sehr!«

»Und ich habe ihn auch lieb. Auch ganz sehr.«

Unwillkürlich zog ich die Schultern zusammen, als würde ich mich gegen einen Schlag wappnen. Was, wenn sie mich fragte, ob ich ihn lieber hatte als ihren Papa?

»Hat er bei dir im Bett geschlafen?«, wollte sie wissen.

»Ja, er ... Das ist eben so, wenn man sich liebhat.«

»Dann hat er dich auch lieb?«

»Uns beide, dich und mich.«

»Ist gut.« Sie sagte es leichthin, doch mir war klar, dass sie noch Fragen stellen würde. Nicht jetzt, aber später, wenn sie diese Neuigkeit verdaut hatte.

»Heute werde ich allen erzählen, dass ich einen Kapitän getroffen habe!«, verkündete sie stolz, als wir das Haus verließen. »Und dass er einen großen Hund hatte.«

Ich war sicher, dass sie damit zumindest ihre Spielkameraden begeistern konnte. Und ein klein wenig war ich auch erleichtert, dass ich ihr von Christian erzählt hatte.

Auf der Fahrt zur Kita schoss mir die Frage in den Sinn, was wohl meine leibliche Mutter zu ihrer Enkelin sagen würde. Wenn sie mich bewusst zurückgelassen hatte, weil sie mich als Klotz am Bein empfand, würde es sie vielleicht nicht interessieren – aber wenn alles anders war?

»Mama, du erzählst heute ja gar nichts«, beklagte sich Leonie, und erst jetzt merkte ich, dass wir tatsächlich seit unserer Abfahrt nicht gesprochen hatten. »Bist du traurig?«

»Nein, Leonie, ich denke nur nach.«

»Und worüber?«

»Über deine Großmutter«, rutschte es mir raus. Erst hinterher bereute ich das. Doch für Leonie gab es nur eine Großmutter.

»Was ist denn mit ihr? Ist sie krank?«

»Nein, sie ist nicht krank.« Mich überlief es heiß und kalt, als mir in den Sinn kam, was meine Eltern wohl dazu sagen würden, wenn ich einfach nach der Frau suchte, die mich vor mehr als zwanzig Jahren im Stich gelassen und nie versucht hatte, mich zu finden. Ich konnte förmlich sehen, wie sich das Gesicht meiner Mutter verfinsterte und die Schultern meines Vaters in sich zusammenfielen. In der ersten Zeit, als ich ihnen noch viele Schwierigkeiten gemacht hatte, war es öfter der Fall gewesen, dass ich sie enttäuscht hatte.

»Ich habe nur so an sie gedacht. Denkst du manchmal auch an mich?«

»Ja!«, rief Leonie. »Und auch an Oma und Opa und Papa.«

Papa. Wie würdest du an ihn denken, wenn du ihn gestern erlebt hättest?

Wir erreichten die Kita, und so blieben mir weitere Fragen erspart.

Vor der Tür stand eine andere Mutter und gab ihr Kind gerade in die Obhut der Erzieherinnen. Ich wartete noch einen Moment, denn ich hatte heute keine Lust auf Small Talk, dann holte ich Leonie aus ihrem Kindersitz.

»Guten Morgen«, begrüßte mich die Erzieherin Nicole freundlich. »Ich hoffe, Sie hatten ein schönes Wochenende.«

»Ja, es war schön. Wir waren unterwegs, nicht wahr, Leonie?«

»Ja, wir haben einen echten Kapitän getroffen!«, berichtete sie begeistert, während sie aus ihrer Jacke schlüpfte und sie an den Garderobenhaken hängte, über dem ein Aufkleber mit ihrem Namen angebracht war. »Der saß in einem Rollstuhl und war schon sehr alt.«

»Oh, davon musst du uns nachher im Morgenkreis erzählen«, sagte die Erzieherin. Hinter ihr sah ich ein paar Kinder auftauchen, die offenbar bereits auf Leonie warteten.

Ungeduldig blickte sie zu mir auf.

»Na geh schon, ich wünsche dir einen schönen Tag«, sagte ich und beugte mich zu ihr runter.

»Tschüss, Mami!«, entgegnete sie und gab mir einen Kuss.

»Und, wie macht sie sich?«, fragte ich Nicole, während Leonie zu ihren Spielkameraden stürmte.

»Sehr gut, sie hat sich prima eingewöhnt.«

»Weint sie noch ab und zu?«

»Nur, wenn sie sich weh tut, aber das passiert selten. Sie ist ein verantwortungsvolles Mädchen.«

Das machte mich stolz. Bevor wir das Gespräch weiterführen konnten, kamen ein paar Kinder zu Nicole und wollten wissen, wo die Gummifrösche sind.

»Dann bis heute Nachmittag!«, rief sie, und ich sah zu, dass ich zu meinem Auto kam.

Zu Hause schaltete ich sofort meinen Computer ein und rief die Website des Bundesbeauftragten für die Unterlagen des Staatssicherheitsdienstes auf. Dort lud ich ein Antragsformular herunter und erfuhr, dass ich meine Identität auf einem Meldeamt bestätigen lassen musste.

Da das zuständige Meldeamt nur am Dienstag und Donnerstag geöffnet hatte, setzte ich den Punkt auf meine Liste für den nächsten Tag.

An das Ausfüllen des Formulars machte ich mich gleich.

Bei dem Punkt »Auskunft zu einer vermissten oder verstorbenen Person« stockte ich kurz. Und wenn ich doch versuchte, die Akte meiner Mutter zu bekommen?

Aber da ich mich weigerte anzunehmen, dass sie nicht mehr lebte, kreuzte ich nur die Akteneinsicht für meine eigene Person an und arbeitete nach und nach die anderen Punkte ab.

Dann kam ich zu den Erklärungen. Demnach konnte ich Einsicht in eine andere Akte nehmen, wenn ich als Dritter davon betroffen war. Das rückte die ganze Sache in ein anderes Licht. Und was, wenn ich zwei Anträge stellte? Einen für mich und einen als Dritter für die Akte meiner Mutter?

Kurzerhand entschloss ich mich, einen zweiten Antrag auszudrucken.

Ich war so versunken in meine Tätigkeit, dass ich zusammenzuckte, als das Telefon klingelte.

Ich ließ den Drucker arbeiten und hob ab, ohne auf die Nummer zu achten.

»Hallo, Liebes, wie geht es dir?«, fragte die Stimme meines Vaters so fröhlich, dass ich annahm, dass er gute Nachrichten für mich hatte. Im Hintergrund fuhr irgendwas Großes vorbei. »Wir haben seit deinem Besuch gar nicht mehr telefoniert.«

»Gut geht es mir«, antwortete ich. Freudige Erwartung stieg in mir hoch. »Ich habe nur ein wenig nach dem Schiff recherchiert und auch sonst einiges um die Ohren, aber wir können nicht klagen. Und wie ist es bei euch?«

»Bestens! Hast du kurz Zeit für mich?«

»Natürlich, was gibt es denn?«

Bitte, lass ihn einen Motor gefunden haben, flehte ich gen Himmel.

»Einer meiner Kollegen hat wahrscheinlich in Gedser einen Motor für euch gefunden.«

Mein Herz machte einen Satz. »Ja!«, rief ich freudig aus.

»An der Sache gibt es aber einen Haken.«

O nein!

»Und der wäre?« Ich kniff die Augen zusammen. Musste das denn sein? Konnten wir nicht mal Glück haben in der Sache?

»Die Teile des Schiffes werden versteigert. Es soll abgewrackt werden, und irgendwer hat sich in den Kopf gesetzt, es häppchenweise zu versteigern.«

Das klang nach schmerzhaft viel Geld. Ein schwerer Steinbrocken schien sich auf meine Brust zu senken.

»In welchem Zustand ist der Motor denn?«

»Wenn man meinem Kollegen glaubt, in einem sehr guten.«

»Na, das ist ja prima.«

»Ja, aber das bedeutet auch, dass andere Händler und Werften darauf bieten werden. Und Schrotthändler natürlich ebenfalls. Ihr müsstet euch also gehörig ins Zeug legen, um ihn zu bekommen.«

»Habt ihr da keine Kontakte?«

»Schon, durch den Kontakt haben wir ja erst von dem Motor erfahren. Das ändert aber leider nichts an der Auktion. Die werdet ihr mitmachen müssen.«

Und Schrotthändler und Werften hatten wesentlich mehr Geld als wir, hallte es seinen Worten nach.

»Okay, ich werde es mit Christian besprechen«, sagte ich seufzend. »Danke, dass ihr euch gekümmert habt.«

»Ich schicke dir die Kontaktdaten der Reederei per E-Mail, dann könnt ihr mal schauen. Und wenn ihr den Motor kriegt, sagt uns Bescheid, wir holen ihn.«

»Das ist sehr lieb von dir! Und sonst? Geht es mit dem Schiff voran?«

»Ja, und wie! Zum Glück haben wir manche Stellen schlimmer eingeschätzt, als sie sind. Die alte Dame ist doch immer für eine Überraschung gut.«

Warte erst mal, wenn ich dir von Palatin erzähle und wie das Schiff zu seinem jetzigen Namen gekommen ist, dachte ich, doch das würde ich ein anderes Mal machen müssen, denn mein Vater sagte: »Ich muss jetzt wieder los. Ruf einfach an, wenn ihr euch entschieden habt. Und sonst natürlich auch.«

»Mach ich, Papa. Hab dich lieb!«

»Ich dich auch, Kleines, und grüß das Löwenkind!«

Ich legte auf. So nahe. Wir waren so nahe dran, einen Motor zu bekommen. Aber würden wir die Mittel haben, ihn zu ersteigern?

Ich kehrte zum Computer zurück. Die Mail von meinem Vater war bereits da. Mit den technischen Daten konnte Christian eher etwas anfangen, also leitete ich sie ihm weiter.

Dann versuchte ich, ihn auf dem Handy zu erreichen. Leider ging nur die Mailbox ran.

Ich hinterließ ihm also die Nachricht, dass es Neuigkeiten zum Schiff gebe, und machte mich dann wieder an meine Formulare.

Gerade als ich sie ausgefüllt hatte, summte mein Handy. Es war Christian.

»Was gibt es denn Neues?«, fragte er. Seine Stimme klang ein wenig müde.

»Ein Kollege meines Vaters hat einen Motor für die ›Sturmrose‹ aufgetrieben.«

»Das ist ja großartig!«, rief er aus.

»Da gibt es nur den Haken, dass wir nach Gedser fahren und ihn ersteigern müssen.«

»Ersteigern?«

»Ja, offenbar sind die Leute ganz scharf auf solche uralten Teile. Mein Vater hat mir ein paar Unterlagen geschickt. Sehen wir uns heute Abend?«

»Tut mir leid, da muss ich nach Berlin, ich habe dort einen Termin. Aber wie wäre es, wenn wir uns nachher treffen? Unter meinem Büro gibt es ein nettes Café. Das kann ich dir bei dieser Gelegenheit gleich mal zeigen.«

»Okay, wann wäre es dir recht?«

»Komm am besten gegen zwei vorbei, dann haben wir noch genügend Zeit, bis mein Zug geht und du Leonie aus der Kita holen musst. Die Adresse findest du auf meiner Karte.«

»Die habe ich mir längst eingeprägt«, entgegnete ich und verabschiedete mich von ihm.

# 29

Zwei Stunden später hatte ich auch zur Leipziger Jugendhilfe Kontakt aufgenommen und nach den Akten der dortigen Kinderheime gefragt. Die Frau war sehr freundlich und versprach mir, nachzuschauen, ob irgendwelche Unterlagen von mir vorhanden waren, damit ich mir nicht umsonst die Mühe machte, hinzufahren.

Jedoch gab sie mir gleich zu verstehen, dass ich die Akten nicht selbst einsehen durfte – sie würden mir von einer Sachbearbeiterin vorgelesen werden. Aber das reichte mir schon, wenn ich nur einen Hinweis auf meine Mutter darin fand.

Bevor ich aufbrach, warf ich noch einen Blick in die Online-Foren, doch weder bei Lea noch bei meiner Mutter hatte sich jemand gemeldet.

Ich schaltete den Computer aus, huschte ins Schlafzimmer und stellte mich vor den Kleiderschrank. Es stand außer Frage, dass ich mal wieder einkaufen gehen sollte – meine Garderobe kam mir restlos veraltet vor. Ich entschied mich für ein grünes Leinenkleid mit Spitzen und kleinen Röschen am Ausschnitt – mein Lieblingskleid, auch wenn es schon fünf Jahre alt war – und zog mich um.

Christians Büro lag in einem zweistöckigen Gebäude, das sich, wohl weil es vorgeschrieben war, architektonisch den anderen Bauten ein wenig anpasste. Es hatte einen geschnitzten Giebel, wie ihn mein Haus auch besaß, und ein Spitzdach. Die Fenster wirkten allerdings modern mit ihren Jalousien, und auch die Tür war ein gläsernes, gut gesichertes Ungetüm, wie es sie in der Bäderarchitektur des 19. Jahrhunderts noch nicht gegeben hatte.

Ich suchte den Namen Merten auf der Leiste mit den Klingelknöpfen und fand ihn an dritter Stelle unter einem Anwaltsbüro und einer Versicherung. Eine nette Gesellschaft, in der er sich befand.

»Ja«, tönte es aus dem Lautsprecher.

»Zimmerservice«, rief ich, denn ich hatte Lust, ihn ein wenig zu ärgern.

»Ah, nun, ich weiß nicht, ob ich das, was Sie bringen, bestellt habe, aber kommen Sie ruhig hoch.«

Das Türschloss summte. Ich drückte dagegen und trat ein.

Putzmittelgeruch strömte mir entgegen. Meine Schritte hallten laut durch das Treppenhaus. Es gab auch einen Fahrstuhl, ein absoluter Luxus in einem zweistöckigen Gebäude, aber sehr rücksichtsvoll für Kundschaft, die nicht mehr gut zu Fuß war.

Ich zog es vor, zu laufen, denn irgendwie fühlte ich überschüssige Energie in mir. Ich hatte den ersten Schritt getan, hinter die Beweggründe meiner leiblichen Mutter zu kommen. Und wir hatten – wenn auch eine kleine – Aussicht auf ein neues Herz für unser Schiff.

Darüber konnte ich den Ärger mit Jan beinahe vergessen.

Oben an der Tür erwartete mich Christian mit einem breiten Lächeln.

»Du kommst mit leeren Händen, wie schade«, sagte er und verzog gespielt enttäuscht das Gesicht. Ich schmiegte mich an ihn und küsste ihn.

»Ist das denn nichts?«

»Oh«, schnurrte er. »Das ist mehr, als ich verdient habe.«

»Da wage ich zu widersprechen.«

Er küsste mich erneut und zog mich dann ins Büro. Es war genauso spartanisch eingerichtet, wie ich es mir vorgestellt hatte. Den hellen Flur zierten gerahmte Schwarzweißfotos von Schiffen und Motorrädern. Christians Leidenschaften. Durch einen kleinen Vorraum, in dem die Klienten Platz nehmen und einen Kaffee trinken konnten, kam man in das Büro, das von einem großen Schreibtisch dominiert wurde. In einem Bücherregal an der Seite stand gefühlt alles, was man heutzutage über Wirtschaft und Finanzen lesen konnte. Einziger Schmuck war eine abstrakte Bronzeskulptur neben dem Fenster. Und natürlich gab es Schwarzweißbilder, allerdings keine Schiffe oder Motorräder, sondern stimmungsvolle Landschaftsaufnahmen.

»Du hast keine Sekretärin?«, fragte ich verwundert.

»Wozu brauche ich eine?«, gab er zurück. »Ich habe doch alles prima im Griff.«

»Und die Schreibarbeiten erledigst du alle selbst?«

»Genau wie du, nehme ich an. Oder hast du vor, einen knackigen Sekretär einzustellen? Da schmeiße ich doch gleich meinen Job und reiche meine Bewerbung bei dir ein.«

Wieder küssten wir uns. Dabei glitten seine Hände meinen Rücken hinab über meine Pobacken. Ein wohliger Schauer rann durch meinen Körper, und auf einmal fand ich, dass Sex im Büro gar keine schlechte Idee war.

Gleichzeitig sah ich aber auch, dass man vom Haus gegenüber einen prima Logenblick in Christians Büro hatte. Dessen schien auch er sich bewusst zu sein, denn nachdem er mich noch einmal geküsst hatte, löste er sich von mir.

»Tja«, sagte er und warf einen fast schon bedauernden Blick zum Fenster. »Das ist mein Reich.«

»Sieht sehr … wirtschaftlich aus.« Ich lächelte ihn an.

»Die Leute, die zu mir kommen, stehen meist nicht so auf Zierrat, sie wollen Kompetenz vermittelt bekommen, und das erreicht man am besten durch ein gradliniges Design. Da stimmt mir die Werbefachfrau doch sicher zu, oder?«

»Absolut. Und ein wenig bin ich schon froh, dass ich Werbefachfrau bin, denn in meinem Büro ist es legitim, dass ich auch mal das Bild einer riesengroßen Himbeere an die Wand hänge.«

»Wenn du Werbung für einen dieser Obst-Erlebnishöfe machst, deren mobile Außenstellen ab Spargelsaison überall aus dem Boden schießen wie Pilze …«

»Sag bloß, du magst kein Obst?«

»O doch, ich bin einer ihrer besten Kunden. Deshalb weiß ich auch, wie viele es sind …«

Es war einfach herrlich, mit ihm von einem Thema abzukommen. Aber ein Blick auf die schwarzgerahmte Wanduhr sagte mir, dass wir nicht mehr viel Zeit hatten, wenn wir es uns noch irgendwo gemütlich machen wollten.

Christian folgte meinem Blick und schien zu wissen, was mir durch den Kopf ging.

Er lächelte, nahm mich bei der Hand und zog mich aus dem Büro.

Die Sonne draußen strahlte genauso wie mein Innerstes, denn mit seiner Einladung waren wir wieder einen Schritt weiter. Einen Schritt weiter in sein Herz.

Wir setzten uns in ein kleines Café, von dem aus man einen guten Blick auf das Meer hatte. Da der Himmel trotz Sonnenschein bewölkt war, wirkte auch die Ostsee ein wenig grau. Dennoch war der Ausblick wunderschön.

Christian legte sein Smartphone auf den Tisch und rief die Mail auf, die ich ihm weitergeleitet hatte.

»Mein Vater sagte, dass der Motor noch sehr gut erhalten sei, das Beste an dem ganzen Schiff.«

»So kann es gehen«, sinnierte Christian, während er die Daten betrachtete. »Das Schiff hier ist äußerlich ein vollkommenes Wrack, hat aber noch ein gutes Herz. Und unsere ›Sturmrose‹ braucht eine Transplantation.«

»Dann hätten wir ja einen passenden Spender. Allerdings reißen sich noch andere um den Motor. Ich habe keine Ahnung, was polnische oder dänische Schrotthändler an Geld aufbringen können, aber ich glaube kaum, dass wir eine Chance haben.«

»Warum nicht?«, wunderte sich Christian. »Schrotthändler wollen das Metall, nicht den Motor. Werften sind da der größere Konkurrent. Aber dieser Motor ist sehr speziell, ich glaube nicht, dass es noch viele Schiffe von dieser Bauart gibt.«

»Dann meinst du, dass wir doch Aussicht auf Erfolg haben?«

»Natürlich! Ich kann dir keine genaue Prozentzahl sagen, aber versuchen sollten wir es auf jeden Fall.« Er blätterte weiter. »Wann ist denn die Auktion? Ah, hier. Also haben wir noch drei Wochen Zeit. Bestens, bis dahin kann ich mich damit vertraut machen, wie man auf einen Schiffsmotor bietet.«

»Wahrscheinlich wäre es gut, wenn wir vor Ort wären.«

»Auf jeden Fall! Dann können wir uns auch noch ein bisschen die Stadt und vielleicht noch mehr von Dänemark ansehen.«

Das klang wunderbar. Und Leonie würde es sicher auch gefallen.

Ich lächelte einen Moment lang still in mich hinein, dann beschloss ich, ihm auch von der anderen Sache zu erzählen, die ich angestoßen hatte.

»Ich habe heute die Jugendhilfe in Leipzig angerufen.«

Christian wirkte erstaunt über den Themenwechsel. Aber es musste nun einmal heraus.

»Ich habe nach den Akten des Kinderheimes gefragt, in das man mich nach dem Verschwinden meiner Mutter gesteckt hat. Vielleicht steht dort auch etwas über meine Mutter drin.«

Christian überlegte eine Weile, dann nickte er. »Das war eine gute Idee. Auf die wäre ich gar nicht gekommen.«

»Als ich nach der Internetadresse der Behörde für die Stasi-Unterlagen gesucht habe, ist mir eingefallen, dass es solche Akten gegeben haben muss und dass sie vielleicht noch aufbewahrt werden …«

Das Klingeln meines Handys riss mich aus meiner Erläuterung. Ich zog es hervor und schaute aufs Display. Es war eine Festnetznummer aus Binz, die mir irgendwie bekannt vorkam.

Ich meldete mich.

»Frau Hansen, hier ist Nicole Sander aus der Kita Seestern.« Ihre Stimme zitterte. Alarmiert horchte ich auf.

»Was ist los?«, fragte ich beunruhigt. War Leonie vielleicht vom Klettergerüst gefallen?

»Ihre Tochter … Sie ist nach dem Spielen nicht wieder reingekommen, ich fürchte, sie ist weggelaufen.«

»Was?« Das konnte doch nicht wahr sein! Das hatte sie doch gerade nicht zu mir gesagt, oder? »Wann?« Mein Herz stolperte, und ich schnappte nach Luft. Alarmiert sprang ich vom Stuhl auf.

»Es muss gerade eben passiert sein. Wir hatten die Kinder

nach der Mittagsruhe kurz rausgelassen und auch alle im Blick, aber jetzt ist sie nicht mehr dabei … Wir werden auch gleich die Polizei benachrichtigen, aber wenn Sie es einrichten können, vorbeizukommen …«

»Bin gleich da«, sagte ich wie betäubt und hatte gleichzeitig das Gefühl zu fallen.

Leonie. Leonie war weg. Wie konnte das passieren? Hatten die Erzieherinnen denn keine Augen im Kopf?

»Annabel!«, riss mich Christians Stimme aus meinem Gedankenstrudel. Offenbar hatte er mich schon mal etwas gefragt, aber ich hatte ihn nicht gehört.

Ich starrte ihn an.

»Was ist passiert?«, fragte er, doch meine Stimmbänder waren wie gelähmt.

# 30

»Leonie ist weg!« Endlich, nach wer weiß wie vielen Sekunden, presste ich die Worte hervor. Mein Körper war noch immer wie erstarrt. Mein Herz raste und stolperte, meine Gliedmaßen zitterten, und doch konnte ich mich nicht bewegen.

»Was?« Christians Ausruf holte mich in die Wirklichkeit zurück.

»Sie ist weg, die Kindergärtnerin hat angerufen, beim Reingehen vom Spielen war sie nicht mehr da.«

»O Gott!«, rief Christian aus und stürmte dann zum Tresen, um der völlig verdattert dreinschauenden Kellnerin den Kaffee zu bezahlen und die restliche Bestellung zu stornieren.

Als er zurückkehrte, nahm er mich beim Arm und zog mich nach draußen.

»Wo hast du deinen Wagen?«

»Irgendwo in einer Seitenstraße bei den Hotels«, sagte ich, konnte mich komischerweise aber nicht erinnern, wo genau er stand.

»Meiner ist näher. Komm.«

Wir rannten zu seinem Parkplatz. Wir sprangen in den Wagen, und noch während ich mich anschnallte, ließ Christian den Motor an. Obwohl ihm die Unruhe anzusehen war, wirkte er nicht fahrig, sondern sehr konzentriert.

»Hat die Kita schon die Polizei verständigt?«

»Ja, jedenfalls wollte sie das tun.« Nun zitterte ich am ganzen Leib. Noch nie zuvor hatte ich mich so hilflos gefühlt.

»Gut, ruf vorsichtshalber noch mal an und sag ihnen, dass du die Mutter des vermissten Kindes bist. Dir müssen sie Auskunft erteilen und nicht den Kindergärtnerinnen.«

Ich nahm mein Handy und wählte den Notruf. Als nach einer Weile endlich jemand ranging, beschrieb ich ihm, was passiert war. Er wusste noch nichts von dem vermissten Kind, versprach aber, jemanden zur Kita zu schicken.

Bis zur Kita waren es nur ein paar Minuten, doch die kamen mir endlos vor. Mein Verstand raste und projizierte in meinen Kopf tausend schreckliche Möglichkeiten, wo mein Kind abgeblieben sein könnte.

Die Schlimmste davon war, dass mein Exmann etwas damit zu tun haben könnte.

»Wenn Jan sie nun …« Die Worte wollten nicht über meine Lippen. Ich kam mir vor wie in einem Hollywoodfilm. »Wenn er sie nun entführt hat? Aus dem Kindergarten? Er war doch sicher heute noch hier.«

Andererseits: Ich würde alles von ihm erwarten, aber nicht, dass er sein eigenes Kind entführte.

Möglicherweise war es aber auch ein Fremder gewesen …

Der Gedanke schnürte mir die Kehle zu. Das war noch viel schlimmer, als wenn Leonie bei ihrem Vater war.

»Es ist nicht gesagt, dass er sie entführt hat. So dumm ist er bestimmt nicht.«

Doch Christians Kiefer mahlten wütend, während er den Blick auf die Straße gerichtet ließ. Ich war den Tränen nahe.

»Wir werden sie finden«, riss mich Christian aus dem furchtbaren Gedankenkarussell. »Ich bin sicher, dass sich alles aufklären wird. Wir sollten erst mal die Erzieherinnen fragen, wo sie durchgeschlüpft sein könnte.«

Offenbar waren wir schneller als die Polizei, denn der Parkplatz war ebenso leer wie der Spielplatz.

Ich stürmte durch die Tür. Eine der Kindergärtnerinnen trat mir entgegen.

»Wo haben Sie sie verloren? Haben Sie jemanden in der Nähe gesehen?«

Ich war sicher, dass Leonie mit ihrem Vater ohne weiteres mitgehen würde, besonders wenn er ihr versprach, nach Hause zu fahren.

»Nein, da war niemand. Wir hatten sie zum Spielen rausgelassen, und es war auch jemand von uns mit draußen, allerdings haben wir auf einer Seite des Hofes dichtes Buschwerk.«

»Haben Sie dort bereits nachgesehen?«

»Ja, aber da war sie nicht. Allerdings kann es sein, dass sie dort hindurchgeschlüpft ist. Meine Kolleginnen suchen sie bereits. Ich habe Sie gleich angerufen, als wir es bemerkt haben.«

»Und die Polizei?«

»Müsste auch schon unterwegs sein. Der Mann vom Notruf sagte, Sie hätten sich ebenfalls schon gemeldet.«

»Das ist richtig.«

Während ich versuchte, das Zittern in meinen Händen zu bezähmen, blickte ich zu Christian, der sein Handy ans Ohr hielt.

Ich bedankte mich bei der Erzieherin und ging hinaus.

»Alles klar, bis dann«, sagte Christian und legte auf, als er mich sah. »Komm, gehen wir suchen.«

»Und dein Zug?«, fragte ich verwirrt, während mich meine Beine wie von selbst in den Hof des Kindergartens trugen. »Du musst doch nach Berlin!«

»Ich habe den Termin verschoben, das hier ist wichtiger.«

Das war einfach wunderbar von ihm, doch leider konnte ich das in diesem Augenblick nicht richtig würdigen, zu groß war meine Angst um Leonie.

Ich rannte am Klettergerüst und der Entenrutsche vorbei zur Hecke. Tatsächlich gab es dort eine Lücke im Zaun, durch die eine Fünfjährige hindurchschlüpfen konnte. Aber war Leonie wirklich weggelaufen? Das war so gar nicht ihre Art.

Ein Erwachsener passte jedenfalls nicht durch das Loch. Aber er konnte gut davorgestanden und sie gerufen haben.

»Gehen wir andersherum!«, schlug Christian vor und stürmte dann voran.

»Ob die Kindergärtnerin die anderen Kinder gefragt hat?«, keuchte ich neben Christian, der mit verkniffener Miene durch das Tor rannte und dann den Kindergarten umrundete. Unweit von hier sollte es einen Strandabgang geben, wenn man dem Hinweisschild glaubte.

Leonie würde doch nicht ins Wasser gelaufen sein?!

Mein Magen schmerzte furchtbar, und mein Herz raste.

»Wenn sie klug waren, haben sie das getan, bevor die Kollegin suchen gegangen ist.«

Wenn sie klug waren … Waren sie denn klug genug gewesen?

Möglicherweise war sie mittlerweile schon tot … Nein, sie ist nicht tot, hämmerte ich mir ein. Das würde ich spüren. Ganz sicher würde ich das spüren. Und es musste ja auch nicht wie in einem dieser Filme ablaufen.

Aber es könnte …

Aus dem Augenwinkel heraus sah ich einen Polizeiwagen anrücken. Christian bemerkte ihn ebenfalls.

»Geh du zu den Polizisten und zeig ihnen ein Bild von Leonie«, sagte er. »Du hast doch sicher eins, oder?«

Selbstverständlich hatte ich eins.

»Ich schau mir den Strandabgang an und suche dann weiter. Wenn du was hörst, ruf mich an, ja?«

Ich wäre am liebsten mit ihm gerannt, aber er hatte recht, es war besser, wenn ich zu den Polizisten ging und sie mit allen Informationen versorgte, die sie brauchten. Danach würde ich wieder loslaufen und suchen.

»Hier.« Er drückte mir sein Jackett und seine Krawatte in die Hand und rannte los.

Ich lief zum Polizeiwagen, der gerade vor der Kita haltmachte. Die beiden Männer, die ausstiegen, sahen mich verwundert an.

Die Namen und Dienstränge, die sie mir nannten, überhörte ich.

»Ich bin die Mutter des Kindes«, erklärte ich, hängte Christians Jackett und die Krawatte über den Zaun und zog meine Geldbörse aus der Tasche. Meine Hände zitterten so stark, dass ich kaum das Foto von Leonie zu fassen bekam.

»Immer ruhig, junge Frau«, riet mir der Ältere der beiden, doch wie sollte ich ruhig bleiben, wenn vielleicht das Leben meines Kindes in Gefahr war?

Schließlich bekam ich das Bild zu fassen und streckte es den Polizisten hin. »Das ist sie. Die Kindergärtnerinnen meinen, dass sie durch den Zaun geschlüpft sein könnte.«

»Kennt sich die Kleine hier aus?«, fragte der jüngere Polizist, während er das Foto betrachtete. Die Frage kam mir seltsam vor. Kannten sich einheimische Kinder in dem Alter schon in der gesamten Stadt aus?

»Nein, sie kennt sich nicht aus, wir sind erst vor ein paar Wochen hergezogen.«

»Gut, dann such du den Strand ab«, sagte der ältere Polizist. »Ich rede mit den Kindergärtnerinnen und versuche es dann in der Stadt.«

Damit verschwand der Mann in der Kita, sein Kollege rannte los.

Hätte ich den beiden sagen sollen, dass ich eine Entführung durch ihren Vater vermutete?

Da kam mir eine Idee. Ich riss das Handy aus der Tasche und wählte Jans Nummer. Wenn er nichts mit der Sache zu tun hatte, würde er doch sicher rangehen oder sich melden. Natürlich konnte er es nicht, wenn er gerade fuhr …

Ich wählte seine Nummer, dann lauschte ich gespannt dem Tuten. Ich ließ es ganze fünf Mal klingeln, dann sprang die Mailbox an. Wütend legte ich auf.

Also stimmte mein Verdacht doch? Entführte er sie gerade nach Bremen oder sonst wohin?

In meiner Hilflosigkeit hätte ich am liebsten um mich geschlagen. Aber da das nichts brachte, steckte ich das Handy wieder ein, rannte die Straße entlang und rief ungeachtet der fragenden Blicke der Passanten nach meiner Tochter.

Die folgenden Stunden wurden zur reinsten Hölle. Wohin ich auch kam, Leonie war nicht dort. Fieberhaft durchsuchte ich meinen Verstand nach Hinweisen, wohin sie gelaufen sein könnte. Sie hatte ein Faible für Schiffe – war sie vielleicht an der Seebrücke?

Ich begann schließlich, wahllos Passanten anzusprechen und ihnen das Bild von meiner Tochter zu zeigen. Gemessen an ihren Reaktionen, mussten sie mich wohl für verrückt gehalten haben. Eine große Hilfe waren sie jedenfalls nicht, denn jeder meinte, ihm sei kein rothaariges Mädchen über den Weg gelaufen. Zum Schluss kauerte ich mich vor Verzweiflung heulend auf eine Bank.

Komischerweise fragte ich mich, wie meine leibliche Mutter reagiert hätte, wenn ich verschwunden wäre. Wenn es damals andersherum gewesen und ich weggelaufen wäre. Hätte sie ebenso wie ich panisch nach ihrem Kind gesucht? Diese Frage hatte ich mir nie stellen müssen, doch jetzt war sie da, und mein Herz sagte mir deutlich, dass sie ganz bestimmt nach mir gesucht hätte.

Gleichzeitig sah ich jetzt, wie schwer es war, in einer kleinen Stadt seine Tochter zu finden. Mit meiner Vermutung, dass sie mich nicht mehr wollte, hatte ich ihr höchstwahrscheinlich unrecht getan. Meine Mutter hätte mich in der gesamten Republik suchen müssen, zu DDR-Zeiten verfolgt von der Stasi und nach der Wende behindert durch verschwundene Akten und Schweigen. Vielleicht hatte sie, so wie ich jetzt, oft auf einer Bank gesessen und geweint.

Da bekam ich einen Anruf. Ohne draufzuschauen, wer es war, ging ich ran.

»Hast du sie gefunden?«

Christian. Und er klang ziemlich abgehetzt.

»Nein! Ich habe sogar schon Passanten gefragt, aber sie haben sie nicht gesehen.«

»Wo bist du gerade?«

»Auf der Strandpromenade. In der Nähe eines dieser Hotels.«

»Dann komm zur Kita zurück, vielleicht sollten wir es noch mal mit dem Auto versuchen.«

Vielleicht sollten wir auf die Autobahn Richtung Bremen, dachte ich finster, doch ich antwortete: »Ja, ich komme.«

Auf dem Rückweg suchte ich erneut alle möglichen Ecken ab. Ich lief den Strand entlang, in der Hoffnung, irgendeine Spur zu finden. Vielleicht hatte sie ja auch wieder nach irgendwelchen Nixen Ausschau gehalten.

Schließlich taumelte ich auf die Kita zu. Christian erwartete mich am Zaun. Unter seinen Armen hatte er große Schweißflecken.

»Ich bin den ganzen Strand abgelaufen bis hoch zu den Steinen, aber nichts. Ich war sogar bei dir zu Hause, aber da war sie auch nicht.«

»Und die Polizisten?«

»Sind noch nicht wieder da.«

Ich ließ die Schultern hängen und atmete zitternd durch. Wo sollten wir noch suchen?

»Da!«, rief Christian plötzlich und deutete zum Strand. Ein Mann in Uniform kam aus der entgegengesetzten Richtung, in die ich gelaufen war. Er trug etwas auf dem Arm.

Ich wimmerte auf und rannte dann los. Bitte nicht mein Kind, flehte ich still. Ich gebe alles her, auch die »Sturmrose«, aber nicht mein Kind.

Dann erkannte ich, dass das Mädchen auf seinem Arm Leonie war. Sie klammerte sich am Hemd des Polizisten fest.

»Leonie!«, rief ich, nein, kreischte ich förmlich. Meine Beine wurden weich, schienen mir gar nicht mehr gehorchen zu wollen, doch ich peitschte mich selbst voran.

Schließlich erreichte ich den Polizisten. Um ein Haar hätte ich ihm meine Tochter entrissen, doch dann merkte ich, dass irgendwas nicht stimmte. Leonie hielt sich mit dem rechten Arm fest, der linke wirkte merkwürdig schlaff. Ihr Gesicht war schmutzverkrustet, Sand hing in ihren Haaren.

»Was ist mit ihr?«, schrie ich den Mann beinahe an.

»Ich fürchte, sie hat sich den Arm gebrochen. Ich habe sie in der Nähe des Waldes gefunden. Sie ist wohl über eine Wurzel gestolpert und dann eine Düne hinuntergestürzt.«

Was hatte mein Mädchen im Wald verloren? Warum war sie dort hingelaufen?

Diese Fragen würden wir später klären, jetzt war ich erst einmal heilfroh, dass sie wieder da war. Wenngleich es mich beunruhigte, dass er von »hinunterstürzen« gesprochen hatte.

»Darf ich?«, fragte ich und streckte die Hände nach ihr aus.

»Natürlich«, sagte der Polizist und übergab sie mir.

»Leonie Löwenherz, was machst du nur?« Tränen schossen mir in die Augen. Mein armes Mädchen war verletzt!

Leonie blickte mich ein wenig benebelt an. Offenbar hatten der Armbruch und die Angst all ihre Kräfte aufgezehrt, so dass sie nicht mal weinen konnte.

»Charlotte hat gesagt, dass sie Papa gesehen hat. Da bin ich losgelaufen, um ihn zu suchen. Aber ich habe ihn nirgends gefunden, und dann bin ich hingefallen und konnte nicht wieder aufstehen, weil mir der Arm so weh getan hat.«

Die Worte ließen mich schaudern. War Jan wirklich hier gewesen? Hatte er vor dem Kindergarten gestanden wie ein Stalker?

Aber woher sollte diese Charlotte wissen, wie Leonies Vater aussah? Offenbar war dieses Mädchen ein ausgemachtes Biest. Ich beschloss, mit der Erzieherin zu reden.

Aber jetzt mussten wir erst mal ins Krankenhaus.

»Vielen Dank für Ihre Hilfe«, sagte ich zum Polizisten und trug Leonie zu Christian. Der wickelte meine kleine Prinzessin in sein Jackett und setzte sie vorsichtig auf den Rücksitz. Wie ich sehen konnte, liefen auch ihm die Tränen übers Gesicht.

»Sie ist wieder da!«, schluchzte ich und umarmte ihn. »Ihr Arm ist gebrochen, und wir müssen zum Krankenhaus, aber sie ist wieder da.«

»Was meinst du, wie froh ich darüber bin«, erklärte er. »Mehr, als du dir denken kannst.«

Inzwischen waren wir nicht mehr allein. Ein paar Eltern waren eingetroffen, um ihre Kinder abzuholen. Doch die kümmerten mich nicht. Alles, was zählte, war, dass Leonie nicht auf ewig verlorengegangen war.

Ein Mädchen kam schließlich zu uns gelaufen, schneller, als ihre Mutter sie zurückhalten konnte.

»Leonie, hast du dir weh getan?«

War das vielleicht diese Charlotte? Ich spürte, wie der Ärger in mir hochschnellte. Feindselig blickte ich zu der Frau, von deren Hand sie sich losgerissen hatte, aber ich zwang mich zur Vernunft.

»Mein Arm ist gebrochen. Aber morgen bin ich bestimmt wieder da.«

»Wir hatten alle große Angst«, erklärte das Mädchen und zupfte an ihrem Blümchenkleid.

»Steffie, komm wieder her!«, rief es aus dem Hintergrund. Wenig später war die Frau bei uns.

»Entschuldigen Sie bitte«, sagte sie und griff nach der Hand ihrer Tochter, als könnten wir sie ihr entreißen und sie mitnehmen. »Ich habe gehört, was passiert ist, und ich bin so froh, dass Sie die Kleine wohlbehalten wiedergefunden haben.«

»Leonie ist meine Freundin!«, erklärte Steffie ihrer Mutter, die daraufhin lächelte und mir zunickte.

»Ja, und deshalb freuen wir uns doppelt, dass sie wieder da ist.«

Offenbar war es doch keine schlechte Idee, sie in den Kindergarten zu schicken.

»Frau Hansen!«, rief jetzt eine der Erzieherinnen und kam zu uns gelaufen. »Gott sei Dank, Leonie ist wieder da!«

Was nicht Ihr Verdienst ist, dachte ich giftig. Wenn ihr aufgepasst hättet, wäre sie nicht die Düne heruntergerollt.

Allerdings hatte ich jetzt keine Lust auf eine lange Diskussion und irgendwelche Entschuldigungen.

»Ich würde Ihnen ans Herz legen, den Durchgang zu versperren und beim nächsten Mal besser aufzupassen«, sagte ich kühl. »Angesichts dessen, dass meine Tochter hier schon Freunde gefunden hatte, würde ich es bedauern, wenn ich sie wieder aus Ihrer Obhut nehmen müsste.«

Damit stieg ich in den Wagen, und Christian fuhr los.

Eine halbe Stunde später erreichten wir die Notaufnahme des Krankenhauses in Bergen. Ein Krankenwagen lud gerade einen Patienten aus, ein paar Pfleger, die wohl Pause hatten, standen in der Raucherecke und unterhielten sich.

Ich hoffte sehr, dass wir nicht so lange warten mussten, denn mittlerweile hatte Leonie ihren ersten Schock überwunden, und der Arm tat ihr so weh, dass ständig die Tränen kullerten. Ich selbst hatte mir noch nie einen Arm gebrochen, konnte mir also nicht vorstellen, wie es war. Aber es musste furchtbar schmerzen.

Christian trug meine kleine Prinzessin zum Empfangstresen, wo die Schwester gerade telefonierte. Ich wusste nicht, was sie zu besprechen hatte, doch sie unterbrach das Gespräch sofort, als sie uns sah.

»Mein Name ist Hansen, meine Tochter Leonie hatte gerade einen Unfall. Sie ist gestürzt, ich nehme an, dass sie sich den Arm gebrochen hat, und möglicherweise hat sie noch andere Verletzungen.«

Die Frau starrte mich an.

»Einen Moment, ich rufe unsere diensthabende Kinderärztin.«

Damit griff sie erneut zum Hörer.

»Es ist alles wieder gut«, versuchte ich Leonie zu trösten, die noch immer leise vor sich hin weinte. »Die Frau Doktor wird dich untersuchen und deinen Arm wieder hinkriegen, versprochen.«

»Es tut mir leid, Mami«, sagte sie zwischen zwei Schluchzern. »Ich werde Charlotte nie wieder was glauben. Und ich werde auch nicht mehr weglaufen.«

Ich wischte mir die Tränen von der Wange und versuchte, vor ihr nicht laut loszuheulen.

»Ist schon vergessen, jetzt musst du wieder gesund werden, ja?«

Sie nickte schwach und schmiegte sich dann wieder an Christians Ärmel, der schmutzig und tränendurchnässt war.

»Frau Dr. Bodenstein ist auf dem Weg zu Ihnen«, informierte mich die Schwester. »Setzen Sie sich ruhig noch einen Moment.«

Darauf hatten weder ich noch Christian Lust. Ich fürchtete, dass ich, wenn ich mich erst mal auf dem Stuhl niedergelassen hatte, nicht mehr hochkommen würde, weil sich mein Körper dann in eine Bleikugel verwandeln würde.

Wir stellten uns an den Rand, und ich versuchte, Leonie ein wenig abzulenken. Das Krankenhaus musste einschüchternd auf sie wirken. Das letzte Mal war sie als Baby in einer Klinik gewesen, glücklicherweise war sie ein sehr gesundes Kind.

Nur wenige Minuten später trat eine Frau in mittlerem Alter durch die Tür. Über ihrer grünen OP-Kleidung trug sie einen weißen Kittel, ihr blondes Haar war im Nacken zu einem Knoten geschlungen.

Kurz schaute sie zu der Schwester, die zu uns deutete, dann kam sie auf uns zu.

»Guten Tag, ich bin Dr. Bodenstein. Und ich nehme mal an, du bist Leonie.«

Meine Tochter nickte schwach.

»Sie sind die Eltern?«

»Ich bin die Mutter«, sagte ich und blickte zu Christian.

»Und ich der Freund der Mutter. Leonie ist nicht meine Tochter, was ich sehr bedauere.«

»Gut, dann kommen Sie mit.«

Sie führte uns durch einen breiten, hell erleuchteten Gang, in dem ein leeres Bett und eine fahrbare Trage standen, ins Untersuchungszimmer. Dieser Raum wirkte noch spartanischer als Christians Büro. Er legte sie auf einer Liege ab und sagte dann: »Ich warte draußen.«

»Ist gut«, entgegnete ich und konzentrierte mich voll auf Leonie.

»Sie hatte also einen Unfall in der Kita?«

»Nein, sie ist aus der Kita weggelaufen, gestürzt und einen Hang runtergerollt. Ein Polizist hat sie gefunden und hat gemeint, dass der Arm gebrochen sei.«

Die Ärztin nickte und begann mit der Untersuchung. Sie betrachtete Leonies Augen, drückte hier und da an ihr herum, horchte ab, klopfte, untersuchte ihren Bauch und ihren Rücken. Alles ließ meine Tochter klaglos über sich ergehen, aber als die Ärztin ihren Arm berührte, wimmerte sie.

»Schsch, ist ja gut«, sagte die Ärztin und ließ sofort los.

»Auf den ersten Blick hat sie sich keine inneren Verletzungen zugezogen, aber der Arm scheint wirklich gebrochen zu sein.«

Kaum hatte sie das gesagt, kam eine Schwester durch die Tür.

»Tina, sagen Sie bitte beim Röntgen Bescheid, dass wir eine Patientin haben?«

Die Schwester nickte und verschwand wieder.

»Wir nehmen ein Unfallprotokoll auf, die Kita sollte für solche Fälle versichert sein. Und das ist in meinen Augen eindeutig ein Fall für die Berufsgenossenschaft. Haben die Erzieherinnen nicht richtig aufgepasst?«

»Sieht so aus, wenn sie durch eine Lücke in der Hecke verschwinden konnte. Allerdings ist die Gruppe auch ziemlich groß.«

Warum nahm ich die Frauen eigentlich in Schutz? Sie hatten die Aufsichtspflicht verletzt. Wäre ich an Jans Stelle, hätte ich die Kita nach Strich und Faden verklagt. Aber ich war nicht Jan. Ich würde die Sache auf meine Weise regeln.

»Ich habe selbst zwei Kinder und würde verrückt werden, wenn die Kita bei mir anriefe und sagen würde, dass sich eines von ihnen selbständig gemacht hat.«

Ich nickte. »Verrückt vor Angst war ich tatsächlich. Es ist kaum zu beschreiben.«

»Wissen Sie, ich habe hier viele Fälle von Kindern, die verunfallen. Manche stürzen von Klettergerüsten, andere vom Fahrrad. Und immer bin ich für jeden Tag dankbar, an dem meinen Kindern nichts passiert. Aber sicher ist man davor nie, nicht wahr?«

Sie zog ein Formular aus ihrer Ablage und notierte etwas.

Kurze Zeit später kam die Schwester zurück, diesmal in Begleitung eines jungen Pflegers.

»Wie wäre es, wenn Tina Leonie zum Röntgen bringt, und Sie erzählen mir noch etwas zu dem Unfall?«, sagte die Ärztin, nachdem sie der Schwester einen Zettel überreicht hatte, auf dem stand, was zu röntgen war.

Ich blickte zu Leonie. Würde sie allein zum Röntgen gehen wollen? Mir war klar, dass ich nicht mit dabei sein konnte, aber ich wollte sichergehen, dass sie sich nicht fürchtete.

»Hast du gehört?«, fragte ich sie. »Von deinem Arm soll jetzt ein Foto gemacht werden.«

»Durch die Haut durch?«

»Ja, durch die Haut durch.«

»Und wie soll das gehen?«

»Mit einem ganz speziellen Fotoapparat.«

Ich lächelte unter Tränen. Wenn sie schon wieder gewitzte Fragen stellen konnte, würde es bergauf gehen. Bestimmt.

Während ich vor dem Röntgenraum wartete, summte plötzlich mein Handy. Ich zog es hervor und schaute aufs Display. Es war eine Nachricht von Jan.

*War zur Untersuchung und konnte nicht rangehen. Was gibt es?*

Darüber, dass er so locker schrieb, als hätte es den Streit am Vorabend nicht gegeben, war ich im ersten Moment so böse, dass ich es gar nicht zu schätzen wusste, dass Jan sich meldete. Dann rief ich mich zur Ordnung. Wahrscheinlich war er gestern wirklich nur betrunken, sagte ich mir.

»Sie müssen das Handy hier ausschalten«, wies mich eine Schwester an, bevor ich eine Antwort tippen konnte. Ich nickte und ließ das Gerät verschwinden. Ich würde Jan später schreiben, dann, wenn ich mein Kind wieder zurückhatte. Jetzt musste ich mit Leonie erst mal raus zu Christian, der ins Wartezimmer zurückgekehrt war.

»So, Sie können Ihre Tochter wieder mitnehmen«, verkündete der Arzt nach einer Viertelstunde und wandte sich noch einmal Leonie zu. »Pass schön auf, dass du mit deinem Arm niemanden umhaust!«

»Mach ich nicht«, versprach sie. »Gehen wir jetzt nach Hause, Mami?«

»Ja, wir gehen jetzt nach Hause.«

»Kommt Onkel Christian auch mit?«

»Na klar, er muss uns doch fahren.«

»Das ist gut.«

Sie schmiegte sich an meinen Körper, der verletzte Arm hing dick eingegipst in einer Schlinge. Draußen trat uns die Ärztin entgegen.

»Hier sind ein paar Schmerztabletten für Kinder, geben Sie ihr eine bei Bedarf. Und sollte irgendwas sein, kommen Sie wieder her oder rufen Sie den Bereitschaftsarzt an. Bei welchem Kinderarzt sind Sie?«

»Bei noch gar keinem, wir sind erst vor kurzem hergezogen.«

Die Ärztin verschwand in einem der Zimmer und kam mit einer Visitenkarte in der Hand zurück. »Hier, diesen Kollegen kann ich nur empfehlen. Natürlich steht es Ihnen frei, zu einem anderen Arzt zu gehen, aber ich habe schon ein paar seiner Patienten in Behandlung gehabt, er ist sehr nett, und die Eltern sind zufrieden mit ihm.«

Ich steckte die Karte ein und bedankte mich in der Hoffnung, dass es nicht nötig sein würde, in den nächsten Tagen einen Arzt zu konsultieren.

Draußen in der Notaufnahme saß Christian mit einem Kaffeebecher in der Hand. Das Gebräu schien ihm nicht zu schmecken, wenn man nach seinem Gesichtsausdruck urteilte. Als er uns sah, erhob er sich und versenkte den Becher in einem Mülleimer in der Nähe.

»Da ist ja unsere kleine Nixenjägerin wieder.« Sanft strich er ihr übers Haar, dann gab er mir einen Kuss. »Ist alles okay?«

»Ja, sie wird den Gips drei Wochen tragen müssen. Ansonsten hat sie sich nichts getan, nur ein paar blaue Flecken, aber die brauchen zum Glück keinen Gips.«

»Da haben wir alle großes Glück gehabt, wie? Na, dann kommt, ich fahre euch nach Hause.«

Wir folgten ihm nach draußen zum Parkplatz. Mittlerweile wurde es dunkel. Das Blaulicht eines heranrasenden Krankenwagens flackerte gespenstisch über das Klinikgebäude. Ich fühlte mich wie betäubt, aber gleichzeitig auch erleichtert. Mein Mädchen lebte, der Bruch würde verheilen. Es war schon komisch. Zu Hause passte ich auf wie ein Schießhund, dass sie nicht zu der Treppe ging, und dann brach sie sich einfach so den Arm, indem sie eine Düne hinunterstürzte. Mir wurde klar, dass man sein Kind nicht vor allem schützen konnte, auch wenn man das wollte.

Im Auto blieb ich hinten bei Leonie, die schläfrig in ihrem Sitz lehnte. Da erinnerte ich mich an die Nachricht.

»Jan hat geschrieben«, sagte ich, als ich das Handy hervorzog.

»Aha, will er sich für den Unsinn von gestern entschuldigen?«

»Nein, ich hatte ihn angerufen. Wollte sehen, wo er ist, weil ich doch glaubte …« Ich blickte zu Leonie. Nein, ich konnte vor ihr nicht sagen, dass ich ihn verdächtigt hatte, seine eigene Tochter entführt zu haben.

Christian verstand mich aber auch so.

»Du hast ihn doch wohl nicht zusammengestaucht, oder?«

»Nein, ich habe das Handy nur klingeln lassen. Als ich rausmusste, weil Leonie geröntgt wurde, kam dann seine Nachricht. Er schreibt, dass er bei einer Untersuchung gewesen sei, und fragt, was los war.«

»Willst du es ihm sagen?«

»Ich denke, das wäre gut. Wenn er in den nächsten Wochen auftaucht und Leonie besuchen will, sieht er den Gips ohnehin.« Ich rief die Nachricht auf und tippte eine Antwort. »Außerdem ist er ihr Vater. Wenn er die Verantwortung will, muss er auch die schlechten Seiten aushalten.«

Als ich die SMS abgeschickt hatte, schob ich das Handy wieder in die Tasche.

»Was machst du eigentlich mit deinem Termin?«

»Den habe ich auf morgen verschoben. Ich werde morgen früh fahren, das reicht dann noch.«

»Habe ich mich eigentlich schon dafür bedankt, dass du so großartig bist?«

»Nein, aber vielleicht hast du eine Idee, wie du das ausdrucksvoll tun kannst.«

Ich lächelte. »Heute Nacht?«

»Heute Nacht wirst du sicher die ganze Zeit bei Leonie sitzen und sie bewachen, da habe ich schlechte Karten. Außerdem solltet ihr euch ausruhen. Ich setze euch ab und fahre dann nach Hause, damit ich morgen fit bin.«

Das konnte ich gut verstehen.

»In Ordnung, aber melde dich bitte noch mal, bevor du aufbrichst.«

Christian nickte und küsste mich.

»Ach ja, und wie verbleiben wir wegen des Motors?«, fragte ich, nachdem ich Leonie aus dem Wagen gehoben hatte.

»Den schnappen wir uns!«, entgegnete Christian, warf uns noch einen Handkuss zu und fuhr dann los.

In der Nacht konnte ich nicht schlafen, obwohl ich todmüde war. Immer wieder ging mir durch den Kopf, was hätte passieren können. Der Gedanke daran, wie verzweifelt mich meine Mama gesucht hatte und vielleicht immer noch suchte. Und auch Christians Geschichte schlich sich immer wieder an. Ich konnte nun verstehen, welche Panik ihn und seinen Vater überfallen hatte, als sie feststellen mussten, dass Lukas fort war. Ich war so froh, dass unsere Geschichte ein glücklicheres Ende genommen hatte. Würde es bei der Suche nach meiner Mutter auch ein Happy End geben? Oder würde sie ebenso wie der kleine Lukas verschwunden bleiben?

Als ich ruhelos durchs Wohnzimmer wanderte, weil ich es in dem Sessel neben Leonies Bett nicht mehr aushielt, fielen mir wieder die Anträge für die Stasi-Akten ins Auge. Wie lange mochten sie mich warten lassen? Ein halbes Jahr? Ein ganzes? Mehrere Jahre? Wann konnte ich mit der Sache abschließen? Würde es jemals einen Abschluss geben?

Ja, wenn ich feststellte, dass meine Mutter mich bewusst zurückgelassen hatte, würde ich sie endgültig in die hintersten Winkel meines Herzens verbannen und vergessen.

Eine ganze Weile saß ich im Wohnzimmer, dann ging ich in mein Schlafzimmer. Mittlerweile dämmerte es draußen. Ich sah auf mein Handy und entdeckte, dass vor einigen Stunden eine Nachricht von Jan eingegangen war.

Er schrieb, dass er Leonie in der nächsten Zeit nicht besuchen könne, ihr aber etwas zum Trost schicken würde. Das war eine Seite, die ich noch nicht an ihm kannte. Auch wenn es wieder materialistisch war, bemühte er sich, zu zeigen, dass er sich um seine Tochter kümmerte.

Allerdings entschuldigte er sich noch immer nicht für sein Verhalten von Sonntagabend.

Aber darüber würden wir reden, wenn er das nächste Mal aufkreuzte.

Schließlich sprang ich unter die Dusche und wusch mir das Blei der Nacht vom Körper. Dabei kam mir eine Idee. Im Jogginganzug und mit einer Rosenschere bewaffnet, die ich in einem kleinen Flurschränkchen gefunden hatte, ging ich in den Garten und schnitt ein paar Zweige aus dem dichtesten Rosenbusch. Die Blüten waren schwer von Tautropfen und verströmten ihren wunderbaren Duft.

Mit dem Strauß stieg ich die Treppe hinab und ging zu Christians Stein. Die vertrockneten Rosen hatte sicher ein Windstoß davongeweht, vielleicht ins Meer, wo die Wellen sie mitgenommen hatten. Ich legte die frischen Rosen darauf, setzte mich daneben und dachte mit dem Blick aufs Meer an Christian und seinen kleinen Bruder.

# 3. TEIL

# *Der Brief*

# 31

Seufzend schloss ich das Internet-Foren in dem sich noch immer niemand auf meine Suchanzeigen gemeldet hatte. Nicht einmal Hinweise gab es. Die Threads rutschten immer weiter nach unten. Frustrierend.

Vielleicht hatte Lea ihre Geschichte nach der Flucht hinter sich gelassen und wollte sich nicht mehr darüber austauschen. Und was war mit meiner Mutter? Wusste sie nur nichts von dem Forum, ging sie nicht ins Internet, oder war es ihr egal?

Eine erschreckende weitere Möglichkeit kam mir in den Sinn. Vielleicht lebte sie ja gar nicht mehr. Dann würde mir nur noch bleiben, das, was geschehen war, anhand von Akten zu rekonstruieren. Akten, die ich vielleicht vom Jugendamt Leipzig bekam.

Während ich die unheilvolle Möglichkeit des Todes meiner Mutter zu verdrängen versuchte, warf ich einen Blick auf Leonie. Natürlich konnte sie nicht, wie sie es ihrer Freundin versprochen hatte, gleich am nächsten Tag in die Kita. Also hatte ich sie einfach mit hoch in mein Büro genommen, auf einen Stuhl platziert und ihr etwas zu tun gegeben. Da ihr rechter Arm gesund war, konnte sie immerhin malen. Die Schmerzen hatten ihr besonders in der ersten Zeit noch zu schaffen gemacht, aber jetzt malte sie etwas, die Schmerzmittel, die mir die Kinderärztin mitgegeben hatte, wirkten.

Immerhin hatte mich bereits am Vormittag die Kita angerufen, einen Tag nach dem Vorfall. Ich führte ein sehr langes Gespräch mit der zerknirschten Leiterin, die sich ehrlich entschuldigte und versprach, dass so etwas nie wieder vorkommen würde.

Ich wusste, dass solche Versprechen schwer zu halten waren, aber ich würde meinerseits auf Leonie einwirken, dass sie nicht mehr einfach davonlief.

Außerdem bat die Kindergärtnerin mich, ihr den Unfallbogen zu bringen, damit sie ihn ihrer Versicherung übergeben konnte. Ich versprach ihr, am Ende der Woche vorbeizukommen.

Christian war bis zum Wochenende unterwegs, doch er rief mich mehrmals am Tag an, um sich zu erkundigen, wie es uns beiden ging. Ich freute mich schon auf das Wochenende mit ihm. Ich musste über einiges nachdenken. Besonders über meine Mama.

Die Frau vom Jugendamt hatte versprochen, sich bald zu melden, aber innerlich zerriss es mich fast vor Ungeduld.

An diesem Nachmittag rief meine Adoptivmutter an, nachdem ich ihr am Vortag eine Nachricht auf den Anrufbeantworter gesprochen hatte. Sie war unterwegs gewesen und ich den ganzen Abend lang nicht mehr dazu gekommen, es noch mal zu versuchen.

»Du meine Güte, was macht ihr denn für Sachen?«, fragte sie erschüttert.

»Tja, mein Leben ist im Moment ganz toll«, seufzte ich. »Ich dachte, jetzt wird alles besser, aber dann taucht Jan plötzlich auf, und das Chaos bricht los.«

»Jan?«, wunderte sich meine Mutter. »Jan ist wieder aufgetaucht?«

Mir fiel ein, dass ich ihr davon gar nichts erzählt hatte. Das Leben überholte mich im Moment irgendwie. Und Christian war da. Mir wurde erst jetzt bewusst, dass ich meine Probleme nun eher mit ihm besprach. Schlechtes Gewissen überfiel mich.

»Entschuldige, dass ich dir davon noch nichts erzählt habe«, entgegnete ich. »Ja, Jan ist wieder aufgetaucht, von einem Tag auf den anderen, und hat mich gebeten, das Sorgerecht mit ihm zu teilen. Er will nicht mehr länger nur Unterhaltszahler sein, stell dir das mal vor.«

Meine Mutter seufzte. »Und ich dachte, das hätten wir überstanden.«

»Das dachte ich auch. Aber so ist das Leben. An einem Tag glaubt man, alles im Griff zu haben, und am nächsten Tag, rums, gibt es wieder einen Tritt.«

»Du weißt, dass du das Sorgerecht nicht mit Jan teilen musst. Er hat freiwillig darauf verzichtet.«

»Ja, aber inzwischen hat sich auch bei ihm viel geändert.«

Ich gab ihr einen kurzen Abriss über seine Krankheit, seinen Sinneswandel und sein zweites Erscheinen bei uns.

Meine Mutter schwieg, ein deutliches Anzeichen, dass sie zutiefst besorgt war.

»Und besucht Leonie noch den Kindergarten?«

»Nein, solange sie den Gips trägt, behalte ich sie zu Hause.«

Ich wusste, dass ihr der gleiche Gedanke durch den Kopf ging wie mir.

»Aber ich glaube nicht, dass Jan irgendwas versuchen würde. Er ist einfach nur frustriert, und angesichts seiner Diagnose kann ich das sogar ein bisschen verstehen.«

»Sei aber trotzdem vorsichtig, versprichst du mir das? Und in der Frage, ob du ihn an Leonies Erziehung beteiligen möchtest, hörst du am besten auf das, was dein Herz dir sagt. Egal wie, wir werden dich darin unterstützen.«

Nun, was sagte mein Herz? Dass ich Jan in der nächsten Zeit lieber nicht sehen wollte? Dass ich keine Lust hatte, mit ihm alle möglichen Dinge zu besprechen? Dass ich es Leonie nicht zumuten wollte, jedes Wochenende nach Bremen zu fahren oder wochenweise dortzubleiben …

»Das ist lieb, Mama, danke.«

»Und wie geht es unserem Löwenmädchen? Hat sie noch große Schmerzen?«

»Es bessert sich allmählich, aber der Gips behindert sie natürlich sehr. Und es ärgert sie auch, dass sie nicht in den Kindergarten kann.«

»Hauptsache, sie leidet nicht zu sehr unter dem Gips.«

»Ich habe ihr versprochen, für jeden Tag eine Blume daraufzumalen. Wenn der Chirurg ihn abnimmt, wird er staunen.«

Ich ertappte mich dabei, dass ich lächelte. Nicht nur Christian verfügte über die Magie, mich glücklich zu machen, sondern auch meine Mutter. Und es tat mir beinahe ein bisschen weh, dass ich nicht den Mut hatte, ihr zu erzählen, dass ich meine Stasi-Akte und die Heim-Unterlagen angefordert hatte.

Am Donnerstag klingelte der Postbote bei mir. Ich war sicher, dass es nur das Übliche war, vielleicht eine Sendung aus der Druckerei, die Belegexemplare der Imagebroschüre enthielt.

Tatsächlich erhielt ich den erwarteten dickeren Brief – und einen kleinen. Die ursprüngliche Bremer Adresse darauf war durchgestrichen, offenbar funktionierte mein Nachsendeauftrag bestens.

Als ich den Absender sah, hielt ich die Luft an.

Das konnte es doch nicht geben!

Der Absender war eine Silvia Thalheim aus Hannover.

Ich war wie vom Schlag getroffen.

Minutenlang betrachtete ich den Umschlag in meiner Hand, als hätten die Buchstaben urplötzlich zu leuchten begonnen. Das war nicht möglich! War das meine Mutter? Und wie war sie an diese Adresse gekommen?

Mit zitternden Händen riss ich den Brief auf und zog zwei zusammengefaltete Zettel hervor. Der Brief war in einer schönen, leicht unsicher wirkenden Handschrift verfasst. Ich konnte mich an die Handschrift meiner Mutter nicht mehr erinnern. War sie es wirklich?

*Liebe Annabel,*

*bitte erschrick nicht über meinen Brief, und bitte wirf ihn auch nicht gleich weg. Gib mir die Gelegenheit, mich zu erklären.*

*Ich erwarte nicht, dass Du Dich besonders freust, wahrscheinlich würde es mir genauso gehen wie Dir, wäre ich an Deiner Stelle. Deine Mutter verschwindet plötzlich aus Deinem Leben und lässt Dich mehr als zwanzig Jahre allein. Was gibt es da zu sagen?*

*Eigentlich nur, dass es mir furchtbar leidtut, dass ich erst so spät den Mut gefunden habe, Dir zu schreiben.*

*Vor etwa einem Dreivierteljahr wurde mir Zugang zu meiner Stasi-Akte gewährt – nachdem ich mehr als sechs Jahre auf die Bearbeitung meines Anliegens gewartet hatte.*

*Du könntest fragen, warum ich erst im Jahr 2007 auf die Idee gekommen bin, meine Stasi-Akte anzufordern. Es ist eine sehr lange Geschichte, die ich Dir, wenn du möchtest, gern erzählen werde.*

*Die lange Haft hatte mich gezeichnet. Selbst als ich schon im Westen war, setzte mir die Zeit in Bautzen immer noch zu. Das, was mir damals angetan wurde, hatte ein Zeichen in meinen Körper gebrannt. Schwere Krankheiten waren die Folge. In erster Linie waren sie es, die mich davon abgehalten haben, gleich nach der Wende alles zu klären. Und da war auch die Angst. Angst davor, sich dem Vergangenen zu stellen, Angst, etwas herauszufinden, was mich noch mehr erschüttern würde.*

*2007 fand ich endlich die Kraft, meine Akte anzufordern. Ich war damals gesundheitlich stabil und konnte endlich in die Zukunft schauen. Ich hatte mir nicht träumen lassen, dass es so lange dauern würde, bis ich meine Unterlagen einsehen könnte. Die Wende lag damals schon achtzehn Jahre hinter uns, und man hätte glauben können, der große Ansturm sei vorbei. Doch aus irgendeinem Grund dauerte es bei mir so lange.*

*In der Zwischenzeit stand meine Gesundheit erneut auf dem Spiel, und all das fruchtlose Nachdenken, all die Versuche, Dich auf anderem Wege zu finden, haben mich meine Kraft gekostet. Außerdem, wo hätte ich suchen sollen? Die Stasi hatte mir die Unterschrift unter die Adoptionspapiere abgezwungen, ohne mir zu sagen, wie die Leute hießen, die Dich aufgenommen und zu ihrem Kind gemacht hatten.*

*Und dann war es so weit. Ich bekam die Zusage, die Akte einsehen zu können. Leider konnte ich damals nicht, Termine im Krankenhaus hatten das unmöglich gemacht. Aber ich erhielt eine weitere Chance und konnte endlich sehen, wer schuld war an dem Leid, das man Dir und mir angetan hat.*

*Dank Deiner Akte habe ich herausgefunden, wer Dich damals adoptiert hat. Ich habe ein paar Recherchen betrieben – viele Türen öffnen sich leichter, wenn man Opfer der Stasi-Willkür war –, und schließlich teilte man mir Deine Adresse mit. Ich hatte alles, was ich brauchte.*

*Doch dann versagte mir der Mut.*

*Plötzlich hatte ich Angst, dass Du meine Nachricht gar nicht willst.*

*Sicher hast Du mittlerweile selbst eine Familie. Und möglicherweise hast Du mich längst vergessen. Keine Ahnung, was die Dir damals erzählt haben. Wahrscheinlich haben sie Dich nach Strich und Faden belogen. Vielleicht hasst Du mich deswegen sogar und willst nichts mehr von mir wissen.*

*Das alles ging mir durch den Kopf.*

*Doch dann stellte sich heraus, dass ich nicht mehr viel Zeit habe, und so wage ich es nun endlich.*

*Ich überlasse es Dir, Kontakt zu mir aufzunehmen. Sollte auf diesen Brief keine Nachricht von Dir folgen, werde ich ihn vergessen und Dich in Frieden lassen. Doch da ich möchte, dass Du die Wahrheit erfährst, werde ich Dir nach meinem Tod etwas zukommen lassen, das diese Wahrheit in sich trägt. Du kannst damit machen, was Du möchtest, aber ich hoffe, Du verzeihst mir.*

*Alles Gute für Dich und liebe Grüße,*
*Deine Mutter Silvia Thalheim*

Ich ließ mich auf das Sofa fallen. Minutenlang war mein Kopf wie leergepustet. Ich starrte auf die weiße Anbauwand und hörte das leise Ticken der Küchenuhr.

Der Brief hatte mich wie ein Hammer getroffen. Vielleicht hätte ich ihn besser in der Gegenwart von Christian öffnen sollen.

Ich las die Zeilen erneut, und diesmal meinte ich, die Stimme meiner Mutter zu hören.

Nachdem ich eine Weile gegrübelt hatte, erhob ich mich und begann, unruhig durch die Wohnung zu laufen. War das möglich? Eine Woche nachdem ich die Stasi-Akten beantragt hatte, meldete sie sich?

Ich griff nach dem Umschlag. Der Brief war zunächst nach Bremen gegangen.

Ich blickte auf den Poststempel. Trotz des Nachsendeauftrags hatte der Brief einen zweiwöchigen Umweg genommen.

Wahrscheinlich rechnete sie mittlerweile gar nicht mehr mit einer Antwort.

Erst im nächsten Augenblick sickerten einzelne Worte in meinen Verstand.

Haft? Bautzen?

Aber man hatte mir doch gesagt, dass sie geflohen wäre. Und sie gab ja auch selbst zu, in den Westen gekommen zu sein.

»Mama, kann ich was zu trinken haben?«

Leonies Stimme riss mich aus meinen Gedanken. Ich wirbelte herum.

»Aber natürlich, mein Schatz«, sagte ich und eilte zu meiner Tochter, die im Türrahmen stand, im gesunden Arm ihren Plüschhasen. Eigentlich sollte sie Mittagsschlaf halten, aber der Gipsarm machte das unmöglich.

Ich nahm sie mit in die Küche, setzte sie auf die gepolsterte Bank und füllte ein Glas mit Apfelsaft. Dabei erwischte ich mich dabei, dass meine Mutter das früher genauso gemacht hatte – die Mutter, die mir gerade geschrieben hatte. Apfelsaft war bis zu meinem sechsten Lebensjahr das Allheilmittel gegen Kummer, Durst, zerbrochenes Spielzeug und eine misslungene Zeichnung gewesen. Bis heute war mir gar nicht bewusst gewesen, dass ich es genauso machte.

»Hier, Süße«, sagte ich, steckte ein Trinkröhrchen ins

Glas und stellte es vor ihr ab, dann goss ich mir selbst etwas Apfelsaft ein.

Leonie saugte gierig, während ich dem Apfelgeschmack auf der Zunge nachspürte.

»Du siehst so traurig aus, Mami«, stellte Leonie fest. »Geht es dir nicht gut?«

»Ich bin nur ein bisschen müde«, schwindelte ich, denn ich konnte ihr kaum sagen, dass ihre leibliche Großmutter geschrieben und allerhand Fragen aufgeworfen hatte.

»Dann solltest du auch Mittagsschlaf machen«, entgegnete sie. »Wir könnten doch beide in dein Bett gehen, dann kann ich bestimmt auch besser schlafen.«

Warum nicht? Ich war zwar nicht müde, aber wenn sie bei mir war, würde sich das Nachdenken leichter ertragen lassen.

Wir schlüpften also in mein Bett, und mit Leonies Rücken an meinem Bauch wurde ich wieder ruhiger. Ihr schien das genauso zu gehen, denn innerhalb weniger Augenblicke wanderte sie ins Land der Träume. Ich blickte aus dem Fenster, wo die Sonne einen der Rosenbüsche in hellem Rosa erstrahlen ließ. Ich dachte an den kleinen Lukas, die Geschichte von Palatin.

Und dann wieder an meine Mutter. Was war geschehen? Warum war sie in Bautzen in Haft gewesen? Konnte ich ihr glauben?

Eine Weile noch dachte ich hin und her und suchte in meinen Erinnerungen nach Hinweisen. Doch da gab es nichts. Ich war damals sechs Jahre alt gewesen, die Ereignisse hatten sich überschlagen. Ich war nicht reif genug, um zu hinterfragen, was man mir erzählt hatte. Und nach ein paar Jahren war es zu spät gewesen.

Irgendwann schlief ich dann, erschöpft von der Nachricht und dem Nachdenken, auch ein. Ich träumte nicht, doch als ich erwachte, galt mein erster Gedanke der Frage, ob ich meinen Adoptiveltern von Silvias Brief erzählen sollte. Ich hatte mich schwergetan, was die Stasi-Akte anging, aber das war ja angesichts der Wartefristen eine Sache, die man verschieben konnte. Doch nun war Silvia Thalheim real in mein Leben getreten.

Was sollte ich tun? Sie besuchen? Nachschauen, ob sie noch lebte?

Doch was würde ich erfahren? Würde ihre Geschichte alles, was ich bisher geglaubt hatte, vollkommen über den Haufen werfen? Würde es die Beziehung zu meinen Adoptiveltern erschüttern?

Ich erhob mich vorsichtig und kletterte aus dem Bett. Der Mittagsschlaf hatte gutgetan, doch es wartete Arbeit auf mich. Außerdem hoffte ich auf eine Eingebung.

Als ich das Schlafzimmer verließ, klingelte mein Handy. Mir fiel ein, dass ich es oben im Arbeitszimmer liegengelassen hatte, also stürmte ich hinauf und ging, ohne auf das Display zu schauen, ran.

»Hartmann hier«, meldete sich mein Auftraggeber.

Ich erstarrte augenblicklich. Hartmann. IM Möwe.

Schalte um, sagte ich mir. Du bist jetzt nicht Annabel, die Freundin von Christian, du bist Annabel Hansen, die Werbekauffrau, die Aufträge braucht, um sich und ihre Tochter zu ernähren.

»Schön, dass Sie anrufen, Herr Hartmann«, entgegnete ich, obwohl ich es überhaupt nicht schön fand, nach dem, was Christian mir erzählt hatte. »Was gibt es denn? Haben Sie die Broschüren erhalten?«

»Ja, es ist alles großartig!«, entgegnete er. »Ich wollte Sie eigentlich fragen, ob Sie Lust hätten, zu unserem Sommerfest zu kommen. Es wird einige Prominenz dort sein, außerdem habe ich meinen Geschäftspartnern schon vorgeschwärmt, was für eine gute Werbefachfrau Sie sind.«

Ich fragte mich, ob er seinen Geschäftspartnern auch von diesem Möwen-Decknamen erzählt hatte. Sicher nicht. Wie mochten sie reagieren, wenn sie es wüssten?

»Hallo?«, holte mich Hartmanns Stimme in die Wirklichkeit zurück.

»Ja, ich bin noch dran. Ich habe nur meinen Terminkalender geholt«, schwindelte ich. »Wann soll das Fest sein?«

»Am 25. Juni. Ich würde mich sehr freuen, wenn Sie kommen könnten.«

Ich war hin- und hergerissen. Einerseits würde ich auf der Party vielleicht neue Auftraggeber finden. Sommerfeste eigneten sich hervorragend, um Kontakte zu knüpfen. Aber andererseits hatte ich keine Lust, über meinen Auftrag hinaus mit Hartmann in Verbindung zu bleiben.

»Ich trage es ein und schaue nach, ob ich bis dahin einen Babysitter für Leonie finde«, sprach ich meinen Geistesblitz laut aus.

»Oh, natürlich. Soll ich mich vielleicht für Sie umhören?«

Lieber würde ich mir den Arm abhacken, ging es mir durch den Sinn, doch freundlich antwortete ich: »Vielen Dank, aber das ist nicht nötig. Ich habe da jemanden im Sinn, es geht jetzt nur noch darum, ob die betreffende Person an dem Abend Zeit hat.«

»Wenn nicht, lassen Sie es mich wissen, wir finden bestimmt einen Ersatz!«

»Ja, sicher. Bis wann brauchen Sie meine verbindliche Zusage?«

»Die hätte ich am liebsten heute schon, aber ich verstehe, wenn Sie warten wollen, bis alles organisiert ist. Sagen wir, in einer Woche.«

»In Ordnung.«

Ich wollte mich schon verabschieden, doch ich spürte, dass Hartmann noch irgendwas auf dem Herzen hatte.

»Ach ja, bevor ich es vergesse. Ich habe gehört, dass Sie unten im Hafen ein altes Schiff gekauft haben?«

Seine Worte trafen mich wie ein kalter Wasserstrahl. Woher wusste er das? Hatte er am Hafen noch irgendwelche Freunde von damals? Konnte er sich das Spitzeln nicht abgewöhnen?

Obwohl eine Welle des Zorns in mir aufstieg, zwang ich mich zur Ruhe.

»Ja, das habe ich.«

»Nun, dann bin ich sehr gespannt, was Sie daraus machen werden. Vielleicht ergeben sich ja Möglichkeiten, wie wir uns gegenseitig unterstützen können.«

Oh, darauf war ich ganz besonders scharf. Ob ich ihm sagen sollte, dass das Schiff Menschen in den Westen gebracht hatte, die vor dem System geflohen waren, für das er gearbeitet hatte? Dem System, das vielleicht auch meine Mutter von mir weggerissen hatte?

Beinahe hätte ich ihm all das um die Ohren gehauen, doch ich erinnerte mich zum Glück noch rechtzeitig an das Versprechen, das ich Christian gegeben hatte.

»Wir werden sehen, was sich machen lässt. Hören Sie, ich muss jetzt zu einem Termin, ich melde mich dann nächste Woche, okay?«

»Gut, tun Sie das. Und dann müssen Sie mir alles über Ihr Schiff erzählen.«

Als ich aufgelegt hatte, fragte ich mich, ob ich das nicht

wirklich tun sollte. Es wäre doch mal interessant zu sehen, was für ein Gesicht er ziehen würde.

Doch so nahe wollte ich ihn auf keinen Fall an mich und die »Sturmrose« heranlassen.

Als mein Ärger auf Hartmann verflogen war, kehrten meine Gedanken über meine Mutter wieder zurück. Ich setzte mich an den Computer und suchte nach Informationen über das Gefängnis Bautzen. Es war für mich nur ein vager Begriff, etwas, über das die Leute in meiner Kindheit geflüstert, aber nie offen gesprochen hatten.

Die Bilder, die ich fand, waren erschreckend. Genauso die Berichte von Leuten, die dort eingesessen hatten. Ich druckte mir ein paar Artikel aus und las sie durch.

Am Abend hatte ich mich immer noch nicht dazu durchgerungen, meine Eltern anzurufen, obwohl sich immer mehr Fragen auftürmten.

Hatten sie vom Schicksal meiner Mutter gewusst? Von der Zwangsadoption? Hatten sie mich aufgenommen, um aus mir eine gute DDR-Bürgerin zu machen?

Meine Gedanken glitten in eine Richtung ab, die ich eigentlich nicht hatte einschlagen wollen.

Ich rief mir ins Gedächtnis, wie die Hansens damals gewesen waren und wie sie heute waren. Nie hatten sie versucht, mich ideologisch zu verbiegen. Mein Vater hatte etwas gegen Republikflüchtlinge und war auch Parteimitglied gewesen, aber es hatte nie irgendwelche politischen Verrenkungen in unseren Gesprächen gegeben. Niemand hatte etwas dagegen gehabt, wenn ich Westmusik gehört hatte. Niemand hatte mich dazu gezwungen, die schrecklichen Militärparaden zum 1. Mai und zum Nationalfeiertag am 7. Oktober anzuschauen. Nur die Fahne am Wohnblock, die hatten meine Eltern bei den entsprechenden Gelegenheiten gehisst.

Dass sie gleich nach der Wende nach Hamburg gegangen waren, zeugte auch nicht so recht davon, dass sie besonders linientreu waren.

Meine Zweifel wurden plötzlich so groß, dass ich mich ganz elend fühlte. Ich schaffte es gerade noch so, Leonie ins Bett zu bringen, dann kamen mir die Tränen.

Was, wenn meine Eltern alles gewusst hatten? Wenn nur ein Satz von ihnen den Zorn auf meine Mutter hätte auflösen können? Oder war ich bei der Flucht dabei gewesen, ohne mich daran erinnern zu können? Vielleicht hatte ich tief und fest geschlafen …

Doch wäre das der Fall gewesen? Was, wenn sie bei der versuchten Flucht geschnappt worden war? Wenn sie wirklich vorgehabt hatte, mich im Stich zu lassen.

Ich war hin- und hergerissen, wusste letztlich nicht mehr, was ich tun sollte. Also griff ich zum Handy und wählte Christians Nummer. Vielleicht hatte ich Pech, und er war bei einem Geschäftsessen. Aber einen Versuch war es mir wert.

Nach zweimaligem Klingeln meldete er sich.

»Hallo, meine Schöne, hast du Sehnsucht nach mir?«

Dieser Spruch hätte mich sonst zum Lächeln gebracht, aber nun brannte alles ganz furchtbar in mir, und ich wünschte mir nur, dass er da wäre, damit ich ihm in die Augen sehen und mich an ihn lehnen konnte, während ich erzählte.

»Christian?«, fragte ich und wischte mir eine Träne aus dem Augenwinkel.

»Ja, ich bin dran, was gibt es denn? Weinst du? Ist was passiert?«

»Ja, ich meine, nein, eigentlich nichts Schlimmes, Leonie

und mir geht es gut und allen anderen auch, aber …« Ich atmete tief durch. »Heute ist ein Brief angekommen.«

»Schlechte Nachrichten?« Christian klang verwirrt. Kein Wunder, wenn die Freundin anrief und heulte.

»Meine Mutter hat mir geschrieben.«

»Deine Mutter? Ruft sie sonst nicht immer an?«, fragte er verwundert. Woher sollte er auch wissen, dass ich nicht meine Hamburger Mutter meinte?

»Es war nicht meine Adoptivmutter, sondern meine leibliche Mutter Silvia Thalheim.« Der Name hörte sich fremd an.

»Aber … woher … Woher hat sie deine Adresse?« Ich konnte Christian anhören, dass er sich erst einmal setzen musste.

»Sie hatte offenbar den gleichen Gedanken wie ich – allerdings schon vor sieben Jahren. Sieben Jahre! Kannst du dir das vorstellen? Sechs Jahre hat es gedauert, bis sie Einsicht in ihre Stasi-Akte erhalten hat. Ich fürchte, bei mir wird es genauso lange dauern …«

»Das ist nicht gesagt.«

»Keine Ahnung, woher sie meine Adresse hat. Jedenfalls die Bremer Adresse, denn der Brief wurde hierher umgeleitet, ich habe einen Nachsendeauftrag. Wenn ich mir vorstelle, dass sie vielleicht irgendwie in der Stadt war und ich an ihr vorbeigelaufen bin, ohne sie zu erkennen …?«

Meine Gedanken schossen kreuz und quer. Christian hörte sich alles geduldig an, dann fragte er: »Und was schreibt sie?«

»Sie hat sich dafür entschuldigt, dass sie mich im Stich lassen musste. Und noch ein paar andere Sachen. Dass sie in Bautzen in Haft war, zum Beispiel.«

»Aber … ich denke, sie ist geflohen.«

»Dachte ich auch, und möglich wäre es ja, dass sie sie abgefangen haben. Vielleicht war ich bei der Flucht sogar dabei und weiß es nicht.« Ich schlug mit der flachen Hand auf den Brief, den ich vor mich auf die Bettdecke gelegt hatte. »Sie schreibt etwas davon, dass man ihre Unterschrift auf den Adoptionspapieren erzwungen hätte.«

Ich schluchzte auf.

Christian schwieg und wartete.

»Ich weiß nicht mehr, was ich glauben soll. In den letzten Tagen war ich so scharf darauf, herauszufinden, was damals geschehen ist, am liebsten hätte ich sofort die Akten eingesehen. Und jetzt kommt dieser Brief. Es ist nicht zu fassen.«

»Hm, manchmal scheint es mir, als seien die Wünsche, die wir haben, schon in Bewegung, bevor wir überhaupt daran denken, sie laut zu äußern. Du hast dir gewünscht, die Wahrheit über deine Mutter herauszufinden. Wahrscheinlich schon länger als in den letzten Wochen.«

»Ja, aber ich habe es immer zurückgedrängt.«

»Aber tief im Innern wolltest du sie finden, wahrscheinlich schon sehr lange. Dir fehlte nur der Anstoß. Den hast du durch die ›Sturmrose‹ bekommen. Doch da war das Schicksal schon längst auf dem Weg zu dir. So was passiert manchmal. Wenn ich es richtig sehe, hättest du diesen Brief auch dann erhalten, wenn du nicht aus Bremen fortgezogen wärst. Doch wahrscheinlich wäre deine Haltung dazu eine andere gewesen als jetzt, wo du etwas über die Flucht aus der DDR erfahren hast.«

Damit hatte er recht. Wahrscheinlich hätte ich den Brief gar nicht geöffnet. Aber nun war er mir gefolgt.

»Ich … ich weiß nicht, wie ich mit dem Brief umgehen soll. Soll ich meinen Eltern davon erzählen? Sie sind ja durch die Adoption in die Sache involviert. Ich habe mich darauf verlassen, dass das, was man mir gesagt hatte, die Wahrheit war. Ich habe meinen Eltern vertraut. Aber was, wenn die Hansens wussten, was wirklich geschehen ist? Wenn sie mir die Wahrheit selbst dann noch vorenthalten haben, als das System nicht mehr da war und ich erwachsen genug, um zu verstehen?« Ich starrte auf den Brief, spürte das ängstliche Pochen meines Herzens und setzte dann hinzu: »Wenn damit alles zerbricht, was ich bisher kannte?«

Christian schwieg einen Moment lang. »Ich weiß, es ist allein deine Entscheidung, aber du solltest deine Eltern vielleicht nach dem damaligen Geschehen fragen.« Er machte eine kurze Pause und fragte dann: »Willst du das überhaupt tun? Mit ihr reden?«

»Ich denke schon«, entgegnete ich und zog die Nase hoch. Christians Stimme glättete die Wogen in meinem Inneren ein wenig, auch wenn sich der Sturm wahrscheinlich erst legen würde, wenn alles geklärt war. »Ich möchte noch immer wissen, wie es damals wirklich gewesen ist. In meinem Kopf habe ich mir so viele mögliche Abläufe zusammengereimt … Ich will nicht länger warten. Und die Akten aus dem Jugendamt kann ich ja später trotzdem einsehen. Außerdem … sie hat geschrieben, dass ihr nicht mehr viel Zeit bleibt. Sie ist wohl krank. Oder sie versucht, meine Aufmerksamkeit zu erringen.«

»Ich glaube kaum, dass jemand mit solch einer Sache Unfug treiben würde. Ich möchte dich nicht bitten, mir den Brief vorzulesen, aber vielleicht kannst du ihn mir morgen zeigen.«

»Aber morgen …«

»… ist Freitag«, beendete er den Satz für mich. »Ich bin hier früher fertig geworden, und wenn du magst und nicht noch irgendwelche Termine hast, würde ich mich freuen, wenn ihr morgen fürs Wochenende bei mir einzieht. Was sagst du?«

Erst einmal sagte ich nichts dazu, sondern schnäuzte mich, denn ich erstickte fast vor Tränen und Rotz.

»Ich sage dazu, dass du einfach wunderbar bist.«

»Warte erst mal ab, bis du meine Wohnung gesehen hast«, scherzte Christian, wurde aber sofort wieder ernst. »Wir werden eine Lösung für alles finden.«

»Das weiß ich. Danke.«

Ich wischte mir über die Augen. Mein Herz fühlte sich noch immer schwer an, und ich war verwirrt, aber ich wusste, bald würde er hier sein. Ich musste nur noch die Nacht überstehen.

»Annabel?«

»Ja?«, fragte ich.

»Ich liebe dich. Und ich bin für dich da.«

»Ich liebe dich auch«, sagte ich und legte auf.

# 32

»Deine Augen sind ja ganz rot«, sagte Leonie, als wir am nächsten Morgen am Frühstückstisch saßen. Obwohl das Gespräch mit Christian etwas Linderung gebracht hatte, war in der Nacht noch mehrmals alles wieder hochgekommen. Fragen, Zweifel, Vorwürfe, Zorn. Eine neue Zeit brach für mich an, das spürte ich. Und das war auch gut so. Hier war nun die neue Annabel, die zu begreifen versuchte, was geschehen war. Die herausfinden wollte, was ihre wirkliche Geschichte war. Die jetzt wusste, wonach sie gesucht hatte. Das Gefühl, eine Aufgabe zu brauchen, war eigentlich mein Wunsch gewesen – die große unerledigte Aufgabe, die in mir geschlummert hatte, in Angriff zu nehmen und zu beenden.

»Ich habe heute Nacht schlecht geschlafen«, antwortete ich. »Im Moment muss ich an viele Dinge denken.«

»Macht dich was traurig?«

Offenbar glaubte mir meine Tochter die Geschichte vom schlechten Schlaf doch nicht. Sie wurde eben älter.

»Ja, ein paar Dinge machen mich auch traurig.«

»Ist es wegen dem Schiff? Weil sein Motor kaputt ist?«

Auch das hatte sie mitbekommen. Na prima. Vielleicht sollte ich in Zukunft wirklich vorsichtiger sein, was in ihrer Gegenwart gesprochen wurde.

»Ja, deswegen bin ich traurig«, gab ich zu, denn ich konnte

ihr unmöglich von dem Brief und dem, was er in mir ausgelöst hatte, erzählen. Jedenfalls nicht jetzt. Später einmal würde ich es tun. Sie sollte sich nicht fragen müssen, welche Geheimnisse sich um ihre Mutter gerankt hatten.

»Vielleicht sollten wir dann mal zu den Nixen am Wasser gehen«, schlug meine kleine Prinzessin vor. »Onkel Christian hat gesagt, dass sie zaubern können. Vielleicht können sie den Motor des Schiffes auch wieder gesundzaubern.«

Bei diesen Worten musste ich lächeln. Wie einfach die Welt doch anmutete, wenn man noch ein Kind war. Für manche Dinge gab es eben immer noch Feen und Nixen, die alles richten konnten.

Leonie hatte keine Ahnung, wie sehr ich mir wünschte, dass die Nixen wirklich etwas für mich tun konnten. Aber die Sache mit meiner Mutter musste ich selbst angehen.

»Malst du mir wieder eine Blume auf den Arm?«, fragte sie, nachdem wir gefrühstückt hatten.

»Ja klar, Schatz, such dir eine Farbe aus«, entgegnete ich und sah ihr nach, wie sie aus der Küchentür tapste, um den Filzstift zu holen.

Am Nachmittag erschien Christian, mein Lebensretter. Ich hatte bereits ein paar Sachen zusammengepackt für den Besuch bei ihm, auf den sich Leonie sehr freute. Ich wunderte mich immer wieder über seine magische Wirkung auf sie. Seit er in unser Leben getreten war, war sie weniger traurig. Wahrscheinlich brauchte sie eine Vaterfigur. Und wahrscheinlich spürte sie, dass er mir guttat.

»Da sind ja meine beiden Lieblingsfrauen«, sagte er, als er aus seinem Wagen stieg.

»Kein Motorrad heute?«, fragte ich, während ich die Tür abschloss und unsere Tasche schulterte.

»Das wäre ein bisschen unbequem gewesen, es sei denn, Leonie hätte auf dem Tank sitzen wollen.«

Er hob Leonie kurz hoch, so dass sie freudig aufjuchzte, dann stellte er sie wieder auf den Boden. Die beiden so vertraut zu sehen brachte mich zum Lächeln.

»Besser, wir bleiben erst mal bei einem gebrochenen Arm. Wenn sie sich nämlich auch noch den anderen bricht, wirst du ihr stundenlang Geschichten erzählen müssen, damit sie sich nicht langweilt.«

Ich ging zu ihm und küsste ihn.

»Das wäre kein Problem, Geschichten kenne ich genug«, entgegnete er. »Hübsche Bluse.«

Ich trug eine halbdurchsichtige weiße Baumwolltunika, die ich mir bei einem Urlaub in Marokko gekauft hatte. Damals hatte ich Leonie noch nicht gehabt, aber die Bluse passte noch immer. Sie war eines der wenigen Dinge, die ich aus meinem alten Bremer Leben mitgenommen hatte.

»Ziemlich alt. Ich dachte mir, ich ziehe mich lieber praktisch an.«

»Ich lebe doch nicht in einer Bauruine.«

»Das habe ich auch nicht behauptet. Aber du wohnst in Strandnähe, und vielleicht setzen wir uns ja ein Weilchen in den Sand. Ist mal was anderes, als auf Steinen zu hocken.«

»Wobei die Steine doch sehr schön sind.« Er schlang seine Arme um mich und flüsterte mir dann ins Ohr: »Danke für die Rosen.«

»Du hattest keine Zeit, neue hinzulegen, und ich wollte nicht, dass sich deine Familie vernachlässigt fühlt.«

Er strahlte mich an und küsste mich erneut.

Wenig später stiegen wir ein und schlängelten uns langsam durch wild die Fahrbahn passierende Touristenhorden.

Warm genug, um baden zu gehen, war es nach meiner Ansicht nicht, dennoch gab es ein paar Unerschrockene, die sich in die Fluten stürzten, wie Badetaschen und Gummilatschen bezeugten.

Christians Wohnung hätte man in Maklerkreisen wohl als Sahnestück bezeichnet, denn sie befand sich in einer Art Villa namens »Seeperle«. Das Gebäude umfasste sechs Wohnungen, eine von ihnen, mit gutem Blick auf die von Strandhafer bewachsenen Dünen, gehörte ihm.

»Erschreckt euch nicht vor dem Elchkopf«, scherzte er, als er die Tür aufschloss. »Der spricht nur manchmal.«

Leonies Augen weiteten sich erstaunt. »Du hast einen sprechenden Elchkopf?«

»Ja, aber möglicherweise ist er gerade nicht zu Hause.«

Tatsächlich hing im Flur eine Tafel, die aussah, als könnte ein Elchkopf daran befestigt sein. Doch statt des Kopfes hing daran ein kleines Schild mit »Komme gleich wieder«.

»Siehst du«, sagte er zu Leonie. »Er ist nicht da.«

»Und wann ist er wieder zurück?«

»Das ist schwer zu sagen. Möglicherweise macht er Urlaub in den Bergen.«

Das brachte er so überzeugend vor, dass Leonie es ihm offenbar abnahm.

Er zwinkerte ihr zu und raunte dann in mein Ohr: »Ein albernes Geschenk zu meinem dreißigsten Geburtstag. Ich bringe es einfach nicht übers Herz, es wegzuwerfen.«

»Warum solltest du auch?«, entgegnete ich. »Vielleicht gehst du ja doch noch unter die Großwildjäger.«

»Das ist eher ausgeschlossen, ich kann nicht mal Fliegen totschlagen.«

Christians Wohnung war wesentlich gemütlicher eingerichtet als sein Büro. Warme Brauntöne mischten sich mit

Grau und Weiß, ein bequemes Sofa lud zum Sitzen und Kuscheln ein.

»Hier ist das Zimmer für Ihre Hoheit.«

Er öffnete eine Tür, die vom Wohnzimmer abging.

Mir ging das Herz auf, als ich ein pinkfarbenes Poster mit Einhörnern und Elfen sah. Offenbar hatte er das extra für Leonie besorgt.

Dementsprechend begeistert war meine Tochter.

»Dann pack doch schon mal deine Sachen aus«, forderte er sie auf, und ich reichte ihr ihre kleine rosafarbene Tasche.

»Na, was sagst du?«, fragte Christian, während Leonie ihren Plüschhasen etwas unsanft an den Ohren hervorzog.

»Es ist wunderbar. Hätte ich das Haus nicht bekommen, diese Wohnung wäre es gewesen.«

»Mit dem Unterschied, dass Wohnungen wie diese kaum noch zu haben sind. Als Ferienwohnungen schon, aber nicht als fester Wohnsitz. Und die Mieten sind astronomisch, wenn man neu einzieht.«

»Wie lange lebst du denn schon hier?«

»Seit elf Jahren. Da hat das Haus noch ganz anders ausgesehen. Aber für mich hatte immer festgestanden, dass ich am Meer wohnen wollte, und glücklicherweise hat mein Vermieter eingesehen, dass es sich lohnt, ein Haus davor zu bewahren, seine Wände zu verlieren. Es wurde renoviert, und aus einem Haus, in dem keiner wohnen wollte, wurde ein begehrtes Objekt. Der Eigentümer verdient sich eine goldene Nase an uns.«

Er fasste mich bei der Hand und zog mich zum Schlafzimmer. Dieses war komplett in Weiß, Schwarz und Silber eingerichtet, was sehr elegant wirkte.

Sein Bett war riesig, und ich spürte bereits ein vorfreudiges Kribbeln darauf, mit ihm darin zu liegen.

»Na, was sagst du?«, fragte er und zog mich an sich.

»Sehr vielversprechend«, entgegnete ich und küsste ihn.

»Fertig!«, rief Leonie da und erinnerte mich daran, dass wir nicht allein waren.

»Später«, sagte er, als hätte er meinen Gedanken lesen können. »Erst mal sollten wir was essen. Und da ich ein lausiger Koch bin, lade ich euch ein.«

Nach dem Essen setzten wir uns in den Sand und beobachteten, wie Leonie mit ihrem Gipsarm die Möwen ängstigte. Die Wellen brandeten über den Strand, brachten Muscheln und Algen aus den Tiefen des Meeres mit sich.

»Und, hast du den Brief dabei?«, fragte Christian, nachdem wir eine Weile still dagesessen hatten.

Ich nickte, denn tatsächlich hatte ich ihn in die Handtasche gesteckt. Ich zog den Umschlag hervor und reichte ihn Christian.

»Die gute alte Post, wie immer schnell und zuverlässig«, sagte er, nachdem er das Datum des Stempels gesehen hatte.

»Nur gut, dass ich überhaupt einen Nachsendeauftrag gestellt habe«, entgegnete ich. »Sonst wäre der Brief vielleicht im Nirwana gelandet.«

»Oder zurückgeschickt worden. Trotz aller Aufregung, die er verursacht hat, finde ich gut, dass er dich erreicht hat. Jeder Mensch hat ein Recht auf die Wahrheit und seine eigene Geschichte.«

Er studierte die beiden Blätter sorgfältig und wahrscheinlich zwei Mal, dann ließ er sie sinken.

»Deine Mutter muss Schreckliches durchgemacht haben. Sie schreibt nicht, ob sie in Bautzen I oder II war, aber ich nehme an, Letzteres. Bautzen II war der Stasi-Knast, in den sie politische Gefangene gesteckt haben. Da macht es auch keinen Unterschied, ob sie verhaftet wurde, weil sie fliehen wollte oder weil sie den Oberen zu unbequem war.«

Ich strich mir eine Haarsträhne aus dem Gesicht. »Möglicherweise war ich bei der Flucht dabei. Ich kann mich nicht erinnern. Ich habe nur dieses Bild, von dem ich nachts manchmal träume. Ich wache in einem Auto auf und sehe Blaulicht. Das kann bedeuten, dass sie mich aus der Wohnung geholt haben, aber auch …«

»… dass sie deine Mutter abgefangen und dich in den Wagen gesteckt haben, während sie deine Mutter weggeschafft haben.«

»Genau.«

»Du solltest ihr schreiben«, sagte er und faltete die Blätter wieder zusammen. »Sonst wirst du dich auf ewig fragen, was damals passiert ist.«

»Das stimmt. Und dennoch habe ich Angst, dass dadurch alles kaputtgehen könnte. Dass ich meine Adoptiveltern in einem anderen Licht sehen werde.«

»Das wirst du vielleicht«, entgegnete Christian. »Dieser Brief hier lässt dich deine Eltern ja bereits jetzt hinterfragen. Aber bei allem, was du erfahren wirst, musst du dir immer vor Augen halten, wie sie zu dir waren und sind, was sie dir bedeuten. Ich habe die beiden als sehr liebenswerte Menschen kennengelernt, die dich regelrecht vergöttern. Ohne die näheren Hintergründe zu kennen, würde ich behaupten, dass es nicht ganz einfach war, ein Kind bei sich zu haben, das unter Beobachtung der Stasi stand. Haben die beiden jemals ihre Akten eingesehen?«

Ich schüttelte den Kopf.

Damit sprach er eine weitere meiner Ängste an. Was, wenn mein Vater ein IM war? Wenn er nicht nur mein Vater war, sondern auch mein Spitzel?

Dieser Gedanke schnürte mir den Magen zu, und ich schob ihn weit weg. Ich wollte meinen Vater nicht auf einer Stufe mit Joachim Hartmann sehen, einem Mann, der für seine Taten nicht geradestehen musste.

»Wenn du die Akte irgendwann einsiehst, wirst du ohnehin alles erfahren. Aber so hast du die Chance, mit deiner Mutter darüber zu reden. Und möglicherweise sind dann auch alle Zweifel, die du gegenüber den Hansens hast, ausgeräumt. Nicht jeder, der vom System begünstigt wurde, war ein schlechter Mensch.«

Ich seufzte schwer, nickte dann aber. Er legte seine Hand auf meinen Arm und drückte ihn leicht. Minutenlang saßen wir schweigend da. Leonie baute unweit von uns gerade an etwas, das einer Sandburg ähnelte. Wie schnell doch alles, was man kannte, anders werden konnte …

»Hinten auf dem ersten Blatt steht eine Telefonnummer«, sagte ich schließlich, nahm ihm den Brief aus der Hand und drehte den Zettel herum. Die Nummer hatte ich erst am Morgen entdeckt, als ich den Brief vor dem Einstecken noch einmal gelesen hatte. »Wahrscheinlich ist ihr eingefallen, dass ich sie auch anrufen könnte, wenn ich ihr nicht schreiben möchte.«

»Und, willst du?«

Ich nickte. »Ja, es wäre wohl besser, wenn ich das tun würde. Reden fällt mir leichter als Schreiben. Außerdem kam der Brief schon verspätet. Ich möchte nicht, dass noch mehr Zeit verstreicht, die sie vielleicht nicht hat.«

»Dann ruf nachher an, wenn wir wieder in der Wohnung sind. Ich werde derweil mit Leonie ein wenig spielen.«

»Danke«, antwortete ich und schmiegte mich an ihn.

Drei Stunden später betrachtete ich Christians elegantes weißes Telefon wie eine Schlange, die mir jeden Augenblick in die Hand beißen könnte. Mit diesem Anruf würde sich alles ändern.

Ich versuchte, meinen Gefühlen nachzuspüren. Hatte ich überhaupt noch welche für meine Mutter? Bisher waren es eher Emotionen negativer Art gewesen. Zorn, Wut, Verzweiflung. Erst in den vergangenen Tagen hatte ich ein wenig Verständnis für sie gefunden. Was würde ich fühlen, wenn ich die Geschichte kannte?

Das konnte ich erst sagen, wenn ich sie gehört hatte, also gab ich mir einen Ruck, griff nach dem Hörer und wählte die Nummer auf dem Brief.

»Hospiz Sonnengrund, Schwester Marion«, meldete sich eine freundliche Frauenstimme.

Hospiz? Darüber war ich im ersten Moment so erschrocken, dass ich nichts sagen konnte. Meine Mutter lebte in einem Hospiz. Hatte sie denn keine Familie, die sich um sie kümmern konnte? War ich die Einzige, die ihr geblieben war?

»Hallo?«, fragte die Frau nach.

»Ich … ähm … mein Name ist Hansen. Annabel Hansen. Ich würde gern Frau Thalheim sprechen.«

In meinem Inneren krampfte sich alles zusammen. War sie vielleicht inzwischen verstorben? Ins Hospiz gingen Menschen doch nur, wenn ihnen wirklich nicht mehr viel Lebenszeit blieb.

»Einen Moment bitte«, sagte die Schwester aber nur und verband mich.

Kurze Zeit später meldete sich eine raue Frauenstimme. Ob die Schwester ihr gesagt hatte, wer dran war?

»Thalheim?«

Meine Kehle fühlte sich wie zugeschnürt an. Was sollte

ich sagen? Hier ist deine Tochter, hallo?! Irgendwie fühlte sich das nicht richtig an.

Und die Stimme … Sie klang nicht wie die, die ich in Erinnerung hatte. Das mochte allerdings an der Krankheit liegen, die sie offenbar nicht besiegen konnte.

»Hier ist Annabel«, begann ich zögerlich. »Annabel Hansen.«

Stille. Silvia Thalheim sagte erst einmal nichts, aber ich hörte ihre schweren, ein wenig rasselnden Atemzüge. Wahrscheinlich erkannte sie auch meine Stimme nicht. Wie sollte sie auch? Ich war damals sechs Jahre alt gewesen.

»Annabel? Meine Annabel?«, fragte sie nach.

»Ja«, antwortete ich ein wenig beklommen. »Ich habe Ihren … ich meine, deinen Brief bekommen. Weil ich umgezogen bin, hat er einen Umweg gemacht, deshalb rufe ich jetzt erst an.«

Wieder ein Moment Schweigen. »Wie schön, dass du dich meldest«, sagte sie langsam. »Ich dachte schon, du hättest meinen Brief zerrissen.«

»Nein, nein, das habe ich nicht. Ich wusste nur nicht …«

»Ob du mich kontaktieren sollst? Das ist verständlich, nach all der Zeit.« Wieder eine Pause. Atemzüge. »Wir sollten uns nichts vormachen. Mir ist schon klar, dass du dich kaum an mich erinnerst. Ein Band, das verschlissen ist, reißt schnell. Und wer weiß, was sie dir erzählt haben. Aber es ist schön, deine Stimme zu hören. Zu hören, dass ich etwas auf der Welt hinterlassen werde.«

»Ich … ich würde dich gern besuchen, wenn ich darf«, sagte ich aus einem Impuls heraus. Am Telefon würde sie mir ihre Geschichte bestimmt nicht erzählen wollen. Und ich wollte ihr das auch nicht zumuten, denn es klang so, als würde sie das Telefonieren furchtbar anstrengen.

»Aber natürlich darfst du«, antwortete sie, und fast meinte ich, sie bei den Worten ein wenig lächeln zu hören. »Allerdings solltest du mit dem Besuch nicht mehr lange warten. Wie du vielleicht hören kannst, geht es mir nicht besonders gut. Jeden Tag kann etwas passieren.«

Ich spürte deutlich, dass das nicht gelogen war – und noch etwas spürte ich: Angst. Ich hatte Angst um sie. Dieses Gefühl war neu.

»Wie wäre es nächste Woche? Vielleicht Dienstag oder Mittwoch?«

»So lange könnte ich es noch schaffen.« Das, was ich zunächst für ein Rasseln hielt, entpuppte sich als Kichern. Trotz allem hatte sie Humor. Das machte sie mir irgendwie sympathisch. »Meinetwegen kannst du jederzeit kommen, ich laufe dir nicht weg.«

»Gut, dann Dienstag«, hörte ich mich sagen, obwohl ich noch keine Ahnung hatte, wie ich das alles organisieren sollte. Leonie konnte ich notfalls zu meinen Eltern bringen – auch wenn ich dann mein Vorhaben erklären musste.

»Ich freue mich darauf!« Sie atmete kurz durch, dann sagte sie: »Eine Frage noch: Hast du selbst Kinder?«

»Eine kleine Tochter.«

»Das ist schön. Bringst du mir ein Bild von ihr mit? Ich möchte der Kleinen meinen Anblick nicht zumuten, aber sehen würde ich sie schon sehr gern.«

»In Ordnung, ich bringe ein Bild mit.«

Damit verabschiedeten wir uns voneinander.

Nachdem ich aufgelegt hatte, blickte ich minutenlang aus dem Fenster. Die Wohnung erschien mir auf einmal unendlich still. Ich hörte nur meinen eigenen Atem, der sich jetzt langsam wieder beruhigte. Unter meiner Tunika war ich nassgeschwitzt wie nach einem Hundertmeterlauf.

Ich hatte mich verabredet, mit meiner Mutter, einer Frau, die ich seit mehr als zwanzig Jahren nicht mehr gesehen hatte. Das hätte ich mir vor einer Woche nicht träumen lassen.

In dieser Nacht liebten Christian und ich uns fast verzweifelt. Ich wollte für einen Moment alles vergessen und mich einfach von meinen Gefühlen tragen lassen. Das gelang mir, wenn auch nur kurz.

Als wir erschöpft beieinanderlagen, fragte er: »Dein Entschluss steht also fest?«

»Ja. Ich werde zu ihr fahren. Allerdings möchte ich Leonie nicht mitnehmen. Ich möchte ihre Welt noch nicht erschüttern. Sie würde nicht verstehen, was eine leibliche Großmutter ist, für sie gibt es nur die Oma, die sie kennt.«

»Das halte ich für richtig. Irgendwann wird sie alt genug sein, um das zu begreifen. Sie hat schon unter der Trennung von ihrem Vater zu leiden.«

Stimmt, da war ja noch was. Jan. Jan, der mehr für sie da sein wollte. Jan, der sich außerordentlich dumm benommen hatte. Jan, von dem ich seit dem Versprechen, Leonie etwas zu schicken, nichts mehr gehört hatte.

Andererseits hatte ich mich auch nicht mehr bei ihm gemeldet. Ich hatte das Gefühl, noch ein wenig Zeit zu brauchen …

»Allerdings werde ich Leonie zu ihrer Großmutter bringen müssen. Ich kann es keinem Babysitter zumuten, zwei Tage für sie da zu sein. Da brauche ich dann eine gute Ausrede.«

»Du willst es ihnen noch nicht sagen.«

»Nein, und ich weiß auch nicht, ob ich das jemals tun werde. Es hängt ganz davon ab, wie das Gespräch verläuft. Vielleicht verläuft es auch so, dass ich alles nur vergessen möchte.«

»Bring Leonie doch einfach zu mir«, schlug Christian vor. »Dann musst du dir nichts ausdenken, und niemand merkt etwas. Oder noch besser, ich komme zu euch.«

»Und deine Termine?«

»Können verschoben werden. Diese Sache ist sehr wichtig.«

Das sah ich auch so, dennoch hatte ich ein schlechtes Gewissen. In letzter Zeit war er so oft für mich da gewesen.

»Du bist ein Schatz«, sagte ich und küsste ihn. »Und wir können es so machen, wie es dir am liebsten ist.«

»Dann komme ich zu euch. Wenn ich ehrlich bin, gefällt es mir dort wesentlich besser als hier.«

»Und dabei hast du doch einen Traum von Wohnung.«

»Das ist nichts gegen dein Haus.«

»Nun gut, entscheide du«, entgegnete ich.

»Ich komme zu euch. Und ich versichere dir, dass ich Leonie keinen Moment aus den Augen lassen werde.«

»Das gelingt ja nicht mal mir.« Ich streichelte über seine Brust und legte meinen Kopf darauf. Es war so gut, dass ich ihn hatte – das Gegengewicht zu allem, was in den letzten Wochen passiert war.

»Sie ist bei mir in sicheren Händen, das kannst du mir glauben.« Er küsste meinen Scheitel. Und ich glaubte ihm.

# 33

Am Dienstagmorgen erwachte ich mit Bauchschmerzen vor lauter Aufregung. Wiederum hatte ich kaum geschlafen. Wann würde mir das endlich wieder gelingen? Wahrscheinlich dann, wenn ich alle losen Enden in meinem Leben zusammengezurrt hatte. Doch jetzt saßen mir die Angst und die Ungewissheit tief in den Knochen und trieben mich aus dem Bett.

Einerseits wollte ich die Wahrheit wissen, andererseits fürchtete ich mich sehr vor dem, was herauskommen und was ich sehen würde.

Nach einer Tasse Kaffee gelang es mir, mich startklar zu machen. Ich schob meine Tasche, die ich in der Nacht noch gepackt hatte, in den Flur, dann schaute ich nach draußen.

Noch war Christian nicht zu sehen. Mir war ein wenig mulmig zumute, Leonie hierzulassen. Nicht, dass ich Christian nicht zutraute, auf mein Kind aufzupassen, aber ich war noch nie so lange von meiner kleinen Prinzessin getrennt gewesen. Und ich wollte ihr nicht zumuten, dass sie die gleichen Gefühle durchlebte wie ich damals.

Aber das hier ist was anderes, sagte ich mir. Du wirst nur zwei Tage bleiben und dann zurückkehren, mit dem Wissen, was in jener Nacht vor so vielen Jahren wirklich geschehen ist. Dennoch war ich nervös.

»Bringst du mir denn was Schönes mit, wenn du wiederkommst?«, fragte Leonie, die im Flur stand und der die ganze Situation ebenfalls nicht geheuer war.

Wir hatten darüber geredet, dass ich für zwei Tage wegfahren musste. Ich hatte ihr gesagt, dass ich etwas zu erledigen hatte in Hannover. Damit war sie zufrieden, denn sie wusste ja, dass ihre Mama die Brötchen verdiente.

»Aber natürlich bringe ich dir was Schönes mit.« Von dem Päckchen, das ihr Vater ihr schicken wollte, hatte ich vorsichtshalber noch nichts erzählt, denn ich wusste ja nicht, ob es je ankommen würde.

»Malst du mir heute zwei Blumen auf den Gips? Eine für heute und eine für morgen?« Sie streckte mir die Stifte hin.

»Na klar«, entgegnete ich und zwang meine kalten, nervösen Hände zur Ruhe, damit ich die Zeichnung nicht ruinierte. Dennoch wirkten die Blütenblätter zittrig. Leonie schien es nicht zu stören. Als ich fertig war, hüpfte sie mit ihren Filzstiften davon.

Da ertönte auch schon das Brummen von Christians Wagen.

Ich trat nach draußen.

»Guten Morgen, schöne Frau, ich hoffe, ich habe Sie nicht geweckt«, sagte er, als er ausstieg.

»Sehr witzig, als ob ich hätte schlafen können.«

Wir umarmten uns.

»Und, wie geht es dir? Abgesehen von deiner Panik?«

»Ich habe ein sehr schlechtes Gewissen, dass ich Leonie allein lasse.«

»Du lässt sie nicht allein. Ich bin doch da.«

»Stimmt, aber … Na ja, es ist wegen des Gefühls, das ich selbst hatte, als meine Mutter fortging.«

»Das ist nicht dasselbe.« Er küsste mich auf die Stirn. »Du

kommst wieder. Und das schon morgen. So lange werden wir es schaffen.«

»Ich hoffe nur, *ich* schaffe das.« Ich atmete tief durch, doch der Druck in meinem Inneren wollte nicht verschwinden.

»Das wirst du. Und dann bin ich hier, und du kannst mir alles erzählen, was du auf dem Herzen hast.«

Im Haus zeigte ich ihm die wichtigsten Dinge und Telefonnummern. Am Vortag hatte ich noch für einen gutgefüllten Kühlschrank gesorgt, Leonies Lieblingssachen waren sauber, und ich hatte ihr einen neuen Block Papier hingelegt, denn es war zu vermuten, dass sie sich künstlerisch austoben wollte.

»Erwartest du irgendwelche Anrufe?«, fragte Christian und deutete auf den Anrufbeantworter. »Von Hartmann vielleicht?«

»Nein, wenn der etwas will, ruft er auf meinem Handy an.« Ich hatte ganz vergessen, Christian von der Einladung zum Sommerfest zu erzählen. Aber irgendwie hatte ich auch nicht vor, hinzugehen. Trotz aller Kontakte, die man dort vielleicht knüpfen könnte. »Meine private Nummer haben nur du und meine Eltern, und wenn die anrufen, sagst du ihnen, dass … dass ich geschäftlich unterwegs bin.«

»Okay«, entgegnete er, obwohl ich ihm ansehen konnte, dass er meine Eltern nur ungern belügen wollte. »Und wenn ich schon mal hier bin, werde ich auch gleich die Reise zur Auktion organisieren.«

»Zu der ich leider nicht mitfahren kann mit meinem Gipsarmkind«, seufzte ich. »In der Woche hat sie ihren Termin beim Chirurgen, wo entschieden wird, ob der Gips abkommt oder nicht.«

»Ich denke, das kriege ich auch allein hin. Kümmere dich erst einmal um die Dinge, die wichtig sind.« Er zog mich in seine Arme und küsste mich. Ich hätte mich stundenlang an ihn schmiegen können, aber Züge warteten bekanntlich nicht.

Christian hatte mir geraten, die weite Strecke nicht selbst zu fahren, und mittlerweile war ich auch ganz froh darüber, denn ich würde mich ganz bestimmt nicht auf die Straße konzentrieren können.

»Mach's gut, mein Schatz, Mama schreibt Onkel Christian von unterwegs, und der wird es dir vorlesen. Und wenn ich im Hotel bin, rufe ich dich an, ja?«

Sie nickte und fiel mir dann um den Hals. Für einen Moment war ich versucht, sie doch mitzunehmen, aber das ging nicht. Das, was mich in Hannover erwartete, musste ich allein auf mich nehmen.

Ich verabschiedete mich also schweren Herzens von ihr und Christian und trug meine Tasche zum Volvo. Ich würde ihn auf dem Parkplatz vor dem Bahnhof stehenlassen – so weit würde ich immerhin noch kommen.

Der Bahnhof von Binz war voller Urlaubsheimkehrer: ältere Paare, Familien mit Kindern, Alleinreisende wie ich.

Als ich mein Gepäck zum Gleis trug, klingelte plötzlich das Handy. War das Christian? Hatte ich irgendwas vergessen?, durchzuckte es mich, doch als ich auf das Display schaute, sah ich eine unbekannte Nummer.

»Seeger von der Jugendhilfe Leipzig«, meldete sich eine mir bekannte Frauenstimme. »Wir haben vor kurzem miteinander telefoniert, weil Sie Akteneinsicht nehmen wollen.«

Ich schwieg einen Moment verwirrt, besann mich dann aber. »Ja, das haben wir. Ist denn eine Akte von mir aufgetaucht?«

»Ja, und wenn Sie möchten, kann ich Ihnen am Freitag in vierzehn Tagen einen Termin zu einer ersten Lesung geben.«

»Das … wäre großartig«, antwortete ich und machte mir eine kurze Notiz im Geiste. Ich war mittlerweile ein wenig unsicher, denn was ich wissen wollte, konnte mir auch meine Mutter erzählen. Aber vielleicht war es dennoch gut, zu erfahren, was die DDR-Behörden über mich festgehalten hatten.

Nach einem kurzen Gespräch, in dem sie mich erneut darauf hinwies, dass ich nicht selbst in die Akten schauen, mir aber Notizen machen dürfte, verabschiedeten wir uns voneinander.

Ich schob das Handy in die Tasche und blickte hinüber zum anderen Gleis. Der Traum fiel mir wieder ein. Meine Mutter stand natürlich nicht dort, aber ich war jetzt auf dem Weg zu ihr. Und ich hoffte sehr, dass die Dinge, die ich aus meiner Vergangenheit mitgenommen hatte, nicht verhindern würden, dass ich zu ihr fand.

Als der Zug einfuhr, trug ich mein Gepäck zu meinem Platz und hob die Tasche auf die Gepäckablage. Die Sonne schob sich durch die Wolken, es würde ein schöner Tag werden. Da ich keine Lust hatte, mich mit anderen Reisenden zu unterhalten, schloss ich einfach die Augen und spürte irgendwann, wie der Zug anruckte. Es ging los. Jetzt gab es kein Zurück mehr.

Ein paar Stunden später, nach dem Umsteigen in Berlin, fuhren wir in den Hauptbahnhof von Hannover ein. Ich schnappte meine Tasche und ging zur Waggontür. Da der Zug noch ein Weilchen brauchte, zog ich mein Handy aus der Tasche und tippte eine kurze Nachricht, dass ich angekommen war.

Der Himmel hing schwer und grau über den Dächern der Stadt. Unterwegs hatte das Wetter gewechselt, so, als hätte es sich meiner Stimmung angepasst.

Während der Fahrt hatte ich versucht, mich auf das vorzubereiten, was mich erwartete. Wieder und wieder hatte ich das Bild betrachtet, das ich mitgenommen hatte. Das letzte Bild, das ich an unserem Küchentisch gezeichnet hatte. Die Windmühle und das Mädchen. Vielleicht erinnerte sie sich daran?

Der Gedanke machte mich schwermütig. All die Zeit hatte ich nicht besonders positiv über meine Mutter gedacht – doch was, wenn das falsch war? Sie hatte am Telefon sehr freundlich geklungen. Und es war eine furchtbare Ungerechtigkeit, dass sie mich erst jetzt gefunden hatte, so kurz vor ihrem Lebensende.

Bevor ich weiter darüber nachdenken konnte, hielt der Zug, und ich drängte mit dem Strom anderer Reisender nach draußen. Im Bahnhofsgebäude duftete es nach Croissants, aber ich hatte keinen Hunger.

Zunächst hatte ich noch vorgehabt, zum Hotel zu fahren und anschließend zum Hospiz, doch die Aufregung zerfetzte mich geradezu. Ich ging also zum Taxistand, und als ich endlich an der Reihe war, bat ich den Fahrer, mich gleich zum Hospiz zu bringen.

Während der Fahrt unterhielten wir uns über das Wetter, und er fragte, ob es wohl ein heißer Sommer werden würde. Da konnte ich ihm nicht weiterhelfen, und so versiegte das Gespräch bald.

Das Hospiz lag am Stadtrand, neben einem wunderschönen Park. Früher musste es mal eine Villa gewesen sein, offenbar hatte der frühere Besitzer das Gebäude gestiftet.

Der Fahrer hielt vor dem Eingang an und präsentierte mir die Rechnung.

»Das macht dann siebzehn fuffzig.«

Ich drückte ihm einen Zwanziger in die Hand und ließ mir seine Karte geben.

»Ich rufe Sie an, wenn ich wieder abgeholt werden möchte.«

»In Ordnung, dann alles Gute!«, sagte er, als ich ausstieg.

Während er davonbrauste, schulterte ich meine Tasche und blickte nach vorn. Trotz der leuchtenden Rabatten hatte das Haus etwas Bedrückendes an sich. Hinter diesen Mauern verbrachten Menschen, die niemanden mehr hatten oder ihren Lieben nicht zur Last fallen wollten, ihre letzten Tage. Es war, als würde das Echo ihres Lebens und Leidens immer noch hinter den Fenstern nisten.

Schließlich gab ich mir einen Ruck und trat auf die gläserne Eingangstür zu, die sich mit einem leisen Zischen öffnete. Im Innern herrschte eine ruhige Atmosphäre. Die Wände waren in einem freundlichen Gelbton gestrichen und mit Bildern von Landschaften und Blumen geschmückt. Es gab eine kleine Sitzgruppe im Eingangsbereich, der Tresen für den Empfang fügte sich dezent in das Gesamtbild ein. Ein Mann und eine Frau standen an einem der großen Glasfenster und unterhielten sich.

Ein wenig erinnerte mich das alles an eine Kurklinik. Der bedrückende Eindruck von außen verflog.

»Guten Tag, mein Name ist Hansen, ich bin heute mit Frau Thalheim verabredet.«

Die Schwester lächelte mich an. »Das hat sie uns schon ganz stolz berichtet. Sie ist sehr aufgeregt deswegen. Gehen Sie einfach den Gang runter zu Zimmer siebzehn.«

Ich bedankte mich und betrat den Gang links vom Tresen. Der Geruch von Desinfektionsmitteln war nicht besonders stark, doch ich nahm ihn wahr. Kein Wunder, das war kein Hotel im eigentlichen Sinne, sondern eines für Menschen während der letzten Wochen und Monate ihres Lebens.

Vor der Tür des Zimmers Nummer siebzehn blieb ich stehen.

Dahinter war meine Mutter. Meine Mutter, die ich seit mehr als zwanzig Jahren nicht gesehen hatte. Von der ich so lange geglaubt hatte, dass sie mich verraten hatte, ohne das je zu hinterfragen. Deren Geschichte ich nicht kannte.

Ich blieb eine ganze Weile vor der Tür stehen, denn ich hatte nicht die Kraft, die Klinke hinunterzudrücken. Meine Mutter war im Hospiz, sie würde nicht mehr lange leben. Hätten es nicht andere Umstände sein können?

Der Drang, Christian oder meine Adoptivmutter anzurufen, überfiel mich. Ich wollte jemandem von dem, was ich fühlte, erzählen. In meinem Magen ziepte es, meine Hände waren eiskalt. Mir wurde klar, dass ich jetzt niemanden anrufen konnte. Der einzige Mensch, mit dem ich jetzt über meine Gefühle reden konnte, war hinter dieser Tür.

Also hob ich die Hand und klopfte.

»Herein«, tönte es schwach. Ich atmete noch einmal gegen die Anspannung in meiner Brust an, dann legte ich die Hand auf die Klinke und drückte sie hinunter.

Die Gestalt auf dem Bett war sehr schmal und wäre fast zu übersehen gewesen, wenn sie nicht ein leuchtend buntes Kleid und ein gemustertes Tuch um den Kopf getragen hätte. Ihre Gesichtszüge waren sehr fahl, aber dennoch ähnelten sie unverkennbar jenen, die ich jeden Morgen im Spiegel sah.

Ich hatte das genauso vergessen wie die Tatsache, dass sie meine grünen Augen hatte.

Wie sollte ich sie ansprechen? Mama? So nannte ich meine Adoptivmutter. So hatte ich Silvia Thalheim vor vielen Jahren genannt, als ich noch ein kleines Mädchen gewesen war. Wäre das angemessen?

»Bella«, sagte sie, und ein Lächeln erhellte ihr Gesicht. »Du bist da!«

Ich nickte und zog die Tür hinter mir zu. Während ich auf

sie zuging, erfasste ich die Einrichtung. Das Zimmer sah, von dem Pflegebett abgesehen, wie ein ganz normales Hotelzimmer aus. Es gab einen Fernseher auf einer braunen Kommode, einen Lesesessel vor dem Fenster mit Tischchen daneben, einen Kleiderschrank und einen Tisch mit zwei Stühlen.

Und dann sah ich von alledem nichts mehr, denn nun stand ich vor ihr.

Die Krankheit hatte furchtbare Spuren hinterlassen. Ihre Wangen waren zerfurcht, die Falten tiefer, als sie in ihrem Alter eigentlich hätten sein sollen. Das Tuch um ihren Kopf verbarg nur mangelhaft, dass sie ihr wunderschönes rotes Haar verloren hatte.

Etwas drückte gegen meine Kehle. Ich kämpfte mit den Tränen.

All die Jahre hatten mich Gedanken an sie in ein Gefühlschaos gestoßen: Wut, Unverständnis, Sehnsucht, Hoffnung, Enttäuschung hatten sich abgewechselt und mich hilflos und ängstlich, dann wieder zornig gemacht.

Diese Gefühle und meine Unfähigkeit, sie zu beherrschen, hatten mich dazu gebracht, den Gedanken an sie so weit wie möglich beiseiteschieben zu wollen.

Und nun empfand ich tiefe Trauer.

»Mama.« Jetzt sagte ich es doch, und Tränen liefen mir dabei über die Wangen.

Es war kein Band mehr zwischen uns beiden, das hatten die Stasi-Leute zerschnitten. Aber da gab es noch einen Faden, zart und zerbrechlich. Ich spürte ihn deutlich. Vielleicht war es der Ruf des Blutes, wie es manche Leute nannten.

»Lass dich umarmen, mein Mädchen«, sagte sie und streckte die Hände aus. Ihre Rechte war durch einen Schlauch mit dem Infusionsbeutel über ihrem Bett verbunden.

Ich begab mich in diese Umarmung, denn in diesem Augenblick war das das Selbstverständlichste der Welt.

Der Körper meiner Mutter wirkte zerbrechlich wie ein Strohhalm und beinahe auch so leicht. Ich hatte das Gefühl, sie jederzeit anheben zu können. Ihr Kleid duftete ein wenig nach Medizin, aber vorrangig nach Rosen. Es war ein Duft, den ich aus meiner Kinderzeit kannte.

»Ich freue mich so sehr, dass du da bist«, flüsterte sie mir ins Ohr.

Ich konnte zunächst nichts entgegnen, denn Tränen schnürten mir die Kehle zu. Sie tropften aus meinen Augenwinkeln auf ihr Kopftuch und das Kissen.

Beschämt wischte ich mir über die Wangen, als sie mich wieder losließ.

»Du bist wunderschön«, sagte sie, nachdem sie ein paarmal durchgeatmet hatte. »Ich habe mich immer gefragt, wie du aussiehst. Aber ich habe dich mir nie so hübsch vorgestellt.«

Das machte mich ein wenig verlegen. Ich empfand mich selbst zwar als nicht hässlich, aber wunderschön? Wahrscheinlich sah sie mit dem Herzen der Mutter. Ein Herz, das seine Gefühle für mich offenbar nie vergessen hatte.

Und was war mit mir? Was sagten meine Gefühle?

Eine kleine Ewigkeit sahen wir uns an, dann sagte sie: »Ich wünschte, es wäre alles anders gekommen.«

»Ich auch«, entgegnete ich.

Sie nickte.

»Wie du weißt, ist meine Zeit kostbar, und so möchte ich dir gleich erklären, was damals geschehen ist. Aber vorher würde ich gern wissen, was sie dir gesagt haben in der Nacht meines Verschwindens.«

»Sie haben mir erzählt, dass du Republikflucht begangen hast.«

Silvias Miene verzog sich. »Das habe ich mir fast gedacht. Aber ich versichere dir, in dem Augenblick, als sie dich ins Heim gebracht haben, war ich noch im Land oder besser gesagt auf dem Weg zum Verhör. Sie haben mich an jenem Abend einfach aus der Wohnung geholt, ohne dass ich etwas getan hätte. Sie warfen mir Landesverrat und Konspiration mit dem Klassenfeind vor. Stundenlang haben sie mich verhört. Und das alles nur, weil ich nicht so mitgemacht habe, wie sie wollten.«

Sie verstummte, denn sie musste Luft holen. Ich spürte deutlich, wie sehr das Reden sie anstrengte.

»Hast du je daran gedacht, deine Stasi-Akte einzusehen?«

Ich nickte. »Ich habe einen Antrag gestellt – kurz bevor dein Brief kam.«

»Dann hat die Geschichte also in dir rumort.«

»Ja, aber wenn ich ehrlich bin, hatte ich vorher kein Interesse, dich zu sehen. Weil man mir weisgemacht hatte, dass du mich zurückgelassen hast.«

»Und was hat dich dazu bewogen, die Akte doch einsehen zu wollen?«

»Mein Schiff«, antwortete ich. »Ich … ich habe ein Schiff gekauft. Zusammen mit meinem neuen Freund.«

»Ein Schiff?« Die kaum mehr vorhandenen Augenbrauen meiner Mutter schnellten in die Höhe.

»Einen alten Kutter. Ich habe dort den Brief einer Frau gefunden, die mit dem Schiff in den Westen geflohen ist. Das hat alles ins Rollen gebracht. Ich habe Geschichten von dem Schiff und seinen Passagieren erfahren. Sogar die Geschichte, wie der Kapitän des Schiffes auf die Idee gekommen ist, Flüchtlinge auf der Ostsee aufzunehmen. Ich habe eine Suchanzeige aufgegeben nach der Briefschreiberin, weil ich gern wissen wollte, was sie bewogen hat, in den Westen zu gehen.« Ich stockte kurz, denn mir fiel auf, dass ich meiner Mutter nun begeistert all das erzählte, wofür ich sie aufgrund dessen, was man mir eingetrichtert hatte, als Kind verachtet hatte. Aber das konnte sie nicht ahnen.

»Und dann hast du eingesehen, dass es an der Zeit ist, dich für die Republikflucht deiner Mutter zu interessieren.«

Ich nickte beklommen. »Es hat mich niemals losgelassen. Hier.« Ich zog die Zeichnung aus der Tasche und reichte sie ihr. »Ich habe sie immer aufgehoben. Es war die einzige Erinnerung, die sie mir gelassen haben.«

Meine Mutter nahm mir die Zeichnung ab. Ihre Hände zitterten.

»Das ist das Bild von jenem Abend, nicht wahr? Du hast es mit ins Bett genommen und anscheinend auch dann nicht losgelassen, als man dich mitgenommen hat.«

Ich nickte. »Ich bin in einem Polizeiauto aufgewacht. Ich hatte keine Ahnung von dem, was wirklich passiert war. Nur dieses Bild. Und das, was mir ein Funktionär gesagt hat. Danach haben sie mich ins Heim gebracht und von dort aus ein Jahr später zu den Hansens.«

Ich hätte ihr gern gesagt, dass es anständige Leute waren, doch das hätte sie sicher verletzt. Angesichts des Bildes kamen ihr die Tränen, und sie ließ es sinken.

Doch schnell fasste sie sich wieder.

»Tut mir leid«, sagte sie und wischte sich die Tränen aus den Augen. »Ich zwinge mich in letzter Zeit stets dazu, so wenig Energie wie möglich zu verschwenden. Weinen ist Energieverschwendung.«

»Weinen ist aber auch Erleichterung.« Ich wusste nicht, ob ich in diesem Augenblick Erleichterung verspürte, aber das Gefühl in meinem Innern hatte sich gewandelt.

»Für dich ja, aber ich … ich bin nur erleichtert, dass du da bist. Dass ich endlich richtigstellen kann, was geschehen ist. Das lag mir in den letzten Monaten mehr denn je auf dem Herzen.«

Sie griff nach meinem Arm. Ihre Hand fühlte sich weich und kühl an.

»Ich wollte dich nie im Stich lassen. Aber sie haben mir keine Wahl gelassen. Sie brachten mich nach Bautzen II, wo ich wahrscheinlich verrottet wäre, wenn die aus dem Westen mich nicht freigekauft hätten. Im Jahr 1987 kam einer meiner Wärter und erklärte mir, dass ich mich entscheiden könnte, in den Westen zu gehen. Ich hielt das zunächst für eine Falle, doch dann erfuhr ich, dass man mich freikaufen wollte. Die DDR war pleite wie nie, also haben sie das Angebot gern angenommen. Im Winter '87 bin ich dann ins Notaufnahmelager Gießen gekommen. Wie alle Flüchtlinge, nur mit dem Unterschied, dass ich eigentlich gar nicht vorgehabt hatte, zu fliehen. Ich hatte mich eigentlich nur mit den falschen Menschen eingelassen.«

Sie lachte bitter und verstummte dann. Ihr Brustkorb hob und senkte sich heftig.

Ich betrachtete sie und fragte mich, ob das alles die Wahrheit war. Aber wer, wenn nicht meine Mutter, konnte sie kennen?

Und welchen Nutzen hätte es für sie, mich anzulügen?

Ich spürte, es war die Wahrheit. Meine Mutter war von der Stasi inhaftiert worden und hatte das Land erst verlassen, nachdem die BRD dafür bezahlt hatte.

»Wie konnte es so weit kommen?«, fragte ich schließlich. Meine Stimme klang belegt. In meinen Schläfen hämmerte es. »Warum waren sie eigentlich hinter dir her? Du hast nie etwas erzählt.«

»Ich konnte es nicht. So, wie du es deiner Tochter sicher auch nicht erklären könntest.«

Sie lächelte mich an, dann fragte sie: »Hast du ein Bild von deiner Kleinen? Ich würde sie mir nur zu gern mal anschauen.«

Ich kramte unbeholfen in meiner Tasche herum und zog schließlich die Geldbörse hervor. Ich zog das Foto heraus und reichte es ihr. Dabei stellte ich fest, dass Leonie in der Zwischenzeit wieder ein ganzes Stück gewachsen war.

»Sie hat sich vor kurzem den Arm gebrochen. Aber sonst ist sie ein gesundes, fröhliches Mädchen.«

Silvia betrachtete das Bild lange und strich dann über das lachende Gesicht. Es war eines der schönsten Bilder meiner Tochter, die ich besaß.

»Sie sieht aus wie du.«

»Wie wir«, entgegnete ich.

»Vielleicht. Aber ihr habt auch viel von deinem Vater. Zeichnet Leonie viel?«

»Beinahe genauso viel wie ich damals«, entgegnete ich mit einem kleinen Lachen und war erstaunt darüber, dass es den Kloß in meiner Kehle passieren konnte. »Sie malt Schifftankstellen und Nixen auf Steinen und viele andere Sachen. Eben alles, was sie hört und sich irgendwie vorstellen will.«

Silvia lächelte. »Dann ist sie genauso wie du. Schade, dass ich sie nicht mehr kennenlernen werde.« Sie seufzte so schwer, dass ich es nicht über mich brachte, ihr zu versprechen, dass ich sie mit Leonie besuchen würde. Mein Gefühl sagte mir, dass wir dazu nicht mehr die Gelegenheit haben würden.

»Ich hoffe, du hast nichts dagegen, dass ich die Zeit, die wir haben, dazu nutzen möchte, so viel wie möglich über dich zu erfahren«, sagte sie nun und deutete auf die Kommode.

»Wenn du gehst, möchte ich, dass du den Kassettenrekorder und den Umschlag darauf mitnimmst. Auf dieser Kassette ist meine Geschichte. Oder besser gesagt die Erklärung dafür, wie ich in den Schlamassel geraten bin. Ich habe sie aufgenommen, kurz nachdem ich hier im Hospiz angekommen war. Auch wenn ich mir viel Zeit damit gelassen habe, wenn ich Angst davor hatte, nach dir zu suchen, habe ich doch immer gehofft, dass ich dich eines Tages wiedersehe. Besser spät als nie, nicht wahr?«

»Danke«, sagte ich.

Meine Mutter lächelte und griff nach meiner Hand.

»Ich danke dir, mein Kind«, sagte sie dann. »Dafür, dass du mir vergeben hast.«

»Was hätte ich dir vergeben sollen?«, entgegnete ich. »Dass der Staat uns entzweit und uns so mit Lügen vollgestopft hat, dass wir beide nicht mehr wussten, wie wir uns finden konnten?«

»Das hast du schön gesagt. Und sicher hast du recht. Dann danke ich dir dafür, dass du gezweifelt hast und gekommen bist. Und jetzt musst du mir alles über dich, dein Schiff und dein Leben erzählen. Wir haben so viel nachzuholen.«

Fünf Stunden verbrachte ich mit Silvia, in denen ich ihr einen genauen Abriss meines Lebens gab – inklusive Adoption, Umzug, Studium, Heirat, Geburt und Scheidung. Und natürlich durften auch Christian und die »Sturmrose« nicht fehlen.

Als eine Schwester das Zimmer betrat, um meiner Mutter ihre Medikamente zu verabreichen, merkte ich, dass es Zeit war, mich zu verabschieden. Mein Besuch hatte sie sichtlich angestrengt, und nach der Medikamentengabe schien sich ihr Zustand noch zu verschlechtern.

Ich wusste noch immer nicht genau, was sie hatte, aber ich sah, dass es sie auffraß. Ich tippte auf Krebs, fragte sie aber nicht danach.

Zum Abschied umarmten wir uns sehr lange.

»Grüß deinen neuen Mann von mir – und vielleicht erzählst du Leonie irgendwann mal, dass sie noch eine Großmutter hatte.«

Diese Worte, obwohl sie sie klar und ruhig gesprochen hatte, trieben mir erneut die Tränen in die Augen. Würde ich sie noch einmal zu Gesicht bekommen?

»Ich komme wieder«, versprach ich ihr nun doch. Möglicherweise würde ich beim nächsten Mal Christian und Leonie mitnehmen. Sie hatte so lange durchgehalten, da mussten doch noch weitere Tage und Wochen drin sein.

Silvia nickte und antwortete: »Ich freue mich darauf.« Doch in ihren Augen sah ich, dass sie nicht mehr daran glaubte. »Pass gut auf dich und deine Lieben auf, ja?«

Als ich wieder im Hotelzimmer war, fühlte ich mich bleischwer. In meinem Kopf herrschte eine merkwürdige Leere, so als würde das, was ich gehört hatte, noch eine Weile brauchen, um wirklich bei mir anzukommen.

Ich öffnete meine Tasche und zog den Kassettenrekorder meiner Mutter hervor. Kaum zu glauben, dass es so etwas noch gab. Und dass meine Mutter damit ihre Geschichte aufgezeichnet hatte.

Ich schaute auf die Kassette mit der Laufzeit von einer Stunde und fragte mich, was sie wohl beinhaltete.

Das Wichtigste über meine Mutter wusste ich nun, ich wusste, dass sie mich nicht im Stich gelassen hatte. Vor dem Rest allerdings fürchtete ich mich ein wenig. Was mochte sie erlebt haben, damals, als sie verhaftet worden war?

Da ich mich noch nicht dazu durchringen konnte, den Startknopf zu drücken, zog ich mich aus und ging erst einmal unter die Dusche. Danach schlüpfte ich in mein Nachthemd, obwohl es draußen noch hell war. Ich wollte es bequem haben, wenn ich jetzt eine Stunde lang zuhörte.

Als ich zurückkehrte, setzte ich mich ins Bett, nahm den Kassettenrekorder auf meinen Schoß und schob die Kassette hinein. Dabei versuchte ich mir vorzustellen, wie sie auf dem Sessel vor dem Fenster gesessen und die Worte gesprochen hatte, die ich gleich hören würde. Eine Träne lief mir übers Gesicht. Großes Bedauern überkam mich. Warum hatte ich nicht schon eher einen Schritt auf sie zugemacht, warum hatte ich sie nicht gesucht?

Weil ich verblendet gewesen war. Weil ich geglaubt hatte, was man mir nach ihrem Verschwinden erzählt hatte. Weil ich Angst gehabt hatte, genauso wie sie. Wer wollte schon, dass die Fassaden des sorgsam errichteten Lebens von der Vergangenheit eingerissen wurden? Dass es ein Fehler war, nicht eher nach ihr zu suchen, wusste ich jetzt.

Ich war nicht sicher, ob ich ruhig bleiben würde, wenn ich dereinst herausbekam, wie der Funktionär hieß, der mich so schamlos belogen hatte.

Aber vielleicht würde ich es auch so machen wie Christian und nichts tun. Wenn der Funktionär nicht die Gelegenheit zur Sühne bekam, würde er auf ewig darauf sitzenbleiben. Und wenn es, wie meine Mutter glaubte, einen Himmel gab, würde ihm diese Schuld neben allem anderen, was er sich aufgeladen hatte, einen Ehrenplatz in der Hölle verschaffen.

Doch jetzt ging es nicht um Rache oder meine Gefühle. Ich wollte sie hören, Silvias Geschichte, die gleichzeitig auch meine war. Also drückte ich auf »Play« und wartete im anfänglichen Rauschen der Aufnahme auf ihre Stimme.

# 34

## *Silvia*

Meine liebe Annabel, das hier ist für dich. Du sollst wissen, dass ich dich keineswegs im Stich gelassen habe, wie sie es dir vielleicht erzählt haben. Ich wurde lediglich Opfer meiner Gedanken, die ich dummerweise stets ehrlich geäußert habe, ohne mich darum zu kümmern, welche Konsequenzen das nach sich ziehen würde.

Ich habe dies nicht aus Böswilligkeit getan oder weil ich vom Westen dazu angestiftet wurde, wie man es mir unterstellt hat. Ich wollte mich lediglich nicht schuldig machen an anderen Menschen, die vielleicht wirklich nur vorgehabt hatten, dass unser Land ein besseres wird, eines, in dem man nicht wie in einem Käfig lebt, eines, in dem man sagen kann, was man denkt. Eines, das dem Utopia von Thomas Morus entspricht.

Das wurde mir leider zum Verhängnis. Doch dazu später mehr, ich möchte nicht vorgreifen.

Ich habe keine Ahnung, wo du jetzt bist, aber man hat mir versichert, dass sie dich in gute Hände gegeben haben. Natürlich war das keine offizielle Mitteilung. Eine Stasi-Mitarbeiterin hatte lediglich Mitleid mit mir und hat mir immerhin das gesagt. Mehr jedoch nicht.

Ich kenne die Familie, die dich aufgenommen hat, nicht,

und ich weiß auch nicht, welchen Namen du trägst. Ich werde nach dir suchen, aber ich weiß nicht, ob diese Suche jemals von Erfolg gekrönt sein wird.

Doch ich hoffe sehr, dass du ein gutes Leben hast und dass du trotz allem eine Frau geworden bist, die ihre Meinung frei äußert. Und ein wenig hoffe ich auch, dass du mich nicht vergisst, egal, ob du das hier jemals erhältst oder nicht.

Du warst ein Messekind, jedenfalls habe ich dich heimlich so genannt. In Leipzig, wo ich damals wohnte, konnte man mit viel Glück im Frühling und im Herbst eine Anstellung als Messehostess erhalten und so in Kontakt mit Menschen kommen, die man wahrscheinlich sonst nie kennengelernt hätte.

Firmen aus aller Welt stellten dort aus und brachten den Glanz und den Duft ihrer Länder mit. Die verschiedensten Sprachen schwirrten in den Hallen herum, und auch wenn wir strengste Auflagen hatten, keinen Kontakt mit den Vertretern des kapitalistischen Auslands aufzunehmen, sprachen wir doch mit ihnen und erfuhren, dass das, was uns im »Schwarzen Kanal« gezeigt wurde, grundlegend falsch war.

Sicher, im Westen gab es Drogentote und Kriminalität, Umweltverschmutzung und Aids. Doch die normalen Menschen waren wie wir selbst. Nett oder gemein, freundlich oder grummelig, gut oder schlecht gelaunt. Sie waren keinesfalls die Monster, als die sie uns von der Propaganda vorgeführt wurden.

Da solche Kontakte zwar faktisch verboten, aber nicht zu vermeiden waren, wurden unter den Bewerbern für die Stellen auf der Messe nur die zuverlässigsten Kader ausgesucht. Angesichts meiner späteren Geschichte ist kaum zu glauben, dass ich dazugehörte, nicht?

Meine Eltern waren streng linientreue Parteimitglieder.

Mein Vater arbeitete bei der Zeitung, meine Mutter in der Verwaltung der Universitätsklinik. Ich selbst hatte mich von klein auf für den Staat engagiert, war Jungpionier, Thälmann-Pionier und FDJler geworden, hatte außerschulisch stets gut mitgearbeitet und war beinahe jedes Jahr zur Gruppenratsvorsitzenden gewählt worden. Mein Engagement setzte sich an der Uni fort. Ich beteiligte mich an Sammelaktionen und organisierte Veranstaltungen der FDJ. In Marxismus-Leninismus, einem Pflichtfach, das jeder Student absolvieren musste, hatte ich eine Eins, obwohl mein Herz eher für Sprachen und Literatur schlug. Eines Tages wollte ich in einem der großen DDR-Verlage arbeiten, und ich war auch nicht abgeneigt, der SED beizutreten, sobald ich mein Studium beendet hatte.

Mein Leben war eine DDR-Musterkarriere und rechtfertigte auch das Vertrauen, das in mich gesetzt wurde, als man mir erlaubte, am Stand einer österreichischen Firma zu arbeiten.

Österreich war damals zwar auch kapitalistisches Ausland, aber da es die DDR anerkannt hatte, wurde es nicht als ganz so schlimm angesehen wie die BRD.

Die Leute am Stand waren sehr freundlich, und auch wenn ich am ersten Tag manchmal Schwierigkeiten hatte, ihre landestypischen Ausdrücke zu verstehen, fühlte ich mich auf Anhieb wohl dort. Die Firma verkaufte Maschinenteile, von denen ich gar keine Ahnung hatte, aber man arbeitete mich ein und steckte mir nach Feierabend hin und wieder ein paar Devisen zu.

Auf einer ihrer Abendveranstaltungen lernte ich ihn kennen. Deinen Vater, von dem ich dir kaum etwas erzählt habe. Ich wollte nicht, dass du Schwierigkeiten bekommst, denn es war schon schlimm genug, dass ich mich mit ihm eingelassen hatte. Alles, was aus mir in den Augen der Parteifunktionäre hätte werden können, wurde zunichtegemacht durch einen Moment. Den, in dem er mir in die Augen sah.

Ich weiß nicht, ob du dich an mich erinnerst, aber ich hatte, als ich jung war, genauso rote Haare und grüne Augen wie du. Manchmal tat es mir etwas leid, dass du nicht mehr von deinem Vater geerbt hast, denn er hatte rabenschwarzes Haar und braune Augen. Vielleicht siehst du ihm als Erwachsene ein wenig ähnlicher, hast seine kantigen Züge oder seine langen Hände.

Er war zehn Jahre älter als ich und kam nicht aus der Firma, für die ich arbeitete. Er war der Chefeinkäufer einer Schwermaschinenfirma aus Stuttgart, weltgewandt, charmant und, wie ich feststellte, auch überaus belesen. Einen Mann wie ihn hatte ich noch nie getroffen.

Und er wahrscheinlich so einen Rotschopf wie mich nicht.

Wann immer ich in seine Richtung blickte, sah er mich an, als könnte er meine Blicke spüren. Und ich spürte es, wenn er mich ansah.

Irgendwann kam er dann auf mich zu und fragte mich, ob ich aus Österreich stammte. Ich war überrascht, denn ich glaubte, dass man mich deutlich als DDR-Bürgerin erkennen würde – alle anderen weiblichen Mitarbeiter waren wesentlich lockerer als ich.

Aber er hatte den Unterschied nicht bemerkt, und das machte ihn mir sympathisch.

Er stellte sich mir als Thomas vor. Natürlich hatte er auch einen Nachnamen, aber da ich nicht weiß, in wessen Hände diese Kassette irgendwann einmal gerät, behalte ich ihn für mich.

Ich weiß, kein Kind interessiert die Sexualität seiner Eltern und erst recht nicht, wie es gezeugt wurde.

Aber nur so viel: In dieser Nacht schlief ich mit ihm, und es war eine der schönsten Nächte meines gesamten Lebens. Und dieser Nacht folgten weitere Nächte. Alle folgenden Nächte der verbleibenden Messezeit verbrachten wir in meiner kleinen Studentenbude. Meine Mitbewohnerin Karla gab offen zu, neidisch zu sein, aber als die Freundin, die sie war, war sie diskret genug, sich zu verziehen, wenn ich mit ihm anrückte. Sie ging dann zu ihrem Freund Mirko, um mit ihm dasselbe zu tun wie ich mit deinem Vater.

Als die Messe vorbei war und ich ihn wieder ziehen lassen musste, war es, als würde ich in einem tiefen Loch versinken. Er versprach, mir zu schreiben, und hinterließ mir fünfhundert D-Mark für alle Fälle. Es war ein Vermögen, das ich sogleich versteckte. Vielleicht würde ich es irgendwann brauchen können, aber ich wollte es keineswegs leichtfertig für irgendeinen Unsinn ausgeben.

Ein paar Wochen nach der Messe erschienen die Männer. Sie trugen schlechtsitzende Anzüge und Sonnenbrillen, von denen sie wohl glaubten, dass sie sie unauffälliger machen würden. Sie warteten vor der Universität auf mich.

Ich schenkte ihnen zunächst keine Beachtung, mein Kopf war voll mit Literaturtheorie und den Vokabeln, die ich noch für Russisch pauken musste. Ich ging schnurstracks an ihnen vorbei zu meinem Fahrrad und kämpfte eine Runde mit dem Schloss, das sich immer dann weigerte, auf- oder zuzugehen, wenn man es am eiligsten hatte.

Wenn das Schloss diesmal nicht auch gehakt hätte, wäre ich den Männern wahrscheinlich davongefahren. Doch so hatten sie genügend Zeit, den richtigen Zeitpunkt abzupassen. Sie stellten sich neben mich und fragten: »Sind Sie Fräulein Thalheim?«

Natürlich war ich das, und das wussten sie auch.

»Ja?«, antwortete ich, verwundert darüber, dass sich zwei so komisch aussehende Kerle auf dem Campus herumdrückten. Da zog einer von ihnen einen Ausweis hervor.

»Ministerium für Staatssicherheit« prangte darauf. Schneller, als ich den Namen erfassen konnte, war das Dokument auch wieder verschwunden.

Der Schreck peitschte heiß durch meinen Körper. Hatte man mich gesehen, wie ich mit Thomas im Haus verschwunden war? Hatte man an seiner Kleidung erkannt, dass er aus dem Westen war?

Viele Frauen nahmen zu Messezeiten Männer aus dem Westen mit nach Hause, entweder aus Liebe oder um ihre Haushaltskasse mit ein paar D-Mark aufzubessern. Die Stadt war voll von Anzugträgern, denen man ansah, dass sie ihre Klamotten nicht aus dem VEB Herrenmode hatten.

Eigentlich hatte ich darauf geachtet, mit Thomas nicht aufzufallen – aber möglicherweise hatte einer der Nachbarn etwas gesehen und mich verpfiffen.

Wenn ja, so würde ich beim nächsten Mal wohl keinen Job auf der Messe mehr bekommen.

»Wir würden Sie gern einen Augenblick sprechen, geht das?«, fragte jetzt der andere, der mir seinen Ausweis nicht gezeigt hatte.

»Ja, klar«, antwortete ich und versuchte, mir meine Nervosität nicht anmerken zu lassen. Innerlich war ich jedoch vom einen zum anderen Moment ein Wrack. Mir war furchtbar schlecht, und um das Zittern meiner Hände zu verbergen, schob ich sie einfach in die Hosentaschen.

Die beiden Männer gingen mit mir zu einem Haus, das ich immer für ein normales Wohnhaus gehalten hatte. Doch wie sich herausstellte, befand sich hier ein Treffpunkt für Stasi-

Leute. Hier gingen die IMs ein und aus, hier wurden die Berichte über die Leute ausgetauscht, die beobachtet wurden.

Ich war sicher, dass es jetzt Ärger geben würde, und zwar ziemlich gewaltigen. Wie sollte ich das meinem Vater und meiner Mutter nur beibringen? Dass die Stasi mich mitgenommen hatte, weil ich mich mit einem Mann aus dem Westen eingelassen hatte? Weil ich, bedingt durch meine Erfahrungen am Messestand, ausnahmsweise einmal nicht an das geglaubt hatte, was man uns eintrichterte? Dass ich einmal gegen die Regeln verstoßen hatte?

Wenig später saß ich in einem mit grobem senfgelbem Stoff bezogenen Sessel und blickte nicht nur auf die beiden Männer, die mich angesprochen hatten, sondern auch auf einen dritten, an dessen Jackettrevers ein Parteiabzeichen blitzte.

»Jugendfreundin Thalheim«, begann dieser und schlug einen Papphefter vor sich auf.

War das meine Akte? Ich konnte nicht glauben, dass die Staatssicherheit eine Akte über mich angelegt hatte.

Mir war noch immer schlecht, und Schweiß rann in meinen Blusenkragen – dabei war es draußen eher ein kühler Herbsttag, und der Raum, in dem ich saß, war nicht mal gut geheizt.

»Können Sie sich denken, warum wir Sie sprechen wollen?«, fragte er.

Ich schüttelte den Kopf. Natürlich konnte ich es mir vorstellen, aber das zuzugeben wäre mein Untergang gewesen.

»Sie haben vor ein paar Wochen auf der Leipziger Messe gearbeitet, nicht wahr?«

Ich nickte.

»Für eine Firma aus dem nichtsozialistischen Ausland. Österreich?«

Und wieder konnte ich nur nicken, denn wahrscheinlich stand das ebenfalls in meiner Akte.

»Uns ist zu Ohren gekommen, dass Sie obendrein auch Kontakt zu Mitarbeitern westdeutscher Firmen hatten, ist das richtig?«

Mein Gesicht fühlte sich auf einmal ganz taub an. Es ging also um Thomas. O Gott!

»Wir … ich meine, die Firma hatte eine Abendveranstaltung, zu der auch Vertreter westdeutscher Firmen gehörten. Ich habe dort ausgeholfen.«

Der Mann faltete die Hände auf der Tischplatte und beugte sich ein wenig vor.

»Sind Ihnen dabei auch Dinge zu Ohren gekommen? Dinge, die uns vielleicht weiterhelfen könnten?«

Ich zog die Augenbrauen hoch. Welche Dinge meinte er?

»Na ja, es ging bei den Gesprächen vorwiegend um Handelsverträge«, antwortete ich, denn ich war sicher, dass sich der Staat dafür interessierte.

»Und wie sah es auf privatem Gebiet aus?«

Mir wurde schwindelig. Ich konnte ihnen doch nicht erzählen, dass ich mit Thomas geschlafen hatte! Das ging den Staat und die Parteiführung nun überhaupt nichts an!

»Ich weiß nicht, was Sie meinen«, entgegnete ich unsicher, während mein Kopf bereits nach irgendwelchen Ausflüchten suchte.

Der Mann vor mir schnaufte. »Haben Sie vielleicht etwas Privates aufgeschnappt. Ob einer von ihnen seine Frau betrügt, welche Hobbys sie haben, oder ob sie sich vor kurzem eine Yacht oder so was gekauft haben. Oder auf welche Schulen ihre Kinder gehen. Am besten noch, ob sie Dreck am Stecken haben. So ein Seitensprung oder eine Affäre wären sehr hilfreich für uns.«

Ich starrte den Mann entgeistert an. Hatte er das eben wirklich gesagt? Ich war nur eine kleine Messehostess, dachte er denn wirklich, vor mir hätten die Österreicher oder ihre Gäste ihr gesamtes Privatleben inklusive pikanter Geheimnisse ausgebreitet?

»Nein, nein, davon ist mir nichts zu Ohren gekommen«, entgegnete ich verwirrt, was auch der Wahrheit entsprach. Thomas hatte mir davon erzählt, dass er vor drei Monaten mit seiner Freundin Schluss gemacht hätte, aber wen interessierte das? Das taten die Leute hier doch auch.

Aber mir wurde nun eines klar. Die Staatssicherheit interessierte sich für Dreckwäsche. Das schockierte mich zutiefst, denn ich war bisher der Meinung gewesen, dass sie nur dafür sorgte, dass feindliche Elemente nicht das Wohl der Bürger gefährdeten. Sich für Affären und Seitensprünge zu interessieren passte für mich eher zu einem westlichen Geheimdienst.

»Und sonst etwas, das für uns von Wert wäre?«

Ich schüttelte den Kopf. »Nein, ich … ich habe mich nicht um das gekümmert, was geredet wurde. Man hatte uns angewiesen, dass wir privaten Kontakt zu den nichtsozialistischen Messeteilnehmern vermeiden sollten.«

Ich war stolz auf mich, dass mir das eingefallen war! Genau das hatten die Leute, die uns auf die Messearbeit vorbereitet hatten, gesagt.

Der Mann wirkte enttäuscht.

»Vielleicht hätten Sie sich nicht ganz so genau an diese Weisung halten sollen«, sagte er plötzlich. Und wieder bekam mein Bild, das ich von der Staatssicherheit hatte, einen gewaltigen Riss. Der Unbekannte vor mir forderte mich tatsächlich auf, Weisungen der Funktionäre zu ignorieren?

»Nun, es ist nun mal so, wie es ist. Und beim nächsten Mal kann man es besser machen, nicht?«

Keine Ahnung, was er damit meinte. Doch er spannte mich nicht lange auf die Folter. »Jugendfreundin Thalheim, angesichts Ihres wirklich vorbildlichen Engagements in der Universität und der FDJ wollen wir Ihnen anbieten, für uns zu arbeiten.«

Der Mann lehnte sich zurück und fixierte dann mein Gesicht.

Obwohl ich vollkommen bekleidet war, fühlte ich mich, als säße ich nackt vor ihm. Wahrscheinlich würde er meine Gedanken schon anhand meines Gesichtsausdruckes lesen können, also versuchte ich in diesem Augenblick, nichts zu denken.

»Die Vorteile würden für Sie auf der Hand liegen«, fuhr er, beinahe schon selbstgefällig, fort. »Sie würden halbjährlich eine Anstellung auf der Messe bekommen, und wir würden sogar dafür sorgen, dass Sie nach Ihrem Studium dort fest angestellt werden. Außerdem könnten Sie Reisekader werden. Man würde Ihre Arbeit gut vergüten und Ihnen alles zur Verfügung stellen, was Sie brauchen.«

Ich war wie vor den Kopf geschlagen. Soeben noch hatte ich Angst gehabt, dass ich für die Liebesnächte mit Thomas ins Gefängnis gehen würde, und jetzt bot man mir eine Anstellung auf der Messe an und Reisekader zu werden!

Und wenn ich nun sagte, dass ich später einmal bei einem Verlag arbeiten wollte? Wahrscheinlich wäre das auch kein Problem.

»Und was … was muss ich dafür tun?«, fragte ich ein wenig naiv. Was tat man denn, wenn man für die Stasi arbeitete?

»Wir würden Sie in unterschiedlichen Bereichen einsetzen, vorrangig jedoch auf den Messen. Sie hören sich um und protokollieren alle Gespräche, die Sie mitbekommen. Natürlich ist das Verbot der privaten Kontaktaufnahme dann aufgehoben. Sie teilen uns Ihre Beobachtungen mit, und wir werten sie aus.« Jetzt beugte er sich wieder vor. Seine Augen waren noch immer unverwandt auf mich gerichtet. »Sie verstehen sicher, dass es für unser Land von großer Wichtigkeit ist, immer einen Schritt voraus zu sein, was Informationen angeht. Das gilt für technologische Informationen ebenso wie für private. Wir müssen unseren Feind in- und auswendig kennen. Sie könnten uns dabei von großem Nutzen sein.«

Ich atmete zitternd durch. Reisekader, eine Anstellung auf der Messe, Privilegien, das alles hörte sich gut an. Hätte ich Thomas nicht kennengelernt, hätte ich vielleicht zugesagt. Aber ich dachte in dem Augenblick an die freundlichen Leute aus Österreich, ich dachte an Thomas und seine Kollegen, und ich wusste, dass ich ihnen niemals schaden wollte – auch wenn sie in den Augen der Partei der Klassenfeind waren.

»Ich … ich muss mir das überlegen«, sagte ich zögernd. Ich wusste nicht, welche Konsequenzen das haben würde und welches Ass sie noch aus dem Ärmel ziehen würden. Aber ich konnte einfach nicht zusagen. Nicht sofort. Wahrscheinlich würde ich es auch nie tun.

Der Stasi-Mann schnaufte frustriert und lehnte sich wieder zurück. Hatte er wirklich geglaubt, ich würde mich auf sein Angebot stürzen? Ich hatte doch Minuten zuvor noch geglaubt, dass sie mich wegen meines Kontakts zu einem Westbürger bestrafen würden!

»Ich verstehe das«, sagte er schließlich. »Und es ist Ihr gutes Recht, eine Bedenkzeit auszubitten. Aber ich gebe Ihnen eines mit: Verbauen Sie sich Ihre guten Zukunftsaussichten nicht durch unnötiges Zögern. Je eher Sie sich entschließen, für uns zu arbeiten, desto besser können wir Ihr weiteres Leben planen. Und Sie wollen doch ein gutes Leben, nicht wahr?«

Ich nickte. Dennoch: Ich konnte das Angebot nicht annehmen. Ich wollte andere Menschen nicht bespitzeln. Ich interessierte mich nicht für ihr Leben, und auch wenn ich linientreu erzogen wurde, gab es für mich auch immer die andere Welt hinter dem Zaun, eine Welt, die ich mir nicht so feindlich vorstellte, wie sie von unserer Propaganda gemalt wurde. Mein gesunder Menschenverstand sagte mir, dass es falsch wäre, meine Nase in Dinge zu stecken, die mich nichts angingen.

Das äußerte ich aber nicht laut. Diesmal war ich klug genug, meine Gedanken für mich zu behalten.

»Gut, dann würde ich sagen, wir sprechen uns in einer Woche wieder. Hoffentlich. Ein Mitarbeiter wird auf Sie zukommen und Ihre Antwort abholen. Sagen Sie ja, unterschreiben Sie einfach Ihre Verpflichtungserklärung, und ich werde Sie dann persönlich in Ihre Aufgaben einweisen. Lehnen Sie ab, sind Sie auf sich gestellt – zumindest, solange Sie sich nicht umentscheiden.« Er hob die Hände, als läge mein weiteres Schicksal nicht bei ihm, dann ging er zur Tür.

Kurz bevor er sie öffnete, wandte er sich aber noch einmal um. »Ach ja, ich brauche wohl nicht zu erwähnen, dass dieses Gespräch vertraulich ist. Zu niemandem ein Wort, auch zu ihren Freunden und Verwandten nicht, haben wir uns verstanden?«

»Ja«, antwortete ich und hielt dann unbewusst so lange den Atem an, bis er verschwunden war.

Vollkommen erschüttert verließ ich das Gebäude wieder. Mittlerweile wurde es dunkel. Mein Fahrrad stand noch immer auf dem Uni-Campus, aber in diesem Moment hatte ich den Weg dorthin vergessen. Die Worte des Stasi-Mannes brannten förmlich in meinen Ohren.

»Verbauen Sie sich Ihre guten Zukunftsaussichten nicht durch unnötiges Zögern.«

Wenn ich das Angebot ablehnte, würde man dann wirklich dafür sorgen, dass ich nicht vorankam? Dass ich nicht die Stelle erhielt, die ich wollte?

Am liebsten hätte ich mich mit meinen Eltern darüber unterhalten, doch ich durfte ja niemandem etwas sagen. Mehrere Tage schleppte ich das Geheimnis mit mir herum. Ich wollte dem Staat eine gute Bürgerin sein, aber spionieren? Das wollte ich nicht.

Aus Angst, den Stasi-Leuten an der Uni zu begegnen, ließ ich mich krankschreiben und verschanzte mich in meiner Wohnung. Erst danach kam mir in den Sinn, dass sie ja auch wussten, wo ich wohnte, und jederzeit zu mir nach Hause kommen konnten.

Je näher der Tag rückte, an dem die Genossen eine Antwort haben wollten, desto elender ging es mir. Wenn es an der Haustür klingelte – und wenn es auch nur der Postbote war –, zuckte ich zusammen.

Zwei Wochen verstrichen so, und schließlich sah ich ein, dass ich mich nicht für immer verstecken konnte. Ich besuchte also wieder die Uni, doch etwas hatte sich in der Zwischenzeit verändert. Ich fühlte mich verfolgt. Einen Grund gab es dafür nicht, und wann immer ich mich umdrehte, sah ich niemanden hinter mir, der verdächtig gewirkt hätte. Und doch, die Augen zwischen meinen Schulterblättern waren immer da – nur dann nicht, wenn die Vorhänge meiner Wohnung zugezogen waren.

Eine Woche ging das so, dann kam ich eines Nachmittags aus der Uni und lief wie gewohnt zum Fahrradständer.

»Ah, Jugendfreundin Thalheim«, sagte eine Stimme hinter mir, die mich erstarren ließ. Ich hatte gehofft, dass es vorbei sei, dass ich vergessen worden sei, doch die Stasi vergaß nie etwas.

»Geht es Ihnen wieder besser?«

Sie hatten also Erkundigungen über mich eingezogen. Ich war sehr froh, dass ich mich hatte offiziell krankschreiben lassen. So konnte ich wenigstens so tun, als hätte ich das erneute Treffen mit den Männern nicht bewusst vermieden.

»Ja, es geht mir besser, Genosse«, entgegnete ich. »Danke der Nachfrage.«

»Nun, wenn das so ist, wären Sie doch sicher bereit, uns zu einem neuerlichen Gespräch zu folgen. Der Genosse Dienststellenleiter würde sehr gern Ihre Antwort hören.«

Ich erstarrte. Auf keinen Fall würde ich noch einmal in das MfS-Gebäude gehen!

»Nun, Jugendfreundin, dann wollen wir hoffen, dass Sie sich mit dieser Haltung nicht die Zukunft verbauen. Allerdings können Sie es sich jederzeit überlegen.«

Die unverhohlene Drohung machte mich sprachlos. Die Stasi würde tatsächlich dafür sorgen, dass ich keine Zukunft hatte? Und das, obwohl ich die Beste meines Jahrgangs war? Obwohl ich immer versucht hatte, alles zu tun, was der Staat von mir verlangte?

Nein, ich tat nicht alles, was er verlangte. In einer für ihn sehr wichtigen Sache versagte und widersetzte ich mich. Doch um nichts in der Welt wollte ich dafür eingespannt werden, jemanden, womöglich auch Thomas, zu bespitzeln. Auch wenn wir nur noch selten voneinander hörten, dachte ich an ihn, ja, ich war noch immer ein bisschen verliebt in ihn und hoffte, ihn irgendwann einmal wiederzusehen. Ich dachte an die Freundlichkeit der Menschen an dem österreichischen Stand, daran, dass sie keine Monster waren, wie man uns weiszumachen versuchte.

Wütend schob ich mein Rad nach Hause und beschloss, mir an diesem Abend einen hinter die Binde zu kippen, wie ich es noch nie zuvor getan hatte. Reden durfte ich ja mit keinem, aber das Trinken konnten sie einem nicht verbieten.

Nach diesem Zusammentreffen bewertete ich die Dinge, die ich sah, vollkommen neu. Ich hatte geglaubt, dass die Parolen, von denen ich umgeben war, einen Sinn hatten, dass es sich lohnte, dafür zu kämpfen. Doch nun sah ich, dass es sich um leere Worthülsen handelte. Der Arbeiter- und Bauernstaat mochte oberflächlich gut für seine Bewohner sorgen, aber nur solange sie taten, was von ihnen verlangt wurde – und solange sie nicht ausscherten.

Ich hatte mich ihm verweigert – und bekam die Konsequenzen zu spüren. Doch erst wesentlich später würde mir dieser Eintrag in meine Akte zum Verhängnis werden. Zunächst hatte ich ganz andere Sorgen, denn ich stellte fest, dass meine Regel ausblieb. Als sich dann auch noch morgendliche Übelkeit einstellte, überkam mich eine dunkle Ahnung.

Diese bestätigte sich, als ich meine Frauenärztin aufsuchte.

»Herzlichen Glückwunsch, Sie sind schwanger«, sagte sie und legte schwungvoll meine Karteikarte auf den Tisch.

Für mich brach im ersten Moment eine Welt zusammen. Unverheiratet schwanger. Von einem Mann aus dem kapitalistischen Ausland. Ich war sicher, dass die Stasi mich dafür in den Knast bringen würde, wenn sie es herausbekam.

»Wenn Sie das Kind nicht wollen, kann ich Ihnen einen Termin zur Abtreibung geben«, schlug die Ärztin vor, die wohl bemerkt hatte, dass ich mich nicht im Geringsten freute.

Doch ich schüttelte den Kopf. »Nein, ich werde es behalten«, sagte ich bestimmt.

Die Ärztin nahm das mit einem Nicken zur Kenntnis. »In Ordnung, aber wenn Sie es sich überlegen sollten, teilen Sie mir das bitte rechtzeitig mit.«

Ich nickte, doch ich wusste, da gab es nichts zu überlegen.

Ich musste mir schnell klar darüber werden, wie ich leben wollte. Für meine Eltern brach natürlich eine Welt zusammen, als ich es ihnen beichtete. Mein Vater wollte den Namen des Erzeugers wissen, doch den konnte ich ihm nicht nennen. Einer aus dem Westen – das hätte ihn wahrscheinlich an den Rand eines Herzinfarkts gebracht.

Ich schwieg beharrlich, auch als er damit drohte, mich zu enterben.

Schließlich akzeptierten sie es irgendwie, wenngleich ich nicht erwarten konnte, dass sie mir halfen. Meine Eltern waren viel zu oft unterwegs, als dass sie das Kind hätten hüten können, und da eine uneheliche Schwangerschaft auch für aufgeklärte DDR-Bürger noch eine Schande war, kam auch keine andere Hilfe in Frage.

Da für mich nach wie vor feststand, mein Kind nicht abtreiben zu lassen – ich hoffte ja auch immer noch, dass Thomas zu mir stehen würde –, schrieb ich ihm eines Abends einen langen Brief.

Darin kamen weder der Anwerbungsversuch der Stasi noch Staatsgeheimnisse, die ich gar nicht kannte, zur Sprache. Ich setzte ihn einfach davon in Kenntnis, dass unsere gemeinsamen Nächte Folgen gehabt hatten und er Vater wurde.

Einen Tag später schickte ich diesen Brief ab und hoffte,

dass er ihn erhalten und sich vielleicht melden würde. Ich verlangte gar nicht von ihm, dass er mich heiratete. Das wäre ein Ding der Unmöglichkeit gewesen. Ich *konnte* nicht rüber, und er *wollte* ganz bestimmt nicht rüber.

Aber dennoch hoffte ich, dass er mir schreiben oder mich auch mal besuchen würde. Immerhin war es den Leuten von drüben erlaubt, herzukommen. Vielleicht erinnerte er sich an mich, vielleicht freute er sich sogar über das Kind. Und selbst wenn das nicht der Fall war, hoffte ich, von ihm zu hören.

Doch eine Antwort blieb aus. In der ersten Zeit nahm ich das noch gelassen hin, denn ich wusste ja, dass die Post zwischen den beiden deutschen Staaten etwas Zeit brauchte. Zwischendurch überkam mich die Angst, dass die Stasi den Brief abgefangen hätte. Da jedoch auch einige Monate später niemand von denen bei mir auftauchte und mich zur Rede stellte, war ich sicher, dass sie meinen Brief nicht abgefangen und gelesen hatten.

Inzwischen fragte ich mich, ob er nicht verlorengegangen war. Ich war sicher, dass Thomas sich gemeldet hätte, irgendwie. Ich hoffte so verzweifelt auf eine Antwort von ihm, dass ich jedes Mal zum Briefkasten rannte, wenn ich heimkam. Doch stets war es vergebens, und als ein halbes Jahr vergangen war, gab ich die Hoffnung auf und beschloss, mein Glück selbst in die Hand zu nehmen und mein Kind allein großzuziehen.

Ich beendete mein Studium hochschwanger, und wenig später wurdest du geboren. Ich hatte keine Arbeit, kein Geld, aber ein Kind, für das immerhin Kindergeld gezahlt wurde. Eine Zeitlang wohnte ich noch bei Karla, aber der ging dein nächtliches Weinen schon bald auf die Nerven.

Sie beschwerte sich nicht, doch ich sah ihr die Unzufriedenheit an. Sie musste noch zwei Semester büffeln, und da machte es sich nicht gut, wenn sie die Nacht über wach war, weil ich dich füttern oder wickeln musste.

Ich stellte also einen Wohnungsantrag, was für eine Unverheiratete nicht ganz einfach war, und erhielt irgendwann den Bescheid, dass man mir eine Wohnung zugeteilt hätte.

Ich hoffte auf eine nette Neubauwohnung, doch ich bekam eine in der Altstadt, in einem unsanierten Haus. Das Badezimmer und das Klo teilte sich der gesamte Aufgang. Aber ich war froh, jetzt mein eigenes Reich zu haben. Während du schliefst, schrieb ich Bewerbungen – an Verlage, ans Theater, Bibliotheken. Irgendwo musste es doch eine Stelle für eine Germanistin geben!

Aber es regnete Absagen. Allmählich begann ich zu begreifen, was der Stasi-Mann gemeint hatte. Gewiss war es nicht so, dass es keine Stellen gab, jedermann wusste, dass eher zu viele Leute eingestellt wurden als zu wenige. Manche Stellen wurden sogar doppelt vergeben. Doch die guten erhielten nur zuverlässige Leute – Leute, die kein Problem hatten, dem Staat mal einen kleinen Gefallen zu tun. Und leider war ich auf diese »guten Stellen« aus.

Ich war ratlos. Was sollte ich nun tun? Offiziell gab es keine Arbeitslosigkeit in der DDR, und doch hatte ich keine Arbeit. Und auch das Geld von Thomas hatte ich nicht mehr, das hatte ich längst auf dem Schwarzmarkt eingetauscht, um einigermaßen über die Runden zu kommen.

In meiner Verzweiflung schrieb ich ihm noch einmal. Höflich bat ich ihn um eine kleine Unterstützung für meine Tochter, immerhin wäre es seine Pflicht gewesen, Unterhalt zu zahlen.

Dann klingelte es eines Nachmittags bei uns. Ich öffnete, in der Annahme, dass es der Briefträger war. Doch der

Mann war mir völlig unbekannt. Ich fürchtete schon, dass ich ein weiteres Angebot der Stasi bekommen würde, doch der Mann war irgendein Funktionär, der mir, als ich ihn eingelassen hatte, einen ellenlangen Vortrag darüber hielt, dass es nicht in Ordnung, ja geradezu asozial sei, keine Arbeitsstelle vorweisen zu können. Er gab mir eine Liste von Betrieben, in denen ich arbeiten könnte.

Ich musste fast lachen, als ich sah, worum es sich handelte. Es waren Textilkombinate darunter, HO-Verkaufsstellen und eine landwirtschaftliche Produktionsgenossenschaft. Alle suchten Hilfskräfte – nur war ich ausgebildete Germanistin mit guten Noten, auch in Marxismus-Leninismus.

Als ich ihn darauf hinwies, bekam ich Vortrag Nummer zwei – dass nun mal nicht jeder in dem Beruf arbeiten könne, den er erlernt hatte, und dass es keine Schande sei, einen anderen Beitrag zum Sozialismus zu leisten.

Ich habe keine Ahnung, wie ich es geschafft habe, mich zu beherrschen, doch als er fort war, schleuderte ich vor Wut einen Kerzenleuchter gegen die Tür. Erst dein Weinen brachte mich wieder zur Besinnung, und ich eilte zu dir, um dich zu trösten.

Da ich eine Arbeit brauchte und dank der Stasi wohl nicht damit zu rechnen war, dass ich je in einem Verlag oder bei der Zeitung arbeiten würde, schluckte ich meinen Stolz hinunter und ging zur Berufsberatung. Dort sagte man mir, dass es Lehrstellen für Verkäuferinnen gab. Das war immerhin besser als die Stelle einer ungelernten Hilfskraft, und so bewarb ich mich. Der HO wollte mich nicht – aber der Konsum gab mir eine Chance. Und so stand ich ab sofort hinter dem Ladentisch, wog Gehacktes und Koteletts ab und vertröstete die Leute, wenn mal wieder zu wenige Bananen oder Kuba-Apfelsinen geliefert worden waren.

Von meinen Eltern brauchte ich keine Unterstützung zu erwarten. Als sie erfuhren, dass ich unehelich schwanger geworden war und den Vater nicht preisgeben wollte, kappten sie alle Brücken zu mir. Sie wollten nicht mal ihre Enkeltochter sehen. Einmal hat meine Mutter mich besucht, doch nur, um mir Vorhaltungen zu machen. Da habe ich sie gebeten zu gehen und sie nie wiedergesehen.

Aber ich hatte keine Zeit, mich im Selbstmitleid zu ergehen.

Nachts büffelte ich für die Berufsschule oder reagierte meinen Ärger darüber ab, wenn wir für irgendwelche Leute »Bückware« beiseitelegen sollten. Bei den Nutznießern dieser Gefallen handelte es sich um Stasi-Angehörige oder Leute, von denen die Verkaufsstellenleiterin einen persönlichen Nutzen hatte.

Doch ich hatte dich, und so beschloss ich, das alles zu schlucken und mir nicht noch einmal meine Zukunft »zu verbauen«. Ich bestand meine Abschlussprüfung als Beste des Jahrgangs und wurde in den Konsum übernommen. Das war ein Sieg über die düstere Prophezeiung und den Funktionär mit der Liste. Wenn auch nur ein kleiner.

Ich gebe zu, in manchen Momenten dachte ich daran, wieder zum MfS-Gebäude zu gehen und Bescheid zu geben, dass ich es mir überlegt hatte. Ich wusste nicht, ob ich überhaupt noch einen Wert für die Stasi hatte – bei der Messe hatte man mich nicht wieder angenommen.

Aber wahrscheinlich hätten sie schon einen Bereich für mich gefunden, in dem ich lange Ohren hätte machen können. Und dann hätte ich wahrscheinlich auch in einem Verlag arbeiten können.

Doch ein Blick in das wahre Gesicht dieses Landes hatte

genügt, um meine Meinung zu festigen. Mochte es auch durch die Fenster ziehen, mochte der Ofen nicht richtig heizen und das Klo notorisch verstopft sein – mein gesunder Menschenverstand hielt mich stets davon ab, wieder Kontakt zur Stasi aufzunehmen. Ich wollte einfach nur meine Ruhe, mein Kind großziehen und leben.

Eines Tages, als ich schon gar nicht mehr daran gedacht und geglaubt hatte, kam ein Brief von Thomas. Ich zögerte lange, ihn zu öffnen. Was würde er schreiben? Dass er nichts mehr mit mir zu tun haben wollte? Oder dass er mich heiraten wollte? Ich wusste nicht, was ich mehr fürchten sollte. Noch immer hatte ich das Gefühl, dass die Stasi ein Auge auf mich hatte. Möglicherweise hatten sie meinen Brief und auch seinen gelesen und amüsierten sich jetzt köstlich über meine Lage.

Ich hoffte, dass er zumindest ein paar verständnisvolle Worte gefunden hatte und mir seine Hilfe anbot – auch wenn diese, beinahe vier Jahre nach unserer Liebesnacht, etwas spät kommen würde.

Ich war schockiert, als ich erkannte, dass der Brief nicht von Thomas, sondern von seiner Ehefrau stammte.

Darin legte sie mir ans Herz, mich nicht noch einmal bei ihrem Mann zu melden und meinen »Bastard« gefälligst allein aufzuziehen, ihr Mann habe ja für die Liebesdienste bezahlt, und sie würde es nicht dulden, wenn eine »Russennutte« versuchte, sich auf diese Weise einen Vorteil zu verschaffen.

Ich sank erschüttert auf das Sofa, das ich mir von meinem ersten Verdienst als ausgebildete Verkäuferin gekauft hatte. Du hast neben mir mit Bauklötzen gespielt und bekamst nicht mit, wie deine Mutter vor Zorn brodelte.

Bastard, Russennutte – was zum Teufel hatte Thomas ihr

erzählt? Und wie kam sie dazu, mir nach so langer Zeit zu schreiben?

Wahrscheinlich gab es nur eine Erklärung dafür: Sie musste einen der beiden Briefe, die Thomas offenbar so lange versteckt gehalten hatte, gefunden haben. Dann hatte sie ihn zur Rede gestellt, und er hatte vielleicht eingeräumt, mit einer Prostituierten geschlafen zu haben, um seine Haut zu retten.

Dass er sich in der Zwischenzeit nicht selbst gemeldet hatte, sprach aber bereits Bände. Er hatte niemals vorgehabt, mich wiederzusehen oder mir zu helfen. Aus welchen Gründen auch immer er den Brief nicht vernichtet hatte, er war offenbar feige genug gewesen, alle Schuld auf mich zu schieben, als er zur Rede gestellt wurde, und mich dem Zorn seiner Frau, von der vorher nie die Rede gewesen war, auszusetzen.

Zunächst war ich noch versucht, der Dame die Leviten zu lesen – doch ich hielt es für besser, wenn ich keinen Kontakt aufnahm. Mein Leben, auch wenn es ganz anders war, als ich es mir erträumt hatte, verlief jetzt wieder in geordneten Bahnen. Die Nachbarn im Haus waren freundlich und halfen mir manchmal aus, wenn das Geld am Monatsende nicht mehr reichte. Besonders dich hatten sie ins Herz geschlossen. Sobald ich mit dir an der Hand irgendwo auftauchte, zückten alte Damen Zeichenblöcke und Schokolade, manchmal auch welche aus dem Westen, was mir wegen Thomas und seiner blöden Frau zwar weniger gefiel, aber ich nahm sie dennoch dankend an. Es gab also trotz baulicher Mängel meiner Wohnung und einem neuen, unbeantworteten Wohnungsantrag keinen Grund, das alles aufs Spiel zu setzen, indem ich dem Klassenfeind schrieb.

Wütend zerriss ich den Brief und warf die Schnipsel ins

Feuer. Nie mehr würde ich mich mit einem Mann einlassen, das schwor ich mir.

Zwei Jahre verbrachten wir so in relativer Ruhe. Ich arbeitete, schlug Avancen von Männern aus und konzentrierte mich voll auf dich. Du bist herangewachsen und hast begonnen zu malen. Alles, was ich dir erzählte, hast du irgendwie in ein Bild umgesetzt. Ich begann mich zu fragen, ob du deine Begeisterung fürs Zeichnen nicht vielleicht von deinem Vater geerbt hattest.

Vielleicht hätte ich nicht wieder an Thomas denken sollen, wer weiß. Eines Tages, als ich aus dem Konsum kam, mit ein paar Bananen im Einkaufsbeutel, die ich für uns hatte abzweigen können, stand ein Mann an der Straßenecke. Er wirkte fremdartig mit seinem langen Mantel – und er sah so aus, als würde er auf mich warten. Ein weiterer Stasi-Genosse? Wollten sie mich, nachdem sie mich eine Zeitlang in Ruhe gelassen hatten, erneut anwerben? Was würde passieren, wenn ich wieder nein sagte? Würden sie mich dann in den Knast stecken? Mir mein Kind wegnehmen? Oder mir Berufsverbot erteilen?

Ich senkte den Kopf und versuchte so zu tun, als würde ich ihn nicht sehen.

»Silvia.«

Ich erstarrte. Diese Stimme kannte ich. Obwohl ich sie schon so viele Jahre lang nicht gehört hatte, wusste ich plötzlich, wer er war. Und erst jetzt realisierte ich, dass wieder Messezeit war. Ich hatte mich nicht darum gekümmert. Hier und da hatte irgendwer eine Bemerkung darüber fallenlassen, aber im Großen und Ganzen hatte ich in meinem Konsum nicht viel davon mitbekommen.

Und nun stand Thomas vor mir.

Ich konnte es zunächst nicht glauben. War ich vielleicht hinter dem Tresen ohnmächtig geworden und träumte?

Ich funkelte ihn zornig an.

»Was willst du hier?«

»Dich sehen.«

»Und woher … woher weißt du …?« Ich brachte die Frage nicht zu Ende.

»Ich habe meine Beziehungen spielen lassen. Deine Freundin hat mir erzählt, dass du noch in der Stadt bist und dass sie dich hier gesehen hat.«

»Meine Freundin?«

Seit meinem Zusammenstoß mit der Stasi und meiner Schwangerschaft hatte ich keine Freundin mehr. Ich hatte ja nicht einmal mehr Eltern, die zu mir standen.

»Das Mädel, mit dem du zusammengewohnt hast.«

Ich wusste gar nicht, dass meine damalige Zimmergenossin sich noch an mich erinnerte. Oder arbeitete sie mittlerweile auch für »Horch und Guck«, wie wir die Stasi nannten? Arbeitete sie auf der Messe, und er hatte sie wiedererkannt?

»Ich möchte dir … erklären.«

»Was erklären?«, fauchte ich ihn an. Mein Erstaunen über sein Auftauchen wich dem Zorn. »Warum du dich sechs Jahre lang nicht gemeldet hast? Warum du deiner Frau erzählt hast, in Leipzig mit einer Russennutte geschlafen und diese gut bezahlt zu haben?«

Ich bemerkte, dass er blass wurde.

»Was … aber …«

»Deine Frau hat mir geschrieben, dass ich meinen Bastard gefälligst allein aufziehen soll. Gut, das habe ich getan. Und ich habe keine Veranlassung, weiter mit dir zu reden.«

»Aber Silvia …« Seine Hand griff nach meinem Arm. Ich riss mich los.

»Es gibt nichts, was ich mit dir zu reden hätte.«

Er presste die Lippen zusammen. Sein Gesichtsausdruck wurde hart. Ich war sicher, dass er wutentbrannt kehrtmachen und verschwinden würde. Doch er blieb stehen.

»Es tut mir leid«, sagte er dann. »Ich … ich wollte nicht, dass sie ihn findet. Aber sie hat es getan. Ich habe nicht gesagt, dass du eine Nutte bist, das hat sie sich selbst zusammengereimt. Ich wusste nicht, dass sie dir geschrieben hat.«

»Nun, das hat sie. Und weißt du, ich bin froh darüber! So habe ich mir wenigstens nicht noch mehr Ärger eingehandelt, als ich ohnehin schon hatte, nachdem wir uns getroffen haben.«

All der angestaute Zorn drückte in diesem Augenblick gegen meine Brust. Ich fürchtete, jeden Moment zu platzen, wenn ich ihn nicht rausließ. Aber ich schaffte es, mich zu beherrschen. Wenn ich auf der Straße rausposaunt hätte, was ich mit der Stasi erlebt hatte, wäre ich bestimmt gleich nach Bautzen geschafft worden.

»Komm mit mir«, sagte er daraufhin. »Komm mit mir in den Westen. Ich werde dafür sorgen, dass du und dein Kind ausreisen könnt. Ich kann dich nicht hierlassen.«

Diese Aussicht klang verlockend. Aber – er war immer noch verheiratet. Und einen Weg aus der DDR gab es nicht. Offenbar hatte er sich das nicht gründlich genug überlegt.

»Dir wird wohl nichts anderes übrigbleiben«, konterte ich, und auf einmal war es mir egal, wer das alles hörte. Meine Stimme wurde schrill und überschlug sich. »Hier gibt es keinen Weg raus! Auch du kriegst das nicht hin.«

»Silvia«, sagte er erneut, und seine Stimme klang so sanft, dass es mir schwerfiel, nicht schon wieder schwach zu werden. »Können wir nicht irgendwohin gehen und reden?«

Ich blickte auf meine Armbanduhr. Der Kindergarten schloss wenig später. Ich musste dich abholen. »Ich habe keine Zeit«, sagte ich. »Ich muss zu meiner Tochter.«

Auf einmal war ich schrecklich müde. Meine Füße schmerzten vom langen Stehen hinter dem Ladentisch, und ich hatte Hunger.

»Fahr nach Hause, Thomas«, sagte ich leise und spürte eine tiefe Enttäuschung in mir. Nicht ihm gegenüber, ich war vielmehr von mir selbst enttäuscht, dass ich nicht den Mut aufbrachte, ihm zu glauben. »Es war nett, dass du gekommen bist, aber du kannst mir nicht helfen. Ich wünsche dir alles Gute.«

Damit setzte ich mich auf mein Fahrrad und radelte, ohne mich noch einmal nach ihm umzudrehen, davon.

In den folgenden Tagen hoffte ich dennoch, dass Thomas auftauchen und noch einmal versuchen würde, mich davon zu überzeugen, dass er doch etwas für mich tun konnte. Ich verfolgte die Berichte von der Messe, ja, ich schaute mir sogar die »Aktuelle Kamera« auf meinem Schwarzweißfernseher an, in der Hoffnung, dass er irgendwo hinter Erich und den anderen Parteimumien auftauchen würde – und sei es nur für einen Moment. Doch ich sah ihn nicht.

Am letzten Messeabend hast du am Küchentisch gesessen und an einem Bild mit einer Windmühle gearbeitet. Hast du es noch? Ich weiß nicht, wie viel sie dir von deinem früheren Leben gelassen haben. Aber vielleicht besitzt du wenigstens noch die Erinnerung daran.

Dieses Bild wollte ich dir wegnehmen, aber du hast aus irgendeinem Grund damit ins Bett gehen wollen. Weil ich müde war und noch auf einen Bericht von der Messe hoffte, habe ich dich gewähren lassen.

Du warst schon längst im Reich der Träume, als es an meiner Tür klingelte.

Ich erstarrte. War das Thomas? Versuchte er es wirklich noch mal?

Wenn er es war, würde ich ihm diesmal nicht widerstehen können.

Mein Herz klopfte vor Aufregung, als ich zur Tür ging. Auch nach dreimaligem Läuten schien er sich nicht abwimmeln lassen zu wollen. Fehlte nur noch, dass er nach mir rief und damit sämtliche Bewohner des Hauses weckte.

Ich strich meine Haare und meinen Rock glatt, dann entriegelte ich die Kette und öffnete. Ich versuchte, eine vorwurfsvolle Miene aufzusetzen, auch wenn ich mich insgeheim freute.

Doch es war nicht Thomas.

Mein Gesicht fror ein. Ich kannte die Männer nicht, aber instinktiv wusste ich, wer sie waren, bevor einer von ihnen mit harter, eisiger Stimme sagte: »Ministerium für Staatssicherheit. Würden Sie uns bitte begleiten?«

Sie gaben mir keine Erklärung, und ich wusste auch, dass ich keine zu erwarten brauchte. Sie nahmen mich mit, und irrigerweise war ich der Meinung, dass sie mich schon laufenlassen würden – immerhin hatte ich doch nichts verbrochen!

Aus diesem Grund zwang ich mich zur Ruhe, denn ich wusste, dass alles nur noch schlimmer werden würde, wenn ich mich widersetzte. Wenn ich gewusst hätte, was folgen würde, hätte ich versucht, ihnen die Augen auszukratzen …

Sie brachten mich in das gleiche Gebäude, das ich einige Jahre zuvor betreten hatte, um angeworben zu werden. Sogar der Mann, der nach einer Weile erschien, war derselbe wie damals. Nur diesmal wirkte er nicht schmierig-freundlich.

Man haute mir alle möglichen Vorwürfe um die Ohren: Spionage, Verbrüderung mit dem Klassenfeind, Landesverrat.

Mir blieb die Luft weg, als sie mir die »Beweismittel« präsentierten.

Das waren die Briefe, meine beiden an Thomas und die Antwort seiner Frau. Ich hatte den Wortlaut nicht vergessen, aber die Handschrift wiederzusehen versetzte mir einen Schock.

»Sie wurden beobachtet, wie Sie sich vor drei Tagen mit diesem Mann wiedergetroffen haben und dass Sie dabei über die Ausreise aus der DDR gesprochen haben.«

Ich starrte ihn schockiert an. Woher wussten sie das?

Dann wurde mir klar, dass auch mein Umzug und der Wechsel in einen anderen Beruf mich nicht aus dem Fokus der Stasi gerückt hatte. Ich war naiv gewesen, zu glauben, dass man mich nicht weiter beobachten würde. Möglicherweise hatte man auch Thomas beobachtet. Das Auftauchen meiner ehemaligen »Freundin« erschien mir sehr verdächtig, und ich ärgerte mich, dass ich nicht schon vorher misstrauisch geworden war.

»Frau Thalheim«, schloss der Mann mit finsterer Miene. »Sie hätten vor einigen Jahren kooperieren sollen. Und vor allem hätten Sie sich gut überlegen sollen, ob Sie sich mit dem Klassenfeind einlassen. Nun kann ich nichts mehr für Sie und Ihre Tochter tun.«

In der Tat brach mir das Zusammentreffen mit Thomas das Genick. Obwohl er sicher nur Gutes gewollt hatte, hatte er mich endgültig ins Verderben gerissen. Das glaubte ich damals jedenfalls. Doch dann wurde mir klar, dass es nicht

Thomas' Schuld war – der Staat war es. Der Staat, der sich nicht damit abfinden wollte, dass eines seiner Kinder sich nicht zum Spitzel machen lassen wollte.

Die folgende Zeit war die Hölle. Ich wurde wieder und wieder befragt, in dunkle Zellen gesteckt, wachgehalten, und einmal nahm man mir sogar meine Kleider weg. Man demütigte mich, folterte mich mit eiskaltem Wasser, drohte mir. Sie hatten ein sehr gutes Druckmittel – dich.

Damals glaubte ich noch, dass ich dich irgendwann wiedersehen würde. Ich ahnte nicht, dass sie dich mir schon längst weggenommen und in eine andere Familie gesteckt hatten. Ich erfuhr es erst, als mich der Westen freikaufte. Und da war es bereits zu spät. Ich verschwand hinter dem Eisernen Vorhang und wusste nicht einmal, wie du heißt.

Doch ich will die wenige Zeit, die mir bleibt, nicht dazu nutzen, zu grollen. Lieber will ich an deinen Vater denken, der, obwohl er erfolglos blieb, doch gute Absichten hatte, und an dich, an das Glück, das mir wenigstens fast sieben Jahre lang vergönnt war, bevor ich in die Hölle geschickt wurde.

Eines sollst du wissen. Es hat mir damals das Herz herausgerissen, als man mich davon abhielt, dich zu wecken und mich von dir zu verabschieden.

Nachdem die Hölle vorüber war, habe ich versucht, dich zu finden, doch die Stasi war sehr gründlich. Mein Anwalt stieß überall gegen Mauern.

Als die eine, furchtbare Mauer fiel, hatte ich zunächst noch immer keine Chance, dich aufzuspüren. Dazu kam die Angst vor dem, was ich erfahren würde. Ich fürchtete, dass du dich nicht mehr an mich erinnern würdest.

Hoffnungslosigkeit machte sich in mir breit, und es dauerte lange, bis ich die Kraft hatte, meine Stasi-Akte einzusehen.

Ich versuchte, mir ein neues Leben aufzubauen, aber das gelang mir nur bedingt. Ich fand Arbeit in einem kleinen Verlag, doch meine Krankheiten hielten mich davon ab, viel zu erreichen. Und trotz allem fand ich Freunde, die mir auch jetzt noch zur Seite stehen. Du siehst, es gab auch heitere Momente, aber meine Haft und das Entreißen meines Kindes hatten einen Schatten auf meiner Seele hinterlassen, der mich bis heute nicht loslässt. Mich nie loslassen wird. All meine Beziehungen wurden davon überschattet und letztlich scheiterten sie wohl an dem Misstrauen, das ich gegenüber den Menschen aufgebaut hatte und bis heute nicht ablegen konnte.

Das Band ist jetzt fast zu Ende, also will ich die restliche Zeit dazu nutzen, dir zu sagen, dass ich dich über alles liebe und immer lieben werde.

Ich hoffe, du verzeihst mir und vergisst mich nicht.

Ich schaltete den Kassettenrekorder ab. Der Abend drückte mittlerweile finster gegen die Hotelfenster. Im Schein der vorbeifahrenden Autos glitzerten Regentropfen an der Scheibe. Eigentlich hätte es noch viel heller sein müssen, doch die Wolken verschluckten alles Licht.

Die Worte hallten in mir nach. Es war unvorstellbar, was meiner Mutter widerfahren war.

Meine Mutter hatte nichts getan, außer, sich in einen Westdeutschen zu verlieben.

Ich blieb noch eine Weile im Dunkeln sitzen. Das, was ich gehört hatte, vermischte sich mit Erinnerungen, Irrtümern, Gefühlen und Gehörtem.

Es war nicht nur ihre Geschichte, sondern auch meine.

Deshalb spulte ich die Kassette zurück und begann dann von vorn.

# 35

»In Kürze erreichen wir Binz, wo Sie Anschluss an einen Regionalexpress nach Sassnitz haben. Wir danken Ihnen für die Reise mit der Deutschen Bahn und wünschen Ihnen eine angenehme Weiterreise.«

Meine Nackenhaare sträubten sich ein wenig, als der Mann die Durchsage in stark akzentgefärbtem Englisch wiederholte. Aber nur wenige Augenblicke später war es vorüber. Der Zug verlangsamte und rollte schließlich in den Bahnhof ein.

Endlich wieder zu Hause. Obwohl ich nur zwei Tage fort gewesen war, erschien es mir, als sei ein ganzes Jahr vergangen.

Während der Fahrt hatte ich versucht, meine Gedanken zu ordnen. Am liebsten hätte ich mir die Geschichte noch einmal angehört, aber ich hatte keine Kopfhörer und wollte die anderen Reisenden nicht mit Worten beschallen, die nicht für sie bestimmt waren.

Was sollte ich jetzt tun? Weitermachen wie bisher? Oder meinen Adoptiveltern von meinem Besuch erzählen? Würden sie verletzt sein, dass ich zu meiner Mutter gereist war? Würde ich verletzt sein, wenn ich herausfand, dass sie alles gewusst und es mir wissentlich verschwiegen hatten?

Ich musste unbedingt mit Christian sprechen.

Auf dem Parkplatz fand ich meinen alten Volvo zwischen zwei blitzenden Neuwagen, die wohl erst seit ein paar Minuten hier standen. Das Dach meines Wagens war mit Lindenblättern und -blüten übersät. Ich legte meine Tasche auf den Rücksitz, stieg ein und genoss beim Anschnallen den vertrauten Geruch der Inneneinrichtung.

Ein seltenes Gefühl der Ruhe machte sich in mir breit. Ich hatte Gewissheit. Meine Mutter hatte mich nicht im Stich gelassen. Das war wertvoller als alles andere.

Ich startete den Motor und fuhr dann hinauf zu meinem Haus. Christians Maschine war immer noch da. Auch sie hatte sich ein wenig Lindenblütenschmuck zugelegt.

Das Haus wirkte ruhig. Ich betrachtete es einen Moment lang und erinnerte mich daran, dass ich an meinem ersten Tag hier gedacht hatte, an diesem Ort frei zu sein vom Ballast der vergangenen Jahre. Doch ich hatte mich geirrt. Ganz frei davon war man nie. Aber der Ballast wurde leichter, wenn es die Wahrheit war, die man bei sich trug.

Mit einem Lächeln auf den Lippen stieg ich aus, holte meine Tasche und ging zur Tür.

Christian würde ich die Geschichte vorspielen, denn er sollte wissen, wer ich war.

In dem Augenblick, als ich die Tür erreichte, steckte die Katze, deren Herkunft ich immer noch nicht kannte, den Kopf um die Ecke. Diesmal scheuchte ich sie nicht weg, sondern rief: »Miez, miez«, was aber aufs Gleiche hinauslief, denn sie suchte sofort das Weite. Komisches Tier. Vielleicht sollte ich ihm ein wenig Futter hinstellen. Leonie würde es freuen, und wenn ich der Katze habhaft wurde, konnte ich sie zum Tierarzt bringen und impfen lassen.

Bevor ich aufschließen konnte, öffnete Christian die Tür und trat nach draußen. Seine Miene war ernst.

Ich ließ meine Hand auf der Höhe des Türschlosses schweben und starrte ihn an.

War etwas passiert? Vielleicht mit Leonie?

Der Gedanke fuhr mir siedend heiß durch die Glieder.

»Was ist?«, fragte ich fast schon ängstlich.

Christians Lippen zuckten.

»Ist etwas mit Leonie?« Fast kreischte ich diese Worte.

Doch er schüttelte den Kopf.

»Das Hospiz hat angerufen«, sagte er dann. »Frau Thalheim … deine Mutter ist heute Morgen verstorben.«

Ich stand da wie vom Schlag gerührt. Das war nicht möglich! Das konnte nicht sein! Gerade hatte ich doch noch mit ihr geredet.

Sicher, sie hatte schwach gewirkt, aber ich war überzeugt gewesen, dass sie noch ein paar Wochen hätte …

Christian nahm mich in seine Arme. Ich ließ die Hand sinken, und der Schlüssel entglitt ihr.

»Es tut mir leid.«

Ich konnte nichts entgegnen. In meinem Kopf schwirrten noch immer die Worte, die ich auf der Kassette gehört hatte. Nach mehrmaligem Hören war mir aufgefallen, dass ihre Stimme zum Ende hin immer schwächer geworden war, dass sie immer wieder Pausen gemacht hatte. Ich hatte mich gefragt, wie lange sie für die Geschichte gebraucht hatte, denn sie hatte sie sicher nicht in einem Stück aufgenommen.

Komisch, dass mir gerade das jetzt durch den Sinn ging.

Irgendwie bugsierte mich Christian ins Wohnzimmer. Leonie stürmte auf mich zu, und ich reagierte mechanisch, obwohl ich noch immer wie gelähmt war.

Silvia war tot. Sie hatte nur noch so lange durchgehalten, bis sie mich gesehen hatte. Oder besser gesagt: Nur zwei Tage später, und ich hätte sie nicht mehr lebend angetroffen.

Dann hätte ich nur die Aufnahme gehabt und nicht mit ihr sprechen können.

»Mami, schau mal, Onkel Christian hat mir einen großen blauen Wal auf den Gips gemalt!«, rief Leonie begeistert. Ich schreckte aus meinen Gedanken und zwang mich zum Lächeln.

Meine Tochter – die ich Silvia nicht mehr vorstellen konnte – hielt mir ihren Arm vors Gesicht. Der Wal hatte ein freundliches Lächeln und blies eine Wasserfontäne in die Luft. Ringsherum schwappten die Wellen wie auf einem alten Seemannstattoo.

»Das ist wirklich sehr hübsch«, sagte ich und versuchte vergebens, die Tränen zurückzuhalten.

»Warum weinst du denn, Mami?«, fragte Leonie.

Ich zog sie fest an mich. »Weil ich so froh bin, dass ich wieder bei euch bin.«

Und das war nicht mal gelogen.

Ich wusste nicht mehr, wie lange wir nebeneinander auf dem Sofa saßen und einfach in die Abenddämmerung über meinem Garten schauten.

»Die Schwester sagte, sie hätte verfügt, dass ihre Asche in einem Friedwald verstreut werden solle«, sagte ich schließlich. Nach dem Abendbrot hatte ich im Hospiz angerufen, wo man mir die näheren Umstände erläuterte.

Danach hatte die Schwester in der Nacht noch einmal nach ihr gesehen, am Morgen dann war sie friedlich eingeschlafen.

»Sie hat auf Sie gewartet«, sagte sie zum Abschluss. »Es ist schön, dass Sie da waren.«

Ich fragte mich, ob sie den Leuten im Hospiz ihre Geschichte erzählt hatte.

»Willst du hinfahren?«, fragte Christian und streichelte meine Schulter.

»Ich weiß es nicht.«

»Und deine Eltern? Wirst du es ihnen erzählen?«

Ich hatte mir während der Fahrt viele Gedanken über meine Adoptiveltern gemacht. Sollte ich es ihnen sagen? Sollte ich ihnen Fragen stellen? Eine Entscheidung zu treffen war in dem Fall furchtbar schwierig. Aber jetzt, während ich schweigend dagesessen hatte, hatte sich etwas herauskristallisiert.

Es war mir schon immer um Ehrlichkeit, um Vertrauen gegangen. Ich hatte immer erwartet, dass man mir die Wahrheit sagte. Das war oft nicht der Fall gewesen. Doch in einem Punkt brauchte ich jetzt Gewissheit. Ich würde sie anrufen. Gleich am nächsten Tag. Ich würde vorsichtig beginnen, ihre Reaktion beachten und dann die Fragen stellen, die ich beantwortet haben wollte. Und ich wusste, dass ich ihnen verzeihen würde, wenn sie mir irgendwas verschwiegen hatten. Sie waren meine Familie – auch wenn die Stasi uns zu dem gemacht hatte, was wir waren.

Schließlich erhob ich mich und ging in Leonies Zimmer. Sie lag schlafend in ihrem Bett, ohne von dem zu wissen, was ich wusste. Das war gut so, und doch machte es mich traurig.

Es war schade, dass sie ihre leibliche Großmutter niemals kennenlernen würde, aber vielleicht war das auch nicht nötig. Ihre Großeltern lebten in Hamburg, und egal, wie sie damals zum System gestanden hatten, sie waren anständige Menschen.

Froh war ich allerdings, dass ich meine Mutter noch einmal gesehen hatte. Und dass ich ihr ein wenig Seelenfrieden geben konnte.

Nachdem ich eine Weile am Türrahmen verharrt hatte, kehrte ich zu Christian zurück.

Das Leben wartete auf mich.

Am nächsten Morgen ging ich hinunter zum Strand. Ich hatte wieder ein paar Rosen abgepflückt und tauschte den Strauß auf dem Stein aus. Spaziergänger beobachteten mich dabei. Wahrscheinlich fragten sie sich dasselbe wie ich mich noch vor einigen Wochen.

Bei meiner Rückkehr schliefen Leonie und Christian noch. Ich blickte auf die Uhr. Meine Eltern würden bereits wach sein. Ich nahm das Telefon mit ins Büro, wo ich ungestört war.

Ich setzte mich vors Fenster und ließ es klingeln. Die Wolken zogen über das Wasser, und ein Segelschiff schipperte vorbei.

»Hansen«, meldete sich meine Mutter. Mein Vater war um diese Zeit auf dem Weg zur Arbeit, und es war besser, dass ich mein Anliegen erst einmal mit ihr besprach. Meinem Vater konnte man viel leichter das Herz brechen als meiner starken Mutter.

»Hallo, Mama?«, fragte ich in den Hörer und spürte dabei den Zwiespalt in mir.

Auch Silvia war meine Mama gewesen.

»Was gibt es denn, Schatz?«, fragte meine Mutter so unbekümmert, dass es mir schwerfiel, zu beginnen. »Ist mit Leonie alles in Ordnung?«

»Ja, es geht ihr bestens. Ich …« Ich stockte. Noch konnte ich auf Small Talk ausweichen. Aber das wollte ich nicht.

»Ich habe vor ein paar Tagen Post bekommen.«

»Von wem?«

»Von Silvia Thalheim. Meiner leiblichen Mutter.«

Schweigen. Meiner Mutter hatte es die Sprache verschlagen. Aber was hatte ich auch erwartet?

»Woher hatte sie deine Adresse?«, fragte meine Mutter, als sie sich vom ersten Schreck ein wenig erholt hatte.

»Das weiß ich nicht. Sie hatte ihre Stasi-Akte eingesehen und herausgefunden, dass ihr mich adoptiert habt. Sie hatte den Brief ursprünglich nach Bremen geschickt, von dort hat man ihn mir nachgesandt.«

Meine Mutter seufzte lange und tief. Offenbar war das nicht das, was sie von dem Gespräch erwartet hatte.

»Bitte erzähl mir, was du von damals weißt. Ich weiß, ich habe, seit ich erwachsen bin, nie mehr danach gefragt, aber … Ich muss wissen, was ihr wisst. Sonst werde ich mich ewig fragen …«

»Ob wir eine Mitschuld tragen.« Meine Mutter klang verletzt. Das hatte ich nicht gewollt. »Die Sache ist die … Wir hatten damals schon lange einen Adoptionsantrag gestellt. Ich hatte schnell herausgefunden, dass ich keine Kinder bekommen konnte, aber wir hatten uns immer schon ein Kind gewünscht, also haben wir es auf diesem Wege versucht. Damals war dein Vater in der Partei aktiv, er galt als zuverlässiger Genosse.«

»Hatte die Stasi bei ihm angeklingelt?«, rutschte es mir raus. Als Schichtleiter in der Werft war er für die sicher von Interesse gewesen.

»Nein, nicht dass ich wüsste. Wir haben versucht, uns aus solchen Dingen rauszuhalten. Aber dennoch, irgendwer schien ihn gemocht zu haben. Wir bekamen den Bescheid, dass wir ein Kind adoptieren könnten. Man sagte uns auch, dass es die Tochter einer Republikflüchtigen sei und man uns die verantwortungsvolle Aufgabe erteile, sie zu einer sozialistischen Persönlichkeit zu erziehen. Wie gesagt, dein

Vater war unbescholten und ich als Mitarbeiterin des Rats des Kreises ebenfalls als zuverlässig angesehen. Wir füllten einen Haufen Formulare aus und wurden von einem Funktionär ins Gebet genommen. Keine Ahnung, ob er bei der Stasi war oder nicht, keiner hatte uns einen Ausweis gezeigt. Man erlegte uns auf, mit dir nicht über deine leibliche Mutter zu sprechen, bis du erwachsen warst. Und man trug uns auch auf, dich von schädlichen Einflüssen fernzuhalten. Darin willigten wir gern ein, auch wenn wir wussten, dass wir die Meinung des Staates nicht in allen Punkten teilten. Irgendwann durften wir dich abholen. Und ich muss sagen, dass ich mich sofort in dich verliebt habe. Du warst so hübsch mit deinem roten Haar und deinen Sommersprossen. Du hast damals ein bisschen gesächselt, schade, dass sich das mit der Zeit verloren hat.«

»Und dann wurde ich zu einem Satansbraten«, gab ich zurück und gluckste, beinahe ein bisschen erleichtert, wenngleich da immer noch Zweifel waren.

»Du hattest gute Erinnerungen an deine Mutter, und wie solltest du da reagieren? Du warst zu einer Familie gekommen, in die du nicht wolltest, verständlicherweise wolltest du zu deiner leiblichen Mutter zurück. Und so hast du rebelliert.«

Ich war im Nachhinein verwundert über den Gleichmut, mit dem meine Eltern mein Verhalten ertragen hatten. Wenn ich es zu arg trieb, schimpften sie, doch andere Strafen bekam ich nicht. Während andere Hausarrest erhielten, wurde ich nie eingesperrt. Irgendwann hatte dann bei mir der Verstand eingesetzt, und ich merkte, dass diese Menschen mir nichts Böses wollten.

Und ebenso wenig hatten sie mich von meiner leiblichen Mutter weggerissen.

»Habt ihr euch jemals gefragt, ob ihr überwacht wurdet?«,

fragte ich, denn eine Überwachung erschien mir logisch, wenn man das Kind einer vermeintlichen Republikflüchtigen adoptiert.

»Natürlich. Wir wurden überwacht, dessen waren wir uns bewusst. Aber wir glaubten auch, auf ganzer Linie das Richtige zu tun.«

»Ihr habt mich Westfernsehen schauen lassen.«

»Das war in unseren Augen nichts Falsches. Und du solltest mithalten können mit den anderen Kindern in der Schule. Die Funktionäre, die darauf geachtet haben, junge Leute nicht mit westlichen Medien in Kontakt zu bringen, waren in unseren Augen kurzsichtig, denn zu einer umfassenden Bildung gehört es auch, jede Seite zu kennen. Aber natürlich mussten wir damit vorsichtig sein.«

Ich dachte daran zurück, wie meine Eltern gewesen waren, als ich noch jünger war. Ja, sie hatten an die Sache geglaubt. Vielleicht glaubten sie auch jetzt noch daran, dass so etwas wie Sozialismus funktionieren könnte. Aber es stimmte, sie hatten mich nie vor irgendwas abgeschottet – außer vor einigen Punkten meiner eigenen Geschichte. Weil man sie dazu gezwungen hatte.

»Annabel …?«, fragte meine Mutter jetzt unsicher. »Darf ich dich fragen, was sie geschrieben hat? Deine Mutter …«

Sie war offen zu mir gewesen, also musste ich auch offen zu ihr sein.

»Sie schrieb, dass sie nicht geflohen sei. Dass man sie verhaftet hatte, weil sie Probleme mit der Stasi hatte. Man hätte ihr die Unterschrift unter die Freigabe zur Adoption abgezwungen.«

»O Gott!«, stieß meine Mutter aus. Ich kannte sie gut genug, um zu wissen, dass sie ehrlich entsetzt war. »Davon wussten wir nichts. Glaubst du, dass es die Wahrheit ist?«

»Ich könnte es in den Stasi-Akten überprüfen. Einen entsprechenden Antrag habe ich bereits gestellt. Es kann aber noch eine Weile dauern, bis ich Einsicht erhalte.«

Spätestens jetzt müsste sie Muffensausen bekommen, denn wenn sie beteiligt gewesen wären, würde ihr Name ebenfalls in den Akten auftauchen, dachte ich. Gespannt wartete ich auf ihre Reaktion. Das Herz klopfte mir bis zum Hals, und mein Magen ziepte noch schlimmer als ohnehin schon.

»Das könntest du. Und das solltest du. Weißt du, wir haben lange überlegt, ob wir das auch tun sollten, uns aber dagegen entschieden. Was bringt es, zu wissen, dass dich der Nachbar bespitzelt hat? Dass Berichte über dich angefertigt wurden? In unserem Fall mussten den IMs vor Langeweile die Füße eingeschlafen sein.«

Nach diesen Worten schwiegen wir eine Weile. Während ich dem Atem meiner Mutter lauschte und sie meinem, wurde mir klar, wie perfide die Stasi gehandelt hatte. Sie hatte mich nicht etwa zu einem Stasi-Paar gebracht, sondern zu vermeintlich treuen Genossen, damit ich auf ewig in der Versenkung verschwand. So konnten sie meine Mutter am besten für ihre Weigerung, sich mit ihnen einzulassen, bestrafen.

»Mama?«, fragte ich in die Stille hinein.

»Ja, mein Schatz?«

»Ich danke dir. Dass du mit mir darüber geredet hast.«

Meine Mutter seufzte. »Nein, ich danke dir. Du ahnst gar nicht, welcher Druck von meiner Seele fällt. Ich hatte nie den Mut, mit dir darüber zu sprechen, ebenso wenig wie dein Vater. Ich habe irgendwie immer darauf gewartet, dass du fragst, aber da du es nie getan hast, dachte ich, dass du es vergessen hättest.«

Offenbar hatten die Stasi-Leute auch gedacht, dass ich vergessen würde. Aber das wird niemals der Fall sein. Und genauso wenig würde ich vergessen, was meine Adoptiveltern für mich getan haben.

»Ich habe all die Fragen wie einen Stein mit mir herumgetragen, aber jetzt kann ich nach vorn schauen.«

»Dann geht es uns jetzt wohl beiden besser, wie?«

Ich bemerkte, dass ich lächelte.

»Ja, das tut es. Besonders deswegen, weil Silvia ... weil Mama ... Sie ist gestern gestorben, weißt du. Kurz nachdem ich bei ihr war.«

Ich hätte ihr nun auch von der Kassette erzählen können, aber das wollte ich mir für später aufbewahren.

»Das tut mir leid«, entgegnete sie ehrlich und schwieg eine Weile. Meine Mutter hatte jetzt einiges zu verdauen.

Also fragte ich sie nur: »Könntest du in der kommenden Woche vielleicht auf Leonie aufpassen? Da ist die Versteigerung des Motors, und ich muss noch etwas erledigen.«

»Natürlich, mein Liebes, ich würde mich sehr freuen.« Meine Mutter klang erleichtert, dass ich wieder zur Normalität überging. Und ich war es auch.

# 36

Seit dem Besuch bei meiner Mutter überkam mich angesichts von Krankenhäusern ein mulmiges Gefühl. Auch jetzt war es wieder da. Ich sah ihre ausgemergelte Gestalt in dem Bett und hatte den Geruch von Desinfektionsmittel in der Nase, obwohl man sich im Hospiz alle Mühe gegeben hatte, dass es nicht so auffiel.

Aber dieser Besuch war genauso unabdingbar, wie die Reise zu ihr es gewesen war. Es gab noch eine Sache, die ich unbedingt klären musste. Auch wenn das erforderte, meinen Stolz runterzuschlucken und mich auf etwas einzulassen, was mich extrem verunsicherte.

Leonie war bei ihren Großeltern, die sich mächtig darüber gefreut hatten, meine kleine Prinzessin zu beherbergen. Stolz hatte sie ihnen ihren verzierten Gips gezeigt, und ich wusste, ich konnte es ihnen überlassen, auf sie aufzupassen, während ich die letzte Unklarheit in meinem Leben auflöste.

Vertrauen in Jan hatte ich eigentlich noch immer nicht, trotz seiner Anteilnahme an Leonies gebrochenem Arm und der Puppe, die er ihr wirklich geschickt hatte. Aber vielleicht würde mich ein Gespräch mit ihm weiterbringen.

Ja, ich war zu ihm gefahren, anstatt Christian zu der Auktion zu begleiten.

Ich atmete tief durch und trat dann durch die Tür der Paracelsus-Klinik in Bremen. In meiner Hand hielt ich einen

Blumenstrauß. Nachdem ich von seiner Sekretärin erfahren hatte, dass er bereits operiert worden war und jetzt nur noch seine Chemotherapie absolvieren musste, hatte ich beschlossen, ihn zu besuchen. Ohne Leonie. Sie hätte durchaus mitkommen können, ihr Bruch verheilte gut. Aber ich wollte mit Jan allein sein. Ich wollte, dass er sich nur auf mich konzentrierte. Denn ohne dass er mit mir sprach, ohne dass ich ihm gegenüber vollkommen ehrlich sein durfte, würde das mit dem geteilten Sorgerecht nicht gehen.

Am Anmeldetresen erwartete mich eine junge Frau mit geblümter Bluse und freundlichem Lächeln.

»Ich möchte bitte zu Herrn Wegner«, sagte ich.

Die Empfangsdame gab mir Auskunft, und wenig später fuhr ich mit dem Fahrstuhl auf die Innere Station. Dort fand ich das Zimmer schneller, als mir eigentlich lieb war. Doch bevor ich es mir überlegen konnte, öffnete sich die Tür, und eine Schwester kam mit einem Tablett voller Medikamente heraus.

»Zu wem möchten Sie?«, fragte sie geschäftig.

»Zu Herrn Wegner«, antwortete ich, denn es wäre albern gewesen, etwas anderes zu behaupten. Und letztlich war ich ja aus eigenem Antrieb hier.

»Oh, da wird er sich freuen!« Sie wandte sich um und rief fröhlich: »Herr Wegner, Besuch für Sie!«

Jan saß in einem blauen Hausanzug auf seinem Bett. Er war blass und hatte etwas abgenommen. Kein Wunder nach allem, was er durchgemacht hatte und noch durchmachen musste. In seiner Hand steckte, mit Pflastern befestigt, ein Zugang. An dem Bettgalgen über ihm hing ein Beutel mit einer klaren Flüssigkeit.

Als er mich sah, weiteten sich seine Augen erstaunt. Er hätte wohl mit allem gerechnet, aber nicht mit mir.

»Annabel?«

Ich schloss die Tür hinter mir, aber irgendwie konnte ich noch nicht näher kommen.

»Ja, ich bin's«, entgegnete ich.

»Du besuchst mich?«

»Ich möchte mit dir reden.«

Jetzt trat ich doch ans Bett und streckte ihm die Blumen hin. »Hier, für dich. Gute Besserung.«

»Danke.« Seine Stimme klang fast ein wenig verlegen.

Dann folgte ein langes Schweigen. Ich wusste nicht so recht, wie ich beginnen sollte. Mit einem Kranken fing man eigentlich keinen Streit an – aber würde es uns gelingen, zivilisiert zu bleiben, wenn es um Leonie ging? Um das, was Jan wollte und was er bisher nicht getan hatte?

»Hol dir doch einen Stuhl und setz dich«, sagte Jan, nachdem er mich eine Weile betrachtet hatte.

Ich zog mir einen der Stühle vom Fenster ans Fußende des Bettes.

»Wie geht es dir?«, fragte ich.

»Na ja, wie man's nimmt. Die OP ist gut verlaufen, aber es stehen noch Nachbehandlungen an. Wahrscheinlich kann ich mich fürs Erste von meinen Haaren verabschieden.«

In früheren Zeiten hätte ich vielleicht scherzhaft bemerkt, dass er dann wie Vin Diesel aussehen würde. Doch ich spürte, dass das nicht der Moment für solche Scherze war.

»Aber die Prognose sieht gut aus«, fuhr er fort. »Wenn ich das hier überstanden habe, bestehen gute Chancen, dass ich steinalt werde.«

»Das freut mich«, entgegnete ich, worauf wir verstummten. Ich spürte Jans Anspannung und konnte von mir nicht behaupten, dass ich locker war. Alte Narben wurde man eben nicht ganz los.

»Du willst das Sorgerecht nicht mit mir teilen, nicht wahr?«, sagte er und blickte enttäuscht auf die Bettdecke. »Na ja, das kann ich dir nicht verübeln nach der Sache mit deinem neuen Freund.«

»Ich bin eigentlich hier, um mit dir darüber zu sprechen, wie du es mit dem geteilten Sorgerecht handhaben willst«, entgegnete ich.

Jan starrte mich ungläubig an. »Du willst wirklich …«

»Ja, aber ich möchte wissen, wie du das alles managen willst. Leonie sollte es trotz unserer Trennung so stabil wie möglich haben.«

»Das ist mir auch sehr wichtig«, gab Jan zurück. »Auch wenn ich vor einem Jahr noch zu blöd war, das zu erkennen.«

Konnte ich ihm trauen? Ich musste es zumindest versuchen, wenn ich ihm eine Chance geben wollte.

»Du wirst dein Leben umstellen müssen. Ich möchte nicht, dass Leonie lange aus ihrem gewohnten Umfeld gerissen wird. Sie hat sich an das Haus in Binz gewöhnt, und es wäre für sie nicht gut, wenn sie zwischen Binz und Bremen hin und her pendeln würde.«

»Und für dich käme ein Umzug nicht in Frage, nicht wahr?«

Ich schüttelte den Kopf. »Ich bin jetzt in Binz zu Hause und außerdem sehr glücklich mit Christian. Meine neue Beziehung tut auch Leonie gut.«

»Dann könntest du mich leicht durch ihn ersetzen.«

»Es geht nicht ums Ersetzen, Jan. Es geht darum, dass er da ist. Dass er sich auch um mich kümmert. Du wirst immer Leonies Vater bleiben, aber um Vater zu sein, musst du mehr tun als Geld überweisen, eine Puppe schicken und anrufen. Du musst beweisen, dass du dich wirklich um sie kümmern willst.«

Er überlegte eine Weile, dann verlagerte er sein Gewicht etwas zur Seite. Dabei verzog er das Gesicht.

»Was die Sache mit dem Umherfahren angeht: In den vergangenen Tagen hatte ich viel Zeit zum Nachdenken. Als ich in Binz war, bin ich an einem Haus vorbeigekommen, das zum Verkauf stand. Es hat zwei Stockwerke und liegt ziemlich zentral. Ich habe mit dem Gedanken gespielt, es zu kaufen.«

»Du willst nach Binz ziehen?« Das konnte ich mir nicht vorstellen. Jan brauchte den Glanz der großen Stadt, nicht mal Bremen war ihm zuletzt groß genug gewesen. Hamburg war das mindeste, wenn nicht Paris oder New York. Und jetzt wollte er in diesem hübschen kleinen Badeort wohnen?

Mir fiel auch wieder ein, was Christian damals am Tisch gesagt hatte. Dass Jan vielleicht zu mir zurückwollte. Aber das würde nicht passieren.

»Nein, ich werde nicht nach Binz ziehen, jedenfalls nicht fest. Aber vielleicht möchtest du mit deinem neuen Freund mal Urlaub machen. Oder am Wochenende freihaben. Oder du bist geschäftlich unterwegs. Dann könnte ich dort sein, und Leonie wäre nur ein kleines Stück von ihrem Zuhause entfernt.«

»Das würdest du tun? Deine freie Zeit für uns opfern?«

»Ich habe gute Leute in meiner Firma und kann auch prima von zu Hause arbeiten.«

»Und deine Freundin?«

»Die muss es verkraften, dass ich ein anderer geworden bin. Sonst taugt sie nichts als Frau an meiner Seite.«

Ich sah ihn prüfend an. Hatte die Krankheit wirklich einen anderen Menschen aus ihm gemacht? Ich wagte, das zu bezweifeln, aber manchmal erlebte man auch positive Überraschungen.

»Also gut«, sagte ich. »Wenn du bei deinem Plan bleibst, dann machen wir es so. Wir brauchen dazu kein Gericht, das uns das bestätigt. Du kannst deine Tochter sehen, wann immer du möchtest. Und wenn du wirklich das Haus kaufen und dich um sie kümmern willst, ist mir das recht.«

Er griff nach meiner Hand. Ich suchte in seinem Blick etwas, was die kleinen, noch immer schwelenden Zweifel bestätigte. Aber ich fand nichts.

Eine Stunde später verließ ich die Klinik wieder. Regenwolken waren aufgezogen. War das ein gutes oder schlechtes Zeichen? Gerade, als ich zum Parkplatz gehen wollte, summte mein Handy. Ich dachte an Christian in Dänemark. War die Auktion schon vorüber? Ich blickte auf die Uhr. Dreiviertel fünf. Eine genaue Uhrzeit war nicht angegeben gewesen, aber möglich war es schon, dass mittlerweile eine Entscheidung gefallen war.

Ich zog das Handy hervor und meldete mich.

»Wir haben ihn!«, tönte es begeistert aus dem Hörer. »Wir haben den Motor!«

Ich atmete auf und lächelte breit. »Gut gemacht! Dann sieh zu, dass du so schnell wie möglich wieder nach Hause kommst. Wir haben etwas zu feiern.«

Ich legte auf und ging zu meinem Wagen. Wenn ich in Hamburg war, würde ich erst einmal mit meinen Eltern und Leonie auf die »Sturmrose« anstoßen.

# Epilog

## *Drei Monate später*

Vor Aufregung schlug mir das Herz bis zum Hals. Ich blickte aufs Meer, über dem sich ein wunderschöner Oktobermorgen erhob, und wusste, dass sie unterwegs war. In ein paar Stunden würde die »Sturmrose« in Sassnitz ankommen und dort ihren neuen Heimathafen finden.

Die vergangenen Monate waren nicht immer einfach gewesen. Die Kosten hatten stark geschwankt, mal schienen sie sich zu erhöhen, dann, durch irgendeine günstige Fügung, sanken sie wieder ein wenig.

Der neue Motor war jedenfalls sein Geld wert. Mein Vater war der Meinung gewesen, dass wir zu viel bezahlt hatten, doch wir hatten ihn, und so hatte das Schiff wieder ein starkes Herz.

In den vergangenen Wochen hatte ich sehr viel Werberummel um das Schiff gemacht. Der Hafenmeister hatte mir gestattet, eine kleine Feier auszurichten für etwa hundert geladene Personen und Besucher, die sich einfach nur für das Schiff interessierten.

Die Auswahl der Gäste hatte ich sehr sorgfältig getroffen. Es waren Politiker darunter, Personen des öffentlichen Lebens und Geschäftsführer von Hotels, die ich dafür gewinnen wollte, Fahrten auf der »Sturmrose« in ihren Hotels anzubieten und zu bewerben. Einige Vereinbarungen hatte ich diesbezüglich bereits getroffen, sogar einige Hamburger Geschäftsleute waren darunter, was mein Vater eingefädelt hatte.

Joachim Hartmann einzuladen war mir schwergefallen. Sicher, mit seinem Hotel war er eine gute Werbemöglichkeit – aber ich hatte noch immer nicht vergessen, dass Männer wie er am Leid von Silvia Thalheim schuld waren. Aus diesem Grund war ich nicht beim Sommerfest erschienen – offiziell natürlich wegen Leonies Armbruch.

Der entscheidende Anstoß war von Christian gekommen.

»Lad ihn ruhig ein, er hat viele Kontakte und könnte dir nützlich sein. Es geht hier nicht um persönliche Gefühle, es geht um unser Schiff und unser Geschäft. Er kann an der ›Sturmrose‹ wiedergutmachen, was er weniger Gutes getan hat.«

Der Gedanke, dass ein ehemaliger IM ein Schiff unterstützte, dessen Passagiere etwas über die Flüchtlinge aus der DDR erfuhren, reizte mich sehr.

»Dann willst du ihm doch Gelegenheit geben, seinen Fehler zu sühnen?«, fragte ich, während ich die Einladungskarte in der Hand drehte.

»Er wird den Tod meiner Mutter nie wiedergutmachen können, aber ich glaube, es hätte meine Eltern, besonders meinen Vater, gefreut, wenn er uns hilft. Hast du ihm eigentlich schon erzählt, dass das Schiff Flüchtlinge in den Westen transportiert hat?«

»Nein, bisher nicht, deshalb bin ich auch gespannt, was für ein Gesicht er ziehen wird, wenn er es erfährt.«

»Dann hast du einen Grund mehr, ihn einzuladen.«

Dagegen hatte ich nichts einwenden können, und so schickte ich auch ihm eine Einladung, die er umgehend bestätigte. Wahrscheinlich, weil er sich der Öffentlichkeit zeigen wollte. Aber das war mir nur recht.

Ich schob die Gedanken beiseite und kehrte ins Haus zurück. Dabei fiel mir Silvia wieder ein.

Ich dachte oft an meine Mutter.

Einen Monat nach meinem Besuch bei ihr war ich im Büro der Leipziger Jugendhilfe erschienen, um mir meine Heimakte vorlesen zu lassen. Es war natürlich wieder ein ziemlicher Aufwand gewesen, alles zu managen, doch dank Christian und meiner Mutter war es mir möglich gewesen, mich auf den Weg zu machen.

Die Beamtin war sehr freundlich und führte mich in ein helles Büro, in dem sie begann, die Akte zu verlesen. Es waren meist trockene Abhandlungen, doch darin fand sich auch der Vermerk, dass meine Mutter verhaftet worden war – angeblich, weil sie vorgehabt hatte, Republikflucht zu begehen. Über ihre Gefängnisaufenthalte fand sich nichts, aber die nette Beamtin las mir Berichte darüber vor, wie schwer ich mich in die Gruppe einfand und dass ich dennoch gute Fortschritte machte.

Dann kam die Adoption durch die Hansens. Die Verzichtserklärung, zu der man meine Mutter nach ihrer Aussage gezwungen hatte, brachte mich zum Weinen.

»Wollen Sie ein anderes Mal wiederkommen?«, fragte mich die Beamtin, aber ich lehnte ab. Nachdem ich mich wieder ein wenig gefangen hatte, ließ ich sie fortfahren. Doch es folgten nur noch Berichte über mich und meine Entwicklung. Mit ihrer Unterschrift unter die Adoptionspapiere war meine Mutter aus meinem Leben verschwunden. Alles, was ich sonst noch über sie wissen wollte, würde in den Stasi-Akten stehen, doch bis ich diese einsehen durfte, würde noch einige Zeit vergehen.

Wieder packte mich Reue, Reue, auch nach der Wende noch immer das geglaubt zu haben, was man mir erzählt hatte. Reue, nicht früher über meinen Schatten gesprungen zu sein und nach ihr gesucht zu haben. Und es tat mir auch sehr leid, dass ich wahrscheinlich nie erfahren würde, wer mein Vater wirklich war. Was würde er wohl sagen, wenn er mich sähe? Lebte er noch? Wahrscheinlich würde ich es nie erfahren.

Ich hätte ihr böse sein können, weil sie mich angeschwindelt hatte – aber Groll brachte nichts mehr.

Lieber dachte ich daran, wie sie mich umarmt und mir mit letzter Kraft zugelächelt hatte. Besser spät als nie, hallte ihre Stimme in mir nach. Immerhin hatte ich sie gefunden, das bedeutete mir viel.

Im August fuhr ich zu dem Friedwald, in dem ihre Asche lag. Sie war nicht von mir verstreut worden. Silvia hatte genaue Anweisungen dafür hinterlegt. Drei enge Freunde hatten die Zeremonie vorgenommen. Es hatte ein Testament gegeben, doch nachdem sie ihre Diagnose erfahren und sie akzeptiert hatte, hatte sie alles, was sie besaß, verschenkt. Ich bewahrte den Kassettenrekorder auf, und manchmal, wenn ich allein war und ihre Stimme hören wollte, spielte ich die Kassette ab.

Im Haus erwartete mich Leonie, die bereits in ihr neues Kleid geschlüpft war. Im August war sie sechs Jahre alt geworden und damit in die Gruppe der Vorschulkinder der Kita gesprungen. In einem Jahr würde sie bereits in die Schule kommen – die Zeit raste wirklich.

Jan hatte inzwischen Ernst gemacht mit seinen Versprechen und ließ sich jedes zweite Wochenende blicken. Noch hatte es mit dem Kauf des Hauses nicht geklappt, aber er mietete sich im Hotel ein und verbrachte sehr viel Zeit mit Leonie. Auch unser Verhältnis zueinander besserte sich allmählich wieder. Die Zeit im Krankenhaus hatte meinen Exmann doch ein wenig verändert.

Zur Jungfernfahrt der »Sturmrose« konnte er allerdings nicht kommen, er hatte einen Geschäftstermin. Ich sah es ihm nach, denn er hatte Christian und mir einen riesigen Blumenstrauß geschickt.

»Mama, wann kommt denn unser Schiff?«, fragte Leonie aufgeregt. Ihr Armbruch war mittlerweile nur noch Erinnerung, doch er hatte sie dazu gebracht, nicht wieder aus dem Kindergarten fortzulaufen.

»Es soll um zwölf Uhr in Sassnitz einlaufen«, entgegnete ich.

Leonie kicherte. Als ich das Wort »einlaufen« zum ersten Mal benutzt hatte, hatte sie nachgefragt, ob das Schiff kleiner würde wie ein Pullover, den man zu heiß gewaschen hatte. Ich hatte ihr erklärt, dass damit die Einfahrt eines Schiffes in einen Hafen gemeint war, aber dennoch kicherte sie immer wieder, wenn der Begriff fiel.

»Du musst dir aber auch noch ein Kleid anziehen«, sagte sie dann zu mir. »Onkel Christian ist doch sicher auch auf dem Schiff, oder?«

»Ja, er ist da. Und er kommt mit Opa und Kapitän Palatin und der neuen Mannschaft der ›Sturmrose‹.« Überraschenderweise hatten wir recht schnell Leute gefunden, die bereit waren, für uns zu arbeiten, obwohl wir ihnen nicht viel Lohn zahlen konnten.

Mein Vater hatte es sich natürlich nicht nehmen lassen, bei der ersten Fahrt der »Sturmrose« dabei zu sein. Christian war ebenfalls Feuer und Flamme gewesen, und da war mir die Idee gekommen, auch Georg Palatin und seine Frau die Jungfernfahrt mitmachen zu lassen.

Ich wäre liebend gern mitgefahren, aber ich hatte viele

Dinge zu organisieren gehabt. Ich würde eine andere Fahrt erleben, bei der es durch den Hafen von Sassnitz ging und ein Stück weit aufs Meer.

Ich machte Leonie die Haare – mittlerweile wollte sie sie nicht mehr einfach offen tragen, sondern viele bunte Spangen darin –, dann schlüpfte ich selbst in ein elegantes blau-weißes Etuikleid, das ich in einer Boutique in Stralsund entdeckt hatte.

Als wir fertig waren, verließen wir das Haus.

»Miezi!«, rief Leonie, rannte aber nicht los, sondern deutete auf die Katze, die es sich neben unserem Wagen gemütlich gemacht hatte.

Das Tier zuckte alarmiert zusammen, erkannte uns dann aber und entspannte sich ein wenig. Handzahm war sie noch immer nicht. Trotzdem nahm sie das Futter, das ich ihr gab, an. Und ich war optimistisch, dass sie uns eines Tages erlauben würde, sie anzufassen und zum Tierarzt zu bringen.

Leonie und ich stiegen in den Wagen, dann fuhren wir in Richtung Sassnitz.

Als wir am Hafen ankamen, hatten sich bereits einige Leute an der Anlegestelle eingefunden. Viel zu früh, aber wahrscheinlich wollten sie sich die besten Plätze sichern. Für die Begrüßung der »Sturmrose« hatte ich einen Empfang mit Buffet organisiert. Die Catering-Firma baute gerade auf. Nachdem ich mit den Leuten gesprochen hatte, kramte ich nervös in meiner Tasche und zog die Rede hervor, die ich halten wollte. Ich war furchtbar aufgeregt deswegen. Ich hatte keine Probleme, vor meinen Kunden ein Konzept vorzustellen, aber eine so lange Rede hatte ich noch nie gehalten. Ich ging die Punkte noch einmal durch, fand aber nichts, was sich sperrig anhörte.

Wenig später trafen die ersten geladenen Gäste ein. Ich begrüßte sie, so ich konnte, persönlich, redete auch mit einigen, die aufgrund des Zeitungsberichts gekommen waren.

Hartmann konnte ich noch nicht entdecken. Ob er es sich anders überlegt hatte?

Das glaubte ich allerdings nicht, er wollte sicher seinen großen Auftritt.

Die Minuten zogen sich wie Kaugummi. Ich blickte auf die Uhr. Dreiviertel zwölf. Vorbei war's mit dem persönlichen Begrüßen, das musste ich später nachholen. Ich nahm meinen Platz am Kai ein, zusammen mit Leonie, und schaute aufs Meer.

Die »Sturmrose« erschien genau um 12.01 Uhr vor der Hafeneinfahrt. Die Menschenmenge hinter mir verstummte plötzlich.

Während ich die Hand meiner Tochter festhielt, blickte ich fasziniert auf das Schiff, das, angetrieben von seinem neuen Motor, die blaugraue Ostsee durchpflügte und immer größer wurde. Das Blau des Rumpfes war kräftig wie die Farbe des Wassers, die weißen Aufbauten leuchteten im Sonnenschein. Die Passagierkabine hatte neue Fenster erhalten, die in der Sonne blitzten. Bei den Restaurierungsarbeiten waren die überflüssigen Reste des Fanggeschirrs entfernt worden, so dass die »Sturmrose« jetzt vollständig wie ein Passagierschiff aussah.

Ein wenig schade fand ich es nur, dass sich in den Internetforen niemand auf meine Suchanzeige gemeldet hatte – vielleicht würde Palatin mir jetzt die Geschichte von Lea erzählen, damit ich sie hinzufügen konnte zu allem anderen, was ich über das Schiff wusste.

Aber in meiner Brust machte sich auch Stolz breit. Wir

hatten es geschafft. Die »Sturmrose« fuhr wieder! Und an Bord waren, bis auf Leonie, alle Menschen, die ich liebte oder schätzte. Was wollte ich mehr?

Schließlich stieß das Schiffshorn ein lautes Tuten aus. Applaus brandete auf, während der Kapitän das Schiff sicher anlegte. Über den Landesteg stiegen schließlich die Passagiere aus: meine Eltern, Christian und zuletzt Georg Palatin und seine Frau. Sie alle versammelten sich auf den ihnen zugedachten Ehrenplätzen.

Ich blickte zu Christian, der mir ein wunderbares Lächeln schenkte und mir ermutigend zunickte. Ich freute mich schon sehr auf unsere private Feier in der Nacht. Doch erst mal hatte ich meinen Einsatz. Ich gab Leonie an Christians Hand, trat hinter das kleine Pult und schaltete das Mikrophon an. Dabei überblickte ich zum ersten Mal die Menschenmenge. Was für ein Andrang! Offenbar war ein Schiff immer noch eine Sensation, auch bei jüngeren Leuten. Ich atmete tief durch, dann begann ich:

»Meine Damen und Herren, ich freue mich sehr, dass ich Sie zur Feier der Jungfernfahrt der ›Sturmrose‹ begrüßen darf. Dieses Schiff wird nicht nur eine neue Perle des Sassnitzer Hafens sein, es kann auch auf eine bewegte Geschichte zurückblicken. Gebaut als sogenannter Kriegskutter, war es dazu bestimmt, Minen zu räumen – bis im Jahr 1959 Georg Palatin das Schiff kaufte und zu einem Ausflugsschiff umfunktionierte. Ich freue mich sehr, dass ich ihn hier unter den Anwesenden begrüßen darf.«

Ich ließ den Leuten Zeit zu applaudieren und blickte zu Palatin, der ein wenig verlegen die Hand seiner Frau drückte. Er hatte mir aber ausdrücklich erlaubt, ihn zu erwähnen, auch wenn er immer noch nicht auf Ruhm aus war.

»Georg Palatin verliebte sich damals in seine Ehefrau, die

ihm noch immer zur Seite steht, und damit begann ein neues, abenteuerliches Kapitel im Leben dieses Schiffes. Um sie heiraten zu können, ging Georg Palatin das Wagnis ein, seiner Ehefrau und noch drei weiteren Menschen zur Flucht aus der DDR zu verhelfen.« Meine Augen suchten nach Hartmann und fanden ihn in der Nähe der Bar. Sein Gesicht wirkte wie versteinert. Gut so, dachte ich mir. Hier ist deine Chance.

»Bis zum Jahr 1988 fuhr Georg Palatin etliche Male hinaus, um Fluchtwillige aus dem Wasser zu ziehen oder von unsicheren Booten zu holen. Einmal geriet die ›Sturmrose‹ sogar unter Beschuss. Es war ein enormes persönliches Risiko, das er einging.«

Erneut brandete Applaus auf. Ich nickte dem Kapitän zu, dessen Wangen ganz gerötet waren. Auch wenn er nicht wollte, er hatte es verdient.

»Georg Palatin ist damit ein wichtiger Teil der Geschichte des Schiffes. Doch nach der Wende musste er die ›Sturmrose‹ verkaufen. Lange Zeit blieb das Schiff ungenutzt. Dann entdeckten Christian Merten und ich es hier im Hafen. Wir verliebten uns sofort in den Kutter und beschlossen, ihn wieder zu altem Glanz zu führen. Welchen Hintergrund das Schiff hatte, wussten wir zu dem Zeitpunkt noch nicht. Doch eines Tages fand ich an Bord einen Brief, der den entscheidenden Anstoß gab. Er stammt von einer Frau namens Lea und berichtet von einem kleinen Teil ihrer Fluchtgeschichte. Wir haben uns auf die Suche nach dieser Frau gemacht, konnten sie aber bisher nicht ausfindig machen. Dennoch sagen wir ihr danke. Auch wenn wir ihre wirkliche Geschichte nicht kennen und nicht wissen, ob nicht furchtbares Leid mit ihr verbunden war, war sie es doch, die uns auf die richtige Spur geführt hat.

Nun ist es an uns, die Geschichte dieses Schiffs weiterzuführen. Das möchte ich heute mit Ihnen feiern. Vielen Dank!«

Erneut brandete Applaus auf. Ich war eigentlich nur erleichtert, dass ich die Rede so gut hinter mich gebracht hatte. Ich ging zu Christian und küsste ihn, dann begrüßte ich auch meine Eltern mit einem Kuss.

»Hast du gut gemacht, mein Mädchen«, sagte mein Vater und drückte mich fest an sich.

»Nein, du und deine Leute, ihr habt es gut gemacht. Schaut mal, wie prächtig sie aussieht! Und wie viele sie sehen wollen.«

In den nächsten Minuten entstand an zwei Stellen dichtes Gedränge. Zum einen bei der Hafenrundfahrt, denn sie war heute noch kostenlos, zum anderen am Buffet. Christian und ich begrüßten weitere Gäste. Als wir kurz getrennt wurden, trat Hartmann auf mich zu.

»Gratuliere, Frau Hansen, das Schiff ist wirklich ein Prachtstück geworden.«

»Vielen Dank, das ist sehr freundlich von Ihnen! Sie müssen nachher unbedingt eine der Rundfahrten mitmachen.«

»Danke, das werde ich sicher tun. Und es bleibt bei dem, was ich damals gesagt habe. Ich unterstütze Sie gern, wenn ich irgendwie kann.«

In dem Augenblick trat Christian zu uns. Mir wurde ein wenig mulmig zumute. Aber wir hatten gewusst, dass sich das Treffen mit Hartmann nicht vermeiden lassen würde.

»Christian, das ist Herr Hartmann. Herr Hartmann, das ist mein Freund Christian Merten«, stellte ich die beiden so unbeteiligt wie möglich vor.

Die Männer sahen sich an. Ob Hartmann sich an ihn erinnerte? Sicher nicht. Es war nie zu einer Gegenüberstellung zwischen ihm und Jonas Merten gekommen.

Christian reichte ihm die Hand und setzte sein Pokerface auf. »Freut mich, Sie kennenzulernen.«

»Wie ich schon zu Ihrer Lebensgefährtin sagte, es ist ein wunderbares Schiff. Und ich unterstütze Sie gern, wenn ich kann.

»Das ist sehr nett von Ihnen«, entgegnete Christian, und ich spürte deutlich, wie sehr er sich beherrschen musste. Aber Hartmann bemerkte nichts.

Und glücklicherweise warteten schon die Nächsten hinter ihm, die begrüßt werden wollten.

»Herr Hartmann, freut mich, dass Sie gekommen sind. Genießen Sie die Feier!«, sagte ich und nickte ihm zu. Dann zog ich Christian mit mir.

»Das hast du gut gemacht«, flüsterte ich ihm zu.

»Was denn, ich habe doch gar nichts gemacht.«

»Eben!« Ich küsste ihn und war voller Stolz auf ihn.

Auf unserem Weg steuerte plötzlich eine Frau auf uns zu. Sie war um die sechzig, trug ein helles Spitzensommerkleid und einen weißen Hut auf dem blonden, halblangen Haar. Man hätte sie leicht für die Frau aus dem Werbespot für Kokospralinen halten können.

»Frau Hansen, Herr Merten«, sagte sie und streckte uns die Hand entgegen. »Ich bin Lea. Lea Petrowski, geborene Paulsen.«

Ich starrte sie wie vom Blitz getroffen an.

Jeder hätte behaupten können, Lea zu sein, aber den Nachnamen hatte ich bei der Rede nicht genannt.

»Wirklich? Sie sind …?« Wie die zarte Elfe, die ich mir vorgestellt hatte, sah sie nicht aus. Eher wie eine Frau, der das Leben nichts vormachen konnte.

»Ich bin die Briefschreiberin. Und wenn Sie das überprüfen wollen, mein Brief ging damals an meinen Freund Bob, zu dem ich an dem Tag eigentlich fliehen wollte. Aber dann ist alles anders gekommen …«

Christian und ich sahen uns an. Er konnte es ebenso wenig fassen wie ich.

»Aber … warum melden Sie sich erst jetzt?«

»Manchmal muss man bereit sein, eine Geschichte zu erzählen. Ich besuche regelmäßig Foren, in denen sich ehemalige DDR-Flüchtlinge austauschen. Ein Bekannter aus diesem Forum glaubte, mich wiedererkannt zu haben. Als ich die Anzeige sah, habe ich genau gewusst, dass Sie mich suchen, aber ich habe noch gezögert. Doch als ich dann hörte, dass die ›Sturmrose‹ fertig ist, habe ich beschlossen, dass das der richtige Zeitpunkt ist. Also, sind Sie noch interessiert?«

Eine halbe Stunde später saßen wir beide in dem Café, in das mich Christian geführt hatte, bevor Leonie ausgerissen war.

Alle anderen feierten noch immer das Schiff. Leonie war bei Christian und meinen Eltern, Kapitän Palatin machte den Eindruck, als wollte er noch einmal auf große Fahrt gehen. Ich würde bald wieder zu ihnen zurückkehren, aber die Geschichte der Frau, die alles ins Rollen gebracht hatte, wollte ich, wie ich es ihr versprochen hatte, nicht öffentlich machen.

Ich bestellte zwei Latte macchiato und legte den Brief auf den Tisch. Sie lächelte und berührte ihn dann vorsichtig.

»Ich habe gar nicht mehr daran gedacht«, sagte sie. »Aber ich erinnere mich noch gut an meine Beweggründe, aus denen ich ihn geschrieben habe. Ihre Annonce hat dann wieder alles hochgebracht. Ich habe mit meinem Mann gesprochen, und er meinte, dass ich Ihnen ruhig erzählen sollte, was passiert ist.«

Die Kellnerin brachte uns unseren Kaffee, und Lea begann zu berichten.

»Bob stammte aus Amerika. Sein richtiger Name war Nolan, aber weil er wie Bob Dylan aussah, nannte ich ihn immer Bob. Wir begegneten uns in den Sommerferien am Balaton, und ich hätte ihn beinahe für einen Spinner gehalten, als er behauptete, aus den USA zu sein, weil er hervorragend Deutsch konnte. Es stellte sich heraus, dass er in Hamburg studierte. Während des Urlaubs hatte ich genug Zeit, ihn näher kennenzulernen, und war sicher, dass es keinen tolleren Mann gab. Er verwöhnte mich, schickte mir Sachen, an die ich in der DDR nicht mal gedacht habe.«

Sie hielt einen Moment inne und lächelte.

»Sie können sich sicher denken, was meine Eltern zu dieser Art ›Klassenfeind‹ gesagt hätten. Nicht nur einer aus dem Westen, sondern einer aus den USA, dem großen Bösen und Kontrahenten der Sowjetunion im Kalten Krieg.«

»Das kann ich mir lebhaft vorstellen«, entgegnete ich, denn auch wenn ich nicht so viel Staatsbürgerkundeunterricht abbekommen hatte, hatte ich doch im Nachhinein viel über die Zusammenhänge erfahren.

»Kurz gesagt, es ging nicht. Als mein Vater mich dann zwingen wollte, mit der FDJ auf die Druschba-Trasse in die Sowjetunion zu gehen, war für mich der Augenblick gekommen, mich zu entscheiden. Wissen Sie, was die Druschba-Trasse war?«

Ich schüttelte den Kopf. Bevor ich in die FDJ eintreten konnte, war die DDR schon Geschichte gewesen.

»Die Druschba-Trasse war ein Projekt, bei dem eine Erdgasleitung zwischen der DDR und der Sowjetunion gelegt wurde. Freiwillige der FDJ reisten zum Aufbau in die Ukrainische Sozialistische Sowjetrepublik. Mein Vater, der im Erdölverarbeitungswerk Schwedt arbeitete, wollte mich zwingen, mich freiwillig zu melden, um meine Aussichten auf einen Studienaufenthalt in Moskau zu verbessern. Ich wäre monate-, vielleicht auch jahrelang auf der Trasse verschwunden. Das war das Letzte, was ich wollte. Und auch auf ein Studium in Moskau war nur einer scharf – mein Vater.

Als Bob mich mal wieder besuchte, klagte ich ihm mein Leid, und wir beschlossen, dass ich aus der DDR fliehen sollte. Er hatte einen Freund, der Surfer war und eine tolle Idee hatte: Wir würden über die Ostsee surfen. Dieser Surferfreund hatte wiederum einen ausreisewilligen Freund in Ahrenshoop, also bin ich bei Nacht und Nebel abgehauen und dort hingefahren und habe begonnen, zusammen mit Manfred, so war sein Name, Surfbretter zu bauen. Das war ziemlich schwierig, denn die Materialien waren kaum zu kriegen. Wir versuchten, so viele Zeitschriften wie möglich aufzutreiben, die sich mit dem Surfen befassten. Manfreds Oma half uns ein wenig dabei, indem sie Titel, die ihr Enkel aufschrieb, bei einer Reise in den Westen in ihrem Koffer mitschmuggelte. In diesen Zeitschriften fanden sich viele Abbildungen und auch eine Anleitung, wie man sich so ein Brett selbst bauen konnte.

Ein Bekannter von Manfred hatte außerdem das Glück, unter der Hand an Materialien zu gelangen, die wir gebrauchen konnten. Kurz und gut, unser Projekt nahm nach und nach Gestalt an.

Während des Baus passierte allerdings etwas – ich verlor mein Herz. Es geschah im Garten von Manfreds Oma. Sie war eine liebe alte Dame, deren Haus an ein Hexenhäuschen erinnerte, mit einem Garten wie aus dem Märchen. Darin wuchsen alle möglichen Obstbäume und Sträucher, außerdem prächtige Blumen.

Vielleicht war es die Magie der Stachelbeeren, aber ich verliebte mich in Manfred. Ganz langsam. Zunächst hielt ich es für Freundschaft. Doch mehr und mehr ahnte ich, dass es Liebe war. Ich steckte in der Zwickmühle. Ich liebte auch Bob – für wen sollte ich mich entscheiden?«

Sie trank einen Schluck Kaffee und verschwand dann gleich wieder in ihrer Vergangenheit.

»Als der Tag der Flucht kam, war Manfred fest entschlossen, mitzukommen. Unsere Surfbretter waren vielleicht ein wenig provisorisch, aber dennoch gut. Wir segelten am Abend hinaus, in der Hoffnung, dass uns die Küstenwache nicht sehen könnte. Doch nicht die DDR-Marine war unser größter Feind, sondern das Meer selbst. Es trennte uns beide, ich hatte keine Ahnung, wo Manfred abgeblieben war. Verzweifelt versuchte ich zu warten, doch das Wetter wurde nicht besser, und ich wusste, dass ich es mit meinem provisorisch zusammengestückelten Taucheranzug nicht lange aushalten würde. Als ich schon fast am Ende meiner Kräfte war, tauchte ein Schiff auf und nahm mich an Bord. Es war die ›Sturmrose‹. Ich hielt sie für einen Fischkutter, doch dann bekam ich mit, dass es sich um ein Fluchtschiff handelte. Dieses Schiff holte an dem Abend noch vier weitere Leute an Bord. Ich jedoch konnte nur an Manfred denken. Ich wollte nicht mehr ohne ihn sein. Ja, ich war mir sicher, dass ich ihn liebte. Doch wo war er abgeblieben? Hatte ihn die Küstenwache erwischt? Oder war er zurückgesegelt? Suchte er vielleicht nach mir?

Ich erzählte dem Kapitän, was passiert war. Der versprach mir, nach Manfred zu suchen, solange er nicht in die DDR-

Gewässer müsste. Voller Angst hielt ich nach ihm Ausschau. Doch wir fanden ihn nicht.

Ich war vollkommen verzweifelt. Sicher, in Hamburg wartete Bob auf mich, aber wollte ich ihn denn noch? War vielleicht mein Doppelspiel schuld daran, dass ich Manfred verloren hatte?

Ich schrieb einen Brief an Bob, in dem ich mich von ihm lossagte. Ich hoffte, dass mir diese Handlung Manfred wiedergeben würde. Und als hätte meine Schrift irgendeine Magie in sich getragen, wurde er schließlich gefunden. Er trieb vollkommen entkräftet auf dem Wasser. Palatin, seine Leute und die anderen Flüchtlinge zogen ihn an Bord. Ich weinte vor Glück und übergab Palatin kurz vor der Fahrt mit Manfred ins Krankenhaus den Brief mit der Bitte, ihn zu vernichten. Doch er versteckte ihn offenbar auf dem Schiff.«

»Um den Nachfolgenden eine Spur zu legen.«

»Wahrscheinlich. Vielleicht hat er aber auch nur eine Möglichkeit gesucht, auf die Schnelle eine Lücke zu stopfen, wer weiß.« Lea blickte gedankenverloren in ihr Glas, auf dessen Boden nur ein kleiner Rest geblieben war. Mein Glas war noch fast voll, der Kaffee aber inzwischen kalt.

»Auf jeden Fall freue ich mich, dass Sie den Brief gefunden haben. Damals war die schönste Zeit meines Lebens.«

»Und dieser Bob? Haben Sie ihn je wiedergesehen?«

Lea nickte. »Ja, nach der Wende. Ich habe sogar nach ihm gesucht, weil es mir keine Ruhe gelassen hatte, ihn im Stich gelassen zu haben. Als ich ihn schließlich fand, war er verheiratet und hatte vier Kinder. Und glücklicherweise war er mir nicht mehr böse.«

Die Frau lächelte in sich hinein. Ich sah ihr an, dass sie nicht mehr über ihn sagen wollte.

»Jedenfalls war Manfred bei mir. Nichts anderes zählte

damals. Ich war überglücklich, dass er es überlebt hatte. Wir sind nach Uelzen gegangen und dann nach Amrum, wo wir richtig surfen lernten. Erst nach der Wende sind wir nach Ahrenshoop zurückgekehrt. Wir wohnen jetzt in dem kleinen Häuschen seiner Oma, mit dem Zaubergarten. Vielleicht möchten Sie uns irgendwann einmal besuchen kommen?«

»Das würde ich sehr gern«, entgegnete ich und winkte die Kellnerin herbei, um zu zahlen. »Aber jetzt sollten wir erst mal eine Fahrt mit der ›Sturmrose‹ machen.«

Sie nickte, und wenig später verließen wir das Café in Richtung Hafen. Dort wurde ich von Christian und Leonie erwartet.

»Na, alle Geheimnisse geklärt?«, fragte er mit einem verschmitzten Zwinkern. Ich blickte Lea an. Sie nickte.

»Na, dann kommt, die ›Sturmrose‹ ist gerade wieder eingelaufen und bereit für eine neue Runde.«

Ich nahm meine Tochter bei der Hand, und gemeinsam gingen wir an Bord. Als mir die kalte Meeresbrise um die Nase wehte, schloss ich die Augen und wusste, dass mein neues Leben nun begonnen hatte. Natürlich würde mich das, was ich in den vergangenen Wochen erlebt hatte, weiter beschäftigen, aber ich hatte die Chance bekommen, alles aufzuarbeiten. Und es später meiner Tochter mit auf den Weg zu geben.

Als die »Sturmrose« auslief, schmiegte ich mich an Christian und drückte Leonie fest an mich. Jetzt hatte ich alles, was ich brauchte.